Pour protéger son bébé

Le labyrinthe du doute

Sous ma protection

JENNIFER MOREY

Pour protéger son bébé

Traduction française de
CHRISTINE BOYER

BLACK ROSE

HARLEQUIN

Collection : BLACK ROSE

Titre original :
COLTON'S FUGITIVE FAMILY

HARPERCOLLINS FRANCE
83-85, boulevard Vincent-Auriol, 75646 PARIS CEDEX 13
Service Lectrices — Tél. : 01 45 82 47 47

www.harlequin.fr

ISBN 978-2-2804-3483-6 — ISSN 1950-2753

1

Des guirlandes lumineuses scintillaient autour des portes et des fenêtres, un feu crépitait dans la cheminée, des chants de Noël passaient en sourdine à la radio. Malgré sa solitude, Demetria Colton, surnommée Demi, avait tenu à créer une ambiance de fête dans cette petite cabane en rondins perdue au fond des bois. Elle planta une grande étoile en haut du sapin avant de reculer pour juger du résultat final. Elle sourit.

Parfait, son arbre était parfait.

Elle n'y avait pourtant accroché que quelques boules qui se balançaient aux branches entre des angelots et des bougies. Mais il était magnifique.

Elle l'avait dressé dans un coin du salon. Personne ne pourrait l'apercevoir de l'extérieur, du moins l'espérait-elle. Wolf, son fils de cinq mois, serait le seul à l'admirer. Et c'était très bien ainsi. Demi n'avait aucune envie de recevoir de la visite.

Étant obligée de se cacher, elle avait d'abord craint de devoir se passer de sapin, cette année. Puis elle avait eu l'idée de se déguiser pour descendre en acheter un dans une ville voisine. Un an plus tôt, lorsque, accusée injustement de meurtre, elle s'était enfuie de Red Ridge afin d'échapper à la prison, elle s'était fait couper les cheveux à la garçonne et les avait teints. De rousse, elle était devenue brune. Elle avait également fait l'acquisition d'une perruque blonde, de lunettes noires et de vêtements hippies, un genre diamétralement opposé à son style habituel. Exerçant le métier de chasseuse de primes indépendante, Demi portait en général des tenues pratiques, simples et discrètes mais elle aimait aussi s'habiller pour sortir.

Elle possédait plusieurs petites robes noires qui mettaient en valeur sa chevelure flamboyante et sa silhouette.

Pensant avoir entendu quelque chose dehors, Demi s'approcha de l'une des fenêtres et écarta les lourds rideaux qui tombaient jusqu'au plancher. Elle eut beau scruter l'obscurité, elle ne remarqua rien d'anormal. De là où elle se trouvait, elle voyait l'entrée du chalet, aménagée de façon à pouvoir y suspendre manteaux et vestes, y ranger bottes et chaussures, avant de pénétrer dans la maison proprement dite.

Les bulletins météo avaient annoncé d'importantes chutes de neige. Consciente qu'il lui serait impossible de sortir pendant plusieurs jours, Demi avait fait des provisions. La cabane en rondins était perdue dans la montagne au cœur d'une forêt de pins, et le sentier qui menait à la route serait impraticable sous un tapis neigeux.

Quelques flocons dansaient déjà dans l'obscurité, rien d'important mais une fine pellicule blanche commençait à recouvrir le sol.

Laissant retomber le rideau, Demi se tourna vers le salon. Composé d'une cuisine, d'un living avec un coin repas, de deux chambres et d'une minuscule salle de bains, le chalet n'était pas grand. Elle avait aménagé une pièce secrète où dormait Wolf. Elle y accédait par une porte dissimulée au fond du placard de sa propre chambre. Un babyphone placé sur le comptoir de la cuisine lui permettait de s'assurer en permanence que l'enfant allait bien. Aux yeux d'un observateur extérieur, tant de précautions s'assimilaient sans doute à de la paranoïa mais, étant recherchée par toutes les polices du comté depuis près d'un an, la priorité de Demi était la sécurité de Wolf. Et en cas de pépin, si quelque chose tournait mal, elle avait mis au point un plan de secours pour s'échapper avec lui. Savoir son fils bien caché, à l'abri des regards, en cas de visite impromptue, la rassurait. Et la plongeait aussi dans une profonde colère. Elle n'avait rien fait pour se retrouver dans cette situation absurde. Elle n'était pour rien dans l'assassinat de son ex-fiancé. Victime d'un coup monté, elle n'avait aucun moyen de prouver son innocence. Cela la mettait hors d'elle. N'importe qui aurait été furieux de se retrouver piégé de la sorte mais Demi, qui était d'un naturel coléreux, vivait particulièrement mal cette injustice. Il lui arrivait de frapper son oreiller ou de crier dans les bois pour évacuer sa rage. Le véritable tueur n'avait pas intérêt à s'approcher d'elle. Si elle croisait sa route, elle ne résisterait sans doute pas à la tentation de lui briser le nez.

Il n'était pas très tard, et Demi n'avait pas envie de se coucher. Elle se sentait agitée, elle tournait en rond dans le living comme un lion en cage, sans savoir que faire d'elle-même.

Pourtant, le simple fait d'être chez elle parvenait souvent à l'apaiser. Le chalet n'était pas grand mais elle s'y sentait bien. Elle avait acheté des meubles d'occasion chez un brocanteur, et pour vivre elle puisait dans ses économies. Encore un sujet d'exaspération. Elle trouvait injuste d'être obligée de toucher à cet argent qui venait pour l'essentiel de sa mère, morte tragiquement dans un accident de voiture, quelques années plus tôt.

Une table de bistrot se dressait dans la partie salle à manger, un canapé trônait face à la cheminée dans le coin salon. Un tapis crème aux motifs beiges jeté sur le plancher de bois réchauffait l'ensemble. Avec son comptoir en granit et ses placards en sapin, la cuisine était à la fois chaleureuse et fonctionnelle.

Étant en cavale et donc forcée de passer beaucoup de temps seule, cachée chez elle, Demi avait ressenti le besoin d'un environnement apaisant. Ce chalet remplissait parfaitement cette fonction. Il avait longtemps abrité une amie, elle n'avait eu qu'à le meubler pour s'y installer. Cela dit, si elle aimait beaucoup cette maisonnette loin de tout, la solitude n'était pas toujours facile à vivre.

— Avoir la possibilité de voir des gens de temps en temps me plairait, murmura-t-elle.

Peut-être commençait-elle à perdre la tête à force de vivre enfermée depuis des mois.

Si elle avait l'occasion d'échanger davantage avec ses semblables, sans doute cesserait-elle de parler toute seule. Certes, elle n'était pas totalement seule, mais Wolf n'ayant que cinq mois les conversations avec lui étaient encore limitées.

Heureusement, grâce à son déguisement, Demi pouvait descendre dans la ville voisine sans craindre d'être reconnue.

Elle s'y rendait essentiellement pour acheter des provisions mais aussi pour aller à la bibliothèque. Elle tenait en effet à consulter les journaux afin de suivre l'enquête concernant le Groom Killer. Grâce à une bonne connexion Internet au chalet, elle avait également trouvé des renseignements sur le faux témoin qui avait juré l'avoir vue fuir la scène du meurtre de son ex-fiancé, en janvier dernier. Demi avait deviné que ce type la conduirait au coupable, à celui ou celle qui lui faisait porter le chapeau. Et son intuition s'était révélée bonne.

De nouveau, un bruit inhabituel lui fit dresser l'oreille, un bruit qu'elle ne parvenait pas à identifier. Elle retourna à la fenêtre mais, là encore, ne vit rien d'anormal au dehors. Pourtant, elle n'avait pas rêvé. Et soudain, elle perçut une sorte de raclement étouffé sur une vitre.

Le cœur battant, elle se hâta vers la cheminée sur laquelle elle gardait un Glock dans une boîte en bois. Elle avait dissimulé un autre pistolet dans sa chambre, dans le tiroir de sa table de nuit, et avait accroché une carabine sur le mur du couloir.

Lorsqu'elle entendit un morceau de verre tomber et que le vent s'engouffra à l'intérieur, elle comprit que quelqu'un avait découpé un trou dans la vitre. Une opération qui nécessitait un équipement spécialisé et un certain savoir-faire. Qui que ce soit, il s'agissait d'un professionnel. Il passa la main à travers cette ouverture, débloqua la fermeture et ouvrit la fenêtre.

Demi s'assura que son arme était chargée et sortit de l'ombre.

— Un pas de plus et je tire, lança-t-elle.

L'homme avait déjà bondi à l'intérieur. Il roula sur lui-même, et quand il se releva, écarta le rideau, elle découvrit avec surprise un visage familier, celui de Lucas Gage.

Il planta sur elle ses yeux noirs et brillants. Un bonnet sombre dissimulait ses cheveux blonds mais elle le reconnut aussitôt. Les cicatrices sur sa joue gauche ne laissaient planer aucun doute. Chasseur de primes comme elle mais au service de la police, Lucas était un rival professionnel et son ennemi juré depuis des années. À cet instant, il devait être fier de lui et avoir sentiment d'être le meilleur. Il l'avait retrouvée.

Pourtant, au lieu de fanfaronner, il laissa échapper un long soupir.

— Dieu merci, tu vas bien.

Elle le considéra avec étonnement. S'attendait-il donc que cela ne soit pas le cas ? Et pourquoi semblait-il à ce point soulagé ? Il ne s'était sûrement pas inquiété pour elle.

— Lève tes mains que je puisse les voir, ordonna-t-elle.

Il obéit d'un air amusé. Ce côté moqueur l'avait toujours agacée. Très sûr de lui, Lucas paraissait prendre un malin plaisir à la déstabiliser. Le fait qu'il soit un excellent chasseur de primes – il travaillait pour la brigade canine de la police de Red Ridge, le RRPD, avec un chien d'intervention – n'arrangeait rien. Cela dit, chaque fois que Demi ressentait la morsure de l'envie ou de l'insécurité, elle se rappelait que, contrairement à lui, elle n'avait pas à se plier aux règles de la police.

— À cause de toi, je vais devoir trouver une autre planque, poursuivit-elle un peu vertement.

— Tu n'es plus obligée de vivre dans la clandestinité.

Que racontait-il ? S'agissait-il d'une ruse destinée à l'amadouer, à la pousser à lui faire confiance ? Dans ce cas, il avait raté son coup. Elle ne croyait pas un mot de son discours. Mais comment allait-elle réussir à lui échapper maintenant ? Et à filer avec Wolf ?

Elle montra la fenêtre d'un geste.

— As-tu laissé un sac à dos dehors ? Avec des menottes à l'intérieur ?

Dès qu'elle en aurait la possibilité, elle les lui passerait et s'enfuirait. Quand il parviendrait à se libérer, elle serait loin.

— Je ne suis pas venu t'arrêter, Demi. Tu n'auras pas besoin de m'attacher avant de t'évanouir une nouvelle fois dans la nature.

Il la prenait vraiment pour une idiote ! Sous la menace d'une arme, Lucas était capable de dire n'importe quoi.

— Je suis venu t'annoncer que la police de Red Ridge est presque sûre de ton innocence, poursuivit-il.

— Presque ? répéta-t-elle avec ironie.

Avait-il réellement imaginé qu'elle allait pousser un énorme soupir de soulagement avant de le suivre, convaincue qu'elle ne risquait désormais plus rien ?

Il perdit un peu son expression amusée.

— C'est Devlin Harrington qui a tué les futurs mariés. Il ne reste plus à la police qu'à retrouver l'arme des crimes en espérant qu'il y a laissé ses empreintes.

En d'autres termes, la police n'avait rien contre Devlin, aucune preuve pour l'incriminer avec certitude. Et pourtant, Lucas affirmait sans rire qu'elle pouvait revenir à Red Ridge, qu'elle n'avait plus rien à craindre…

— J'ai compris depuis longtemps que Devlin était le Groom Killer, dit-elle.

Restait à en apporter la preuve.

Depuis le jour où elle avait refusé de sortir avec lui, Devlin s'était comporté avec Demi de façon étrange. Quelques mois plus tard, elle s'était retrouvée accusée de meurtre. Même si elle n'avait pas tout de suite saisi le lien entre les deux événements, elle s'était rappelé par la suite que Hayley Patton avait également repoussé les avances de Devlin. À ce stade, elle avait commencé à s'interroger.

— Je sais aussi que Devlin est obsédé par Hayley Patton et également qu'un témoin a juré m'avoir vue tuer la dernière victime du Groom Killer, continua-t-elle. Et pas n'importe quel témoin ! Un trafiquant de drogue avec un casier judiciaire long comme le bras qui a certifié m'avoir surprise en train de fuir la scène du crime. Son témoignage est-il crédible ? Un autre témoin a été tué. Suis-je la seule à trouver ça louche ?

— La police partage tes doutes.

Lentement, Lucas commença à se lever, sans quitter Demi des yeux.

Il cherchait à la tester mais elle réagit aussitôt.

— Reste sur le sol.

Si elle le laissait prendre le dessus, elle ne réussirait jamais à lui échapper.

Lucas obéit mais secoua la tête.

— Je ne suis pas venu t'arrêter, Demi, répéta-t-il.

— Et depuis quand suis-je censée te faire confiance ?

— Je te demande simplement de me croire lorsque je te dis que tu seras en sécurité à Red Ridge.

Elle hésita un instant, pourtant elle préférait rester prudente.

Mais il poursuivait :

— Comment as-tu appris que Devlin faisait une fixette sur Hayley ? Les journaux ont relaté les aveux de l'un des témoins, qui a reconnu avoir été payé, mais qui t'a dit pour Hayley ?

— Je me suis souvenue de la façon dont Devlin dévorait Hayley des yeux. Sa petite amie d'alors, Gemma Colton, l'avait invité à l'une des rares réunions de famille à laquelle elle avait daigné assister. Bref, dès que Hayley est apparue, Devlin s'est comporté comme si soudain Gemma n'existait plus. Il regardait Hayley d'une manière effrayante. Et, plus étrange encore, par la suite il avait émis des réflexions désobligeantes sur elle. Il avait prétendu, par exemple, qu'elle était trop maquillée et que sa robe était trop courte, à la limite de l'indécence. S'il n'avait fait qu'un ou deux commentaires de ce goût-là, je n'y aurais sans doute pas prêté attention mais il n'avait cessé de critiquer sa tenue qu'il jugeait provocante. J'avais aussi découvert un de ses profils sur les réseaux sociaux. Il y apparaissait sous une autre identité mais je l'ai reconnu aux quelques portraits qu'il y avait postés. Il avait mis de nombreuses photos de Hayley qu'il présentait comme sa petite amie sans jamais mentionner son nom. Il racontait beaucoup d'histoires sur ce qu'il prétendait qu'ils avaient fait ensemble mais, visiblement, tout était inventé.

— Tu me donneras le lien de cette page web. Ce sont des preuves supplémentaires contre lui.

Lucas essayait de l'embobiner pour l'inciter à baisser la garde mais Demi n'était pas dupe de son manège. Il ferait n'importe quoi pour capturer une personne recherchée par la police, encaisser l'argent et conforter sa réputation déjà solide de chasseur de primes.

Ils se dévisagèrent un long moment. Demi n'était pas du genre à se laisser déstabiliser facilement mais le séduisant visage de Lucas la bouleversait depuis toujours. Sans parler de son corps musclé et resplendissant de santé.

— La police ne t'arrêtera pas, Demi, répéta-t-il. Tu peux rentrer chez toi.

Il la baratinait.

Comme les yeux de Demi se posaient sur le babyphone oublié sur le comptoir de la cuisine, un bref sentiment de panique la traversa. Et si Wolf se réveillait et se mettait à pleurer ? Lucas redoublerait d'efforts pour la coffrer s'il comprenait qu'il avait un neveu qu'elle cachait dans une pièce secrète.

— Tu viens de m'expliquer que la police n'avait aucune preuve contre Devlin. Alors qu'ils en ont plein contre moi.

— Ils savent que le collier a été déposé sur la scène de crime pour que les soupçons s'orientent vers toi. Et aussi que le tueur a écrit ton nom avec le sang de Bo pour qu'on pense qu'il a désigné son assassin avant de mourir. Et surtout, ils ont à présent la certitude que le témoin qui a prétendu t'avoir vue quitter les lieux du crime a menti.

— Et comment ont-ils découvert tout ça ?

— Tout est sorti le mois dernier, à la suite d'une histoire de harcèlement sexuel visant Layla Colton qui était alors fiancée avec Hamlin Harrington, le père de Devlin. Au départ, personne n'avait fait le rapprochement entre les deux affaires jusqu'au moment où les morceaux du puzzle ont commencé à s'emboîter. Hunter Black – un policier du RRPD – a prouvé que le téléphone et l'adresse mail de Layla avaient été piratés. Une seule personne avait intérêt à ruiner la réputation de Layla : Devlin Harrington. Il ne voulait pas que son père l'épouse. Devlin était bien derrière ce piratage, et par la suite Hunter a trouvé une autre preuve reliant Devlin au Groom Killer. En comprenant qu'il était démasqué, Devlin a pris la fuite, comme toi.

Demi baissa son arme, abasourdie par ces révélations.

— Quelle autre preuve ? voulut-elle savoir.

— Une arme a été trouvée enterrée dans son jardin. C'est le pistolet qui a tué certaines des victimes. Malheureusement, il ne portait pas d'empreintes.

Demi avait envie d'en apprendre davantage sur cet épisode mais elle restait sur ses gardes. Elle se méfiait de Lucas Gage, le frère de Bo, son ennemi de toujours et son concurrent professionnel. Peut-être lui racontait-il des histoires, peut-être tentait-il de l'embobiner dans l'espoir de trouver Wolf – son neveu – et de remettre Demi aux autorités. Elle n'en serait pas étonnée. Il avait de nombreuses raisons de vouloir la faire emprisonner pour de bon.

Une rafale de vent lui rappela qu'une tempête se préparait.

Si elle n'agissait pas maintenant, elle ne parviendrait jamais à s'échapper. Elle entra dans la cuisine et ouvrit un placard, tournant le dos à Lucas pour l'empêcher de voir le babyphone. Discrètement, elle glissa l'appareil derrière le grille-pain. Puis elle pivota sur elle-même pour lui faire face.

— Tes arguments sont très convaincants, Lucas, mais je ne vais nulle part avec toi.

En arrivant au chalet, quand Lucas avait vu Demi, il avait failli ne pas la reconnaître. Il avait cru s'être encore une fois trompé, avoir encore suivi une mauvaise piste et s'être introduit par effraction chez une inconnue. Puis il avait compris qu'elle s'était fait couper les cheveux très court, les avait teints et avait adopté le style hippie. Ses yeux émeraude étaient toujours les mêmes, brillants de courage, de vitalité et de méfiance aussi. D'ailleurs, elle le menaçait toujours de son arme, refusant encore de le croire. Depuis qu'il la connaissait, Demi lui donnait du fil à retordre mais elle l'intriguait aussi. Il était sûr qu'elle ressentait la même chose pour lui.

En tout cas, elle était toujours aussi belle. Son jean slim mettait en valeur ses longues jambes fuselées et ses hanches étroites. Sa veste en polaire épousait parfaitement sa silhouette, lui rappelant qu'il avait toujours trouvé ses seins magnifiques.

Lorsqu'il avait fini par comprendre qu'il l'avait enfin retrouvée, que la femme qui se faisait appeler Chelsey Carter était bien Demi, Lucas en avait été intensément soulagé. Il la cherchait depuis des mois. Pourtant, sa joie n'était pas uniquement due à des raisons professionnelles, il le savait. Demi était tout à fait capable de se débrouiller seule, mais il se reprochait d'avoir douté de son innocence, de l'avoir traquée avec une détermination et une énergie qu'il n'avait encore jamais déployées pour un autre criminel en cavale. À sa décharge, Devlin Harrington s'était montré retors, n'hésitant pas à tuer de futurs mariés et à payer de faux témoins pour faire porter le chapeau à Demi. Si Lucas était prêt à faire amende honorable pour l'avoir soupçonnée à tort, il tenait surtout à la protéger jusqu'à ce que le véritable Groom Killer soit capturé. Le seul problème était que Demi ne l'appréciait pas, elle ne l'avait jamais aimé. Même avant que Lucas la suspecte du meurtre de son frère et qu'il se lance à sa poursuite, elle se méfiait déjà de lui.

— Comment m'as-tu retrouvée ? demanda Demi.

Elle semblait s'être adoucie. Commençait-elle à le croire ? Il observa ses traits avec attention. Elle se détendait un peu mais il la connaissait bien, plus qu'elle ne s'en doutait, en tout cas. Peut-être laissait-elle tomber une partie de ses doutes mais de là à le croire sur parole… Certainement pas.

— Cela t'ennuierait-il de poser ce Glock, Demi ? Si j'avais voulu te faire du mal ou te ramener à Red Ridge de force, je l'aurais déjà fait.

— Tu as toujours été très sûr de toi.

Lucas était un très bon chasseur de primes.

— Je pourrais en dire autant de toi, répliqua-t-il.

Elle fronça les sourcils comme si elle ne s'attendait pas à cette réflexion, comme si elle doutait de la sincérité de son compliment.

— Comment m'as-tu retrouvée ? répéta-t-elle.

Il s'éloigna de la fenêtre, presque certain qu'elle ne lui tirerait pas dessus. Il promena les yeux dans la cabane en rondins. Meublé avec simplicité mais décoré avec goût, l'endroit lui parut confortable et chaleureux. Alors qu'il s'agissait pour elle d'une planque qu'elle n'occupait que depuis quelques mois, elle en avait fait un véritable foyer. Et son sapin de Noël était magnifique.

Demi ne bougeait pas. L'arme toujours au poing, elle attendait une réponse.

Lucas tira un tabouret et s'assit

— J'ai dressé la liste de tous les habitants arrivés depuis peu dans la région, et un seul nom semblait sortir de nulle part : celui de Chelsey Carter. Certes, elle avait apparemment emménagé ici il y a trois ans alors que tu n'es en cavale que depuis un an. Mais tu aurais pu trouver un moyen de falsifier les dates. En tout cas, ça valait le coup de vérifier. Cela dit, jusqu'au bout, je n'étais pas sûr qu'il s'agissait de toi.

— Voilà pourquoi tu as paru surpris de me voir, dit-elle.

— Comment as-tu réussi à disparaître ainsi, sous un faux nom, dans ce chalet ? Il est sympa, ajouta-t-il.

— Je n'ai pas eu à maquiller les dates. Il y a quelques années, j'ai aidé une femme en fuite. Elle était innocente des crimes dont elle était accusée. Elle a fait l'acquisition de cette cabane en rondins sous un nom d'emprunt. En janvier dernier, en apprenant ma situation, elle m'a proposé de m'y installer. Une sorte de renvoi d'ascenseur.

— De qui s'agissait-il ?

— De Madden Morrison. Un membre de sa famille lui avait donné de l'argent pour acheter ce chalet. J'ai repris à mon compte sa fausse identité d'alors, celle qu'elle s'était créée en tant que Chelsey Carter. Comme, en partant, elle avait emporté ses meubles, j'ai dû le remeubler et le décorer.

— Et personne en ville ne s'est étonné du retour de Chelsey Carter ?

Demi sourit.

— Je m'y rends toujours déguisée en hippie et coiffée d'une perruque afin de ressembler davantage à Chelsey. Nous avons la même couleur d'yeux. Elle est un peu plus petite que moi mais pas beaucoup. De plus, comme Chelsey, je ne vais au village que pour y acheter des vivres et je ne parle pas aux gens. Personne ne s'intéresse à moi.

Il ne restait qu'une question à poser.

Où était le bébé ?

Le jour où Demi avait pris la fuite, la police avait trouvé un test de grossesse dans sa salle de bains. Selon toute vraisemblance, Demi était enceinte lorsqu'elle s'était évanouie dans la nature. Et il y a quelques mois, quand elle avait envoyé un texto à son demi-frère pour clamer son innocence, Shane Colton lui avait demandé comment allait le petit, et Demi avait répondu qu'il allait bien.

Lucas promena les yeux autour de lui mais ne vit rien indiquant qu'un nourrisson vivait dans cette maisonnette. Il aurait trouvé Demi plus tôt si elle avait accouché sous sa véritable identité. Mais elle avait dû se présenter à l'hôpital sous le nom de Chelsey Carter.

Il espérait toujours qu'elle avait mis au monde un enfant

et que le père de ce dernier était bien Bo, son frère défunt et l'ex-fiancé de Demi. À l'époque où il la croyait coupable, il pensait que Bo l'avait jetée comme une malpropre après l'avoir mise enceinte. Ce manque d'élégance avait sans doute été le mobile du meurtre. Lucas en avait, en tout cas, été longtemps persuadé. Maintenant qu'il savait qu'elle ne l'avait pas tué, il donnerait tout pour que les rumeurs soient fondées. Si Demi avait donné naissance au fils ou à la fille de Bo, son frère continuerait à vivre à travers lui ou elle. Et cet enfant serait le neveu ou la nièce de Lucas.

— Où est le bébé ? demanda-t-il enfin.

— Le bébé ? Quel bébé ?

Elle semblait tomber des nues. Mais Lucas avait eu vent du texto de Demi à Shane, qui travaillait en étroite collaboration avec le RRPD. Pourquoi niait-elle l'évidence ?

— Est-il de Bo ? insista-t-il.

— Je ne comprends pas de quoi tu parles.

Il remarqua alors un très léger frémissement de ses paupières.

— Allez, Demi, tout le monde sait que tu étais enceinte quand tu t'es enfuie. Tu as souvent été aperçue dans la région… avec un gros ventre.

Avait-elle menti à son frère à propos du bébé ?

Le nourrisson n'avait peut-être pas survécu, se dit-il, accablé.

Demi le dévisageait toujours d'un air indécis.

— Tu sais, j'ai beaucoup bougé depuis un an, passant d'hôtel en hôtel, de ville en ville. Je me déguisais toujours pour m'aventurer dans les rues.

S'était-elle déguisée en femme enceinte ? Une profonde déception envahit Lucas. N'y avait-il donc pas de bébé ? Pas de neveu ? Bo serait alors mort sans rien laisser derrière lui…

Mais qu'en était-il du test de grossesse ?

Demi avait posé son pistolet sur le comptoir. Adossée contre le mur, elle semblait détendue, trop détendue. Il commençait à soupçonner qu'elle jouait la comédie.

— J'ai un peu froid, dit-elle soudain en se frottant les bras. Je vais chercher un pull.

Elle sortit de la cuisine, et il la regarda disparaître dans le couloir. Il eut beau se pencher, il ne parvint pas à la suivre des yeux. Sortant à son tour de la pièce, il lui emboîta le pas. Il passa devant la salle de bains, jeta un coup d'œil dans une première chambre qui semblait inoccupée. Il parvint alors devant l'autre chambre, celle de Demi, apparemment. Meublée d'un lit double recouvert d'une couette colorée, d'une commode, d'un placard et d'une chaise, elle était éclairée.

Mais où était passée Demi ?

Perplexe, il entra dans la pièce et ouvrit le placard. Des vêtements y étaient accrochés, d'autres étaient pliés avec soin sur une étagère. Des chaussures tapissaient le sol. Lucas écarta les habits suspendus mais il ne remarqua aucun passage. Revenant sur ses pas, il inspecta les cagibis du couloir. L'un d'eux contenait du linge de maison, l'autre des balais, un seau et des serpillières. Rien d'inhabituel non plus.

Il traversa la chambre d'amis, se rendit à la fenêtre. Il neigeait de plus en plus fort. Et soudain, il se rendit compte qu'extérieurement la maison semblait plus grande qu'elle ne l'était à l'intérieur.

Il retourna examiner de plus près le placard de Demi. Repoussant les vêtements, il examina le mur du fond. Il y avait forcément un passage, une entrée cachée à cet endroit-là. Il promena les doigts sur le lambris jusqu'à ce qu'ils tombent sur un loquet. Il le souleva, poussa le battant et se retrouva dans une nursery. Le berceau était vide, la fenêtre ouverte.

Retournant sur ses pas, il se précipita alors à l'avant du chalet, ouvrit la porte d'entrée et aperçut Demi qui courait vers la jeep à travers de gros flocons de neige. Elle serrait un paquet contre elle – le bébé.

Elle lui avait menti. Elle avait bien donné naissance à un enfant.

— Demi, attends ! cria-t-il.

Des coups de feu retentirent alors à proximité. Demi hurla de peur et se réfugia derrière la jeep pour se protéger des balles. Lucas sortit son arme, tentant de déterminer l'emplacement du tireur embusqué.

Qui que soit ce dernier, il continuait d'arroser la scène. Le pare-brise de la jeep explosa. Une des balles creva un pneu.

À l'abri derrière l'un des piliers du porche, Lucas riposta, et une fusillade s'ensuivit.

Lorsqu'il n'entendit plus rien, il courut dans les bois. En passant, il vit Demi, un bébé en pleurs dans les bras, toujours accroupie derrière la jeep.

Il ralentit en remarquant des traces de pas dans la neige.

2

Les cris de Wolf, recroquevillé dans son écharpe de portage, eurent raison de la peur de Demi. Son fils était sa priorité. Elle se devait de le protéger. Le serrant contre elle, elle tenta de le calmer. Comment Devlin l'avait-elle retrouvée ? Lucas l'avait-il conduit jusqu'ici ?

Avec un pneu crevé, la jeep était inutilisable. Il lui fallait changer la roue, mais dans l'immédiat elle n'y parviendrait pas sans se faire tuer. Si elle avait pu atteindre sa voiture avant les coups de feu, Wolf ne serait pas en larmes, et elle serait loin, se reprocha-t-elle. Maintenant, pour assurer la sécurité de son bébé, elle était obligée de retourner au chalet.

Cela dit, rien n'était encore perdu. Si elle réussissait à subtiliser les clés du pick-up de Lucas, elle aurait encore une chance de s'échapper. Certes, elle le laisserait alors seul ici en compagnie d'un tueur, songea-t-elle avec mauvaise conscience. Mais avait-elle le choix ? Même s'il prétendait le contraire, Lucas avait l'intention de la livrer aux autorités. Elle en était certaine. Elle devait penser à Wolf. Si elle était arrêtée, jetée en prison, qu'adviendrait-il de son fils ?

Elle courut jusqu'à la cabane en rondins. Elle eut besoin d'un bon moment pour rassurer son fils, terrifié par la fusillade. La vue de ses joues ruisselantes de larmes lui brisait le cœur. Roux comme elle, Wolf était très mignon. Mais là, il pleurait comme un désespéré.

— Je suis désolée, chéri, dit-elle en l'embrassant. Désolée.

Tout était la faute de Devlin. Il n'était pas juste que son fils endure une telle situation. À la nuit tombée, la place d'un bébé était dans son berceau, au chaud, et surtout en sécurité.

Wolf commençait à se calmer. Il la dévisageait de ses grands yeux verts avec tant de confiance et d'amour qu'elle fondit. Il était épuisé, et ses paupières se fermaient à moitié.

Demi promena le regard dans le chalet. Lucas n'y avait rien laissé mais il n'était certainement pas venu jusqu'ici les mains dans les poches. Comme elle jetait un œil par la fenêtre, elle repéra un sac à dos posé contre un pin, à proximité.

Tout en enroulant Wolf dans une couverture, elle sortit de la maisonnette et inspecta d'un coup d'œil les alentours pour s'assurer que le tireur s'était enfui. Lucas le poursuivait sans doute à travers les bois. Elle s'accroupit près du bagage de Lucas, tenant fermement Wolf contre elle. Il s'était endormi. À la hâte, elle fouilla le sac à dos. Malheureusement, il ne contenait que des vêtements de rechange, une bouteille d'eau, un GPS et une petite trousse de secours.

Pas de téléphone portable. Ni de menottes. Ni de clés…

Déçue, elle retourna au chalet. Lucas avait gardé son trousseau sur lui. Elle était coincée ici. En rentrant, elle coucha Wolf dans son berceau, verrouilla la porte secrète avant de retourner dans le salon. Il gelait à l'intérieur. Le froid entrait par la vitre que Lucas avait découpée pour s'introduire chez elle. Demi prit du ruban adhésif dans un des tiroirs de la cuisine et entreprit de réparer le trou dans le verre. Dehors, il neigeait de plus en plus fort. Un tapis blanc recouvrait déjà le sol.

Un petit coup à la porte d'entrée lui apprit que Lucas était revenu. Il avait passé un bon moment à poursuivre le tireur. En vain, visiblement.

Elle lui ouvrit et lança :

— Va-t'en, Lucas.

— Je ne peux pas partir, Demi, surtout maintenant. Devlin m'a échappé.

Pourquoi était-il aussi certain que Devlin en personne leur avait tiré dessus ? L'avocat véreux avait les moyens d'engager un sbire pour faire le sale boulot. Il avait bien payé des témoins pour la faire accuser. Pourquoi pas un tueur à gages ?

— Laisse-moi entrer.

— Non. Va-t'en !

— Demi…

— Va-t'en, Lucas, répéta-t-elle. Tu n'aurais jamais dû venir ici.

— Tu as besoin de moi.

— Absolument pas ! cria-t-elle, furieuse.

— Tu as un bébé. Face à un tueur comme Devlin, il te serait très difficile de le défendre toute seule. Alors que moi, je peux vous protéger tous les deux.

Quelques mois plus tôt, quand elle avait répondu au texto de Shane et affirmé que son fils allait bien, Demi avait tout de suite compris qu'elle avait commis un impair. Certes, elle avait confiance en son frère mais il travaillait dans la police. Maintenant, les flics savaient qu'ils devaient chercher une femme et un bébé. Ce texto avait été l'une de ses rares erreurs.

Et Lucas n'avait pas tort. Quand le tireur l'avait prise pour cible, elle avait eu peur que Wolf ne soit blessé par une balle perdue.

Mais de là à accepter la protection de Lucas…

— Comment puis-je être sûre que tu vas réellement m'aider ?

— Rien ne le garantit. Mais une tempête de neige s'annonce, et elle promet d'être forte. Or, ta jeep a un pneu à plat et un pare-brise explosé. Tu as besoin d'un véhicule. Tu ne peux plus rester ici, Demi. Dès que le temps le permettra, je vous conduirai loin d'ici.

Ses beaux discours étaient-ils sincères ? se demandait Demi avec angoisse. Même si les remarques de Lucas étaient fondées, n'avait-elle pas intérêt à trouver un autre moyen de fuir avec Wolf ?

— Laisse-moi entrer, Demi. Nous devons discuter de ce qu'il conviendra de faire demain. Devlin n'essayera pas de revenir ce soir. S'il s'y risquait, il se ferait piéger par cette tempête.

Non. S'il revenait, Devlin les tuerait sans doute, Wolf et elle. Il s'abriterait ensuite dans son chalet jusqu'à ce qu'une accalmie lui permette de reprendre la route. Imaginer Wolf blessé ou pis la rendait malade.

Lucas avait la possibilité de retourner en ville avant que les chutes de neige s'intensifient mais dès que les routes seraient redevenues praticables, il reviendrait. Et Demi aurait bien du mal à s'enfuir avant son retour. Alors que si elle l'autorisait à rester, elle n'aurait qu'à attendre la fin de la tempête et à guetter une occasion pour filer. Sans doute parviendrait-elle à lui subtiliser ses clés pendant son sommeil. Très sportif, amoureux de la nature et du grand air, Lucas était tout à fait capable de rentrer chez lui à pied. À ce moment-là, elle serait loin.

Avec un soupir, elle recula pour le laisser entrer.

Lucas était couvert de neige. Avec son arme à la ceinture et son sac à dos sur l'épaule, il avait l'air viril, fort et plus séduisant que jamais.

— Je savais que tu comprendrais où était ton intérêt, dit-il en souriant.

— Cela ne veut pas dire que je te fais confiance, répliqua-t-elle, les bras croisés.

— Je le sais, crois-moi.

Il entra, tapota ses vêtements et frotta ses chaussures sur le paillasson.

Il promena les yeux autour de lui.

— Où est le bébé ?

— Au lit.

— Puis-je le voir ? demanda-t-il en posant son sac dans un coin.

Indécise, Demi hésita. Lucas devait se demander si Wolf était de Bo – s'il avait un neveu. Quel mal y avait-il à le laisser regarder son fils dormir ?

Elle le conduisit dans sa chambre et déverrouilla le passage au fond du placard pour lui permettre d'entrer.

— L'installer dans une pièce secrète paraît un peu excessif, non ? demanda-t-il en s'approchant du berceau.

— Tu trouves mes précautions exagérées alors que tu as été témoin de la fusillade de tout à l'heure !

Wolf était allongé sur le dos, sous une couverture.

Lucas alluma la lampe sur la table de chevet qui répandit une douce lumière dans la pièce. Il observa Wolf un long moment. Puis il se tourna vers elle. Elle lut dans ses yeux la question qu'il n'osait pas poser à voix haute. Ce bébé était-il son neveu, le fils de Bo ? Elle sentait le chagrin de Lucas. Son frère était mort, mais il espérait qu'il avait laissé un peu de lui à travers ce petit garçon.

Une profonde compassion envahit soudain Demi, la prenant par surprise. Troublée, elle soutint son regard. Elle avait l'impression qu'un lien se formait entre eux. Pourtant, l'hypothèse était absurde. Lucas étant son ennemi juré. Ils se détestaient cordialement depuis toujours.

À son grand étonnement, il fut le premier à détourner la tête.

— Comment s'appelle-t-il ?

— Wolf.

— Petit Loup, traduisit-il, attendri.

Il reporta son attention sur le bébé. Il semblait bouleversé.

Lucas était-il vraiment venu ici pour l'aider ? se demandait Demi. Ou faire la connaissance de son neveu en chair et en os le déstabilisait-il ?

Elle croisa les bras sur sa poitrine, se sentant inhabituellement vulnérable. Wolf comptait plus que tout pour elle. Avant sa naissance, elle n'aurait jamais deviné à quel point il serait important. Elle avait été heureuse de le porter, de l'attendre, mais au moment de l'accouchement il s'était passé quelque chose. Lorsqu'elle l'avait eu dans les bras pour la toute première fois, un tsunami d'émotions l'avait submergée, et elle avait su alors qu'elle ne serait plus jamais la même. Quand les yeux du nouveau-né avaient croisé les siens, elle avait fondu d'amour.

Et maintenant, Lucas pourrait tout lui prendre, réduire à néant son bonheur de mère.

De nouveau, il se tourna vers elle, et elle sentit qu'une myriade de questions lui brûlaient les lèvres.

Mais elle n'avait aucune envie d'y répondre.

— Viens, dit-elle en se dirigeant vers la porte. Laissons-le dormir.

D'un geste, elle invita Lucas à quitter la pièce devant elle.

Sur le seuil de la chambre, il s'arrêta un instant et la regarda comme s'il devinait qu'elle ne souhaitait pas parler du père de Wolf.

— Je vais réparer la fenêtre puis je dormirai sur le canapé, dit-il.

Le cœur de Demi se serra quand elle réalisa que Lucas avait fait marche arrière. Peut-être avait-il compris qu'elle se battrait jusqu'à la mort pour défendre son petit. Peut-être avait-il renoncé à ce moment-là à prendre l'enfant de son frère défunt dans ses bras. Cela dit, Demi ne pouvait pas se fier à son intuition. Avec Lucas, elle s'était trop souvent trompée. Depuis qu'elle avait fait sa connaissance, des années plus tôt, il l'attirait, ce qui faussait son jugement. Certes, Lucas était séduisant comme le péché mais elle devait se méfier de lui.

Allongé sur le canapé du salon de Demi, les bras croisés sous la tête, Lucas regardait le feu s'éteindre dans la cheminée. Il ne parvenait pas à dormir. Il avait trop à l'esprit pour s'abandonner au sommeil : le désir manifeste de Demi de filer à l'anglaise, sa volonté farouche de protéger Wolf et surtout ses réticences à parler de Bo le troublaient. Pourquoi n'avait-elle pas envie d'évoquer son ex-fiancé ? Se sentait-elle menacée ? Il comprenait qu'elle ait pris tant de précautions pour se cacher et pour installer Wolf dans une chambre secrète. Elle avait peur que quelqu'un lui prenne l'enfant et lui fasse du mal. Craignait-elle aussi qu'il espère récupérer le bébé après l'avoir dénoncée, elle, à la police ? En tant qu'oncle, il pourrait obtenir la garde du petit si sa mère était en prison…

Comment la convaincre de sa bonne foi ? Il n'avait aucune intention de la livrer aux autorités. Sans doute avait-elle besoin de temps pour lui faire confiance. Quant à lui, il lui fallait prouver que Devlin était bien le Groom Killer. Lucas se sentait obligé de faire amende honorable pour avoir cru si longtemps Demi coupable. Il savait aussi à quel point elle était têtue.

Il l'entendit bouger dans sa chambre, ouvrir la porte secrète pour aller s'assurer que son fils dormait bien. Elle referma avec soin le passage avant de remonter le couloir à pas de loup. Sans doute ne voulait-elle pas le réveiller.

— Je ne dors pas, dit-il.

Repoussant la couverture, il se leva et enfila un jean pour la rejoindre dans la cuisine.

Elle regarda son torse d'un œil admiratif. Mais très vite, comme si elle prenait conscience de ce qu'elle faisait, elle battit des paupières et se retourna pour sortir un verre du placard. Elle dut se hisser sur la pointe des pieds pour l'atteindre, et dans le mouvement sa chemise de nuit qui lui tombait aux genoux remonta sur ses cuisses. Comme lui, elle était pieds nus. Le chalet bénéficiait d'un bon chauffage central, et une douce chaleur régnait dans la pièce.

— Une nuit comme celle-ci me fait regretter de ne pas avoir la télévision, dit Demi en posant son verre sur le comptoir.

— Je n'arrive pas à dormir non plus.

Tandis qu'elle sortait une bouteille de lait du réfrigérateur, il s'adossa au mur. Les guirlandes lumineuses et le feu dans la cheminée étaient les seules sources de lumière. Lucas trouvait incroyable que Demi ait réussi à rendre cette petite maison en rondins aussi accueillante alors qu'elle était en cavale. En revanche, il n'était pas surpris qu'elle soit parvenue à rester si longtemps cachée. Étant chasseuse de primes, elle savait comment disparaître des écrans radars. Elle avait vécu sous une fausse identité, se déguisant chaque fois qu'elle sortait, et voilà pourquoi il avait mis près d'un an à retrouver sa trace. Il avait eu tort de la sous-estimer.

Elle redressa soudain la tête.

— Où est Queenie ? demanda-t-elle.

Évoquer la chienne d'intervention de Lucas était sans doute un sujet sans risque pour elle.

— Avec Elle, ma sœur.

Queenie était un malinois et l'une des meilleures pisteuses de la brigade canine du RRPD. La sœur de Lucas, Elle Gage, possédait également un chien et venait d'intégrer la police de Red Ridge.

— Tu ne l'as pas amenée avec toi ?

— J'irai la chercher quand nous reviendrons à Red Ridge.

— Nous ? répliqua-t-elle en fronçant les sourcils.

Connaissant son côté têtu, il décida de ne pas en discuter pour le moment. Dehors, le vent avait forci, la tempête faisait rage, et le tapis neigeux s'épaississait d'heure en heure. Être coincé dans ce chalet avec Demi était sans doute une chance.

Il la suivit dans la pièce voisine.

— Tu as dû te donner du mal pour réussir à me retrouver, dit-elle en posant son verre sur la table basse. Tu n'as pas toujours cru à mon innocence, ajouta-t-elle avec reproche.

Au ton qu'elle employa, il comprit qu'elle pensait qu'il n'y croyait toujours pas, du moins pas totalement.

Les pieds sur le pouf, il se cala contre les coussins.

— En effet, j'ai remué ciel et terre pour te retrouver parce que j'étais certain que tu avais tué mon frère.

— Et maintenant, tu as changé d'avis ?

— Exactement.

— Sans aucune preuve ? s'étonna-t-elle.

De nouveau, il préféra ne pas ergoter à ce sujet mais elle insista :

— Tout le monde à Red Ridge pense-t-il que je suis le Groom Killer ?

— Non, loin de là. Bon nombre de gens sont persuadés que tu aurais été incapable de faire du mal à Bo. À commencer par Shane et Brayden qui m'ont rendu fou.

À la mention de ses demi-frères – Shane Colton, un ex-escroc devenu détective privé et indic du RRPD, et Brayden Colton, un autre maître-chien de la brigade canine –, le visage de Demi s'éclaira. Ils l'avaient défendue bec et ongles mais sans doute l'avait-elle ignorée jusqu'à présent.

— Mes frères ont donc tenté de m'innocenter ?

— Au début, il leur aurait été difficile de le faire : tout t'accablait. Mais après le meurtre de Tucker Frane, Shane a compris que quelqu'un t'avait piégée et te faisait porter le chapeau.

— Tucker avait affirmé m'avoir vue tirer sur un homme dans une ruelle, non loin d'un restaurant français.

— Voilà pourquoi Shane a pensé qu'il y avait anguille sous roche.

Repliant les jambes, elle enroula les bras autour de ses genoux.

— Et Brayden ? demanda-t-elle.

— Brayden m'aurait arraché la tête s'il en avait eu la possibilité. Il était convaincu de ton innocence et de mon désir de t'anéantir.

Elle sourit.

— Oui, sans doute.

— Il exagérait. Nous ne nous entendions pas si mal, toi et moi.

Traditionnellement, les Colton et les Gage de Red Ridge se détestaient cordialement à cause d'une vieille querelle qui opposait leurs deux familles depuis près d'un siècle. Des années de conflit avaient laissé des traces, mais tout doucement les choses s'arrangeaient. Lucas l'avait constaté depuis que Demi avait été accusée à tort d'être le Groom Killer.

Le visage de Demi s'assombrit.

— Tu plaisantes ? Tu as toujours cherché à prendre l'ascendant sur moi, à me prouver que tu étais le plus fort. Je ne l'ai jamais supporté.

— Tu travailles en free-lance. Je suis un véritable policier de la brigade canine, voilà tout.

L'œil noir, elle fronça les sourcils. Lucas adorait la voir se rembrunir de la sorte. Il ne pouvait pas s'empêcher de la taquiner, et voilà en grande partie pourquoi ils étaient restés si longtemps à couteaux tirés. Il ne pensait pas pouvoir s'arrêter maintenant.

— Je suis chasseuse de primes, répliqua-t-elle.

— Et moi, chasseur de primes adjoint au shérif, rétorqua-t-il avec un clin d'œil. Et toc !

Elle le regarda un peu interloquée :

— Tu le fais exprès ?

Il éclata de rire.

— Bien sûr !

Exaspérée, elle pencha la tête sur le côté.

— Tu aimes te moquer de moi. Avoue-le !

— Je ne l'avoue pas, je le revendique ! C'est si drôle. Cela marche à tous les coups. Tu es si soupe au lait ! Tu es adorable.

— Adorable ? Je ne me qualifierais pas d'adorable.

Il partageait son avis. Elle était surtout intelligente, tenace, forte. Et ravissante.

— Ce qui est adorable est que tu ne te rends jamais compte que je te taquine.

Demi ne répondit pas. Un jour, peut-être parviendrait-elle à cesser de monter sur ses grands chevaux chaque fois qu'il l'asticotait.

Mais Lucas poursuivait son raisonnement :

— À mon avis, tu es toujours sur la défensive à cause de ton père, Demi.

— N'importe quoi ! La vérité est que les Gage détestent tout ce qui se rapporte aux Colton, quoi que nous fassions.

La tempête de neige n'était pas près de se calmer. Ils avaient la nuit pour débattre du sujet.

— Tu sembles proche de tes frères et de ta sœur mais que s'est-il passé avec ton père ?

— Rien. C'est mon père, voilà.

— Oui mais…

— Rusty Colton tient un bar mal famé dans les bas-fonds de la ville. Il n'a rien à voir avec les autres Colton de Red Ridge. Alors fais très attention à ce que tu vas dire…

— Hé ! je n'ai pas…

— Tu n'as pas quoi ?

Demi avait un tel caractère que Lucas ne savait jamais par quel bout la prendre. Avec elle, il avait toujours veillé à choisir ses mots, à réfléchir avant de dire quoi que ce soit. Mais tout à coup, il devinait qu'il ne s'agissait plus d'un jeu. Demi avait davantage de profondeur qu'il ne l'avait cru. Certes, elle prenait vite la mouche mais elle n'avait jamais été méchante. Si elle se sentait agressée, elle devenait mordante mais elle n'attaquait jamais la première. Elle détestait se laisser marcher sur les pieds. En fait, il le savait et aimait la facilité avec laquelle il parvenait à déclencher sa réaction.

— Ne fais pas semblant de t'intéresser à mon père, reprit-elle. En vérité, tu es venu ici dans un seul but : me capturer et me livrer à la police. Même s'il y a un nouveau suspect, je ne suis pas pour autant blanchie ni tirée d'affaire.

Il renonça à tenter de la convaincre qu'il n'était pas venu pour la remettre aux autorités. Au lieu de quoi, il décida d'être franc au risque de paraître brutal.

— À cause de cette tempête, nous allons être coincés dans ce chalet pendant un moment, toi et moi. Pourquoi ne pas en profiter pour tenter de mieux nous connaître ? Je suis curieux, c'est tout. Voilà longtemps que je voulais te parler de ton père.

Elle prit un moment pour répondre.

— Mon père ne se soucie que de lui. Grâce à lui, j'existe

et j'ai des demi-frères et une demi-sœur. Mais pour le reste, il n'a rien d'un père. Nos relations n'ont rien de chaleureuses.

Il sentit qu'elle souffrait d'avoir été élevée par un homme comme Rusty. Sa mère l'avait quitté alors que Demi était encore jeune, à ce qu'il avait entendu dire.

— N'êtes-vous pas brouillés, tous les deux ?

— Non, répliqua-t-elle lentement comme si elle n'en était pas sûre.

Mais leurs rapports étaient tendus.

— Et ta mère ?

— Tu sais probablement que nous avons tous eu des mères différentes. La mienne est morte, il y a quelques années.

Lucas ne répondit rien. La branche Colton dont Demi était issue, la branche de Rusty, n'avait pas bonne réputation à Red Ridge. En plus de mener une vie dissolue, Rusty ne roulait pas sur l'or, loin de là. Sa progéniture non plus. Les autres Colton les méprisaient.

— Je suis désolé, dit-il.

Il avait toujours pensé que Demi n'avait besoin de l'approbation de personne, qu'elle se moquait des commérages.

Il se leva et se dirigea vers la fenêtre. Il écarta les rideaux comme pour inspecter les alentours alors qu'en réalité il avait surtout besoin de recouvrer ses esprits. Demi avait sans doute subi les conséquences de l'image détestable de Rusty. Ses frères avaient fait leurs preuves, réussi dans la vie. Sa sœur aussi. Demi avait-elle l'impression de devoir encore prouver sa valeur ?

Il se tourna vers elle.

— J'ignorais que ta mère était morte.

Elle baissa les yeux. Le sujet lui était manifestement toujours douloureux.

— À quoi ressemblait-elle ? poursuivit-il.

— À quelqu'un qui n'aurait jamais dû épouser Rusty.

— Comme toutes les mères de tes frères et sœur, je suppose.

Elle haussa les épaules.

— Mon père ne fait pas grand-chose pour améliorer notre réputation mais c'est mon père. Je ne le changerai pas.

— Si tu le pouvais, le voudrais-tu ?

— Quel intérêt ?

Il ne répondit pas.

Elle posa à son tour les pieds sur le pouf.

— Ma mère était naïve mais pas idiote. Par nature, elle considérait le monde avec bienveillance. Elle voyait toujours le bon côté des gens, y compris chez Rusty.

Il la laissa continuer.

— Les défauts de Rusty l'emportaient largement sur ses qualités mais elle ne tenait compte que de ses aspects positifs. C'est sans doute la raison pour laquelle elle l'a épousé. Je le lui pardonne parce qu'elle était pleine d'amour et parce qu'elle m'a finalement prise sous le bras pour partir. Nous avons eu une belle vie toutes les deux, loin de Rusty. Nous étions très proches. J'ai vécu avec elle jusqu'à sa mort. Je venais alors de terminer mes études.

Perdue dans ses pensées, elle regardait le feu.

— Je suis désolé. Ça a dû être dur pour toi.

De nouveau, elle haussa les épaules comme si elle refusait de le reconnaître.

— J'avais Brayden.

Lucas savait qu'elle s'entendait bien avec Brayden.

— Comment est-elle morte ?

— Dans un accident de voiture.

— Je suis désolé.

Elle leva les yeux vers lui.

— Cesse de répéter ça.

Pourquoi lui reprochait-elle de dire qu'il était désolé ? Il se sentait sincèrement désolé pour elle.

— En réalité, tu t'en moques comme de l'an quarante, poursuivit-elle. Les Gage ne se sont jamais souciés des Colton ni de rien. Tu ne cherches qu'à me ramener à Red Ridge. Pour me livrer aux flics et pour toucher la prime.

— Contrairement à toi, je n'ai jamais prêté beaucoup d'attention à cette vieille brouille entre nos deux familles. Et pour la énième fois, je te jure que je ne suis pas venu te capturer.

— Je m'intéresse à cette histoire ancestrale parce qu'il y a toujours eu beaucoup de conflits autour de moi. Aucune des autres femmes de mon père n'aimait ma mère. Enfant, je ne voyais jamais mes demi-frères et sœur. Je n'ai jamais compris l'origine de la haine qui oppose depuis les lustres les Gage et les Colton. Elle me semble ridicule. De son côté, ma famille se déchire en permanence. Tout le monde nous tourne le dos parce que nous sommes pauvres. Selon les jours, je trouve cette attitude drôle ou lamentable.

Demi confirmait l'idée de Lucas selon laquelle elle n'avait besoin de l'approbation de personne.

— Comment t'es-tu retrouvée si proche de Brayden, alors ? demanda-t-il.

— Je l'ai rencontré plusieurs fois, un peu par hasard. Et en commençant à discuter, nous avons découvert que nous avions beaucoup en commun. Nous aimons tous les deux la forêt et la montagne, la littérature et la bonne cuisine. Nous nous entendons très bien.

— En tout cas, je ne t'ai jamais mal considérée sous prétexte que ton père est un pauvre type.

Demi était une rebelle, oui, mais elle avait en elle une douceur, des failles aussi. Sans doute n'en était-elle pas consciente.

— Mais tu penses que j'ai tué Bo.

— Je ne le crois plus. Je sais que tu es innocente.

Une autre rafale projeta de la neige contre les fenêtres. Le vent hurlait au dehors. La tempête montait en intensité. Elle allait durer des heures. Lucas ne s'en plaignait pas. Il se demanda pourquoi être coincé dans ce chalet seul avec Demi lui plaisait à ce point.

En partant à sa recherche, il n'avait pas été uniquement animé par l'espoir d'une rédemption. Demi elle-même lui avait donné envie de la retrouver. Son innocence avait peut-être eu plus d'impact sur lui qu'il ne le pensait.

3

Demi entendit Wolf pleurer dans le babyphone. Elle se leva aussitôt pour gagner sa chambre. Laissant le passage secret ouvert, elle alluma la lumière. Il n'y avait pas de plafonnier dans la chambre du bébé, mais deux petites veilleuses en laiton bordées d'oursons. Comme elle se penchait au-dessus du berceau pour comprendre ce qui avait réveillé son fils, elle ne mit pas longtemps à prendre conscience qu'il avait besoin d'être changé. Elle le souleva, l'embrassa et l'allongea sur la table à langer.

Loin de protester, l'enfant se mit à babiller, et Demi lui frotta le nez du sien en riant.

— Tu aimes être au propre, mon bébé d'amour, roucoula-t-elle.

Avec des cris de joie, il remua les bras et les jambes.

Un sourire aux lèvres, elle le changea.

— Quand tu seras grand, tu seras très à cheval sur la propreté, je parie.

De nouveau, il poussa de joyeux gazouillis.

Quand elle eut fini, elle le prit dans ses bras et le tint contre elle. Elle était fatiguée, elle avait besoin de dormir mais ces moments étaient précieux. Elle n'avait aucune envie de les abréger.

— C'est un gentil bébé, lança une voix derrière elle.

Avec un sursaut, elle se retourna. Lucas se tenait à la porte. Depuis combien de temps était-il là ?

— Désolé, dit-il en entrant dans la pièce. Je ne voulais pas te faire peur. En tout cas, Wolf semble doté d'un bon caractère. Il a toujours l'air heureux de son sort.

— Ses joies sont simples : il aime être nourri, changé et gigoter dans un bain chaud.

Elle se pencha avec une expression d'adoration vers sa petite frimousse aux yeux émeraude. Son fils avait également hérité de ses cheveux roux. Elle était contente qu'il lui ressemble. Elle n'aurait pas voulu qu'il lui rappelle Bo.

Quand Lucas s'approcha d'eux, Wolf tourna la tête pour observer avec curiosité ce nouveau visage.

— Puis-je le prendre ? demanda-t-il.

Demi hésita et se demanda pourquoi. Elle aurait été incapable de justifier sa tendance à surprotéger Wolf. Le fait qu'un fou furieux se soit arrangé pour la faire passer pour une tueuse en série et que toutes les polices du comté soient à ses trousses l'expliquait. Pourtant, à cet instant précis, il n'y avait objectivement aucun danger à laisser Lucas le tenir. Une tempête de neige se déchaînait dehors. Par ce temps, il n'essayerait pas de lui voler Wolf et de s'enfuir avec lui.

Elle le lui tendit.

Wolf parut heureux dans les bras de son oncle qu'il continuait à dévisager d'un air fasciné. Mais le plus étrange fut la métamorphose de Lucas qui adopta instantanément une expression empreinte de douceur, de tendresse, que Demi ne lui avait jamais vue. Lorsque l'enfant lui saisit le doigt et le serra avec force, il se mit à rire.

— C'est un sacré gaillard, ce petit !

Avec un sourire, il ajouta :

— Il a tes yeux et tes cheveux.

— Oui.

— Est-il le fils de Bo ?

Après quelques instants, elle finit par hocher la tête :

— Oui.

Lucas leva le nez pour la regarder, et elle sentit qu'apprendre que son frère avait laissé un fils lui procurait un puissant réconfort. Au cours des dernières années de sa vie, Bo était peut-être sorti du droit chemin pour se perdre dans des comportements très critiquables, mais tous deux n'en avaient pas moins été frères.

— Étais-tu proche de Bo ? demanda-t-elle.

— Quand nous étions jeunes, nous étions inséparables. Par la suite, une fois adulte, il a déraillé. J'étais tellement occupé à vivre mes passions que je ne l'ai pas remarqué tout de suite. Lorsque je m'en suis aperçu, il était trop tard. Il s'était mis à mentir, à manquer de respect aux femmes. D'ailleurs, un jour, il avait failli être viré pour harcèlement sexuel. Je ne le reconnaissais plus. J'ignore pourquoi il a changé à ce point.

Elle devinait sa profonde tristesse mais, comme elle, Lucas avait aussi gardé de bons souvenirs de Bo. Lorsqu'elle avait rencontré Bo pour la première fois, il était le portrait de Lucas. Certes, il avait les cheveux un peu plus foncés et les yeux verts mais il ressemblait beaucoup à son petit frère. Tous deux étaient beaux et musclés. Tous deux adoraient la nature, les randonnées, le ski, la pêche et les chiens, bien sûr.

Elle était tombée amoureuse de Bo au premier regard et avait eu la certitude qu'il avait ressenti pour elle le même amour fou. Après quelques mois, ils s'étaient fiancés. Peut-être n'avait-il d'ailleurs jamais cessé de l'aimer, même lorsqu'elle avait pris ses distances. Dès les premiers temps de leur vie commune, elle l'avait surpris plusieurs fois à mentir. Il ne s'agissait pas de gros mensonges, mais elle ne comprenait pas ce besoin de raconter des histoires. Chaque fois qu'elle l'avait questionné à ce sujet, il s'était mis en colère. Un jour, de fureur, il avait soulevé la table en fer forgé du jardin et l'avait jetée sur le sol. Demi avait été terrifiée par sa violence. Après cet épisode, elle avait pris conscience que Bo n'était pas pour elle, qu'il n'était pas l'homme qu'elle attendait. Une nuit, après une énième dispute, il avait quitté la maison en claquant la porte, et lorsqu'il était rentré à l'aube, ivre mort, elle avait trouvé le numéro d'une autre femme griffonné sur une carte de visite. Elle n'avait pas supporté cette trahison. Ils avaient rompu.

— Je ne sais pas non plus pourquoi il a si mal tourné, dit-elle finalement. Il avait beaucoup de qualités mais il a fait de mauvais choix.

Lucas regardait Wolf s'endormir dans ses bras.

— Comment vous êtes-vous rencontrés et mis ensemble ?

— Je le connaissais vaguement depuis toujours. Je l'avais croisé à diverses occasions mais un jour, au marché, il m'a abordée. Très vite, il m'a invitée à dîner. Nous avons partagé un bon repas puis organisé quelques randonnées ensemble. Nous n'avons pas tardé à sympathiser, ajouta-t-elle en haussant les épaules.

Elle préféra ne pas lui dire que Bo lui rappelait Lucas mais un Lucas avec lequel elle ne serait pas en rivalité professionnelle.

— Mais par la suite, tu as découvert ses mauvais côtés…

— Oui, mais il n'avait pas que des défauts. Il élevait des chiens pour la brigade canine et avait un don particulier pour soigner les chiennes et leurs chiots. Il s'en occupait comme personne. Il te ressemblait beaucoup avant de se perdre. Il pouvait être charmant. Mais il l'était aussi avec d'autres femmes, ce que je vivais mal.

— Et s'acoquiner avec les frères Larson ne lui a pas réussi.

Noel et Evan Larson étaient de dangereux criminels qui avaient causé beaucoup de problèmes à Red Ridge. Désormais, au grand soulagement des habitants, les jumeaux Larson étaient derrière les barreaux. En tout cas, Bo avait peut-être mal tourné mais il n'avait pas mérité d'être assassiné.

— Pourquoi cela n'a-t-il pas fonctionné entre Bo et toi ? Que s'est-il passé ? demanda Lucas.

Incapable de s'en empêcher, Demi tendit les mains pour récupérer Wolf. Lucas le lui laissa, et elle le berça un peu contre elle jusqu'à ce qu'il se rendorme.

— Nous nous disputions à tout propos. Il mentait sur des bêtises, je ne comprenais pas pourquoi. Il avait aussi un côté violent qui finissait par me faire peur.

— Il n'était pas comme ça quand nous étions plus jeunes.

— Il n'était pas comme ça lorsque nous nous sommes fiancés. Quand il m'a demandé de l'épouser, j'ai accepté avec enthousiasme. Ce n'est qu'après nos fiançailles que j'ai appris l'histoire du harcèlement. Cela m'a un peu refroidie, j'avoue. Un jour, après une grosse dispute, il est parti et est rentré en pleine nuit ivre à la maison, poursuivit-elle en couchant Wolf dans son berceau. Le lendemain matin, je lui ai dit que je ne supportais pas ce genre de comportement et que s'il ne changeait pas, je m'en irais.

— As-tu rompu avec lui ?

— En substance, oui. Je lui ai donné une chance de se racheter. Sans doute espérais-je retrouver le Bo dont j'étais tombée amoureuse.

— L'as-tu aimé ?

Elle se demanda pourquoi Lucas lui posait toutes ces questions. Parler de son frère aîné l'aidait peut-être à supporter son deuil.

— J'ai aimé une version de Bo.

— Après cet ultimatum, a-t-il essayé de changer ?

— Oh non ! pas du tout ! Il était furieux contre moi. Il a fait ses bagages, repris sa bague de fiançailles et il est parti. Peu de temps après, j'ai découvert qu'il avait une relation avec Hayley Patton.

Lucas l'observait, mais peut-être ne la voyait-il pas vraiment, tant il semblait plongé dans ses réflexions sur la façon dont son frère avait fini par devenir violent, injuste et insensible.

— Te savais-tu enceinte quand vous vous êtes séparés ?

Elle secoua la tête.

— Non. Et lorsque je m'en suis aperçue, je n'ai pas vu l'intérêt de le lui dire. Pour être honnête, je ne pense pas qu'il s'en serait soucié.

— La version précédente de Bo s'en serait souciée.

Peut-être mais Demi se demandait souvent s'il ne lui avait pas montré cette autre version de lui-même dans le seul but de la séduire.

Après un long regard, Lucas soupira, et il se gratta la tête, comme s'il se sentait gêné.

— Je ne pense pas retrouver le sommeil tout de suite. Je vais sans doute rester debout un moment.

— Moi aussi. Je nous prépare un bon café ?

— Bonne idée.

Il la fit sortir de la chambre de Wolf.

Dans la cuisine, elle remplit la bouilloire et la mit sur le feu. Dehors, le vent semblait se calmer. Demi ne cessait de penser à la tendresse dont Lucas avait fait preuve avec Wolf. Il semblait à l'aise avec les bébés. Avant d'avoir son fils, Demi ne se serait pas imaginée comme une personne maternelle. Maintenant, elle savait que si elle se mariait un jour, il faudrait que son mari soit aussi un père pour Wolf.

— Aimerais-tu avoir des enfants, un jour ? demanda-t-elle avant de pouvoir s'en empêcher.

Pourquoi lui avait-elle posé cette question ? se reprocha-t-elle aussitôt. Elle n'avait pas besoin de le savoir. Elle ne s'intéressait pas à Lucas – son rival de toujours et un Gage, de surcroît.

— Non.

Il répondit si sèchement qu'elle cessa de verser l'eau dans la cafetière pour se tourner vers lui.

Il s'expliqua :

— Certaines personnes sont peut-être faites pour avoir des gosses. Mais pas moi.

— Pas d'enfants et pas de mariage non plus, je suppose ?

— En effet, je ne suis pas non plus de l'étoffe dont on fait les maris.

Demi trouva sa position plutôt extrême. Avait-il envie de rester seul sa vie durant ? Comment en était-il arrivé à prendre une décision aussi radicale ?

Ellc fut surprise de la profonde déception qui l'envahit. Depuis qu'elle l'avait rencontré, elle était secrètement attirée par Lucas mais leurs relations avaient toujours été compliquées. Trop compliquées pour se muer en amour.

— Pourquoi ? Je veux dire, pourquoi refuser de se marier, d'avoir des enfants ?

— Ma mère est morte quand j'étais jeune. Cette tragédie a brisé le cœur de mon père et a bouleversé notre famille.

Elle savait qu'il avait perdu sa mère, tout comme elle.

— Ton père s'était remarié mais sa seconde femme est morte, elle aussi, l'année dernière, dit-elle.

Il opina tristement.

— Il souffre toujours de l'avoir perdue et ne s'est jamais vraiment remis du décès de ma mère mais je le trouve mieux, ces derniers temps. Il m'a dit qu'il préférait être tout seul.

— Pour ne pas risquer de perdre quelqu'un qu'il aime ?

Les humains n'étaient pas censés vivre seuls.

— C'est sans doute la raison pour laquelle Bo est devenu un sale type, poursuivit Lucas. Après la mort de ma mère, mon frère s'est peut-être senti abandonné, livré à lui-même. Mon père n'a pas su nous aider à gérer notre deuil. Il travaillait énormément et n'était jamais là pour nous. Nous en avons beaucoup souffert.

Leur père s'était noyé dans le travail pour oublier son chagrin et, par ricochet, avait négligé ses enfants. Passer du temps avec eux lui était peut-être devenu trop pénible. Il avait épousé successivement deux femmes qu'il avait aimées, et toutes les deux lui avaient été enlevées.

Le café était prêt, et Demi en remplit deux tasses.

— Du sucre ? Du lait ?

— Je le prends noir, merci.

Elle versa un peu de crème dans la sienne. Puis, elle lui tendit son café, et tous deux se dirigèrent vers la partie salon.

S'installant sur le canapé, elle sirota le liquide fumant.

— Et aviez-vous bonnes relations avec votre belle-mère ?

— Lorsqu'elle est arrivée, nous étions habitués depuis longtemps à nous débrouiller seuls. Elle était gentille, mais elle n'était pas notre mère et n'a jamais d'ailleurs tenté de créer de liens avec nous. En toute justice, je ne crois pas qu'elle l'aurait pu, même si elle avait essayé. Nous avions tous été anéantis par la mort de notre mère.

Demi s'appuya contre le comptoir.

— À la mort de la mienne, j'ai commencé à penser à fonder un jour une famille. Je n'avais pas envie de vivre seule. Après la naissance de Wolf, j'ai compris que je ne le serais plus jamais. J'aurais toujours mon fils à mes côtés. Je comprends pourquoi tu n'aimerais pas te marier. De son côté, mon père n'a pleuré aucune de ses épouses et n'a jamais fait partie de ma vie. Il se fichait complètement de nous. Seule sa propre personne l'intéressait. Je détesterais épouser un type comme lui. Je ne me marierai qu'avec un homme aimant les enfants.

Lucas sourit, mi-figue, mi-raisin.

— Alors nous sommes d'accord, au moins sur un point. Ce qui me semble dangereux.

Dangereux parce qu'ils avaient une position commune sur un sujet essentiel ? Demi n'était pas complètement convaincue.

— À mon avis, les gens donnent trop d'importance au mariage, répondit-elle. Trop de personnes se marient pour faire comme tout le monde. Cela dit, tes angoisses me semblent totalement exagérées. Tu ne peux quand même pas passer ta vie à craindre de perdre la femme que tu épouseras !

— Pourquoi « exagérées » ? Tout le monde meurt, non ?

— Oui, évidemment, mais la plupart des épouses vivent jusqu'à un âge avancé avec leur cher et tendre. Ce n'est pas parce que ton père a perdu ses deux femmes que cela va t'arriver.

La peur d'un veuvage précoce ne lui paraissait pas une raison valable pour rester célibataire. De son côté, elle n'était pas certaine non plus d'avoir un jour envie de convoler en justes noces, mais parce qu'elle doutait qu'un homme soit capable d'aimer un enfant qui n'était pas le sien.

— Mes réticences ne concernent pas seulement le mariage, dit-il. Mais l'amour sous toutes ses formes.

Il refusait d'aimer par crainte de perdre l'objet de son amour comme son père l'avait perdu ?

— Tu vas donc passer ta vie entière à tout faire pour ne jamais tomber amoureux ? demanda-t-elle, sidérée.

— Je ne sais pas. En fait, je n'y pense pas, répondit-il.

— Tu y as forcément pensé puisque tu viens de dire que tu ne tomberais jamais amoureux et que tu ne te marierais pas.

Il n'aurait pas pu parvenir à une telle conclusion sans y avoir réfléchi.

— Allons-nous recommencer à nous étriper, Demi ?

Sentant sa colère monter, elle s'efforça de la maîtriser. Avec Lucas, cela n'était jamais facile.

— Tu as peur, voilà tout, dit-elle, essayant de baisser d'un ton.

— Non, rétorqua-t-il. Je n'ai pas envie de souffrir à cause d'une femme parce qu'elle sera morte ou qu'elle m'aura quitté. Et je veux encore moins connaître l'explosion familiale qui va avec ce genre de drames. J'ai déjà donné.

— Cette façon de concevoir la vie révèle une certaine rigidité d'esprit, non ?

— Tu peux parler, Demi ! Tu es incapable d'accorder ta confiance à un homme. S'il ne s'agit pas de rigidité d'esprit, de quoi s'agit-il ?

Il avait raison. Elle lui reprochait ses défauts sans voir les siens.

— Le mariage, c'est aussi la confiance, dit-elle. Pas uniquement l'amour. L'amour te tombe dessus mais la confiance se cultive.

— De toute façon, je ne suis avec personne, dit-il.

À bien y réfléchir, voilà très longtemps qu'elle n'avait pas vu Lucas avec une femme. À une époque, il sortait beaucoup avec des mannequins, des bombes qui n'avaient pas grand-chose pour elles, à part leur physique. Sans doute jetait-il son dévolu sur ce profil de filles parce qu'il savait qu'avec elles la relation ne durerait pas.

— Moi non plus, répondit-elle.

— Nous sommes parvenus à la même conclusion. Pas d'amour sans confiance. Or, la confiance est une denrée rare. Et pas de mariage parce qu'ils ne marchent jamais. Une bonne camaraderie est infiniment préférable à l'amour.

— Enfin, nous sommes d'accord sur quelque chose. C'est fou !

Contrarié par son ton moqueur, il rétorqua.

— C'est toi qui as mis le sujet sur le tapis.

— Et si, malgré tous tes efforts, tu finissais quand même par tomber amoureux ?

Le ventre noué, elle se rendit qu'elle craignait autant que lui cette éventualité.

— Cela n'arrivera pas.

De nouveau, Demi sentit la moutarde lui monter au nez. Comment pouvait-il l'affirmer ?

Elle s'approcha de lui.

— Tu sembles très sûr de toi. Et dans ces conditions, il n'y a donc aucun danger à nous aventurer sur des chemins de traverse…

Posant les mains sur lui, elle caressa son torse viril tout en le dévisageant d'un regard brûlant.

Elle vit passer une lueur de surprise dans ses yeux.

— Nous n'avons jamais exploré ce terrain, tous les deux, poursuivit-elle. Nous étions tellement occupés à nous disputer et à vouloir décrocher des primes avant l'autre que l'hypothèse de la sensualité n'a jamais traversé nos esprits.

— Elle a déjà traversé le mien.

Ce fut au tour de Demi d'être surprise. Il avait donc déjà

envisagé de sortir avec elle ? Pour sa part, elle en avait rêvé plus d'une fois mais jamais elle ne l'aurait avoué.

— En ce cas, puisque tu es certain de ne jamais tomber amoureux, pourquoi s'interdire de…

Un sourire en coin, elle se hissa sur la pointe des pieds. Le regardant droit dans les yeux, elle posa les lèvres sur les siennes, lentement, le touchant à peine. Son souffle effleura sa peau.

Son cœur s'accéléra. Une douce chaleur s'emparait d'elle tandis qu'il lui caressait le dos, la rapprochant de lui. Elle n'avait pas prévu son émoi, sa propre réaction. Elle aurait dû l'anticiper. N'avaient-ils pas reconnu l'un et l'autre qu'ils y avaient déjà pensé ?

Et soudain, il captura sa bouche. Quand leurs langues entamèrent une danse sensuelle, elle poussa un gémissement. C'était si bon qu'elle s'envola.

Les mains de Lucas se collèrent sur ses fesses, et Demi leva instinctivement la jambe, ayant faim de davantage. Comme il tirait sur sa chemise de nuit, il heurta par mégarde sa tasse de café qui se renversa.

Demi bondit en arrière, et Lucas se retourna pour redresser la tasse. Pendant quelques instants, elle ne put que rester là à regarder le café se répandre sur le comptoir et dégouliner sur le carrelage.

Que venait-il de se passer ?

S'emparant d'une feuille de papier absorbant, elle entreprit d'éponger les dégâts.

— Je m'en occupe, dit Lucas en lui prenant le rouleau des mains.

Sa déclaration selon laquelle il ne tomberait jamais amoureux ni ne se marierait la rongeait. Comme son propre manque de confiance en elle. Lucas espérait sans doute qu'elle se fasse arrêter. Pourtant, elle l'avait embrassé, et cette étreinte avait été fabuleuse. Quelque part, elle s'y attendait mais ce baiser avait dépassé tout ce qu'elle avait imaginé.

Vers midi, la tempête se calma. Lucas avait hâte de sortir du chalet. Les bulletins météo avaient annoncé d'autres chutes de neige, plus tard dans la soirée, et ils n'avaient donc pas beaucoup de temps devant eux. De plus, être confiné dans ce petit espace seul avec Demi finissait par le rendre fou. Elle n'avait jamais manqué d'audace mais il ne l'aurait jamais crue capable de se frotter ainsi contre lui. En l'embrassant. Le tsunami d'émotions qui l'avait alors submergé, lui, était plus étonnant encore. Si l'idée de l'embrasser l'avait souvent traversé, il n'avait pas prévu l'intensité de la passion que ce baiser avait déclenchée.

Il voulait que cette étreinte cesse d'encombrer son esprit. Contrairement aux autres femmes qu'il avait connues, Demi hantait en permanence ses pensées. Elle avait passé la matinée avec Wolf à le nourrir, à le laver et à l'habiller. Après avoir recouché son fils pour une petite sieste, elle avait rejoint Lucas dans le salon avec un livre. Assise sur le canapé, elle lui jetait des regards méfiants, mêlés parfois de sensualité.

— Nous allons devoir bientôt y aller, dit-il. Il ne faut pas rester ici. Il ne neige plus. Devlin va revenir.

Ils avaient eu tort de ne pas plier bagage dès ce matin. Ils ne devaient plus tarder à partir, maintenant.

Elle hocha la tête.

— Donne-moi tes clés, alors.

Il les avait gardées dans sa poche pour l'empêcher de filer sans lui.

— Je préfère prendre le volant, répliqua-t-il.

— Pourquoi devrais-je t'accompagner ? demanda-t-elle.

— Nous allons nous installer dans mon chalet. Il est protégé par un excellent système d'alarme. Devlin ne pourra pas nous atteindre là-bas.

— Nous ?

— Wolf et toi y serez en sécurité.

— Pour combien de temps ? Jusqu'à ce que tu me pousses à me rendre en ville afin que tes collègues du RRPD m'arrêtent ?

— Personne ne t'arrêtera.

— Les flics ont réuni assez de preuves contre moi pour me jeter en prison. Si pour avoir une chance d'être libérée, je dois attendre que la culpabilité de Devlin ait été établie, je risque d'y rester longtemps. Et au fond, c'est ce que tu veux, n'est-ce pas ?

— Non, pas du tout.

Frustré, il se leva et se mit à arpenter la pièce. Il se posta devant la fenêtre. Le ciel était toujours sombre et nuageux mais le vent était tombé, et il ne neigeait plus. Il ne remarqua aucune trace de pas sur le tapis blanc. Quelques heures plus tôt, il était sorti pour s'assurer que personne n'était venu rôder pendant la nuit. Il n'avait rien vu d'anormal. Mais il n'y avait pas de temps à perdre.

— Tu pourras rester dans mon chalet aussi longtemps que tu le souhaiteras, Demi. Je ne dirai à personne que tu es là. Mes collègues savent tous que je suis à ta recherche, mais s'ils m'interrogent à ce sujet, je prétendrai que je ne t'ai pas trouvée. Tu te déguiseras pour pouvoir m'aider à remettre la main sur l'arme manquante utilisée pour assassiner Bo. Tu resteras cachée jusqu'à ce que nous la trouvions et que nous ayons quelque chose de concret pour blanchir ton nom.

Elle réfléchit un moment avant de lancer :

— Pourquoi ferais-tu ça ? Tu me crois coupable.

— Je ne crois plus que tu as tué mon frère, non.

— Pourquoi m'aider ? insista-t-elle. Mon arrestation serait pour toi un moyen pratique de te débarrasser d'une rivale professionnelle, non ?

Il se mit à rire. Elle avait vraiment une piètre opinion de lui.

— Je ne suis pas encore tombé si bas. Merci.

Elle détourna les yeux, et il devina qu'elle acceptait l'argument, même si elle ne l'aurait jamais reconnu.

— De plus, j'ai une dette envers toi, poursuivit-il. Non seulement pour avoir douté de ton innocence mais parce qu'un jour tu m'as sauvé la vie.

Comme elle ne semblait pas s'en souvenir, il poursuivit :

— As-tu oublié ce cambrioleur multirécidiviste dont la tête était mise à prix ? Nous étions tous les deux sur le coup. Il m'avait dans le collimateur mais au moment où il s'apprêtait à tirer, tu as surgi derrière lui et tu l'as empêché de me descendre.

— Je ne t'ai pas sauvé la vie.

— Il m'aurait abattu, j'en suis sûr. J'avais tellement envie de l'avoir avant toi que je me suis précipité vers lui, me mettant trop tôt à découvert. Je ne savais pas où il était passé. Mais toi, tu l'avais vu entrer dans cette ruelle et tu t'es positionnée derrière lui.

Elle réfléchit un moment à ce qu'il venait de dire.

— Cela ressemble à un compliment, grommela-t-elle enfin.

Il n'avait pas déclaré qu'elle était une bonne chasseuse de primes mais il le pensait. Elle était excellente dans sa partie. Cela dit, il ne l'avait jamais reconnu, trop occupé à s'efforcer de faire mieux qu'elle.

— Je t'en prie, Demi. Viens avec moi dans mon chalet. Celui-ci n'est plus sûr pour toi et le petit, à présent.

Elle regarda le sapin de Noël.

— Je n'aime pas l'idée de passer Noël sans arbre.

— J'ai un sapin magnifiquement décoré chez moi. Et des guirlandes lumineuses dans le jardin. Tu n'en as pas ici.

Elle hésitait toujours, mais il la sentait faiblir.

— N'es-tu pas fatiguée de fuir en permanence ? ajouta-t-il.

Elle laissa échapper un long soupir.

— Bien sûr que si. Ma maison et mes amis me manquent.

— Alors va faire tes bagages. Sortons d'ici pendant que nous en avons encore la possibilité.

Elle céda enfin.

— D'accord.

Elle se leva et se dirigea vers l'arrière de la maisonnette en rondins.

Lucas fut très soulagé et un peu surpris d'avoir réussi à la convaincre de partir avec lui. Avant d'être accusée de meurtre, elle n'aurait jamais accepté de l'accompagner. Leur rivalité avait été très forte. Et pour ne rien arranger, elle était une Colton et lui, un Gage. Leurs prises de bec personnelles ne faisaient qu'attiser la brouille qui déchirait leurs deux familles depuis un siècle.

Pourtant, après avoir passé du temps en tête à tête avec elle, il sentait que leurs relations se réchauffaient un peu. Leur baiser avait certainement fait fondre une part considérable de l'animosité entre eux. Il n'était pas sûr que le mot « animosité » soit le bon. Peut-être à la surface, en apparence. Mais plus profondément, il avait toujours pensé que leur rivalité était plus un jeu qu'une guerre impitoyable. Il n'avait jamais cessé de taquiner Demi, et elle prenait chaque fois la mouche. Cela l'amusait. Maintenant, il devait faire face à son attirance pour elle qui présentait plus un problème qu'autre chose.

Et si, malgré tous tes efforts pour que cela n'arrive pas, tu tombais amoureux ?

Sa question le hantait. Et après cette étreinte, elle le tourmenterait encore longtemps.

Une énorme explosion secoua soudain les murs du chalet.

Lucas sortit son arme et se précipita vers la porte. Il l'ouvrit pour scruter les alentours. Son pick-up était en feu. Quelqu'un l'avait fait sauter. Et les quatre pneus de la jeep avaient été tailladés.

Maintenant, ils n'avaient plus aucun moyen de partir d'ici.

Sauf à pied.

4

Tout en enfilant son caban, Lucas se rua hors du chalet. Il avait entendu le vrombissement caractéristique d'une motoneige. Il s'élança dans les bois. Malheureusement, le bruit de l'engin s'estompait. Le type était déjà loin. Lucas n'avait aucune chance de le rattraper.

Comme il regagnait la cabane en rondins, il vit Demi, armée d'une carabine, debout devant le porche.

En le reconnaissant, elle baissa son arme.

— Nous sommes pris au piège ici, dit-elle.

Il l'entraîna à l'intérieur, referma la porte et la verrouilla.

— Nous allons descendre la montagne à pied jusqu'à une auberge située à quelques kilomètres de la voie express.

— À pied ?

Il savait qu'elle pensait à Wolf.

— Ce n'est pas la mer à boire. Habille-le chaudement.

Demi le dévisagea un moment en silence avant de se diriger vers l'arrière du chalet.

Par les fenêtres, Lucas surveillait les alentours. Quelques instants plus tard, il entendit revenir la motoneige. Faisant rugir son moteur, Devlin émergea des arbres, un fusil-mitrailleur à la main. Il commença à tirer sur la maisonnette. Lucas recula au fond du salon, dos au mur. Sous l'impact des balles, les vitres explosèrent, certaines boules du sapin aussi.

Lucas courut à l'arrière du chalet, s'emparant au passage de son sac à dos. Il referma la porte du placard de Demi derrière lui et ajusta les vêtements suspendus pour cacher l'entrée secrète. Puis il rejoignit Demi dans la chambre de Wolf.

Pendant ce temps, Devlin arrosait les lieux de balles, brisant d'autres objets dans le salon et la cuisine.

Demi avait fini d'habiller Wolf chaudement et l'avait installé dans l'écharpe de portage. Visiblement, il commençait à s'inquiéter du bruit.

— Chut ! mon bonhomme, dit Demi en le berçant. Tout va bien.

Elle avait posé la carabine contre la porte, glissé son Glock dans un holster à sa ceinture et préparé un sac à dos rempli de vêtements chauds pour Wolf. Il la félicita pour sa prévoyance.

Les coups de feu avaient cessé.

Lucas échangea un regard avec Demi. Que fabriquait Devlin ?

Peu de temps après, ils l'entendirent défoncer la porte d'entrée et se remettre à tirer.

— Je sais que vous êtes ici ! cria-t-il.

Au martellement de ses bottes sur le plancher, ils comprirent qu'il faisait le tour de la maison. Il remonta le couloir et s'arrêta devant la chambre de Demi, tout près de cette pièce cachée.

— Où êtes-vous ? cria-t-il.

Il se mit à lancer des objets à terre, une lampe puis un vase, saccageant l'endroit sans cesser de hurler.

— Où êtes-vous ? Je ne vous ai pas vus vous enfuir.

Manifestement perturbé, il parlait tout seul :

— Comment ai-je pu être aussi stupide ? M'en aller dans l'espoir de la faire sortir de son trou était une erreur. J'aurais dû la buter tout de suite !

Il grommela plusieurs jurons avant de quitter la cabane en rondins.

De nouveau, Lucas tendit l'oreille. La motoneige fit le tour de la maisonnette avant de s'éloigner.

— Il est parti. Allons-y.

Demi tira la capuche de Wolf sur sa tête et l'enveloppa d'une couverture. Elle-même portait un épais manteau, un bonnet, des gants et des bottes fourrées.

Lucas ouvrit la fenêtre, balança les sacs dans la neige et sauta dehors. Il prit alors Wolf des mains de Demi pour permettre à celle-ci de sortir à son tour. Il jeta les sacs à dos sur son épaule pendant que Demi réinstallait le bébé dans l'écharpe de portage. Puis il lui saisit le bras pour l'entraîner à la hâte vers les bois. Leurs pieds s'enfonçaient dans l'épais tapis neigeux. Les mâchoires serrées, il se retourna pour regarder une dernière fois, la rage au cœur, son pick-up dévoré par les flammes.

Dès qu'ils atteignirent le long sentier qui serpentait dans la montagne, il ralentit le rythme. Tout en marchant, il surveillait les alentours, guettant le retour de la motoneige ou la présence éventuelle de tireurs embusqués.

Après un moment à cheminer entre les pins, Demi demanda :

— Pourquoi Devlin veut-il me tuer ? Toutes les preuves sont contre moi. Il m'a piégée pour me faire accuser à sa place.

— Il doit savoir que la police est à ses trousses. Même si nous n'avons pas encore de preuves solides contre lui, il est devenu suspect.

— Alors pourquoi s'en prendre à moi ? Pourquoi ne s'est-il pas simplement enfui ?

— Il s'est enfui. Et je crois qu'il veut te tuer pour la même raison qu'il a tué tous ces futurs mariés.

— À cause de son obsession pour Hayley. Il a éliminé Bo pour que ce dernier ne puisse pas l'épouser et a probablement descendu tous les autres fiancés parce qu'il ne voulait pas qu'ils épousent la femme de leur vie puisque lui-même n'en avait pas eu la possibilité.

Heureux de penser à autre chose qu'à son désir d'embrasser Demi, Lucas renchérit :

— En te faisant porter le chapeau, il avait imaginé que tu serais vite arrêtée et emprisonnée. Or, tu as réussi à disparaître dans la nature, et maintenant c'est lui qui est soupçonné. Rien n'a fonctionné comme il l'avait espéré, et il t'en rend sans doute responsable. Pour lui, tu devrais être derrière les barreaux.

— Nous ne le saurons jamais. Il est impossible de se mettre dans la tête d'un détraqué.

— Sans doute pas, en effet.

Bientôt, ils arrivèrent à la route. Ils seraient à découvert, maintenant. Si Devlin voulait encore les poursuivre, il devrait le faire au volant d'une voiture et non aux commandes d'une motoneige. Lucas se promit de se renseigner plus tard auprès des loueurs locaux afin de prouver qu'il en avait loué une.

— À quelle distance se trouve l'auberge ? demanda Demi.

— Je suis passé devant en venant. Peut-être dix kilomètres.

— C'est beaucoup.

Pour Lucas, parcourir une telle distance était un jeu d'enfant. Il aimait le sport et y consacrait ses week-ends. Cependant, le ciel s'assombrissait ce qui le préoccupait. Il n'allait pas tarder à neiger de nouveau.

— Aimes-tu marcher ? demanda-t-il.

— J'adore me balader dans les bois. Ces derniers mois, j'en ai bien profité. Je sortais Wolf tous les jours.

— Et camper, pêcher, faire du vélo et des randonnées ?

— Je n'ai pas campé depuis longtemps, et la pêche m'ennuie, mais je possède un bon VTT.

Tout en cheminant à côté d'elle, Lucas se demandait pourquoi il ne s'était pas aperçu plus tôt qu'ils avaient tant en commun. Après le puissant baiser qu'ils avaient échangé, prendre conscience de leurs similitudes n'était pas de bon augure et ébranlait les piliers de sa philosophie de l'amour. Cela dit, trouver Demi attirante sur tous les plans ne signifiait pas qu'il tomberait amoureux d'elle.

Soudain, il entendit derrière eux une voiture s'approcher.

Lucas prit le bras de Demi pour l'entraîner loin de la route vers les arbres. Après la tempête de neige, peu de conducteurs se risquaient à s'aventurer dans la montagne. Il était probable que Devlin était au volant.

Cachés derrière un gros sapin, ils virent passer une jeep, conduite par une femme.

Ils se remirent en marche mais bientôt un ronflement de moteur les obligea à se réfugier de nouveau dans la pinède.

Cette fois, un 4x4 ralentit et s'arrêta non loin d'eux. Devlin était au volant.

— Il ne lâchera jamais l'affaire ! s'exclama à mi-voix Demi.

— Enfonce-toi dans le bois.

Wolf serré contre elle, elle s'éloigna à grands pas.

Lucas attendit que Devlin sorte de sa voiture et charge son arme. Il tira alors, atteignant la portière. Devlin se baissa aussitôt pour se protéger. Il tenait son fusil-mitrailleur, et en refaisant feu Lucas s'arrangea pour l'atteindre à la main et lui faire lâcher son arme.

Devlin se réinstalla à la hâte au volant et démarra. Quand il passa devant lui, Lucas tira une fois de plus. Le 4x4 fit une embardée mais très vite Devlin reprit la maîtrise de son véhicule et accéléra.

Lucas le regarda s'éloigner avant d'appeler Demi. Ils reprirent leur marche. La neige s'était remise à tomber.

Fatiguée, frigorifiée et affamée, Demi épousseta la neige qui recouvrait la couverture de Wolf et repoussa sa capuche pour s'assurer qu'il allait bien. La petite frimousse de l'enfant se fendit d'un grand sourire comme chaque fois qu'elle avait eu ce geste. Sans doute pensait-il qu'il s'agissait d'un jeu. Lorsque l'enseigne lumineuse de l'auberge apparut, une vague de soulagement et de joie submergea Demi. Il faisait nuit maintenant, et il neigeait de plus en plus fort. Lucas ne cessait de promener les yeux autour d'eux, surveillant les alentours. Sa vigilance permettait à Demi de se focaliser sur Wolf, ce qu'elle apprécia.

Alors qu'ils traversaient le parking de l'établissement, la vue des fenêtres éclairées et de la fumée qui s'échappait de la cheminée réconforta Demi. Dotée de deux étages, la maison en rondins paraissait chaleureuse et accueillante. Un sapin de Noël se devinait à travers l'une des fenêtres.

Demi avait hâte de s'installer dans une chambre confortable et de commander un repas chaud. Elle espérait que l'hôtel bénéficiait d'un room service.

Une main sur la tête de Wolf, elle accéléra le pas. Devinant la raison de son empressement, Lucas se mit à rire et lui ouvrit la porte. Au moment où elle entrait, le bébé se mit à pleurer. Elle lui parla avec douceur pour le calmer et s'aperçut que Lucas aussi était ému chaque fois qu'il les regardait. Il ne cachait pas son affection pour son neveu. Il avait manifestement envie de nouer des liens avec le fils de son défunt frère. Mais la mère de l'enfant lui posait-elle un problème ?

À l'intérieur, ils découvrirent un petit hall lambrissé. Des tableaux champêtres ornaient les murs. De hautes portes menaient dans un salon. Des bruits de vaisselle leur firent comprendre que la cuisine n'était pas loin.

Demi se rendit à l'accueil, admirant au passage le grand escalier qui montait à l'étage. Au pied des marches était dressé un immense sapin magnifiquement décoré.

Un couple de personnes âgées apparut.

— Bonsoir, dit l'homme. Soyez les bienvenus.

— Que faites-vous tous les deux dehors par ce temps ? s'enquit sa femme. Oh ! mais vous êtes avec un bébé !

— Nous n'avions pas prévu d'arrivées ce soir, dit l'hôtelier.

— Arrête, Edward, nous avons des chambres libres.

— Mais nous venons de finir de ranger la cuisine, Gladys !

La dénommée Gladys secoua la tête.

— Laisse-moi m'occuper d'eux.

Elle regarda tour à tour Demi, le bébé puis Lucas.

— Je vais vous donner la chambre bleue, ajouta-t-elle. Elle est grande. Vous aurez de la place, et il y a une cheminée et une belle baignoire.

Tout en enregistrant la réservation sur l'ordinateur, Gladys poursuivit :

— Qu'est-ce qui vous amène ici à cette heure tardive et au milieu d'une tempête ?

— La tempête est passée, remarqua Lucas, lui tendant une carte de crédit.

— La neige est restée, répliqua Edward.

Était-il aussi grincheux qu'il en avait l'air ? Cela dit, il semblait inoffensif malgré son côté vieux ronchon.

— Nous avons eu des problèmes de voiture, déclara Demi.

— Nous pouvons vous remorquer à l'aide du tracteur, proposa Gladys.

— Il n'y a malheureusement plus rien à remorquer. Notre jeep a pris feu.

— Seigneur ! Vous avez eu de la chance de vous en tirer !

Gladys lui donna la clé – une vraie clé. Le charme désuet de l'endroit séduisait déjà Demi.

— Avez-vous un room service ? demanda-t-elle.

— Nous avons une cuisine dans laquelle nous préparons trois repas par jour pour nos clients, mais tout est rangé maintenant. Rassurez-vous, un restaurant pas très loin d'ici livre à domicile, poursuivit Gladys en leur tendant une carte.

Demi la prit, intensément soulagée.

— Je vous remercie.

— Bonne nuit.

— Le petit déjeuner est servi à 7 heures, ajouta Edward.

Lucas monta le grand escalier et remonta le couloir jusqu'à la dernière porte. Ce n'est qu'alors que Demi se rendit compte qu'ils allaient devoir partager la chambre. Elle n'avait pas pensé à en demander deux.

D'un geste, Lucas l'invita à entrer la première. À gauche, trônait un grand lit recouvert d'une couette crème bordée de vert. Un four à micro-ondes et une machine à café étaient installés sur une petite table. Un vieux canapé faisait face à une cheminée. Les murs étaient d'un joli vert sauge. Sur l'un d'eux était accroché un poste de télévision.

Demi dénoua l'écharpe de portage et prit Wolf, qui commençait à s'agiter, dans ses bras. Lucas posa les sacs à dos sur le canapé pour se rendre à la fenêtre et y jouer son rôle de sentinelle.

Après s'être débarrassée de son manteau, Demi prépara le dîner de Wolf. Elle s'assit sur le lit pour lui donner son biberon.

Une fois tranquillisé, Lucas quitta son poste et alluma un bon feu dans la cheminée. Il s'assit alors pour consulter la carte du restaurant.

— Aimerais-tu une pizza ?

Demi avait si faim que tout lui allait.

— Parfait.

Il sortit son portable, mais constatant qu'il n'y avait pas de réseau, il s'empara du téléphone de la chambre pour passer la commande.

Dans les bras de Demi, Wolf tétait avec ferveur, les yeux clos. Il avait été très courageux, ne se plaignant pas du froid pendant cette longue marche dans la forêt enneigée. Il n'avait pleuré que lorsqu'il avait eu faim.

Lucas les regardait d'un air attendri. Wolf commençait à

gazouiller, heureux d'avoir le ventre plein. Une fois rassasié, il ouvrit les yeux et croisa ceux de sa mère. Leur lien était magique. Indescriptible. Puissant.

Demi avait besoin de le préparer pour la nuit, et elle se tourna vers Lucas.

— Peux-tu le tenir pour que je puisse sortir des affaires ?

Lucas tendit les mains pour le prendre. Il le berça avec douceur.

Demi fouilla dans son sac à dos, en tira le pyjama de Wolf et une couche propre. Dans la salle de bains, elle posa une serviette sur la coiffeuse à côté du lavabo. Avant de récupérer Wolf, elle se lava le visage et enfila son propre pyjama.

Lorsqu'elle sortit de la salle de bains, Lucas changeait la couche du petit en faisant des grimaces pour l'amuser. Wolf riait aux éclats en agitant les bras et les jambes.

— Il ne lui a pas fallu longtemps pour te réduire à l'état d'esclave.

Lucas se tourna vers elle et lui sourit. Il finit d'habiller Wolf et le souleva bien haut pour poser un baiser sur son ventre grassouillet. Wolf couina de joie.

— Je ne vais jamais réussir à l'endormir, si tu continues.

— Pourquoi ne pas passer un peu de temps avec lui ?

Lucas tenait Wolf au creux d'un bras comme s'il avait pouponné toute sa vie.

— Comment se fait-il que tu sois aussi à l'aise avec un bébé ?

— J'en vois souvent, chez des amis, dans la famille.

— Tu sembles beaucoup les aimer.

— Bien sûr, tout le monde aime les bébés.

— Tu m'as dit que tu ne voulais pas d'enfants.

— Ce n'est pas le mien. C'est facile de les aimer quand ils ne sont pas à toi.

Demi se mit à rire. Elle avait pensé la même chose avant la naissance de Wolf.

— Il devra dormir entre nous, cette nuit, dit Lucas.

Puis de nouveau, il souffla sur le ventre du bébé, provoquant un autre fou rire.

— Tu es content, mon petit loup ? Cette nuit, tu seras très entouré.

Et il serait une barrière entre eux, songea Demi.

— Es-tu sûr que tu ne vas pas l'écraser pendant ton sommeil ? demanda-t-elle.

— Mais non, je ferai attention et, de toute façon, je ne pense pas dormir beaucoup.

Lucas joua avec Wolf un bon moment. Chaque fois qu'il riait, l'enfant écarquillait les yeux, fasciné par cette grosse voix d'homme. Quand leur pizza arriva, Demi lui prit et le coucha entre les oreillers avant de l'embrasser sur le front. Elle n'était pas habituée à partager son fils avec qui que ce soit. Et elle devait avouer qu'elle était un peu jalouse de le voir à ce point épris de Lucas. Plus troublant, cependant, était la tendresse dont Lucas faisait preuve avec lui. Wolf pourrait presque être son fils.

Lucas mit la pizza sur la table basse et la découpa. Puis il récupéra des serviettes en papier près du micro-ondes.

Demi mourait de faim. Elle s'assit à côté de lui sur le canapé. Il lui tendit un morceau sur une serviette en papier.

— Attention, elle est chaude.

— Je ne comprends pas pourquoi tu te prives d'avoir des enfants alors que tu les aimes tant, dit-elle.

— Mange.

Elle croqua dans sa pizza avec appétit, et il en profita pour répondre :

— Je n'ai pas l'impression de me priver.

— Pourtant, c'est le cas !

Il refusait toute progéniture alors qu'il était évident qu'il adorait les gosses.

— J'aime ceux des autres. Je n'ai pas besoin d'en avoir un à moi. Avais-tu prévu d'avoir Wolf ? demanda-t-il.

— Non. Cette grossesse était un accident. Que je ne regrette pas.

— Avant lui, avais-tu envie d'avoir des enfants ?

— En fait, non. Je n'y avais pas beaucoup réfléchi. En avoir n'était pas une priorité absolue. Ne me demande pas pourquoi.

— Et après Bo, tu as décidé de renoncer au mariage, non ?

— Pour le moment et certainement pas avant d'avoir

trouvé un homme en qui je peux avoir confiance. Et si je ne me marie pas, tant pis.

— Je ne te crois pas.

— Tant mieux parce que je ne te crois pas non plus.

Et elle ne lui faisait pas confiance non plus. Il ne pensait pas qu'elle ne se marierait jamais, et elle ne le croyait pas qu'il le ferait.

Cette discussion ne les menait nulle part.

5

Tôt le lendemain matin, Lucas se réveilla avant Demi et Wolf. Il roula sur le côté pour regarder ce dernier. Blotti sous une couverture entre leurs deux oreillers, le bébé respirait régulièrement. Ses longs cils caressaient ses joues. Lucas se demanda pourquoi la remarque de Demi l'avait autant ennuyé. Bien sûr, il adorait les gosses. Il enviait leur insouciance, leur esprit aventureux et leur joie de vivre.

Mais chaque fois qu'il se posait la question d'avoir des enfants à lui ou pas, il ne pouvait s'empêcher de songer à ce qu'il endurerait s'il leur arrivait quelque chose. Il connaissait des gens qui avaient perdu un enfant. Ils en avaient été ravagés, anéantis. Aucun parent ne devrait avoir à subir une telle épreuve mais donner la vie signifiait également donner la mort. Lucas était conscient de cette triste réalité.

Cela dit, après avoir passé du temps avec Demi et Wolf, il se demandait s'il ne faisait pas fausse route. La plupart de ses amis ne comprenaient pas son refus catégorique de se marier et d'avoir des gamins. Peut-être allait-il trop loin, mais il n'avait pas envie de connaître un jour les souffrances de son père qui, après deux veuvages, s'était coupé du monde, y compris de sa progéniture.

À la mort de sa mère, Lucas aurait eu besoin de lui pour parvenir à surmonter son chagrin. Mais son père avait été incapable de l'aider, et il n'était toujours pas là pour son fils. C'était un homme solitaire, renfermé sur lui-même. Certes, il avait réussi professionnellement. Il travaillait, il était en interaction avec d'autres. Et un observateur extérieur ne devinerait sans doute pas qu'il était profondément dépressif.

Pour se protéger, il s'était détaché de tout et, à force d'éviter les tourments inhérents aux relations humaines, il ne ressentait plus ni joie ni tristesse. Seul l'argent signifiait quelque chose à ses yeux. Parce que l'argent ne risquait pas de lui faire de mal. Contrairement à l'amour.

Lucas était différent. Il ne vivait pas en ermite. L'argent ne lui importait pas beaucoup. Il n'avait pas peur de l'amour non plus. En revanche, il n'avait pas envie de connaître les affres que son père avait connues. C'était une décision consciente.

Il n'était pas étonné que Demi ne partage pas son point de vue. Depuis qu'ils se connaissaient, ils étaient rarement d'accord, et chacun défendait bec et ongles ses positions. Voilà d'ailleurs pourquoi ils se chamaillaient si souvent.

Elle lui avait dit qu'il avait peur de tomber amoureux.

En tout cas, s'il tombait amoureux, son bonheur dépendrait alors de la femme qu'il aimerait. Il ne contrôlerait plus rien. Sa seule chance de maîtriser son destin était de *ne pas* tomber amoureux.

Demi remua dans son sommeil. La couette glissa de côté. Sa veste de pyjama ne réussissait pas à dissimuler la courbe de ses seins. Elle avait un corps à la fois athlétique et féminin, magnifique.

Elle s'étira, battit des paupières, tourna la tête, et leurs yeux se croisèrent.

— Que fais-tu ? demanda-t-elle.

— Je regarde Wolf dormir.

Avec un sourire, elle roula sur le côté pour contempler à son tour son fils. Il vit resplendir sur son visage tout l'amour du monde. Manifestement, leurs liens étaient puissants.

Se sentant happé de plus en plus profondément par ce bonheur familial dont il ne voulait pas, Lucas repoussa les couvertures et se leva pour faire du café.

Demi resta au lit, attendant que Wolf se réveille. Elle lui donna alors un bain et l'habilla. Dès qu'ils auraient fini leur toilette, ils descendraient prendre leur petit déjeuner dans la salle de restaurant de l'auberge.

Lucas posa une tasse sur la table de chevet.

— Pour patienter…

— Ah ! Merci.

Assis sur le lit, il sirotait son café lorsque quatre coups de feu retentirent quelque part dans l'auberge. Il posa sa tasse en vitesse et attrapa son arme. Demi avait pris Wolf dans ses bras.

— Reste ici avec le petit.

D'ailleurs, il ne pensait pas qu'elle aurait mis son bébé en danger en tentant de l'aider.

Wolf serré contre elle, elle hocha la tête.

Lucas sortit de la chambre et se pencha par-dessus la rambarde pour écouter ce qui se passait en bas. Il entendit Edward implorer le tireur, Gladys pleurer. Rasant le mur, Lucas descendit les marches de l'escalier. Parvenu dans le hall, il se dirigea à pas de loup vers la salle à manger. Sans se faire voir, il y jeta un coup d'œil.

— Laissez ma femme tranquille, je vous en supplie, disait Edward. Nous ne voulons pas de problèmes.

— Fermez-la.

Devlin. Bien sûr.

Il avait dû comprendre que, sans moyen de locomotion, l'auberge était le seul endroit où Lucas et Demi avaient pu trouver refuge. Il était donc venu les y cueillir. Maintenant, il retenait les propriétaires en otage, sans doute pour obtenir le numéro de leur chambre.

Lorsque Lucas surgit dans la salle, attirant l'attention de Devlin, ce dernier se retourna.

— Je savais que vous descendriez dès que vous entendriez des coups de feu. Pour jouer les héros.

— Relâchez cet homme et cette femme, Devlin.

— Où est Demi ?

— Là-haut avec son bébé.

Lucas ne voyait pas l'intérêt de le lui cacher. De toute façon, il ne le laisserait pas monter.

— Allez la chercher et amenez-la ici.

Demi avait mis Wolf dans l'écharpe de portage. Ouvrant sans bruit la porte, elle passa la tête dans l'entrebâillement pour inspecter le couloir. Elle aperçut alors un peu plus loin un jeune homme qui, comme elle, sortait le nez de sa chambre. Sans doute se demandait-il, lui aussi, ce qui se passait. Brun, de taille moyenne, il était encore en pyjama. Il n'avait manifestement pas prévu de se lever si tôt mais les coups de feu l'y avaient obligé.

Et soudain, elle le reconnut.

— Vincent ?

Que faisait le plus jeune frère de Lucas ici ?

Il se tourna vers elle.

— Demi ?

La croyait-il coupable ou innocente ?

— Reste dans ta chambre, murmura Vincent. Quelqu'un est en train de tirer en bas.

— Je suis chasseuse de primes, tu t'en souviens ? Ton frère est en bas, lui aussi.

— Lucas ? Il t'a donc retrouvée ?

Elle n'avait pas le temps de s'expliquer.

— Ne le dis à personne, je t'en prie.

— Très bien mais de ton côté ne raconte à personne que nous sommes ici.

Nous ?

La fusillade avait cessé, et elle n'entendait plus rien en bas, ce qui l'inquiétait. Devlin avait-il tué quelqu'un ? S'en était-il pris au vieux couple qui tenait l'établissement ? Non. S'il l'avait fait, il serait déjà monté à l'étage pour la chercher.

Elle devait descendre et peut-être intervenir en profitant de l'effet de surprise. Mais elle ne pouvait pas y aller avec Wolf dans les bras.

Comme elle s'approchait de Vincent, elle découvrit à l'intérieur de la chambre sa cousine Valeria, un téléphone collé à l'oreille. Âgée d'à peine vingt ans, comme Vincent, Valeria portait une jolie nuisette sous son peignoir. À la vue de cette lingerie sexy, Demi comprit pourquoi Vincent avait prévu une grasse matinée.

Tous deux avaient sans doute décidé de passer un week-end en amoureux et en cachette dans cette auberge perdue dans la montagne. Judson Colton, le père de Valeria, s'opposerait certainement à ce que sa petite dernière sorte avec un Gage.

Il avait déjà fait une scène à Serena, son autre fille, qui s'était amourachée de Carson Gage, un inspecteur du RRPD. Par la suite, son fils aîné, Finn Colton, le chef de la police de Red Ridge, était tombé amoureux de Darby Gage. Et comme si cela ne suffisait pas, Anders, le cadet de la fratrie, avait eu le coup de foudre pour Elle Gage, maître-chien à la brigade canine et sœur de Lucas. Dans ces conditions, la vieille brouille qui opposait les deux familles depuis des générations n'avait vraiment plus beaucoup de sens.

— Accepterais-tu de garder mon bébé pendant que je vais voir ce qui se passe ? demanda Demi à Vincent.

— Es-tu sûre de vouloir t'en mêler ? Valeria est en train d'appeler les secours. Ils envoient le shérif.

Dans ce comté isolé, il n'y avait pas beaucoup de monde au bureau du shérif. L'aide arriverait trop tard.

Valeria raccrocha. Elle se dirigea vers Demi, l'air surpris.

— Demi ?

— Lucas l'a retrouvée, dit Vincent.

— Je suis si heureuse que tu n'aies plus à te cacher.

En réalité, Demi en avait encore besoin mais elle n'avait pas le temps de lui expliquer pourquoi.

Valeria se pencha vers le bébé.

— Qu'il est mignon ! Donne-le-moi !

Demi sortit Wolf de son écharpe de portage et le lui tendit.

— Merci, dit-elle. Je te le confie.

Valeria le prit dans ses bras en roucoulant.

— Il est à croquer, ce petit rouquin. Je suis déjà folle de lui.

— Je reviens tout de suite. Je ne veux pas paraître ingrate mais si, l'un ou l'autre, vous faites du mal à mon fils ou si vous essayez de me le prendre, je vous retrouverai et vous le payerez cher. Cousine ou pas, ajouta-t-elle avec un regard appuyé vers Valeria. Et oncle ou pas, ajouta-t-elle à l'intention de Vincent.

Ce dernier sourit.

— Tu n'as rien à craindre, Demi. Nous avons décidé de nous marier la veille de Noël, que nos parents l'acceptent ou pas. Et nous avons bien l'intention de fonder une famille. Nous adorons les enfants.

Au point d'être tentés d'en enlever un ? Demi comprit à temps qu'elle devenait paranoïaque.

— Comment s'appelle-t-il ? demanda Valeria.

— Wolf.

— Wolf ? Petit Loup ? Quel joli prénom. Sois prudente.

— Ne t'inquiète pas, répondit Demi en caressant la joue de son fils. Pour moi, il s'agit d'un travail de routine. À tout de suite, mon chéri.

Elle descendit en vitesse l'escalier. Parvenue en bas, elle se guida aux voix qui venaient du salon.

— Pour arriver jusqu'à Demi, il faudra passer sur mon cadavre, disait Lucas.

— Pas de problème. Te buter ne me dérange pas, répliqua Devlin.

— Attendez ! intervint Edward. Je vais la chercher si vous relâchez ma femme.

— Je la libérerai quand vous m'aurez amené Demi.

Devlin tenait Gladys en otage, probablement sous la menace d'une arme, pour contraindre son mari et Lucas à la lui livrer, comprit-elle. Vu la situation, elle n'avait sans doute pas intérêt à surgir au milieu de la scène comme un diable sortant de sa boîte. Se jeter dans la gueule du loup serait trop risqué.

— Laissez-moi partir, je vous en supplie, répétait Gladys avec désespoir.

Sur la pointe des pieds, Demi se dirigea vers la porte d'entrée. Elle l'ouvrit et se glissa dehors. Elle s'arrêta un instant pour écouter mais n'entendit rien hormis les implorations incessantes de Gladys. En proie à un sentiment de malaise, elle espéra que la voix plaintive de la vieille femme couvrirait le bruit qu'elle ferait.

Une fois à l'extérieur, Demi contourna l'auberge à la hâte, se félicitant d'avoir pris le temps de chausser ses bottes. Pour ne pas se faire repérer, elle se cacha derrière des arbres jusqu'au moment où elle atteignit l'arrière de la bâtisse.

À travers les baies vitrées, elle voyait la salle à manger, Devlin qui retenait Gladys sous la menace d'une arme et Lucas pointant son propre pistolet sur l'avocat. Edward n'était plus là. Sans doute était-il monté chercher Demi.

Elle s'approcha sans bruit de la porte.

Lucas lui faisait face. Il l'aperçut mais n'en laissa rien paraître.

Il parlait à Devlin. Demi n'arrivait pas à comprendre ce qu'il lui disait. Elle entra en silence.

Devlin serrait Gladys contre lui, le canon de son arme plaqué contre sa tempe. Accrochée à son bras, elle gémissait d'un air angoissé. Edward n'était pas encore revenu de l'étage. Lucas était focalisé sur Devlin mais Demi savait qu'il l'avait vue.

Gladys était la priorité absolue de Demi. Elle rêvait d'abattre ce fumier sans autre forme de procès mais, en faisant feu, elle craignait de blesser Gladys par inadvertance.

Demi s'avança.

Tout se passa alors très vite. Devlin tourna la tête vers elle, peut-être alerté par le courant d'air frais qui s'était engouffré à l'intérieur lorsqu'elle avait ouvert la porte. Remarquant qu'il était distrait par quelque chose, Gladys en profita pour le repousser avec force.

Lucas bondit alors sur lui. Il lui assena un coup violent sur la main pour lui faire lâcher son arme.

Sans demander son reste, Gladys quitta la pièce en courant.

Demi gardait son Glock pointé sur Devlin. Lucas le tenait avec fermeté. Malheureusement, refusant de s'avouer battu, l'avocat véreux se débattait comme un beau diable. Lucas le frappa à deux reprises mais l'autre riposta lui envoyant son poing dans le ventre. Projeté en arrière, Lucas s'écroula contre une table, renversa une chaise. Avec un rugissement, Devlin se jeta sur lui et tenta de lui arracher son pistolet.

Demi braqua son arme sur Devlin.

— Ne bougez pas ! ordonna-t-elle. Les mains en l'air !

Au lieu d'obéir, il s'empara d'une chaise et la lui lança.

Demi bondit de côté pour l'éviter et se prépara à riposter. Elle avait déjà le doigt sur la détente mais au moment où elle s'apprêtait à la presser, Edward apparut, armé d'une carabine. Devlin plongea sur le sol alors que le vieil homme faisait feu. Pis, il parvint à récupérer au passage son propre pistolet.

Edward tira de nouveau en criant :

— Sortez de chez moi !

Demi, qui s'était réfugiée derrière un buffet pendant la

fusillade, vit Devlin s'élancer vers la porte arrière, la porte par laquelle elle était entrée, un instant plus tôt.

Lucas se releva.

— Arrêtez ! cria-t-il.

Devlin se retourna et fit feu, forçant Lucas à se mettre à l'abri. Lucas ne resta pas longtemps derrière la table. Dès qu'il en eut la possibilité, il s'élança à la poursuite de Devlin.

Demi regarda Lucas poursuivre Devlin vers le parking de l'auberge. Plutôt que de les suivre, elle traversa la salle à manger pour rejoindre le hall de réception. Elle y découvrit Edward, serrant dans ses bras Gladys qui sanglotait.

Demi se reprochait ce qui s'était passé. Elle se sentait responsable de leur désarroi. Elle avait introduit la violence dans leur petit monde paisible. Mais dans l'immédiat, elle n'avait pas le temps de les réconforter. Il lui fallait d'abord s'assurer que tout allait bien pour Lucas et que Devlin n'était plus une menace. Lorsqu'elle ouvrit la porte principale, Devlin avait sauté sur sa motoneige et s'éloignait, zigzaguant pour éviter les balles de Lucas. Quelques-unes atteignirent pourtant l'engin. Lucas était bon tireur.

Refermant la porte, Demi se tourna vers Edward et Gladys, toujours blottis l'un contre l'autre.

— Il est parti, dit-elle. Vous ne risquez plus rien, maintenant.

Affalée contre son mari, Gladys ne cessait de pleurer. Edward posa sa carabine pour l'étreindre plus fort.

Demi rangea son arme dans son holster.

— Tout est ma faute. Cet homme m'en veut. Vous avez été en quelque sorte les victimes collatérales d'une haine qui ne vous concerne en rien. Ça va aller ? ajouta-t-elle en posant la main sur le bras de Gladys.

Gladys renifla et hocha la tête.

— J'ai eu peur, voilà tout.

Demi réprima un sourire. La malheureuse avait l'air si douce et si innocente. Elle n'avait pas « eu peur, voilà tout ». Elle avait dû être terrifiée par l'irruption de Devlin. Demi aurait aimé pouvoir étrangler cet assassin et libérer le monde d'un salopard comme lui. Il avait causé bien des malheurs aux habitants de Red Ridge. Et maintenant, il avait bouleversé l'existence de ce vieux couple.

Lucas revint, la mine sombre. Il n'avait pas réussi à capturer Devlin, comprit Demi. Une fois encore, ce démon leur avait échappé. Malheureusement, Devlin était motorisé. Lucas était à pied.

— Nous devons partir, Demi, dit-il.

— Le shérif sera bientôt là, intervint Edward.

— Nous ne pouvons pas rester.

Le shérif était susceptible de la reconnaître.

— Nous vous avons créé suffisamment d'ennuis, ajouta-t-elle. Je suis vraiment désolée.

Demi se sentait vraiment mal de les avoir mêlés à cette histoire.

— Ce n'est pas votre faute, ma pauvre, dit Gladys à Demi. Vous n'êtes pas responsable des agissements des criminels.

— Pourquoi est-il après vous ? s'enquit Edward.

— J'aimerais bien le savoir. Mais je vous remercie de ne pas raconter à la police que nous étions ici.

— Pourquoi ? demanda Edward, soudain méfiant.

Lucas était déjà en haut de l'escalier.

— Ce type m'a fait accuser d'un crime que je n'ai pas commis. Vous en dire plus risquerait de vous exposer au danger, et je n'en ai pas envie. Expliquez-leur simplement que le tireur recherchait quelqu'un qu'il pensait trouver ici mais qui n'y était pas.

— Vous nous demandez de mentir au shérif ?

Gladys donna un coup de coude à son mari.

— Par omission ! Comptez sur nous.

Demi étreignit la vieille femme.

— Merci.

Demi relâcha Gladys pour regagner à son tour l'étage.

Elle frappa à la porte de Vincent. À l'intérieur, elle découvrit Valeria, Wolf dans les bras.

— Tout va bien ? lança Vincent.

— Le tireur s'est échappé, répondit-elle. Personne n'a été blessé. Les propriétaires ont eu la peur de leur vie.

Valeria s'approcha.

— Et s'il revenait ? dit-elle avec inquiétude.

— Il ne commettrait pas une telle erreur, répondit Lucas. Il doit se douter que le shérif sera bientôt là.

Demi remit Wolf dans l'écharpe de portage et l'embrassa sur le front.

Puis elle se tourna vers Valeria et Vincent.

— Merci encore de vous en être occupés

— De rien, répondit Vincent en passant le bras autour de Valeria. C'est un amour de bébé.

— Il est heureux, dit Lucas en guise d'explication.

— Que fais-tu ici ? demanda Vincent à son frère. Vas-tu livrer Demi à la police ? Je croyais qu'elle était innocente.

— Il n'est pas question de la livrer à qui que ce soit.

Demi lui jeta un coup d'œil, toujours pas convaincue qu'il le pensait vraiment. Il lui décocha un sourire complice.

Elle poussa un soupir.

— Je vais me cacher quelque temps dans le chalet de Lucas jusqu'à ce que nous ayons trouvé des preuves de mon innocence.

— C'est Devlin qui tirait en bas tout à l'heure, n'est-ce pas ? demanda Valeria.

— Tu es très perspicace, répondit Lucas. C'était bien lui. Il a compris que nous l'avions démasqué et est furieux que Demi n'ait pas été jetée en prison à sa place comme il l'avait prévu.

— Promettez-moi de ne dire à personne que vous m'avez vue, dit Demi.

— Promis. Et de votre côté, ne parlez à personne de notre présence ici, répondit Valeria.

— Comptez sur notre discrétion mais cela n'aura bientôt plus d'importance. Je suis certaine que vous vous passerez la bague au doigt sans problème… dès que le véritable Groom Killer aura été capturé, bien sûr.

Demi n'avait que de bonnes vibrations sur ces deux-là. Ils semblaient très amoureux.

— Votre mariage réconciliera les Colton et les Gage pour de bon, renchérit Lucas.

— Je ne manquerai vos noces pour rien au monde, déclara Demi.

— Je suis ravie à l'idée que vous serez des nôtres en ce grand jour, déclara Valeria qui rayonnait.

— Il y aura beaucoup d'autres mariages Colton/Gage, dit Demi. D'autres amoureux se cachent comme vous mais ne tarderont plus à afficher leur amour. En tout cas, merci d'avoir gardé Wolf.

— C'était un plaisir. Il nous a donné un avant-goût de ce que nous vivrons quand nous aurons un bébé à nous, dit Valeria en regardant Vincent avec adoration.

Elle semblait l'aimer d'un amour véritable.

Comme Demi suivait Lucas vers leur propre chambre, elle se demanda si elle n'aurait pas dû choisir une autre expression. L'amour véritable existait-il ? Elle avait cru en vivre un avec Bo et s'était lourdement trompée.

Comment quelqu'un savait-il qu'il avait trouvé le véritable amour ? Certaines personnes prétendaient en avoir eu la certitude au premier regard mais sans doute avaient-elles plutôt succombé à l'attrait de la nouveauté, induites en erreur par le fait de ne pas se connaître suffisamment. D'ailleurs, Demi avait rencontré peu de couples qui soient toujours fous amoureux après deux ou trois ans de relation.

Il était impossible d'être sûr à 100 % qu'il s'agissait d'un véritable amour.

Les gens naissaient et mouraient. Ils étaient heureux d'avoir quelqu'un avec qui passer l'essentiel de leur existence mais rien ne leur garantissait que ce serait le cas.

— Tout va bien ?

Se rendant brutalement compte que Lucas lui tenait la porte ouverte, elle entra dans la chambre.

— Oui, oui.

Peut-être le problème venait-il d'elle. Peut-être avait-elle une personnalité plus complexe que les autres, trop compliquée pour un homme.

Maintenant, c'était certain.

Mais l'avait-elle déjà avant de rencontrer Bo ?

Jusqu'à Bo, elle ne se posait pas trop de questions. Elle s'était abandonnée aux bras d'hommes qui lui plaisaient physiquement, des hommes avec lesquels elle s'entendait bien, avec qui elle pouvait parler. Elle s'était chaque fois crue amoureuse. Mais maintenant, elle savait qu'elle ne l'était pas. Cette prise de conscience troublait un peu sa perception des choses.

Lucas la ramena soudain au présent :

— Nous devons partir d'ici.

Demi s'aperçut qu'il avait leurs deux sacs à l'épaule. Bien sûr, il avait raison. Ils devaient filer au plus vite. Non seulement, il n'était pas question d'exposer Gladys et Edward plus longtemps au danger. Mais le shérif n'allait sans doute plus tarder à débarquer.

— D'accord. Mais sans voiture, comment allons-nous nous rendre chez toi ?

— Nous nous débrouillerons.

— Devlin sait-il où tu vis ?

— Peut-être mais il ne parviendra pas à entrer sur ma propriété.

— À quelle distance d'ici se trouve ton chalet ?

— À une quinzaine de kilomètres environ.

— Nous ne pouvons ni y aller à pied ni voler un véhicule.

— Je sais.

Gladys et Edward n'étaient plus dans le hall. Demi suivit Lucas dans le salon, et ils les trouvèrent assis sur un canapé, se tenant par la main. Ils avaient redressé les meubles renversés et attendaient le shérif.

— Je suis vraiment désolé de vous ennuyer davantage, dit Lucas. Mais serait-il possible de vous emprunter une voiture ?

— Le shérif vous conduira en ville, répondit Edward.

— Il ne nous est pas possible de l'attendre, dit Demi.

— Mais… Pourquoi ?

Edward devenait de plus en plus méfiant.

— Nous sommes chasseurs de primes, expliqua Lucas. Le tireur est quelqu'un dont la tête est mise à prix et que nous devons ramener à Red Ridge.

— Ah ! je comprends ! Pour y parvenir, vous avez besoin d'un moyen de locomotion. D'accord. Je vais vous aider parce que j'ai très envie que ce type soit jeté en prison.

— Avez-vous un véhicule à nous prêter ?

— Nous en avons deux. Prenez le pick-up. Vous me le rendrez dès que vous pourrez.

— Comptez sur moi. Je vous remercie de votre confiance.

Une fois assise avec Wolf dans le pick-up, Demi se demanda ce qui se passerait lorsqu'ils seraient dans le chalet de Lucas. Elle serait à sa merci là-bas. La livrerait-il à la police de Red Ridge ? Son instinct lui soufflait que non mais elle n'en avait aucune certitude. Le seul moyen de cesser de vivre dans l'angoisse permanente était de prouver son innocence.

Lucas sentait que Demi était nerveuse à l'idée d'aller chez lui. Elle regardait le paysage défiler par la vitre en se rongeant les ongles.

Parvenu à l'entrée de sa propriété, il s'arrêta devant le portail en fer forgé et entra un code sur le clavier numérique installé sur le côté.

— Un portail sécurisé ? fit Demi avec surprise.

— Ce n'est qu'un élément d'un système de sécurité très pointu. Devlin ne sera pas capable de le violer. J'ai transformé ce chalet en forteresse.

Les grilles s'ouvrirent, et Lucas s'engouffra à l'intérieur.

— Il y a des caméras et des détecteurs de mouvement partout, ajouta-t-il.

— Es-tu paranoïaque ou quelque chose de ce genre ? demanda-t-elle

— Non. Je ne veux simplement pas de visiteurs indésirables.

Il avança jusqu'à une maisonnette en rondins, dotée d'une terrasse à l'avant. Avec deux chambres et une grande salle surplombée par une mezzanine, l'endroit n'avait rien d'immense mais Lucas aimait vivre ici, en pleine nature. De hautes fenêtres s'ouvraient sur les montagnes Coyote. La vue était magnifique. Il se ressourçait dans ce petit coin de paradis terrestre.

Demi sortit du pick-up, visiblement sonnée par la beauté du panorama.

Lucas la laissa entrer la première dans le chalet. Elle retira ses bottes et son manteau. Il fit de même avant de la suivre avec Wolf dans le salon.

Dressée entre deux fenêtres, une grande cheminée de pierre donnait du cachet à la pièce. Sa sœur l'avait aidé à la meubler et à trouver des tapis.

À droite, la cuisine était équipée de tout le confort moderne. À la vue des bols de Queenie, il se rendit compte que la chienne lui manquait. Il irait la chercher dès le lendemain.

Wolf commençait à s'agiter.

Demi le berça doucement tout en marchant dans le salon.

— Pourquoi as-tu installé autant de sécurité ici ?

Il s'était demandé combien de temps il lui faudrait pour poser la question. En tout cas, il n'avait aucune envie de s'expliquer.

— L'endroit est très isolé.

— As-tu peur de la faune sauvage ?

— Non…

Il finit par prendre conscience que Demi ne le lâcherait pas tant qu'elle n'aurait pas compris ce qui l'avait poussé à se protéger à ce point.

— En fait, je suis sorti à une époque avec une femme qui m'a harcelé par la suite, grommela-t-il.

Demi se tourna vers lui pour le dévisager avec étonnement.

— Vraiment ? Qu'est-il arrivé ?

À contrecœur, il poursuivit :

— J'ai rompu avec elle, et elle l'a mal pris.

— Pourquoi as-tu rompu avec elle ?

— Elle était tombée amoureuse de moi. Elle devenait collante, possessive. Je commençais à étouffer.

— Non ? Toi ? se moqua-t-elle.

Soulagé de son ton léger, il continua :

— Je lui avais dit que j'avais besoin de prendre du champ, d'espace, et elle ne l'a pas supporté. Elle ne me croyait pas quand je lui disais que je ne l'aimais pas. Elle ne cessait pas de revenir tourner autour de moi, de m'appeler, de me harceler. Elle me guettait sur le parking de la brigade canine, elle attendait que j'en sorte pour me sauter dessus. Le jour où elle a débarqué au chalet a été la goutte qui a fait déborder le vase.

— Pourquoi n'as-tu pas appelé la police ?

— Je suis la police.

Elle leva les yeux au ciel avec impatience.

— Tu vois ce que je veux dire. Tu aurais pu porter plainte.

Il n'avait pas voulu la blesser. Il veillait toujours à ne heurter aucune femme. Il s'assurait généralement qu'elles comprenaient son point de vue sur le mariage. Sans doute parce qu'elle l'avait séduit au premier regard et qu'il en avait été ébranlé, il ne lui avait pas servi son discours habituel. Ce qui s'était révélé être une grave erreur.

— Je ne tenais pas à aller si loin parce que j'avais mes torts. Peut-être lui avais-je laissé entendre que nous avions une chance de vivre quelque chose de sérieux, du long terme.

— De vous marier…

— Peut-être.

— L'aimais-tu ?

— Non. C'était le problème. Elle m'aimait, et je ne l'aimais pas.

Demi inclina la tête et l'étudia avec attention.

— Ou peut-être avais-tu *peur* de tomber amoureux d'elle.

Quand il avait rencontré Demi pour la première fois, il s'était demandé s'il pourrait tomber amoureux d'elle.

— Elle avait montré très vite son côté possessif. Non, je n'avais pas peur de l'aimer. Elle me plaisait mais je savais que cette attirance ne deviendrait jamais de l'amour.

— Je n'arrive pas à croire que tu aies eu tant de problèmes parce qu'une femme t'a harcelé.

— Elle était tireuse d'élite et menaçait de me tuer. J'ai fait construire une clôture de trois mètres de haut pour lui interdire l'accès de mon chalet.

Demi le dévisagea un instant, apparemment satisfaite de la quantité d'informations qu'elle avait reçues.

— Comment toute cette histoire s'est-elle terminée ?

— Elle a fini par laisser tomber, par renoncer à me mettre le grappin dessus. Aux dernières nouvelles, elle a été mutée. Je ne sais pas où elle est partie et je ne veux pas le savoir.

— Toutes tes relations amoureuses finissent-elles ainsi ?

— Non, heureusement. La plupart s'arrêtent par consentement mutuel. Et certaines femmes m'ont envoyé balader.

— Les plus intelligentes.

Wolf s'agitait de plus en plus, et Demi dut s'occuper de lui.

Avant qu'elle se penche vers son fils, Lucas eut le temps de voir la déception peinte sur son visage. Elle comprenait sans doute que les ex qui l'avaient largué n'avaient pas apprécié la vision plutôt sombre de Lucas sur l'amour comme sa phobie du mariage et de la famille.

En principe, Lucas n'aurait pas dû en être ennuyé mais il l'était. Il préférait ne pas analyser pourquoi.

6

Demi émergeait peu à peu du sommeil. Les yeux clos, elle tendit la main pour caresser Wolf mais se rendit vite compte qu'il n'était plus là. Elle battit des paupières et redressa la tête mais ne le vit nulle part. En proie à une brusque appréhension, elle bondit du lit et promena le regard dans la chambre d'amis de Lucas, située à l'étage. En vain. Affolée, elle se précipita hors de la pièce. Au moment où elle atteignait la mezzanine, elle entendit Wolf éclater de rire. Comme elle s'approchait de la rambarde, elle découvrit une scène étonnante.

Lucas le tenait à bout de bras, un jeu que Wolf semblait apprécier au plus haut point. En la voyant, il le tint normalement dans ses bras. Demi descendit l'escalier et entra dans le salon. Visiblement, Lucas avait déjà pris une douche. Habillé d'un jean et d'une chemise en coton, il était en chaussettes.

— Je l'ai entendu remuer. Je voulais te laisser dormir alors je suis allé le chercher. Je l'ai changé et je l'ai nourri.

Comme le regard de Lucas se posait sur elle, elle se sentit mise à nue dans sa chemise de nuit.

Il s'approcha d'elle pour lui tendre le bébé.

Toute contente, elle prit son fils et, tout à coup, sans le prévenir, elle embrassa Lucas. Sans doute ne l'avait-il pas lui-même anticipé. Ce fut un baiser rapide, comme les gens en échangent pour se dire bonjour.

Pourtant, un long frisson la parcourut, et peut-être Lucas ressentit-il le même trouble parce qu'il recula avant de tourner les talons pour gagner la cuisine.

— Un café ? proposa-t-il.

— Oui, merci.

— Je dois me rendre en ville aujourd'hui, poursuivit-il.

Demi se raidit.

— Pourquoi ?

— Pour aller chercher Queenie. Je ne l'ai pas vue depuis plusieurs jours. Elle me manque. Quant à elle, elle est probablement en pleine dépression, maintenant.

Cela ne sonnait pas vrai. Sans doute s'agissait-il d'un prétexte.

— Et tu vas en profiter pour me livrer à la police, n'est-ce pas ? Ils n'auront plus qu'à venir me cueillir.

Il poussa un long soupir.

— Je pensais que nous n'en étions plus là.

— Je ne te fais pas confiance.

En réalité, elle ne faisait confiance à personne.

Il se rapprocha pour la prendre par les épaules. En le voyant si près, Wolf posa sur lui ses yeux brillants et lui décocha un grand sourire édenté.

— Je vais chercher Queenie au centre d'entraînement de la brigade canine. Je ne dirai à personne que tu es ici. Que tu le croies ou non, je serai de retour dans quelques heures avec ma chienne. Et entre le système de sécurité et ton expérience, tu ne risques rien ici.

Il se dirigea vers la porte, attrapant sa veste au passage.

— Ne va nulle part sans moi, ajouta-t-il.

Elle ne répondit pas. Peut-être tenterait-elle quand même de s'échapper. Disparaître, s'évanouir dans la nature était presque devenu un réflexe pour elle.

— Demi… ?

En réalité, elle était fatiguée de fuir. Elle n'avait surtout aucune envie de crapahuter dans la montagne enneigée avec Wolf, de lui faire endurer le froid, le vent. Depuis sa naissance, elle le cachait, l'obligeant à vivre une existence de fugitif.

— Je serai là quand tu reviendras.

Elle espérait seulement que Lucas était sincère en lui disant qu'il ne la livrerait pas aux autorités.

Lucas passa devant le poste de police sans s'y arrêter et se rendit directement au centre d'entraînement de la brigade.

La grande bâtisse en brique abritait des bureaux et un chenil. À l'arrière, un parcours d'obstacles pour chiens avait été aménagé dans une vaste cour clôturée. Au fond de cet enclos, se trouvait un hangar dans lequel étaient rangés le matériel et les équipements.

Lucas sortit du véhicule qu'il avait loué à un concessionnaire. Il avait pris des dispositions pour que quelqu'un ramène le pick-up d'Edward à son propriétaire. À l'intérieur du centre de formation étaient réunis des policiers, des maîtres-chiens et des membres du personnel administratif.

— Salut, Lucas.

La femme brune assise derrière le bureau de la réception le salua, ses yeux bleus pétillants de malice derrière ses lunettes. Il s'agissait d'une jeune recrue, et s'il l'avait déjà croisée, Lucas n'avait pas mémorisé son prénom.

— Je connais une chienne qui va être heureuse de te voir, poursuivit-elle. Où étais-tu ?

Tout le monde ne savait pas qu'il était parti à la recherche de Demi Colton.

— Je travaillais. Où est Elle ?

— Au parcours d'obstacles.

Il la remercia et se dirigea vers l'arrière du bâtiment. Dehors, il découvrit Elle avec Queenie. Grande et mince, les cheveux coiffés en queue-de-cheval, sa sœur entraînait le malinois. En dépit des objections de ses frères, réticents au départ à l'idée de la voir entrer dans la police, Elle effectuait un excellent travail à la brigade canine.

Elle leva les yeux lorsque Queenie, qui finissait son parcours, se dirigea vers lui à longues foulées souples. L'animal aboya deux fois pour saluer son maître.

Lucas se prépara à l'impact. La chienne bondit sur lui et lui lava le visage à grands coups de langue enthousiastes. Il lui tapota les flancs.

— Je ne t'abandonnerai plus, promis, dit-il. Mais je ne pouvais pas t'emmener.

Queenie poussa un petit grognement comme pour le réprimander. En riant, il se releva et se tourna vers Elle.

Sa sœur le serra dans ses bras.

— Alors ? L'as-tu attrapée ?

— Non.

Il s'en voulait de lui mentir mais personne ne devait savoir que Demi était chez lui. Par précaution, au cas où quelqu'un aurait envie de l'arrêter. Mais aussi parce qu'il avait promis à Demi de n'en parler à personne et qu'il tenait à gagner sa confiance.

— Tu aurais dû prendre Queenie avec toi.

— Sans doute.

Il caressa la tête du magnifique malinois et se releva.

— Danica n'est pas là ? demanda-t-il, s'étonnant de ne pas voir leur sœur cadette qui passait le plus clair de son temps au centre de formation où elle dressait les chiens.

— Elle a pris un jour de congé, répondit Elle. À ce que j'ai compris, elle avait quelque chose à faire avec Shane Colton.

— Qu'en est-il du reste du clan ? Où est Carson ?

— Au poste de police, comme d'habitude. Quant à Vincent, il est soit à la fac, soit avec Valeria Colton.

— Ah bon ? Je pensais qu'ils avaient rompu, il y a quelques mois.

Lucas savait pertinemment qu'en réalité ils étaient toujours ensemble puisqu'il les avait croisés la veille à l'auberge. Mais il n'était pas question de le dire.

— À en croire les ragots, ils se sont réconciliés et prévoient même de se marier la veille de Noël.

Leur plus jeune frère avait provoqué un scandale, l'hiver précédent, en tombant amoureux d'une Colton et en lui demandant sa main. Un Gage épousant un Colton ? Inconcevable !

— Tant pis pour la brouille qui déchire les Gage et les Colton depuis qu'une partie de poker a coûté des terres à notre famille, dit Lucas.

Elle sourit.

— L'histoire remonte à près d'un siècle ! Cent ans de rancune, c'est long. Il est peut-être temps de tourner la page.

En 1890, Edmund Colton avait bâti et développé la ville. Il avait fait fortune. Quelques années plus tard, la famille Gage s'était lancée dans une sorte de compétition avec les Colton, l'objectif avoué étant de gagner plus d'argent que l'autre.

Certaines années, les Colton l'avaient emporté. Certaines autres, les Gage.

— Espérons que Devlin ne croit pas les ragots ou, mieux, qu'ils ne sont pas encore arrivés à ses oreilles.

— Es-tu sûr que Demi n'est pas la meurtrière de Bo ?

Lucas ne savait pas très bien où Elle se situait sur le sujet. Il pensait qu'elle avait des doutes, qu'elle était tiraillée, hésitant à prendre parti. Sa question le confirmait.

— Oui, à présent, j'en suis certain, répondit-il. Je ferais mieux d'y aller. À plus tard, petite sœur, ajouta-t-il en faisant signe à Queenie de le suivre.

Lucas retourna à l'intérieur du bâtiment pour se diriger vers les portes principales. En chemin, il croisa un collègue policier qui l'arrêta afin d'échanger quelques mots avec lui.

Inspecteur de police depuis de nombreuses années, John Williams avait beaucoup d'expérience. Lucas avait eu l'occasion de travailler avec lui sur quelques enquêtes. Il lui avait semblé être un chic type, très gentil sauf avec les criminels avec lesquels il se montrait impitoyable. Estimant que s'ils étaient coupables, leur place était en prison, il ne ménageait pas ses efforts pour les coffrer. Lucas éprouvait beaucoup de respect pour lui.

— Tu es revenu, dit John en lui serrant la main.

— Oui, je viens de rentrer.

— J'imagine que tu n'as pas trouvé Demi, vu que je n'ai entendu parler d'aucune arrestation.

— Beaucoup d'éléments tendent à prouver qu'elle n'est pas le Groom Killer.

— Beaucoup d'éléments prouvent qu'elle est, répliqua John. Certains ici la croient innocente mais ce n'est pas mon cas.

Lucas n'en fut pas surpris. Williams avait besoin de preuves solides pour se forger une opinion. Et au moins savait-il maintenant dans quel camp se trouvait son collègue.

— Retrouver l'arme du crime nous aiderait, répondit Lucas. Je dois y aller. À plus tard.

Mais comme il s'éloignait, John lui lança.

— Et si tu retrouves cette arme et qu'elle porte les empreintes de Demi ?

Lucas se retourna.

— Eh bien nous aurons alors identifié notre Groom Killer et nous n'aurons plus qu'à l'arrêter.

John sourit, visiblement satisfait par cette réponse. Lucas ferait ce qui était juste. C'était dans sa nature. Lucas était un homme profondément intègre, personne ne l'ignorait.

Comme il reprenait sa route, il entendit crier :

— Lucas !

Lucas vit s'approcher Hunter Black.

— J'ai entendu dire que tu étais de retour. As-tu avancé ? Je sais que tu n'as pas retrouvé Demi, mais as-tu découvert autre chose ? Une piste qui pourrait nous mener à Devlin, par exemple ?

— Non, malheureusement.

Il préférait ne pas lui raconter ce qui s'était passé, que Devlin les avait attaqués. Les propriétaires de l'auberge avaient accepté de ne pas dire que Lucas et Demi avaient passé une nuit chez eux. Ils ne savaient d'ailleurs pas que le tireur qui les avait menacés était Devlin. Mais Valeria avait appelé le 911. Il n'était donc pas totalement exclu que le fait que Lucas et Demi se soient trouvés dans cet établissement revienne un jour prochain aux oreilles du RRPD.

— Nous finirons par l'avoir, poursuivit Lucas. Il ne peut pas se planquer éternellement.

Hunter hocha la tête.

— Tu as raison. Des hommes comme lui me font regretter de ne pas avoir quitté Colton Energy plus tôt.

Désireux d'en finir avec la cupidité et les ravages provoqués par les OPA, Hunter avait abandonné un poste bien rémunéré au sein de Colton Energy pour s'engager dans la police. Après la mort de ses parents, alors qu'il avait une quinzaine d'années, il avait été recueilli par une voisine, Mae Larson. Malheureusement, celle-ci s'était révélée être une criminelle, complice de ses petits-fils, les jumeaux Larson.

— Et trop de personnes pensent encore que Demi est coupable, reprit Lucas, exprimant sa frustration.

— C'est vrai mais elles sont plus nombreuses encore à être certaines qu'elle n'est pas le Groom Killer.

Et quelle était son opinion à lui ? Lucas n'osa pas lui poser la question. Il préféra l'interroger sur un terrain moins mouvant :

— Comment va Layla ?

— Beaucoup mieux maintenant que son père s'est excusé d'avoir voulu la forcer à épouser Hamlin Harrington dans l'espoir de renflouer l'entreprise familiale. À sa décharge, Fenwick Colton ignorait à l'époque que le fils de Hamlin pourrait être le Groom Killer.

— Il *est* le Groom Killer.

— Il l'est, oui, je n'en ai aucun doute. Mais il nous faut encore le prouver.

— Je le prouverai.

Hunter l'observa avec attention, mesurant sa détermination.

— Tu défends bec et ongles une femme que tu semblais pourtant considérer, jusqu'à il y a peu, comme une rivale, une ennemie.

— Pas une ennemie. Je n'ai jamais rien eu contre elle. Dans le passé, nous avons souvent été en concurrence pour capturer les criminels. Nous n'avions alors pas pris le temps de nous connaître.

— Et maintenant, tu as pris ce temps ? Me cacherais-tu quelque chose ?

Lucas secoua la tête.

— Je m'en veux de l'avoir injustement accusée d'avoir tué Bo sans comprendre que Devin l'avait piégée, s'arrangeant pour lui faire porter le chapeau. Voilà tout.

— Elle est innocente et en cavale. Une situation très inconfortable. Dommage que tu ne puisses pas lui annoncer qu'elle n'a plus rien à craindre.

Lucas ne pensait pas que Demi n'avait plus à s'inquiéter mais il ne le dit pas.

— Que va faire Fenwick Colton pour sauver son entreprise, maintenant ?

— Je ne sais pas. Il a jusqu'à la fin du mois pour trouver une solution. Layla essaye de l'aider. Pas tellement pour lui mais surtout pour la famille.

Lucas espérait qu'elle y parviendrait et qu'elle sauverait du même coup la brigade canine et le centre d'entraînement.

Fenwick finançait l'ensemble. Sans lui, la brigade canine n'existerait pas.

L'éventuelle fermeture du centre d'entraînement et surtout de la brigade posait un vrai problème à Lucas. Peut-être pourrait-il trouver un moyen d'aider Layla.

Pour la énième fois, Demi regarda par la fenêtre du salon. Toujours aucun signe de Lucas. Plus le temps passait, plus elle se reprochait de lui avoir fait confiance. Après s'être douchée, elle s'était habillée d'un jean et d'un pull gris. Elle avait passé la matinée à jouer avec Wolf jusqu'à ce qu'il commence à être fatigué. Elle l'avait alors couché pour sa sieste. Depuis qu'il était réveillé, s'occuper de lui l'avait distraite.

Elle tourna un moment en rond dans la cuisine avant de retourner à la fenêtre. Cette fois-ci, elle aperçut Lucas au volant d'une voiture de location. Il se dirigeait vers le chalet. Tendue, elle se prépara à voir apparaître d'autres véhicules. Il se gara et sortit de l'habitacle. Sa chienne, Queenie, était attachée à l'arrière. Dès qu'il la libéra, elle bondit sur le sol. Il ouvrit le coffre et en sortit deux sacs de provisions. Apparemment, il était seul.

Queenie sur les talons, il entra dans la cabane en rondins. La chienne s'arrêta net lorsqu'elle vit Demi et se tourna vers Lucas pour savoir comment réagir.

— Nous n'attendons plus personne, dit-il en fermant la porte.

Demi poussa un soupir de soulagement. Contrairement à ce qu'elle avait craint, il ne l'avait pas livrée aux autorités.

Elle remarqua à quel point il était beau dans son jean tandis qu'il enlevait son caban et l'accrochait au dos d'une chaise.

Puis il ordonna à Queenie :

— Va dire bonjour.

L'animal aboya deux fois et se dirigea vers elle en remuant la queue. Demi s'accroupit pour la saluer.

— Bonjour, Queenie, ravie de te revoir.

En tant que chasseuse de primes indépendante, Demi ne possédait pas de chien d'intervention, mais elle considérait tous ceux de la brigade canine comme des collègues et non comme des animaux de compagnie.

Lucas caressa à son tour Queenie. Elle semblait adorer son maître. Demi sentait les liens puissants qui les unissaient. Lucas détourna alors les yeux de l'animal pour les poser sur Demi. Aussitôt, ils s'éclairèrent, se teintant de désir. L'attirance qu'ils avaient toujours éprouvée l'un pour l'autre était encore là.

Depuis le départ, tous deux étaient intrigués l'un par l'autre et tous deux avaient veillé à n'en laisser rien paraître. Demi l'avait caché parce qu'elle ne s'imaginait pas tomber amoureuse de lui. Ils se disputaient tout le temps. La détermination de Lucas à être meilleur chasseur de primes qu'elle l'avait toujours agacée, l'obligeant à le surpasser. Par ailleurs, elle s'était souvent demandé si le fait qu'elle soit une Colton et Lucas un Gage avait accentué les tensions entre eux.

Pourquoi lui avait-il dissimulé son attirance ?

— Tu n'as jamais aimé perdre contre moi, dit-elle.

— Qu'est-ce qui te fait dire ça ?

— C'est un fait.

— Nous étions en rivalité, répondit Lucas. Toi non plus, tu n'aimais pas que je capture un criminel avant toi.

— Je n'aimais pas quand tu y parvenais en manquant de fair-play.

En riant, il se releva. Queenie resta assise.

— Ce n'est pas parce que tu estimais que je n'étais pas fair-play que je ne l'étais pas.

De nouveau, il recommençait à l'énerver. Elle se remit debout à son tour pendant que Queenie allait se coucher dans le salon.

Lucas avait le don de la faire sortir de ses gonds. Chaque fois qu'il attrapait un criminel et empochait une prime, il arborait ce petit sourire en coin qui l'exaspérait. Elle avait toujours pensé qu'il fanfaronnait, mais à la vue de la lumière dans ses yeux et de son ton affectueux elle se demanda si elle n'avait pas fait fausse route. N'avait-il cherché qu'à la taquiner ? En tout cas, elle n'avait jamais apprécié qu'il y réussisse si facilement. Mais elle aimait qu'il soit attiré par elle. Et en même temps, cette attirance inattendue la mettait mal à l'aise.

— Tu cherches toujours à me faire enrager.

Il n'essaya pas de nier.

— Bien sûr. Tu marches à chaque fois. Non, tu cours ! Et je trouve ta réaction attendrissante. Il est si facile de te mettre en colère.

— Ce n'est pas très gentil, dit-elle en se rendant à la cuisine.

— Tu vois, tu t'énerves, de nouveau.

Tout en ouvrant le réfrigérateur, elle se rendit compte qu'il avait raison et qu'elle était idiote. Pourquoi lui en voulait-elle tellement de se moquer d'elle ?

Parce qu'il était beau. Parce qu'à une époque elle avait rêvé d'aller plus loin avec lui. Parce qu'elle avait cru alors qu'il ne s'intéressait pas à elle. Parce qu'elle en avait été déçue, triste…

Pourquoi ces pensées la traversaient-elles ? Cela n'avait aucun sens de se poser ces questions. De toute façon, Lucas et elle étaient totalement incompatibles.

Elle sursauta quand, arrivant par-derrière, il posa la main sur son bras.

— Je suis désolé. Mais c'est vrai, je t'adore quand tu t'énerves.

Sortant une bouteille d'eau, elle lui fit face.

— Tu m'*adores* ?

— Tu as toujours pris facilement la mouche mais que tu ne te rendes jamais compte que je ne cherche qu'à te taquiner me fait craquer. Te mettre en colère m'amuse beaucoup, je le reconnais, ajouta-t-il d'un ton enjoué.

Des années durant, il avait critiqué ses méthodes, raillant son incapacité à pister les fugitifs via leurs transactions bancaires, par exemple, ou sa façon d'interroger des personnes qui n'avaient aucune information à lui transmettre. Il n'avait jamais souri ou ri en se moquant d'elle.

Mais ses yeux avaient toujours eu cette étincelle qu'elle y voyait briller maintenant.

Elle s'était sentie insultée alors qu'il n'avait jamais pensé qu'elle était nulle. Elle avait eu tort de s'emporter, de se vexer, de le prendre au premier degré.

Et cette susceptibilité le faisait craquer ? Elle n'était pas sûre d'en être flattée. Demi ne se considérait pas comme une femme qui se vexait facilement. Et pourtant…

— Eh bien, il ne te sera plus aussi facile de m'énerver maintenant, dit-elle avec plus de froideur qu'elle ne l'aurait voulu.

— Non ? En es-tu sûre ?

Voyant dans ses yeux une étincelle familière, elle se raidit. Non, elle n'allait pas se mettre en colère. Il n'en était pas question.

— Certaine. J'ai mûri.

— Je parie que je suis toujours capable de te faire sortir de tes gonds.

— Tu viens d'admettre que tu aimais me faire enrager. Maintenant que je le sais, je ne vais pas retomber dans le panneau.

Il lui caressa doucement la joue, la faisant frissonner.

— Il me suffira de trouver une autre tactique.

Et il la trouverait, elle n'en doutait pas. Lucas Gage avait une personnalité forte, assurée. Jusqu'à présent, elle ne s'était pas rendu compte qu'il possédait aussi beaucoup de charme. Elle faillit lui dire que cette nouvelle tactique ne la mettait pas en colère. Et qu'au contraire Lucas la faisait fondre.

— Fais attention. À ce petit jeu, tu pourrais tomber amoureux, dit-elle.

— Nous parlions de te faire monter sur tes grands chevaux.

— Oui, et cela t'amuse beaucoup trop.

Il se mit à rire, de ce rire rauque et profond qu'elle aimait sans avoir jamais osé se l'avouer.

— Je me suis trahi.

Sa voix était caressante comme sa main.

Demi ne trouvait rien d'intelligent à dire. Elle était incapable de réfléchir. Lucas devait être conscient de l'effet qu'il avait sur elle.

Et s'il ne l'était pas ?

Il se pencha vers elle.

Il allait l'embrasser, comprit-elle.

Le cri de Wolf les interrompit. Trop heureuse de devoir s'occuper de son fils, Demi posa la bouteille d'eau sur le comptoir et se dirigea vers la chambre.

Elle changea son bébé et s'assit sur une chaise pour le nourrir. Lucas apparut soudain dans l'embrasure de la porte, un grand carton dans les bras. Il l'ouvrit. Il contenait un berceau.

Devant son air stupéfait, il expliqua :

— En rentrant, je suis allé l'acheter dans une ville voisine. Avec d'autres choses dont nous pourrions avoir besoin.

— Pourquoi ? Ce n'était pas à toi de faire ces achats.

Il avait pris des couches. Des petits pots, du lait en poudre, un parc et des jouets. Entre autres.

Il s'était rendu dans la ville voisine pour ne pas éveiller les soupçons, bien sûr. Si des collègues de Red Ridge l'avaient vu acheter des articles pour bébé, ils auraient compris qu'il avait menti et qu'il cachait Demi dans son chalet.

— C'était plus facile que j'y aille, moi.

— Tu dois beaucoup aimer Wolf pour t'être donné tout ce mal pour lui.

— C'est un gosse formidable. Je veux qu'il soit bien. Et toi aussi.

Alors qu'elle continuait à le dévisager sans répondre, elle sentit qu'il s'interrogeait lui-même. Il avait été content d'acheter des choses pour Wolf. Certes, il voulait probablement que Wolf et Demi soient bien pendant leur séjour chez lui. Mais espérait-il aussi que, du coup, ils resteraient par la suite, une fois que Devlin aurait été arrêté, que l'innocence de Demi aurait été prouvée et qu'elle n'aurait plus à se cacher ?

— Lucas, je vais me déguiser et partir à la recherche de cette arme manquante.

Elle ne savait pas par où elle commencerait mais elle devait à tout prix avancer.

Il secoua la tête.

— Je peux m'en charger. Tu n'as pas à t'inquiéter.

— Je n'ai pas l'intention de rester ici à ne rien faire.

— Nous nous déguiserons tous les deux et nous commencerons par fouiller l'appartement de Devlin. Que feras-tu de Wolf pendant ce temps ?

Demi se mordilla la lèvre. Il n'y avait qu'une seule solution.

— Je demanderai à Brayden de le surveiller.

— Non.

— Va le trouver et lui dire que je suis ici. Il viendra, et personne ne le saura jamais.

— Non, Demi.

— Il est le seul en qui j'ai confiance.

Il soupira.

— Ce n'est pas une bonne idée. Il trahirait ses devoirs et ses engagements policiers s'il t'aidait.

— C'est mon frère.

— Demi-frère.

— C'est mon frère, Lucas. Appelle-le. Si tu ne le fais pas, je le ferai. J'attendrai que tu dormes pour utiliser ton téléphone.

Il poussa un profond soupir.

— Tu es parfois impossible, tu sais ?

Elle sourit.

— Oui, je sais.

7

Le lendemain, Lucas revint au chalet avec les déguisements que Demi lui avait demandés. Ils allaient s'habiller en hippies. Il avait déjà revêtu un jean délavé et une chemise à franges. Quant à Demi, n'ayant pas encore eu le temps de se costumer, elle portait une robe pull noire avec des collants de couleur en laine. Non seulement cet ensemble lui allait à ravir, mais elle avait en plus l'air d'être particulièrement bien dans cette tenue chaude et confortable.

Queenie s'approcha de Demi qui ne se fit pas prier pour lui tapoter les flancs et lui gratter l'arrière des oreilles, sachant que l'animal appréciait. Lorsque la chienne eut sa dose de caresses, elle se coucha dans le salon.

Lucas ramassa les sacs qu'il avait sortis de la voiture de location.

— Avec tout ça, je ne vais pas pouvoir retourner faire des courses dans la ville voisine pendant un moment, dit-il. Les gens jaseraient.

Tout en se rasseyant sur le canapé, Demi se mit à rire.

— Pouvons-nous nous rendre chez Devlin dès ce soir ? J'ai hâte de commencer.

— Bien sûr. La police a déjà perquisitionné son domicile mais elle n'y a pas trouvé l'arme du crime.

— Tes collègues sont peut-être passés à côté de quelque chose, répliqua Demi. Quelque chose qui soit susceptible de nous mettre sur une piste.

En tout cas, ils étaient en droit de l'espérer. Cela dit, Lucas n'était pas très optimiste. Il savait que la police avait fouillé à fond l'appartement de Devlin. En vain. Et voilà d'ailleurs pourquoi aucun juge ne leur délivrerait un autre mandat de perquisition.

— As-tu appelé Brayden ? poursuivit-elle.

— Ce matin. Au début, il ne m'a pas cru lorsque je lui ai dit que tu étais ici ou, du moins, refusait-il de croire que tu y étais venue de ton plein gré. Bref, il devrait arriver dans une heure. Je lui ai fait promettre de n'en souffler mot à personne.

Sa conversation avec Brayden avait été pour le moins tendue, ce dernier l'ayant d'abord soupçonné de vouloir livrer Demi aux autorités.

— Il sera muet comme une tombe, j'en suis sûre.

Manifestement, l'idée de revoir son frère la réjouissait.

Pour ne pas ternir son bonheur, Lucas préféra ne pas lui raconter en détail leur échange :

« — Que manigancez-vous ? avait demandé Brayden. Demi et vous n'avez jamais pu vous supporter. Pourquoi aurait-elle soudain accepté de s'installer chez vous ? Vous l'y avez forcée. Avouez-le !

— Si j'avais cherché à la capturer ou à la dénoncer, j'aurais eu dix fois l'occasion de le faire. »

Sa réponse avait convaincu Brayden qui avait fini par accepter de venir. En entendant une sonnerie indiquant que quelqu'un se trouvait devant les grilles, à l'entrée de la propriété, Lucas comprit que Brayden était en avance.

Avec un cri de joie, Demi se dirigea vers le boîtier qui commandait le portail à distance.

— Comment marche cet appareil ?

— Assurons-nous d'abord qu'il s'agit bien de lui. Qui est là ? demanda Lucas en appuyant sur un bouton.

— Brayden. Où est ma sœur ?

Lucas déclencha l'ouverture.

Demi se précipita vers la porte et sortit dans le froid pour guetter l'apparition du pick-up de Brayden. Il gelait, et elle se frotta les bras pour se réchauffer.

— Tu ferais mieux de l'attendre à l'intérieur, protesta Lucas.

Brayden se gara devant le chalet. Dès qu'il coupa le contact, il sauta à terre et se dirigea vers le porche, frappant ses bottes contre les marches pour en retirer la neige. Ses boucles brunes ne ressemblaient pas aux cheveux roux de Demi, mais ils avaient les mêmes yeux verts.

Demi se jeta à son cou.

— C'est si bon de te revoir !

— Je me suis fait un sang d'encre à ton sujet, Demi. Tes textos sont bien parvenus à Shane mais ensuite nous n'avions plus aucune nouvelle. Pendant des mois. Pourquoi ne m'as-tu pas appelé ?

Son silence l'avait visiblement blessé. Tous deux étaient très proches.

— Je ne voulais pas que tu partes à ma recherche. Je savais que Shane te transmettrait mes messages.

— Nous t'avons tous cherchée partout. Certains pour de mauvaises raisons, ajouta-t-il en dardant sur Lucas un œil accusateur.

Avant que Lucas puisse le contredire, Brayden poursuivit :

— Rentrons. On gèle ici.

À l'intérieur, Queenie vint renifler Brayden, qui lui tapota la tête. Lucas fit du café pendant que Demi et Brayden se retrouvaient.

— Lorsque j'ai entendu dire que tu étais soupçonnée des meurtres du Groom Killer, j'ai tout de suite su que tu n'y étais pour rien, dit Brayden. Mais j'avais peur qu'il ne t'arrive quelque chose. Si, en grandissant, nos routes s'étaient séparées, Quinn, Shane et moi nous sommes rapprochés depuis le début de cette histoire. Cela m'aurait tué si je n'avais pas eu la possibilité de te retrouver, toi aussi.

— Comment vous êtes-vous tous rapprochés ? À cause de moi ?

— Non. Une productrice d'émissions télévisées consacrées aux affaires criminelles est venue à Red Ridge pour enquêter sur l'affaire du Groom Killer. Au début, nous étions opposés à son projet, mais elle nous en a beaucoup parlé et dans le processus notre fratrie s'est réunie.

— Brayden va épouser cette réalisatrice, intervint Lucas. Elle s'appelle Esmée da Costa et a un petit garçon que ton frère va donc élever.

Lucas refusait d'y voir une situation similaire à la leur.

Mais Demi avait un fils, elle aussi. Il pourrait être un père pour Wolf s'il tombait amoureux de Demi.

Folle de joie, Demi sauta au cou de son frère. Elle rayonnait.

— Tu vas te marier ? C'est merveilleux !

Elle le serra dans ses bras et l'embrassa avec chaleur.

Brayden se raidit. Comme la plupart des Colton, il n'était pas démonstratif.

Lorsque Demi recula, il se détendit.

— À condition que le Groom Killer ne me tue pas, dit-il.

— Devlin ne fait pas le poids face à toi, répliqua Demi, confiante.

— Son fusil-mitrailleur lui donne pourtant de vraies chances d'avoir le dessus, rétorqua Lucas. Il a littéralement arrosé de balles le chalet de Demi.

— Comment ? Devlin t'a retrouvée ? s'exclama Brayden avant de se tourner vers Lucas. C'est vous qui l'avez conduit jusqu'à la planque de ma sœur, je parie !

— Pas du tout, intervint Demi. Quelques jours plus tôt, j'avais remarqué un inconnu en ville qui semblait me surveiller. J'aurais dû me méfier.

Elle n'en avait pas parlé à Lucas.

— Lucas n'a rien à voir avec ça, insista-t-elle.

— Bien sûr que non, dit-il. J'ai toujours fait preuve de prudence.

— En cachant Demi ici en attendant de prouver que Devlin est le Groom Killer, pensez-vous vraiment faire preuve de prudence ? rugit Brayden.

— Brayden…, intervint Demi avec douceur.

— Devlin nous poursuit parce que la police le soupçonne des assassinats, dit Lucas.

— Il avait espéré me faire porter le chapeau, renchérit Demi. Il doit être furieux de ne pas y être arrivé.

— Il parviendra peut-être à ses fins, rétorqua Brayden. La police a des preuves contre toi, pas contre lui.

Il leva les yeux sur Lucas. En réalité, la principale préoccupation de Brayden était le fait que Demi se soit installée chez Lucas.

Il reporta son attention sur sa sœur.

— Pourquoi ne viendrais-tu pas plutôt vivre chez moi et Esmée ?

— Non, assena Lucas d'un ton sans réplique. Elle est très bien ici. Avec moi.

Demi et Brayden se tournèrent vers lui d'un air surpris. Pourquoi l'affirmait-il de façon si catégorique ? Lucas aurait été incapable de l'expliquer. En réalité, il ne faisait confiance qu'à lui-même pour protéger Demi.

— Lucas bénéficie d'un système de sécurité impressionnant, dit Demi.

— Que tu sois ici ne me plaît pas, insista son frère. Il n'y a pas si longtemps, Lucas était convaincu que tu étais le Groom Killer. De plus, vous ne vous êtes jamais entendus, tous les deux.

— Peut-être mais Lucas est un excellent chasseur de primes. Il retrouvera Devlin.

— Oui mais…

— Au début, je ne lui faisais pas confiance non plus.

— Et maintenant, te sens-tu vraiment prête à lui confier ta vie et celle de ton fils, Demi ? Pourquoi ? Que s'est-il passé entre vous ?

Comme Demi glissait un œil vers Lucas, Brayden comprit tout.

— J'en étais sûr ! s'exclama-t-il en s'approchant de Lucas d'un air menaçant.

Demi s'interposa.

— Brayden, arrête !

Il obtempéra mais la dévisagea avec colère.

— Il veut te garder à portée de main au cas où l'enquête visant Devlin conclurait à son innocence. Ne laisse pas ton cœur t'aveugler.

— Vous avez pourtant laissé votre propre cœur vous jeter dans les bras d'Esmée, non ? répliqua Lucas.

De plus en plus furieux, Brayden eut du mal à se maîtriser. Seule la présence de sa sœur l'empêcha de prendre Lucas par le col et de le frapper.

Demi posa la main sur son bras.

— J'ai besoin que tu me rendes un service, Brayden.

Il se calma aussitôt.

— Tu peux me demander ce que tu veux, Demi.

— Tout d'abord, ne dis à personne que je suis ici.

Brayden hocha la tête.

— Bien sûr. Jamais je ne te trahirai.

— Deuxièmement, j'aimerais que tu gardes Wolf ce soir pendant que je pars chercher l'arme que Devlin a utilisée pour tuer certaines de ses victimes. Personne n'est parvenu à remettre la main dessus, et pour prouver mon innocence je dois absolument la retrouver.

— Je peux m'en charger pour toi.

Demi secoua la tête.

— Merci mais je dois m'en occuper moi-même, Brayden.

— Je ne veux pas que tu t'exposes au danger.

— Je suis en danger depuis le début de cette histoire. Et n'oublie pas que je suis chasseuse de primes. Je sais me défendre.

— Il est difficile pour moi de te laisser risquer ta vie après tant de mois à me ronger les sangs sans savoir si tu allais bien.

— Je vais bien, ne t'inquiète pas pour moi.

Brayden regarda encore une fois Lucas.

— Il a intérêt à ne pas te faire mal ni à te faire arrêter.

— Il ne tentera rien contre moi. Viens, j'aimerais que tu fasses la connaissance de Wolf.

Brayden la suivit dans la chambre à coucher où Lucas avait monté le berceau.

Lucas leur emboîta le pas, Queenie sur les talons.

Avec douceur, Demi prit Wolf dans ses bras et le tendit à son frère. Le bébé battit des paupières un bref instant avant de retomber dans un profond sommeil.

Ce petit garçon était vraiment un amour. Lucas n'aurait jamais imaginé qu'il puisse exister des enfants aussi faciles. Wolf dormait profondément, et il ne pleurait que lorsqu'il avait besoin de quelque chose. Il semblait toujours heureux de son sort.

Demi n'était sans doute pas étrangère au caractère en or de son fils. Elle devait être une bonne mère.

— Alors ? Acceptes-tu de veiller sur lui pendant mon absence ? demanda Demi.

— Bien sûr, répondit Brayden.

Lucas était soulagé que Demi puisse compter sur son frère pour garder le bébé. Brayden était capable de défendre l'enfant qui n'avait donc rien à craindre avec lui. Lucas savait depuis longtemps que Brayden ne l'aimait pas et ne lui faisait pas confiance. Pourquoi s'en étonner ? Brayden avait entendu dire pis que pendre sur Lucas par Demi.

Brayden partit, promettant de revenir plus tard, et Demi s'assit sur le canapé. Elle montra du doigt à Lucas les sacs et la boîte à chaussures qu'il avait sortis de la voiture plus tôt.

— Qu'as-tu acheté, finalement ? Des trucs bien ?

— J'ai trouvé une petite boutique à Deadwood. Spécialisée dans le style bohème.

Il tira de l'un des sacs un poncho à capuche multicolore.

— Le vendeur m'a juré qu'il avait été fabriqué en fils naturels recyclés.

Demi déplia ensuite une longue robe blanche ornée de broderies. Parmi les articles que Lucas avait rapportés, figuraient également un collier avec le symbole de la paix en sautoir, des bracelets en argent, un gilet à franges et une longue perruque blonde avec des tresses.

Lucas souleva ensuite le couvercle de la boîte à chaussures pour lui montrer une paire de bottes en cuir.

— Super sympa !

Enfin, il sortit de sa poche des lunettes noires.

— N'est-ce pas un peu exagéré ? Ne risquons-nous pas d'attirer trop d'attention sur nous ?

Peut-être aurait-elle dû opter pour un déguisement différent, plus discret, se reprochait-elle.

— Nous attirerons l'attention sur nos vêtements, pas sur nous.

Lucas enfila par-dessus sa chemise à franges un sweat dont il rabattit la capuche sur sa tête. Puis il posa des lunettes noires sur son nez.

— Tu fais très baba cool, assura-t-elle avec conviction.

Il prit des poses, jouant les mannequins, et elle se mit à rire.

— Va essayer le tien, dit-il enfin.

Elle prit la robe, les bottes et la perruque et alla se changer dans la salle de bains. Tout lui allait à la perfection. La robe, en particulier, semblait avoir été cousue sur elle. L'ensemble était original et sexy. Après avoir ajusté la perruque sur sa tête, elle joua quelques instants avec ses longues tresses. Le collier de la paix était un peu lourd, mais elle aimait beaucoup entendre les bracelets en argent s'entrechoquer à ses bras.

Lorsqu'elle sortit de la salle de bains, Lucas lui tendit ses lunettes noires.

Enfin, il l'observa de la tête aux pieds.

— Pas mal mais j'aurais dû t'acheter une perruque rousse.

— Les gens m'auraient reconnue.

— Peut-être, mais tu es si belle avec tes longs cheveux roux.

Le compliment la laissa sans voix. Lucas ne lui avait encore jamais dit ce genre de choses. Il la trouvait belle ? Demi ne ressemblait pourtant pas aux femmes qu'il avait l'habitude de fréquenter. Elle ne passait pas beaucoup de temps devant son miroir. Son travail ne lui permettait pas de porter des talons hauts.

— Je ne suis pas belle avec des cheveux coupés court ?

— Tu es belle quels que soient ton style ou la longueur de tes cheveux. Tu es belle en chemise de nuit.

Perdait-il la tête ? Pourquoi lui parlait-il si librement ?

— Et toi aussi, tu es plutôt beau gosse.

Il sourit, et elle éclata de rire.

— Mais je suis surtout étonnée, reprit-elle. Je pensais que tu préférais les bimbos.

Le sourire de Lucas s'envola.

— Les bimbos ?

— Oui, les femmes très belles et…

Elle n'osait pas ajouter qu'elles n'avaient rien dans le crâne, même si à ses yeux c'était leur principale caractéristique.

— Tu l'es tout autant qu'elles, répliqua-t-il. Et d'ailleurs, tu es toujours sortie avec des hommes très séduisants.

Faisait-il allusion à Bo ? Avant lui, elle n'avait pas eu beaucoup de relations amoureuses, beaucoup moins que Lucas, en tout cas.

— Mes petits amis ne me plaisaient pas uniquement pour leur physique.

— Qu'avait donc d'autre ce gars avec qui tu sortais à une époque et dont j'ai oublié le nom ? Il vivait toujours chez sa mère et ne travaillait pas.

— Il était entre deux boulots, et ses parents l'hébergeaient. Provisoirement.

Lucas ne répondit rien, se contentant d'arborer un léger sourire moqueur.

— Tu avais déjà été fiancée avant de rencontrer Bo, non ?

— J'avais rompu parce que je sentais qu'avec lui ça n'irait pas.

— Avec toi, ça ne va jamais. Aucun homme ne trouve grâce à tes yeux.

L'éventualité que Lucas puisse être l'exception qui confirme la règle la traversa, mais choquée par la tournure de ses pensées elle refusa de s'y arrêter.

— C'est faux ! Je fais confiance à certains hommes.

— Inconsciemment, tu fais exprès de sortir avec des types qui ne te conviennent pas, dit Lucas.

— Tu projettes ! C'est toi qui sors délibérément avec des femmes dont tu sais que tu ne tomberas jamais amoureux, répliqua-t-elle.

— Ce n'est pas faux.

Son sourire devint plus authentique. Il se rapprocha d'elle.

— Cela étant dit, qu'allons-nous faire à ce sujet ?

Et baissant la tête, il l'embrassa.

Ce fut un baiser doux, léger et bref mais il déclencha des étincelles.

Demi le dévisagea avec perplexité. À quoi jouait-il ?

— Tu vois ? dit-il. C'est le problème avec toi. Je te plais trop.

Il n'avait donc cherché qu'à se moquer d'elle, une fois de plus ? Une profonde déception lui mordit le cœur avant de se muer en colère.

— Tu ne me plais pas, Lucas, dit-elle en le repoussant. Tu es toujours méchant avec moi !

Il sourit. Il allait finir par la rendre folle.

— Je ne suis jamais méchant avec toi, Demi. Pourquoi en doutes-tu ?

Quelqu'un frappa à la porte.

Brayden. Dieu merci. Elle se dirigea vers la porte et l'ouvrit, soulagée de voir le sourire de son frère.

Il entra et les regarda tour à tour.

— Tout va bien ?

Elle jeta un coup d'œil à Lucas avant de hocher la tête.

Brayden n'avait pas besoin d'un dessin. Il se dirigea vers Lucas.

— Qu'avez-vous fait à ma sœur ?

Lucas leva les mains.

— Rien. Je m'apprêtais à lui dire qu'elle me plaisait terriblement quand vous avez frappé à la porte.

Demi en resta bouche bée. Pour un homme qui avait juré de ne jamais se marier, il envoyait des messages plutôt contradictoires. N'avait-il pas peur de ce que ses baisers ou compliments étaient susceptibles de déclencher chez elle ? Puis elle se rendit compte qu'il était inquiet. Il ne voulait pas craquer pour elle, pas plus qu'elle ne voulait craquer pour lui.

Sans doute l'avait-il embrassée pour la sensibiliser au problème. Pour la prévenir qu'elle ne devait en aucun cas tomber amoureuse de lui.

— Demi ?

Elle reporta son attention sur Brayden.

— Tout va bien. Je dois retrouver cette arme.

Brayden hésita, peu convaincu.

— Je vais laisser tomber pour l'instant, Demi, mais si par la suite il…

Lucas décida d'intervenir :

— Détendez-vous. Je suis de votre côté.

— Depuis quand ? rétorqua Brayden, mordant.

— Cela suffit ! cria Demi. Je suis accusée de meurtre. Alors au lieu de vous battre, ne pouvez-vous pas essayer de vous entendre pour m'aider ?

Vu leurs regards, la réponse était non.

Devlin vivait dans une résidence de luxe située dans les quartiers huppés de la ville, non loin de Main Street. Il possédait un loft sur deux niveaux avec un grand balcon et de hautes fenêtres donnant sur les montagnes Coyote. Le gardien les laissa entrer lorsqu'ils annoncèrent qu'ils venaient lui rendre visite. Il était du genre confiant.

La nuit était tombée. Lucas, Demi et Queenie gagnèrent la cage d'escalier. Lucas avait rabattu sa capuche sur sa tête, Demi avait mis sa perruque et ses lunettes noires. Queenie passerait pour leur animal de compagnie. Des caméras de surveillance risquaient de les filmer mais déguisés comme ils l'étaient, ils ne seraient pas identifiés.

La veille, avant de rentrer chez lui, Lucas était passé au centre de contrôle qui gérait la sécurité des lieux. Il avait utilisé sa carte de chasseur de primes officiel de la brigade canine pour poser quelques questions aux employés. Queenie était avec lui, et les gardes s'étaient montrés tout à fait disposés à l'aider. Lucas leur avait demandé s'ils avaient vu Devlin les jours où les meurtres avaient été perpétrés. Comme ils avaient déjà visionné les bandes à la demande d'autres policiers du RRPD, il leur fut facile de répondre. La vidéosurveillance avait filmé Devlin rentrant tard le soir, ce qui était habituel pour lui. Par ailleurs, ils lui avaient expliqué que, à cause du manque de personnel, les enregistrements étaient toujours examinés le matin et jamais en temps réel.

Lucas entra dans l'appartement de Devlin.

— Cherche des résidus de poudre, dit-il à Queenie, qui se mit immédiatement à flairer le sol.

Au premier niveau, une cuisine spacieuse faisait face au salon équipé d'un grand canapé en cuir et d'une télévision grand écran suspendue au-dessus d'une cheminée. Il y avait aussi une salle de bains et un bureau. Les chambres se trouvaient toutes à l'étage.

Demi inspecta les bibliothèques du living pendant que Lucas entrait dans le bureau. L'ordinateur avait déjà été analysé. Devlin ne l'avait pas utilisé à l'époque des meurtres, et rien n'y avait été trouvé qui l'aurait relié aux crimes, à l'exception de ses échanges avec Hayley.

Lucas remarqua une sacoche pour ordinateur portable qu'il n'avait encore jamais vue et qui n'avait pas été signalée dans les rapports. Tandis que Demi montait voir les chambres, il ouvrit la sacoche et alluma l'ordinateur. Ayant piraté les codes, la veille, il accéda facilement aux dossiers. Il passa un moment à les parcourir sans trouver grand-chose. Apparemment, Devlin n'utilisait cet ordinateur que pour le travail. Cela dit, il tomba sur un dossier rempli de photos de Hayley. Nash Maddox, un autre maître-chien de la brigade, avait surpris Devlin reluquant un portrait de Hayley. Quant à Hunter, il avait découvert à l'étage une pièce remplie d'objets appartenant à Hayley Patton qui prouvait l'obsession de Devlin pour cette jeune femme.

Demi le rejoignit dans le bureau. Elle tenait à la main des culottes en dentelle et un soutien-gorge.

— Ils étaient au fond du tiroir de sa table de nuit. Mais je n'ai pas vu d'armes.

— Attendons que Queenie ait fini son inspection.

En réalité, Lucas ne s'attendait pas à trouver d'armes. La police avait déjà fouillé cet appartement, et Devlin n'était pas stupide. Lucas cherchait plutôt tout ce que l'avocat avait pu laisser après la perquisition ou quelque chose qu'il aurait oublié et qui n'aurait pas encore été retrouvé. Devlin était peut-être retourné dans son appartement depuis qu'il était en cavale. La police ne surveillait pas les lieux en permanence comme au départ.

Queenie aboya.

Lucas et Demi se précipitèrent dans la chambre où Devlin avait créé un véritable sanctuaire dédié à Hayley. Tout avait été emporté par leurs collègues pour être versé au dossier. Assise dans le placard, Queenie levait les yeux vers une trappe permettant d'accéder au grenier.

Lucas se hissa sur une chaise pour soulever le battant. À l'aide d'une petite lampe de poche, il en inspecta l'intérieur. Et il découvrit une boîte à chaussures. Il s'en saisit et la posa sur le lit.

— Il y a des résidus de poudre là-dedans.

— On se demande bien pourquoi personne n'a trouvé cette boîte plus tôt.

— Peut-être n'était-elle pas encore là lorsque les collègues sont venus.

Elle contenait des reçus et d'autres papiers ainsi que des douilles utilisées.

— Emportons le tout dans ton chalet, dit Demi. Nous reviendrons remettre tout en place si le contenu de cette boîte s'avère utile.

Ils opéraient en secret, sans l'aval du RRPD. Restituer ce qu'ils trouveraient d'intéressant semblait donc indispensable.

En sortant de l'appartement, Lucas vérifia que la cage d'escalier était déserte. Comme personne ne montait ou ne descendait, il y entraîna Demi, Queenie sur leurs talons. Ils regagnèrent la voiture. Avant de l'atteindre, il remarqua dans la rue un véhicule qui n'y était pas garé à leur arrivée. En s'approchant, il vit un homme assis au volant.

La main sur son arme, Lucas et Demi firent des détours pour rejoindre leur voiture de location.

Lorsqu'ils quittèrent le parking, le véhicule suspect les prit en filature.

Lucas prit une direction opposée à celle qui menait à son chalet. Il s'engagea dans une grande artère puis contourna un pâté de maisons pour faire savoir à l'autre conducteur qu'ils avaient repéré sa présence. Leur poursuivant continua sur sa lancée quand Lucas revint en arrière vers Main Street.

— Je ne pense pas qu'il s'agissait de Devlin, dit Demi.

Lucas non plus, ce qui signifiait qu'un inspecteur de police surveillait l'appartement de Devlin.

8

Comme Lucas devait se rendre au travail le lendemain, Demi passa la journée avec Wolf. Cette situation raviva le douloureux sentiment d'isolement qu'elle avait éprouvé durant des mois, seule dans son chalet avec son bébé. Pour amuser son fils, elle dénicha quelques décorations de Noël au fond d'un placard et les accrocha sur le sapin de Lucas. Elle découvrit aussi un magnifique centre de table qui venait certainement de sa mère. Tous deux avaient ce triste point commun : ils avaient perdu leurs mères.

La détermination de Lucas à ne jamais tomber amoureux avait-elle quelque chose à voir avec ce deuil ? Il affirmait que seul l'indicible chagrin de son père avait motivé sa décision. Mais avoir grandi sans sa mère avait forcément laissé des traces. Il ne savait rien de la vie de famille.

Demi, elle, avait eu la chance de vivre avec la sienne pendant toute son enfance et son adolescence.

Comme elle se rendait à la cuisine, elle se rendit soudain compte que l'écran qui permettait de visualiser l'entrée du portail s'animait. Un détecteur de mouvement déclenchait la mise en route de la caméra. Or, un véhicule inconnu passait lentement devant les grilles.

Demi s'approcha du moniteur pour regarder les images avec attention. Elle distingua un pare-chocs à travers les pins. La voiture semblait s'être garée le long du chemin. Le conducteur avait sans doute remarqué l'objectif.

Qu'allait-il faire, maintenant ?

Attrapant son arme, elle sortit de la maison et se dirigea vers le portail, s'efforçant de se cacher derrière les arbres pour ne pas se faire repérer. Ses pieds bottés s'enfonçaient dans l'épais tapis neigeux. Comme elle approchait des grilles, elle vit sur le bas-côté une berline bleu foncé aux vitres teintées. Elle enregistra mentalement le numéro de la plaque d'immatriculation.

Elle aperçut alors un homme qui se hâtait vers les arbres. Il avait à peu près la même taille et la même carrure que Devlin, mais comme il portait un manteau, des lunettes noires et un bonnet qui couvrait ses cheveux, il était difficile de l'identifier avec certitude.

Dissimulée derrière un gros pin, Demi l'observa en train de mesurer du regard le mur qui ceignait la propriété. Haut de plusieurs mètres et surmonté de barbelés, celui-ci ne serait pas simple à franchir. Le type dut parvenir à cette conclusion parce qu'il retourna vers son véhicule et démarra. Quand il fit demi-tour et s'éloigna, Demi courut jusqu'au chalet. Lucas estimait son domaine inviolable, mais il n'avait installé aucun détecteur de mouvement le long des murs bordant ses terres. De bonnes cisailles viendraient à bout du fil de fer barbelé. Grimper une paroi de trois mètres de haut n'était pas facile mais pas impossible non plus. Visiblement, l'homme était passé pour repérer les lieux, et Demi eut l'intuition qu'il reviendrait.

Lucas entra dans le centre de la brigade canine. S'il n'y avait pas trop de monde au parcours d'obstacles, il commencerait par là. Queenie sur les talons, il traversa la zone administrative, saluant quelques collègues au passage. Pressée d'arriver, la chienne tirait sur sa laisse. Elle savait où ils allaient. Queenie adorait ce parcours du combattant canin. Lucas passait aussi beaucoup de temps à l'entraîner à la recherche des personnes disparues ou perdues, à l'exercer à reconnaître les odeurs de différents individus. Dotée d'un flair exceptionnel, la chienne était très douée pour remonter des pistes. Elle avait déjà permis de retrouver des patients atteints de la maladie d'Alzheimer. Quand elle tombait sur des fragrances significatives, elle avait appris à le signaler par un bref aboiement tout en restant immobile devant l'emplacement en question.

Remarquant deux policiers qui l'observaient de loin, Lucas

se demanda s'il imaginait leurs expressions soupçonneuses. Même si c'était pour la bonne cause, mentir lui posait un problème moral. Cacher à ses supérieurs et à ses collègues la présence de Demi chez lui tourmentait sa conscience. Il se reprochait de les trahir. En entrant dans la police, il s'était engagé à défendre certaines valeurs comme l'honnêteté, la droiture, la justice. Pour lui qui se vantait d'être un homme intègre, duper ses camarades n'était pas simple. Pourtant, il le fallait. En apprenant qu'elle s'était réfugiée chez lui, certains d'entre eux seraient tentés d'envoyer Demi derrière les barreaux. Pour apaiser sa conscience, Lucas se disait que s'il les laissait faire, une innocente serait arrêtée et jetée en prison.

Une fois dehors, il entra dans l'immense enclos réservé aux entraînements. Il était désert. Heureusement, la neige avait suffisamment fondu pour permettre à Queenie d'exécuter le parcours d'obstacles. Par la suite, il lui ferait travailler son flair, une partie importante de sa formation, afin de parfaire la pratique de l'animal dans son domaine d'expertise. Queenie ne reculait devant aucune difficulté. Elle était capable de traquer une piste sur du gravier, de la terre, au milieu d'une végétation luxuriante comme dans des zones urbaines, de repérer un criminel au milieu d'une foule grâce à son odeur.

Queenie était vraiment une chienne exceptionnelle. Lucas pensait parfois qu'elle comprenait l'anglais et pas uniquement quelques ordres.

Lui retirant sa laisse, il lui fit signe de s'asseoir. Elle obéit aussitôt et attendit son feu vert. Lorsqu'il le lui donna, elle commença le parcours, Lucas à côté d'elle. La première série d'épreuves était constituée par un petit circuit semé d'embûches. Très à l'aise, Queenie circula d'un pas assuré dans ce labyrinthe, remuant la queue quand elle arriva au bout. Le second défi proposé aux chiens était des sauts d'obstacles.

Sur son ordre, Queenie franchit des palissades dont les hauteurs augmentaient au fur et à mesure qu'elle progressait. Lorsqu'elle eut terminé, elle revint s'asseoir à côté de lui. Il la caressa pour la féliciter.

— Bonne fille, c'est bien.

Il la mena ensuite vers d'autres exercices.

Sur un signe de lui, la chienne escalada une passerelle inclinée jusqu'à une plate-forme. De là, elle descendit via un pont suspendu pour atteindre l'autre côté.

Enfin, Queenie dut ramper à l'intérieur d'un long tunnel avant de grimper et de descendre une structure en triangle. Une fois encore, à la fin, il la félicita et la récompensa par quelques caresses.

Queenie était toujours au top niveau. Elle acheva son parcours comme une professionnelle et, manifestement ravie de sa performance, vint s'asseoir devant lui en remuant la queue.

— C'était parfait, ma belle.

Lucas aperçut alors un policier en uniforme qui l'observait de la barrière.

Brian Miller ne faisait pas partie de la brigade canine. Un événement inhabituel avait dû l'obliger à quitter le bureau du shérif pour venir jusqu'ici. Brian avait une femme et deux fils, mais, à en croire les ragots, il préférait sortir avec ses amis plutôt que de passer du temps avec sa famille. Aux yeux de Lucas, il n'était pas un exemple à suivre.

Queenie sur les talons, Lucas sortit de la zone d'entraînement.

— Le temps s'améliore, dit Brian. Un peu frais, peut-être.

Lucas se demanda à quoi étaient destinés exactement ses petits commentaires sur la météo.

— C'est sûr. Qu'est-ce qui t'amène par ici ?

— J'ai entendu dire que tu étais sur une piste qui pourrait mener à la planque de Demi. Un chalet aurait été cédé à une femme à peu près au moment où elle a disparu.

— J'ai vérifié toutes les nouvelles locations et acquisitions immobilières dans un rayon de cent kilomètres autour de Red Ridge et les ai toutes inspectées. Je viens de rentrer.

— Et cela n'a donc rien donné ? La piste du chalet perdu dans la montagne a-t-elle, elle aussi, abouti à une impasse ?

— Oui.

Lucas espérait que cet homme qu'il connaissait à peine allait vite cesser son interrogatoire.

— J'ai effectué les mêmes investigations que toi, poursuivit Brian. Je me suis en particulier intéressé à cette maisonnette en rondins occupée par une femme seule. J'ai découvert que l'identité de cette dernière avait été volée. Le savais-tu ?

Lucas s'était demandé si quelqu'un d'autre s'en rendrait compte.

— Oui, mais il ne s'agissait pas de Demi.

Personne n'avait pas la possibilité de savoir que Demi avait effectivement habité ce chalet à moins d'analyser les empreintes digitales ou l'ADN. Lucas ne pensait pas que son collègue avait été jusque-là.

Brian le dévisagea d'un air soupçonneux.

— Pourquoi n'as-tu pas livré cette femme à la police ?

— Ce n'était pas Demi.

— Mais elle avait volé l'identité de quelqu'un, elle avait commis un délit.

— Ce n'était pas Demi, répéta-t-il plus fermement.

Brian Miller n'était pas une menace. Recruté depuis peu, il essayait probablement de faire du zèle en menant l'enquête de son côté. Sans doute désirait-il ainsi se faire bien voir de ses supérieurs. Mais en réalité, il n'avait pas les moyens d'agir. Sa capacité de nuisance était nulle.

Normalement, Lucas n'aurait pas laissé une personne coupable d'un vol d'identité en liberté. Mais Demi n'avait fait de mal à personne. En tout cas, se le disait-il pour ne pas culpabiliser.

— Elle avait volé l'identité d'une femme décédée, reprit Lucas.

— Alors tu l'as laissée partir ?

— Ce n'était pas elle que je cherchais.

Miller le dévisagea d'un œil mauvais.

— Tu es persuadé que Demi est innocente. Alors que tout le monde la croit coupable.

Lucas préféra ne pas en discuter, espérant que Miller se calmerait et le laisserait poursuivre sa route.

Malheureusement, il vit le visage de Brian se contracter, son regard se durcir.

— Ton frère a écrit son nom à l'aide de son propre sang, ricana presque Brian.

Comment Lucas pourrait-il se débarrasser de ce morveux ?

— Devlin aurait pu l'écrire lui-même pour égarer les enquêteurs.

— Et comment expliques-tu la présence du collier de Demi sur la scène du crime et la déclaration du témoin ?

— Là encore, Devlin aurait pu le déposer là, et le témoin a un casier judiciaire long comme le bras.

Sans parler du fait que les témoins avaient tendance à se faire assassiner après avoir accusé Demi. Son jeune collègue devait également savoir qu'un autre avait avoué avoir été payé pour mentir. Par un homme qui ressemblait à Devlin. Il n'en restait pas moins vrai que Lucas et Demi avaient besoin d'éléments tangibles pour prouver la culpabilité de Devlin.

— Retourne travailler, Brian. J'ai mieux à faire qu'à discuter stérilement. Viens, Queenie.

Lucas se dirigea vers la porte mais dans son dos Brian poursuivait sa diatribe.

— Tu te trompes, Lucas. Une arme a été retrouvée dans une propriété appartenant à Devlin, c'est vrai. Mais qui te dit que Demi Colton ne l'avait pas laissée là avant de disparaître dans la nature ? Tu n'y avais pas pensé, n'est-ce pas ?

— Laisse tomber, Brian, dit Lucas avant de s'éloigner.

Lorsque Demi apprit que Fenwick Colton avait organisé une réunion au centre de la brigade canine du poste de police de Red Ridge, elle tint absolument à y assister. C'était risqué, tout le monde serait là, mais elle tenait à savoir ce que Fenwick avait à dire. Layla, la fille de Fenwick et la cousine de Demi, avait beaucoup souffert à cause de lui. Le père de Devlin, Hamlin Harrington, qui avait été fiancé à Layla – prétendument pour sauver Colton Energy de la faillite –, serait également présent. Pourquoi Fenwick lui avait-il demandé d'être là ? Sa présence avait peut-être quelque chose à voir avec l'enquête concernant le Groom Killer, Hamlin étant le père de Devlin.

Au départ, Lucas s'était opposé à ce qu'elle se rende à cette conférence mais Demi avait eu l'idée d'y aller déguisée, de se faire passer pour sa nouvelle petite amie, et il avait fini par céder. Elle s'était arrangée pour changer radicalement d'apparence.

Non seulement, elle avait opté pour une perruque brune mais elle avait également modifié la couleur de ses yeux et s'était maquillée comme une voiture volée. Grâce à un soutien-gorge rembourré, ses seins semblaient trois fois plus gros qu'en réalité. Elle s'était vêtue d'une robe noire sexy, de talons hauts et, pour parfaire sa tenue, s'était couverte de bijoux en strass.

Maintenant, il lui fallait trouver quelqu'un pour surveiller Wolf. Brayden n'était pas disponible, il assisterait évidemment à l'allocution de Fenwick avec tous les autres policiers. Elle avait alors songé au frère de Lucas, Vincent, et à sa fiancée secrète, Valeria. Tous deux avaient accepté avec joie.

Depuis qu'elle était sortie de la salle de bains, Lucas ne cessait de la regarder, les yeux brillants. Sa façon de reluquer ses seins et ses jambes exaspéra Demi. Il la préférait en version bimbo qui n'était pas elle, en réalité.

Comme il lui tenait la porte de la brigade ouverte, il en profita pour loucher sur son décolleté avec insistance. Furieuse, elle le fusilla du regard.

Avec un sourire, il posa la main sur son dos pour l'entraîner dans la grande salle où tout le monde s'était rassemblé. Les policiers et les maîtres-chiens de la brigade canine étaient assis sur des rangées de chaises. La vétérinaire, Patience Colton, était présente, elle aussi. Fille de Fenwick Colton et membre de la « branche riche » des Colton de la région, elle travaillait pourtant dur et traitait ses semblables comme des égaux.

Alors que le Dr Colton promenait un œil sur la foule, Demi se força à paraître détendue. Patience la reconnaîtrait-elle ? Mais la jeune vétérinaire détourna la tête sans marquer d'intérêt particulier. Elle se tenait à côté de Nash Maddox dont elle semblait très proche.

Demi n'avait jamais vu autant de Colton et de Gage dans la même pièce. Le sort de la brigade canine les avait réunis. Les difficultés de cette dernière contribueraient-elles à mettre fin à leur vieille brouille ? Un siècle plus tôt, les ancêtres des Gage avaient accusé les ancêtres des Colton d'avoir triché lors d'une partie de poker, ce qui avait coûté des terres aux Gage. Alors que les protagonistes de cette histoire étaient tous morts depuis longtemps, l'animosité qui en avait découlé s'était perpétuée de génération en génération.

L'inspecteur de police Carson Gage, qui bavardait avec Elle, sa demi-sœur, salua Lucas de la tête. Le père de Lucas, Edson Gage, n'était pas là, mais il n'avait aucune raison d'y être, n'ayant aucun lien avec la brigade canine.

Demi reconnut d'autres participants, comme Micah Shaw qui, à une époque, fréquentait beaucoup The Pour House, le bar de son père. Micah avait toujours été amoureux de Bea Colton, une autre fille de Fenwick Colton, et Demi se demanda s'ils pourraient enfin se marier.

Comme elle cherchait Hamlin Harrington des yeux, elle finit par le découvrir assis tout seul au premier rang. Il lui parut plutôt séduisant pour un sexagénaire. En costume sombre et cravate, il ne regardait personne autour de lui sauf Layla, qui se tenait à côté de Hunter Black.

Non loin d'eux, Brayden discutait avec Shane, son autre demi-frère. Shane ne l'avait pas vue mais le regard sombre de Brayden lui fit comprendre qu'il était contrarié qu'elle soit venue avec Lucas. Sans doute l'avait-il identifiée malgré son déguisement.

Il s'approcha.

— Salut, Lucas. Amener ta nouvelle petite amie ici me semble une drôle d'idée.

— C'est ce que je lui ai dit !

Brayden chuchota à l'oreille de Demi.

— Je ne t'aurais pas reconnue si tu n'avais pas été avec Lucas.

— Tant mieux.

Personne n'étant assis près d'eux, elle ne craignait pas que des oreilles indiscrètes surprennent leur échange.

— Tout va bien ? poursuivit Brayden.

Elle devina qu'il lui demandait en réalité si tout allait bien *avec Lucas*.

— Très bien.

— S'il te fait du mal de quelque manière que ce soit, je veux le savoir. Je suis sérieux, Demi. Si tu as besoin d'un autre endroit pour vivre, viens chez moi. Tu es ma famille. Pas lui.

— Ne t'inquiète pas.

Finn Colton entra alors dans la salle et se dirigea vers l'estrade. Avec ses cheveux blonds et ses yeux bleus, le chef de la police de Red Ridge avait volé le cœur de Darby Gage, l'ex-épouse de Bo. Après avoir découvert la vraie nature de Bo, Demi aurait souhaité en parler avec Darby mais elle n'en avait jamais eu l'occasion.

Finn tapota le micro.

— Bienvenue à tous. Comme vous le savez, pour éviter le dépôt de bilan, la brigade canine a besoin de trouver de nouveaux financements avant la fin de l'année. Fenwick Colton est venu vous tenir au courant de la situation.

Son air sombre n'était pas de bon augure. Fenwick n'avait pas de bonnes nouvelles à annoncer.

Finn se tourna vers lui.

— Oncle Fenwick ?

Finn était le fils de Judson Colton, la branche du clan qui exploitait le ranch. S'ils avaient de l'argent, ils étaient loin d'être aussi riches que les Colton de Colton Energy.

Vêtu d'un élégant costume gris et d'une cravate, Fenwick monta à son tour sur l'estrade.

— Merci d'être venus, commença-t-il. La plupart d'entre vous savent que je cherche depuis des mois un financement alternatif pour la brigade canine du RRPD. Au départ, Hamlin Harrington avait accepté d'octroyer un don suffisant pour la sauver. Malheureusement, compte tenu des circonstances concernant son fils, Devlin, il a dû y renoncer.

Une vague de murmures anxieux traversa la foule.

— Qu'en est-il du mariage de Layla avec Hamlin ? lança une femme.

— Je ne peux pas demander à ma fille d'épouser un homme qu'elle n'aime pas, d'autant qu'il ne peut plus aider financièrement le groupe.

— Hamlin sait-il que son fils est le Groom Killer ? demanda quelqu'un.

— Rien ne prouve qu'il l'est, répliqua Finn.

— Demi Colton reste la suspecte n°1, ajouta un policier.

Demi se crispa mais Fenwick continuait :

— Hamlin m'a assuré avoir tout ignoré des activités

meurtrières de son fils, dit Fenwick. Bref, je ne souhaite pas mettre un terme à l'aventure de la brigade canine mais pour le moment je ne vois pas d'autre solution. J'en suis sincèrement désolé. Et c'est avec le cœur gros que je vous apporte cette triste nouvelle.

Fenwick passa un doigt sous son œil, et Demi se demanda s'il essuyait une larme.

Fenwick ? Pleurer ?

— Cette brigade canine était très importante pour feue mon épouse. Mais à présent, mon entreprise est en grande difficulté financière. Nous avons tout essayé pour la sauver mais tout a échoué. Je suis sincèrement désolé, répéta-t-il en sortant un mouchoir.

Apparemment, il l'était vraiment.

Le brouhaha s'accentua. L'émotion était générale.

— Serons-nous tous au chômage à la fin de l'année ? demanda Brayden.

Lucas ne répondit pas mais Demi devinait que la nouvelle l'inquiétait.

Demi aperçut Layla Colton. Elle parlait à son père, semblant chercher à l'apaiser. Fenwick se moucha et se pencha pour embrasser sa fille sur la joue.

Pourquoi avait-elle renoncé à ce mariage ? Demi percevait Layla comme une femme prête à tout et à n'importe quoi pour sauver Colton Energy. Mais puisqu'elle n'épousait finalement pas Hamlin, où trouveraient-ils l'argent dont ils avaient besoin ?

— Puis-je avoir votre attention, s'il vous plaît ? demanda Finn Colton, revenu sur l'estrade.

Les murmures et les conversations se calmèrent.

— Je tiens à ce que vous sachiez que nous faisons tout ce qui est en notre pouvoir pour sauver cette brigade. Par ailleurs, j'ai quelque chose à vous apprendre concernant les frères Larson, un élément nouveau dont vous n'êtes pas tous au courant.

Demi dressa l'oreille. Noel et Evan Larson avaient très mauvaise réputation à Red Ridge. Depuis des années, ils se livraient à de nombreux crimes, allant de trafics d'armes et de drogue au blanchiment d'argent en passant par des meurtres. Noel était le pire des jumeaux.

— Nous nourrissions de forts soupçons à leur encontre depuis longtemps mais jusqu'ici nous n'avions rien pour prouver leurs activités criminelles, notamment leurs meurtres. Après avoir trouvé un stock d'armes chez leur grand-mère et qu'ils aient menacé la vie de l'agent Hunter Black, nous les avons arrêtés. Ainsi que leur grand-mère, Mae Larson, pour complicité. Depuis lors, nous avons recueilli de nombreux témoignages contre eux. Dans le passé, tous ceux qui avaient à se plaindre des Larson avaient trop peur pour parler. Cette époque est révolue, et nous nous en félicitons.

Une vague approbatrice traversa la foule. Les Larson avaient trop longtemps échappé à la justice.

— De plus, Mae Larson a accepté de témoigner contre Noël et Evan pour réduire sa peine.

Mae avait élevé Hunter Black après la mort de ses parents alors qu'il avait quinze ans. Découvrir qu'elle était complice des jumeaux avait dû être un choc pour lui. Assis un peu plus loin, Hunter arborait un visage imperturbable, impénétrable. Mais sans doute cachait-il ses émotions en public.

Demi vit soudain Elle la regarder. Était-elle curieuse de voir la nouvelle petite amie de Lucas ? Ou l'avait-elle reconnue ?

Comme elle se dirigeait vers eux, Lucas jeta un coup d'œil à Demi, partageant visiblement son inquiétude.

Elle s'arrêta devant eux et tendit la main à Demi.

— Bonjour, je suis Elle, la sœur de Lucas.

— Salut, je suis Chelsey, dit-elle, s'efforçant de modifier le ton de sa voix.

Elle l'étudia un moment puis regarda son frère.

— Tu changes vraiment souvent de petite amie.

Si Demi avait vraiment été son amoureuse, la réflexion d'Elle l'aurait inquiétée. Manifestement, Lucas changeait de copine comme de chemise.

— J'espère toujours qu'il rencontrera un jour la bonne, ajouta Elle.

— Est-ce possible ? répliqua Demi.

— Vous avez un visage qui me paraît familier. Nous sommes-nous déjà rencontrées ?

— Non. Je ne suis pas d'ici. Beaucoup de gens me disent que je ressemble à quelqu'un qu'ils connaissent.

Elle se tourna vers Lucas, et Demi se sentit blêmir. Si Elle l'avait identifiée, qui d'autre y parviendrait ? Demi promena les yeux dans la foule. La plupart des policiers discutaient entre eux. Le sujet de la réunion les préoccupait.

Elle reporta son attention sur Demi avant de lancer à Lucas :

— As-tu réussi à retrouver Demi ?

— Pas encore.

— Demi ? demanda Demi. Qui est-ce ?

— Une femme recherchée pour meurtres mais en réalité Devlin est le Groom Killer, pas Demi.

Elle jeta un coup d'œil à Lucas.

— Demi devrait l'avoir compris, maintenant.

Lucas ne répondit pas, et Brayden sourit.

Elle savait.

— Ne vous inquiétez pas. Je ne dirai rien, dit Elle.

Demi parcourut à nouveau la foule des yeux.

— Et si quelqu'un d'autre me reconnaissait ?

— Je ne t'ai pas reconnue. Je t'ai vue avec Lucas et j'ai deviné.

D'autres personnes pourraient tenir le même raisonnement et parvenir à la même conclusion.

— Je ne pense pas qu'elle ait à s'en faire, de toute façon, dit Brayden.

Demi suivit le regard de Lucas vers un policier qu'elle n'avait jamais vu. Il l'observait avec Lucas, les sourcils froncés. Lorsqu'il se dirigea vers eux, Lucas posa la main sur son dos.

— Partons.

— Avec joie.

9

Après le départ de Valeria et de Vincent, Lucas ferma avec soin la porte de son chalet. Ils leur avaient raconté qu'ils avaient passé la soirée à regarder Mission-G et que Wolf avait adoré le film. L'enfant était évidemment beaucoup trop jeune pour comprendre les aventures de ces cochons d'Inde jouant de super espions et déterminés à sauver le monde. Mais le mouvement des images l'avait sans doute fasciné.

Maintenant, Lucas faisait face à Demi, toujours vêtue de son déguisement sexy, qui berçait Wolf dans ses bras. S'il regrettait ses longs cheveux roux et ses yeux émeraude, la perruque sombre et les yeux noirs accentuaient la beauté de son visage. Quant à ses seins…

Comme elle levait le nez, elle surprit son manège.

— Il s'est endormi… Je vais le coucher.

Lucas la suivit, en état d'hypnose. À la porte de la chambre, il s'appuya contre le chambranle pour la regarder mettre le bébé dans son berceau. Elle le couvrit tendrement puis resta un moment à contempler son fils assoupi, ses petites mains posées sur la couverture blanche. Il avait hérité des cheveux roux et des yeux verts de Demi. Lucas ne retrouvait pas grand-chose de son frère sur sa petite frimousse. Il se demanda si en grandissant Wolf ressemblerait à Bo enfant. En ce cas, le voir ferait remonter à sa mémoire beaucoup de bons souvenirs.

Comme il reportait son attention sur Demi, il s'aperçut qu'elle l'observait. Toute la soirée, chacun avait admiré l'autre à la dérobée. Plus Lucas passait de temps avec elle, plus il lui était difficile de lutter contre le désir ardent dont il se consumait pour Demi. Jusqu'où irait cette attirance ? Ce qui avait commencé dans le chalet où il l'avait retrouvée ne cessait de s'intensifier.

Depuis qu'il l'avait vue sortir, déguisée, de la salle de bains, il avait été incapable de détacher les yeux d'elle. Maintenant qu'ils étaient enfin seuls, il avait de plus en plus de mal à se maîtriser. Son envie de la toucher était si forte.

Naturellement, sans y penser, il glissa la main sur son dos pour l'attirer à lui. Lorsqu'elle planta les yeux dans les siens, il y vit briller une faim qui reflétait la sienne. Son désir d'elle grimpa encore.

Il captura ses lèvres comme il en rêvait depuis leur premier baiser. Quand leurs langues entamèrent une danse sensuelle, il l'étreignit plus fort. Cette femme le rendait fou.

La soulevant de terre, il la porta jusqu'à sa chambre. Il la coucha sur le lit avant de reculer pour retirer à la hâte sa chemise et son jean.

Une fois nu, il revint vers elle. Il se pencha pour picorer son visage, son cou, sa gorge de baisers brûlants. Maintenant, il avait envie de prendre tout son temps, de savourer chaque baiser, en anticipant la suite.

Mais très vite, il ne put contenir sa passion plus longtemps et il reprit sa bouche pour l'embrasser comme un fou. Lorsqu'elle frotta ses pieds nus contre lui en écartant ses cuisses, il surprit son regard fiévreux et devina qu'elle aussi voulait aller plus loin.

D'une main habile, il dégrafa son soutien-gorge et se mit à exciter de la langue la pointe de ses seins qui se dressèrent aussitôt.

Rejetant la tête en arrière, elle s'arqua, le suppliant des yeux de venir en elle, de la rejoindre.

Il comprit soudain qu'il pourrait la prendre là, tout de suite, et que faire l'amour avec elle serait fabuleux, qu'il en perdrait la raison. Il ne maîtrisait plus rien. Il n'avait jamais rien connu de tel avec une autre.

Et tout à coup, il eut peur.

Il se redressa.

— Que nous arrive-t-il ? Que sommes-nous en train de faire ? balbutia-t-il, paniqué.

— Tout va bien.

Et elle se souleva à moitié pour poser un autre baiser sur ses lèvres.

Il la sentait prête à s'abandonner, à s'offrir à lui. Mais le feu qu'il avait allumé chez elle lui semblait brutalement menaçant.

— Je suis sérieux, Demi. Que sommes-nous en train de faire ?

— L'amour.

Alors qu'elle ne lui faisait pas confiance, elle était d'accord pour coucher avec lui ? s'étonna-t-il. Cela dit, ce n'était pas le problème, l'origine de son malaise.

— Je ne pense pas que ce soit une bonne idée, répliqua-t-il.

Sans un mot, Demi se releva et récupéra son soutien-gorge qu'elle remit à la hâte. Elle quitta le lit.

— J'ai compris. Je n'ai rien d'un top model. Je n'ai pas la plastique d'un mannequin alors tu n'as pas envie de coucher avec moi, c'est bien ça ?

Que racontait-elle ? Pensait-elle vraiment qu'elle ne l'attirait pas ?

— Que veux-tu dire ?

— Tu préfères les gros seins, les grosses fesses, les filles aguichantes que la nature a pourvu de rondeurs. Et tant pis si elles n'ont rien dans le crâne. C'est ton droit, je suppose.

La connaissant, il devina que se comparer à ces femmes n'était pas simple pour elle. Demi n'avait rien d'une langue de vipère, elle ne disait jamais de mal de personne. Si elle avait parfois la dent dure, elle traitait toujours les gens avec respect. Lucas était un peu décontenancé par sa jalousie, d'autant qu'elle se trompait sur toute la ligne.

— Demi…

— Arrête. Je vais dormir maintenant.

Elle quitta la pièce.

Il doutait que l'un ou l'autre trouve le sommeil.

Le lendemain matin, Demi refusa de lui adresser la parole, malgré les multiples tentatives de Lucas pour renouer le dialogue. Elle se sentait inférieure aux femmes que Lucas avait l'habitude de fréquenter. Elle n'en revenait pas de jalouser des bimbos. La nuit précédente, alors qu'elle essayait en vain de dormir, elle avait pris conscience que le problème venait de son peu de confiance en lui. Sans doute ne l'aimerait-il jamais mais il percevait forcément la puissante énergie sexuelle qui passait entre eux. Certes, un désir intense ne signifiait pas qu'ils tomberaient amoureux mais l'attirance très forte qu'ils éprouvaient l'un pour l'autre ne se limitait pas au sexe. Demi sentait qu'il y avait autre chose. Mais lui ?

Son téléphone à la main, il s'assit devant la table de la salle à manger et composa un numéro avant d'activer le haut-parleur. Il lui avait dit qu'il appelait Layla. Pour quelle raison ? Demi l'ignorait. Que pourrait faire Layla pour empêcher la banqueroute de son père ? Elle n'allait pas épouser Hamlin, d'autant qu'elle était amoureuse de Hunter Black. Au moins, Hunter n'était-il pas un Gage. Lui passer la bague au doigt ne tuerait donc pas Fenwick.

Lorsque Layla prit l'appel, Lucas se présenta. Ils échangèrent quelques mots, et très vite il lui demanda s'il pouvait faire quelque chose pour aider à sauver la brigade canine.

— À moins de réussir à récolter plusieurs millions de dollars d'ici fin décembre, je ne vois pas, non.

— Je pensais solliciter mon père.

Edson Gage était riche mais accepterait-il de faire un don à un Colton ?

— Je l'ai déjà contacté à ce sujet, répondit Layla à la grande surprise de Demi et de Lucas. Il m'a dit que si mon père était d'accord pour lui céder en échange des terres de son choix, il consentirait à le renflouer. Il voyait dans le procédé un moyen de régler une bonne fois pour toutes cette vieille histoire, de compenser la perte des terres que les Colton auraient usurpées aux Gage en trichant au poker. Bien sûr, il m'était impossible d'accepter son offre. Si mon père apprenait que je suis allée trouver Edson pour demander son aide, il en serait malade.

— Je vais en parler avec mon père, suggéra Lucas.

— Vous feriez ça ?

— Je ferais n'importe quoi pour sauver la brigade canine.

— Mon père a besoin d'argent pour redresser Colton Energy. Au début, je croyais qu'il avait mal géré la société, qu'il s'était lancé dans des investissements hasardeux, et j'étais furieuse contre lui. Mais en réalité, ce n'était pas le cas. Je ne comprends pas comment la société se retrouve confrontée à de telles difficultés. Elle se portait bien, il y a encore quelques mois. J'ai presque eu l'impression qu'il s'agissait d'erreurs comptables.

— Peut-être était-ce le cas, répondit Lucas.

Layla se tut un instant.

— J'ai consulté les livres de comptes plusieurs fois et je n'ai rien vu de tel. Cela dit, j'ai peut-être raté quelque chose.

— Ça vaudrait sans doute le coup d'y jeter encore un œil. Pour s'en assurer.

— Merci, dit-elle avec sincérité. Et merci de m'avoir appelée pour proposer votre aide. J'apprécie le geste. Les Gage et les Colton devraient se parler plus souvent.

— Certains d'entre eux envisagent de se marier. J'imagine que ces unions vont permettre à nos deux familles de renouer le dialogue et d'oublier les vieilles brouilles ancestrales.

Layla se mit à rire.

— En tout cas, je l'espère.

Lucas regarda Demi, et elle eut le sentiment terrible qu'il pensait – ou plutôt, craignait – que tous deux fassent partie du lot… elle et lui.

Il n'allait pas tomber amoureux d'elle, n'est-ce pas ?

Un bref instant, Demi envisagea cette éventualité. Et si elle essayait pour voir ? Et si elle leur donnait une chance de devenir un couple ?

Et risquer que tout parte en vrille comme avec Bo ? Que le quotidien se transforme en cauchemar comme chaque fois qu'elle avait noué une relation sérieuse ?

Après Bo, Demi s'était promis de ne pas retomber amoureuse avant d'être sûre qu'elle avait fait le bon choix. Contrairement à Lucas, elle n'avait pas renoncé à l'amour. Elle avait seulement besoin d'être certaine que la belle histoire durerait, connaîtrait des lendemains qui chantent. Pour Lucas, l'amour, s'il existait, était éphémère. Elle voulait croire qu'il se trompait.

*
* *

Edson Gage vivait très agréablement grâce à l'argent dont il avait hérité de ses parents. Il l'avait investi dans des entreprises performantes. Lucas n'avait jamais été proche de son père mais avec le temps leurs relations s'étaient apaisées.

Après avoir remonté l'allée qui menait au manoir familial, Lucas se gara devant le perron et sortit de la voiture. Il entra sans frapper. Son père vivait seul à l'exception d'une cuisinière et d'une gouvernante. Cette dernière, une Allemande d'une quarantaine d'années, surgit, une pile de serviettes dans les bras, et le salua.

— Bonjour, Lucas. Votre père est dans la bibliothèque.

Il la remercia et s'y dirigea. Il passa devant le salon qui s'ouvrait sur un magnifique patio pavé, traversa le hall, admirant comme à chacune de ses visites l'immense escalier qui montait aux étages et franchit la double porte menant à la bibliothèque. Son père était debout, un livre ouvert à la main, devant l'une des fenêtres. Les montagnes n'étaient pas visibles ce jour-là, cachées derrière un écran de nuages gris.

Grand, les yeux d'un bleu glacé à la fois pénétrants et détachés, Edson Gage exsudait naturellement une aura de pouvoir. Il avait vu plus d'une fois son monde exploser et n'avait jamais cessé de le reconstruire. Sa ténacité forçait le respect. Si Fenwick Colton était au bord de la faillite, Edson n'avait jamais été menacé, lui, d'un dépôt de bilan, d'une banqueroute. Il avait toujours su faire prospérer ses affaires, et ses finances étaient excellentes. Seul son cœur avait connu de douloureuses épreuves et ne s'en était pas remis. Ses cheveux bruns aux tempes argentées et ses lunettes d'écaille lui donnaient un côté sophistiqué.

— Lucas. Je ne t'attendais pas si tôt.

— Je suis en avance.

— Je ne t'ai pas vu depuis un moment. À quoi étais-tu occupé ?

— J'étais parti à la recherche de Demi Colton.

— Ah ! oui ! Et as-tu réussi à capturer cette meurtrière ?

— Elle est innocente.

Lucas n'avait pas eu la possibilité de s'entretenir avec son père à ce sujet, et il ne savait pas si ses frères ou sœur l'avaient mis au parfum des derniers rebondissements de l'enquête.

— Les inspecteurs de police ont découvert que Devlin Harrington nourrissait une véritable obsession pour Hayley Patton, ce qui explique sans doute pourquoi il a assassiné Bo, son fiancé. Quant aux témoins qui avaient prétendu avoir vu Demi sur les lieux du crime, ils avaient en réalité été payés par Devlin pour mentir.

— Je ne souhaite pas entrer dans les détails avec toi, Lucas. Mais je suis pragmatique et j'ai besoin de preuves pour changer d'opinion. Tu la crois innocente, et j'ai confiance en ton jugement, mais il faudra me présenter des preuves pour me convaincre.

Son père aurait pu être juge.

— J'en aurai, lui assura Lucas.

— Qu'est-ce qui t'amène ?

— J'aimerais te parler de la brigade canine. Elle est en grande difficulté.

— D'après ce que j'ai entendu dire, Fenwick n'arrive pas à trouver les fonds nécessaires pour la financer.

— Layla m'a dit qu'elle t'avait contacté à ce sujet.

— Layla Colton, oui. Elle espérait que j'accepterais de renflouer son père.

— D'après elle, tu ne le ferais qu'à la condition d'obtenir quelque chose en retour.

— C'est exact. Je tiens à récupérer les terres que sa famille a spoliées autrefois à nos ancêtres. Ce n'est que justice. Mais Fenwick n'acceptera jamais.

— Et s'il acceptait ?

Le sourire d'Edson était froid.

— Il n'acceptera pas, Lucas. Ne rêve pas, mon fils. Fenwick n'a aucune envie de nouer des relations amicales avec nous, les Gage.

— Je ne vois pas comment il parviendra à faire perdurer cette vieille brouille, vu le nombre de Colton qui vont épouser des Gage.

— Cette querelle dure depuis trop longtemps pour être effacée d'un trait de plume.

— Si tu avais la possibilité de faire la paix avec lui et avec le clan Colton dans son ensemble, le ferais-tu ?

Son père referma son livre d'un geste sec et se dirigea vers l'étagère pour le remettre à sa place.

Puis il fit face à son fils.

— Je me moque de faire la paix avec eux.

En réalité, depuis la mort de sa dernière femme, plus rien ne l'affectait.

— As-tu encore quelque chose à leur reprocher ?

— J'ai toujours pensé que nous, les Gage, devions récupérer nos terres. Nos ancêtres les ont perdues parce que les Colton ont triché au poker ! Mais cette histoire remonte à si longtemps qu'elle n'a plus d'importance. Cela dit, si j'avais la possibilité de leur reprendre ce que leurs aïeux nous ont extorqué, je le ferais. Pour la famille, déjà. Et pour l'idée que je me fais de la justice

D'où son offre à Layla.

— Layla n'osera jamais en parler à Fenwick.

— Elle le fera. La seule question est de savoir si Fenwick comprendra ou pas où est son intérêt.

— Beaucoup de gens se retrouveront sans emploi si la brigade canine est obligée de fermer ses portes. Et je ferai partie du lot.

— J'ai envisagé cette éventualité. En ce cas, tu garderas ton chien et tu travailleras en free-lance.

— Je n'ai aucune envie d'être chasseur de primes indépendant.

Son père le fixa un instant et poussa un gros soupir.

— Bon, j'accepte de transiger, de laisser Fenwick me faire une proposition. Si elle est honnête, je réfléchirai sérieusement au moyen d'y donner suite. Et cet accord sera peut-être le premier pas, une main tendue, qui permettra à nos deux familles de se réconcilier. Fenwick devra montrer qu'il souhaite réellement trouver un terrain d'entente et mettre un terme à la querelle qui déchire les Colton et les Gage depuis trop longtemps.

— Que s'est-il passé quand Layla t'a contacté ?

— Je lui ai donné mes conditions et elle a dit que son père serait furieux s'il apprenait qu'elle était venue ici.

— Ah bon, elle n'a donc pas fait que t'appeler. Elle est venue chez toi ?

— En effet, elle avait sollicité une entrevue et je l'ai reçue. Mais elle est repartie en colère. Franchement, je ne sais pas à quoi elle s'attendait. Pensait-elle vraiment que je donnerais de l'argent aux Colton sans rien demander en échange ?

— La première épouse de Fenwick a joué un rôle déterminant dans la création de la brigade canine. Il a d'ailleurs dédié le centre à sa mémoire.

— Je n'éprouve aucun sentiment particulier pour la brigade canine, Lucas. Comme je te l'ai dit, j'ai besoin d'obtenir quelque chose en retour, et je crois que si Fenwick accepte ma proposition, cet accord pourrait mettre fin à une brouille stupide.

— Layla voudrait que le centre reste dirigé par son père qui tient à continuer à honorer ainsi sa première femme.

— Je suis prêt à financer la brigade canine pendant une période déterminée en en laissant la direction à Fenwick. Il doit me faire une offre.

Cela pourrait être une solution à court terme mais Lucas espérait des financements plus durables.

— Comment sais-tu que des mariages Colton/Gage seront bientôt célébrés ? reprit son père.

— Je l'ai entendu dire. Anders Colton et Elle, par exemple, aspirent à se passer la bague au doigt.

— Elle n'a jamais parlé de l'épouser.

— Bien sûr que non. Le Groom Killer est toujours en liberté, ce serait suicidaire.

Son père sembla y réfléchir.

— Aucun progrès, de ce côté-là ?

— Je cherche des preuves pour innocenter Demi.

— Pourquoi l'aides-tu ?

Incapable de deviner les pensées de son père, Lucas répondit :

— Comme je te l'ai dit, elle est innocente.

— As-tu repris contact avec elle, ces temps-ci ? Tu avais le béguin pour elle au lycée.

Comment son père l'avait-il remarqué ? Et pourquoi n'en avait-il jamais soufflé mot ? Lucas s'étonnait d'avoir été aussi transparent. Plus jeune, il n'avait probablement pas encore appris à dissimuler ses sentiments.

Edson sourit.

— Un autre mariage Colton/Gage en vue ? demanda-t-il d'un ton neutre.

Lucas sourit et secoua la tête.

— Non.

Il ne laisserait aucun policier arrêter Demi. Finn, le chef de la police et cousin de Demi, ne croyait pas non plus en sa culpabilité. Il s'opposerait à sa mise en détention… n'est-ce pas ? Peut-être la garderait-il derrière les barreaux jusqu'à ce que l'arme manquante soit retrouvée.

En tout cas, la perspicacité de son père étonnait Lucas.

— Capturer le véritable Groom Killer va rapprocher les Colton et les Gage, poursuivit son père. Des noces Colton/Gage davantage encore, évidemment. Un accord avec les Colton pour redresser les injustices du passé cimentera une véritable réconciliation.

— Les terres ont été perdues au cours d'une partie de poker.

— D'après nos ancêtres, les Colton ont triché pour gagner.

— Ils maintiennent le contraire.

— Cela n'a plus d'importance, Lucas.

Cela en avait si Fenwick considérait l'offre d'Edson de le renflouer comme une forme de chantage. Les mariages Colton/Gage avaient sans doute plus de chance de réunir les deux clans. Dès que Devlin aurait été capturé, les cloches de l'église de Red Ridge sonneraient chaque semaine à toute volée.

Lucas ne voulait pas en discuter avec son père. Il resta un moment, évoquant des sujets plus légers puis partit.

Comme il quittait la propriété familiale, il remarqua une voiture avec un homme au volant, de l'autre côté de la rue. Devlin le suivait-il à nouveau ? Un de ces jours, il ne lui échapperait pas. Comme s'il lisait dans ses pensées, le conducteur démarra et s'éloigna en voyant Lucas se rapprocher.

10

Demi avait rapporté au chalet tous les tickets de caisse trouvés dans une boîte à chaussures chez Devlin. Elle avait renversé celle-ci sur le plancher du salon pour en examiner plus facilement le contenu. Lucas et elle l'avaient déjà épluché, et ils n'avaient rien vu d'important, mis à part quelques reçus pour des fleurs achetées par Devlin. Peut-être les avait-il offertes à Hayley. Par ailleurs, Lucas avait transféré toutes les photos emmagasinées sur l'ordinateur de l'avocat sur une clé USB, et là encore tous deux les avaient passées au crible. Sans rien remarquer de particulier.

Dehors, le vent soufflait. Un peu plus tôt dans l'après-midi, une petite tempête de neige avait considérablement refroidi l'atmosphère. Lucas avait allumé un feu. Wolf dormait, bien au chaud dans son berceau, et Queenie était couchée aux pieds de son maître, lui-même focalisé sur l'écran de l'ordinateur. Le calme ambiant comme les flammes qui crépitaient dans la cheminée donnaient à Demi un sentiment de sécurité et d'intimité qu'elle n'avait encore jamais éprouvé. Avec Wolf, elle avait noué une relation presque fusionnelle, mais leurs échanges étant limités elle se sentait souvent seule avec lui pour unique compagnie. En tout cas, elle avait conscience qu'il lui manquait quelque chose. Elle s'était souvent demandé ce qui se serait passé si Bo avait été quelqu'un de bien et si tous deux s'étaient entendus. Ils auraient pu fonder une famille.

Elle avait sommé Bo de changer ou d'accepter la fin de leur histoire, sans doute parce qu'elle avait eu peur d'un avenir avec lui. En vérité, elle ne lui avait pas fait confiance. Lucas avait peut-être raison. Elle ne faisait confiance à personne.

— Viens voir ça, Demi.

Elle cessa de chercher en vain dans les reçus et tickets de caisse un indice qui aurait échappé à la sagacité des inspecteurs de police. Heureuse que Lucas n'ait pas deviné la tournure sombre de ses pensées, elle se leva et alla vers le canapé, où il s'était installé, son ordinateur portable sur les genoux. Elle s'assit à côté de lui. Comme elle se penchait pour voir l'écran, elle se retrouva sans le vouloir pressée contre lui. Aussitôt, elle s'écarta.

Il sourit.

— Attention, je mords !

Non, il ne mordait pas. Lucas était un homme adorable, beaucoup plus attentionné et bienveillant qu'elle ne l'avait imaginé au départ. Avant qu'il surgisse sans crier gare dans son chalet et la sauve des griffes de Devlin, jamais elle n'aurait cru qu'elle le qualifierait un jour de gentil. Mais tandis qu'elle mesurait à quel point elle se sentait bien avec lui et les éventuelles conséquences d'un tel revirement, elle cessa de sourire.

Il pointa l'écran du doigt.

— La veille de l'un des meurtres, un témoin a vu Devlin passer devant une station-service.

Elle parcourut des yeux cette partie du rapport.

— Et alors ? Cela ne paraît pas significatif, finit-elle par répondre.

— Un prêteur sur gage tient boutique à côté de cette station-service.

Elle se tourna vers lui, fascinée par son intelligence et sa vivacité d'esprit. Les prêteurs sur gages vendaient parfois des armes, les armureries officielles n'étant pas autorisées à faire commerce d'armes volées ni à les proposer aux mineurs. C'était une vraie piste.

— Comment s'appelle-t-elle ?

— Chez Nigel.

— Chez Nigel ? Ce nom me dit quelque chose. J'ai eu entre les mains un ticket de caisse venant de là-bas.

Elle retourna fouiller dans la boîte à chaussures, retrouva le reçu et le montra à Lucas en lui désignant la date.

— Il y est allé quelques jours avant que l'arme que nous cherchons ait été utilisée pour tuer.

— D'accord. Commençons par aller interroger ce prêteur puis nous irons inspecter les bureaux de Devlin.

— Comment parviendrons-nous à y entrer ?

— Je nous ai trouvé des uniformes d'agents d'entretien, de techniciens de surface.

Dehors, le vent hurlait, tapissant les fenêtres de neige.

— Ils avaient annoncé une petite tempête mais elle n'est pas près de s'en aller, remarqua Demi.

— Sans doute. Mais nous sommes au chaud et en sécurité.

Il dévisageait Demi avec chaleur, et elle se blottit contre lui pour regarder les flammes danser dans l'âtre.

— C'est donc ça, la vie de famille, dit-il.

Demi se sentit aussitôt attaquée. Pourquoi avait-il employé cette expression ? Il se moquait d'elle, elle en était certaine.

— Et comment ressens-tu cette ambiance familiale ? demanda-t-elle d'un ton volontairement neutre.

Il prit un instant pour répondre :

— Bien, je la ressens bien.

— Vraiment ?

Il sourit.

— Mais je suis sûr que je reviendrai à la raison dès demain matin, lorsque la tempête sera passée et le feu éteint.

Le lendemain, Demi entra chez le prêteur avec Lucas et Queenie. Elle était habillée en petite amie sexy, d'un jean, d'un pull gris et de bottines à talons hauts. Lucas portait un pantalon noir avec une chemise blanche et des bottes. Quelle que soit sa tenue, il était toujours séduisant.

Situé au rez-de-chaussée d'un vieux bâtiment délabré, non loin du bar de Rusty, Chez Nigel avait certainement été, aux yeux de Devlin, l'endroit idéal pour acheter des armes. S'ils parvenaient à découvrir où il se les était procurées, ils pourraient peut-être rassembler assez de preuves pour le confondre.

Une multitude d'articles – allant des vêtements aux jouets en passant par du matériel de bricolage – remplissait les étagères et, dans les vitrines, étaient exposés des montres et des bijoux. Les gens qui connaissaient des fins de mois difficiles et les personnes victimes d'addiction venaient ici pour échanger leurs rares objets de valeur contre quelques billets de banque. Le lino était usé jusqu'à la corde. Lucas fit signe à Queenie de se mettre au travail. Avant de venir, il lui avait présenté un pull de Devlin pour qu'elle sache quelle odeur chercher.

Un petit homme chauve au ventre rond se tenait derrière le comptoir.

— Bonjour monsieur, madame. En quoi puis-je vous être utile ?

En voyant Queenie renifler les allées de sa boutique, il fronça les sourcils.

— Est-ce votre chien ? J'espère qu'il ne va pas faire ses besoins ici.

— Ne vous inquiétez pas, répondit Lucas avant de lui tendre une photo de Devlin. Nous voudrions vous interroger sur un achat que cet individu a effectué chez vous. Le reconnaissez-vous ?

Son interlocuteur étudia le portrait.

— Son visage me dit quelque chose… Oui, oui. Je me souviens de lui. Nos échanges ont été tendus, difficiles. Il voulait une arme de poing, et quand j'ai refusé de lui céder celle qu'il convoitait, il l'a très mal pris. Il m'en a offert deux fois sa valeur. Lorsque j'ai encore refusé, il s'est mis en colère. J'ai dû le menacer d'appeler la police pour qu'il renonce et s'en aille.

— Pourtant, il vous a acheté quelque chose, non ? dit Demi en lui tendant le reçu.

Queenie se dirigeait, la truffe au sol, vers le fond du magasin où devait se trouver le bureau.

Nigel examina le reçu avant de consulter des dossiers sur son ordinateur.

— Des munitions, répondit-il enfin. Beaucoup de munitions. Pour un calibre correspondant à l'arme qu'il aurait souhaité acheter.

Demi croisa le regard de Lucas. L'arme en question devait être l'arme des crimes.

Mais le prêteur sur gage poursuivait :

— Vous savez, dans mon secteur d'activité, mieux vaut se montrer prudent. Je perdrais vite mon gagne-pain si je me risquais à vendre des armes volées ou à les céder à des criminels. Après son passage, j'ai ajouté M. Devlin Harrington à ma liste de clients à éviter.

— Où aurait-il pu acheter cette arme sous le manteau ? demanda Lucas.

Queenie vint s'asseoir à côté de Lucas, indiquant qu'elle n'avait pas trouvé de piste liée à Devlin.

— Je connais un type qui trafique des armes à petite échelle. Un dénommé Slater.

Après avoir quitté le prêteur sur gage, Lucas déposa Demi au chalet pour descendre au RRPD consulter les fichiers de police dans l'espoir d'y trouver la trace du fameux Slater.

Dès qu'il obtint son adresse, ils demandèrent à Valeria de garder Wolf pendant la soirée. Avant de partir, ils partagèrent un petit dîner sur le pouce, et Demi en profita pour nourrir son fils.

Comme Lucas avait un mail important à envoyer, Demi rejoignit Valeria sur le canapé, après avoir mis le bébé au lit.

— J'espère que nous ne t'avons pas gâché ta soirée, dit Demi, ennuyée de compliquer la vie amoureuse de Valeria.

— Vincent travaille tard ce soir, répondit Valeria. J'en ai assez de l'aimer en secret, d'être obligée de me cacher.

— Je connais ce sentiment.

Vivant en cavale, Demi se cachait depuis des mois. Cela dit, donner naissance à Wolf avait atténué sa solitude et sa peur de l'avenir.

Valeria hocha la tête.

— Oui, toi aussi tu dois garder secrète ton histoire avec Lucas.

— Il n'y a pas d'histoire. Dès que Devlin aura été capturé et mon innocence prouvée, nos routes se sépareront.

Valeria lui sourit d'un air entendu.

— Je ne suis pas aveugle et j'ai vu la façon dont il te regardait et inversement.

— Comment ?

Comme s'il avait peur de tomber amoureux ?

— Comme si vous deux aviez déjà… sauté le pas.

— Nous ne l'avons pas sauté, répliqua Demi.

— Alors cela ne devrait plus tarder.

— Lucas n'est pas mon genre.

Valeria eut l'air abasourdie.

— Ah bon ? Pourquoi ? Il est plutôt beau gosse. Et tu es très belle. Comme vous êtes tous les deux chasseurs de primes, vous avez certainement beaucoup en commun.

— Lucas n'a pas envie de se marier ni d'avoir d'enfants. À une époque, j'aurais peut-être désiré ce genre d'existence, moi aussi, mais maintenant, avec Wolf, je veux une famille.

— Tout le monde veut une famille, même les gens qui ne souhaitent pas de progéniture. Ils sont ensemble, en couple.

— Lucas refuse d'en fonder une, quelle qu'elle soit.

— C'est stupide de sa part. De quoi a-t-il peur ?

— De tomber amoureux.

Valeria la dévisagea d'un air songeur.

— Et toi, que ressens-tu pour lui ?

Demi ne pensait pas être amoureuse mais tomber amoureuse faisait partie des possibilités… terrifiantes.

— Vous vous connaissez depuis longtemps, poursuivit Valeria. Vous semblez bien vous entendre. N'es-tu pas un peu attirée par lui ?

— Sans doute trop, oui.

— Et lui est attiré par toi. Cela crève les yeux. Peut-être aurait-il préféré l'éviter mais l'amour te tombe dessus, tu ne choisis pas. C'était comme ça avec Vincent. J'avais décidé de terminer mes études et de commencer ma carrière avant de me marier et d'avoir des enfants. Mais quand j'ai rencontré Vincent, mes belles résolutions sont passées à la trappe. Au premier regard, je suis tombée folle amoureuse de lui. Et lorsque le coup de foudre est réciproque, quand l'amour est partagé, il n'y a rien de plus puissant au monde. Rien ne l'arrête, l'amour est plus fort que tout.

— Je n'ai pas envie de tomber amoureuse de Lucas. Je ne lui fais pas confiance.

— Vu la façon dont Bo t'a traitée, cela n'a rien de surprenant.

Il ne s'agissait pas seulement de Bo. Demi se méfiait de tous les hommes. Pour elle, une femme ne connaissait pas vraiment son compagnon avant d'avoir vécu longtemps avec lui. Combien de temps lui faudrait-il avant d'accorder sa confiance à Lucas ?

Valeria posa la main sur le genou de Demi.

— Ne t'inquiète pas. Si tel est votre destin, cela se fera.

Demi blêmit, et Valeria éclata de rire.

— Tu verrais ta tête ! En tout cas, j'ai hâte que Devlin soit capturé et que les mariages puissent à nouveau être célébrés à Red Ridge. Il y en aura une flopée.

— Commençons par le tien.

— Oui, répondit Valeria rêveusement. J'aimerais que mes noces soient parfaites, que ce soit l'événement qui rassemble les Colton et les Gage. Depuis un an, beaucoup de Colton et de Gage sont tombés amoureux les uns des autres. Vincent et moi avons décidé que la fête se tiendrait à la Grange.

La Grange était une ancienne ferme reconvertie en maison d'hôtes. Sa grange accueillait de nombreuses réceptions.

— Il y aura un immense sapin de Noël, des côtes de bœuf au menu, de la musique country, des demoiselles d'honneur en robes rouges. J'ai tellement hâte d'y être. Toutes mes invitations sont prêtes. Je les distribuerai personnellement puisque nous devons attendre la dernière minute pour annoncer notre mariage.

— Ton père est-il au courant ?

— Non, il n'acceptera jamais cette union.

— Il y viendra, j'en suis sûre.

— Nous pourrions avoir un double mariage, dit soudain Valeria. Si tu en as envie, bien sûr.

Valeria avait surpris les regards brûlants que Demi et Lucas échangeaient et les imaginait déjà mariés… dans moins de trois semaines !

Manifestement, l'amour lui faisait perdre la tête.

— Tu vas un peu vite en besogne !

Néanmoins, sa proposition fit réfléchir Demi…

*
* *

Slater habitait le quartier où Demi avait vécu autrefois avec ses parents, avant leur séparation. Lucas se gara dans la rue, éteignit les phares, coupa le contact. Près de lui, Queenie dressait les oreilles, aux aguets. La maison de Slater était éclairée. Manifestement, il avait réuni quelques copains dans son garage autour d'un baril de bière. La musique et les voix de personnes qui riaient et parlaient fort résonnaient dans la nuit.

Un fauteuil à bascule cassé traînait dans la cour près de vieux vélos d'enfants et de sacs-poubelle.

Les mots de Valeria tournaient en boucle dans la tête de Demi. Valeria comptait se marier avant Noël. Dans moins de trois semaines. Et si, dans l'intervalle, Lucas tombait amoureux d'elle, malgré ses résolutions ? se demandait Demi. Et elle aussi ? Elle s'imagina devant l'autel avec Lucas, vêtue d'une robe de mariée qui ressemblait beaucoup à celle dont elle rêvait, petite fille. Lucas serait superbe en smoking.

— Un sou pour tes pensées, dit Lucas. À en juger par ton expression, elles doivent être sympas.

En les entendant, il allait vite perdre son ton taquin…

— Valeria pense que toi et moi sommes faits l'un pour l'autre et destinés à nous marier.

L'air terrifié de Lucas la fit sourire.

— Quelle idée ! Pourquoi pense-t-elle une chose pareille ?

— Elle trouve que tu me dévores de regards brûlants… Et du coup, par association d'idées sans doute, je me suis souvenue de la robe que je rêvais de porter le jour de mon mariage quand j'étais gosse. Longue, en dentelle…

— Sûrement très jolie, dit-il avec raideur.

— Valeria a proposé que nous nous mariions avec eux, avant Noël.

Lucas secoua la tête.

— Tu te moques de moi.

— Oui, répondit-elle en riant. Mais tout est vrai. Et franchement, tu aurais sans doute besoin d'entendre plus souvent de genre de choses.

— Quel genre de choses ? Que tu as envie de te marier ?

— Des choses sur l'amour et tout ce qui va avec.

— Ainsi parle Demi, la fille trop incapable de faire confiance aux hommes pour se marier.

— J'y pensais aussi. Je me suis demandé combien de temps il fallait à une femme – moi, par exemple – pour commencer à faire confiance à un homme.

— Probablement plus de trois semaines.

— Nous nous connaissons depuis des années, protesta-t-elle.

— Tu rigoles !

En réalité, elle ne plaisantait qu'à moitié. Elle ne pouvait pas expliquer pourquoi la position tranchée de Lucas contre le mariage et la famille la dérangeait à ce point. Elle le trouvait séduisant depuis toujours, et passer du temps avec lui lui avait donné l'occasion de découvrir plus en profondeur sa personnalité. Même si cela l'ennuyait, elle était en train de tomber amoureuse de lui. Et quelque part, elle avait envie de le séduire, de le rendre amoureux.

Mais ce n'était pas le moment d'en dire plus. Il était temps de changer de sujet. Elle regarda par la vitre de sa portière.

— Je n'arrive pas croire que ma mère et moi vivions ici.

— Tu as grandi dans le coin ?

— Ne me dis pas que tu l'ignorais.

— Je savais que tu étais la fille de Rusty. Mais je… Je ne t'ai jamais imaginée dans un quartier comme celui-ci.

Demi ne l'avait jamais entendu bégayer auparavant. Peut-être l'avait-elle fait réfléchir. Ou peut-être apprendre qu'elle avait vécu dans un endroit aussi mal famé lui posait-il un problème, se dit-elle avec colère.

— Ma mère a quitté mon père quand j'étais jeune. Elle a bien fait. Notre maison n'était pas un manoir, loin de là, mais elle n'était pas non plus un taudis comme celle de Slater. Elle était petite mais propre et bien entretenue.

— C'est sans doute la raison pour laquelle je ne t'ai jamais considérée comme une souillon sortie du ruisseau.

— Comme tu l'as dit, je suis la fille de Rusty Colton.

— Et aussi celle de ta mère.

Elle sourit. Lucas pouvait être charmant quand il le voulait. Mais se moquait-il une nouvelle fois d'elle ? se demanda-t-elle avec inquiétude.

— Lucas Gage, es-tu sincère ?

— J'ai toujours été sincère.

Elle prenait vite la mouche, et il en avait joué. Pourquoi ne l'avait-elle pas compris plus tôt ? Même maintenant, elle détestait qu'il cherche délibérément à la mettre en colère.

— Quand tu me taquines, c'est méchant.

— Non, pas méchant. Amusant. Tu t'énerves si facilement.

Eh bien, elle ne le laisserait plus jamais faire ! Elle voyait clair dans son jeu, maintenant.

— Calme-toi.

Sa voix grave et profonde l'émut.

Il venait de décrypter sa réaction. Il avait compris qu'il avait à nouveau déclenché sa fureur.

Puis elle se souvint d'une époque où il ne la taquinait pas. C'était après qu'elle lui avait sauvé la vie. Il l'en avait remerciée avec sincérité, et elle avait alors vu plus que de l'amitié dans ses yeux.

— Si tu continues à me provoquer, je te parlerai encore de ma robe de mariée et de la proposition de Valeria.

Le sourire de Lucas disparut mais il planta les yeux dans les siens et soutint son regard. Un ange passa. Elle savoura ce moment. Elle aurait voulu qu'il ne prenne jamais fin.

Lucas se détourna le premier, le front plissé.

La magie s'envola. Il se refermait comme une huître.

Déçue, Demi reporta son attention vers la maison. Deux hommes en sortirent pour se diriger vers une vieille camionnette cabossée.

Elle entendit soudain Lucas s'exclamer :

— Le type avec une veste, un jean noir et un bonnet sur la tête, c'est Paulie Gaines ! L'autre est Slater !

— C'est le dénommé Paulie qui a juré m'avoir vue m'enfuir de la ruelle où le cadavre de Bo a été découvert, dit-elle sentant encore le goût amer de l'injustice.

— La police est persuadée que Devlin l'a payé pour l'affirmer. Malheureusement, ils ne peuvent pas le prouver.

Elle se demanda si c'était ce qui l'avait fait changer d'avis. Beaucoup de choses y avaient sans doute contribué.

— Ils partent, dit Lucas en sortant des jumelles de vision nocturne.

Elle regarda les deux types grimper dans la camionnette.

— Comment sais-tu que l'autre est Slater ?

— Finn m'a envoyé une photo de lui, répondit-il. Il a un casier judiciaire long comme le bras. Paulie aussi. Baisse-toi, qu'ils ne nous voient pas.

Ils se baissèrent en entendant passer la camionnette.

Lucas démarra et fit demi-tour pour les prendre en filature, veillant à rester à distance pour ne pas être repéré. Bientôt, Slater arriva dans un camping. Il s'arrêta, descendit et, avec Paulie, entra dans une caravane.

Lucas se gara plus loin, sortit de sa voiture et ouvrit le coffre pour permettre à Queenie de descendre. Tous trois s'approchèrent de la vieille camionnette, et Queenie commença à la renifler sous toutes les coutures. Parvenue devant l'habitacle, elle s'assit et aboya une fois.

Lucas ouvrit la portière, et elle bondit à l'intérieur pendant que Demi surveillait la caravane dans laquelle se trouvaient les deux hommes. Les rideaux étaient tirés. La musique jouait en sourdine. Elle les entendait parler sans parvenir à distinguer ce qu'ils se disaient.

Bientôt, Queenie ressortit, un gant en cuir noir entre les crocs. Lucas la félicita.

— Devlin s'est assis un jour dans cette camionnette.

— Et maintenant, que fait-on ?

— Allons discuter avec Slater et Gaines.

Cela semblait risqué.

— Gaines n'avouera pas la vérité. Il a prétendu m'avoir vue tuer Bo.

Et s'il la reconnaissait, il allait paniquer.

— Tentons notre chance. Ne laissons rien de côté.

Bien sûr, Demi était d'accord avec lui. Elle ne craignait pas ces petits délinquants, et si les interroger leur permettait de retrouver Devlin, cela valait la peine d'essayer.

Lucas frappa à la porte de la caravane.

La conversation à l'intérieur s'interrompit. Quelques instants plus tard, la porte s'ouvrit sur un visage inconnu. L'homme était grand et maigre, avec des cheveux filasse.

Lucas s'éclaircit la voix.

— Je suis l'adjoint au shérif Gage, et voici ma coéquipière, Chelsey. Nous aimerions vous poser quelques questions.

— À quel sujet ? Je n'ai rien fait de mal, répondit le type.

— Nous ne vous reprochons rien. Nous cherchons Devlin Harrington, et quelqu'un nous a dit qu'il aurait peut-être acheté une arme de poing à Slater.

L'homme se retourna vers Slater, et Demi vit ce dernier lui faire signe de les laisser entrer. Il s'écarta alors, et tous trois grimpèrent dans la caravane. Queenie se mit aussitôt au travail. Elle renifla le petit salon et la cuisine avant de se diriger vers le couloir.

— Que fait votre clebs ? demanda le maigre avec inquiétude.

— Il cherche l'odeur de Devlin, répondit Lucas.

Comprenant qu'ils ne risquaient pas d'être arrêtés, les compères se calmèrent.

— Je n'ai jamais vendu d'arme à Devlin, déclara Slater, un brun recouvert de tatouages.

Il portait un gilet en cuir et une chaîne autour du cou. Assis à côté de lui, Gaines avait un air patibulaire.

— Quand l'avez-vous vu pour la dernière fois ?

Slater réfléchit un moment.

— Il y a trois semaines peut-être.

Il avait dû alors lui acheter le fusil-mitrailleur qu'il avait utilisé au chalet de Demi.

— Vous a-t-il jamais parlé de son arsenal personnel ? demanda Lucas. Savez-vous où il le cache ?

Slater haussa les épaules.

— Aucune idée.

Lucas se tourna vers Paulie.

— Et vous ? Devlin et vous êtes bons amis. Vous a-t-il déjà dit quelque chose à ce sujet ?

— D'abord, nous ne sommes pas amis. Et il n'a jamais parlé d'armes.

— Quand l'avez vu pour la dernière fois ?

— Il y a trois semaines, comme Slater.

Était-ce un autre mensonge ?

— Quant à moi, je ne le connais pas, dit l'autre homme. Je viens d'emménager dans le coin.

La caravane devait appartenir à Gaines.

Ayant terminé son inspection, Queenie sortit du couloir et vint s'asseoir à côté de Lucas. Il se pencha pour la caresser.

— Merci pour votre aide, messieurs.

Dès qu'ils furent revenus dans son chalet, Lucas lista à Demi les mensonges que Slater et Gaines leur avaient débités. Comment parviendraient-ils à les faire parler ? Lucas décida de les surveiller, au cas où Devlin solliciterait ses amis pour obtenir de l'aide. Comme il ne travaillait plus et ne pouvait pas accéder à ses comptes bancaires sans risquer de se faire capturer, il avait certainement besoin d'argent. À qui en demander si ce n'était à d'autres criminels ?

Pendant que Demi préparait le dîner dans la cuisine, Lucas joua avec Wolf. Cet enfant était vraiment formidable. Lucas n'aurait jamais cru qu'il s'attacherait à un bébé mais la personnalité adorable de Wolf, ses grands sourires et ses éclats de rire le faisaient fondre.

— Cesse de détourner mon fils de moi, protesta Demi.

En riant, elle se pencha pour prendre Wolf dans ses bras.

Lucas devinait qu'elle ne plaisantait qu'à moitié. Il se leva et la suivit dans la cuisine où elle venait de mettre quelque chose au four.

Il se doutait aussi qu'elle n'avait pas voulu uniquement le taquiner en lui parlant de la proposition de Valeria, de se marier avec eux, avant Noël. De même, lorsqu'elle lui avait décrit la robe de mariée de ses rêves, elle n'avait pas seulement cherché à le voir changer de couleur. Déstabilisé, il n'avait pas su réagir sur le moment.

Mais maintenant, il y repensait, et l'idée ne lui déplaisait pas. En fait, il se surprenait à se dire que Demi serait très belle dans une robe comme celle qu'elle avait décrite.

— Pourquoi as-tu si peur que je me lie à Wolf ?

— Je n'ai pas peur.

— Crains-tu que je sois attiré par toi à cause de ton fils ?

Lorsque Demi voulut donner le biberon à Wolf, le petit tendit les bras vers Lucas en pleurant.

— Laisse-moi le prendre.

À contrecœur, Demi lui confia l'enfant, et le bébé cessa immédiatement de s'agiter.

Tout en tétant, Wolf dévorait Lucas des yeux.

— Ne t'inquiète pas, maman, tu es irremplaçable. Ton fils et moi avons passé un bon moment ensemble, voilà tout.

— La seule chose qui m'inquiète est la façon dont tu arriveras à t'en aller, à le quitter dès que tout sera fini.

Elle entreprit de nettoyer le désordre qu'elle avait mis dans la cuisine pour préparer pour le dîner, le laissant se demander, quand tout *quoi* serait fini.

11

Quelques nuits plus tard, Lucas et Demi se déguisèrent en agents d'entretien pour s'introduire dans les bureaux de la société Harrington Incorporated. Lucas avait étudié l'endroit au préalable et, la veille au soir, il y avait fait une première visite en solo pour accéder au logiciel de sécurité via l'un des ordinateurs de l'entreprise. Il avait ainsi réussi à fabriquer deux badges. Il avait failli se faire pincer mais avait finalement eu le temps de s'enfuir avant que le gardien revienne des toilettes.

Ils entrèrent par la porte de service, à l'arrière du bâtiment, et Lucas entraîna Demi au sous-sol où était stocké le matériel de ménage. Il prit une poubelle sur roues, Demi un chariot de produits de nettoyage, et ils gagnèrent le monte-charge sans rencontrer personne. Le bureau de Devlin était situé au dernier étage. Dans la cabine, Demi jeta un coup d'œil à Lucas. Malgré sa blouse et son badge, il n'avait rien d'un technicien de surface. Peut-être le connaissait-elle trop bien mais il ressemblait davantage à un médecin ou à un policier – qu'il était.

Demi avait enfoncé une casquette de base-ball sur ses cheveux bruns et portait une chemise blanche avec le logo de Harrington Inc.

Au dernier étage, elle suivit Lucas dans le couloir. La plupart des lumières étaient éteintes. Pourtant, un employé travaillait encore. Il y avait de la lumière dans l'un des bureaux, et le cliquetis d'un clavier rompait le silence de la nuit.

— Quelqu'un fait des heures supplémentaires, dit-elle.

— Heureusement, il ne s'agit pas de Hamlin.

Le père de Devlin était loin d'être un fainéant. Son entreprise, spécialisée dans le développement des énergies vertes, prospérait bien. Son fils y travaillait comme avocat. Enfin, il y avait travaillé. Désormais. Hamlin devrait faire appel à un autre homme de loi.

Le bureau de Devlin n'était pas verrouillé. Il avait l'air propre. De véritables agents d'entretien avaient déjà fait le ménage, et ils n'avaient donc aucune raison de revenir. Voilà pourquoi si le salarié présent apercevait Demi et Lucas, il déclencherait sans doute une alerte.

Dommage qu'ils n'aient pas pu amener Queenie. Son flair aurait été utile.

Lucas s'installa devant l'ordinateur de Devlin pendant que Demi se chargeait d'inspecter les étagères remplies de livres de droit. Rien ne semblait suspect.

Du bureau, Lucas lança :

— J'ai réussi à ouvrir les fichiers contenant les enregistrements des entrées et sorties du personnel.

Demi abandonna ce qu'elle faisait pour le rejoindre.

— Tu les as piratés ?

— Je n'en ai pas eu besoin. Devlin y a accès.

Cela n'avait rien d'étonnant puisqu'il était le fils du patron, mais pourquoi avait-il voulu les consulter ?

— En tout cas, tous les jours où les victimes ont été tuées, Devlin quittait tôt son bureau le soir et arrivait tard le lendemain matin. Zane Godfried a été assassiné le matin de ses noces. Devlin n'est pas venu travailler ce jour-là alors qu'il se rendait régulièrement au siège de l'entreprise le samedi.

— Qu'en est-il des activités sur sa messagerie ?

Lucas navigua un moment à l'aide la souris et déclara :

— Aucun envoi de mail pendant les meurtres… C'est un indice important mais cela ne suffit pas.

— Et il n'y a pas d'arme ici.

— Par ailleurs, depuis qu'il est en fuite, il ne s'est pas connecté à distance pour consulter ses mails et n'a pas utilisé son badge pour revenir dans son bureau.

— Logique. Sortons d'ici.

Heureuse d'avoir pris le temps et le risque de faire cette visite nocturne, Demi poussa le chariot de nettoyage dans le couloir. Le bureau voisin était toujours allumé mais le cliquetis du clavier avait cessé. Ils atteignirent l'ascenseur sans incident et descendirent au sous-sol pour ranger le chariot dans la zone de stockage. Lucas repéra une caméra de surveillance installée dans le hall.

Quelques instants plus tard, un agent de sécurité apparut au bout d'un couloir, parlant dans un talkie-walkie.

— Bonsoir, dit-il en s'approchant.

— Bonsoir, répondit Demi.

— Que faites-vous ici ? Les agents d'entretien sont partis depuis longtemps.

Son regard se posa sur leurs badges. Leurs photos leur correspondaient mais pas les noms.

— Que faites-vous ici ? répéta-t-il.

— Nous sommes venus ranger notre matériel avant de partir, répondit Lucas.

— Je ne vous reconnais pas.

Devinant qu'ils ne parviendraient pas à lui raconter des histoires, Demi comprit que la fuite était leur seule issue. Elle s'élança vers la cage d'escalier.

Lucas sur les talons, elle poussa la porte à toute volée et grimpa les marches trois par trois.

Le gardien courut à leur poursuite.

— Arrêtez ! Arrêtez tous les deux !

Demi traversa le hall au galop, Lucas à côté d'elle.

— Des inconnus se sont introduits dans les bureaux ! criait le garde dans son talkie.

Ils franchirent la sortie de secours dans un même élan avant de parcourir le parking désert. Demi ne ménageait pas ses efforts. Il n'était pas question pour elle d'être arrêtée par les agents de sécurité de Harrington et de se retrouver en prison.

Lorsqu'ils arrivèrent à la voiture, le garde avait cessé de les poursuivre mais il continuait de crier.

Ils bondirent dans l'habitacle, et Lucas démarra en trombe.

— C'était chaud, dit-elle.

Tout en roulant, ils reprirent leur souffle puis Demi se tourna pour regarder Lucas.

Il lui sourit.

— Ça valait le coup de courir le risque, dit-il.

— Quel risque ?

— Ce que nous faisions n'est pas tout à fait légal.

Elle n'y avait pas pensé mais s'ils s'étaient fait pincer, Lucas aurait pu perdre son travail. Et pourtant, il l'aidait, il allait jusqu'au bout.

Le lendemain, changeant son fusil d'épaule, Lucas décida de se plonger dans les antécédents de Slater. Il s'entretint avec ses parents, qui lui apprirent que leur fils venait de rompre avec une femme. Ils lui donnèrent le nom de celle-ci et lui montrèrent une photo. Apparemment, ils étaient très contrariés par le comportement de leur rejeton, et ils se disaient prêts à tout pour le remettre sur le droit chemin. Y compris à le faire passer par la case prison.

Lucas leur avait assuré que si Slater les aidait dans l'enquête du Groom Killer, il se faisait fort de lui obtenir un allégement de peine.

Après les avoir remerciés pour leur coopération, Lucas mit le cap sur la maison de l'ex-petite amie de Slater, située dans le quartier le plus mal famé de la ville. Cette fois, il était accompagné de Demi, et elle avait pris Wolf avec elle. Beaucoup de femmes avaient des bébés, et ayant changé son apparence elle avait peu de risques d'être reconnue, même si elle n'était pas déguisée. Elle portait un jean et un très joli pull blanc. De son écharpe de portage Wolf la buvait des yeux, visiblement fasciné par la beauté de sa mère. Demi s'en aperçut et lui posa un petit baiser sur le nez, qui le fit rire.

Ce gamin le faisait complètement craquer, se rendait compte Lucas. Couper les ponts avec le petit garçon serait certainement difficile. Avait-il envie de continuer avec Demi dans le seul but de garder Wolf dans sa vie ? Non, Demi l'avait toujours attiré.

L'ex-petite amie de Slater, une certaine Tracy, leur ouvrit et regarda tour à tour Demi, le bébé et Lucas. Elle avait de longs cheveux raides, des yeux bleus très maquillés et un piercing sur le nez. Deux autres femmes, assises dans un salon en désordre, suivaient une émission à la télévision.

Tracy tourna la tête vers les deux autres.

— Hé ! baissez le son !

Elle reporta son attention sur Demi et Lucas.

— Je n'achète rien aux démarcheurs à domicile.

— Nous ne vendons rien, répliqua Lucas. Nous sommes ici pour vous parler de Slater.

— Nous nous sommes séparés. Je ne peux pas vous aider, dit-elle en commençant à fermer la porte.

— Attendez, dit Lucas, posant la main sur le battant de bois. Nous enquêtons sur l'affaire du Groom Killer et nous essayons de retrouver une arme que Slater a vendue à Devlin Harrington. Il l'a certainement cachée quelque part. Savez-vous où ?

— Aucune idée. Il n'y a pas d'arme ici. Il est vrai qu'il voyait souvent ce Devlin, et je trouvais d'ailleurs bizarre qu'un type aussi riche que lui se lie d'amitié avec un raté comme Slater.

— Que pouvez-vous nous dire à leur sujet ?

— Slater ne me parlait pas de lui. En revanche, il vendait de la drogue aux Larson. J'ai rompu avec lui pour cette raison. Vous devriez essayer d'interroger leur grand-mère, Mae. Elle sait peut-être où se trouve ce que vous cherchez.

Mae avait, en tout cas, permis à ses petits-fils de cacher des armes dans sa cave ce qui avait conduit par la suite à leur arrestation. Mais comment aurait-elle appris ce que Devlin avait fait de celle du crime ? Cela dit, peut-être pourrait-elle les orienter dans la bonne direction. Ou en révéler davantage sur ses petits-fils.

Mae Larson, qui avait été libérée sous caution, ne fut d'aucune aide à Demi et Lucas. Si elle savait quelque chose sur cette arme, elle n'en souffla mot. Elle ne parla pas non plus des jumeaux.

Comme ils retournaient surveiller une nouvelle fois la maison de Slater, Demi poussa un profond soupir. Wolf lui manquait. Valeria et Vincent dormaient au chalet pour le garder. Il était déjà 22 heures, et Demi et Lucas ne retourneraient là-bas que tard dans la nuit. Demi avait remarqué que le caractère en or de son fils ravissait Lucas. Et elle aussi. Il deviendrait un homme formidable en grandissant. Comme elle jetait un regard de biais vers Lucas, elle songea une fois de plus qu'il était vraiment beau, séduisant, charismatique. Son imagination s'envola.

Heureusement, Slater sortit alors de chez lui, interrompant ses folles pensées. Vu l'heure tardive, il devait préparer un mauvais coup.

Comme la dernière fois, ils se baissèrent lorsqu'il passa devant eux et après un moment ils le suivirent de loin. Slater se rendit dans le même camping que quelques jours plus tôt et regagna la caravane dans laquelle il était déjà allé avec Paulie. Dès qu'il y entra, Lucas se gara un peu plus loin.

— Il y a une voiture qui n'était pas là la dernière fois, Lucas, remarqua Demi en montrant du doigt une Subaru.

— Allons voir.

Ils rejoignirent à pas de loup la caravane. À travers les lattes des stores de la fenêtre, Demi aperçut trois hommes autour de la table. L'un d'eux était Slater, l'autre Paulie, le dernier leur était inconnu. Slater avait une arme posée près de lui.

Paulie prit la grande enveloppe que lui tendait le troisième individu. Lorsqu'il en renversa le contenu, des liasses de billets tombèrent sur la table. Slater en vérifia le montant avant de ramasser un sac de sport rempli de paquets de poudre blanche.

— C'est un deal de drogue, dit-elle.

— Il est temps d'intervenir, de les arrêter.

Quand Lucas se tourna vers elle, son regard s'éclaira un instant.

Demi s'était de nouveau déguisée en bimbo, pour ne pas être reconnue. Que Lucas soit si sensible à cette fausse version d'elle-même la perturba, une fois de plus.

— Me préfères-tu ainsi ? lança-t-elle en désignant ses seins énormes sous son pull.

— Je préfère ce qui est au-dessous.

Tout en s'emparant de son arme dissimulée sous sa jupe, elle se demanda ce qu'il voulait dire.

Lucas arriva le premier à la porte de la caravane et l'y attendit.

— Sers-toi de ton arme uniquement pour te protéger.

Laisse-moi gérer l'arrestation. Tu es censée être ma petite amie, tu t'en souviens ?

Elle hocha la tête, perturbée de prendre conscience que l'idée d'être sa petite amie lui plaisait.

Il actionna la poignée et ouvrit la porte d'un coup de pied en criant :

— Police ! Les mains en l'air !

Les trois hommes se retournèrent, Slater tenant toujours les liasses de billets et l'inconnu, le sac de drogue.

Demi s'empara du Glock de Slater, sans jamais le quitter des yeux.

Lucas palpa rapidement Paulie et le troisième homme pour s'assurer qu'ils n'étaient pas armés.

— Maintenant, vous allez peut-être reconnaître que Devlin vous a payé pour prétendre que vous avez vu Demi Colton sur les lieux où mon frère s'est fait tuer, dit Lucas à Paulie.

Paulie se contenta de le fusiller du regard.

Lucas leur lut leurs droits et appela le poste de police pour obtenir des renforts. Demi se demandait avec un peu d'inquiétude si quelqu'un la reconnaîtrait mais elle tenait à entendre ce que Slater et Paulie allaient dire.

Le chef de police, Finn Colton, interrogea Paulie. Lucas permit à Demi de suivre avec lui l'interrogatoire de la pièce voisine, derrière un miroir sans tain.

Lucas avait décidé de ne pas se charger lui-même de Paulie afin d'être avec elle. Il pensait aussi que Paulie craquerait plus facilement s'il était cuisiné par quelqu'un d'autre. En tout cas, Demi était contente qu'il reste près d'elle.

Jusqu'à présent, personne ne l'avait reconnue. Lorsqu'elle était entrée, un policier l'avait dévisagée trop longtemps à son goût mais il n'avait émis aucun commentaire. Maintenant, dans la salle d'observation, elle était à l'abri des regards indiscrets.

Confronté à de lourdes accusations de trafic de drogue, Slater s'était mis à parler dès qu'il avait compris qu'il bénéficierait ainsi d'une réduction de peine. Il avait alors reconnu avoir vendu à Devlin des armes de poing similaires à celles utilisées dans certains meurtres – d'un modèle que Lucas et Demi avaient eu du mal à trouver sur le marché. Ces déclarations constituaient une étape décisive pour prouver que Devlin était bien le Groom Killer. Slater avait également avoué avoir livré des armes et de la drogue aux jumeaux Larson. Ces derniers étant en prison pour avoir menacé un policier, il se sentait suffisamment en sécurité pour les balancer.

Maintenant, Demi tenait à entendre Paulie reconnaître que Devlin l'avait payé pour témoigner contre elle. Jusqu'à présent, il avait seulement avoué avoir été payé.

— Vous serez condamné à une lourde peine pour trafic de drogue, lui expliquait Finn. Mais si vous nous donnez l'identité de la personne qui vous a versé de l'argent pour que vous prétendiez avoir vu Demi Colton s'enfuir de la scène du crime de Bo Gage, je m'engage à la réduire de moitié voire plus.

— Peut-être devrais-je réclamer un avocat.

— Comme vous voulez. Je demanderai alors la peine maximale.

— Comme je ne cesse de le répéter, j'ignore qui m'a filé ce fric.

— Un autre témoin a déjà reconnu avoir été payé par Devlin Harrington pour jurer avoir surpris Demi près d'une scène de crime. Ce qui tend à prouver que ce n'est pas Demi la tueuse mais bien Devlin.

Finn attendit patiemment.

— Je ne sais pas qui m'a filé ce fric, répéta Paulie.

— Je comprends que vous ayez peur. Devlin est en cavale et susceptible de réapparaître à tout moment. Mais de toute façon, vous allez être condamné pour trafic de drogue et envoyé en prison dès ce soir, ce qui nous donnera le temps d'arrêter Devlin. Et vous y serez protégé. Par la suite, la durée de votre séjour derrière les barreaux dépendra de vos aveux. Si vous coopérez avec nous, votre peine sera réduite de moitié.

Paulie hésita encore un peu mais finit par lâcher :

— Devlin m'a payé.

Soulagée, Demi ferma un instant les paupières. À côté d'elle, Lucas lui prit la main.

— Il m'a laissé l'argent dans un coin, je n'étais pas censé le croiser. Mais je l'ai vu à la station-service. Il l'ignorait mais il m'a pourtant envoyé des textos, menaçant de me tuer si je disais à quiconque que j'avais été payé.

— Cela n'arrivera pas, nous vous protégerons. Vous resterez en prison jusqu'à son arrestation.

— Combien de temps vous faudra-t-il ? Et si le procès a lieu avant que vous le retrouviez ?

— Ne vous inquiétez pas, assura Finn en se levant.

Lucas se tourna vers Demi.

— Nous touchons au but. Il ne nous reste plus qu'à mettre la main sur l'arme manquante. Nous allons continuer à la chercher.

— Après ces deux témoignages, les aveux des soi-disant témoins, crois-tu que je risque encore d'être arrêtée ?

— Je ne le pense pas mais la police te demandera sans doute de rester en ville au cas où ils auraient besoin de t'interroger. Sortons d'ici, ajouta-t-il.

Il lui prit la main, ouvrit la porte et vérifia que le couloir était désert avant de l'entraîner vers la sortie.

En chemin, ils croisèrent John Williams, qui avait sûrement entendu parler de l'interpellation des deux trafiquants de drogue. Il les héla avant qu'ils atteignent la porte.

— Comment s'est passé l'interrogatoire ? demanda John.

— Slater a avoué avoir vendu le même modèle d'arme utilisé dans certains des meurtres – l'arme manquante –, et Paulie a reconnu que Devlin Harrington l'avait payé pour dire qu'il avait vu Demi Colton fuir du lieu du crime.

— C'est convaincant, dit John.

Il ne semblait pourtant pas convaincu.

— Cela dit, vous n'avez toujours pas retrouvé l'arme. Et qu'un petit dealer de bas étage raconte que Devlin l'a payé pour livrer un faux témoignage ne prouve pas que Devlin est le Groom Killer.

— En tout cas, il est devenu le principal suspect.

Le regard du policier se posa sur Demi.

— Peut-être caches-tu Demi quelque part, Lucas. Je n'en serais pas étonné.

— Passe une bonne journée, John.

Lucas entraîna Demi jusqu'à la porte, jetant un coup d'œil vers John. Il ne le percevait pas comme une menace.

Lucas l'accompagna vers la voiture.

— Je pense que désormais, tu n'es plus obligée de te déguiser, Demi.

— Si Finn veut m'entendre en interrogatoire, cela signifie qu'il n'est pas certain de mon innocence.

— Il est certain que tu n'as tué personne, Demi. De plus, les flics qui aimeraient t'arrêter n'ont pas l'autorité pour le faire. Et je commence à croire que si tu cessais ta cavale, Devlin cesserait d'essayer de te tuer.

Il n'avait pas tort. Elle prendrait peut-être un risque mais arrêter de se cacher aurait aussi un impact positif. Et elle n'aurait plus à fuir. Cela, surtout, la tentait.

Lucas lui ouvrit la portière côté passager. Il avait une lumière dans ses yeux noirs, un sourire en coin qui lui prouvait qu'il appréciait sa tenue, son apparence.

Mais peut-être était-il seulement sensible à son déguisement de bimbo.

Elle décida d'en avoir le cœur net.

— Tu sembles beaucoup m'aimer dans cet accoutrement…

— Il te va bien.

— Le genre bombasse te plaît-il ? Apprécierais-tu que je m'habille tout le temps comme ça ?

— Non.

— Pourquoi pas ?

— Demi, ce ne sont pas tes faux seins qui m'émoustillent. C'est ce qui se cache sous cette robe sexy et sous ce maquillage, ce sont tes yeux verts et tes cheveux roux. Je les aimais longs mais cette coupe à la garçonne te va bien, elle aussi.

Plantant les yeux dans les siens, il lui souleva le menton du doigt.

— As-tu besoin d'être rassurée sur ton pouvoir de séduction ?

— Peut-être, oui

Il effleura ses lèvres des siennes.

Il l'embrassa avec une douceur extrême.

Quand il s'écarta, elle le dévisagea, regrettant qu'ils ne soient pas dans un endroit plus privé.

Puis elle remarqua que quelqu'un les observait de loin. Il s'agissait de John Williams, le policier qui soupçonnait Lucas de la cacher quelque part.

12

— Il n'a aucun pouvoir.

Brayden s'était arrêté au chalet pour prendre des nouvelles de Demi, et ils lui avaient parlé de Paulie et de Slater. Leurs aveux avaient incité d'autres personnes à charger les Larson. Ces derniers resteraient en prison leur vie durant.

Lucas remarqua que Brayden semblait mieux le supporter maintenant. Peut-être comprenait-il que Lucas ne voulait aucun mal à Demi. S'il avait eu l'intention de la trahir, de la livrer aux autorités, il l'aurait déjà fait. Lucas se demandait si la brouille Gage/Colton avait quelque chose à voir avec les réticences de Brayden à son endroit. Sans doute pas.

— S'il y a assez de preuves contre moi, n'importe quel policier aura la légitimité de m'arrêter, répliqua-t-elle.

Demi était manifestement inquiète. Elle se cachait depuis si longtemps qu'elle avait peur de sortir du bois.

— Je ne laisserai personne t'arrêter, assura son frère.

— Moi non plus, renchérit Lucas. Personne ne pourra t'atteindre ici.

Lorsqu'il croisa le regard de Demi, il y vit son angoisse mais aussi quelque chose d'autre. Poser les yeux sur lui semblait la calmer, comme si elle commençait à lui faire confiance. Vêtue d'un jean cigarette et d'un T-shirt à manches courtes, elle était aussi sexy que lorsqu'elle s'habillait en bimbo. Lucas n'avait pas eu conscience de sa tendance à sortir avec des femmes aux gros seins. En réalité, ce détail n'avait pas tant d'importance pour lui. Demi l'avait aidé à le comprendre.

Se rendant compte que Brayden avait surpris cet instant

de complicité entre Demi et lui, Lucas se recentra sur la conversation.

— Beaucoup de gens sont convaincus de ton innocence, reprit Brayden. Ils sont plus nombreux que ceux qui te croient coupable. Même si l'un d'eux réussissait à t'arrêter, il n'aurait rien pour te mettre en prison. Le fait que des témoins aient été payés pour te faire accuser est assez parlant. Quelqu'un s'est arrangé pour te faire porter le chapeau, c'est évident.

— Je me tue à le lui répéter, dit Lucas.

— N'aie pas peur, Demi, dit Brayden. D'après ce que je sais, seuls Williams et Miller t'ont encore dans le collimateur.

Lucas hocha la tête. Lui non plus n'avait entendu personne d'autre dire du mal de Demi.

— Je vais demander à Finn de leur parler. Est-ce que cela t'aiderait à te sentir mieux ?

— Pas si Finn est indécis, si son cœur balance sans savoir avec certitude si je suis coupable ou innocente, comme il l'était l'autre jour.

— Finn est un homme raisonnable, dit Brayden.

— C'est d'ailleurs la raison pour laquelle il est un si bon chef, ajouta Lucas.

— Et voilà pourquoi vous devriez jouer cartes sur table, lança Brayden à Lucas. Au commissariat, tout le monde commence à penser que vous avez retrouvé Demi et que vous mentez en prétendant le contraire. Certaines personnes ont remarqué la présence de Demi, assise à côté de vous, lors de la réunion et ont été surprises qu'elle ressemble si peu à vos copines habituelles. Vous feriez mieux d'être sincère.

— Crois-tu qu'ils ont compris que j'étais déguisée ?

— Personne n'ignore que tu te déguises depuis que tu es en cavale, que tu changes ton apparence en permanence. Les gens savent aussi que Lucas t'a cherchée dans un chalet sous le nom d'une autre personne. Et regarde-toi. Tu es ravissante. Tu es la beauté dont un gars comme Lucas a besoin pour donner un sens à sa vie.

— Très drôle, dit Lucas.

— Je ne suis pas le seul à avoir remarqué votre façon de

la dévorer des yeux, répliqua Brayden. Elle, Shane et même Finn ont surpris votre manège.

— Qu'a dit Finn ? s'enquit Lucas.

— Il m'a demandé pourquoi vous aviez amené votre nouvelle petite amie à la réunion. J'ai répondu que vous aviez peut-être l'intention d'aller dîner ensuite. Demi était assez bien habillée pour rendre cette hypothèse crédible.

Demi se mit à se ronger les ongles.

Brayden se rapprocha d'elle.

— J'aimerais te demander quelque chose. Peux-tu venir un instant avec moi dehors ?

Tirée de ses pensées, elle acquiesça et se leva. Lucas n'émit aucun commentaire, se contentant de les regarder sortir sous le porche. Il remarqua que Demi avait laissé la porte entrouverte et s'en approcha pour écouter.

Brayden s'éclaircit la voix.

— J'ai l'impression que Lucas et toi êtes… Que vous vous entendez très bien…

— C'est vrai.

— Te traite-t-il toujours correctement ?

— Oui, Brayden. Tu n'as pas à t'inquiéter. Il est temps que tout le monde oublie la vieille brouille qui oppose les Gage et les Colton. Et que les deux familles refassent la fête ensemble.

— Les festivités commenceront dès que Devlin aura été capturé. En tout cas, sache que si tu es heureuse avec Lucas, alors je suis content pour toi.

— Merci, Brayden.

Lucas les entendit s'embrasser avant que Demi revienne à l'intérieur.

Après le départ de Brayden, Lucas prépara le dîner tandis que Queenie jouait avec Wolf dans le salon. Depuis le départ, la chienne le protégeait. Demi imagina l'animal le prendre comme un chiot, par la peau du cou – ou plutôt par le col de son pyjama –, s'il s'aventurait dans un endroit dangereux. En attendant, Queenie rampait sur le sol pour encourager Wolf à l'imiter. Voir son fils et la chienne distrayait Demi de son inquiétude. Faire confiance aux autres, y compris à son propre frère, n'était pas facile pour elle.

Lucas avait préparé une tourte à la viande à partir de trois fois rien, remplissant le chalet de délicieux arômes. Demi en avait l'eau à la bouche. Elle s'assit sur le canapé, installa Wolf sur ses genoux tandis que Lucas apportait deux canettes de bière. Il avait posé des bougies sur la table basse et mis une musique douce en sourdine.

Des bougies, de la musique, un bon petit dîner… Essayait-il de la séduire ? se demanda-t-elle soudain.

— Prendre son repas assis sur le canapé n'est pas très classe, remarqua-t-elle.

— Peut-être pas mais quand tu auras goûté ma tourte, tu m'en diras des nouvelles, dit-il avant de croquer sa part avec appétit.

— Pourquoi ne pas nous installer à table, nous servir de couverts, comme des gens civilisés ?

— Tu as besoin de te détendre. Dîner sur le canapé est plus relaxant.

Elle l'observa un moment. Il avait envie de prendre soin d'elle, de la chouchouter, comprit-elle, touchée.

Il lui sourit et reprit :

— Avec moi pour veiller sur toi, pour te protéger, il ne t'arrivera rien de fâcheux. Tu le sais, n'est-ce pas ?

Ignorant comment répondre, elle avala une gorgée de bière.

Mais il poursuivit :

— Tu as réussi à surmonter ta tendance à prendre la mouche pour rien. Peut-être parviendras-tu aussi un jour à me faire confiance.

— Ce n'est pas de toi dont je me méfie.

Mais si la police décidait de l'arrêter, Lucas ne pourrait rien faire pour l'empêcher.

Devinant ses pensées, il assura :

— Si des collègues essayaient de te capturer, je m'y opposerais. Et s'ils insistaient, je m'enfuirais avec toi, je t'aiderais à te cacher.

Demi fut émue par sa gentillesse mais était-il sincère ? Le pensait-il vraiment ? Comme toujours, elle avait beaucoup de mal à accorder sa confiance. Et si elle essayait avec lui ? Si elle lui donnait une chance ? Quand Devlin aurait été capturé et inculpé des meurtres du Groom Killer, que ferait Lucas ? Partirait-il en courant ? Son cœur le craignait. Mais son instinct la poussait à prendre le risque.

Lorsqu'il s'aperçut qu'elle le dévisageait d'un air interrogateur, il lança :

— Me crois-tu ?

— Oui, répondit-elle, surprise elle-même.

— Me fais-tu confiance ?

Cela semblait important pour lui, ce qui contredisait ses grandes idées anti-amour. Un homme qui s'opposait mordicus au mariage aurait dû se moquer d'inspirer ou non confiance. De toute façon, Lucas restait en général si peu de temps avec une femme que le sujet n'avait sans doute jamais posé de problème.

— Peux-tu me faire confiance ? insista-t-il. Au moins pour ce soir ?

— Oui, je t'accorde ma confiance pour ce soir.

Le visage de Lucas s'épanouit d'un grand sourire satisfait, et soudain, sans prévenir, il se pencha vers elle et l'embrassa.

Les protestations de Wolf les forcèrent à s'interrompre avec un petit rire.

Demi mit Wolf au lit et retourna dans le salon où Lucas lisait un livre, un thriller, Queenie allongée à ses pieds. Un feu crépitait dans la cheminée. Dehors, il recommençait à neiger. Il se demanda si Demi, armée de la télécommande, passait de chaîne en chaîne pour s'occuper ou si elle avait vraiment envie de voir un film. Quant à lui, il avait choisi ce roman pour faire quelque chose mais il ne retenait rien de ce qu'il lisait. Il se demandait pourquoi il ne cessait de l'embrasser. En général, avec les femmes il ne pensait jamais aux conséquences. Il agissait d'abord et voyait ce qu'il en résultait ensuite.

L'embrasser avait été chaque fois une expérience incroyable, fabuleuse. Il ne s'en lassait pas.

Refermant son livre, il se leva.

— Je vais faire un tour avant que le temps se gâte.

Demi leva les yeux.

— D'accord. Sois prudent.

Lorsque Lucas enfila son caban, Queenie bondit à sa suite, prête à se mettre au travail. Il prit un bonnet, une lampe frontale, des gants et quitta la maison. La neige tombait toujours.

Queenie avait rapidement compris l'ordre « Devlin », et elle savait quoi chercher, ayant maintenant mémorisé l'odeur de l'avocat. La chienne puisait dans ses souvenirs pour fouiller le périmètre et s'assurer que Devlin n'avait pas essayé de franchir le mur d'enceinte. Les détecteurs de mouvement se déclencheraient si quelqu'un se rapprochait de la maison.

La truffe au sol, Queenie trottina jusqu'au portail. Ne sentant rien de particulier, elle poursuivit son inspection le long de la clôture.

Chaque soir, désormais, ils empruntaient ce parcours. Si Devlin était passé par ici dans les dernières vingt-quatre heures, l'animal repérerait son odeur et le signalerait aussitôt à son maître.

Les flocons dansaient dans le faisceau lumineux de la lampe frontale de Lucas. Ses bottes s'enfonçaient dans le tapis de neige. Queenie se déplaçait sans bruit. Si quelqu'un se trouvait de l'autre côté du mur, il ne devinerait pas leur présence.

Parvenue au bout de la clôture, Queenie s'arrêta. Avec un petit gémissement, elle s'assit et le regarda.

Elle avait reconnu l'odeur de Devlin sur la propriété.

— Cherche, Queenie. Montre-moi.

Il courut derrière elle à travers les arbres. Elle galopait, la truffe au sol, remontant la piste.

Alors qu'ils arrivaient à la clairière, il entendit l'alarme se déclencher à l'intérieur de la maison. Et soudain, sortant de l'ombre, une silhouette apparut.

Queenie aboya et s'élança.

Lucas sortit son arme et courut aussi vite qu'il le put. L'homme était armé. Lucas tira le premier, obligeant l'autre à plonger sur le sol.

— Ne bougez pas ! cria Lucas. Ou je vous explose la tête !

Queenie avait atteint l'intrus et le tenait en respect en grognant, les babines retroussées.

Dès qu'il s'approcha, Lucas reconnut Devlin.

— Jetez votre arme, les mains en l'air.

Devlin obéit.

— Vous n'avez rien contre moi.

— Vous êtes sur une propriété privée et vous m'avez menacé de votre pistolet. Vous apprêtiez-vous à faire irruption chez moi ?

— Pas du tout. Vous avez tiré sur moi en premier. J'étais en légitime défense. Je porte une arme pour me protéger.

Refusant d'en discuter, Lucas lui mit les mains dans le dos et le menotta.

— Je vous ai eu. Enfin.

— Vous ne pourrez rien prouver.

— Nous avons d'autres preuves contre vous. Et n'oublions pas l'épisode de l'auberge.

— Ce n'est pas moi qui ai tué tous ces gens. Ce n'est pas moi mais Demi Colton, le Groom Killer !

— Qui a dit que je parlais des meurtres du Groom Killer ?

Demi avait dû appeler les secours parce que Lucas entendit des sirènes dans l'obscurité. Prenant Devlin par le col, il le força à remonter l'allée vers le chalet, lui lisant ses droits en chemin.

Demi sortit de la maisonnette en rondins, déguisée en petite amie de Lucas. Elle portait Wolf dans les bras. Elle avait dû ouvrir le portail car des gyrophares éclairèrent soudain la nuit enneigée, et une voiture de patrouille apparut.

Les policiers Williams et Miller en bondirent. Lucas se demanda s'ils s'interrogeaient sur Demi et si elle était consciente de leurs airs soupçonneux.

Il poussa Devlin vers ses collègues.

— Je l'ai capturé alors qu'il venait de s'introduire par effraction sur ma propriété, dit-il.

Incrédules, les deux hommes regardèrent l'avocat.

— Devlin Harrington ? demanda Miller.

— L'alarme s'est déclenchée avant qu'il parvienne à entrer dans la maison, dit Demi. Voilà pourquoi je vous ai appelés.

— Il ne s'agit donc pas d'une effraction, répliqua Miller qui scrutait Demi avec insistance.

Lucas leur donna sa version des faits, et Williams reconnut

que Devlin s'était bien introduit dans une propriété privée sans en avoir le droit.

Comme ils s'apprêtaient à entraîner Devlin vers leur voiture, Miller lança soudain à Demi :

— Quel est votre nom, pour mémoire ?

Demi se figea et ne répondit pas. Elle n'avait pas à le faire. Ce n'était pas Finn qui posait la question mais deux policiers lambda qui ne croyaient pas son innocence.

— Chelsey, c'est ma petite amie, dit Lucas.

Demi se cambra pour exhiber ses faux seins et leur sourit.

— Ravie de faire votre connaissance.

— Vous ressemblez beaucoup à Demi Colton, commença Miller. Et vous avez la même voix.

— C'est elle, répondit Devlin. Elle a modifié son apparence pour vous induire en erreur.

Demi jeta un coup d'œil nerveux à Lucas.

— Embarquons-la avec lui, décida Miller.

Il était temps d'intervenir. Lucas posa la main sur le bras de son collègue.

— Vous ne l'emmenez nulle part.

— Je savais que tu hébergeais une criminelle ! dit Williams.

— Toutes les preuves la désignent comme le Groom Killer, renchérit Devlin.

— Personne ne l'embarque, répéta Lucas. Le principal suspect est menotté.

— Tu ne peux pas nous empêcher de l'arrêter, Lucas.

— Non seulement je le peux mais je le ferai. Je vous ordonne de vous retirer, maintenant. Nous en discuterons avec le chef Colton demain matin. C'est à lui seul de décider si le mandat d'arrêt contre elle est toujours en vigueur.

Lucas s'interrompit.

— À moins que vous ne vouliez lui expliquer pourquoi vous vous êtes opposés à mes ordres ? C'est moi qui l'ai trouvée. C'est moi qui décide ce qu'on doit faire d'elle. Dans l'immédiat, je viens de capturer le principal suspect des meurtres du Groom Killer, et jusqu'à ce qu'il soit interrogé, personne d'autre ne se fera arrêter.

— Peu importe que tu l'aies trouvée. Tu l'as cachée. Nous avons autant le droit que toi de la coffrer, rétorqua Williams.

— Il faudra passer sur mon cadavre pour avoir une chance d'y parvenir. As-tu l'intention de me buter ?

Queenie vint se placer à côté de lui, les babines retroussées, les poils hérissés.

Miller recula. Williams semblait plus indécis, même s'il observait la chienne avec méfiance.

Il finit par lancer à Demi :

— Si vous ne vous présentez pas au poste de police dans la matinée, nous reviendrons.

Williams sourit à Demi d'un air mauvais avant de pousser Devlin dans la voiture de patrouille. Dès qu'il fut installé à l'arrière du véhicule, ils s'en allèrent.

Lucas rejoignit Demi. Elle serrait Wolf contre elle tout en regardant les feux arrière disparaître à travers les flocons.

— Je n'arrive pas à croire qu'il ait été capturé, dit-elle.

— Il était temps. Cela dit, nous avons encore beaucoup à faire. Il nous faut réunir davantage de preuves contre lui pour qu'il soit accusé de meurtre.

Lucas craignait d'avoir des ennuis avec ses supérieurs. La non-dénonciation de délits était un crime, surtout pour un policier. Comme, pour protéger Demi, il n'avait pas signalé les tentatives de meurtres commises par Devlin au chalet de Demi puis à l'auberge, il risquait gros. Cependant, Gladys et Edward témoigneraient et confirmeraient que Devlin était bien leur agresseur. Ils obtiendraient ainsi justice, et Lucas aurait du même coup la possibilité d'envoyer Devlin en prison et de poursuivre ses recherches de l'arme de crime.

Plus que tout, Lucas voulait que Devlin soit reconnu comme étant le Groom Killer et réponde des meurtres de ce dernier. De *tous* ses meurtres. Les aveux de Slater et de Gaines avaient fait de l'avocat le suspect n°1 dans cette affaire mais ils ne suffiraient pas à le faire traduire en justice. La parole des uns valant celle de l'autre.

Il posa la main sur le dos de Demi.

— Rentrons. Il fait froid.

Ouvrant la porte, il laissa la chienne rentrer puis Demi. Queenie s'ébroua.

Tout en retirant son manteau, Demi broyait du noir.

— Tout le monde va savoir que je suis ici, maintenant, dit-elle. Es-tu sûr que Finn ne me fera pas arrêter ?

Lucas lui prit le bébé pour lui ôter sa combinaison.

— J'en suis sûr à 95 %. Arrête de te faire du mouron. Et fais-moi confiance.

Comme Wolf commençait à s'agiter, Lucas le berça.

Demi sourit, amoureusement, et il comprit qu'elle avait fini par lui faire confiance.

Loin de se calmer, Wolf criait de plus en plus fort. Or, il ne pleurait que lorsqu'il était affamé ou fatigué.

Lucas lui rendit son fils. Elle le fit sauter doucement dans ses bras.

— Mettons-le au lit.

Demi câlina Wolf jusqu'à ce qu'il se calme et que ses yeux se ferment. Elle le coucha alors dans son berceau. Pour la troisième fois, elle inspecta la fenêtre pour s'assurer qu'elle était bien fermée et que personne ne pouvait voir à travers les stores. Puis elle quitta la pièce.

Lucas se leva du canapé lorsqu'elle entra dans le salon. Il posa les mains sur ses bras.

— Tout va bien ?

Réconfortée par son côté protecteur, elle hocha la tête. Avec lui, elle se sentait en sécurité.

— Ne t'inquiète pas pour demain. Je vais préparer du thé.

Elle ne dormirait pas facilement ce soir, s'interrogeant sur la décision à venir de Finn.

— Merci. Je monte me changer.

Elle retourna dans la chambre d'amis pour se mettre en chemise de nuit. Puis elle enfila un peignoir et des pantoufles, et revint dans le salon. Lucas avait déjà deux tasses fumantes à la main.

Elle s'assit sur un tabouret, écoutant d'une oreille distraite une émission télévisée qui ne présentait pas grand intérêt.

— Tu as un côté casanier que je n'avais jamais soupçonné, dit-elle.

Elle le regarda tout en sirotant sa tasse.

— Cela dit, je n'aurais jamais cru non plus que j'aurais un enfant si jeune.

— Mais ce nouveau rôle te va bien. J'ai découvert une mère au foyer après avoir longtemps connu une chasseuse de primes toujours par monts et par vaux. C'est étrange.

— Oui ? Eh bien, moi, je ne t'aurais jamais imaginé en papa gâteau.

— Papa gâteau ? Que racontes-tu ? Je ne suis pas un papa.

— Tu joues les papas avec Wolf. N'essaye pas de prétendre contraire. Tu es génial avec lui.

— C'est un super gosse.

Lucas ajouta en riant :

— Avant tu te mettais en colère pour un oui ou pour un non. Cela ne marche plus. Wolf t'a apaisée.

— Et il t'a calmé, toi aussi.

— Sans doute…

Ils restèrent un moment silencieux puis la magie du moment s'envola.

La sonnerie du téléphone de Lucas retentit, et il regarda Demi, les sourcils froncés. Qui appelait à cette heure tardive ?

Il répondit, actionnant au passage le haut-parleur, ce qu'elle apprécia. Il lui montrait qu'il n'avait rien à lui cacher.

— Bonsoir, Lucas. C'est Finn.

Quelque chose avait dû se passer.

— Devlin a réussi à s'échapper, poursuivit son chef.

— Quoi ? Mais comment ?

— Il est parvenu à arracher l'arme de Miller et a forcé Williams à s'arrêter sur le bas-côté. Il a fait feu sur eux avant de s'enfuir.

Bon sang ! Lucas se reprocha de ne pas s'être lui-même chargé de Devlin au lieu de le confier à ces deux policiers qui n'étaient pas convaincus de sa culpabilité et qui n'avaient donc pas été suffisamment sur leurs gardes.

— Comment vont Williams et Miller ? demanda Lucas.

— Devlin leur a tiré une balle en pleine tête. Ils sont morts sur le coup.

Lucas se passa la main dans les cheveux alors que Demi blêmissait, horrifiée. Devlin avait assassiné Williams et Miller. Lucas culpabilisait. Il avait arrêté Devlin. Il aurait pu l'interroger et le forcer à avouer les meurtres du Groom Killer. Au lieu de quoi, Devlin était parvenu à prendre la fuite, et cela avait coûté la vie de ses collègues.

— Devlin a tué deux des nôtres.

Lucas frappa du poing le bar.

— Je le veux derrière les barreaux. Maintenant.

13

Assis sur le canapé avec son ordinateur portable, Queenie à ses pieds, Lucas relisait pour la énième fois les rapports sur l'affaire du Groom Killer. Près de lui, Demi donnait le biberon à Wolf. Il lui avait proposé de le nourrir mais elle avait refusé. Elle avait gardé le bébé sur les genoux toute la soirée comme si elle se sentait menacée par la relation naissante de son fils avec Lucas. Lorsqu'une grimace de l'enfant signala qu'il avait sali sa couche, Lucas posa son ordinateur à côté de lui.

— Je peux le changer si tu veux.

— Non, non, je m'en charge.

Demi se leva et emmena Wolf dans la chambre.

Lucas la suivit et la regarda installer son fils sur la table à langer et s'acquitter de sa tâche.

— Tu préfères tout faire plutôt que de me laisser l'approcher, c'est bien ça ?

Elle jeta un coup d'œil dans sa direction.

— Non, pas du tout. J'ai seulement envie de m'occuper de lui.

— Je ne te le reproche pas. Mais n'hésite pas à me demander un coup de main. Je l'aime beaucoup, ce petit bonhomme.

— Je le sais.

Elle en semblait contrariée.

Devinant sa jalousie latente, il insista :

— Je ne te l'enlèverai pas, tu sais.

Sans répondre, Demi termina le travail. Puis elle berça Wolf contre elle pour le préparer à le coucher.

— As-tu trouvé quelque chose dans les rapports ? demanda-t-elle.

Si les meurtres des deux policiers prouvaient que Devlin

était un tueur, ils avaient toujours besoin d'éléments liant l'avocat aux assassinats du Groom Killer pour parvenir à innocenter Demi.

Pourtant, Lucas n'était pas dupe. En lui parlant de Devlin, elle cherchait surtout à botter en touche, à éviter toute discussion à propos de Wolf et de ses craintes concernant son attachement à l'enfant.

— Non, rien, répondit-il. Mais j'ai réfléchi, et une hypothèse m'est venue à l'esprit.

Elle se tourna vers lui alors que les yeux de Wolf commençaient à se fermer.

— Laquelle ?

— Devlin a enterré une des armes du crime dans son jardin.

— Oui mais il n'y a pas d'empreintes dessus, rappelle-toi. Rien ne dit que c'est Devlin qui l'a cachée là.

— Peut-être mais il a sans doute enterré aussi l'autre arme. Quelque part.

Lucas tendit les mains vers le bébé.

— Allez. Donne-le-moi.

Demi finit par céder et posa doucement son fils dans les bras de Lucas.

— Je ne peux plus passer de lui, dit-il.

Il baissa les yeux sur le petit garçon qui dormait paisiblement, sa poitrine se soulevant à chaque respiration. Il était doux et chaud contre lui.

— Il le faudra bien, pourtant, rétorqua Demi. Un jour, tu devras t'habituer à vivre sans lui.

Déstabilisé par ce qu'elle venait de dire, Lucas la dévisagea sans savoir quoi répondre. Bien sûr, elle avait raison. Bientôt, une fois Devlin capturé pour de bon, leurs chemins se sépareraient. Il ne pourrait plus tenir Wolf dans ses bras tous les jours. En prendre conscience le ravagea. Pour lui, cet enfant n'était plus uniquement le fils de son frère défunt.

Il faisait partie de sa vie.

— Avec lui, je vois ce que ce serait d'être une famille.

— Nous savons tous les deux que tu n'as aucune envie d'en fonder une, n'est-ce pas, Lucas ?

De nouveau, elle était en colère.

Il ne trouva rien à répliquer. C'était à lui de décider de sa vie. Il avait établi des principes, posé des limites. Pourtant, quelque part, s'imaginer au quotidien avec Demi et Wolf lui plaisait. Il serait heureux de voir grandir Wolf, de l'élever, de l'aimer. Demi ferait partie de cette existence. Ils pourraient avoir un autre bébé. Être une famille…

Si son esprit rejetait cette éventualité, son cœur était tenté de l'envisager. Depuis plusieurs jours, il partageait la vie de Demi et de Wolf. Et cette existence ne lui déplaisait pas. Au contraire. Il se souvint de l'époque où sa mère vivait encore. Il était alors très jeune. Du jour au lendemain, tout lui avait été enlevé. Ses frères, sa sœur et lui avaient dû se débrouiller seuls pour gérer cette tragédie. Fracassé par la perte de sa femme, leur père ne s'était jamais complètement remis.

Lucas ne parvenait pas à oublier les souffrances de ce dernier, mais d'une certaine façon Demi avait réussi à abattre en partie le mur qu'il avait érigé pour se protéger de ses propres émotions. Depuis la mort de sa mère, il s'efforçait d'éviter les situations dans lesquelles il risquerait d'endurer un jour ce que son père avait enduré. Il aimait son travail, ses amis, sa famille, le sport et la nature. Mais aucune des facettes de son existence ne le mettait en danger comme le ferait l'amour d'une femme et de son bébé. Tomber amoureux mettait les hommes à genoux, les rendait faibles.

Son silence était plus éloquent qu'un long discours.

— Je le savais, dit Demi.

À la vue de la déception peinte sur son ravissant visage, Lucas eut d'abord envie de nier. Mais n'avait-elle pas raison ? Viscéralement, il refusait de s'exposer aux souffrances que son père avait connues. Brutalement, il comprit qu'il y avait pourtant une différence. Il était possible de s'ouvrir à l'amour sans en être forcément blessé. Wolf le lui avait montré. Et maintenant, Demi. Malgré ses efforts pour ne pas tomber amoureux, il commençait à éprouver de forts sentiments pour elle. Elle lui plaisait depuis toujours, et leur rivalité professionnelle le stimulait. Mais soudain, il devinait qu'il pourrait ressentir davantage pour elle.

— Tu as peur, tu es mort de trouille, dit-elle, méprisante.

Et pas elle, peut-être ? Le fait qu'ils soient tous deux terrorisés par l'amour n'avait peut-être pas tant d'importance. Lucas avait également envie d'oser, de creuser ce qu'il éprouvait chaque fois qu'il l'embrassait. Et aussi d'approfondir sa relation avec Wolf.

Tournant les talons, Demi quitta la chambre d'amis. Queenie la suivit, jetant au passage un regard réprobateur à Lucas.

Avec un soupir, il les rejoignit dans le salon. Il regarda Demi ramasser le biberon et l'emporter à la cuisine. Il ne savait pas quoi dire. Il était très bien tout seul, mais après avoir passé du temps avec Demi et Wolf il ignorait ce qu'il préférait. Il devait pourtant faire un choix.

Il s'approcha de Demi, occupée à laver le biberon dans l'évier, et posa les mains sur ses hanches.

Les sourcils froncés, elle se tourna vers lui.

— Que fais-tu ?

— Je voudrais te prouver que tu as tort, que je n'ai pas peur.

— Tu as peur, Lucas. Peur d'aimer.

— Pas plus que toi.

Elle redressa la tête mais ne répondit rien.

Il glissa la main dans ses cheveux, caressant sa joue du pouce.

— Essayons et voyons ce qui se passe, proposa-t-il.

— Et si je n'avais pas envie de voir ce qui se passe ?

Il sourit.

— Tu en as envie. Nous nous tournons autour depuis des jours.

Comme elle plantait les yeux dans les siens, il vit briller dans ses émeraudes son incertitude, son manque de confiance. Il comprenait ses doutes. Il ne pouvait pas lui promettre de passer avec elle le reste de sa vie. Il était incapable de l'envisager, elle le savait. En revanche, elle connaissait son honnêteté, son intégrité. Il ne lui racontait pas d'histoires. Il était sincèrement prêt à avancer. Et elle aussi, il le sentait.

Pour alléger l'atmosphère, il captura sa bouche. Comme la dernière fois, cela suffit à allumer le feu. Elle enroula les bras autour de son cou, se pressa contre lui. Leurs corps s'emboîtaient à la perfection.

Il l'embrassa longtemps jusqu'à ce qu'ils en perdent le

souffle puis la souleva de terre et la porta jusqu'à sa chambre, comme le faisaient autrefois les jeunes mariés.

Ils se déshabillèrent à la hâte, et il l'allongea sur le lit.

Lorsqu'elle lui ouvrit les bras en souriant, son désir s'accrut encore. Pourtant, il se coucha près d'elle, décidé à ne rien précipiter, à prendre son temps.

Il commença à la caresser, passant la main sur ses courbes magnifiques. Puis il se mit à l'embrasser de la tête aux pieds, picorant son voluptueux corps de femme de baisers brûlants. Quand elle roula sur le dos, il s'étendit sur elle. La sentir nue contre lui le rendait fou mais il s'efforçait de se maîtriser.

Mais lorsqu'elle le supplia de la prendre, il perdit le contrôle. Se glissant entre ses cuisses, il la pénétra. Il se mit alors à aller et venir, l'entraînant vers le ciel. Les yeux clos, elle gémissait, balbutiant des mots sans suite, remuant la tête de gauche à droite sur l'oreiller. Il accéléra le rythme et finit par s'écrouler sur elle avec un cri rauque.

Il la serra alors tendrement contre lui.

Faire l'amour avec Lucas avait été fabuleux et exaltant. Demi préférait ne pas penser à la suite, à l'avenir. Elle s'efforçait de ne pas se projeter sur des lendemains qui ne chanteraient pas forcément. De rester dans le présent.

Lucas étant sorti inspecter la propriété avec la chienne, elle en profita pour accrocher quelques ornements sur le sapin, les quelques boules qu'elle avait emportées. La radio diffusait des chants de Noël. Wolf faisait une petite sieste.

Elle décida alors de faire des cookies.

Lorsque Lucas rentra, il retira son manteau et rejoignit Demi dans la cuisine où elle s'activait. Ils se sourirent.

— Tu sembles heureuse, aujourd'hui, dit-il.

— Contrairement aux autres jours ?

— Es-tu contente de qui s'est passé entre nous, la nuit dernière ?

— Bien sûr. Pourquoi ne le serais-je pas ?

— Ma position sur le mariage n'a pas changé.

— Je ne m'attendais pas que tu me passes la bague au doigt. Ni que tu emménages avec moi.

C'était un mensonge. Elle y avait évidemment pensé. Mais Demi était une femme rationnelle. À ce stade de leur relation, elle ne voulait pas échafauder des plans sur la comète.

Lucas ne répondit rien, mais il ne semblait pas convaincu. Il était certain que Demi espérait qu'il s'engagerait avec elle. Elle en rêvait peut-être mais rationnellement elle savait qu'il était trop tôt pour l'envisager.

Wolf se réveillait et commençait à s'agiter dans son berceau. Demi alla le chercher. Alors qu'elle sortait de la chambre, et qu'elle regagnait le salon, elle surprit le regard de Lucas sur eux, en particulier sur Wolf.

En le voyant, il poussa un cri joyeux et tendit les mains vers Lucas. À contrecœur, Demi le lui confia.

Lucas baissa les yeux sur la petite frimousse empreinte de curiosité. Wolf essaya de lui toucher le visage.

Demi les observa un moment.

— Il est curieux que mon fils ait si bon caractère, dit-elle. Une chance qu'il n'ait pas mon tempérament colérique.

— Il a sans doute hérité de la personnalité de Bo. Quand il était jeune, mon frère était charmant, généreux, serviable…

— Pourquoi a-t-il cessé de l'être en grandissant ?

— Je ne sais pas. Peut-être attendait-il trop de la vie et a-t-il été déçu, peut-être a-t-il fait les mauvais choix et rencontré les mauvaises personnes…

Wolf tapota la joue de Lucas. Lorsque celui-ci émit un petit rire, il s'immobilisa, surpris. Il tenta maladroitement d'attraper la bouche de Lucas comme s'il cherchait à comprendre d'où venait ce bruit et pourquoi, ce qui fit rire Lucas de plus belle.

— Tu vas me tuer, gamin.

Et Lucas la tuerait, elle, pensa Demi. En lui brisant le cœur.

Tôt dans la matinée, Lucas se réveilla en entendant Queenie grogner. Il s'aperçut alors que Demi dormait à côté de lui. Elle était venue le rejoindre dans son lit, la veille au soir. Il en avait été étonné mais après tout, après avoir fait l'amour avec lui, pourquoi n'en aurait-elle pas eu envie ?

Il se demandait si elle l'avait fait exprès pour voir s'il allait repousser les limites qu'il avait fixées. Ou s'il allait la renvoyer dans sa chambre. Espérait-elle quelque chose entre eux ? Une grande et belle histoire d'amour ? Un mariage ? Des enfants ?

Il enfila un jean et un pull puis descendit dans le salon.

Queenie attendait devant la porte. Il mit une veste, des bottes et s'empara d'une lampe de poche et de son arme. Dès qu'il lui ouvrit, la chienne s'élança, la truffe au sol. Elle se dirigea vers l'arrière du chalet.

Lucas la suivit mais s'arrêta brusquement lorsqu'une forte explosion éclata dans le silence de la nuit.

— Queenie, au pied.

Prudemment, il reprit sa marche. Alors qu'il s'approchait du bord de la propriété, il aperçut des flammes. Quelqu'un avait fait sauter une partie du mur d'enceinte du domaine.

Lucas dégaina son arme en voyant un homme courir s'abriter derrière un arbre et il s'élança derrière l'inconnu. Mais très vite, il perçut le grondement de moteur d'une motoneige qui s'éloignait. Conduite par Devlin sans doute.

Il retourna chez lui. En principe, il devrait prévenir la police de ce qui venait de se passer mais une telle initiative attirerait fatalement l'attention sur Demi. Il aurait voulu qu'elle n'ait pas peur d'être arrêtée. Il aurait également préféré cesser de la cacher, de mentir à ses collègues.

Il était sans doute trop tard. Depuis qu'il avait pénétré dans l'appartement de Devlin et fouillé ses bureaux sans mandat, il était tombé dans l'illégalité.

Entrant dans le chalet, il trouva Demi debout et habillée.

— Que s'est-il passé ? demanda-t-elle.

— Devlin a fait sauter une partie du mur d'enceinte avant de s'enfuir en motoneige. Va te recoucher. Je vais monter la garde avec Queenie.

— Je ne pourrai plus me rendormir, maintenant.

Elle s'accroupit pour caresser la chienne, qui la regardait avec adoration. Demi avait développé un véritable lien avec elle.

— Je ferai réparer le mur dans la matinée, dès que je pourrai contacter quelqu'un, dit-il.

— Et s'il le fait sauter à nouveau ?

Il s'approcha d'elle pour poser les mains sur ses épaules.

— Je serai prêt.

Le ravissant visage de Demi était tout près, ses yeux brillaient d'une confiance qu'il n'y avait jamais vue auparavant et, sans réfléchir, il l'embrassa.

Avec Demi, il ne cessait d'agir sans réfléchir, se dit-il. Il approfondit leur baiser. Il adorait l'embrasser.

Lorsqu'elle noua les mains à son cou, il l'étreignit plus fort, une main sur ses fesses. Il était incapable de résister à la tentation, comprit-il. S'il continuait ainsi, un problème allait se poser, un problème qu'il ne savait pas gérer.

Interrompant le baiser, il recula. Il vit sa surprise, son incompréhension puis sa douleur quand elle devina pourquoi.

Demi n'allait pas laisser Lucas s'en tirer si facilement. Elle mesurait la passion dont il était la proie mais avait également conscience de sa peur. D'une manière ou d'une autre, il fallait lui montrer que l'amour n'avait rien d'effrayant, que ses craintes n'avaient aucun fondement. Elle le suivit sur le canapé, où il avait manifestement l'intention de passer le reste de la matinée à étudier des rapports de police.

Tout en s'approchant, Demi se déshabilla. Au début, il ne le remarqua pas, tant il était doué pour se concentrer sur ses dossiers. Quand elle enleva son corsage, révélant au passage qu'elle ne portait pas de soutien-gorge, et le jeta par terre, il leva enfin les yeux.

Un sourire aux lèvres, elle fit glisser son jean le long de ses hanches, puis sa petite culotte. Lucas était désormais un spectateur captivé. Les yeux écarquillés, la bouche légèrement ouverte, les doigts toujours sur son clavier, il retenait son souffle.

Une fois en tenue d'Ève, elle s'approcha de lui et s'installa à califourchon sur ses genoux.

— Demi…

Sa voix virile était rauque de désir. Incapable de s'en empêcher il posa les mains sur ses seins.

Se penchant vers lui, elle l'embrassa à pleine bouche. Mais très vite, elle s'interrompit pour se mettre à déboutonner sa chemise avant de s'attaquer à son jean.

Dès qu'il fut nu, elle le chevaucha et s'empala sur son érection. Une vague de plaisir la submergea, si forte qu'elle dut rester immobile un moment, ne voulant pas que tout se termine trop vite.

Lucas avait apparemment d'autres idées. Il la saisit par les hanches, la faisant rebondir doucement sur ses cuisses.

Traversée par un puissant orgasme, elle cria et s'effondra sur lui.

— Lucas.

Peu après, il jouit à son tour.

Comment ne voyait-il pas à quel point ils étaient bien ensemble ? se demandait-elle. Comment pouvait-il continuer à nier l'évidence ?

Elle posa le front contre le sien tandis qu'elle reprenait son souffle.

Lorsqu'elle parvint enfin à se calmer, elle l'embrassa à nouveau. Il lui rendit ses baisers avec ferveur.

De façon inattendue, il la souleva soudain et l'allongea sur le canapé. Il lui écarta les genoux et se mit à explorer sa grotte secrète de sa langue gourmande, à laper avec douceur son bouton de rose. Très vite, elle s'envola et bientôt connut l'orgasme le plus intense, le plus fabuleux de sa vie.

Il s'étendit sur elle pour l'embrasser profondément.

Puis il posa la tête près de la sienne.

— Pourquoi as-tu fait cela ? demanda-t-il.

— J'en avais envie. Et toi, pourquoi as-tu fait ce que tu as fait ?

Il se redressa pour planter les yeux dans les siens.

— J'en avais envie.

— C'était génial.

— Je ne l'avais encore jamais fait. Avec personne.

Elle était donc la première à qui il prodiguait ce genre de

caresses ? Elle se sentit spéciale et eut l'intuition que cela n'avait pas été l'objectif de Lucas.

— Essayes-tu de me piéger ? lança-t-il.

— C'est toi qui m'as embrassée en premier.

Lucas ne répondit rien, se contentant de la regarder dans les yeux. Peut-être cherchait-il à comprendre ses propres sentiments.

Laisse-le faire, se dit-elle.

De son côté, elle avait l'impression de progresser avec lui. Rien ne lui garantissait qu'au bout du compte elle gagnerait le gros lot – lui. Mais elle acceptait le risque.

Qui vivra verra, se dit-elle.

Elle refusait aussi de penser à ce qu'elle perdrait si elle n'arrivait pas à ses fins.

14

Mae Larson vivait non loin de The Pour House, dans une maison qu'elle avait achetée avec son mari peu après l'avoir épousé, quarante ans plus tôt. Lucas se félicitait de devoir enquêter à l'extérieur et d'avoir ainsi un prétexte pour ne pas rester seul avec Demi au chalet. Il n'en revenait pas qu'ils aient refait l'amour. Et surtout que ce soit elle qui ait fait le premier pas avec une audace qu'il avait vraiment appréciée.

Lorsque Mae ouvrit la porte, elle regarda d'un air suspicieux Queenie, Lucas et Demi déguisée, et leur lança d'un ton peu amène :

— Que voulez-vous ?

Elle n'avait pas reconnu Demi, remarqua Lucas.

— Nous aimerions vous parler des liens qui unissaient vos petits-fils à Devlin Harrington.

Manifestement soulagée qu'ils ne soient pas venus l'interroger au sujet de l'accusation de trafic d'armes qui pesait sur les jumeaux, elle se détendit.

— D'accord.

— Pouvons-nous entrer quelques instants ? reprit Lucas.

— Vous, oui. Mais pas votre chien, j'y suis allergique.

— Pas bouger, Queenie.

Queenie s'assit. Elle resterait à sa place jusqu'au retour de son maître.

De nombreuses photos de son mari, de leurs enfants et de leurs petits-enfants ornaient le salon de Mae.

— Que voulez-vous savoir sur Devlin ? Il n'était qu'une vague connaissance pour Evan et Noel.

— Lui ont-ils vendu des armes ?

— Mes petits-fils n'ont jamais vendu d'armes à personne.

Ils avaient pourtant été arrêtés pour cette raison, et la police avait retrouvé des preuves de ces trafics sur leurs téléphones portables et sur leurs ordinateurs.

— N'avez-vous pas été vous-même accusée de complicité pour les avoir laissés cacher tout un arsenal chez vous ? Vous risquez une lourde peine de prison pour ce crime…

Mae fronça les sourcils.

— Je n'ai jamais vendu d'armes.

— Mais vous avez aidé vos petits-fils à le faire, répliqua Demi.

— Maintenant que Noel et Evan sont derrière les barreaux, plusieurs personnes ont témoigné contre eux, renchérit Lucas. Vous pourriez réduire votre peine d'emprisonnement si vous nous disiez également ce que vous savez.

Mae se tordait les mains, hésitant sur la conduite à tenir.

— Les jumeaux ont commis de nombreux crimes et délits. Ils seront lourdement condamnés, et ce que vous direz n'y changera rien.

Mae finit par céder.

— J'ai entendu un jour Evan plaisanter à propos de Devlin qui lui avait acheté une arme de poing avec l'idée de s'en servir contre Hayley. Il était très épris d'elle mais elle ne partageait pas ses sentiments.

— Devlin leur avait donc parlé de Hayley ? demanda Lucas, poursuivant son interrogatoire.

— Je le suppose puisque Evan blaguait à ce sujet. Devlin appréciait beaucoup mes petits-fils. Il aimait leur façon de vivre.

— Devlin leur avait-il dit où il planquait ses armes ? demanda Lucas.

— Je l'ignore. Evan et Noel ne me racontaient pas souvent de ce qu'ils faisaient. Ils avaient besoin d'un endroit pour stocker leurs armes, et j'ai accepté de les aider.

— Saviez-vous qu'ils se livraient à des activités illégales ?

Elle ne répondit pas.

— Pourriez-vous venir au poste signer vos déclarations ? Nous solliciterons du juge un allégement de charges si vous acceptez de témoigner contre eux.

— Témoigner contre eux ! protesta Mae d'un air indigné. Jamais je ne témoignerai contre mes petits-fils ! Vous aviez dit que je bénéficierais d'une réduction de peine si je vous donnais des informations.

— J'ai besoin d'une déclaration officielle. Et si vous refusez, vous risquez de nombreuses années de prison, croyez-moi.

— Devlin a-t-il dit autre chose à Evan et à Noel à propos de Hayley ? demanda Demi.

— Ils se moquaient de lui, de toutes les photos d'elle qu'il avait prises. Ils m'avaient raconté que Devlin avait l'habitude de suivre Hayley et de l'espionner pendant qu'elle dressait des chiens à la brigade. Je trouvais ce comportement malsain.

Manifestement, le comportement de ses petits-fils la choquait moins.

— Mais Devlin ne leur a-t-il rien dit à propos de ce qu'il faisait avec ses armes ? insista Lucas.

— Pas que je sache, répondit-elle en secouant la tête.

En se réinstallant au volant, Lucas appela Finn pour lui annoncer que Mae était d'accord pour témoigner en échange d'un allégement de peine.

— Où Devlin a-t-il pu cacher l'autre arme ? demanda Demi. Il a enterré la première dans son jardin.

— Aucune empreinte n'ayant été retrouvée dessus, rien ne prouve que c'est lui qui l'a mise là.

— D'accord, répondit-elle, mais peut-être a-t-il enterré une autre arme ailleurs. Comme il était obsédé par Hayley, peut-être l'a-t-il laissée dans un endroit lié à elle et à ses fantasmes la concernant.

L'idée était bonne et méritait d'être creusée. Si Devlin avait abandonné tout espoir de gagner l'amour de Hayley, peut-être avait-il alors tenté de la punir d'une manière ou d'une autre. Ou peut-être avait-il planqué cette arme près d'elle. Chez elle ? Là où elle travaillait ? Quelque part où ils étaient allés ensemble et qui signifiait quelque chose pour lui ?

De nouveau déguisée, Demi se glissa avec lui chez Hayley. Il avait forcé la serrure. Hayley étant au travail, ils avaient la possibilité de fouiller son domicile sans risquer d'être dérangés. Elle venait d'emménager dans un petit appartement situé non loin de la brigade canine. Des photos d'elle, parfois dans les bras de Bo, s'étalaient partout. Un grand portrait à l'huile d'elle était accroché au-dessus de la cheminée.

— Apparemment, elle est fascinée par sa propre image, remarqua Demi.

— C'est dingue, répondit Lucas en riant. Cela dit, c'est une bonne dresseuse de chiens.

Demi inspecta des étagères pendant que Lucas ouvrait les tiroirs d'un bureau.

— Penses-tu qu'elle aimait vraiment Bo ? demanda-t-elle.

— Elle avait l'air amoureuse de lui, oui.

— Elle a l'air sympa aussi mais elle dit beaucoup de mal des gens.

— Elle est persuadée que tu as tué son fiancé par jalousie.

— Bien sûr. Elle sait pourtant que j'avais rompu avec lui, non ?

— Je l'ignore, répondit-il en haussant les épaules.

Il semblait s'en moquer.

Elle se dirigea vers la chambre d'amis. Lucas la rejoignit et s'attaqua au placard.

— Elle n'est pas ton genre, hein ? demanda Demi.

— Hayley ? Non, elle ne m'a jamais attiré.

— Contrairement à ton frère.

— Bo aimait les blondes.

— Et toi, les rousses ?

— Pourquoi me poses-tu toutes ces questions ?

Elle ne le savait pas, vraiment. Peut-être parce que sur le plan sexuel ils s'entendaient incroyablement bien.

— Oui ou non ?

— J'aime les rousses, reconnut-il en se dirigeant vers la chambre de Hayley.

Demi le suivit mais ne l'aida pas à chercher. Les armes n'étaient pas là.

— As-tu déjà rencontré une femme qui aurait pu être la bonne ? Avec laquelle tu as imaginé, même peu de temps, aller plus loin ?

— Non.

— N'es-tu donc intéressé que par les relations physiques ? Que par le sexe ?

Les mains sur les hanches, il y réfléchit un moment, tout en promenant les yeux autour de lui.

— En fait, si. Un jour, j'ai cru l'avoir rencontrée. L'histoire remonte à cinq ou six ans. Elle était étudiante, elle préparait un doctorat en chimie. C'était une fille intelligente. Très jolie. Nous passions de bons moments ensemble, et j'aimais bien discuter avec elle.

— Dis-moi ce que tu préférais faire avec elle.

— Nous étions partis skier. Elle n'était pas d'un très bon niveau mais nous nous étions bien amusés. Nous parlions tout le temps : dans les remontées mécaniques, en descendant les pistes, devant la cheminée du chalet ou dans notre chambre d'hôtel. Elle avait une famille intéressante et rêvait de devenir professeur d'université.

— Elle devait être intelligente.

Il aimait donc les femmes intelligentes ? Demi aussi était allée à l'université, même si elle n'avait pas continué ses études jusqu'au doctorat. Lucas était-il au courant ?

— Que s'est-il passé ? demanda-t-elle.

— J'ai découvert plus tard qu'elle n'aimait pas le ski ni aucun sport.

— Alors tu as rompu ?

— Je n'ai pas rompu. C'est elle qui a mis fin à nos relations. Elle en avait assez de passer tant de temps dehors. Elle préférait les livres aux arbres.

Demi avait été persuadée que c'était toujours lui qui s'en allait.

— Elle ne ressemble pas à tes copines habituelles.

— Je ne sors pas qu'avec des top models.

— Que faisaient les autres dans la vie ? Comment les as-tu rencontrées ?

— Cela dépendait. J'ai fait la connaissance de certaines dans le cadre de mon travail, de mes enquêtes. D'autres au restaurant. Ou lors de réunions de famille ou chez des amis.

Rien de plus normal. Peut-être avait-elle exagéré l'attirance de Lucas pour les bimbos mais il choisissait toujours des femmes qui lui convenaient mal.

— Rien n'est perdu pour toi, dit-elle en souriant. Il y a encore de l'espoir.

— Partons d'ici, dit Lucas en se dirigeant vers la porte.

— Pourquoi l'étudiante a-t-elle rompu ? Uniquement parce qu'elle n'aimait pas le sport et les activités de plein air ?

— Elle espérait que nous nous installerions ensemble, que nos relations deviendraient plus sérieuses mais je n'étais pas prêt à m'engager. Nous avons continué à nous voir quelque temps et finalement nous nous sommes séparés.

— Avait-elle compris que l'amour ne t'intéressait pas ?

Il ne répondit pas tout de suite, semblant se replonger dans ses souvenirs de cette époque. Ils sortirent de l'immeuble et se dirigèrent vers la voiture. Tout en marchant, Lucas inspectait les alentours.

— Peut-être, répondit-il enfin. En tout cas, elle m'avait demandé si j'avais déjà été amoureux. Et je lui avais répondu que non, que je ne croyais pas à l'amour avec un grand A, ni au mariage ni aux joies de la famille et que je préférais rester célibataire. Que j'avais vu le mal que l'amour avait fait à mon père et que je n'avais pas envie de finir comme lui.

— Oui, mais toutes les épouses ne meurent pas avant l'heure. Ta logique ne tient pas.

— Une femme n'a pas besoin de mourir pour anéantir un homme.

— L'inverse est vrai aussi. Un homme peut faire souffrir une femme, lui briser le cœur. Et mieux, tu pourrais être heureux avec une compagne, ta vie durant. Cette éventualité n'est pas absurde mais c'est une vraie possibilité, non ? Mais bref, qu'a répondu l'étudiante à tes explications ?

— Qu'elle était désolée pour moi.

Demi hocha la tête avec un petit sourire entendu.

De retour au chalet, Demi s'installa en tailleur par terre avec son ordinateur portable pour étudier de nouveau les photos de Hayley prises par Devlin. Elle y cherchait un indice qui pourrait les mettre sur une piste. Malgré l'absence d'empreintes, Demi était persuadée que c'était bien Devlin qui avait enterré l'arme retrouvée dans son jardin. S'il en avait enterré une, pourquoi n'en aurait-il pas enterré d'autres ? Elle se concentra sur les clichés.

De toute évidence, Devlin avait suivi Hayley partout. Il s'agissait d'un véritable harcèlement. Il y avait des photos d'elle dans toutes les situations : Hayley sortant de chez elle. Hayley au supermarché. Hayley dressant des chiens. Comment avait-il réussi à accéder à l'enclos réservé aux entraînements ?

Certaines images montraient Hayley souriant à un maître-chien. Elle avait la main sur son torse. Tous deux semblaient flirter. Sur d'autres clichés, le couple dînait dans un restaurant ou s'embrassait. Ou ils apparaissaient travaillant au centre d'entraînement de la brigade. Visiblement, Devlin avait passé beaucoup de temps à l'espionner là-bas.

Le centre d'entraînement.

— Lucas ? Viens voir.

Il posa son ordinateur et se leva pour aller s'asseoir par terre à côté d'elle.

Elle tapota le portrait de Hayley avec le maître-chien.

— Devlin a pris plusieurs photos de Hayley au centre d'entraînement canin.

— Où s'était-il caché pour ne pas se faire repérer ?

— D'après les angles de vue, il se trouvait dans le hangar où sont garées la pelleteuse pour la neige et d'autres machines.

À l'aide de la souris, il parcourut les photos qu'elle venait d'étudier.

— Alors, à quoi penses-tu ? Où aurait-il caché une arme, s'il avait décidé de la laisser là-bas ?

— Peut-être l'a-t-il enterrée quelque part sur le parcours d'obstacles. Ou dans le hangar.

Lucas réfléchit un moment.

— J'emmènerai Queenie là-bas, demain.

— Nous devrions peut-être chercher d'autres pistes en fouillant l'ordinateur de Hayley, par exemple.

— Si nous multiplions les visites chez elle, nous finirons par nous faire pincer.

— J'ai envie de tenter ma chance. Je me déguise de mieux en mieux.

Mais elle tenait surtout à l'accompagner pour inspecter le centre de formation canin, au cas où il y trouverait quelque chose. Elle l'espérait. S'il y parvenait, elle pourrait être blanchie. Si Queenie découvrait l'arme du crime et si celle-ci portait les empreintes de Devlin, Demi aurait enfin la possibilité d'être innocentée, de sortir de la clandestinité et de vivre en liberté. Enfin.

— Je vois que je n'arriverai pas à te faire changer d'avis, dit-il.

Les yeux de Lucas brillaient d'affection en la regardant.

Que voyait-il ? Son enthousiasme et sa détermination à prouver son innocence ?

L'attrapant par le cou, il se pencha vers elle et l'embrassa.

Elle lui rendit ses baisers, en proie à une douce chaleur. Lucas dut ressentir la même chose parce qu'il approfondit leur étreinte et l'attira plus près de lui.

Après quelques instants, pourtant, il s'écarta. Demi poussa un soupir frustré. L'envie d'aller plus loin la submergeait.

— As-tu déjà ressenti une telle intensité avec une autre ? demanda-t-elle sans réfléchir.

— Non.

La question l'avait manifestement dégrisé. Il battit en retraite, et un grand froid envahit Demi.

15

Lucas fit entrer Demi par l'arrière du centre de la brigade canine. La fin de la journée de travail était proche. De nouveau, Demi s'était déguisée en technicienne de surface. Elle avait coiffé ses cheveux en queue-de-cheval et portait des lunettes à monture épaisse. Elle n'était pas maquillée. Craignant pourtant d'être reconnue, elle baissait la tête chaque fois qu'elle croisait quelqu'un dans les couloirs.

Elle décida de commencer par le bureau de Hayley Patton. Lucas ayant réussi à obtenir ses codes et mots de passe, elle se connecta sans difficulté sur l'ordinateur du maître-chien, tout en faisant semblant de nettoyer les lieux.

Les mails et les fichiers ne révélèrent rien d'important. Elle s'y attendait. Devlin aurait été stupide de la harceler par mails.

Après avoir vidé la corbeille à papier, Demi se rendit dans un bureau désert afin de pirater le compte de Miller comme Lucas lui avait appris à le faire. Ce qu'elle trouva la surprit. Miller et Williams avaient été en contact avec Devlin. Ils l'avaient même rencontré. Dans ces conditions, il n'était pas étonnant qu'ils aient été si convaincus de la culpabilité de Demi. Devlin leur avait-il graissé la patte afin qu'ils s'arrangent pour que tout accuse Demi ? Mais alors pourquoi les avait-il tués, par la suite ? Peut-être pour la même raison qu'il s'était débarrassé du témoin qu'il avait payé pour mentir. Ou simplement pour les empêcher de l'arrêter. Devlin n'avait pas l'intention de finir en prison. Et voilà d'ailleurs pourquoi il s'était efforcé de faire porter le chapeau à Demi.

— Que faites-vous ici ?

Demi tressaillit et referma rapidement la boîte mail ouverte.

Se remettant à essuyer le bureau, elle tourna la tête et découvrit Hayley sur le seuil de la pièce, les mains sur les hanches.

— Le ménage.

— Que fabriquiez-vous sur cet ordinateur ?

— Rien.

— Vous regardiez quelque chose, riposta Hayley en inspectant l'écran. De quoi s'agissait-il ?

Sans répondre, Demi se mit à frotter les étagères.

— Attendez-moi là, ordonna Hayley avant de quitter la pièce.

S'emparant d'une perruque cachée dans son chariot, Demi se dirigea à la hâte vers un autre bureau. En vitesse, elle retira sa combinaison et se retrouva vêtue d'un jean et d'un T-shirt blanc. Elle couvrit alors ses cheveux de sa perruque blonde et sortit une autre paire de lunettes noires.

Lucas entraîna Queenie hors de l'enclos d'entraînement après avoir fait semblant d'effectuer avec elle un parcours d'obstacles. Le hangar était suffisamment loin de l'enceinte pour que si une arme y avait été dissimulée, aucun chien n'ait donné alerte.

— Allons-y, Queenie, cherche.

Il lui avait fait sentir une chemise de Devlin, et elle savait donc ce qu'elle devait chercher. Il la lâcha, et elle s'éloigna, trottinant le long de la barrière. Après un moment, elle s'en écarta et, la truffe collée au sol, zigzagua à travers le champ. Parvenue au bout d'un petit parking attenant au hangar, elle s'arrêta et s'assit pour l'attendre. Devlin avait dû s'installer là pour espionner Hayley.

— Bonne chienne, c'est bien.

Lucas sortit alors son pistolet et le présenta à Queenie pour qu'elle comprenne qu'elle devait trouver des armes, à présent.

Queenie fila aussitôt vers l'arrière du bâtiment.

— Hey ! que fais-tu par là, Lucas ?

Hélé par Carson Gage, Lucas, qui s'apprêtait à rejoindre Queenie, s'immobilisa. L'inspecteur de police se tenait dans l'enclos réservé aux entraînements avec la sœur de Lucas, Elle, une autre policière de la brigade canine.

— J'entraîne Queenie.

— C'est bizarre de le faire à cet endroit-là, dit Elle en s'approchant avec Carson.

— Voilà un moment que je ne lui ai pas fait faire d'exercices en intérieur.

Lucas voyait les doutes et incompréhensions peints sur leurs visages.

Parvenue devant les portes du hangar, Queenie s'assit.

— A-t-elle découvert ce que tu lui as demandé de chercher ? demanda Elle.

— Je ne le sais pas encore.

Lucas aurait préféré fouiller seul le hangar, sans témoins, mais il n'avait apparemment pas le choix. Les prier de le laisser serait suspect. Il n'avait pas envie d'expliquer pourquoi il avait jeté son dévolu sur cet endroit particulier, persuadé que l'arme du crime s'y trouvait, et encore moins comment il avait obtenu des photos de Harley prises par Devlin.

Comme il ouvrait le hangar, Carson demanda :

— Comment as-tu obtenu cette clé ?

— Il m'a suffi de la demander.

En réalité, il l'avait *empruntée*.

Queenie entra dans le hangar et slaloma entre les machines et le matériel, la truffe collée au sol. Elle se rendit rapidement au fond. Elle s'assit près d'une pile de cartons pour attendre son maître.

Dehors, Lucas entendait Carson et Elle discuter de la fête de Noël organisée par la brigade canine pour le week-end précédant les fêtes. Tout en parlant, ils s'éloignèrent.

Soulagé, Lucas les vit disparaître à l'intérieur du centre. Plus personne ne travaillait dans l'enclos réservé aux entraînements. Le ciel était bas, et un vent glacé s'était levé. Il ne tarderait plus à neiger.

Revenant vers Queenie, Lucas souleva un à un les cartons jusqu'à ce qu'il atteigne le dernier, celui que la chienne avait repéré. Il l'ouvrit mais il ne contenait que des vestes et des pantalons de travail.

Queenie se mit à gratter le sol.

— D'accord.

Il examina le plancher et très vite s'empara de l'un des outils accrochés au mur pour soulever les lattes.

Mais soudain, Queenie se mit à aboyer pour le prévenir que quelqu'un était entré dans le hangar. Avant qu'il ait eu la possibilité de réagir, l'intrus le frappa à la tête à l'aide de la crosse de son arme. Lucas tomba, étourdi, mais suffisamment conscient pour voir Devlin envoyer un violent coup de pied à Queenie afin de l'écarter et l'empêcher de mordre. Queenie gémit de douleur.

Devlin se tourna alors vers Lucas :

— Vous allez regretter de vous être mis en travers de mon chemin ! cria-t-il.

Il brandit son pistolet. L'une des portes du hangar n'était pas complètement fermée. Comment comptait-il le tuer sans attirer l'attention ?

En entendant Queenie grogner, Lucas lui ordonna d'un geste de ne pas intervenir. Il ne voulait pas que la chienne soit blessée ou pis. Il devait neutraliser lui-même Devlin. Le problème était que ce dernier tenait une arme à la main…

Après avoir piraté le compte de Williams, Demi navigua dans ses mails et ne tarda pas à tomber sur celui dans lequel Williams, Miller et Devlin organisaient leur rencontre. Elle y découvrit également les codes permettant d'accéder à ses comptes bancaires personnels. Elle les utilisa pour examiner les mouvements d'argent enregistrés au cours des dernières semaines. Les paiements réguliers des salaires versés par le RRPD y figuraient mais elle s'aperçut que Williams avait également reçu dix mille dollars d'un compte inconnu à peu près au moment où Devlin avait pris la fuite.

Elle copia et imprima ces relevés bancaires puis effaça les traces de son passage sur l'ordinateur.

Maintenant, elle devait aller chercher Lucas.

Comme elle se levait, elle entendit Hayley expliquer à Micah Shaw qu'elle avait surpris une inconnue assise au bureau de Miller en train de fouiller dans son ordinateur.

Bientôt, Finn les rejoignit suivi de Carson et d'Elle. Tous participèrent à la conversation.

— Que se passe-t-il ? demanda Elle.

— Une inconnue s'est introduite dans les bureaux et semble avoir consulté des dossiers sur l'ordinateur de Miller, dit Micah.

Sans se faire remarquer, Demi sortit du bâtiment et se dirigea vers l'enceinte clôturée. De là où elle se trouvait, elle voyait le hangar dont Lucas lui avait parlé. L'une des deux portes était ouverte. En approchant, elle entendit Queenie grogner et comprit vite que deux hommes se battaient à l'intérieur. Et soudain, Lucas fut projeté à l'extérieur et il s'écroula sur le sol.

Devlin apparut à son tour et se pencha pour ramasser un pistolet par terre.

Demi s'empara aussitôt de son Glock, glissé à l'arrière de son jean.

— Arrêtez ou je tire ! cria-t-elle.

Mais Devlin pointait le canon de son pistolet sur Lucas.

— Lâchez votre arme ou je le bute, répliqua-t-il.

— Ne faites pas ça, Devlin ! cria Demi. Trop de personnes sont déjà mortes. Posez cette arme. C'est fini.

Demi n'était plus très loin de crier victoire. Enfin, Devlin était à portée de main. Il payerait pour ces crimes, pour tous les jeunes mariés qu'il avait assassinés et pour l'avoir piégée afin de lui faire porter le chapeau.

— Tant que vous ne serez pas morte, rien ne sera fini !

— Si vous ne vous rendez pas, c'est vous qui allez mourir.

— Lâchez votre arme ou je le tire, répéta-t-il.

Demi hésitait. Si elle faisait feu, il risquait de riposter et de tuer Lucas. Si elle obéissait, il pourrait prendre le dessus et réussir à s'échapper, une nouvelle fois. Il n'en était pas question.

Voyant Lucas tendre la main vers son pistolet, Demi tenta sa chance et tira. Elle atteignit Devlin au poignet. Son arme tomba au moment précis où Lucas récupérait la sienne.

Devlin se plia en deux en pleurant, tenant sa main ensanglantée.

— La voilà ! cria Hayley en montrant Demi du doigt, alors que plusieurs policiers, alertés par le coup de feu, se précipitaient vers la remise.

Certains avaient assisté à la scène qui venait de s'y dérouler. Shane et Brayden, Hayley et Carson arrivèrent à leur tour.

— Lâchez votre arme ! ordonna Carson à Demi.

Demi obtempéra et leva les mains en l'air, montrant à tous qu'elle se rendait. Elle n'avait jamais eu aussi peur.

Reverrait-elle un jour Wolf ? se demandait-elle, terrifiée.

Elle jeta un coup d'œil vers Lucas qui plaquait Devlin contre le mur du hangar et le menottait, tout en lui récitant ses droits.

Qu'allait-il arriver maintenant ? Après s'être donné tant de mal pour rester libre et prouver son innocence, Demi allait-elle être envoyée en prison ? Le pire était à craindre.

Elle se retourna pour faire face à tous les policiers et maîtres-chiens rassemblés autour d'eux.

Le visage sombre, Finn s'approcha d'elle tandis que Lucas poussait Devlin vers Shane qui le prit en charge avec l'aide de Hunter.

— J'attendais ce jour depuis longtemps, dit Hunter à Devlin.

— Vous vous trompez, je n'ai rien fait, répliqua Devlin.

— Vraiment ? Ne viens-tu pas de menacer Lucas Gage de ton arme ?

Parvenu devant Demi, Finn lui retira sa perruque.

— Bonjour, *Demi*.

De plus en plus angoissée, elle se demanda si elle devait ou non tenter de s'enfuir.

— C'est Demi la coupable ! cria Devlin. C'est elle qui a tué les futurs mariés, pas moi ! Elle est là ! Pourquoi ne l'arrêtez-vous pas ?

— Tais-toi, lui ordonna Shane.

Lucas se dirigea vers Demi et, s'interposant, la poussa derrière lui avant de faire face à Finn.

— Laissez-la.

Queenie s'assit à côté de lui.

— Tu la cachais depuis tout ce temps et tu ne disais rien ? lança Finn avec colère.

— Personne ne l'arrêtera, dit Lucas. Suivez-moi plutôt. J'aimerais vous montrer quelque chose.

Demi reprit espoir. Queenie avait-elle retrouvé l'arme du crime ?

Lucas conduisit Finn dans le hangar. Demi suivit pour voir. Lucas s'agenouilla et finit de soulever les lattes du plancher, les jetant sur celles qu'il avait déjà retirées.

Brayden et Shane se tenaient derrière lui, les autres policiers de la brigade canine, dont Hayley, s'étaient également rapprochés.

Lucas mit rapidement au jour une cache. Les mains gantées, il en tira un sac de sport qu'il posa sur le sol. Lorsqu'il l'ouvrit, Demi vit deux armes à l'intérieur.

— Queenie a remonté la piste de Devlin jusqu'à ce hangar et voilà ce qu'elle a découvert, annonça Lucas.

Finn se tourna vers lui.

— Comment as-tu mis la chienne sur sa piste ?

Lucas devait expliquer comment Queenie avait pu mémoriser l'odeur de Devlin. Finn voudrait savoir s'il avait suivi les voies légales et, bien sûr, il ne l'avait pas fait.

— J'avais en ma possession un vêtement de Devlin.

— Où l'as-tu trouvé ?

— Chez lui.

— Tu t'es donc introduit chez lui sans mandat ?

— Si ses empreintes sont sur ces armes, ce n'est pas si grave, répliqua Lucas.

Demi sortit le document imprimé et le tendit à Finn.

— De mon côté, voici ce que j'ai trouvé sur les comptes bancaires de Miller et de Williams.

Finn prit les feuillets et les lut. Puis il leva la tête.

— Je ne vous demande pas comment vous avez obtenu ces documents.

— N'arrêtez pas Demi, répéta Lucas. Elle reste avec moi.

— Je te rappelle que je suis le chef.

Demi retint son souffle. Comme elle promenait les yeux autour d'elle, elle comprit que les autres policiers attendaient l'ordre de Finn. Elle serait arrêtée sur-le-champ s'il l'exigeait. Elle leva les yeux vers Brayden qui l'exhorta d'un geste au calme.

Mais Finn continuait :

— Lucas, je l'autorise à rester sous ta garde jusqu'à ce que ces armes soient examinées par la police scientifique. Envoyez une équipe des scènes de crimes ici, ordonna-t-il à Brayden.

— J'y vais.

— N'essayez pas de vous échapper, Demi, ordonna Finn.

— Je n'ai tué personne.

— Je sais. Mais j'ai besoin que vous restiez tranquille jusqu'à ce que nous puissions le prouver. Ai-je votre parole ?

— Vous avez ma parole. Je ne quitterai pas Lucas.

— Maintenant, tout le monde retourne au travail, dit Finn. Mettez M. Harrington dans une cellule en attendant qu'il soit interrogé.

— Avec joie, répondit Shane qui confia Devlin à un policier du RRPD.

Finn se tourna vers Lucas et Demi.

— Si vous ne respectez pas votre engagement et si vous essayez de nouveau de vous enfuir, je serai impitoyable.

— Je ne m'enfuirai pas.

Il regarda Lucas.

— Je te tiendrai au courant de la suite.

— Où est votre bébé ? demanda Hayley. N'en avez-vous pas mis un au monde au cours de votre cavale ?

Demi ne répondit pas. Elle n'avait aucun compte à lui rendre.

Prenant la main de Lucas, elle sortit avec lui du hangar pour rejoindre sa voiture.

— Me fais-tu confiance, maintenant ? demanda Lucas.

Elle s'arrêta pour lui faire face.

— Oui, répondit-elle avec gravité.

16

La confiance de Demi eut un effet étrange sur Lucas. Au départ, il en avait fait un sujet de plaisanterie, mais il fut surpris d'être aussi heureux d'apprendre que désormais elle lui faisait confiance.

Maintenant, ils se trouvaient dans le manoir de son père, dans le bureau d'Edson. En effet, Layla avait contacté Lucas dans la matinée, lui demandant de l'aider à trouver une solution pour renflouer Colton Energy et, du même coup, financer la brigade canine. Elle avait probablement pris une décision concernant les conditions d'Edson.

N'ayant plus de raison de se déguiser, Demi s'habilla normalement. De même, elle avait teint ses cheveux pour qu'ils retrouvent leur couleur naturelle. Vêtue d'un pantalon gris et d'un corsage blanc, elle était superbe. Ses yeux émeraude étaient de vrais joyaux, mis en valeur par sa chevelure flamboyante.

Layla entra dans le bureau d'Edson. Elle s'arrêta devant eux.

— Merci d'être venue, dit-elle en embrassant Demi. Je suis tellement contente que tu n'aies plus besoin de te cacher.

Demi avait pensé que leur présence aiderait Layla à défendre sa cause auprès d'Edson, Lucas étant le fils de ce dernier et Demi étant l'une des cousines de Layla. Bien sûr, si elle n'avait pas été sur le point de prouver qu'elle n'était pour rien dans les meurtres perpétrés par le Groom Killer, elle n'en aurait pas eu la possibilité.

Layla s'approcha alors du père de Lucas.

— Bonjour, Edson, dit-elle.

Le visage du vieil homme restait impénétrable mais il prit la main qu'elle lui tendait et la serra pour la saluer.

Layla poursuivit :

— J'ai beaucoup réfléchi à votre proposition et j'accepte vos conditions.

Edson contourna son bureau pour se rapprocher d'elle.

— Et votre père ? J'ai du mal à croire qu'il partage votre position. Et n'est-ce pas à lui de prendre cette décision ?

— Laissez-moi lui en parler, le convaincre. L'avenir de son entreprise est en jeu, et il n'a aucune envie de déposer le bilan.

L'offre d'Edson était honnête. Si elle avait émané de n'importe qui d'autre, d'un non-Gage, Fenwick aurait sauté sur l'occasion. Comme tout homme d'affaires avisé dans une situation similaire.

— Il doit être difficile pour lui de devoir mendier de l'aide, poursuivit Edson. En tout cas, ma proposition est une main tendue, une offre de paix et non un acte de vengeance. Et je ne cherche pas non plus une quelconque compensation pour une perte subie après une partie de poker qui remonte à près d'un siècle.

— J'espère que mon père le comprendra avec le temps.

— Est-il d'accord pour me vendre ses terres au prix que j'en demande ?

Le prix d'Edson était inférieur à la valeur réelle des terrains mais il n'était pas symbolique non plus. Edson n'était pas une association caritative mais Fenwick aurait alors les moyens de financer sa brigade canine. Au bout du compte, tous deux avaient intérêt à ce que cette transaction se fasse.

— En échange d'un plan de sauvetage de Colton Energy et de fonds pour assurer le fonctionnement de la brigade pendant cinq ans, oui. Cela dit, il me faudra encore argumenter la somme pour persuader mon père que c'est la meilleure solution.

— Et si, malgré vos efforts, il ne l'accepte toujours pas ?

Layla baissa la tête en soupirant. Au fond, si elle espérait y parvenir, elle n'était pas certaine de réussir.

— Il doit y avoir moyen de lui faire entendre raison, intervint Demi. Tant de choses ont changé au cours de ces derniers mois. Il est temps d'en finir avec cette brouille.

— Elle a raison, dit Lucas. Les Colton et les Gage ont travaillé main dans la main pour permettre à l'enquête sur le

Groom Killer d'aboutir et pour traduire les jumeaux Larson en justice. Fenwick a renoncé à forcer Layla à épouser Hamlin. Bref, je n'ai jamais vu les Colton et les Gage plus proches d'une réconciliation générale.

Il préférait ne pas évoquer pour le moment le fait que lui-même s'était beaucoup rapproché d'une Colton…

— Maintenant, dit Edson, nous devons faire en sorte que Fenwick en prenne conscience et accepte de mettre un terme à cette vieille querelle qui n'a plus de sens.

Lucas n'avait jamais été plus fier de son père. Ce dernier avait visiblement pardonné aux Colton, et s'il se concrétisait, l'accord qu'il proposait favoriserait à la fois les Gage, qui se sentaient encore lésés, et les Colton, qui estimaient toujours qu'ils ne leur devaient rien. Les Gage récupéreraient leurs terres mais les Colton ne perdraient rien au change, au contraire. Ils gagneraient cinq ans de stabilité et de prospérité.

Des éclats de voix et des bruits de pas se firent entendre, provenant du hall d'entrée du manoir d'Edson. La gouvernante avait dû ouvrir la porte parce que quelqu'un se dirigeait en criant vers le salon où ils étaient réunis.

— Oh non ! dit Layla en comprenant de qui il s'agissait.

Son père, Fenwick, fit irruption dans le bureau d'Edson. La fureur déformait les traits de son visage, un visage bien différent de celui qu'il avait montré, quelques jours plus tôt, pour regretter d'avoir fait pression sur sa fille afin qu'elle épouse un vieux requin et sauve ainsi son entreprise.

Fenwick lança à Layla avec colère :

— Comment as-tu osé me trahir de cette façon ? Je t'avais dit que jamais de ma vie je ne ferais affaire avec un Gage !

Fenwick jeta un coup d'œil à Lucas et à Demi, se demandant visiblement ce qu'ils faisaient là.

— Réfléchis un peu avant de monter sur tes grands chevaux, papa, répliqua Layla. Cela t'évitera peut-être de commettre une autre erreur, comme celle que tu as commise en me poussant dans les bras de Hamlin pour des raisons purement égoïstes. Je pensais que tu avais changé, que tu regrettais ta conduite. Tu as pleuré devant tout le monde !

Fenwick eut l'air ennuyé.

— Cela n'a rien à voir. Je regrette profondément d'avoir voulu te forcer la main avec Hamlin, Layla. C'était nul de ma part. Tu es ma fille chérie. Rien n'est plus important pour moi que ton bonheur. Mais…

— Mais mettre un terme à cette vieille brouille qui n'a plus aucun sens est au-dessus de tes forces, c'est bien ça ?

— Il est temps que tout le monde se réconcilie, intervint Demi.

Edson s'approcha de Fenwick.

— Je ne pense pas uniquement à moi ou à mes proches avec cette offre, dit-il. Mais au bien de tout le monde. Il n'est un secret pour personne que de nombreux membres de nos deux familles se sont rapprochés au cours des derniers mois et convoleront en justes noces dès que Devlin aura été reconnu comme étant le Groom Killer.

Fenwick faillit s'étrangler.

— Des noces entre nos deux familles ? Il n'en est pas question.

— Vous verrez, dit Edson. Dès que le Groom Killer sera inculpé, des mariages seront célébrés par dizaines dans cette ville et pas seulement entre les Gage et les Colton.

— Fenwick, dit Lucas. Noël approche, une période dédiée à la paix et à l'amour. Acceptez cet accord et aidez-nous à nous réunir.

— Je vous autorise à choisir les terres correspondant à la somme dont vous avez besoin pour renflouer votre entreprise et la brigade canine, poursuivit Edson. Ce marché sera profitable pour nous deux.

— Si cette offre émanait de quelqu'un d'autre, l'accepterais-tu, papa ? demanda Layla. Oui. Alors oublie que c'est Edson Gage qui te la propose. Pense à tes intérêts.

— Si je l'acceptais, Edmund se retournerait dans sa tombe.

— Eh bien, qu'il s'y retourne, papa. Il est grand temps d'en finir avec cette vieille brouille, et cet accord est un bon moyen d'y parvenir. Qui se soucie de ce qui s'est passé il y a cent ans ? Nous avons besoin de remettre Colton Energy sur les rails.

L'argument fit fléchir Fenwick. Il tenait à la survie de son entreprise.

— Et n'oublie pas maman, ajouta Layla.

Le téléphone portable de Lucas sonna, interrompant leur discussion. Le nom de Finn apparut sur l'écran. Son chef l'appelait forcément parce qu'il avait reçu les résultats des analyses du laboratoire criminel.

— Excusez-moi, dit-il en prenant l'appel. C'est important. Allô ?

— Lucas, dit Finn. Il y avait des empreintes exploitables sur les pistolets, et ce sont bien celles de Devlin. Il est désormais accusé officiellement des meurtres de Bo Gage et des autres victimes du Groom Killer et, bien entendu, de Williams et de Miller.

Intensément soulagé, Lucas ferma les yeux un instant avant d'adresser un signe de victoire à Demi, qui inclina la tête avec un grand sourire.

— Les empreintes digitales de Devlin sont sur les armes retrouvées, annonça Lucas à Layla et aux deux hommes.

Demi le prit dans ses bras. Avec un petit rire, Lucas l'étreignit contre lui, et ils s'embrassèrent. Quelques instants plus tard, il se rendit compte de deux choses. D'une part, que Wolf avait hérité du sourire et du caractère joyeux de sa mère et qu'il deviendrait certainement quelqu'un d'aussi passionné qu'elle en grandissant. Et d'autre part, qu'il venait de l'embrasser devant son père, Fenwick et Layla.

Comme elle en prenait également conscience, le sourire radieux de Demi s'envola, et elle recula, regardant tour à tour Edson et Fenwick, puis Layla d'un air gêné.

— Voilà, dit Layla. Tu le vois de tes propres yeux, papa. L'amour est capable de réunir une Colton et un Gage.

— Je…

— Dis oui, papa. Le reste est superflu. Accepte simplement la proposition d'Edson.

Fenwick regarda Edson, qui attendait patiemment. Enfin, il hocha la tête pour signifier son accord.

Avec un cri de joie, Layla se jeta à son cou et planta un baiser sur sa joue.

— Merci, papa ! Tu ne le regretteras pas.

— Je fais confiance à ton sens des affaires, Layla, et je t'aime.

— Je t'aime aussi.

Les deux hommes se serrèrent la main.

— Je vais préparer les documents nécessaires et vous les faire parvenir au plus vite.

Layla s'approcha de Demi.

— Nous savions que tu étais innocente. Je suis tellement heureuse que tout se passe bien pour toi. À plus d'un titre, ajouta-t-elle en se tournant vers Lucas.

Demi se contenta de sourire, incapable de répondre, probablement aussi mal à l'aise que Lucas.

— Avec votre mariage, les Gage et les Colton deviendront une seule et même famille, poursuivit Layla.

Lucas faillit dire : « Hé ! pas si vite ! »

Demi et lui n'allaient pas se marier.

Mais pour la première fois de sa vie, l'éventualité de lui passer la bague au doigt ne le fit pas trembler.

Le lendemain, Lucas, Demi, Finn et Hunter se retrouvèrent derrière le miroir sans tain pour observer Devlin. En attendant l'arrivée de Lucas, l'avocat véreux patientait seul dans la salle d'interrogatoire. Il semblait nerveux. Il faisait les cent pas en parlant tout seul :

— Je n'ai rien à faire ici. Ma place est à la maison avec Hayley. Demi devrait être en prison. Rien ne s'est déroulé comme prévu.

Lucas se tourna vers Finn et Hunter.

— Il est à point. Il va tout déballer.

Hamlin les avait également rejoints après avoir appris que son fils avait été arrêté pour meurtre. Livide, il regardait Devlin en silence.

Lorsque Lucas entra dans la salle d'interrogatoire, Devlin cessa de marcher et se tourna vers lui.

— Que dois-je faire pour sortir d'ici ?

Pensait-il réellement avoir une chance d'être libéré ?

Lucas décida de jouer le jeu, espérant le faire parler plus vite.

— Avant toute chose, j'ai besoin de vos aveux.

— De mes aveux ? Que devrais-je avouer ?

— Commençons par le meurtre de Bo Gage.

— Je n'ai rien à voir avec ce meurtre. C'est Demi Colton qui l'a tué.

— Nous avons des preuves qui vous relient à certains meurtres du Groom Killer. Vos empreintes sur l'arme du crime, par exemple.

— Demi les y a mises, j'en suis sûr.

— Vous avez écrit son nom en lettres de sang sur la scène du meurtre de Bo Gage. Vous avez laissé son collier à proximité pour la faire accuser du crime. Nous avons aussi un témoignage attestant que vous avez payé un homme pour qu'il prétende l'avoir vue là-bas. Vous êtes le Groom Killer, Devlin. Nous le savons. Votre culpabilité ne fait plus aucun doute.

Devlin baissa la tête. Il commençait à craquer.

— Dites-moi ce qui s'est passé la nuit où Bo a été tué.

Pendant un interminable moment, Devlin resta assis, la tête baissée. À en juger par ses expressions, il semblait passer en revue les événements qui l'avaient conduit à tuer.

— J'avais demandé deux fois à Hayley de sortir avec moi, et chaque fois elle avait refusé, répondit Devlin d'une voix à peine audible. Je ne comprends pas pourquoi elle jouait avec moi, pourquoi elle refusait alors que je savais bien qu'elle en avait envie autant que moi.

— Hayley était fiancée à Bo. Elle ne s'intéressait pas à vous.

— Elle n'a jamais aimé Bo. C'est moi qu'elle aime. Elle ne veut tout simplement pas l'avouer.

— Elle ne vous aime pas. Je pense que vous le savez, Devlin. Vous ne supportez pas qu'elle vous ait rejeté.

Devlin donna un coup de poing sur la table.

— Si je ne peux pas l'avoir, personne ne l'aura ! Ni Bo ni aucun autre. Elle est à moi. Comprenez-vous ?

— Oui. Dites-moi ce qui s'est passé la nuit où vous avez tué Bo.

— Après avoir appris qu'il s'était fiancé à mon Hayley chérie, je l'ai suivi jusqu'à The Pour House. Dès qu'il est sorti de son véhicule, je l'ai abattu d'une balle en plein cœur. Il ne se méfiait pas, il ne m'a pas vu venir.

Il était difficile pour Lucas d'entendre les détails de la mise à mort de son frère.

— J'ai alors placé le collier près de sa voiture, là où il était tombé et j'ai écrit le nom de Demi en plongeant son doigt dans son sang.

— Pourquoi Demi ? Pourquoi elle ?

— Elle avait une bonne raison de le tuer. Bo l'avait trahie en demandant à Hayley de l'épouser. Je devais éliminer Bo. Hayley m'était destinée, pas à lui.

— Et les autres ? Pourquoi avoir continué à tuer ?

— Il m'était insupportable que d'autres hommes puissent se marier avec la femme qu'ils aiment alors que je n'avais pas droit, moi, à ce bonheur. Puisque je ne pouvais pas épouser la femme de ma vie, personne n'épouserait la sienne ! Bien fait pour eux.

Et il fondit en larmes.

Après un moment, il demanda d'une petite voix :

— Pensez-vous que Hayley viendra me rendre visite en prison ?

— J'en doute. Nous en avons terminé pour le moment.

Lucas quitta la salle d'interrogatoire et se dirigea vers la salle voisine où Demi, Hunter, Finn et Hamlin avaient suivi leur échange.

Devlin avait également avoué avoir tué Miller et Williams pour que personne ne découvre qu'il avait payé des policiers pour faire arrêter Demi.

Hamlin se tenait la tête dans les mains. Il semblait anéanti.

— Je ne peux pas croire qu'il ait assassiné toutes ces personnes. Mon fils. Ma chair et mon sang. Comment est-ce arrivé ?

— Ce n'est pas votre faute, dit Demi en posant la main sur son bras.

Il se tourna vers elle.

— Je suis le père de l'homme qui vous a fait porter le chapeau, qui vous a piégée pour vous faire accuser à sa place.

— Je ne lui pardonne pas. Mais vous, vous n'avez rien fait.

— Je sens que je dois quelque chose à la communauté, pour réparer ce qu'il a fait.

— Vous ne devez rien à personne, dit Demi.

Hamlin semblait pourtant déterminé à racheter les terribles erreurs de son fils.

— Je sais ! s'exclama-t-il soudain. Fenwick m'a expliqué qu'il avait désormais les moyens de renflouer son entreprise, la brigade canine et le centre de formation pendant cinq ans.

Quel rapport avec le fait que son fils soit un tueur en série ? Lucas attendit qu'il s'explique davantage.

— Et si je m'engageais à vous soutenir au cours des années qui suivront ? Si un jour, Colton Energy n'avait plus de quoi financer la brigade canine, je m'en chargerais à sa place. Je serai toujours là pour vous.

— Nous vous en serions très reconnaissants, dit Finn.

— Cela ne rendra évidemment pas la vie aux victimes de mon fils, mais au moins aurai-je fait quelque chose de bien pour la communauté.

C'était un geste honorable. Certes, Hamlin ne pouvait pas effacer les horreurs commises par son fils mais il pouvait expier en partie ses fautes d'une manière que tout le monde à Red Ridge apprécierait.

Un profond désarroi tourmentait Demi.

Après avoir couché Wolf pour la nuit, elle était revenue dans le salon, où Lucas était focalisé sur son ordinateur. Demi devinait qu'il avait besoin d'espace. Il était resté silencieux depuis qu'ils avaient quitté le RRPD, comme si ce qui avait été dit chez son père – par Layla qui les voyait déjà mariés – le dérangeait.

Elle aussi avait besoin de réfléchir. Quelque part, leur relation avait évolué vers quelque chose de plus sérieux, de plus profond. Demi – et elle en était la première étonnée – était disposée à avancer avec lui, à aller plus loin. Lucas ne l'était pas. Alors que faisait-elle encore chez lui puisqu'il n'y avait aucun espoir pour eux deux ? s'interrogeait-elle. Il était temps de rentrer chez elle, de reprendre le cours de sa vie.

Si Lucas n'avait pas envie de tenter l'aventure avec elle, elle ne le souhaitait pas non plus. S'il restait fidèle à ses convictions concernant l'amour, alors elle avait intérêt à plier bagage au plus vite, avant qu'il la blesse davantage.

Demi s'assit sur le canapé à côté de lui. Il referma son ordinateur mais elle eut le temps d'apercevoir la page web sur laquelle il naviguait. Il s'agissait d'un site d'actualité en continu. Il se tourna vers elle.

Incapable de deviner à quoi il pensait, elle sentit son cœur se serrer. Elle n'avait jamais été douée pour ce genre de discussions.

— Quelque chose ne va pas ? demanda-t-il, penchant la tête comme s'il essayait de mieux voir son visage.

Elle le regarda en face.

— Puis-je te demander quelque chose ?

— Bien sûr.

Il semblait soudain méfiant.

— À ton avis, où va notre histoire ? Comment vois-tu notre avenir à tous les deux ?

— Je n'y ai pas vraiment réfléchi.

— J'ai besoin de le savoir et j'ai besoin de le savoir maintenant.

— Honnêtement, je l'ignore, Demi. J'ai pensé à nous toute la journée. Je t'aime bien. Je voudrais continuer à te voir. Mais il est trop tôt pour parler mariage.

— Trop tôt ? Nous nous connaissons depuis des années.

— Et toi, de quoi as-tu envie ? De t'engager dans une relation à long terme ?

Demi n'était pas sûre de pouvoir l'accepter si Lucas restait sur ses positions anti-engagement.

— Nous sommes bien ensemble, poursuivit-il.

Il semblait vouloir lister les points positifs de leur relation et cocher les cases. Il l'aimait bien. OK. Ils s'entendaient bien au lit. OK.

— Et j'aime Wolf, ajouta-t-il.

Il l'*aimait bien*, elle, mais il *aimait* Wolf ?

Demi se leva brusquement, incapable de supporter la différence entre les sentiments qu'il nourrissait pour elle et ceux qu'il éprouvait pour Wolf.

— Stop, j'arrête là, Lucas. Je n'irai pas plus loin. Demain matin, je rentre à la maison avec Wolf. Et toi et moi recommencerons à nous faire concurrence pour empocher des primes.

— Attends, Demi. Qu'est-ce que j'ai dit ?

Elle pencha la tête avec incrédulité. L'ignorait-il vraiment ?

— Tu m'aimes *bien* ?

Il laissa échapper un soupir.

— C'est compliqué. Je t'aime plus que bien. Mais je ne sais pas si c'est de l'amour.

— Je refuse de rester avec un homme qui n'est pas sûr de ses sentiments. Je mérite mieux. Wolf mérite mieux. Wolf et moi retournons chez nous demain, cela vaut mieux pour tout le monde. Si tu changes d'avis à propos de la relation que tu aimerais nouer avec moi, tu me le diras. Sinon, je passe à autre chose.

Demi n'avait aucune envie de passer à autre chose. Sans Lucas, sans l'embrasser, sans faire l'amour avec lui, elle allait souffrir, elle serait malheureuse. Mais un homme incapable de s'engager ne lui convenait pas.

Elle comprit qu'elle l'aimait. Et depuis très longtemps.

— Je ne veux pas que tu partes, dit-il.

— Je ne le souhaite pas non plus mais rester avec toi alors que tu n'as pas l'intention de t'engager avec moi serait pire que tout. J'éprouve des sentiments forts pour toi, Lucas, plus forts que tu ne le penses.

— Es-tu en train de dire que tu resterais si je te demandais ta main ?

— En tout cas, je ne reste pas si tu es incapable d'envisager la possibilité de m'épouser un jour.

Il blêmit.

— Le mariage me terrifie, Demi. Tu avais raison à cet égard. Je meurs de trouille.

Elle sourit.

— Alors, tant pis.

— Layla nous a invités à participer à une fête de Noël au centre d'entraînement canin, demain soir, dit Lucas. Veux-tu y aller ?

— Heu…

— Accompagne-moi à cette fête, Demi.

— D'accord.

Et ensuite, elle s'en irait.

17

Le personnel administratif de la brigade canine du RRPD n'avait pas ménagé ses efforts pour décorer la grande tente de réception aux couleurs de Noël.

Lucas laissa leurs manteaux à l'entrée.

— Tous les chiens doivent porter un ruban rouge, annonça l'homme chargé du vestiaire en lui en tendant un.

Lucas l'attacha au collier de Queenie puis il prit la main de Demi, qui avait Wolf dans les bras, pour l'entraîner à l'intérieur.

Lorsqu'il l'avait vue sortir de sa chambre, vêtue d'une robe de cocktail noire et de talons aiguilles, il avait failli tomber à la renverse. Elle était ravissante.

La tente était magnifique avec ses guirlandes lumineuses, ses bougies, ses branches de houx, ses pommes de pin et surtout son immense sapin de Noël. Une piste de danse, qui ressemblait à une patinoire, avait été installée au fond. Assis derrière ses platines, un DJ passait *Have a Holly Jolly Christmas*.

— Waouh ! s'exclama Demi, impressionnée.

Posant une main sur son dos, Lucas la conduisit jusqu'à une table où Brayden et Shane bavardaient avec Esmée et la sœur de Lucas, Danica.

Lucas jeta un coup d'œil autour d'eux. Partout, il voyait des couples amoureux qui avaient longtemps caché leur amour mais qui ne s'y sentaient plus obligés.

— Danica et moi allons nous marier, annonça Shane à la cantonade.

— Félicitations, dit Demi. Et toi ? demanda-t-elle à Brayden.

— Esmée et moi, nous nous sommes fiancés.

Lucas se tourna vers Demi.

— Je vais nous chercher quelque chose à boire, dit-il.

Comme il se dirigeait vers le bar, il croisa Hunter Black avec Layla.

— Bravo, tu as fait du bon travail avec Devlin, dit Hunter.

— Merci. Cela n'aurait pas été possible sans toi. Maintenant qu'il est en prison, nous allons pouvoir recommencer à vivre.

— Et à planifier des noces, dit Layla en souriant à Hunter.

Lucas chercha des yeux Edson Gage et Fenwick, Rusty et Judson Colton. Ils n'étaient nulle part en vue alors que Finn s'était assuré que chacun d'entre eux avait bien été invité.

— Ils ne viendront pas, dit Hunter. Il faudra des mariages pour les faire évoluer.

Il avait sans doute raison, pensa Lucas. Valeria et Vincent avaient prévu de convoler en justes noces avant Noël. Si Demi et lui se mariaient le même jour, toutes les branches des clans seraient réunies pour l'occasion et peut-être que…

Il prit soudain conscience de la tournure de ses pensées. Il n'en revenait pas que l'idée l'ait traversé. Envisageait-il réellement de se marier ?

En tout cas, s'il devait passer la bague au doigt à une femme, il s'agirait de Demi.

Bea Colton et Micah Shaw s'embrassaient dans un coin. Des années plus tôt, Fenwick les avait forcés à rompre mais apparemment ils s'étaient retrouvés. Fenwick le savait-il ?

Patience Colton était en grande conversation avec son compagnon, Nash Maddox. Elle était enceinte de cinq ou six mois. Se marieraient-ils maintenant que le Groom Killer avait été capturé ? Que pensait son père de sa grossesse ?

Aucun des enfants de Fenwick Colton n'était encore tombé amoureux d'un Gage, ce qui risquait de l'empêcher d'enterrer la hache de guerre, de mettre un terme à la vieille brouille entre les deux clans. Certes, Fenwick avait accepté la proposition d'Edson mais il ne s'agissait que d'affaires, de business. Comment réagirait-il si l'un de ses enfants épousait un Gage ?

Trois mariages célébrés le même jour ouvriraient certainement la voie à une réconciliation générale. L'accord financier qui avait permis aux Colton de renflouer Colton Energy et aux Gage de récupérer des terres perdues avait été une étape mais des noces auraient plus d'impact. Seul l'amour parviendrait à faire fondre les relents d'animosité entre les deux clans.

Lucas se demanda s'il n'était pas en train de chercher une bonne excuse pour épouser Demi. Certes, réunir leurs familles respectives était une noble cause qui l'aiderait peut-être à sauter le pas. Mais son cœur lui soufflait qu'il était tombé amoureux de Demi.

Peut-être l'aimait-il depuis des années mais avait-il jusqu'ici refusé de le reconnaître…

— J'ai une idée.

Demi regardait les enfants jouer dans un coin de la tente, où le personnel du centre canin avait installé des ballots de foin et un toboggan. Elle gardait aussi un œil sur Wolf qui attirait toutes les femmes présentes comme un aimant.

Valeria s'approcha d'elle.

— Nous allons annoncer ce soir que nous nous marierons la veille de Noël, dit-elle. Tout le monde sera invité.

— L'as-tu dit à ton père ?

La joie s'envola du visage de Valeria.

— Oui, et il n'est pas content du tout. Il ne sait pas encore qu'Anders et Serena sont tous deux fiancés à des Gage.

— Il s'en remettra. Il n'a pas le choix.

— Nous espérons que nos noces rassembleront les familles, dit Vincent. Pour la réception, nous avons pensé installer des tables de poker mais au lieu d'argent les convives miseront des chocolats.

Demi se mit à rire. L'idée était bonne et encouragerait les gens à se moquer de cette vieille querelle stupide.

Lucas revint près de Demi et lui tendit une flûte de champagne avant de se tourner vers Vincent.

— Puis-je te dire un mot en tête à tête ?

Vincent parut un peu surpris mais il accepta.

— Suis-moi.

Après un baiser à Valeria, Vincent se leva et entraîna Lucas jusqu'au stand du DJ où se trouvait déjà Hunter.

Demi, qui les observait de loin, vit Vincent sourire et hocher la tête avant de serrer les mains de Hunter et de Lucas.

Lucas se pencha vers le DJ qui arrêta la musique. Hunter prit le micro.

— Mesdames et messieurs, pourriez-vous m'accorder votre attention, quelques instants ? Lucas a quelque chose à dire.

Hunter tendit le micro à Lucas.

— D'abord, joyeux Noël à tous !

— Joyeux Noël ! répondirent la plupart des gens.

— L'année a été difficile. Nous avons eu du mal à appréhender de dangereux criminels. Mais les Gage et les Colton ont fait équipe et en réunissant leurs efforts ils ont réussi. Comme beaucoup d'entre vous le savent maintenant, avec l'aide de Layla, nous avons sauvé la brigade canine. Nous espérons avoir du même coup mis un terme définitif à une vieille querelle qui n'a que trop longtemps déchiré nos familles. Mais pour enterrer définitivement la hache de guerre, il fallait faire davantage encore. Et sans plus tarder, je vous annonce que mon petit frère, Vincent, va épouser la veille de Noël Valeria Colton.

Des murmures se propagèrent à travers la tente.

— Valeria et Vincent espèrent que leur union mettra fin une fois pour toutes à cette sombre histoire. Leurs pères respectifs ne sont pas présents ce soir alors qu'ils devraient l'être.

Lucas rendit le micro à Hunter.

— Voilà pourquoi je vous suis heureux de vous apprendre que Layla et moi sommes également fiancés, dit Hunter. Et que Vincent et Valeria sont d'accord pour que nous nous marions en même temps qu'eux, la veille de Noël. Ainsi mon père, le père de Vincent et le père de Valeria seront tous présents ce jour-là.

Demi se tourna vers Valeria.

— Ça te va ?

Elle devrait partager son mariage avec un autre couple.

— C'est une excellente idée !

Hunter tendit le micro à Lucas qui s'éclaircit la voix.

— J'ai moi aussi une grande nouvelle à vous communiquer, mais d'abord je dois faire quelque chose.

Lorsque Lucas se tourna vers elle, Demi sentit son cœur s'accélérer dans sa poitrine. Que mijotait-il ?

Lucas s'avança vers elle et s'arrêta devant la table.

— J'ai passé de nombreuses années à éviter les relations amoureuses. Je croyais que l'amour n'était pas pour moi, mais après avoir partagé du temps avec Demi, ces dernières semaines, j'ai compris à quel point je me trompais. Je connais cette femme merveilleuse depuis plusieurs années, et pour tout dire nous étions toujours comme chien et chat.

Des rires fusèrent.

— Mais en réalité Demi m'a toujours attiré, et je suis convaincu qu'elle ressentait la même chose pour moi. Nous n'étions sans doute pas encore prêts à vivre un amour authentique. Maintenant, nous le sommes. Je le suis.

Il se tut, et Demi attendit la suite. Toute l'assistance semblait retenir son souffle.

— J'avais besoin de te convaincre de mon amour, Demi, dit-il. Et j'ai trouvé le moyen, poursuivit Lucas en s'approchant.

Demi ouvrit de grands yeux étonnés quand il mit un genou à terre.

— Demi Colton, acceptes-tu de m'épouser ? J'ai envie de passer le reste de ma vie avec toi. Je le sais, j'en suis sûr, maintenant : je t'aime, Demi.

Les larmes lui montèrent aux yeux.

— Et Wolf ?

Comme s'il reconnaissait son nom, Wolf poussa un cri de joie, faisant rire tout le monde.

— Je l'aime aussi, mais c'est toi que je veux épouser, dit Lucas. Le souhaites-tu aussi ?

— Oui ! répondit-elle en se jetant à son cou.

Tout le monde applaudit.

Demi se recula pour voir les yeux de Lucas sourire dans les siens. Ils s'embrassèrent.

— Je n'ai pas fini, dit Lucas.

Il s'adressa cette fois à la foule.

— Avec la bénédiction des deux autres futurs mariés, je voudrais proposer Demi de nous jurer un amour éternel la veille de Noël, nous aussi. Nous inviterons Rusty Colton. Et toutes les branches de nos familles seront alors réunies en ce grand jour.

La veille de Noël ? C'était dans moins d'une semaine ! Perdait-il la tête ?

D'autres couples s'approchèrent alors pour annoncer à leur tour qu'ils allaient se marier dans les mois à venir.

Personne n'avait plus à craindre d'être tué pour avoir avoué son amour et ses projets de mariage.

L'atmosphère était remplie d'amour et de bonheur. La musique reprit.

Lucas offrit sa main à Demi.

— Dansons.

Demi se sentait légère comme une plume. Elle était prête à danser le reste de sa vie avec Lucas et son fils.

Sa famille.

DEBRA WEBB

Le labyrinthe du doute

Traduction française de
ISABEL ROVAREY

BLACK ROSE

HARLEQUIN

Titre original :
THE STRANGER NEXT DOOR

1

Winchester, Tennessee,
Vendredi 2 août

« Meurtrière. » Cecelia Winters considéra l'horrible mot barbouillé à la peinture rouge sur la porte blanche. Jetant un coup d'œil par-dessus son épaule au taxi qui, déjà, s'éloignait sur la chaussée poussiéreuse, elle soupira et posa son sac à dos sur le perron.

Son frère Levi était censé l'attendre devant la prison à sa libération mais, apparemment, il avait eu un empêchement. Se dressant sur la pointe des pieds, elle essaya d'atteindre la moulure courant au-dessus de la porte mais n'y parvint pas. Elle attrapa l'une des deux chaises qui, d'aussi loin qu'elle se souvienne, s'étaient toujours trouvées sur le perron de sa grand-mère – à l'instar de la balancelle qui oscillait doucement. Le grand cache-pot en osier posé entre les deux sièges était vide et aurait eu besoin d'un bon coup de pinceau. De petits flocons de peinture écaillée jonchaient le sol tout autour.

— Délabré, comme tout le reste, grommela-t-elle en tirant la chaise devant la porte et en grimpant dessus.

La clé était à sa place, sur le rebord poussiéreux, là où elle avait toujours été. Ce serait un vrai miracle si la maison n'avait pas été vandalisée et vidée de tout ce qu'elle pouvait contenir de valeur. Mais Cece, ainsi qu'on l'avait toujours surnommée, n'avait pas à se plaindre. Sa grand-mère lui avait légué cette vieille maison ainsi que les dix acres de terrain qui l'entouraient. Les murs tenaient encore debout, et le toit semblait en relativement bon état. Que demander de plus ? Cece s'estimait déjà chanceuse d'avoir un endroit où dormir, les membres restants de sa famille lui ayant tourné le dos depuis bien longtemps.

Exception faite de sa grand-mère maternelle, qui n'avait jamais ajouté foi à tous les mensonges proférés à son encontre, et du plus jeune des frères de Cece… Du moins avait-elle *cru* que lui ne l'avait pas reniée. Seulement, il n'était pas venu la chercher à la prison, donc elle ne savait plus que penser. Le mois précédent, lors de sa visite au parloir, il avait semblé sincèrement ravi de sa libération prochaine.

Pas autant qu'elle-même l'était, évidemment. Elle avait enfin purgé sa peine.

Elle considéra une nouvelle fois les grandes lettres rouges tracées sur la porte avant de pousser le battant et d'entrer. Bien qu'il ne soit que 2 heures de l'après-midi, la pénombre régnait dans la maison qui avait été le refuge de Cece durant toute sa jeunesse. *Les persiennes*, songea-t-elle. Se déplaçant de fenêtre en fenêtre, elle remonta les stores à l'ancienne pour laisser entrer la lumière. Des myriades de grains de poussière dansèrent, en suspension dans l'air, tamisant les rayons de soleil comme autant de minuscules flocons derrière le verre jauni par les ans d'une vieille boule à neige qu'on aurait retournée.

Emily Broward était morte un an plus tôt. La maison était restée vide durant ce laps de temps, attendant que sa nouvelle propriétaire en prenne possession, à sa remise en liberté. Levi avait juré être passé s'assurer de temps en temps que tout allait bien mais Cece n'avait que sa parole. La poussière exceptée, les lieux, en tout cas, étaient nets et bien rangés, ce qui n'avait rien de surprenant si l'on songeait quelle maîtresse de maison méticuleuse sa grand-mère avait été. La propreté des lieux ne devait probablement rien aux hypothétiques passages de Levi.

L'habitation était petite. Un séjour, une cuisine, deux chambres et une salle de bains. Il y avait un grenier et, en sous-sol, un petit cellier aux murs de brique et au sol en pierre. C'était bien suffisant, avait toujours dit sa grand-mère. Le mobilier était celui que Cece avait vu durant son enfance. Emily Broward n'était pas femme à dépenser de l'argent pour changer des meubles qui remplissaient encore parfaitement leur office.

Ce qui expliquait, supposait Cece, qu'elle ait pu garder ce qui restait de la petite exploitation familiale pendant près d'un demi-siècle. L'unique enfant d'Emily, la mère de Cece, était morte depuis plus de vingt ans. L'endroit appartenait donc désormais à Cece. À la vérité, s'il n'y avait eu cette maison, jamais elle ne serait revenue à Winchester. Elle s'était juré de ne jamais y remettre les pieds.

Et pourtant, elle était là aujourd'hui…

Qu'aurait-elle pu faire d'autre ? Elle ne possédait que les vêtements qu'elle avait sur le dos et le sac qu'elle avait lors de son arrestation près de neuf ans plus tôt. Elle n'avait rien. Pas d'argent. Pas de travail. Pas de famille – sauf si l'on comptait le jeune frère qui lui avait posé un lapin, le seul proche qui ne l'ait pas définitivement reniée.

Cependant, subsistait la question de la vérité. Elle avait eu beau se dire des milliers de fois qu'elle n'en avait cure, ce n'était pas tout à fait vrai. Quelque part, ici, en ville, quelqu'un connaissait la vérité, et elle avait bien l'intention de trouver cette personne. Pour prouver qu'elle n'était pas la meurtrière qu'on croyait. Pour montrer qu'elle était bien la gentille fille que sa grand-mère Emily avait toujours vue en elle.

Repoussant les douloureuses pensées qui l'assaillaient, Cece décida que ce dont elle avait le plus besoin dans l'immédiat était un pot de peinture. De n'importe quelle couleur – pourvu qu'elle masque cette ignoble inscription qui souillait sa porte d'entrée.

Le matériel de peinture était stocké dans l'ancien fumoir. Sa grand-mère avait cessé de l'utiliser comme tel voilà des années, après le décès du grand-père de Cece, et l'avait transformé en abri de jardin. La culture des fleurs et des plantes potagères avait été l'activité favorite d'Emily.

Cece sortit par la porte de derrière. Le petit porche arrière était moins stable que celui de devant. Orienté au sud, il avait essuyé le gros des intempéries et l'ardeur du soleil. Il lui faudrait s'en occuper sans tarder. Sa grand-mère avait été de ces femmes qui refusaient systématiquement toute aide extérieure. Elle avait appris à manier le marteau et le fusil avec la même habileté. Cece suivrait son exemple puisqu'elle n'avait pas de ressources.

Mais, d'abord, il lui fallait trouver un travail.

Elle ouvrit la porte de l'ancien fumoir et promena son regard à l'intérieur. Elle frissonna, se demandant si le fusil de sa grand-mère se trouvait toujours rangé au même endroit. Probablement dans son placard ou sous le lit. Elle prit une grande inspiration et s'avança, la main tendue vers le haut à la recherche du cordon pour allumer la lumière. Ses doigts se refermant autour du filin, elle tira dessus. L'ampoule nue inonda la petite pièce remplie de poussière et de toiles d'araignée.

Après quelques recherches, elle dénicha un vieux pot de peinture blanche entamé. Lorsqu'elle eut retiré la pellicule sèche qui s'était formée à la surface puis eut vigoureusement mélangé son contenu, il lui sembla qu'il en restait assez pour l'usage qu'elle comptait en faire.

Lorsqu'elle eut également trouvé un pinceau, elle éteignit la lumière, ressortit du fumoir et embrassa la propriété du regard. Il allait y avoir pas mal de travail. Heureusement, nota-t-elle, quelqu'un avait tondu l'herbe du jardin, ce qui était vraiment une bonne chose. Les mois d'août étaient torrides ici, avec très peu de pluie. Les serpents devaient être à l'affût des moindres sources d'eau. Il n'y avait rien qu'elle détestât plus au monde que les serpents – à part les araignées, bien sûr. Chassant l'image des bestioles exécrées, elle se mit à l'ouvrage, recouvrant progressivement les lettres rouges de peinture blanche. Il faudrait plusieurs couches avant que le mot disparaisse totalement, peut-être même l'application préalable d'un apprêt.

À ceci près que tu n'as pas de quoi l'acheter, Cece.

Après avoir nettoyé le pinceau et refermé le pot de peinture, elle décida de jeter un coup d'œil à la chambre qui avait été la sienne avant d'aller croupir en prison. Elle laissa la porte d'entrée repeinte de frais entrouverte et prit sa direction. Son père l'avait renvoyée du domicile familial quand elle avait seize ans. Sur le moment, elle n'avait été que trop contente de s'en aller. Elle ne serait pas restée aussi longtemps s'il n'y avait eu sa jeune sœur. Elle s'était fait du souci pour Sierra, de quatre ans sa cadette… pour découvrir par la suite, à son grand dam, que sa petite sœur était parfaitement capable de se débrouiller toute seule.

Sa grand-mère l'avait mise en garde, mais Cece n'avait rien voulu voir. Sierra s'était muée en une adolescente égoïste, belliqueuse. Petite, elle avait toujours pris Cece pour modèle, s'accrochant à sa main chaque fois qu'elle le pouvait. Se glissant dans son lit quand elle avait peur. Elles avaient été si jeunes, toutes les deux, quand leur mère était morte – Sierra tout spécialement. Elle n'avait que deux ans alors. Cece avait donc essayé d'être plus qu'une simple grande sœur. Pour ce que cela lui avait rapporté…

Sierra et Marcus, leur grand frère, étaient des fanatiques, comme l'avait été leur père. D'après Levi, Marcus avait repris le flambeau après sa mort et était devenu le chef de file de la prétendue église – pour ne pas dire « secte » – que Mason Winters avait fondée. Et Sierra était son bras droit.

Autre raison pour laquelle Cece aurait préféré se trouver n'importe où plutôt qu'ici.

Mais, inutile de se leurrer, elle ne pouvait pas partir – pas tant qu'elle n'aurait pas découvert la vérité. Dans son ultime lettre, sa grand-mère lui avait écrit que son fidèle avocat et ami, Clarence Frasier, avait engagé un détective privé pour trouver la vérité.

Malheureusement, Frasier était mort deux mois plus tôt sans avoir transmis aucun fait nouveau. Son associé lui avait adressé un courrier pour l'informer qu'il ne serait pas en mesure de poursuivre son affaire ni de la représenter. Son dossier était tenu à sa disposition si elle souhaitait le récupérer. De plus, il avait confirmé ses craintes, soulignant que son ex-associé n'avait trouvé aucun élément permettant de jeter un nouvel éclairage sur l'affaire.

Elle passerait récupérer les documents dans un jour ou deux. Pour l'instant, tout ce qu'elle voulait, c'était être seule et jouir de sa liberté retrouvée. Ensuite, elle plaçait en tête de liste un bon bain chaud, puis la confection d'un repas fait maison et le choix des vêtements qu'elle porterait. Personne ne pouvait imaginer l'importance que revêtaient ces menues décisions, futiles en apparence, quand on en avait été privé pendant de longues années.

Les vêtements qu'elle avait possédés avant d'être arrêtée étaient toujours pendus dans le placard. Sous-vêtements et pyjamas étaient soigneusement pliés en piles nettes dans les tiroirs – l'œuvre de sa grand-mère, à n'en pas douter. Cece n'avait jamais été ordonnée à ce point. À l'idée qu'elle avait supplié en vain pour obtenir l'autorisation de rendre visite à sa grand-mère à l'hôpital alors qu'elle vivait ses derniers jours puis, après sa mort, d'assister à ses obsèques, elle sentit son cœur se serrer. Son insistance lui avait valu chaque fois une semaine de mise à l'isolement. Elle se rendrait très bientôt au cimetière. Et elle fleurirait sa tombe sitôt qu'elle aurait suffisamment d'argent pour acheter quelque chose de joli.

Devant la commode, elle hésita avant de se détourner. Une photo encadrée de sa mère et de sa grand-mère datant de vingt-cinq ans en arrière retint son attention. Cece avait les mêmes cheveux flamboyants et bouclés qu'elles deux. Elle était la seule de la famille à avoir hérité de cheveux roux et d'yeux verts. Marcus et Levi avaient les cheveux châtains avec des yeux marron tous les deux ; quant à Sierra, elle avait les cheveux et les yeux plus foncés encore. La couleur de ses cheveux était l'une des choses que lui avait reprochée son père, clamant que les cheveux roux étaient la marque du diable. Elle le revit, disant la même chose à sa mère. Sa mère était décédée quand Cece avait six ans, mais elle n'avait jamais oublié ces cruelles critiques.

Son père avait été d'une singulière méchanceté, et elle ne gardait de lui que des souvenirs de paroles et d'actes durs, blessants. Elle se prit à espérer qu'il brûlait en enfer aujourd'hui.

Si sa grand-mère avait été encore de ce monde, elle lui aurait tapoté la main, disant qu'il n'y avait que là qu'il pouvait se trouver – en train de griller dans l'antre du diable. Emily avait détesté de toute son âme Mason Winters. Le fait que sa fille unique ait épousé cet homme lui avait brisé le cœur.

Cece se secoua, refoulant ces douloureux souvenirs. Elle avait tant à faire. À commencer par garnir les étagères de la cuisine. Même si la nourriture n'était pas sa priorité absolue, il fallait bien manger. L'avocat l'avait informée qu'un compte crédité de cinq cents dollars avait été ouvert à son intention au supermarché de la ville. Initiative de Frasier, probablement. Il avait plaint Cece et adoré sa grand-mère. Cece s'était souvent demandé s'il n'avait pas été amoureux de sa grand-mère ; il en avait présenté tous les signes. Il était veuf, comme elle, mais, pour autant que Cece sache, leur relation était restée amicale et platonique.

Elle referma la porte d'entrée et la verrouilla puis, glissant la clé dans la poche de son jean, se dirigea vers la cuisine pour voir si les clés de la camionnette de sa grand-mère étaient toujours rangées dans la console, près de la porte arrière. Elle en ouvrit le tiroir. Bingo ! Elle s'empara du trousseau, sortit et se dirigea vers la grange que ses grands-parents avaient utilisée comme garage. Elle souleva la lourde barre, et les deux battants s'ouvrirent. Elle grimpa sur le siège de la camionnette bleue qui avait deux fois son âge et inséra la clé de contact, récitant mentalement une courte prière pour que Levi ait, ainsi qu'il l'avait promis, maintenu le véhicule en état de marche.

Ses grands-parents l'avaient toujours bien entretenu mais la batterie serait morte si personne n'était venu faire tourner le moteur de temps en temps. Levi lui avait promis de conduire le véhicule une fois par semaine jusqu'à son retour.

Retenant son souffle, elle enfonça la pédale d'accélérateur et tourna la clé.

Le moteur rugit instantanément.

Soulagée, elle enclencha la marche arrière et recula. Sa grand-mère lui avait appris à toujours refermer les portes du garage quand elle se servait du véhicule. Ainsi, personne ne pouvait savoir qu'elle s'était absentée. Même à la campagne, on n'était pas à l'abri des vols.

Les petites villes, d'ailleurs, n'étaient pas non plus exemptes de forfaits autrement plus graves. Simplement, les criminels les plus dangereux savaient mieux se cacher.

*
* *

Le trajet jusque chez Ollie, à Winchester, lui prit une petite vingtaine de minutes. Contrairement à ses craintes, les premiers kilomètres ne furent pas difficiles. Sa grand-mère lui avait assuré que les réflexes de conduite ne s'oubliaient pas, et elle avait eu raison.

Mais la circulation – même dans une petite bourgade – lui fit taper le cœur un peu plus vite. Ses doigts agrippèrent le volant tandis qu'un filet de sueur coulait sur son front. Évidemment, le fait qu'il fasse 35°C n'y était pas étranger non plus. La vieille camionnette ne disposait pas de l'air conditionné, son grand-père ayant décrété une fois pour toutes que l'ouverture des vitres constituait un système de climatisation largement suffisant.

Le bruit ambiant achevait aussi de lui mettre les nerfs à vif. Oh ! elle ne s'en plaignait pas… Il lui faudrait juste un certain temps de réadaptation au monde extérieur.

Cece ne respira librement que lorsqu'elle se fut garée dans le parking du petit supermarché, après avoir tiré le frein à main – par mesure de sécurité. Elle rangea les clés dans sa poche sans avoir verrouillé le véhicule pour la bonne raison qu'il n'y avait rien à voler à l'intérieur. C'était juste une vieille camionnette – ni rouillée ni cabossée mais simplement fonctionnelle. La seule option dont elle était munie était la boîte automatique, point sur lequel sa grand-mère avait refusé de transiger quand son grand-père s'était décidé à acheter une voiture.

Elle se dirigea vers l'entrée du magasin, l'asphalte fumant sous ses pieds. Il n'y avait que quelques voitures dans le parking, et elle espéra ne rencontrer personne de connaissance. Huit ans, c'était long. Avec un peu de chance, la plupart des gens l'auraient oubliée.

Tu parles ! Comme si les gens risquaient d'oublier une gamine accusée du meurtre de son père !

Cette image-là lui collerait à jamais à la peau, qu'elle soit innocente ou pas.

Ses doigts s'enroulèrent autour de la poignée du chariot, et elle remonta la première allée, face à l'entrée. Le magasin était différent aujourd'hui. Ses rayons avaient été réagencés si bien qu'elle ne savait plus où trouver les articles, mais elle aurait préféré repartir bredouille plutôt qu'attirer l'attention sur elle en demandant de l'aide.

De toute façon, elle n'avait besoin que d'articles de première nécessité. Du pain, du lait, des œufs, du fromage. Peut-être des toasts. Quant aux fruits et légumes, le rayon s'ouvrait droit devant elle. Elle choisit des pommes, des framboises, des oranges et des bananes avant de se rendre compte qu'elle n'avait aucune idée des prix qui se pratiquaient aujourd'hui. Comme elle disposait d'un montant limité, elle devait faire attention.

Elle garda les pommes et les bananes et reposa le reste. Elle les achèterait la prochaine fois. Lorsqu'elle atteignit l'allée des thés et cafés, elle songea qu'elle aurait à tout prix besoin de sa dose de caféine matinale. Comme sa grand-mère avait été une adepte du thé, elle ne possédait pas de cafetière et offrait aux invités du café instantané. Elle opta donc pour une boîte de café soluble avant de poursuivre sa progression, ignorant, malgré l'envie, l'allée des confiseries, pour s'engager, guidée par la raison, dans le rayon des laitages. Lorsqu'elle eut tout ce qu'il lui fallait, elle se dirigea vers les caisses.

Heureusement, la caissière était jeune, peut-être dix-sept ou dix-huit ans, et ne risquait donc pas de la reconnaître.

Lorsqu'elle eut scanné le dernier article, elle leva les yeux et annonça :

— 62,58.

L'incertitude fusa en elle. Comment expliquer le crédit dont elle disposait dans le magasin ?

— Puis-je voir le responsable… S'il est disponible ?

La jeune fille la regarda, l'impatience se peignant sur ses traits.

— Bien sûr… Une seconde.

Elle empoigna son micro et appela le directeur au haut-parleur.

Cece s'efforça d'ignorer les regards qui convergeaient vers elle. Et si le directeur n'était pas au courant, pour le crédit ? Son estomac se tordit d'anxiété. Elle aurait dû appeler le cabinet de l'avocat avant de venir ici.

— Madame a une question, déclara la caissière, ramenant l'attention de Cece sur l'homme qui approchait de sa caisse.

La cinquantaine, il lui parut vaguement familier. La tension lui comprima la poitrine, l'empêchant de respirer. Lorsqu'il fronça les sourcils, son appréhension grimpa d'un cran.

— Cece ?

Elle hocha la tête, d'un mouvement hésitant.

Un sourire étira les lèvres de l'homme.

— Notez le montant, ordonna-t-il à la caissière. Madame a un compte qui couvre le total de ses achats.

À l'adresse de Cece, il ajouta :

— À chacun de vos passages, vous n'aurez qu'à demander à la caisse qu'on inscrive mon nom au dos du ticket et qu'on me le transmette.

Cece fouilla désespérément dans sa mémoire mais… rien à faire. Son nom ne lui revenait pas.

— C'est noté, monsieur Holland, dit la caissière, lui sauvant la mise in extremis.

Un peu rassérénée, Cece acquiesça.

— D'accord, merci.

Holland inclina à son tour la tête avant de s'en retourner à ses occupations.

Quand la caissière se fut conformée aux indications de son patron, la file d'attente s'était allongée derrière Cece. Elle chargea les sacs dans son chariot tandis que la caissière la saluait d'un cordial : « Merci, madame, et à bientôt. »

Cece avait presque atteint la porte lorsqu'une voix féminine la héla :

— Hé ! Je vous reconnais… Vous êtes la jeune fille qui a tué son père, c'est ça ?

Cece continua son chemin sans se retourner, se concentrant sur la vieille camionnette bleue qui l'attendait dans le parking. *Du calme.* Tout ce qu'elle avait à faire, c'était atteindre le véhicule, y transférer ses courses et s'en aller. Sitôt qu'elle aurait un peu d'argent, elle irait à Tullahoma ou dans une autre ville proche où les gens seraient moins susceptibles de la reconnaître. Mais, pour l'heure, même avec de l'argent, jamais elle n'aurait osé s'aventurer si loin : ses réflexes de conductrice étaient trop rouillés pour cela.

Elle se souvenait bien de la façon dont les choses fonctionnaient ici : comme dans la plupart des petites villes, en un rien de temps, la nouvelle de son retour se serait répandue comme une traînée de poudre. Ouvrant la portière côté passager, elle déposa rapidement ses sacs sur le siège et par terre. Sa tâche terminée, elle s'obligea à respirer.

Respirer – lentement, à fond. Bien… OK. Elle allait monter dans sa camionnette et dans une minute elle serait partie. Sa première apparition publique touchait à sa fin.

L'espace d'une seconde, elle songea même à laisser son Caddie planté là où il était, mais le directeur du magasin s'était montré très aimable et il ne méritait pas qu'elle abandonne son chariot dans le parking, où il pouvait rayer une voiture en stationnement ou rouler vers la rue et causer un accident. Sans compter que l'espace de rangement des chariots était tout proche. Le cliquètement métallique, lorsqu'elle aligna le chariot à la suite des autres, lui fit grincer les dents. Quand la peur d'être agressée s'atténuerait-elle ? Une vigilance de tous les instants était indispensable pour survivre en prison. Bien des choses l'avaient été – des choses qu'elle préférait ne pas se remémorer.

— Sale meurtrière !

Cece se retourna pour faire face à la femme qui venait de lancer l'accusation… La voix n'était pas la même que celle qui l'avait apostrophée dans le magasin.

Elle n'était pas seule. Trois autres femmes et quatre – non, cinq – hommes étaient postés entre Cece et sa camionnette. Elle ne les avait jamais vus mais les identifia sans peine à leurs vêtements. Ternes, d'une simplicité et d'une modestie exagérées. Des Survivalistes du Salut, les membres de la congrégation de son père. Elle refusait d'accorder à cette organisation le statut d'église. Ces exaltés n'avaient rien à voir avec Dieu.

— On ne laissera pas le mal infiltrer notre communauté ! cria l'un des hommes.

Cece demeura parfaitement immobile. Si elle prenait la fuite, ils la pourchasseraient. Et appeler à l'aide ne servirait à rien puisqu'il n'y avait personne pour l'entendre.

Le bras droit de la femme qui l'avait accusée la première se balança en arrière puis se détendit subitement. Cece grimaça de douleur comme un objet la frappait au côté avant de tomber sur l'asphalte.

Un caillou ?

Des souvenirs de pierres lancées sur une femme effleurèrent son esprit.

Un autre caillou fendit l'air. La toucha à l'épaule.

Elle recula, se cogna contre la file de chariots emboîtés les uns dans les autres.

— Faisons-lui payer son monstrueux péché ! beugla l'un des hommes.

Cece se détourna, prête à prendre ses jambes à son cou. Elle n'avait pas le choix. Les pierres pleuvaient sur son dos, ses jambes, ses épaules. Lorsque l'une d'elles atteignit sa tête, elle se mordit la lèvre pour retenir un hurlement.

Avant qu'elle ait pu s'élancer, un homme se mit en travers de son chemin. Grand, brun, athlétique… les yeux foncés.

Elle ouvrit la bouche pour crier.

Il l'attrapa par le bras et la poussa derrière lui.

— Reculez ! tonna-t-il à l'intention du groupe. La police est en route. Si vous ne voulez pas finir au poste, vous feriez bien de ficher le camp.

Cece se risqua à jeter un coup d'œil par-dessus une large épaule. Les pierres avaient cessé de voler mais le groupe, masse compacte et menaçante, était toujours là, comme échappé d'un mauvais film d'horreur.

— On se reverra, cracha finalement la femme qui avait ouvert les hostilités, son regard haineux braqué sur Cece.

Une sirène, au loin, les fit se disperser.

Cece les regarda monter dans deux SUV et s'en aller.

Le visage de cette femme ne lui évoquait rien, mais elle connaissait Cece, de toute évidence.

Le fait qu'ils soient venus en nombre suggérait une attaque planifiée. La colère, la douleur, la frustration, se le disputaient en elle.

— Ça va ? Vous n'êtes pas blessée ?

Cece reporta son regard sur l'homme qui était venu à sa rescousse et secoua la tête, se demandant qui il était.

La voiture de patrouille de la police de Winchester s'arrêta dans un crissement de pneus à quelques mètres d'eux et, au grand soulagement de Cece, l'inconnu prit d'autorité l'initiative d'expliquer l'incident au policier, ce dont elle lui sut gré. Du coin de l'œil, elle vit M. Holland sortir du magasin et approcher au pas de course.

— Ça va ? Rien de cassé ?

— Non, répondit-elle, se détendant un tant soit peu.

Le policier se tourna alors vers elle.

— Mademoiselle Winters, voulez-vous nous accompagner au poste pour porter plainte ?

Cece secoua la tête.

— Non. Je veux juste rentrer chez moi.

Holland se tourna vers le policier.

— Je pense que c'est une bonne idée. Elle a eu suffisamment d'émotions pour aujourd'hui.

L'officier inclina la tête en signe d'assentiment.

— Je dirai au chef Brannigan que vous êtes rentrée chez vous, mademoiselle Winters. Il passera vous voir. Mais n'hésitez pas à nous appeler en cas de problème. Le chef ne tolère pas ce genre de comportement.

Cece trouva le courage de balbutier quelques mots de remerciement.

— Je vais la suivre jusque chez elle afin de m'assurer que personne ne l'attend à son arrivée.

Le regard de Cece se posa sur l'inconnu. Pourquoi un homme qu'elle ne connaissait ni d'Ève ni d'Adam prenait-il tant de peine ?

— Bonne idée, Ross, dit l'officier avant de s'adresser à Cece. Mademoiselle Winters, M. Ross habite tout près de chez vous. Il a acheté la vieille ferme Wilburn.

Les Wilburn. Elle se souvenait d'eux.

— Je suis sûre que ça va aller maintenant, monsieur Ross, dit-elle, croisant son regard. Merci de votre aide.

Elle n'avait qu'une envie, désormais : monter dans sa camionnette et s'en aller. Avant que quelqu'un tente de la faire changer d'avis, elle se hâta de grimper sur le siège conducteur et s'éloigna sans un regard en arrière. Elle atteignait la sortie de la ville lorsque les larmes vinrent. Elle les chassa d'un revers de main chargé de frustration et de colère… Une colère dirigée principalement contre elle.

Elle était de retour, bonté divine, et elle ne se laisserait pas chasser de cette satanée ville avant de connaître la vérité.

2

Deacon Ross se tenait à la lisière des bois, observant la maison. Cecelia Winters avait sorti ses sacs et les avait emportés à l'intérieur. Elle n'avait pas fait tant de courses que ça. Ses ressources étaient limitées. Il soupçonna l'avocat, Frasier, d'avoir prévu un arrangement quelconque avant sa mort prématurée.

Apparemment, si la culpabilité de Cecelia ne faisait pas de doute aux yeux de la majorité des habitants de Winchester, il en restait certains pour se montrer nettement plus circonspects. L'avocat, c'était compréhensible – c'était son travail, et il avait été un vieil ami de sa grand-mère. Quant au chef de la police et au shérif du comté, eux non plus ne ménageaient pas leur peine pour veiller sur elle et cela le mettait en fureur mais, là aussi, cela tenait à leur fonction.

Le chef Brannigan et le shérif Tanner avaient pris des mesures extraordinaires pour éviter que la date de sa sortie s'ébruite. Si Deacon n'avait pas diffusé la nouvelle, son retour à Winchester se serait déroulé sans tambour ni trompette.

Il ne pouvait pas le permettre.

La fureur l'embrasa tout entier.

Cecelia Winters n'avait probablement pas que le meurtre de son père à son actif. Un autre homme, un homme qui comptait beaucoup pour Deacon, avait disparu à la même époque. Il lui avait fallu des années pour réduire l'éventail des possibilités mais, voilà un an, ses efforts avaient commencé à porter leurs fruits, et Deacon avait eu des raisons de croire que Cece n'y était peut-être pas étrangère. À partir de ce moment-là, il avait passé sa vie et sa famille au crible et s'était juré, même si ce devait être la dernière chose qu'il accomplissait ici-bas, de découvrir ce qu'elle savait de la disparition de son ami. Comme la date de sa libération approchait, il était parvenu à une conclusion incontournable : la seule façon d'y parvenir était de se rapprocher d'elle.

Huit ans, sept mois et dix-neuf jours avaient passé depuis son arrestation et son histoire n'avait pas varié d'un iota. Elle était innocente, proclamait-elle. Elle n'avait pas tué son père. Quand ses possibilités d'appel avaient été épuisées, elle avait calmement purgé sa peine. Compte tenu des conditions dans lesquelles s'était déroulée son enfance, le juge avait fait preuve de clémence. Elle avait écopé de huit ans de prison alors que son crime aurait dû lui en valoir vingt.

Mais il en irait autrement s'agissant de la disparition – du probable *meurtre* – de son partenaire et ami. Si, comme il inclinait à le penser, elle avait joué un rôle dans sa mort, il veillerait à ce qu'elle soit arrêtée et condamnée à la peine de prison la plus lourde possible. La fureur, de nouveau, flamba en lui.

Jack Kemp avait été un homme bien. Et il avait été son mentor et son équipier. Deacon s'en voulait de ne pas avoir été présent pour le couvrir. Mais le Bureau avait décidé que l'un d'eux continuerait à travailler sur l'affaire à Gallatin. L'enquête, de ce côté-là, était sur le point d'aboutir. En fin de compte, une demi-douzaine de personnes avait trouvé la mort à Gallatin – tous les membres du groupe survivaliste extrémiste connu sous le nom de La Résurrection. Du fait de la disparition de Jack, rien n'avait pas pu être prouvé, mais, d'après son ami, les survivalistes de Gallatin avaient partie liée avec ceux de Winchester. L'église des Survivalistes du Salut – le terme « secte » aurait été plus approprié – était le chaînon qui reliait les deux branches.

Le travail d'investigation mené par Jack avait été commodément enterré. Les pouvoirs publics n'avaient pas voulu admettre que l'influence du groupe La Résurrection pouvait être si grande et si profonde. Les éléments d'enquête avaient été passés sous silence pendant toutes ces années. Deacon se demanda si la vérité aurait jamais eu une chance d'éclater sans l'acharnement dont il avait fait montre. Mais, à ses yeux, il n'y avait pas d'autre solution. La famille de Jack avait le droit de savoir ce qui lui était arrivé. Et Deacon comptait bien tout mettre en œuvre pour percer le mystère de sa disparition et faire en sorte que son corps soit retrouvé.

La mort de Mason Winters, près de neuf ans plus tôt, avait eu pour effet d'inciter les membres du groupe à serrer les rangs davantage encore. En neuf ans, personne n'avait réussi à l'infiltrer et, pourtant, plusieurs agents s'y étaient essayés. En dépit des tentatives du FBI pour étouffer le cafouillage concernant Jack et son enquête, ils avaient continué à recueillir des informations de toutes les sources disponibles. À ceci près que, de l'avis de Deacon, ils cherchaient partout sauf au bon endroit.

Maintenant, avec Cecelia Winters, il tenait enfin le bon bout. Restait à dérouler le fil. Il s'emploierait à découvrir tous ses secrets aussi rapidement que possible. Le temps ne jouait pas en sa faveur. Si elle détenait des informations, ainsi qu'il le soupçonnait, d'aucuns auraient tout intérêt à s'assurer qu'elle ne les ébruite pas.

Elle savait ce qui s'était passé, il en était sûr. Elle appartenait à la famille sur laquelle Jack avait enquêté. Et elle était la seule à avoir une raison de dire la vérité. Tous ses proches lui avaient tourné le dos, donc elle ne devait plus éprouver la moindre loyauté envers eux. Deacon ne repartirait pas d'ici avant d'avoir trouvé la vérité, quel que soit le temps que cela lui prendrait et quoi qu'il doive faire pour y parvenir.

Tout avait été soigneusement mis en place. Il ne lui restait plus qu'à observer et à saisir les occasions qui se présenteraient de l'approcher. Ceux qui, dans cette communauté, la vouaient aux gémonies se chargeraient du reste. Cecelia Winters n'imaginait pas la haine que nourrissaient à son encontre les disciples de son père. Elle avait tué leur « messie », leur chef. Ceux qui avaient pris la tête du groupe après sa mort étaient plus virulents encore – en particulier son frère Marcus.

Elle n'allait pas tarder à regretter sa cellule de prison. Elle chercherait à partir – à fuir le passé qui la hantait. Mais elle n'irait nulle part tant que Deacon n'aurait pas obtenu ce qu'il était venu chercher ici.

Il se détourna d'elle et s'enfonça dans la futaie qui séparait la propriété dont il avait fait l'acquisition de celle dont elle avait hérité. Il était allé jusqu'à planter un bouquet d'arbres près de chez elle afin de pouvoir l'observer à sa guise. Si quelqu'un tombait par hasard sur ce petit bosquet curieusement dense, il penserait à un abri de chasse. L'ouverture de la saison était encore loin mais les chasseurs les plus passionnés se préparaient longtemps à l'avance.

Lorsqu'il atteignit la clairière, devant sa maison, il hésita. Une voiture était garée dans son allée. Un instant plus tard, le conducteur en sortit. Deacon le regarda traverser la cour et monter les marches du porche.

Le shérif Colt Tanner.

Sous le couvert des arbres, Deacon longea la cour arrière et entra chez lui par la porte de derrière. Il ne savait pas pourquoi Tanner venait le voir. Peut-être était-ce en rapport avec l'incident qui s'était produit dans le parking d'Ollie, mais Deacon avait rendu compte de ce dont il avait été témoin. Il ne voyait pas la nécessité de venir le questionner de nouveau. Mais le shérif ne s'était jamais départi de son scepticisme à son égard depuis qu'il s'était installé à Winchester. Rien de très surprenant à cela. L'homme avait l'instinct sûr.

Après la disparition de son partenaire, Deacon avait été écarté de l'affaire. Il s'était donc trouvé contraint et forcé de mener l'enquête en sous-main, à l'insu de ses supérieurs. Cette décision lui paraissait totalement absurde. Ça aurait dû être à lui de rechercher des informations concernant Jack. Mais le Bureau n'avait pas vu les choses ainsi. Trop personnel, avaient-ils argué. Deacon avait reçu l'ordre de quitter Winchester et de ne pas se mêler de l'enquête. Il avait obéi – jusqu'à l'année précédente.

Moment où l'affaire avait été classée et son partenaire déclaré officiellement mort.

Deacon, alors, avait ouvert sa propre enquête – officieusement. À Winchester, Logan Wilburn avait été tué, et sa propriété mise à la vente. Il l'avait achetée les yeux fermés, sans même l'avoir visitée, uniquement en raison de sa proximité avec la miniferme que Cecelia avait héritée de sa grand-mère.

Cela fait, Deacon avait pris un congé du Bureau et était venu emménager ici pour mettre au point sa couverture. Il s'était familiarisé avec les lieux et les habitants, avait découvert qui était qui, s'était intégré à la communauté puis avait attendu. Mais Colt Tanner, dubitatif, l'avait gardé à l'œil.

C'était sans doute ce qui avait motivé cette visite, plutôt que le comité d'accueil agressif qui avait attendu Cecelia dans le parking de chez Ollie. Deacon posa son chapeau sur la petite table, près de la porte, et déverrouilla celle-ci.

— Shérif, dit-il en guise de salutation.

— Ross, répondit Tanner. Vous avez une minute ?

— Bien sûr. Entrez.

Deacon ouvrit la porte en grand et s'effaça pour le laisser passer.

Tanner s'arrêta au centre du séjour et retira son chapeau.

— Vous avez fait beaucoup de travaux pour rafraîchir cette vieille maison.

Deacon referma la porte et lui fit face.

— Pas tant que ça, dit-il en jetant un regard à la ronde. Surtout de la peinture, à vrai dire, et quelques travaux d'entretien qui avaient été négligés.

— C'est du beau travail.

La rénovation entreprise par Deacon lui avait surtout servi à établir sa couverture. Étape indispensable pour asseoir sa crédibilité.

— Merci. Mais je suis sûr que vous n'êtes pas venu jusqu'ici pour me complimenter sur mes talents de bricoleur. Que puis-je pour vous, shérif ?

— D'abord, je tiens à vous réitérer nos remerciements, au chef Brannigan et à moi-même, pour être venu à la rescousse de Mlle Winters aujourd'hui.

Brannigan l'avait déjà dûment remercié. Deacon était donc à peu près certain que Tanner n'avait pas fait le déplacement uniquement pour le remercier également, en personne.

— C'est bien normal, en tant que voisin.

Tanner garda son chapeau blanc entre les mains. Comme tous les officiels d'ici, il portait un chapeau, des bottes et un jean usé de cow-boy. Deacon avait opté pour la même tenue, non pas parce qu'il se prenait pour un cow-boy mais pour se fondre dans le moule, se placer d'emblée du côté des « gentils » de Winchester. Quand Cecelia le regardait, il voulait lui renvoyer une image rassurante qui lui évoque le shérif ou le chef de la police. Quelqu'un en qui elle pouvait avoir confiance.

Le b.a.-ba de la psychologie. Jouer son rôle à fond.

— Ces gens sont des membres de la congrégation de son père, dit Tanner. Tout le groupe est sur les dents, très remonté. Je me demande bien à quelle partie de la Bible ils se réfèrent pour s'imaginer que c'est une attitude chrétienne de s'en prendre ainsi à une femme. J'ai parlé à leur chef, qui est le frère de Cece. Il m'a assuré qu'il n'y aurait pas d'autres problèmes mais je n'ai aucune confiance en sa promesse.

Deacon savait très bien qui ils étaient. De même qu'il connaissait également parfaitement le frère aîné de Cecelia, même si ce n'était pas directement. À la mort de son père, celui-ci l'avait remplacé, s'appropriant son rôle aussi naturellement que s'il avait planifié son décès. Il n'était d'ailleurs pas impossible que Cecelia et lui aient combiné ensemble le meurtre de leur père. Mais, là encore, le fait que Marcus et la plus jeune des sœurs, Sierra, aient renié Cecelia ne plaidait pas en faveur de cette thèse.

Et puis il y avait l'électron libre, le jeune frère, Levi. Il avait régulièrement rendu visite à sa sœur en prison mais n'était pas venu l'attendre le jour de sa sortie. Et n'était pas passé la voir depuis son retour.

— Je ferai mon possible pour ouvrir l'œil par ici, déclara Deacon même s'il doutait que le shérif soit venu le voir dans l'intention de lui demander son aide concernant Cecelia Winters.

— Connaissez-vous le jeune frère de Cece, Levi ?

La question surprit Deacon.

— De nom, admit-il. Mais je ne le connais pas personnellement, ni d'ailleurs aucun des autres membres de sa famille.

Il haussa les épaules.

— J'imagine que j'ai dû le croiser.

— Étrange, nota Tanner. Il y a trois semaines de cela, Levi est venu me voir pour me dire qu'il pensait que vous pouviez représenter une menace pour sa sœur. J'ai essayé d'en savoir plus mais il ne m'en a pas dit davantage.

OK. Donc, Levi s'était intéressé à lui. Il lui avait bien semblé le repérer une fois, sans toutefois en être certain. Maintenant, il était fixé. Deacon secoua la tête.

— Je me demande bien où il est allé chercher ça, shérif. Je ne connais ni sa sœur ni lui, autrement que par les rumeurs qui circulent.

Tanner déplaça son poids d'un pied sur l'autre.

— J'ai pris la liberté de faire une petite recherche sur vous, Ross. J'espère que vous ne m'en voudrez pas.

Deacon se mit à rire.

— Bien sûr que non. Je n'ai rien à cacher. Je suis nouveau ici. Il est de votre devoir envers les citoyens de votre comté de veiller aux éventuels troubles que pourrait causer un nouveau venu.

Tanner s'abstint de tout commentaire et ne parut pas impressionné ni soulagé.

— Vous êtes un agent du FBI. De Nashville. Célibataire. Sans enfants. Qu'est-ce qui vous a amené à venir vous installer à Winchester ?

— Les prix qui se pratiquent dans la région, répondit du tac au tac Deacon. L'immobilier à Nashville devient inaccessible. Je cherchais un endroit tranquille pour ma retraite…

Le shérif parut loin d'être convaincu.

— Vous avez trente-neuf ans. C'est un peu jeune pour organiser votre retraite.

Deacon secoua la tête.

— D'après mon conseiller en investissement, il n'est jamais trop tôt pour commencer à y songer.

Tanner hocha la tête.

— Oui, il n'a sans doute pas tout à fait tort, concéda-t-il en remettant son chapeau. Je suppose que vous avez l'intention de repartir à un moment ou à un autre pour Nashville étant donné que c'est là-bas que vous êtes affecté. Vous avez dû accumuler une sacrée quantité de congés…

Apparemment, le shérif ne paraissait pas décidé à se contenter des explications toutes faites de Deacon.

— J'ai pris un congé sans solde. En fait, je ne suis pas certain de souhaiter retourner sur le terrain.

Tanner l'étudia attentivement sous le bord du chapeau blanc.

— Oh ! vraiment ?

— Je suis dans une phase de réflexion, shérif. Je suis certain que vous comprenez… Je ne suis pas très sûr de l'orientation que je veux donner à ma carrière. J'ai besoin de paix et de tranquillité, ça, c'est sûr. Mais, au-delà de ça, je ne suis pas encore fixé.

C'était tout ce qu'il pouvait dire sans prendre trop de libertés avec la vérité. Sur le fond, sa déclaration était exacte. Suffisamment pour le tirer de ce mauvais pas, espérait-il.

— Oui, travailler pour le FBI peut être usant à la longue. J'espère que vous n'hésiterez pas à faire appel à moi en cas de besoin, ajouta-t-il.

Tanner partit d'un petit rire.

— Vous savez, nous sommes toujours à la recherche de policiers chevronnés au bureau du shérif. Si jamais vous étiez intéressé, passez me voir, et nous en discuterons.

— C'est noté… Merci, shérif. Et, pour ce qui est de Levi Winters, s'il s'inquiète toujours pour sa sœur, je serai heureux de le rencontrer en votre présence afin de le rassurer.

Tanner acquiesça d'un signe de tête.

— Je lui transmettrai votre proposition… Si je le vois.

Il fit clapper sa langue avant de reprendre, l'air perplexe :

— C'est vraiment très étrange…

Deacon se demanda ce qui allait bien pouvoir suivre.

— Je n'ai pas pu remettre la main sur lui depuis ce jour-là. D'après les gardiens, il ne s'est pas présenté à la prison pour ramener Cece chez elle. Or, je me souviens que Levi avait assuré qu'il serait là. Je suis très surpris qu'il n'ait pas tenu parole. C'est le seul membre de la famille qui ne l'ait pas éreintée au procès.

— Avez-vous demandé à Mlle Winters si elle avait eu de ses nouvelles ?

— Je m'apprêtais justement à me rendre chez elle. Un technicien doit venir brancher sa ligne téléphonique fixe. J'ai déposé une demande sitôt que j'ai été averti de sa libération. Je ne voulais pas qu'elle se retrouve ici sans pouvoir appeler en cas de besoin. Je doute qu'elle dispose déjà d'un mobile.

— Sans compter que le réseau n'est pas très fiable par ici, souligna Deacon.

— Raison de plus pour avoir une ligne fixe, acquiesça Tanner.

— Attendez, shérif, dit Deacon en attrapant un bloc-notes et un stylo.

Il griffonna son numéro de portable, déchira le feuillet et le lui tendit.

— C'est mon numéro de portable, au cas où. Si jamais elle avait besoin d'aide au milieu de la nuit, je suis son plus proche voisin. Je n'ai pas de ligne fixe. Peut-être que je devrais y songer, moi aussi.

— Elle appréciera votre geste, Ross, j'en suis sûr, déclara Tanner en empochant le papier.

Il se dirigea vers la porte. Comme il posait la main sur la poignée, Deacon ajouta :

— Je parlais sérieusement quand je vous ai proposé de rencontrer son frère… Tenez-moi au courant.

— Entendu. Je n'y manquerai pas.

Tanner prit congé, et Deacon le regarda depuis sa fenêtre monter dans sa voiture et s'éloigner. Le shérif était plutôt amical mais il n'était pas totalement satisfait de ce qu'il savait ou de ce que son instinct lui soufflait à propos de Deacon. Pour l'instant, il n'avait pas de raison de chercher plus loin, mais il continuerait à l'avoir à l'œil et peut-être à creuser encore un peu. Deacon n'était pas inquiet. Le Bureau ne fournirait pas d'informations concernant un de ses agents à qui que ce soit, fût-ce à un shérif un peu curieux. Le seul aspect du passé de Deacon qui pouvait être relié à sa présence ici était la disparition de son ancien partenaire, laquelle s'était produite il y a longtemps, et Deacon n'avait même pas été partie prenante de l'enquête.

Pour le reste, tout ce qu'il avait dit au shérif serait confirmé par son supérieur direct si jamais Tanner décidait de pousser un peu plus loin ses investigations.

Deacon attendit environ une demi-heure puis il reprit la direction du petit bois, chemin qu'il connaissait désormais par cœur, pour observer la maison de Cece. Tanner était entré, et le technicien de la compagnie de téléphone était arrivé et s'était mis au travail. Pendant la demi-heure qui suivit, l'homme entreprit de raccorder la maison au réseau téléphonique puis il procéda ensuite, à l'intérieur, à l'installation nécessaire. Dix minutes après son départ, Tanner s'en alla lui aussi. Deacon retourna chez lui et monta dans sa camionnette. Il recula dans son allée puis prit la direction de la ferme voisine.

Il se gara à quelques mètres seulement des marches du porche. Le temps qu'il pose le pied sur la première marche, il devina sa silhouette, derrière le rideau, regardant qui était ce nouvel arrivant. Il fit mine de n'avoir rien remarqué et s'avança jusqu'à la porte.

Le son d'une serrure qu'on ouvrait puis le grincement de la porte sur ses gonds avant qu'apparaisse son visage.

— Oui ?

Elle l'avait reconnu, il le lut dans ses yeux verts. Du reste, elle n'aurait sans doute pas ouvert si ce n'avait pas été le cas.

— Je suis votre voisin, annonça-t-il, choisissant cette approche plutôt que de lui rappeler l'incident déplaisant sur le parking. Deacon Ross.

Elle inclina la tête.

— Merci de ce que vous avez fait pour moi, au supermarché. Je suis à peu près sûre que personne d'autre ne serait intervenu.

— Vous n'avez pas besoin de me remercier, mademoiselle Winters. C'était la moindre des choses.

— Je vous dois une fière chandelle.

Son regard s'égara un instant derrière son épaule puis elle réussit à produire un petit sourire incertain.

— J'ai accroché votre numéro de téléphone sur le mur, près du téléphone. J'espère que je n'aurai pas à vous appeler mais je dormirai plus tranquille en sachant qu'il y a quelqu'un vers qui je peux me tourner en cas de nécessité.

Elle haussa les épaules.

— J'ai grandi ici mais je n'y ai pas d'amis ni… ni de famille, du moins pas de famille qui me fréquente encore.

— Je comprends.

— Je suis désolée, dit-elle en reculant de deux pas, ouvrant la porte plus grand. Voulez-vous entrer un instant ?

Il avait espéré qu'elle l'y inviterait.

— Merci.

Il passa devant elle tandis qu'elle refermait le battant, mais il était manifeste que sa présence la mettait mal à l'aise.

— Si vous préférez laisser la porte ouverte, ne vous gênez pas pour moi.

Elle leva les yeux et rougit, ses joues prenant presque la teinte de ses cheveux flamboyants.

— Je suis transparente à ce point ?

Il sourit, se forçant à laisser transparaître sur ses traits une bonhomie qu'il était loin de ressentir.

— Je le crains.

— Il faudra que je travaille à mieux maîtriser ma physionomie.

— En arrivant, j'ai remarqué qu'en un ou deux endroits le toit aurait besoin de réparations. Il faudrait aussi que vous songiez à trouver quelqu'un pour refaire les joints autour des fenêtres et des portes avant l'hiver. Je l'ai fait chez moi pour éviter les déperditions de chaleur.

Elle hocha la tête, l'air plus soucieux qu'hésitant.

— Je peux sans doute m'en charger moi-même.

— Peut-être bien mais je pourrai vous donner un coup de main si vous voulez. Je ne suis pas un pro mais je suis assez bon bricoleur.

Elle se mordit la lèvre inférieure l'espace d'une demi-seconde avant de répondre :

— Je crains que l'état de cette maison ne se soit beaucoup dégradé depuis la dernière fois que je l'ai vue. Mon frère Levi disait qu'il jetait un coup d'œil régulièrement mais je ne suis pas certaine qu'il y connaisse grand-chose en matière d'entretien d'une maison. Et puis, pour être tout à fait honnête, ma grand-mère s'est toujours occupée de tout. Elle débordait d'énergie. Elle m'en aurait appris beaucoup plus si je n'étais pas partie.

Elle considéra fixement le plancher pendant un moment avant de relever les yeux pour croiser son regard.

— Mais j'apprends vite. Je pourrai probablement effectuer moi-même le plus gros pour peu qu'on me montre comment m'y prendre.

Du menton, il désigna le pot de peinture et le pinceau posés près de la porte d'entrée.

— On dirait que vous vous êtes déjà mise à l'ouvrage.

Elle essaya de sourire mais n'y réussit pas tout à fait.

— Oui… Certaines choses ne peuvent pas attendre.

Elle avait recouvert de peinture le déplaisant rappel de l'accusation que certains lui avaient crachée au visage, mais le vilain mot se distinguait encore sous la couche de peinture blanche.

— Si je peux vous aider en quoi que ce soit avant de m'en aller…

Pour parachever son personnage de bon voisin, il était venu lui souhaiter la bienvenue mais il ne voulait pas s'imposer trop longtemps ni se montrer trop insistant d'entrée de jeu. Le mieux était d'opérer progressivement, lentement.

Elle humecta la lèvre qu'elle avait mordillée.

— Eh bien… En voulant faire chauffer de l'eau pour préparer du café, j'ai constaté que la cuisinière refusait de s'allumer, dit-elle, pointant le pouce par-dessus son épaule.

— Je vais y jeter un coup d'œil.

— Ce serait super… Merci.

Elle le précéda jusqu'à la cuisine. Non qu'il eût besoin d'un guide : il connaissait par cœur l'agencement de cette maison pour en avoir fait le tour au moins trois fois. Un certain nombre de surprises attendait sa nouvelle occupante.

Dans la cuisine, elle lui montra l'appareil récalcitrant.

Il tourna le bouton de commande d'un des brûleurs, puis celui du four. Fit mine de soupeser les possibilités avant de déclarer :

— Puis-je jeter un coup d'œil à votre tableau électrique ?

Elle fronça les sourcils.

— Les fusibles ?

— Oui, si un disjoncteur n'a jamais été installé.

Elle haussa les épaules.

— Je ne sais pas. Ma grand-mère parlait toujours de la boîte à fusibles.

Elle le guida en direction de ce qui avait été un porche arrière avant d'être converti en buanderie. Un nouveau porche, plus petit, était venu se greffer à l'habitation. Elle indiqua le mur, près de la porte.

— C'est là.

Le tableau électrique avait bel et bien été modernisé. De nouveau, il commença par fixer pendant un moment le panneau avant d'actionner un interrupteur – celui-là même qu'il avait abaissé une semaine plus tôt. Pendant qu'il y était, il activa aussi celui qui commandait le chauffe-eau. Celui-ci avait dû être abaissé par la personne qui avait fermé la maison après la mort de la grand-mère.

— Je vous ai aussi remis l'eau chaude, précisa-t-il en tapotant du doigt le fusible qu'il venait d'enclencher. Si jamais l'eau ne chauffait pas, coupez-le et appelez-moi. Allons voir si votre cuisinière fonctionne maintenant.

De retour dans la cuisine, il tourna le bouton pour allumer le feu sous la bouilloire. Un voyant rouge s'alluma.

Elle sourit.

— Merci. Je ne me voyais pas me passer de café demain matin.

— Si vous rencontrez un autre problème, appelez-moi.

Il se détourna et se dirigea vers la porte d'entrée. Elle lui emboîta le pas. À la porte, il s'arrêta un instant et la regarda.

— N'hésitez pas à téléphoner si vous voyez ou entendez quelque chose de bizarre. Je suis à une minute de chez vous.

— Merci encore, vraiment.

Elle fronça les sourcils.

— Je ne voudrais pas paraître ingrate, mais… Pourquoi faites-vous tout ça ?

Il fouilla son expression, se demandant ce que serait sa réaction s'il disait la vérité.

— Je ne sais pas ce qui vous est arrivé, mais vous avez l'air de quelqu'un qui a bien besoin d'un répit.

Et il s'éloigna avant qu'elle ait eu le loisir de répondre. Inutile de courir un risque en lui laissant le temps de lire la vérité dans ses yeux.

Depuis le seuil, elle le regarda reculer et manœuvrer pour repartir. Lorsqu'il stoppa au bout de l'allée pour voir si la voie était libre, il jeta un coup d'œil dans son rétroviseur et vit qu'elle le regardait toujours.

La demoiselle était seule et n'avait pas l'esprit tranquille. Parfait.

C'était exactement ce sur quoi il tablait.

3

Cece fourragea dans le placard qui avait été le sien quand elle était adolescente. Elle n'arrivait pas à croire que sa grand-mère n'ait pas jeté toutes ces vieilleries. Mais elle avait été la seule à croire Cece innocente, la seule à avoir espéré la voir rentrer un jour.

À la maison.

Elle promena son regard sur la pièce. Oui, c'était bel et bien ici qu'elle était chez elle, ici qu'elle avait passé la majeure partie de son enfance. Après la mort de sa mère, son père les avait plus souvent qu'à leur tour déposées ici, elle et sa sœur. Il emmenait toujours les garçons avec lui, en revanche, comme s'ils étaient plus importants que les filles.

Ce qui, dans son esprit, était le cas. Les filles constituaient à ses yeux, et aux yeux des membres de sa congrégation, une forme de vie inférieure.

Sa congrégation. Cece se refusait catégoriquement à employer le terme d'« église » pour désigner ceux qui avaient fait leurs les croyances de son père. Il s'agissait d'une sorte de secte. Régie par des règles strictes et qui ne laissait aucune place à la compassion. Comment le groupe avait-il survécu près de neuf années à son fondateur ? Marcus avait dû endosser pleinement le rôle qu'avait joué son père et se servir de son meurtre comme d'un tremplin pour atteindre ses propres objectifs.

Rien de surprenant à cela. Marcus avait toujours été roué et autocentré. Sierra aussi, d'ailleurs. Du moins après ses douze ans. Cece et Levi, eux, avaient été différents. Ils ressemblaient à leur mère, leur avait souvent assené leur père en guise de reproche. Et toutes ces fois où il avait laissé Cece et Sierra aux bons soins de leur grand-mère, le pauvre Levi s'était vu obligé, lui, de suivre son père et Marcus. Elle l'avait souvent entendu pleurer le soir, après leurs sorties. Mais chaque fois qu'elle lui avait demandé ce qui s'était passé, il avait refusé de parler. Elle ne pouvait qu'imaginer ce que Levi avait enduré au nom des croyances dévoyées de leur père.

Levi n'était toujours pas venu voir si son retour s'était bien passé. Elle espéra que rien ne lui était arrivé. Peut-être avait-il décidé qu'être de son côté ne lui causerait que des ennuis. Si tel était le cas, elle ne lui en voudrait pas. Marcus et Sierra, et leurs semblables, ne manqueraient pas de lui rendre la vie dure s'il s'affichait à son côté.

Cece sortit une chemise de nuit et un slip d'un tiroir et se dirigea vers la salle de bains. Elle rêvait depuis si longtemps d'un long bain chaud !

Armée d'une serviette, de savon et de shampooing, elle posa le tout sur le bord de la baignoire. Après avoir réglé la température de l'eau au plus chaud qu'elle pût supporter, elle ôta les vêtements qu'un organisme de charité lui avait donnés puisqu'elle n'avait rien à se mettre à sa sortie de prison. Elle nota deux ecchymoses dues aux pierres qu'elle avait reçues dans le parking du supermarché. Elle frissonna, essaya de chasser ce souvenir qui en évoquait d'autres, similaires, surgis du passé. Elle devait avoir une dizaine d'années, et les membres de la congrégation avaient décidé qu'un des leurs avait volé quelque chose à un condisciple. Ils l'avaient traîné hors de la grange qui leur servait alors de lieu de réunion et l'avaient lapidé.

L'homme avait fini par réussir à s'échapper, à fuir la torture qu'ils lui infligeaient, mais Cece ne l'avait plus jamais revu. Elle se demandait s'ils l'avaient retrouvé et n'avaient pas achevé ce qu'ils avaient commencé. Elle ne détenait pas la preuve que son père ou l'un de ses adeptes ait jamais tué qui que ce soit, mais la haine et le mal qui émanaient d'eux étaient tellement extrêmes qu'elle ne pouvait s'empêcher de les en croire capables.

Elle se laissa glisser avec délice dans l'eau chaude et poussa un soupir. Jamais un bain n'avait été aussi bon.

Elle resta là, immobile, à profiter de ce luxe oublié, jusqu'à ce que l'eau commence à tiédir. Ses muscles se détendaient pour la première fois depuis… depuis si longtemps que cela lui semblait être une éternité. Enfin, elle parvenait à se débarrasser de l'odeur tenace de la prison qui collait à sa peau, à ses cheveux. Même le savon et le shampooing, là-bas, avaient eu une odeur caractéristique qu'elle n'oublierait jamais.

Quand elle eut frictionné sa peau au point de l'irriter, elle tira sur la chaînette de la bonde pour vider la baignoire. La serviette était propre mais dégageait une légère odeur de renfermé après être restée si longtemps pliée dans l'armoire à linge. Il lui faudrait tout laver, peut-être suspendre les draps à l'extérieur pour les aérer.

Habillée et se sentant plus fraîche qu'elle ne l'avait été depuis près d'une décennie, elle étendit la serviette sur le bord de la baignoire puis sortit de la pièce, les vêtements qu'elle avait portés à sa libération roulés sous le bras, pour les jeter à la poubelle. Elle ne voulait plus jamais voir quoi que ce soit ayant appartenu à cet univers.

Elle se prépara un sandwich et se dirigea vers la chambre de sa grand-mère. Sa main glissa sur le couvre-lit en chenille rose tandis qu'elle s'asseyait au bord du matelas. Le rose avait toujours été la couleur favorite de sa grand-mère. Cece regretta de ne plus avoir les lettres qu'Emily lui avait adressées au fil des années. Toujours sur du papier à lettres rose dans une enveloppe assortie. Deux semaines après le décès de sa grand-mère, elles avaient disparu de sa cellule, et elle ne les avait jamais revues. Elle avait eu beau réclamer encore et encore, poser des questions, elle n'avait jamais obtenu de réponse claire.

De guerre lasse, Cece avait fini par renoncer.

Sa grand-mère lui avait répété à de nombreuses reprises, dans ces lettres, que si, pour une raison ou pour une autre, elle n'était pas là quand Cece serait libérée, elle devrait se rendre à leur endroit à elles. Son regard se porta sur les rayonnages, près de la fenêtre, de l'autre côté de la pièce. Un petit sofa se trouvait à côté des étagères. Sa grand-mère et elle s'y étaient relaxées pendant des heures en lisant des livres. Quand Cece était petite, c'était sa grand-mère qui lui avait fait la lecture puis, plus tard, elles avaient lu en silence chacune de son côté, mais ensemble. Ce coin lecture avait été leur endroit à elles.

Cece termina son sandwich et se dirigea vers la bibliothèque. Elle tira l'exemplaire usé à force d'avoir été lu et relu du célèbre roman *Les Quatre Filles du docteur March*. Le poids de l'ouvrage et le parfum du papier lui tirèrent un sourire. Cela avait été un de leurs ouvrages favoris. Cece aurait été incapable de dire combien de fois elle l'avait lu.

Quelque chose s'échappa d'entre les pages et voleta jusqu'au sol.

Elle s'accroupit et tâtonna sous le sofa jusqu'à ce que ses doigts en retirent…

Un billet de cent dollars.

— Mais qu'est-ce que… ?

Prenant son temps, elle feuilleta page par page, roman après roman. Lorsqu'elle eut terminé, elle avait cinq mille dollars à côté d'elle, sur le sofa à fleurs. Pourquoi diable sa grand-mère avait-elle gardé une telle somme à la maison ? Alors qu'elle disposait d'un compte bancaire. Me Frasier avait dit qu'il y avait un peu d'argent sur le compte mais Cece devrait se rendre à la banque et faire les démarches nécessaires pour y avoir accès. Il ne devait pas y avoir grand-chose, à son avis, mais, quel que soit le montant, il serait de toute façon le bienvenu.

Mais pourquoi conserver une telle somme en liquide chez elle, où le premier cambrioleur venu n'aurait eu qu'à casser une vitre ou défoncer la porte pour s'en emparer ?

Sa grand-mère avait-elle eu peur que quelqu'un ne fasse main basse sur l'argent déposé en banque ? À moins que ce ne soit ce qu'elle appelait son bas de laine. Sa cagnotte secrète pour les cas d'urgence.

Cece préleva deux cents dollars de la pile de billets et rangea le restant au-dessus de la bibliothèque, à l'abri des regards. Sa grand-mère avait pensé à tout, semblait-il.

Elle avait toujours été prévoyante, médita Cece. Et ce bien avant que se tenir en permanence prêt à je-ne-sais-quoi ne soit devenu un mode de vie pour ceux qui étaient un peu trop zélés.

En l'absence d'une télévision à regarder, elle sortit un album de photos de famille et parcourut les pages remplies de souvenirs. Quand elles le regardaient ensemble, sa grand-mère ne manquait jamais de commenter l'histoire de chacune des photos. Cece se rappelait la plupart d'entre elles. Il y avait beaucoup de photos d'avant la mort de sa mère. Des photos des grands-parents de Cece avec toute la famille, même son père. Mais, après la mort de sa mère, celui-ci s'était investi de plus en plus dans la congrégation qui avait fini par devenir son royaume, le monde où il était adulé par une cour de disciples confits d'admiration.

Il avait repoussé les parents de sa mère et s'était concentré exclusivement sur la congrégation.

Cece venait voir ses grands-parents en cachette après l'école dès qu'elle le pouvait. Marcus ne manquait jamais de la dénoncer s'il la voyait. Levi et Sierra faisaient en gros ce que Marcus leur disait. Mais Cece n'avait jamais courbé l'échine. Elle et son père avaient eu de fréquentes disputes – jusqu'au jour où il l'avait jetée dehors alors qu'elle avait seize ans. Toute la famille l'avait rejetée à partir de ce moment-là. Puis, finalement, Levi avait commencé à chercher des occasions de la voir. Marcus et Sierra, eux, n'avaient plus voulu entendre parler d'elle. L'approbation de leur père était bien trop importante.

Elle passa un doigt sur une photo de son jeune frère. Pourquoi n'était-il pas venu la chercher ainsi qu'il l'avait promis ?

De nouveau, Cece se prit à espérer qu'il allait bien. Elle n'avait aucun moyen de le joindre – même si elle disposait maintenant d'une ligne téléphonique. Elle ne connaissait pas son numéro de téléphone, ne savait même pas s'il possédait un mobile, d'ailleurs. Leur père leur avait interdit d'en avoir. Cece s'en était acheté un lorsqu'elle était venue se réfugier chez sa grand-mère. Elle n'avait pas la moindre idée de l'endroit où il pouvait se trouver maintenant. Telle qu'elle connaissait sa grand-mère, celle-ci ne s'en était sûrement pas débarrassée ; il devait être rangé quelque part dans la maison. À moins que la police ne l'ait confisqué comme preuve matérielle. Des images d'interrogatoires, de sang, défilèrent dans son esprit.

Les souvenirs la replongèrent dans l'émotion.

— Ça suffit pour aujourd'hui.

Refermant l'album, elle décida d'enfiler un jean et un T-shirt, et d'aller dans le jardin. Il ne faisait pas encore sombre, elle avait largement le temps de se dégourdir un peu les jambes. Elle fut soulagée de constater que le jean qu'elle avait porté à dix-huit ans lui allait encore. Puis, avisant une paire de tongs qui dépassaient de sous le lit, elle les enfila. La porte vitrée grinça sur ses gonds quand elle la poussa. La chaleur était un peu moins écrasante maintenant que le soleil frôlait la cime des arbres.

Le jardin avait été bien entretenu. L'avocat avait dû engager quelqu'un pour venir tondre la pelouse. Elle avait vu la vieille tondeuse, toujours à sa place, en sortant la camionnette de la grange. S'il y avait encore du carburant dans le réservoir, elle devait toujours fonctionner. Elle pourrait couper l'herbe lorsque le besoin s'en ferait de nouveau sentir. Elle s'en était souvent chargée lorsqu'elle vivait ici. S'agissant de la répartition des tâches, sa grand-mère avait eu un côté vieux jeu. De son point de vue, tondre le gazon était un travail d'homme. Mais Cece avait fait fi de ses mises en garde contre les ampoules et autres callosités qu'elle allait se faire aux mains et avait mis un point d'honneur à accomplir toutes les tâches qui avaient incombé à son grand-père de son vivant.

Lundi, il faudrait qu'elle sorte pour se mettre en quête d'un travail et se présenter devant l'agent de probation. Si heureuse qu'elle soit d'avoir trouvé ces cinq mille dollars, ils ne dureraient pas éternellement. La maison et la camionnette avaient beau être payées, il restait les charges – impôts, factures d'électricité, nourriture, assurances.

Et son permis de conduire devait avoir expiré. Cela aussi, elle devrait s'en occuper au plus vite. Elle ne voulait pas courir le risque de se voir infliger une amende. Or, pour assurer un véhicule, il fallait posséder un permis de conduire valide.

Un bruit de gravier lui parvint à travers les arbres. Quelqu'un avait tourné dans son allée. Cece rebroussa chemin au pas de course, rentra par la porte arrière, qu'elle ferma à double tour, avant de se précipiter vers la fenêtre de devant pour regarder par l'interstice entre les rideaux.

Elle ne reconnut pas la voiture. Vieille. Verte. La portière s'ouvrit, et un homme en sortit. Il se tourna vers la maison.

Levi.

Un large sourire incurva les lèvres de Cece, et elle courut vers la porte, l'ouvrit à la volée et se rua au-dehors pour accueillir son frère. Il la regarda tandis qu'elle jetait les bras autour de son cou. Il semblait avoir grandi de vingt centimètres depuis qu'elle l'avait vu le mois dernier.

— Je commençais à me demander si tu n'avais pas quitté la ville sans me prévenir, dit-elle en le serrant contre elle. D'autant que tu devais venir me chercher…

Elle le sentit se raidir. Il l'enlaçait toujours mais ses bras ne la tenaient pas vraiment. Elle se dégagea.

— Quelque chose ne va pas, Levi ?

C'est alors qu'elle remarqua la façon dont il était habillé. Un vilain jean bleu marine, une chemise informe. Des bottes de travail. Les cheveux coupés très court.

Il était l'un d'eux.

— Non, dit-elle en secouant la tête, sondant son expression, cherchant une explication.

Il baissa les yeux avant de les relever et d'affronter son regard.

— Ça devait finir par arriver.

Non. Non. Non.

— Levi, combien de fois avons-nous parlé de ce qu'ils sont ? Tu ne peux pas t'être rallié à eux, ce n'est pas possible !

Tout son être se révulsait à cette idée.

Ses mains se refermèrent autour de ses bras, la maintenant à distance comme s'il ne supportait pas qu'elle le serre affectueusement contre lui.

— C'est mieux ainsi. Marcus et Sierra veulent que je fasse partie de la famille.

Elle secoua la tête.

— Je me fiche de ce que Marcus et Sierra veulent. Tout ce qui compte à mes yeux, c'est ce que *toi* tu veux.

Elle plongea son regard au fond de ses prunelles.

— Est-ce cela que tu veux ?

— C'est ce que papa aurait voulu. Ce que Dieu veut.

Cece secoua la tête. Elle eut envie de lui dire que Dieu n'avait rien à voir avec tout ça mais à quoi bon le sermonner ? Tout cela, il le savait déjà. Il ne le savait que trop bien.

— Je voulais juste m'assurer que tu étais rentrée à la maison sans encombre comme je n'ai pas pu venir te chercher.

Il osa enfin la regarder vraiment en face.

— Je t'aime, Cece. Avec le temps, tu comprendras que j'ai agi comme je devais le faire.

Avant qu'elle ait pu répondre, il tourna les talons et remonta dans sa voiture. Elle avait envie de le retenir, de le contredire, de balayer ses arguments mais elle n'avait pas le courage de se battre. Elle était anéantie. Bien davantage que s'il était parti sans la prévenir, avait épousé sa dernière conquête ou avait été arrêté pour un menu larcin.

Elle le regarda s'éloigner dans l'allée tandis que la réalité la percutait de plein fouet : cette fois, elle n'avait plus personne.

Absolument personne. Elle était désormais totalement seule.

Pourquoi s'entêter à demeurer dans ce maudit endroit afin de prouver son innocence ? De trouver la vérité ?

Quelle importance ?

Qui restait-il pour se soucier qu'elle ne soit pas coupable ?

Personne.

Cece n'aurait su dire combien de temps elle se tint immobile, plantée là, à regarder dans le vide là où le véhicule avait disparu, mais le crépuscule était largement tombé quand, dans un sursaut, elle s'obligea à cesser d'attendre que Levi revienne et lui dise qu'il l'avait bien eue avec sa plaisanterie de mauvais goût. Elle tourna le dos à l'allée déserte, que les ombres envahissaient déjà, et revint vers la maison.

À l'intérieur, il faisait suffisamment sombre pour qu'il faille allumer la lumière. Elle appuya sur l'interrupteur.

Rien.

— Pour l'amour du ciel, qu'est-ce qu'il y a encore ?

Dans la cuisine, elle alla droit au tiroir où sa grand-mère rangeait les outils de première nécessité, parmi lesquels sa lampe de poche. Elle l'essaya. La lampe fonctionnait encore.

Elle poussa un soupir de soulagement et se dirigea vers l'ex-porche arrière devenu buanderie. Elle ouvrit la porte du tableau électrique et promena le faisceau de sa lampe sur les fusibles. Tout semblait en ordre. Alors, pourquoi n'avait-elle pas de lumière ?

À l'aide de sa lampe, elle alla tester les lumières des autres pièces. Aucune ne fonctionnait, ni les plafonniers ni les lampes de table.

Elle n'avait aucune envie de passer la nuit ici sans électricité. Certes, il y avait bien la lampe de poche mais ce n'était pas comme avoir une pièce bien éclairée. Elle retourna dans la cuisine et trouva le mot du voisin, avec son nom et son numéro. Dieu merci, il s'agissait d'un ancien poste à cadran qui n'avait pas besoin d'être raccordé au réseau électrique.

Au bout de deux sonneries, il décrocha. Elle prit une inspiration et se lança.

— Monsieur Ross, c'est Cecelia Winters, votre voisine. Je suis absolument désolée de vous déranger encore, mais je n'ai plus de lumière. Rien ne marche. J'ai regardé le coffret électrique mais je n'ai rien vu d'anormal.

Il lui assura qu'il allait venir voir. Cece le remercia et raccrocha.

Elle appuya le front sur le mur et laissa échapper un soupir las. Elle était à peine sortie de l'adolescence lors de son incarcération. Bien sûr, auparavant, elle avait eu l'occasion d'aider sa grand-mère et d'accomplir certaines tâches domestiques mais elle n'avait jamais été seule à devoir tout gérer dans une maison. Il y avait des tas de choses qu'elle ne savait pas faire.

Dommage que ce genre d'enseignement n'ait pas été dispensé en prison. Des leçons de vie pratique lui auraient été bien utiles.

Néanmoins, si frustrante que soit son incapacité à tout prendre en charge elle-même, elle s'estimait heureuse d'avoir une maison où loger. Tant de ses ex-codétenues n'avaient nulle part où aller le jour de leur libération… Cece n'avait peut-être plus de famille mais elle avait cet arpent de terre avec cette petite maison. Et elle avait un peu d'argent.

Elle s'en sortirait.

Si la preuve de son innocence ne pouvait être faite, elle pourrait toujours vendre et quitter Winchester.

Sans Levi, plus rien ne la retenait ici.

Des phares apparurent au loin, au bout de la longue allée. Elle resserra son emprise sur la lampe et espéra que c'était M. Ross. Se retrouver ici dans le noir n'était pas rassurant. Elle aurait dû prendre le temps de trouver le fusil de sa grand-mère et les munitions.

La portière conducteur de la camionnette s'ouvrit et, à la lumière de l'habitacle, elle reconnut le conducteur.

C'était bien lui. Deacon Ross.

Elle ouvrit la porte comme il atteignait le porche.

— Je suis vraiment désolée de vous déranger encore.

En rachetant la propriété Wilburn, l'homme ne s'était sûrement pas attendu à devoir prêter main-forte à une voisine récemment libérée de prison. Elle garda la lampe orientée vers le bas pour éclairer suffisamment le chemin sans l'aveugler.

— Pas de problème. Vous m'avez épargné le visionnage d'un mauvais épisode de ce qui était ma série préférée.

Il sourit, et elle se détendit.

— Je n'ai pas regardé la télévision depuis un bon moment.

Les prisonniers avaient accès à la télévision mais elle avait préféré lire. La lecture lui permettait de s'isoler des autres. Faire profil bas l'avait aidée plus d'une fois à éviter les ennuis.

— Croyez-moi, reprit-il. Vous n'avez pas manqué grand-chose.

Elle lui tendit la lampe.

— Vous allez avoir besoin de ça.

Il la prit et se dirigea vers l'arrière de la maison, Cece sur ses talons. Il était grand. Entre un mètre quatre-vingt-cinq et un mètre quatre-vingt-huit, jugea-t-elle. Autant dire qu'il dépassait largement son mètre cinquante-huit. Sa petite taille aussi, elle la tenait de sa mère et de sa grand-mère. Contrairement à elle, Sierra avait hérité de son père : elle avait les cheveux foncés et était plus grande. Marcus et Levi aussi. Elle avait beau avoir dû supporter les moqueries de ses camarades qui la surnommaient Poil de carotte, étant enfant, elle se félicitait de ne pas leur ressembler.

Les lampes s'allumèrent.

— Comment avez-vous fait ?

Elle se demanda comment elle pourrait jamais témoigner sa reconnaissance à cet homme.

— Êtes-vous sortie sans fermer la porte à clé ?

Elle secoua la tête.

— J'ai pris un bain. Je suis allée faire un tour dehors.

Elle fronça les sourcils.

— Et mon frère Levi est passé. Je suis restée dehors quelques minutes à lui parler… mais pas très longtemps.

L'expression soucieuse de Ross la troublait plus que la question en elle-même.

— À moins qu'un problème sur le circuit électrique ne fasse déclencher le disjoncteur principal, quelqu'un s'est forcément introduit dans la maison pour le mettre en position arrêt.

Elle referma les bras autour de son corps.

— Oh !

Il éteignit la lampe de poche et la lui tendit.

— Avez-vous une arme, mademoiselle Winters ?

— Cece, corrigea-t-elle. Appelez-moi Cece.

Elle prit une grande inspiration.

— Ma grand-mère avait un fusil. Il est probablement toujours dans la maison, mais je n'ai pas le droit de posséder une arme à feu.

Elle n'avait pas pensé à ça jusqu'à ce moment précis. Elle aurait dû en parler au shérif quand il était venu la voir. Elle se sentit complètement idiote.

— Laissons de côté l'aspect purement technique étant donné que vous êtes ici, toute seule. Je crois que vous devriez le garder, bien caché, ici, sans en aviser qui que ce soit tant que vous n'aurez pas recouvré votre droit de port d'arme. En cas d'urgence, si vous deviez l'utiliser, un bon avocat ferait valoir le fait que l'arme appartenait à votre grand-mère et que celle-ci l'avait conservée chez elle. Que vous aviez oublié jusqu'à son existence. C'est aussi simple que ça.

Elle ne voyait rien de simple là-dedans mais n'avait pas d'autre idée.

— OK.

— Pour l'instant, dit-il, assurons-nous déjà qu'il est en bon état de fonctionnement. Et, si oui, qu'il est chargé et prêt à être utilisé en cas de besoin.

Il avait raison. Pourquoi ne s'en était-elle pas inquiétée plus tôt ?

Il la suivit jusqu'à la chambre de sa grand-mère. Toutes les lumières de la maison étaient désormais allumées. Le calibre .410 se trouvait dans le placard. Une boîte de cartouches était posée à côté.

Ross prit le fusil, caressant du pouce le cœur qui avait été gravé sur la crosse.

— C'est mon grand-père qui a sculpté ce cœur. Il avait acheté ce fusil pour ma grand-mère, car il était de petites dimensions tout en étant parfaitement capable de tenir un cambrioleur en respect – c'était le modèle le plus petit qu'il ait pu trouver, disait-il. Elle pourrait le manier sans peine.

— Choix judicieux, nota Deacon en hochant la tête et en retournant l'arme entre ses mains avant de la recharger d'un geste sec. Pas trop de recul. Le clic que vous avez entendu, c'était la cartouche entrant dans la chambre, donc il est chargé. Allons le tester, si vous voulez, pour nous assurer qu'il ne risque pas de s'enrayer le moment venu.

— D'accord.

Au moins pourrait-elle se protéger si le besoin s'en faisait sentir.

Il la précéda jusqu'à la porte arrière. Une fois dans la cour, il épaula, visa la cime des arbres et appuya sur la détente.

Quand l'écho du coup de feu se fut éteint, il hocha la tête d'un air satisfait.

— Bien. Il fonctionne à la perfection.

Il lui tendit l'arme en ajoutant :

— Gardez une cartouche dans la chambre. En cas de nécessité, cela vous évitera de perdre un temps précieux à le recharger.

Elle contempla le fusil entre ses mains comme s'il lui brûlait les doigts, pressée de rentrer le remettre à sa place.

— Merci mille fois. J'espère que je n'aurai plus à vous déranger.

— Je vous l'ai dit, n'hésitez pas à m'appeler.

Ils rentrèrent dans la maison, et il se tourna vers elle, une fois à l'intérieur.

— Veillez à verrouiller vos portes, même si ce n'est que pour aller prendre l'air dans le jardin.

— J'y penserai.

À la porte d'entrée, elle renouvela ses remerciements et lui souhaita bonne nuit.

Il l'étudia pendant un moment, puis hocha la tête et s'éloigna.

Elle le regarda partir, se félicitant une fois de plus de la présence de cet étranger, à côté de chez elle, qui se révélait être un si serviable voisin. Elle s'était attendue à tout sauf à recevoir de la sympathie ou de la compassion de la part de qui que ce soit dans cette ville.

Non sans un frisson, elle remisa prestement le fusil au fond du placard. Elle ne voulait pas s'attirer d'ennuis, surtout du genre de ceux qui risquaient de la renvoyer en prison.

Mais ce qu'elle savait avec une absolue certitude, c'était que les problèmes qu'elle avait eus jusqu'ici n'étaient qu'un avant-goût de ce qui allait suivre. Aucun de ceux pour qui son père avait été un maître à penser n'allait se réjouir de la voir de retour. À leurs yeux, elle était méprisable, abjecte – le mal incarné.

Oui, des ennuis, il y en aurait. Elle ferait donc ce qu'elle avait fait en prison : profil bas, tout en recherchant activement la vérité. C'était tout ce qui, désormais, présentait un quelconque intérêt à ses yeux ici.

Le plus dur serait de rester en vie assez longtemps pour la faire éclater, cette vérité.

4

Il était presque minuit lorsque Deacon décida de s'en tenir là pour aujourd'hui. Il surveillait la maison depuis des heures. Elle avait éteint toutes les lumières quarante minutes plus tôt. Par mesure de précaution, il avait installé des détecteurs de mouvement à l'orée du bois, orientés vers l'allée, si bien que personne ne pouvait approcher sans qu'il le sache.

Cecelia Winters avait beaucoup d'ennemis dans cette ville. Il n'était pas question de laisser l'un d'eux venir lui mettre des bâtons dans les roues. Certes, il avait voulu qu'elle sente pleinement la pression qui pesait sur elle – la haine, la honte – mais qu'on s'en prenne physiquement à elle ? Cela, non, jamais il ne l'avait souhaité. Même lui avait un cœur.

Il attendait depuis si longtemps d'élucider le mystère de la disparition de son partenaire ; il n'allait pas permettre au premier plouc venu de tout faire capoter parce qu'il avait une dent contre elle. Jack avait une veuve et deux enfants adultes qui méritaient de pouvoir faire dignement le deuil de leur mari et père.

Deacon n'avait pas fait deux pas qu'il entendit des voix. Le son était trop étouffé pour qu'il puisse déterminer s'il s'agissait d'hommes ou de femmes. Il dévia vers le bosquet, sur sa droite, pour ne pas se faire repérer.

Des silhouettes émergèrent des arbres, s'avançant dans la cour arrière. Grâce au clair de lune, il vit qu'il s'agissait de deux hommes. L'un d'eux portait ce qui semblait être une grande boîte noire. Non, pas une boîte. Un bidon d'essence. Comme ils se dirigeaient vers la grange, il ne lui fut pas difficile de deviner leur intention : ils allaient y mettre le feu.

Très mauvaise idée à plus d'un égard.

Il n'avait pas plu depuis plus d'une semaine. L'herbe, les taillis, les arbres, tout était sec. La conjoncture idéale pour provoquer un désastre. La colère l'envahit. Ces salauds se fichaient sans doute éperdument des dégâts qu'ils pouvaient causer, tout ce qui leur importait, c'était de nuire le plus possible à Cecelia Winters.

Sans bruit, Deacon revint sur ses pas, se coulant telle une ombre le long de la lisière des arbres qui bordaient la cour jusqu'à atteindre l'arrière de la grange. Les deux hommes avaient pris de l'assurance maintenant, ils parlaient un peu moins bas tandis qu'ils s'affairaient pour mettre leur stupide plan à exécution.

Une odeur d'essence emplit l'air. L'un des deux avait commencé à répandre le combustible devant la grange.

Ça suffit comme ça.

En silence, Deacon s'avança derrière l'homme qui tenait le bidon et posa le canon de son arme contre sa nuque.

— Pas un geste.

Le type, l'air, tout s'immobilisa l'espace d'un instant. Cet instant suspendu dans le temps que Deacon ne connaissait que trop bien. La réaction n'allait pas tarder.

— Si votre ami tente de gratter une allumette, s'il fait *le moindre geste*, je vous tire une balle dans la tête, gronda-t-il.

L'homme retint son souffle, puis appela :

— Hé ! Mac !

— Si vous tirez, contra le deuxième homme, celui qui répondait au nom de Mac. Je tire aussi.

Deacon pressa l'arme plus fort contre la tête de l'homme au bidon.

— Je n'aimerais pas être à votre place, l'ami.

Un coup de feu déchira la nuit.

L'homme au bidon lâcha le récipient et détala.

Deacon soutint le regard de son compagnon. La lueur pâle de la lune scintillait sur le canon de son arme.

— Je vous laisse encore une chance de filer, déclara-t-il, les pieds fermement plantés au sol.

— Il y a quelqu'un ? lança la voix, un peu anxieuse, de Cecelia.

Il reconnut le son du fusil qu'elle rechargeait.

La tension de Deacon grimpa d'un cran.

— Je vous préviens, j'ai appelé le shérif ! cria encore Cecelia.

Les deux hommes se mesurèrent du regard pendant encore une seconde puis Mac lâcha pied et, sans demander son reste, s'élança à son tour vers les bois.

Deacon le laissa partir. Mieux valait cela plutôt que déclencher une fusillade. Les deux hommes étaient des amateurs, de toute évidence. Probablement payés, ou incités d'une façon ou d'une autre, pour incendier la grange afin de terrifier la propriétaire des lieux.

— Ne tirez pas, c'est moi ! cria Deacon en rangeant son arme et en quittant l'ombre de la grange pour qu'elle puisse le reconnaître.

Elle abaissa le fusil et alluma la lumière du porche.

— J'ai entendu des voix, puis un coup de feu.

— Oui. Vous aviez de la compagnie.

Il s'avança jusqu'au porche, promenant son regard sur les arbres.

— Il nous faut un tuyau d'arrosage.

Tout en l'aidant à dérouler ce dernier, il expliqua qu'il avait entendu un coup de feu, avait accouru et était tombé sur ces visiteurs nocturnes. Ce n'était pas l'exacte vérité mais elle n'avait pas besoin d'en savoir plus. Elle était saine et sauve, et les fauteurs de trouble avaient détalé, pour le moment.

Au jet d'eau, Deacon dilua l'essence qui avait été aspergée sur le bas du mur de la grange, puis il reposa le tuyau et la suivit à l'intérieur. Elle avait enfilé à la hâte son jean sous sa chemise de nuit, et ses boucles flamboyantes étaient tout emmêlées. Elle agrippait toujours son fusil, mais avait commencé à trembler. L'adrénaline refluait, laissant place à l'émotion, à la peur. Deacon lui prit l'arme des mains et alla la ranger. Juste à temps, car deux adjoints du shérif arrivèrent, prirent leurs dépositions, puis allèrent jeter un coup d'œil autour de la maison. Le bidon abandonné fournirait peut-être des empreintes. L'homme qui avait arrosé la grange d'essence ne portait pas de gants. Ce qui prouvait bien à quel point il avait été bêtement sûr de son coup. Il ne s'était pas attendu à être pris la main dans le sac.

Deacon fournit une description détaillée des deux hommes. Il n'avait pas vu leur véhicule. En fait, il n'avait pas *entendu* de bruit de moteur. Or, le son portait loin la nuit, surtout à la campagne où tout était silencieux à cette heure tardive. Ils avaient dû se garer loin pour ne pas trahir leur présence.

Les adjoints assurèrent Cecelia qu'ils feraient leur possible pour identifier les intrus, mais Deacon doutait qu'ils y parviennent si les empreintes du porteur du bidon n'étaient pas répertoriées dans le fichier. Et il aurait donné sa main à couper qu'elles ne l'étaient pas, sinon l'homme aurait été plus précautionneux. En général, les gens qui étaient passés par la case prison faisaient de leur mieux pour ne pas y retourner.

Quand les adjoints furent repartis, Cecelia le considéra pendant un long moment avant de trouver le courage de dire le fond de sa pensée.

— Je ne comprends toujours pas pourquoi vous en faites autant pour moi.

Heureusement, il s'y était attendu.

— Nous sommes voisins. Quand j'entends un coup de feu, vous voudriez que je fasse comme si de rien n'était ?

Elle cligna des paupières, considéra son explication pendant quelques instants.

— Et donc, le fait que vous soyez mon voisin fait de vous mon protecteur attitré ?

Elle était presque en colère maintenant. Il avait devant lui une femme qui n'avait pas l'habitude de voir quelqu'un tendre la main à autrui sans raison apparente. Elle était soupçonneuse… et à juste titre.

— Je pourrais vous dire que mon père m'a appris à me montrer secourable et chevaleresque, notamment vis-à-vis des dames.

À son expression, il comprit que ça n'allait pas suffire.

— Quand j'ai acheté la maison Wilburn, j'ai fait la connaissance de votre avocat, Frasier. Il était venu ici, chez vous, jeter un coup d'œil. Je me suis arrêté pour me présenter, croyant avoir affaire à mon nouveau voisin, et il m'a expliqué la situation.

Au cours de la conversation, il m'a demandé de bien vouloir avoir un œil sur vous lorsque vous seriez libérée. J'ai accepté.

Le masque de scepticisme vacilla quelque peu sur son visage expressif.

— C'était quelqu'un de bien. Il a vraiment essayé de m'aider.

— Je ne le connaissais pas comme vous mais il m'a donné l'impression de vous être tout dévoué.

Elle se détendit.

— Je crois qu'il était amoureux de ma grand-mère. Il a dû se sentir tenu de veiller sur moi à cause de ses sentiments pour elle, j'imagine.

Elle resserra les bras autour de son corps mince.

— Je ne maîtrise pas ce que les uns ou les autres pensent de moi.

— D'après vous, certains ont-ils des raisons d'être fâchés contre vous ?

Elle releva le menton d'un air de défi.

— Manifestement, certains *pensent* en avoir.

— Vous n'avez pas répondu à ma question.

— Je boirais bien quelque chose. Pas vous ?

Pris de court, il la suivit jusque dans la cuisine. Elle se pencha et tira une bouteille de bourbon d'au-dessous de l'évier. Il avait remarqué sa présence la première fois qu'il était venu fouiller la maison. Sa grand-mère devait toujours en garder une ici, à portée de main, pour des raisons thérapeutiques.

Elle en versa une rasade dans deux verres et lui en tendit un.

— Merci.

Il accepta le verre.

— Inutile de me remercier.

D'un trait, elle vida le contenu du sien, grimaça puis le reposa sur le comptoir.

— Dieu sait que j'en ai rêvé plus d'une fois, mais je n'ai pas tué mon père.

Elle exhala un grand soupir comme si le fait de formuler ces mots à voix haute la soulageait d'un fardeau qu'elle portait depuis beaucoup trop longtemps.

Il but à son tour, songeant qu'il aurait bien fait suivre ce premier verre d'un second, mais opta pour le reposer.

— Vous avez payé pour quelqu'un d'autre.

Elle s'adossa au comptoir.

— C'est ce que je pense, oui, même si je n'ai pas la moindre idée de l'identité du vrai coupable. La mort de mon père ne m'a pas attristée – au contraire. Pendant un certain temps, je me suis même moquée éperdument de qui avait bien pu lui régler son compte. J'étais persuadée que la justice apporterait la preuve que j'étais innocente… puisque je l'étais. Mais les choses ne se sont pas passées ainsi.

À la surprise de Deacon, elle attrapa de nouveau la bouteille et se resservit. Le bras en l'air au-dessus de son verre, elle l'interrogea du regard mais il déclina l'offre. Elle n'avait sans doute pas bu une goutte d'alcool depuis plus de huit ans mais ce n'était pas son cas, à lui, et l'un d'eux devait garder les idées claires.

— Et donc, vous avez attendu.

Il prit lui aussi appui contre le comptoir, de l'autre côté de l'évier.

— Mais, d'après la police, toutes les preuves étaient contre moi. J'avais toujours été le mouton noir de la famille donc je n'ai pas été surprise quand Marcus et Sierra se sont retournés contre moi. Levi a été le seul à me soutenir.

— Existait-il des preuves matérielles ou n'étaient-elles qu'indirectes ?

Il connaissait la réponse mais voulait entendre ses arguments de sa bouche. Et puis, il ne devait pas éveiller ses soupçons en dévoilant tout ce qu'il savait.

— Les mois qui ont précédé le meurtre de mon père, nous avons eu plusieurs disputes. Lors de l'une d'elles, au moins, j'ai déclaré que j'aurais voulu le voir mort. C'était vrai. Je voulais *vraiment* qu'il meure. Je le détestais. Parce qu'il avait rendu ma mère malheureuse. Parce qu'elle était morte et lui, toujours en vie. Je le détestais pour ce qu'il avait fait à notre famille – il nous avait montés les uns contre les autres.

Elle haussa les épaules.

— Bref, je le haïssais, point.

— Ce que vous décrivez là, ce ne sont pas des preuves factuelles irréfutables. Il devait y avoir autre chose.

— Il avait appelé. Disant qu'il voulait me voir. Ma grand-mère m'avait mise en garde et conseillé de ne pas y aller. Elle pensait qu'il allait tenter de me faire revenir dans le giron familial – autrement dit, de me faire rentrer dans le rang.

Elle se détourna, prenant appui sur le comptoir, le regard perdu dans l'obscurité, de l'autre côté de la fenêtre de la cuisine.

— J'aurais dû l'écouter. Elle m'avait raconté tout ce qu'il avait dit et fait à ma mère…

Un moment de lourd silence s'écoula tandis qu'elle demeurait immobile, abîmée dans ses pensées.

Pour l'arracher à ses souvenirs, il finit par demander :

— Pourquoi n'en avez-vous rien fait ?

— J'imagine que, jusqu'au bout, une part de moi a espéré trouver en lui une facette moins sombre. Levi vivait tout cela très mal. Il méprisait notre père mais avait besoin de lui. Il était très jeune et avait besoin d'une figure paternelle.

Elle secoua la tête.

— Non que notre père ait été un modèle du genre, loin de là. Mais Levi ne pouvait s'empêcher de lui être malgré tout attaché. Bref… J'y suis allée. En me disant que, peut-être, avec un peu de chance, il serait revenu sur sa position, se montrerait plus raisonnable.

— Mais quelqu'un était passé avant vous ?

Elle hocha la tête.

— Quand je suis arrivée, il agonisait. Il avait reçu plus d'une douzaine de coups de couteau.

Elle prit une grande inspiration.

— Le rapport d'autopsie en a mentionné dix-neuf, je crois.

Deacon avait vu les photos de la scène de crime. Une scène particulièrement sanglante. Des dizaines de personnes étaient venues sur les lieux avant l'arrivée des forces de l'ordre, au nombre desquelles le frère aîné de Cecelia ainsi que d'autres membres de la congrégation.

— J'avais beau le haïr, j'ai quand même essayé de faire quelque chose, de stopper l'hémorragie. De pratiquer un massage cardiaque quand il a cessé de respirer.

Elle retomba dans le silence une nouvelle fois.

— Il ne vous a rien dit ?

— Si. À vrai dire, je ne sais pas s'il s'adressait spécifiquement à moi…

— Qu'a-t-il dit ? l'interrompit Deacon.

La réponse à cette question figurait elle aussi dans le dossier. Et cette réponse était l'unique élément de toute l'affaire qui posait problème à Deacon. Winters était déjà mort à l'arrivée de la police et des secours. Personne n'aurait pu savoir quelles avaient été ses paroles si Cecelia n'en avait pas fait état dans sa déposition. Il se demanda si elle l'avait regretté par la suite.

— Il répétait toujours la même chose.

Elle se tourna vers lui, croisa son regard.

— « Toi. » Il ne cessait de répéter : « Toi. » Comme s'il avait quelque chose à me dire ou à me reprocher mais qu'il ne parvenait pas à aller jusqu'au bout de sa phrase.

— Et vous n'avez aucune idée de ce que ça pouvait être ?

Elle secoua la tête.

— Nous n'étions pas en bons termes, nous ne nous parlions même pas. De l'avis de Me Frasier, ça ne signifiait probablement rien. Il agonisait. Peut-être que c'était simplement le seul mot qu'il arrivait à prononcer… Ou peut-être qu'il avait l'esprit confus, désorienté, qu'il ne s'adressait pas réellement à moi. Il est possible qu'il ne m'ait même pas reconnue.

— Qui, à part vous, avait des raisons de vouloir sa mort ?

— C'est là le plus étrange.

Elle ferma les yeux comme si l'effet du bourbon commençait à se faire sentir.

— Ses disciples le vénéraient. Bien sûr, bien des gens, dans cette ville, n'adhéraient pas à ses croyances mais ils se bornaient à l'ignorer. Pour autant que je sache, il n'avait pas d'ennemis jurés. Et rien ne manquait dans la maison. Quelqu'un était entré, l'avait sauvagement poignardé et était reparti.

— Les autorités ont dû vous expliquer que les conditions dans lesquelles le meurtre a été perpétré évoquent un crime passionnel. Il y avait beaucoup d'émotion en jeu. Le tueur devait être dans un état de surexcitation – de transe. Il n'était plus maître de ses pensées ni de ses actes.

Elle parut fouiller dans sa mémoire pendant quelques instants.

— Non, je n'ai pas le souvenir que quelqu'un m'ait dit ça.

Deacon chassa la pensée qui lui traversait l'esprit.

— Quand vous êtes entrée et que vous l'avez trouvé là, avez-vous remarqué des empreintes de pas dans le sang, autour de lui ? Un tueur qui perd les pédales et commet un meurtre dans un tel état de frénésie oublie tout le reste – comme, par exemple, d'éviter de laisser des traces.

Elle se frotta les yeux des mains puis passa les doigts dans ses boucles. Son visage était net, pur comme celui d'une enfant. Pas de maquillage, même pas un soupçon de mascara. Elle avait les ongles coupés court, dépourvus de vernis. Elle semblait si fraîche, si innocente. La femme qui se tenait là, devant lui, ne correspondait en rien à l'image qu'il s'était forgée d'elle.

— Je n'ai pas vu de marques de pas, non. Quand on m'a interrogée, l'un des adjoints a souligné qu'il n'y avait pas de traces de lutte. Pas de meubles renversés, rien de cassé. Il était juste étendu là, sur le sol du séjour, baignant dans son sang.

— Et personne n'a trouvé ça bizarre ?

Cette idée ennuyait Deacon plus qu'il ne voulait se l'avouer.

— En tout cas, si tel a été le cas, personne ne m'en a rien dit. D'après ce que m'a rapporté Me Frasier, ils ont pensé que j'avais caché le couteau sous mon pull pour entrer et qu'il s'était effondré dès le premier coup que j'avais porté. Que c'était pour ça qu'il ne s'était pas défendu.

Comme elle croisait les bras, il nota le tremblement de ses mains, qu'elle s'empressa de dissimuler sous ses coudes.

— Ils n'ont relevé aucune empreinte, continua-t-elle. Rien qui désigne qui que ce soit… Excepté moi.

— Frasier semblait de l'avis que la police n'avait pas réellement mené l'enquête, souligna Deacon. Parce qu'ils étaient persuadés de tenir leur coupable.

— C'est exactement ce qui s'est passé.

Elle croisa de nouveau son regard, la détermination se lisant dans ses yeux.

— Je ne dis pas qu'ils n'ont rien fait du tout, mais ce n'était pas suffisant.

— Les policiers aussi commettent des erreurs, lâcha-t-il.

Elle fronça les sourcils comme si quelque chose de significatif venait juste de lui revenir en mémoire.

— Vous connaissiez Me Frasier, n'est-ce pas ?

Il hésita un moment, soupesant le pour et le contre.

— Je lui ai parlé une ou deux fois après l'avoir rencontré ici, reconnut-il.

Un éclair passa dans le regard de Cecelia, comme une illumination.

— C'est vous, le détective privé qu'il avait engagé, n'est-ce pas ?

Cela avait été son premier mensonge à son arrivée à Winchester. Il s'était arrangé pour croiser le chemin de Frasier. Il s'était fait passer pour un « ancien agent du FBI » ayant ouvert son agence de détective privé et s'intéressant à l'affaire Winters.

— Oui.

— Pourquoi ne pas me l'avoir dit ?

— Me Frasier est mort. Ce qui a marqué la fin de mon enquête.

— Mais avez-vous découvert quelque chose ? Êtes-vous parvenu à une quelconque conclusion que je ne connaisse pas ?

Elle n'était pas contente de ses cachotteries.

— Non. Nous avons beaucoup parlé de l'affaire ensemble et de la façon dont l'enquête avait été conduite il y a huit ans.

— Donc, toutes ces questions que vous m'avez posées, c'était pour voir ce que je vous répondrais, déclara-t-elle d'un ton qui sonnait comme une accusation.

— C'est vrai. Les vieilles habitudes ont la vie dure.

— Votre opinion est déjà faite. Vous avez décidé que je ne pourrais rien toute seule.

Encore une accusation.

— Si, vous pouvez faire des tas de choses, Cecelia. La question est : cela changera-t-il quoi que ce soit ?

Il était de l'avis que non.

— Je ne l'ai pas tué, répéta-t-elle.

À son corps défendant, il la crut.

— À condition que vous me disiez tout, je verrai si je peux vous aider à trouver la vérité.

— Comment ça, que je vous dise tout ?

— Que vous me révéliez *votre* vérité, que vous me donniez accès au dossier.

— Vous ne l'avez pas vu ?

— Pas à travers vos yeux.

Elle se tut un moment, réfléchissant à toute vitesse, la pulsion à la base de son cou s'accélérant furieusement.

— D'accord. Par quoi commençons-nous ?

— Pour l'instant, par dormir. Vous avez eu une rude journée. Je reviendrai demain matin, et on discutera… On verra à ce moment-là.

— Entendu.

— Bonne nuit. À demain matin.

Il était presque à la porte lorsque la voix de Cece l'arrêta.

— Merci.

Il jeta un coup d'œil par-dessus son épaule, étudiant l'image de cette femme qui semblait si seule, si inquiète et si… Bon sang, oui, si *innocente*.

Ce n'était pas possible. Elle ne pouvait pas l'être à ce point.

5

Samedi 3 août

Vingt-quatre heures.

Il n'y avait pas vingt-quatre heures qu'elle était de retour et, déjà, des gens lui avaient jeté des pierres et avaient essayé de mettre le feu à sa grange.

— Tu perds ton temps, Cece, murmura-t-elle pour elle-même.

Elle resserra son emprise autour de sa tasse de café et se détourna de la fenêtre de la cuisine, au-dessus de l'évier. Pendant toutes ces années de détention, elle s'était dit qu'elle se moquait de ce que les gens pouvaient bien penser. Qu'elle se fichait bien que personne ne croie à son innocence. Que l'opinion des autres était le cadet de ses soucis.

Mais c'était faux.

Elle s'était menti. Les gens d'ici l'avaient toujours connue. Certains de ses professeurs, au lycée, avaient cru en elle, lui avaient donné le sentiment d'être intelligente, pertinente. Deux d'entre eux l'avaient même poussée à poursuivre des études supérieures, mais elle avait su que cela n'arriverait pas. Il n'y aurait jamais assez d'argent. Cependant, tout au fond d'elle, elle ne voulait pas que ces professeurs voient en elle une meurtrière.

Dans le séjour, elle contempla son reflet dans le miroir, près de la porte d'entrée. Elle faisait plus que ses vingt-huit ans. Elle avait les traits tirés. Elle était fatiguée. Lasse de cette vie alors qu'elle avait encore à peine eu l'occasion d'y goûter ! Que pouvait penser un homme comme Deacon Ross quand il posait les yeux sur elle ? Voyait-il une femme ? Ou une gamine paumée qui n'avait rien d'autre que cette vieille bicoque et le terrain sur lequel elle était construite ?

Elle battit des paupières et chassa cette pensée. C'était un gentil voisin, prévenant, un homme qui avait promis à l'ami avocat de sa grand-mère de veiller sur elle. Sans doute la considérait-il comme une obligation – un engagement qu'il devait désormais regretter d'avoir pris.

— Ne commence pas, Cece.

Elle se détourna du miroir et se dirigea vers le petit secrétaire où sa grand-mère s'installait pour écrire son courrier. Jusqu'au jour de sa mort, celle-ci avait privilégié l'expression écrite, maudissant les téléphones portables et Internet qui, affirmait-elle, sonneraient le glas de la politesse et de la civilité.

Cece trouva un bloc-notes et un stylo. Même s'il n'y avait que vingt-quatre heures qu'elle était libre, une chose lui apparaissait certaine : elle avait besoin de quelque chose, un projet sur quoi se concentrer au-delà de la seule recherche de la vérité. Sa grand-mère lui avait confié cette maison – celle qu'elle s'était battue pour conserver et entretenir pendant toutes ces années, une fois devenue veuve. Que Cece reste ou non, elle se devait d'en prendre soin. Les améliorations apportées constitueraient un placement si elle finissait par décider de partir et de la vendre.

Ce seul mot sonnait dans son esprit comme une trahison. Mais, quel que soit son choix, Emily l'aurait compris, Cece le savait. Elle le lui avait dit et répété lettre après lettre.

— Peinture, énonça-t-elle avec conviction en notant le mot sur son papier.

Ensuite, elle inscrivit : « Toit » et « Revêtement extérieur ». Deacon avait offert de lui prêter main-forte, se souvint-elle. Elle en ferait le plus possible toute seule avant de le prendre au mot. Elle se rappelait les membres de la congrégation de son père allant proposer leur aide aux personnes âgées pour réaliser ce type de travaux d'entretien. Curieusement, personne ne s'était porté volontaire pour venir assister sa grand-mère.

— Comme si c'était surprenant, marmonna-t-elle.

Les ouailles de son père n'étaient pas des gens bien, animés par l'altruisme.

C'étaient des adeptes de la haine et de la cruauté que Mason Winters avait portées en étendard.

Bien qu'elle ne l'ait pas tué, elle était heureuse qu'il ne soit plus là. Soulagée de ne pas avoir à se lever le matin en redoutant de le croiser ou de le voir débarquer à l'improviste pour la torturer de ses paroles fielleuses.

Comme elle ouvrait la porte d'entrée et sortait jeter un coup d'œil au toit et au revêtement, la vision d'une fourgonnette s'arrêtant dans l'allée la stoppa net dans son élan.

— Bonjour ! lança d'un ton jovial l'homme en uniforme qui en sortit et se dirigea vers l'arrière du véhicule portant le logo d'une société de livraison. Vous êtes Cecelia Winters ?

— Oui… Bonjour, répondit-elle, désarçonnée, en se demandant qui pouvait bien lui envoyer quelque chose.

Le livreur empila trois gros colis sur un diable qu'il poussa jusqu'au bas des marches. Il lui présenta un formulaire.

— Si vous voulez bien signer ici…

— Qui est l'expéditeur ? demanda-t-elle, perplexe.

— Clarence Frasier.

Cece écarquilla les yeux.

— C'est impossible. Me Frasier est mort il y a deux mois.

Le livreur haussa les épaules.

— Vous devriez appeler l'adresse de son bureau si vous voulez en savoir plus. Ce sera ouvert lundi matin.

Avec un signe d'assentiment, elle apposa sa signature et lui rendit le formulaire.

— Merci.

Le regard du livreur alla des colis jusqu'à elle.

— Écoutez, je ne suis pas censé entrer chez les clients, mais je peux porter ces boîtes jusqu'à votre entrée, si vous voulez.

— C'est gentil, je vous remercie. Elles ont l'air lourdes.

— Aucun problème, dit-il, un sourire éclairant son expression.

Il ne savait pas qui elle était, de cela elle était certaine. Sinon, jamais il ne lui aurait adressé ce sourire naturel, dénué d'arrière-pensée.

Sans perdre de temps, il porta les boîtes, l'une après l'autre, jusque sur le perron, avant de les charger de nouveau sur son diable qu'il fit rouler jusque dans l'entrée. Son chargement déposé, il ressortit et redescendit les marches rapidement, avec l'efficacité d'un professionnel qui connaît son travail.

— Bonne journée ! lança-t-il en remontant dans sa fourgonnette.

Cecelia le salua d'un geste de la main et attendit qu'il se fût engagé sur la route, au bout de l'allée, pour rentrer, claquer la porte derrière elle et donner un tour de clé. Deacon lui avait recommandé de garder les portes verrouillées en permanence. Et, après l'intrusion de la veille, elle entendait bien suivre son conseil à la lettre. Heureusement qu'il y avait le petit climatiseur de fenêtre et les ventilateurs de plafond sans quoi elle aurait fondu.

Munie d'un couteau à la lame aiguisée, elle coupa les bandes en plastique qui maintenaient les colis fermés. Chacun d'eux contenait des boîtes d'archives. Elle les aligna les unes à côté des autres sur le sofa et en retira les couvercles. Dans l'une d'elles, au-dessus des dossiers, elle trouva une enveloppe non cachetée, libellée à son nom.

Elle en souleva le rabat. C'était une lettre manuscrite, rédigée par Me Frasier.

Cecelia,

Si c'est une tierce personne qui t'a apporté ces colis, c'est que je suis mort – d'une cause naturelle vraisemblablement, sans doute une crise cardiaque. Mon médecin m'exhorte depuis des lustres à surveiller davantage ma tension, j'aurais dû l'écouter.

Tout d'abord, ta grand-mère t'a laissé une somme non négligeable à la First Union. D'après le dernier relevé que j'ai vu, elle se montait à un peu plus de cinquante mille dollars. Elle aurait voulu que tu t'achètes un véhicule en meilleur état que ce satané vieux tacot. Elle ne l'a jamais aimé, comme tu le sais.

L'air se bloqua dans la gorge de Cece. Les larmes emplirent ses yeux quand elle pensa à celle qui s'était comportée en parent bien davantage que l'homme qui s'était glorifié de son titre de père.

Fais-en bon usage. La maison étant payée, cela devrait te permettre de repartir d'un bon pied. De plus, ta grand-mère t'a laissé le montant qui t'avait été accordé par le Fonds de bourses d'études en vue de tes études universitaires. Cette somme ne peut pas être utilisée à d'autres fins, elle a fait en sorte qu'il en soit ainsi. Elle avait conscience de ton potentiel et voulait que tu puisses l'exploiter au mieux. Ne la déçois pas.

Pour terminer, tu trouveras dans ces archives mes dossiers concernant ton affaire. Je voulais que tu les aies pour que tu comprennes à quel point les faits étaient contre toi. Tu as désormais purgé ta peine. Ne perds plus de temps avec cette histoire. Va de l'avant, tourne la page. Prouver ton innocence ne te rendra pas ces huit années.

Le souhait le plus cher de ta grand-mère était que tu sois heureuse. Exauce son vœu, Cece. Pour elle et pour toi.

Bien à toi,

Clarence Frasier

Cece essuya les larmes qui coulaient sur ses joues. L'université. Elle n'avait même pas osé envisager de pouvoir y aller. Elle avait suivi quelques cours en prison, mais s'était estimée trop âgée pour entrer à l'université. Ce qui était faux, elle le savait. Des tas de gens bien plus âgés qu'elle reprenaient – ou entamaient – des études sur le tard.

Elle reprit son souffle d'une inspiration saccadée et posa la lettre sur la table basse. Elle se frotta nerveusement les paumes sur son jean puis ouvrit le premier dossier de la première boîte. Il contenait une copie du rapport d'arrestation ainsi que sa magnifique photo anthropométrique.

Seigneur, comme elle semblait jeune… Elle n'avait que dix-neuf ans. Une gamine. Des bribes de souvenirs s'entrechoquèrent dans sa tête comme autant de petites explosions.

Ses mains trempées de sang…

Son père répétant en la regardant : « Toi. »

Et puis plus rien.

La police était arrivée. L'avait soumise à un feu roulant de questions. Les plus proches adeptes de son père avaient défilé les uns après les autres, lançant des imprécations contre elle, priant avec ferveur, puis l'accusant de nouveau. Puis Marcus était venu. Il s'était déchaîné contre elle.

« Regarde ce que tu as fait ! »

On lui avait passé les menottes. L'adjoint lui avait récité ses droits tandis qu'ils l'emmenaient hors de la maison de son père, couverte de son sang.

Elle se souvenait avoir été poussée à l'arrière de la voiture de patrouille. Elle entendait encore le claquement sec, irrévocable de la portière qui se refermait sur elle. Le crépitement de la radio dans l'habitacle, le grésillement de voix qui formulaient des codes et des mots qui lui avaient été étrangers à l'époque mais dont elle ne connaissait que trop bien le sens aujourd'hui.

« Homicide » ; « Prévenue » ; « En état d'arrestation ». Et d'innombrables autres expressions qui ne signifiaient que deux choses : qu'un homme était mort, assassiné, et qu'ils tenaient la coupable.

Fin de l'histoire.

À ceci près que tout était faux. C'était une monumentale erreur. Un piège. Un mensonge.

Sous l'effet de la fureur, ses lèvres se crispèrent. Elle irait à l'université, exactement comme sa grand-mère l'avait souhaité. Mais, d'abord, elle avait une histoire à réécrire.

Son histoire.

Deacon regardait l'écran de son ordinateur. Cece était assise sur le sofa, les dossiers ouverts sur la table basse devant elle, alternant entre pleurs et jurons.

Une part de lui s'en voulait d'avoir posé des caméras chez elle et de l'épier en privé, dans des moments comme celui-ci. Il chassa ces scrupules. Il n'y avait pas de place pour le sentimentalisme. Il avait besoin de connaître la vérité. Éprouver de la sympathie – ou, plutôt, cette fichue attirance qui le poussait vers elle – ne ferait qu'aller à l'encontre de son objectif. L'important, c'était de garder les faits, purs et durs, bien présents en mémoire. Dix ans qu'il travaillait pour le FBI. Dix ans d'entraînement, de dur travail. Un entraînement qui lui avait appris à ne pas s'impliquer personnellement.

Mais, si intensif qu'il ait été, il n'avait pas suffi à l'en empêcher cette fois.

Il avait passé des mois à lire tout ce qu'il pouvait trouver sur cette femme. À l'observer en prison. Le directeur l'avait autorisé à passer voir comment se comportait la prisonnière quand il le voulait. Il avait aussi pu lire les rapports d'incidents, interroger le personnel pénitentiaire et ses codétenues.

Il n'ignorait donc rien de la plupart des choses qui lui étaient arrivées derrière ces satanés murs. Bien sûr, les incidents survenus n'étaient pas tous signalés. Les détenues avaient leur propre code. Cece avait fini par comprendre les règles du jeu. C'était le seul moyen de survivre – et, à n'en pas douter, elle était une survivante.

L'une des surveillantes dont il avait graissé la patte pour garder un œil sur elle lui avait parlé du gardien qui avait tenté de violer Cece au début. Une codétenue lui était venue en aide juste à temps. Il s'était avéré que la « bonne samaritaine » qui lui avait porté secours avait été payée par l'avocat, Clarence Frasier, pour veiller sur elle. Enfin, pas payée au sens littéral mais de façon détournée puisqu'il s'était occupé de sa mère et de ses deux enfants en échange du service rendu.

Frasier ne serait pas allé jusque-là s'il n'avait été convaincu de l'innocence de Cece.

C'était bien là ce qui tracassait Deacon. L'absolue certitude de l'avocat de l'innocence de Cecelia Winters ne cadrait pas avec le scénario élaboré par l'ancien shérif.

Deacon n'avait d'abord pas prêté attention à cette discordance. Mais, au cours des dernières vingt-quatre heures, son assurance avait commencé à s'effriter. D'une certaine manière, Cecelia avait réussi à percer une brèche dans ses défenses, à lui donner envie de croire qu'elle était innocente. Cela s'était produit quand il l'avait rencontrée pour la première fois en chair et en os. Tous ces mois qu'il avait passés à la surveiller de loin, à analyser les dossiers – ceux-là mêmes sur lesquels elle était présentement penchée – ne l'avaient pas préparé au face-à-face.

Il émanait d'elle une honnêteté foncière, et il s'en voulait d'en avoir eu une conscience aussi aiguisée dès le premier instant.

Il se passa une main sur le menton et détourna les yeux comme elle enfouissait le visage dans ses mains et se mettait à sangloter.

Où était la femme calculatrice, malveillante qu'il s'était attendu à découvrir ? Celle qu'il avait vue tenir vaillamment tête aux autres détenues, en prison ? Celle qu'il avait regardée prendre son mal en patience sans faire de vagues durant ses derniers mois de captivité ?

Comment avait-il pu voir cette facette-là de Cecelia et non celle qu'il avait maintenant sous les yeux ?

Il ferma les paupières comme la réponse résonnait en lui.

Elle avait porté un masque, joué les dures à cuire, pour pouvoir tenir le coup en prison. Il aurait dû comprendre, reconnaître la tactique mais il n'avait pas voulu voir la vérité. Il n'avait voulu voir que la tueuse impitoyable qu'il l'imaginait être.

Il avait visionné la vidéo de son interrogatoire, quand on la questionnait à propos de son partenaire. Elle avait assuré ne pas le connaître. Ne l'avoir jamais vu. Mais elle mentait. Deacon l'avait lu dans ses yeux.

Qu'elle ait ou non été mêlée à la disparition de Jack, elle détenait des informations concernant ce qui lui était arrivé.

Bon sang, il découvrirait ce que c'était.

Fermant son ordinateur, il attrapa son chapeau et sortit. Il aurait mieux fait de rester là où il était, à la surveiller de loin.

Mais cela ne suffirait pas.

Il devait être au plus près.

Plutôt que de marcher, il se rendit chez elle en voiture. Pendant le court trajet de quatre-vingt-dix secondes, il élabora le prétexte parfait de « s'arrêter comme il passait par là ». Facile. Il en avait préparé des dizaines du même genre pendant la longue phase préparatoire de sa stratégie. Il n'avait plus qu'à puiser dans le stock.

Il se gara, monta les marches et frappa à la porte.

Elle mit du temps à répondre. Sans doute parce qu'elle

tentait d'effacer les traces de pleurs de ses joues et de reprendre contenance. Lorsqu'elle ouvrit enfin, il constata que ses efforts avaient été vains.

— Bonjour. Je vais en ville faire quelques courses… Je me suis dit que vous auriez peut-être besoin de peinture.

Il accompagna ses paroles d'un mouvement du menton, désignant la porte, où les lettres rouges du mot « Meurtrière » transparaissaient encore sous le blanc, conférant à l'accusation un aspect fantomatique.

Ce mot, il l'avait inscrit avec de la peinture rouge qu'il était allé acheter dans une grande surface de bricolage choisie à dessein loin de Winchester afin qu'elle trouve ce message à son arrivée, qu'elle se sente submergée par la honte et la culpabilité.

Par la suite, en regardant Cece le recouvrir, le remords l'avait gagné.

Et maintenant, elle était là, sur le seuil de cette maison, les yeux rougis par les larmes qu'elle n'avait pas cessé de verser pendant sa lecture, et il s'en voulait davantage encore.

Pis, il était furieux de s'en vouloir.

Le comble !

Elle s'humecta les lèvres, s'obligea à les incurver d'un sourire incertain.

— Oh oui ! Ce serait super. De la peinture blanche pour extérieur. Attendez, je vais vous donner l'argent.

Elle se tourna et disparut à l'intérieur avant qu'il ait pu l'arrêter. Elle avait trouvé les billets que sa grand-mère avait cachés à son intention.

Il y en avait davantage mais il n'était pas absolument certain qu'elle le sache déjà.

Il avait discuté avec sa grand-mère. Cette brave femme avait paré Cece de toutes les qualités, bien sûr. Elle adorait sa petite-fille. Il avait prétexté vouloir l'aider. Avoir menti à la vieille dame le taraudait encore, même maintenant.

Cette dernière année, il avait fait beaucoup de choses qu'il n'aurait jamais dû faire. Par deux fois, il avait essayé d'oublier, de passer à autre chose. Il était parti, se disant qu'il stoppait là, que tout était terminé. Puis, une semaine ou deux après, il était revenu, s'était remis à la surveiller, à se renseigner discrètement. En quête de cette vérité qui persistait obstinément à lui échapper.

Il devait être complètement fou.

Elle reparut sur le seuil et lui tendit un billet de cent dollars.

— Je n'ai aucune idée de ce que vaut un pot de peinture aujourd'hui. Et j'aurais aussi besoin d'un pot de primaire, vous savez, ce produit qui masque les taches.

Il nota que ses doigts étaient agités d'un léger tremblement. Avant qu'il ait pu se retenir, sa main se posa sur la sienne.

— Pourquoi êtes-vous tellement nerveuse ?

Le fait que son corps tout entier aspire à presser contre lui bien davantage que sa seule main accentua encore son malaise et la colère qu'il éprouvait contre lui.

— J'ai reçu les dossiers que m'a fait parvenir le cabinet de mon avocat. Je viens de les parcourir et…

Elle secoua la tête.

— Désolée.

Elle chassa le nouveau flot de larmes qui débordaient de ses yeux.

— Je ne sais pas pourquoi je me mets dans cet état. Je n'ai rien lu que je ne savais déjà, pourtant.

Elle haussa ses frêles épaules.

— Mais lire le compte rendu mot pour mot de ce que mon frère et ma sœur ont dit de moi a été… plus douloureux que je ne l'aurais cru. C'est ridicule, je sais. J'ai entendu ce qu'ils ont répondu au procureur au tribunal – j'étais dans le box des accusés. Mais c'était il y a si longtemps… et tout est un peu flou et irréel dans mon esprit. Là, il n'y avait rien pour amortir le choc des mots.

— On peut être blessé par les propos des gens – y compris ceux qu'on croit connaître.

Elle leva les yeux vers lui. Des yeux agrandis par la tristesse et l'incertitude.

— J'ai fait de mon mieux pour être la meilleure fille, la meilleure sœur possible, mais je ne pouvais pas être telle qu'ils auraient voulu que je sois.

Elle baissa les yeux et secoua la tête.

— Pas même pour Levi. Je suis partie en les laissant, lui et Sierra, avec ce salaud alors qu'ils n'étaient que des gamins.

Le pouce de Deacon caressa l'intérieur de son poignet.

— Vous aussi, vous n'étiez qu'une gamine.

— Une gamine, oui, répéta-t-elle avec un petit rire amer. Qui a été inculpée du meurtre de son père à dix-neuf ans. Et a laissé sa sœur et son frère cadets se débrouiller tout seuls à seize et quinze. Il faut croire que je n'étais pas si bien que ça. Ce n'est pas le genre de chose que font les gens bien.

Il relâcha sa main avant de se ridiculiser davantage encore.

— Voulez-vous aussi un pinceau ? Une bâche ? Quelque chose d'autre ?

Elle lui fourra le billet dans la main.

— Oui, merci.

— D'accord. Je vous rapporte tout ça.

Tournant le dos, il s'apprêtait à s'éloigner lorsqu'elle l'arrêta d'une question.

— Deacon… Pourquoi faites-vous tout ça pour moi ? Je sais que je vous ai déjà posé la question mais…

Elle secoua la tête.

S'il s'en était voulu d'avoir agi comme il l'avait fait, il se méprisa franchement cette fois. Lentement, il se retourna.

— Il me semble que vous avez besoin d'un soutien.

Il haussa les épaules, tiraillé intérieurement par l'envie de lui dire les mots qu'il s'interdisait de formuler.

— Verrouillez bien votre porte. Je n'en ai pas pour longtemps.

Lorsqu'il se mit au volant, elle le regardait toujours.

Faisant vrombir le moteur, il remonta l'allée en trombe et bifurqua sur la route, dévasté par la colère. Il fallait absolument qu'il se reprenne.

Jack méritait mieux que ça.

Alors qu'il ne devait strictement rien à Cecelia Winters.

6

Quand Deacon revint, Cece s'était ressaisie. Ses yeux n'étaient plus rouges, et elle ne se sentait plus aussi affreusement désemparée. La fureur avait repris le dessus. Ce qu'avaient dit d'elle sa sœur et son frère aîné était ni plus ni moins qu'un tissu de mensonges de même que ce qu'ils avaient répondu au procureur.

Elle tournait comme un lion en cage dans le séjour, les comptes rendus de dépositions froissés à la main lorsque le coup que frappa Deacon à la porte la ramena au moment présent, lui rappelant qu'elle devait se calmer. Elle avait dompté les larmes, certes, mais la colère était une émotion autrement difficile à contrôler. De sa vie entière, elle ne se souvenait pas s'être sentie outrée à ce point. Pas même lorsque le jury l'avait déclarée coupable d'homicide. Ces gens n'avaient rien su d'elle. Ils avaient fondé leur jugement sur les preuves, qui l'accablaient toutes, et sur l'interminable défilé de témoins qui avaient soit brodé autour d'un semblant de vérité soit carrément menti.

Pas même lorsque les deux adjoints et le shérif l'avaient traitée comme une criminelle. Ils l'avaient trouvée couverte du sang de son père. Le couteau était par terre, à ses pieds, et bien qu'on n'ait pas relevé ses empreintes digitales dessus, le procureur avait suggéré qu'elle avait pu l'essuyer.

Mais là, songea-t-elle, vibrante de rage, en serrant les feuillets entre ses doigts. Il s'agissait de sa propre famille. Ils la connaissaient. Ils avaient grandi ensemble, sous le même toit. Et ils avaient menti.

On frappa de nouveau, et elle cessa d'aller et venir, et se dirigea vers l'entrée. Les doigts sur la poignée, elle hésita, se rappelant qu'elle devait vérifier l'identité de son visiteur avant d'ouvrir. Ce n'était pas parce qu'elle *pensait* que c'était Deacon qu'il s'agissait bien de lui.

L'homme lui adressa un petit signe lorsqu'elle écarta le rideau, et elle se força à se détendre. Ce n'était pas possible. Son cœur palpita, et elle eut de nouveau le souffle court. Elle était vraiment, vraiment stupide. Ce type essayait simplement d'être gentil. Elle se montait la tête parce que la dernière fois qu'une personne du sexe opposé l'avait touchée datait d'il y a très, très longtemps. Ça avait été un garçon, pas un homme. Et il s'était révélé être un vrai butor. Elle avait été beaucoup trop naïve.

Elle baissa les yeux vers le pot que Deacon tenait à la main.

— Merci.

— Vous étiez en plein travail, on dirait.

Elle suivit son regard arrêté sur les documents qui jonchaient la table basse et le canapé.

— Oui… Je travaillais.

— Vous n'avez qu'à vous y remettre. Moi, je me charge de la porte. Cette peinture est opaque et conçue pour masquer les taches. En deux couches, le problème devrait être réglé.

Il ponctua sa déclaration de ce sourire qui ne signifiait rien de particulier, et pourtant le pouls de Cece s'accéléra.

Elle hocha la tête.

— D'accord. Merci beaucoup.

Prenant une grande inspiration, elle retourna à ses piles de feuilles. Elle s'agenouilla entre la table et le sofa et entreprit de rassembler les papiers éparpillés. Elle n'aurait pas dû laisser libre cours à sa colère. Elle n'était plus une enfant. Elle devait gérer en adulte les émotions qui l'agitaient.

Seulement, d'une certaine façon, elle avait toujours l'impression d'être cette jeune fille de dix-neuf ans qui ne connaissait rien du monde. Toute sa vie, elle avait vécu à Winchester. Elle n'était jamais allée plus loin que Nashville, au nord, et Birmingham, au sud, n'avait jamais vu l'océan. Alors, digérer tout ceci – elle contempla d'un regard morne les documents – c'était difficile. Du plat de la main, elle s'efforça une nouvelle fois de lisser les pages froissées. Sans grand succès.

— Du moment que vous pouvez encore les lire, c'est ce qui compte.

Son attention se tourna vers l'homme qui avait ouvert la porte en grand et étalé une bâche sur le sol. Les doigts refermés autour du manche du pinceau, sa main allait et venait avec régularité. Elle suivit du regard les coups de pinceau. Il procédait avec méthode. Pas comme elle lorsqu'elle avait badigeonné à grands coups désordonnés l'odieuse inscription.

— Je crois que ce que j'ai lu m'a vraiment mise en rogne, confessa-t-elle.

— Vous voulez en parler ?

C'était un inconnu. Il ne savait rien de sa famille au-delà de son appartenance à un groupe de fanatiques. Il ferait peut-être un bon confident. Objectif, impartial. Et Dieu sait qu'un avis impartial serait le bienvenu. Sans compter qu'il était détective privé et savait mener une enquête. Frasier avait eu confiance en lui. Alors, pourquoi pas elle ?

— Après mon arrestation, la police a interrogé de nombreuses personnes qui nous connaissaient, moi et mon père, commença-t-elle en s'asseyant sur ses talons, l'esprit tourné vers ces heures sombres. Les opinions étaient mitigées, mais la plupart des gens rangeaient tout le clan Winters dans la même catégorie de marginaux fanatiques.

— C'est la nature humaine, répondit-il en jetant un coup d'œil dans sa direction. Les gens voient ce qu'ils s'attendent à voir, ce qu'ils veulent voir.

Elle ravala la question qui lui brûlait les lèvres. Que voyait-il, lui ? Elle aurait bien voulu le savoir.

— Je ne leur en ai pas tenu rigueur. Je ne leur en veux toujours pas aujourd'hui. Comme vous dites, ils voient ce qu'ils s'attendent à voir. Je n'avais pas dû donner de raisons à quiconque de penser différemment, je suppose.

— Vous étiez une enfant.

Elle dodelina de la tête.

— C'est vrai.

Cece se demanda quel âge il pouvait avoir. Entre trente-cinq et quarante ans, peut-être. Cultivé, intelligent. Il avait dû fréquenter l'université. Et était sûrement entouré d'une famille adorable.

Pas comme la sienne. D'ailleurs, étant donné qu'ils l'avaient tous désavouée, c'était comme si elle n'avait pas de famille du tout.

— Mon frère aîné…

La seule perspective de prononcer son prénom lui transperçait le cœur comme un coup de poignard. Elle se demanda si la douleur s'atténuerait un jour. Elle inspira profondément et reprit :

— Mon frère aîné, Marcus, a déclaré que j'étais instable et colérique. Que j'avais dit à de nombreuses reprises que je détestais mon père.

— Il a menti.

Était-ce une lueur de doute qu'elle lisait dans ses yeux ? Après tout, quel frère parlerait ainsi de sa propre sœur ?

— Pas tout à fait sur tout mais presque, oui, clarifia-t-elle.

— C'est-à-dire ? demanda-t-il sans la regarder cette fois, en continuant à peindre.

D'un moment à l'autre, il allait commencer à la regarder comme tout le monde la regardait en ville. Après cette conversation, il y avait fort à parier qu'elle ne le reverrait pas de sitôt. Exit le nouveau voisin ! Cela dit, Frasier avait évoqué l'affaire avec lui. Ce qu'elle lui apprenait là n'était donc pas pour lui une révélation.

— Je ne suis *pas* et n'ai *jamais* été instable de ma vie.

Le regard surpris qu'il lui jeta la fit rire.

— Comme vous disiez, je n'étais qu'une adolescente. J'ai bien dû dire une bonne centaine de fois à ce salaud que je le détestais, ça, c'est vrai. Et j'étais en colère, oui, très en colère. Je le détestais pour ce qu'il avait fait à notre famille, à ma mère particulièrement. Je détestais tout en lui.

Elle soupira avant d'ajouter :

— Et j'ai probablement souhaité mille fois sa mort, également.

— Mais, cela, votre frère ne le savait pas, n'est-ce pas ?

Cece secoua la tête.

— Je suis sûre qu'il le savait, si, mais il a fait le choix d'utiliser cette information comme cela l'arrangeait. Je n'ai pas été tellement étonnée par le comportement de Marcus. Nous n'étions pas très proches. Non… C'est la trahison de Sierra qui m'a véritablement crucifiée. Elle et moi nous étions toujours bien entendues. Je lui confiais ce que je ressentais. En général, quand la colère me prenait, je ne pouvais pas le cacher. Elle a déballé tout ce que je lui avais dit en pleurant tellement que les jurés ont été convaincus qu'elle était déchirée par la douleur. Mais ce n'était pas du tout le cas. Je le voyais dans ses yeux. Elle se délectait d'être le centre de l'attention et de donner une mauvaise image de moi. Je n'en revenais pas… Alors que c'était *moi* qui l'avais aidée tant de fois !

— Vous pensez qu'elle était influencée par quelqu'un ? Votre frère aîné, peut-être ?

— C'est possible.

Marcus avait voulu se débarrasser de Cece une bonne fois pour toutes.

— Il savait que certains membres de la congrégation m'écouteraient si je décidais de m'élever contre lui.

— Et votre père ? Vous ne vous êtes jamais élevée contre lui ?

Elle secoua la tête.

— Ma grand-mère avait peur qu'il ne m'arrive quelque chose si je m'y risquais. Comme… à ma mère.

Cece fixa les photos de scène de crime montrant son père gisant dans une mare de sang dans laquelle on distinguait ses empreintes de pas. Il y avait eu du sang partout… sur ses mains, ses vêtements. Elle avait eu beau le détester, le mépriser pendant toutes ces années, à le voir là agonisant et incapable de se montrer cruel ou blessant, elle avait ressenti de la douleur. La petite fille en elle qui avait aimé l'homme qui était son père avait éprouvé de la peur, de l'angoisse, un vrai choc de le voir ainsi. Son premier mouvement avait été de lui porter secours. D'appeler à l'aide.

— Qu'est-il arrivé à votre mère ?

Brutalement rappelée à la réalité, Cece releva la tête.

— Désolée… Vous disiez ?

Il répéta sa question.

Elle fronça les sourcils. Pourquoi diable raconter à cet étranger toutes ces horreurs concernant son passé ? Si Frasier ne lui en avait pas parlé, peut-être ne devrait-elle pas le faire non plus. Des souvenirs datant de plus de deux décennies affluèrent à son esprit. Des voix et des bruits remontant à cette nuit-là. Elle n'avait que six ans. Sa sœur venait juste d'en avoir deux ; Levi, quatre. Marcus avait douze ans. C'était les cris qui l'avaient réveillée. Cece se rappelait s'être levée, mais Marcus était embusqué là, dans l'ombre. Il l'avait rabrouée, renvoyée au lit. Sierra était cramponnée à elle, en pleurs. Levi s'était tapi dans le placard. Ce n'était qu'une fois le silence revenu que Cece avait compris que les cris étaient ceux de sa grand-mère.

Le soleil était levé lorsqu'elle avait appris ce qui s'était passé. Sa mère était tombée dans l'escalier. Son père avait tenté de la secourir mais n'avait rien pu faire. Sa grand-mère était arrivée alors que cela venait de se produire. Cece n'avait jamais bien compris cette partie-là mais sa grand-mère refusait d'en parler. Elle disait simplement que quelque chose de terrible s'était produit et qu'elle ne voulait pas qu'il arrive la même chose à Cece.

— Ma grand-mère croyait que mon père avait tué ma mère. J'en suis certaine.

Jamais Cece n'avait prononcé ces mots devant qui que ce soit. Pas même Levi.

Deacon lui demanda de commencer par le commencement, le matin précédant la nuit du drame. Il lui fallut du temps pour extraire tous ces souvenirs du tréfonds de son esprit où elle les avait relégués. Lentement, elle assembla toutes les images qui lui revenaient. Lorsque sa reconstitution toucha à sa fin, Deacon avait abandonné son pinceau et était assis sur le sol à côté d'elle.

— Avez-vous jamais parlé à votre père de vos souvenirs de cette nuit-là ?

Pourquoi se souciait-il à ce point d'elle, de son histoire ? Avait-elle été isolée si longtemps qu'elle ne parvenait plus à faire la différence entre de la simple gentillesse et… et cette petite flamme qu'il lui semblait voir briller dans ses yeux ?

Qu'elle *voulait* voir briller dans ses yeux ?

— Oui. Un jour que nous étions seuls tous les deux, quand j'avais seize ans. Je lui ai carrément jeté au visage que je pensais qu'il l'avait tuée. C'est alors qu'il m'a flanquée dehors, hurlant que puisque ma grand-mère me farcissait la tête de mensonges et d'inepties, je n'avais qu'à aller vivre avec elle.

— Mais elle n'a jamais confirmé vos doutes ?

Elle secoua la tête.

— Non. Mais, la vérité, je la voyais tous les jours dans ses yeux. Elle avait peur de lui. Je suis sûre qu'il l'a menacée cette nuit-là.

— Et votre grand-père ? N'était-il plus en vie à ce moment-là ?

— Si, mais il était aveugle et cloué dans un fauteuil roulant.

Elle ferma les yeux, revoyant son grand-père sangloter, inconsolable, à l'enterrement de sa fille.

— Vous avez traversé beaucoup d'épreuves.

Ses paroles la ramenèrent au moment présent.

— On ne peut pas dire que j'ai eu une enfance facile.

— Et Levi ? Vous n'avez pas parlé de lui, de ce qu'il a déclaré à la police.

Il était assis si près d'elle qu'elle voyait les fines lignes au coin de ses yeux. Il avait l'air sincèrement désireux de savoir ce qui s'était passé. Seigneur, était-elle donc si avide d'un peu de bienveillance et d'humanité qu'elle s'imaginait voir autre chose dans son attitude qu'un simple intérêt altruiste ?

— Levi était sûr que j'étais incapable de commettre un meurtre. Il croyait que c'était Sierra. Elle se comportait bizarrement avec notre père. Elle était… à la fois possessive et en rébellion contre ses règles. C'est ce qu'il a dit à la police mais ça n'a rien changé. Sierra avait un alibi.

— Laissez-moi deviner, intervint Deacon. Un alibi confirmé par Marcus ?

— La voiture de Sierra était tombée en panne, et il était venu l'aider. Le petit ami de Sierra, qui était mécanicien et membre de la congrégation, était là, lui aussi.

— Très opportun.

— Très.

Ils demeurèrent assis en silence pendant un long moment puis il finit par demander :

— Alors, quel est votre plan ?

Elle rit.

— Qui vous dit que j'en ai un ?

— Vous avez passé huit ans en prison. Vous avez eu tout le temps de réfléchir à ce que vous feriez, une fois libre.

Se laissant aller contre le sofa, elle se dit que, peut-être, son histoire, réellement, ne lui était pas indifférente. Tout le monde n'avait pas de motivations cachées. Après tout, il existait sur cette terre des gens qui agissaient par pure bonté d'âme.

— Au début, je me suis juste efforcée de survivre. Ce n'est qu'ensuite, quand j'ai été à peu près assurée de pouvoir tenir bon jusqu'au bout, que j'ai pu commencer à penser au futur.

— Et vous voilà ici, conclut-il en souriant et en promenant un regard circulaire sur la pièce. Prête à chercher des réponses.

— J'avoue que j'ai envisagé de ne pas revenir.

Elle avait prévu de rentrer vivre avec sa grand-mère à sa sortie puis de s'en aller ailleurs après son décès, mais celle-ci était morte avant sa libération, la privant de cette chance. Pourquoi revenir alors qu'elle n'était plus là ? Il aurait été si simple de ne jamais remettre les pieds ici. D'oublier cet endroit. Ça aurait dû être plus facile encore maintenant que Levi l'avait lâchée, lui aussi.

Mais rien n'avait jamais été facile dans sa vie, et l'idée que sa grand-mère avait continué sans relâche, jusqu'à sa mort, à tenter de prouver l'innocence de sa petite-fille avait changé la donne. Cece éprouvait le besoin de terminer ce que sa grand-mère avait commencé.

Lorsqu'elle eut fini de relater tout cela à son voisin, celui-ci déclara :

— La vengeance est une motivation très forte.

S'il savait à quel point…

— Sans doute.

Un autre silence s'étira entre eux.

Elle aurait probablement dû dire quelque chose mais ce calme était trop confortable pour être rompu. Tout l'inverse de l'environnement continuellement bruyant de la prison. Pourtant, malgré ce brouhaha permanent, elle s'était sentie aussi isolée que sur une île. Totalement seule. Vivant dans la crainte perpétuelle que quelque chose de fâcheux ne se produise. Et, la plupart du temps, cela avait été le cas.

— Je vais nettoyer ce pinceau et jeter un coup d'œil au toit avant de partir. S'il vous manque autre chose, je pourrai l'acheter la prochaine fois que j'irai en ville.

— Super. Si vous êtes sûr que ça ne vous ennuie pas…

Il se leva.

— Ça ne m'ennuie pas.

Cece se redressa elle aussi et le suivit jusqu'à la porte.

— J'ai de l'argent, vous savez. Je peux vous dédommager.

Il la regarda pendant un long moment. Elle ne put définir précisément ce qu'elle discerna dans ses yeux, mais cela lui fit regretter sa remarque.

— Pas question, répondit-il en s'emparant du pinceau et du pot de peinture. Je ne veux pas de votre argent.

Elle avait tellement perdu l'habitude de communiquer sur le mode normal avec ses semblables…

— Bien. Désolée. Je ne voulais pas vous offenser.

Lorsqu'il releva les yeux, l'étrange expression s'était dissipée.

— Ce n'est rien.

Mais, à la tension qui subsistait chez lui, elle devina que ce n'était pas *tout à fait* rien. C'était la première fois qu'elle se sentait mal à l'aise en sa présence. Comme si le serviable inconnu avait tout à coup disparu.

Avait-elle eu tort d'accorder sa confiance à cet homme ?

Juste avant minuit, l'une des nombreuses alarmes qu'il avait installées se déclencha. Deacon quitta des yeux les dossiers qu'il était en train de parcourir pour regarder son écran. Il ne vit personne aux alentours de la maison. Cece était couchée. Il empoigna son arme, la glissa dans sa ceinture et sortit. Ce pouvait être un animal, mais il préférait en avoir le cœur net, surtout après les événements de la veille.

Il connaissait si bien le chemin entre leurs deux propriétés qu'il n'eut même pas besoin de s'aider d'une lampe de poche. Un mince clair de lune réussissait ici et là à filtrer à travers les frondaisons, éclairant suffisamment le terrain pour qu'il ne s'écarte pas du sentier. Lorsqu'il atteignit l'orée du bois, le ronflement des moteurs lui parvint nettement.

Il y avait un gros 4x4, surélevé sur d'énormes roues, et un SUV, tous deux vert foncé ou noir. Une musique tonitruante s'échappait des deux véhicules, remplis de bons à rien ivres ou simplement braillards et tapageurs.

Son portable vibra dans sa poche. C'était elle. Il répondit par un bref : « Je suis là. Appelez le 911. »

Ça allait être plus compliqué que la veille. Les deux vandales avaient été sobres, eux, et faciles à effaroucher.

Le vacarme causé par les visiteurs de ce soir mettant pied à terre indiquait à lui seul qu'effrayer ces abrutis allait être une autre paire de manches. Il se déplaça en silence d'un arbre à l'autre, dans l'ombre, comptant combien ils étaient. Il en dénombra quatre. Tous aussi soûls ou drogués les uns que les autres et visiblement d'humeur à chercher la bagarre.

— Sors de là, Cece Winters ! cria celui qui semblait être le meneur de la bande, planté au pied des marches du porche.

La lumière extérieure s'alluma, et la porte s'ouvrit.

— Oh ! bon sang ! grommela Deacon dans sa barbe.

Elle sortit, le fusil à la main pointé sur la petite frappe qui se tenait en contrebas.

Instantanément, trois armes – des fusils de chasse, lui sembla-t-il – se matérialisèrent dans les mains de ses trois comparses. Deacon referma les doigts autour de la crosse de son pistolet.

Mais, à ce stade, la moindre tentative de sa part pouvait conduire un de ces imbéciles alcoolisés à appuyer sur la détente.

— J'ai appelé le shérif Tanner, clama Cece. Lui et ses adjoints sont en route.

— Génial, répliqua l'un des idiots. Comme ça, ils arriveront juste à temps pour ramasser les morceaux, ha ha !

L'homme, au pied des marches, se retourna vers ses compagnons.

— Montrez un peu de respect envers la demoiselle. Et baissez-moi ces fusils !

— Je te signale qu'elle en a un braqué sur toi, rétorqua l'un des trois. Elle a descendu son fou furieux de père, vieux ! Qu'est-ce qui l'empêchera de te régler ton compte, à toi aussi ?

— Qu'est-ce que vous croyez ? Que j'ai peur d'elle ? On

a été ensemble, tous les deux… Pas vrai, Cece ? Maintenant, faites-moi disparaître ces armes et remontez dans vos fichues voitures pendant que je touche un mot à la demoiselle.

Ainsi donc, c'était là l'unique petit ami qu'elle avait eu avant d'être écrouée ? De toute évidence, il ne s'était pas amélioré avec les années.

Les trois autres maugréèrent mais finirent par obéir à l'injonction de leur chef. Une fois remontés en voiture, ils augmentèrent encore le volume de la musique. Avec un peu de chance, songea Deacon, le shérif arriverait sur les lieux avant que les choses se corsent.

Il se renfonça derrière la ligne des arbres jusqu'à se trouver à la hauteur du porche. Apparemment, l'homme n'était pas armé, sauf s'il dissimulait quelque chose dans sa botte. Et ça, impossible de le déterminer.

— Je suis juste venu te parler, Cece, dit l'homme d'un ton doucereux. Tu aurais dû m'appeler à ta sortie. Je n'arrive pas à croire que je l'ai appris dans la rue.

Elle rit mais n'abaissa pas son arme.

— Ricky Olson. Et pourquoi diable t'aurais-je appelé ? Tu n'es jamais venu au tribunal, que je sache. Et tu ne m'as pas écrit une seule fois pendant que j'étais en prison.

— C'est vrai…, concéda-t-il d'une voix pâteuse.

Il dodelina de la tête, tituba et se rattrapa à la rambarde de l'escalier.

— J'aurais dû venir te voir. J'aurais dû t'écrire.

— Qu'est-ce que tu veux, Ricky ? Je te l'ai dit, le shérif ne va pas tarder à arriver.

Il monta deux marches d'un pas chancelant.

— Je veux te parler.

Deacon se tint prêt à intervenir.

— On n'a rien à se dire. Tu es complètement ivre, Ricky. Tu ferais mieux de rentrer chez toi.

Il nota au crédit de Cece que le canon de son arme, toujours pointé sur le visiteur, ne tremblait pas.

L'énergumène posa le pied sur la troisième, puis la dernière marche.

— Oui mais, avant, je veux que tu saches à quel point

je regrette, répéta-t-il en se frappant la poitrine du poing. J'aurais dû être plus présent. Ce qui s'est passé est aussi ma faute. Ton père était une ordure… J'aurais dû aller témoigner en ta faveur. Ton avocat me l'avait demandé mais mes parents ne voulaient pas que je m'en mêle. On était des gamins. On obéissait à nos parents…

Il haussa les épaules.

— Enfin, la plupart du temps.

— Eh bien, merci de tes excuses, Ricky, mais c'est de l'histoire ancienne, tout ça. Je suis passée à autre chose. Tu devrais en faire autant.

À ces paroles, il s'avança droit vers elle jusqu'à ce que le canon de son fusil touche son abdomen. Deacon serra les dents. Aïe ! On allait rentrer dans le dur.

— Je tiens à me faire pardonner, Cece… chérie.

— Va-t'en, Ricky, le mit en garde Cece.

La musique qui hurlait dans les véhicules se tut subitement. Quoi qu'il soit sur le point de se passer, les types qui accompagnaient cet imbécile se préparaient à entrer en action.

Deacon saisit la chance qui se présentait à lui.

Jaillissant de l'ombre des arbres, il fonça jusqu'au porche avant que les trois types aient le temps de réagir. Le canon de son Glock vint se poser contre la tempe de Ricky.

— Allez, Ricky, recule.

Des portières s'ouvrirent, et une flopée de jurons résonna dans l'air.

— À l'intérieur, vite, ordonna Deacon à Cece.

Elle hésita, les yeux arrondis par la frayeur.

— Maintenant ! rugit Deacon.

Passant le bras autour de la gorge de Ricky, il le plaça devant lui, s'en servant comme d'un bouclier. Il pressa l'arme contre sa tempe.

— Dis à tes petits camarades de se tenir tranquilles, Ricky, et il n'y aura pas de casse.

Mais les trois comparses s'avançaient vers les marches, leurs fusils braqués sur la tête de Deacon. Et l'idiot qu'il tenait en otage se contentait de reculer contre lui.

— Je crois que tu n’as pas bien compris, menaça Deacon en appuyant le canon de son arme contre sa tempe.

— Attendez ! s’écria enfin Ricky en levant les mains devant lui. Laissez-moi parler une minute avec lui, les gars. Je crois qu’il y a un malentendu.

Les trois hommes s’immobilisèrent.

— Tu ferais bien d’accélérer le mouvement, Ricky, gronda le plus grand des trois. Elle a dit qu’elle avait prévenu le shérif.

— C’est bon, remontez en voiture, répliqua Ricky. Je finis de gérer ça tout seul.

Quand ses amis eurent obtempéré pour la deuxième fois, il parla de nouveau.

— C’est bon, baissez votre arme. Je vais m’en aller. Je voulais juste… Je ne veux pas d’histoires.

Deacon écarta son pistolet de sa tête.

— Ne revenez pas rôder par ici, Ricky. Elle ne veut pas vous voir, elle vous l’a dit.

Mais, au moment où le bras de Deacon descendait, l’autre perdit la tête. Au lieu de s’éloigner tranquillement, il fit volte-face et frappa Deacon à la mâchoire.

Des vivats fusèrent dans l’habitacle des deux véhicules.

L’ex-petit ami réussit à lui porter un deuxième coup avant que Deacon puisse rengainer son arme et rendre à ce bon vieux Ricky la monnaie de sa pièce.

Il y eut deux secondes de silence puis les portières s’ouvrirent. Les trois complices se ruèrent vers lui, l’arme à la main.

Deacon ne commit pas l’erreur de se saisir de la sienne. Il leva les mains en signe de reddition.

La porte, derrière lui, s’ouvrit et Cece, tout à coup, se plaça devant lui, visant le trio de son fusil.

— Rentrez, Cece, ordonna-t-il.

Elle l’ignora.

— Fichez le camp d’ici ! hurla-t-elle à l’adresse des trois hommes avant de pousser d’un coup de pied Ricky en bas des marches. Et n’oubliez pas d’emmener ce minable avec vous.

Des flashs bleus clignotèrent dans l’obscurité. Deux voitures de patrouille vinrent piler dans un crissement de pneus entre les intrus et le porche. Deacon n'eut que le temps de retirer l'arme des mains de Cece.

Pendant que ses adjoints menottaient et embarquaient Olson et ses amis, Tanner prit les dépositions de Deacon et de Cece puis assura cette dernière qu'une dépanneuse allait venir chercher les deux véhicules.

Deacon ne fut pas sans remarquer la façon dont le shérif le scrutait pensivement avant de repartir. Nul doute qu'il allait revenir lui poser des questions. Il s'interrogeait toujours à son sujet. Perspicace, le shérif.

Pour la première fois depuis toutes ces années, Deacon se demanda s'il valait mieux que ces fumiers que les adjoints venaient d'emmener.

— Il vous faut de la glace, pour votre mâchoire.

Deacon se retourna.

— Ce n'est pas méchant. Juste un coup de chance pour lui… et de malchance pour moi.

Elle laissa échapper un petit rire. Un vrai rire, affranchi et libre, pour une fois, dont le son argentin réjouit son oreille.

— C'est plus méchant que vous ne le croyez, répondit-elle en levant la main pour toucher la contusion qui bleuissait sur sa joue.

Il eut un mouvement instinctif de recul.

Elle laissa retomber la main, visiblement troublée par sa réaction.

— Désolée. Je vais chercher de la glace.

Il la regarda s'éloigner. Ce ne fut qu'alors qu'il nota qu'elle était en chemise de nuit. Pas étonnant que Tanner l'ait lorgné de cet œil suspicieux.

Bon sang !

Lorsqu'elle revint avec un gant de toilette rempli de glace, il n'avait pas bougé de l'endroit où elle l'avait laissé.

Elle lui tendit le gant.

— Vraiment, je suis navrée. Je n'aurais jamais dû vous appeler.

Il serra les doigts autour du gant rempli de glace pilée.

— J'espère que vous ne parlez pas sérieusement. Vous

imaginez bien ce qui serait arrivé avant l'arrivée de Tanner et de ses hommes.

Il bannit les images qui se présentaient à son esprit.

Comme elle demeurait muette, il ajouta :

— Votre ancien ami n'était pas animé de bonnes intentions.

Elle hocha la tête et referma les bras autour d'elle.

— J'en suis bien consciente et j'apprécie vraiment votre intervention. Ce que je voulais dire, c'est que ce n'est pas votre problème, mais le mien. Vous avez été un voisin vraiment… formidable. Vous en avez fait beaucoup trop. Et il est injuste que ma vie mouvementée ait de telles conséquences pour vous.

Elle indiqua du menton l'hématome sur sa mâchoire.

— La vie est injuste parfois, souligna-t-il en appliquant le gant glacé contre sa joue.

Elle baissa les yeux comme si elle ne savait pas quoi dire et était gênée. Il comprenait pourquoi ; il savait bien là où les choses avaient déraillé entre eux. *Mince.*

Tendant la main, il lui toucha le bras. Elle regarda sa main.

— J'ai réagi un peu vivement quand vous avez levé la main vers mon visage tout à l'heure, pardonnez-moi. C'est juste que… je ne voudrais pas que vous me prêtiez des intentions que je n'ai pas.

Elle releva les yeux.

— Comme, par exemple, que vous cherchez à profiter d'une pauvre femme vulnérable et désemparée, seule face à l'adversité ?

Il espéra qu'elle ne décèlerait pas la culpabilité dans ses yeux. Ce fut lui, cette fois, qui laissa retomber la main.

— Je…

— D'abord, je ne suis pas désemparée, reprit-elle avec force. Ensuite, savez-vous depuis combien de temps aucun homme non revêtu de l'uniforme pénitentiaire n'avait posé la main sur moi ?

Subitement, l'air, dans la pièce, parut se raréfier, gênant la respiration de Deacon.

— Je ne sais pas vraiment quoi répondre à cela, dit-il pour finir, la gorge sèche.

Elle secoua la tête.

— Je n'attends pas de vous que vous disiez quoi que ce soit, riposta-t-elle en avançant d'un pas. J'attends que vous me touchiez. Que vous m'embrassiez. Je veux que vous me fassiez éprouver autre chose que de la colère et de la rancune.

Il s'exhorta à ne pas accéder à sa demande – à s'en aller. Mais ce fut plus fort que lui. Tendant la main, il posa la paume contre sa joue, caressa du pouce sa lèvre inférieure. Son corps se raidit de désir, et il se le reprocha aussitôt.

— Un jour, avec le recul vous vous féliciteriez que j'aie choisi ce moment pour vous souhaiter bonne nuit et prendre congé, déclara-t-il en laissant retomber la main et en se détournant d'elle.

— S'il vous plaît… Ne partez pas.

En dépit de tous ses efforts pour continuer à marcher, il s'immobilisa. Et maudit la faiblesse qui était la sienne.

— Je ne veux pas rester seule. J'ai l'impression de l'avoir été toute ma vie.

Sans trop savoir comment, il trouva la force de lui faire face sans l'enlacer et la réduire au silence d'un baiser… sans lui faire tout ce qu'il mourait secrètement d'envie de lui faire.

— D'accord, je vais rester, acquiesça-t-il en montrant le sofa. Mais je dors là, et vous, dans votre chambre.

Elle hocha la tête et haussa une épaule.

— Très bien.

La culpabilité l'assaillit de nouveau. « Très bien » ? Il n'en était pas si sûr. Ses motivations étaient tout sauf désintéressées.

7

Dimanche 4 août

Elle allait se rendre à l'église.

Après tout, on était dimanche, et elle avait le droit d'aller assister à l'office, comme tout un chacun.

Cece regarda son reflet dans le miroir, au-dessus de la commode. Son teint était beaucoup trop pâle pour cette robe bain de soleil mais tant pis. C'était le résultat des années qu'elle venait de passer en prison. Elle voulait qu'ils voient ce qu'ils lui avaient fait avec leurs mensonges.

Cela aurait-il un quelconque effet sur eux ?

Non. Ils s'en moqueraient éperdument.

Elle prit une profonde inspiration et se détourna du miroir. Qu'importe, elle voulait que tout le monde sache. Ils entendraient ce qu'elle avait à dire, que ça leur plaise ou non.

« Ils » étant son frère aîné et sa jeune sœur.

Peut-être aurait-elle dû inclure Levi dans le groupe puisque, désormais, il était des leurs. Qu'avait-il bien pu se produire depuis le mois dernier ? Pas une fois, au long de toutes ces années, il n'avait laissé entendre qu'il pourrait basculer de l'autre côté.

Il avait toujours eu la congrégation et ses membres en horreur.

Pourquoi un tel retournement de veste ? Quel moyen de pression Marcus exerçait-il sur lui ?

Peut-être le tenait-il par la menace. Son frère cadet avait toujours recherché l'approbation de l'aîné de la fratrie, même lorsque celui-ci avait tort.

Un peu plus de huit ans plus tôt, tous avaient eu leur mot à dire.

Eh bien, aujourd'hui, elle entendait avoir le sien. Elle ouvrit la porte de sa chambre, et l'arôme du café monta jusqu'à ses narines, lui rappelant qu'*il* était là.

Deacon Ross. Une douce chaleur l'envahit malgré l'idée glaçante que sa famille entière l'avait reniée. Mais le froid regagna du terrain presque aussitôt lorsqu'elle se souvint qu'elle l'avait pratiquement supplié de l'embrasser – et plus si affinités. Elle ferma les yeux, mortifiée. Comment pourrait-elle jamais le regarder de nouveau dans les yeux ? Il devait la juger aussi pathétique et amorale que la dépeignait la rumeur.

Elle rouvrit les paupières et regarda les faits en face. Oui, elle *était* pathétique. Si embarrassant que cela soit de l'avouer – fût-ce à elle-même –, son unique expérience sexuelle, elle l'avait eue avec l'abruti qui s'était présenté, ivre, chez elle en compagnie de trois autres types. En fait, le seul homme qui l'ait jamais embrassée, c'était lui. Sauf si elle comptait le surveillant de prison qui avait de force écrasé ses lèvres sur les siennes et l'aurait violée si une codétenue n'était venue à sa rescousse – la seule qui ait pris la peine de lever le petit doigt.

Quelle triste et misérable vie !

Sa grand-mère lui avait laissé le montant d'une bourse d'études et ses économies. Elle aurait dû partir, tourner le dos une bonne fois pour toutes à cette ville.

Mais elle ne pouvait pas. Elle devait continuer à se battre pour établir son innocence, elle le devait à sa grand-mère. De plus, si elle ne le faisait pas, cela la hanterait pendant le restant de ses jours. Ses études, sa future carrière, tout serait entaché par son casier judiciaire et son statut d'ancienne criminelle.

Elle s'était dit et répété un millier de fois que ça n'avait pas d'importance. Qu'elle se moquait de l'avis des autres. Mais elle s'était menti. Elle voulait que les gens sachent la vérité, surtout ceux qui, dans cette ville, avaient été si prompts à la condamner. Personne ne s'était senti suffisamment concerné pour sauver quatre enfants d'un père fanatique, probablement fou à lier, quand leur mère était morte. Tout le monde avait regardé ailleurs, laissant Mason Winters entraîner sa progéniture dans son obsession.

Ces personnes qui avaient sans hésiter pointé sur elle un doigt accusateur quand il avait été assassiné… D'une façon ou d'une autre, elle allait leur montrer. Elle était innocente.

Pour la première fois depuis sa libération, elle sut véritablement ce qu'elle voulait.

Elle voulait qu'ils sachent, tous autant qu'ils étaient, que sa grand-mère avait eu raison. Elle voulait *qu'on lui rende sa vie.*

Celle dont quelqu'un, dans cette ville, l'avait privée.

Avec une détermination soudain farouche, elle se dirigea vers la cuisine où Deacon était calé contre le comptoir, une tasse de café fumant à la main. Elle s'arrêta, songeant au contact de sa main contre sa joue.

— Bonjour, dit-il en levant sa tasse dans sa direction. Le café est chaud.

Un coup d'œil à la pendule lui apprit qu'il était plus de 8 heures. Incroyable. Cela ne lui était pas arrivé depuis des lustres. Bien sûr, ils avaient été tenus éveillés jusque tard dans la nuit la veille. Avec soulagement, elle nota que sa mâchoire n'était pas gonflée et que l'ecchymose se voyait à peine.

— Bonjour, répondit-elle avant de s'interrompre, le regard rivé sur la cafetière. Attendez… Je n'avais pas de cafetière.

— Je suis allé chercher la mienne.

— Oh ! Eh bien, merci, déclara-t-elle, penaude, en se servant une tasse.

— Il semblerait que vous ayez prévu d'aller quelque part ce matin, souligna-t-il en désignant la robe qu'elle portait.

La hanche calée contre un élément, elle trempa les lèvres dans le café bouillant, surtout pour gagner du temps.

Lorsqu'elle eut savouré son goût corsé, elle répondit :

— Je vais aller à l'église.

Il posa sa tasse et la regarda en face.

— À moins que vous ne fassiez référence aux baptistes ou aux méthodistes, je vous conseille d'y réfléchir à deux fois. Je ne crois pas qu'on vous y accueille à bras ouverts.

Elle avala une deuxième gorgée, se brûlant presque la gorge.

— Nous sommes dans un pays libre, que je sache. Je suis donc libre d'agir comme je l'entends.

Il haussa les épaules.

— Absolument. Si tel est vraiment votre désir, rien ne peut vous en empêcher, j'imagine.

— Rien du tout, en effet.

Elle se concentra sur son café, qu'elle but jusqu'à la dernière goutte. Il en fit autant. Plutôt que de se resservir, elle rinça sa tasse et annonça qu'elle était prête à partir.

— Voulez-vous venir avec moi ? demanda-t-elle à brûle-pourpoint.

Elle n'avait pas prévu de le lui demander mais l'idée était là… comme en suspens dans l'air, entre eux.

— Si, vous, vous avez envie que je vienne, répondit-il, ses yeux bruns braqués sur les siens, cherchant à deviner ses pensées.

Ainsi qu'il le faisait souvent, médita-t-elle. Ça ne la dérangeait pas. Elle avait vécu avec la duplicité pendant si longtemps qu'elle préférait de loin une attitude directe. Et, à part ce moment d'embarras, la veille, cet inconnu s'était montré plus franc et direct avec elle que les gens qu'elle connaissait.

— Je me disais que ce serait peut-être une bonne idée, au cas où je tombe sur les types d'hier soir.

À dire vrai, cette pensée ne l'avait même pas effleurée mais c'était le premier prétexte qui lui était venu à l'esprit.

— Vous avez sans doute raison, répondit-il en lavant à son tour sa tasse avant de la poser, retournée, sur l'égouttoir. À quelle heure se tient le service ?

— À 9 heures, mais je veux parler au… révérend avant que tout le monde arrive.

Le mot avait eu du mal à franchir ses lèvres. Marcus était aussi révérend qu'elle… que leur père.

— OK. Allons-y. Je vais prendre le volant.

— Merci.

Le soulagement l'envahit. Elle n'avait guère eu envie d'affronter Marcus seule. Mais elle s'y serait astreinte si nécessaire. Pas question de laisser la peur la paralyser.

Elle verrouilla la porte tandis que Deacon l'attendait, en bas des marches. Ils se dirigèrent ensemble vers sa camionnette. Il lui ouvrit la portière, attendit qu'elle se fût assise puis fit le tour du véhicule par l'avant. Elle le suivit du regard, se rendant compte qu'elle ne connaissait pour ainsi dire rien de lui. C'était son voisin. Il était relativement nouveau venu en ville. Mais, ce premier jour, dans le parking du supermarché, le policier avait paru le connaître. C'était forcément bon signe, non ?

Mais les dés n'étaient-ils pas jetés ? N'avait-elle pas *déjà* décidé de lui faire confiance ?

Lorsqu'il s'installa sur le siège conducteur, elle s'enquit :

— Où habitiez-vous avant d'acheter la ferme Wilburn ?

Il mit le contact, le regard plongé droit dans le sien.

— À divers endroits. Nashville, Louisville et deux ans à Mobile. Mais principalement à Nashville.

— Où avez-vous fait vos études ?

Il regarda à droite puis à gauche avant de déboucher de son allée.

— À l'université du Tennessee.

Elle fut impressionnée.

— Quelle était votre matière principale ?

Il lança un coup d'œil dans sa direction avant de reporter son attention sur la route.

— Est-ce la nervosité ou avez-vous subitement décidé que vous deviez apprendre à mieux me connaître ?

Elle s'empourpra.

— Un peu des deux, je suppose. En fait, je me suis rendu compte ce matin que je ne savais quasiment rien de vous. Ce que je sais plaide en votre faveur mais…

Elle haussa les épaules.

— Enfin, vous comprenez.

— Parfaitement. Que voudriez-vous savoir d'autre ?

— Eh bien, ce que vous faites. Je veux dire, quand vous ne volez pas au secours des voisines en détresse.

Il lui décocha un sourire lumineux.

— Je suis employé par le gouvernement fédéral mais j'ai pris un congé sans solde. J'envisage un changement de carrière. Peut-être pour exercer mon métier dans le secteur privé.

« Le gouvernement fédéral. » Cela pouvait signifier tout

et n'importe quoi. Mais il n'avait pas l'air de vouloir en dire plus, et elle ne pouvait décemment pas insister lourdement.

— Je croyais que vous étiez déjà détective privé, hasarda-t-elle tout de même.

Il avait bien déclaré avoir assisté Frasier dans son affaire, non ? Elle avait cru que c'était ce qui expliquait qu'il ait mis tant de zèle à l'aider lors de la série d'incidents qui s'étaient produits depuis sa libération.

— À l'occasion, seulement.

Avant qu'elle ait pu poursuivre, il bifurqua sur la route qui se terminait par une aire de stationnement gravillonnée devant une vieille église. En réalité, elle n'avait que vingt-cinq ans mais avait été bâtie dans le plus pur style des édifices construits à l'origine par les pionniers, donnant ainsi l'illusion d'être beaucoup plus ancienne. À l'intérieur, il n'y avait rien d'autre qu'une vaste salle de culte ornée en son centre d'un pupitre, sur une estrade. Derrière, se trouvaient les deux portes des toilettes et, entre elles, l'escalier qui conduisait au sous-sol.

Le bâtiment blanc, avec sa croix de bois sobre et taillée à la main, était exactement tel qu'elle l'avait vu pour la dernière fois, douze ans auparavant. Elle l'avait quitté en plein office, pendant un sermon de son père, pour ne plus jamais franchir ses portes par la suite. Deux S entrelacés surmontaient la double porte d'entrée.

Les Survivalistes du Salut.

« L'engagement sans retour sur le saint chemin du Seigneur. »

Foutaises. Tout n'était que mensonges.

— Savez-vous s'il est ici ?

Cece chassa ces souvenirs dérangeants et regarda le SUV stationné à côté du bâtiment. Là où se trouvait l'issue de secours. Son père s'était toujours garé là, préférant entrer par la porte latérale plutôt que par l'entrée principale. Mais quand l'heure de l'arrivée des fidèles venait, il était invariablement planté en plein milieu de son estrade, face à la double porte grande ouverte.

L'estomac de Cece se contracta. Comme elle avait haï cet homme. Qu'il soit ou non son géniteur, il n'en était pas moins un démon.

Elle secoua la tête.

— Ce SUV est stationné à l'endroit où mon père laissait toujours sa voiture, donc je suppose que c'est celui de Marcus.

Deacon posa la main sur son bras.

— Voulez-vous que j'entre avec vous ?

— Il ne dira rien si vous êtes là. Un bon menteur ne révèle jamais sa vraie nature en présence d'un tiers qu'il ne peut ni discréditer ni contrôler.

Du moins était-ce ainsi que les choses s'étaient passées lorsqu'ils étaient enfants. Elle fixa le bâtiment qu'elle aurait bien vu servir de cadre à un film d'horreur. Ils n'étaient plus des gamins. Elle n'avait pas revu Marcus ni Sierra depuis le jour où elle avait été déclarée coupable à cause d'eux. Jusqu'à un certain point, elle parvenait presque à comprendre ce qui avait poussé Marcus à se comporter comme il l'avait fait – il avait voulu être à l'image de leur père. Il avait voulu s'approprier tout ce que leur père avait construit. Pour Sierra, c'était différent. Quand elles étaient enfants, Mason Winters avait traité Sierra et elle de la même façon. Mais, une fois devenue adolescente, il l'avait parée de toutes les qualités. Elle était devenue sa petite princesse.

— Je reste ici, près de la voiture. Criez si vous avez besoin d'aide.

Elle hocha lentement la tête, ne pouvant s'empêcher de sourire.

— D'accord.

Le gravier crissa sous ses sandales lorsqu'elle sortit du véhicule et referma la portière.

Elle contempla la double porte pendant un moment, les mains moites, la sueur perlant sur son front. Après huit ans de réclusion dans l'un des rares établissements pénitentiaires du Tennessee, elle avait oublié à quel point il faisait chaud en août, même tôt le matin. Elle avait oublié jusqu'à l'odeur de l'air hors d'une enceinte de hauts murs hérissés de barbelés. Et le ciel ! Lorsqu'on le voyait en levant la tête, entre les arbres, il était si différent du carré bleu délimité par les barreaux d'une minuscule fenêtre…

Ainsi qu'elle s'y était attendue, la porte était déjà déverrouillée. Elle poussa l'un des battants et entra. Il faisait plus frais à l'intérieur. Apparemment, on avait installé l'air conditionné depuis sa dernière visite.

Mais l'odeur était la même.

Une odeur de renfermé, d'humidité. Son père avait acheté les bancs dans une brocante.

Le vendeur avait déclaré qu'ils provenaient d'une église vieille de deux siècles du nord du Tennessee.

Marcus accomplissait les mêmes gestes qu'elle avait vu son père faire mille fois : s'assurer que les missels et les bibles étaient bien à leur place, à l'arrière des sièges. Afin que personne ne se trouve démuni en cas d'oubli. Non que les prêches de son père aient jamais été directement tirés de la Bible. Il avait préféré déformer ses mots pour leur faire dire ce qu'il voulait. Bizarre que personne ne s'en soit jamais aperçu.

À moins que les gens n'aient eu peur de le souligner.

Elle l'avait relevé à maintes reprises. Ce qui était probablement l'une des raisons pour lesquelles son père l'avait tellement prise en grippe.

Le parquet craqua sous son pas dès son entrée… comme si l'édifice lui-même s'offensait de sa présence.

Marcus leva les yeux. Son expression se durcit instantanément à sa vue.

— Sacrilège ! rugit-il.

Elle continua à avancer.

— Oui, bien sûr, dit-elle en levant les yeux. D'ailleurs, je pense que le toit va s'écrouler d'une seconde à l'autre.

— Hors d'ici ! cria-t-il de nouveau, le doigt pointé vers la porte. Je ne tolérerai pas qu'une garce de ton espèce vienne profaner cette maison de Dieu.

Cece ne put s'empêcher de rire.

— Dieu n'a jamais rien eu à voir avec tout ça, Marcus.

Il fit un pas dans sa direction. Cece s'arrêta. Qu'il vienne ! Elle refusait de se laisser intimider.

— Tu as tué notre père, accusa-t-il d'un ton chargé de haine et de dégoût.

— C'est faux, tu le sais. Tu as menti, et Sierra, aussi. Ce que je veux savoir, c'est pourquoi. Vous le détestiez tous les deux autant que moi. Inutile de nier, ce serait un mensonge de plus.

La fureur tordit ses lèvres.

— C'est toi la menteuse ! Père avait bien compris à qui il avait affaire quand il t'a chassée de la maison.

Cet homme était son frère. Comment pouvait-il la regarder avec tant d'aversion, sans la moindre once de compassion ?

— Qu'as-tu fait à Levi ?

— Levi a fini par trouver le chemin de Dieu.

Marcus était si près maintenant qu'il la dominait de toute sa taille et la toisait de son regard brûlant d'animosité.

— Je ne te laisserai pas le détourner de sa voie. Retourne au diable, d'où tu viens !

La tête renversée, Cece soutint bravement son regard.

— Tu sais ce que je pense ? Je pense que c'est toi qui l'as tué. Tu avais beaucoup à y gagner. Son église, sa maison… Tu as tout eu, Marcus. Je me demande bien pourquoi la police ne l'a pas vu.

— Sale garce ! Sierra et moi avions des alibis.

— Oui… Vous avez trompé tout le monde – sauf moi. Mais j'ai bien l'intention d'y remédier, Marcus. Je vais découvrir la vérité. Et, cette fois, ni Sierra ni toi ne pourrez m'arrêter.

— Qu'est-ce qu'elle fait ici ?

Le regard de Cece se braqua vers la femme qui descendait l'allée centrale. *Sierra*. Elle fit de son mieux pour ne pas montrer à quel point la vision de sa sœur la bouleversait. Il était des trahisons qui ne s'oubliaient pas facilement.

— Sierra.

Cece prit une grande inspiration et se ressaisit.

— J'informais juste Marcus que je suis à la recherche de la vérité. Tu veux m'aider à la trouver ?

Sierra lança un regard noir à leur frère aîné.

— De quoi parle-t-elle, Marcus ?

Cece sourit intérieurement.

— Va-t'en, gronda Marcus. Je ne veux pas que tu sois ici à l'arrivée des fidèles.

— Tu n'aurais pas dû revenir, Cece, déclara Sierra. Tu n'es pas la bienvenue ici.

— Je m'en irai avec grand plaisir… Quand j'aurai trouvé ce que je cherche, pas avant.

— Méfie-toi, petite sœur, dit Marcus, une lueur mauvaise dans les yeux. Beaucoup de gens, ici, sont très remontés contre toi. Je m'efforce de garder mes ouailles dans le droit chemin mais… On ne sait jamais.

— Je suis au courant. Mais ce ne sont pas tes *ouailles* qui m'arrêteront.

— Que Dieu te garde, Cece, assena Sierra, la mine grave. Si j'étais toi, je n'en mènerais pas large.

— C'est drôle, riposta Cece. Je n'ai absolument pas peur.

Leur tournant le dos, elle se dirigea vers la porte.

Décidée à les laisser mariner un peu.

Du coin de l'œil, elle vit son frère se mettre à prier et Sierra l'imiter aussitôt.

Elle leva les yeux au ciel.

Deacon allait et venait, le regard revenant en permanence sur l'entrée du prétendu lieu de culte. Il n'aurait jamais dû la laisser entrer seule.

Comment avait-il pu commettre un faux pas aussi grossier ? Il avait été formé à ne jamais laisser un civil aller au-devant du danger. Veiller à sa sécurité aurait dû être sa priorité – primer, même, sur la résolution de l'affaire. Mais ce n'était pas parce qu'il voulait voir la vérité triompher la vérité à tout prix, quoi qu'il en coûtât à Cece.

Elle avait été reconnue coupable de l'assassinat de son père. Une femme de son espèce n'aurait pas hésité à tuer le partenaire de Deacon.

Seulement voilà… Maintenant, il n'était plus aussi sûr qu'elle ait tué qui que ce soit.

Il avait attendu longtemps cette opportunité, il avait mis sa carrière et sa vie sur pause. Et voilà que le doute et l'incertitude l'assaillaient alors qu'il touchait presque au but…

Une voiture entra dans le parking, suivie d'une deuxième. Il balaya du regard les visages, jeta un nouveau coup d'œil vers la porte. Que faisait-elle là-dedans ? Si l'endroit se remplissait de disciples du grand frère, tout pouvait arriver.

Avant même d'être allé au bout de sa pensée, Deacon se dirigea vers la porte.

Il allait monter les deux marches qui y conduisaient lorsque celle-ci s'ouvrit, livrant passage à une Cece visiblement furieuse.

— Voilà. J'en ai terminé, proféra-t-elle d'un ton bref.

Il hocha la tête.

— OK.

Ils retournèrent à sa camionnette sous les regards intrigués de ceux qui ne l'avaient pas reconnue et sous ceux, hostiles et insistants, des autres. Il lui tint la portière ouverte pendant qu'elle s'asseyait puis se mit au volant.

— Est-ce que vous reconnaissez quelqu'un parmi ces gens ?

— Certains, oui, dit-elle tandis qu'il reculait.

— Vous avez vu Levi ?

— Non. Je pense qu'ils le cachent quelque part. Probablement à la maison.

— Vous voulez dire, contre son gré ?

Elle attendit qu'il se soit engagé sur la route et qu'il lui lance un regard interrogateur.

— Oui. Je connais Levi. Il ne se serait pas rallié à eux. Il aurait pu *faire semblant* s'il s'y était senti obligé mais c'est tout.

— Pensez-vous qu'il faille prévenir le shérif ?

Il savait pertinemment qu'elle répondrait par la négative. Pas plus que lui elle n'entendait agir dans le cadre strict de la loi. Or, l'intervention des autorités l'aurait obligée à jouer dans les règles.

— Tanner ne pourra rien contre Marcus.

Elle regarda le paysage par la vitre.

— Marcus et ses disciples se considèrent au-dessus des lois. Ils n'ont de comptes à rendre qu'à Dieu… Enfin, l'interprétation toute spéciale qu'ils ont de ce mot. De plus, ils sont bien trop prudents pour commettre une erreur devant un représentant de la loi.

Il freina devant un panneau STOP à une intersection.

— Comme je vous l'ai dit, je suis prêt à vous aider. Que voulez-vous faire maintenant ?

Elle l'étudia longuement. La culpabilité assaillit de nouveau Deacon. Elle paraissait si jeune… si innocente. Mais l'était-elle vraiment ? Il avait totalement perdu de vue sa perspective au cours des dernières quarante-huit heures.

— Je veux aller à la maison.

— OK, je vous ramène, dit-il en actionnant son clignotant pour tourner à gauche.

— Non… Je voulais dire : la maison de mon enfance.

Il ramena le clignotant en position centrale.

— C'est désormais chez votre frère. Ce serait une violation de propriété privée.

Elle secoua la tête.

— Non, ce sera une *effraction* de domicile parce que j'ai bien l'intention de pénétrer dans la maison.

Deacon opta pour ne pas tenter de la dissuader.

Mais une chose était certaine : si elle se rendait chez Marcus, il s'y rendrait aussi.

8

La maison dans laquelle Cece avait vécu, enfant, était une grande bâtisse à un étage nichée au milieu des bois, dans une propriété de seize hectares que leur père avait héritée de son père. Deux hectares, environ, avaient été dégagés autour de l'habitation, formant une cour et un grand jardin. Leur famille n'avait jamais fait d'élevage. Le lait frais, les œufs et la viande étaient soit achetés aux éleveurs du coin soit offerts par les disciples. Pour son père, un homme devait se concentrer sur son domaine d'excellence et laisser le reste à d'autres.

Mason Winters n'avait jamais excellé en quoi que ce soit si ce n'est embobiner les gens crédules et leur faire gober les inepties qu'il présentait comme paroles d'évangile. De l'avis de Cece, c'était un miracle que personne ne l'ait tué bien avant qu'elle s'en soit prétendument chargée.

Voilà, songea-t-elle en regardant l'allée longue de près de deux kilomètres s'incurver devant eux. La maison allait apparaître derrière ce virage. S'ils allaient plus loin, ils pourraient être repérés de la maison. Sur leur droite, de l'autre côté des bois, se dressait l'église. Elle semblait plus beaucoup plus éloignée par la route mais, à travers bois, elle était toute proche.

Elle se tourna vers l'homme qui conduisait, et qui, jusqu'alors, l'avait suivie dans son projet sans piper mot.

— Vous devriez rester dans la voiture. Que je décide d'enfreindre la loi, c'est une chose, mais je ne veux pas que vous vous sentiez obligé d'en faire autant.

Deacon la regarda comme si elle avait perdu l'esprit. Ce qui était peut-être le cas. Son plan était follement risqué. Si Marcus la surprenait, il la ferait lapider ou torturer d'une façon ou d'une autre plutôt que d'appeler la police. Puis il jurerait ses grands dieux qu'elle avait fait quelque chose de terrible et qu'il avait été obligé de se défendre. Et pour elle, ce serait soit la mort soit le retour en prison.

Ce qui signifiait qu'elle ne pouvait pas se faire prendre.

— Écoutez-moi.

La voix de Deacon la tira de ses sombres pensées. C'était le moment où il allait lui dire que si elle comptait continuer, ce serait sans lui. Ce qui était parfaitement compréhensible : il n'était ni un hors-la-loi ni un ex-détenu comme elle. Sa réputation était déjà compromise… Qu'avait-elle à perdre ?

— La maison est à Marcus maintenant, c'est bien ça ?

Elle acquiesça d'un signe de tête.

— Il a hérité de la propriété et de l'église, oui. Sa seule obligation était de prendre soin de ses proches – dès lors qu'ils restaient au sein de la congrégation. Donc, exit Levi et moi. Non que je le regrette. Si j'avais hérité de cette maison, j'y aurais mis le feu.

Et ce serait peut-être bien ce qui finirait par arriver.

— Votre père avait-il des gardes de son vivant ? Des vigiles pour surveiller la maison en son absence ?

— Non, je ne crois pas.

— Bien, dit-il en promenant son regard autour de lui. Je vais garer la voiture dans ce chemin, là-bas, à l'abri des regards, pour le cas où quelqu'un viendrait.

Le chemin en question n'était qu'une trouée dans la végétation formée au fil des années par les automobilistes faisant demi-tour en se rendant compte qu'ils s'étaient trompés de route – ou ceux revenus sur leur intention de rendre visite au *révérend* Winters. Cece l'avait elle-même utilisé quand elle voulait se faufiler incognito dans la maison pour récupérer quelque chose qui y était resté.

Lorsque Deacon eut dissimulé la voiture sous les arbres, il déclara :

— Je vais vous suivre mais, moi, je resterai hors de vue, dans les bois.

Compte tenu des menaces à peine voilées qu'avait proférées Marcus contre elle, c'était sans doute une bonne idée. Il la haïssait. Sierra aussi. Cece s'en voulut d'en éprouver de la tristesse. Elle aurait dû s'en moquer complètement mais ce n'était pas le cas. Quel soulagement ça aurait été de pouvoir les bannir définitivement de son cœur !

— OK, si vous croyez que c'est mieux.

— Oui, je le crois. Qu'espérez-vous trouver, à part Levi ?

— Je ne sais pas trop. Peut-être rien. Je ne m'attends pas que des preuves de mon innocence soient éparpillées un peu partout dans la maison. Ni des preuves de leur culpabilité, d'ailleurs. Mais il faut que j'aille jeter un coup d'œil.

Son instinct lui soufflait qu'il y avait quelque chose, quelque part.

Elle posa la main sur la poignée.

— N'oubliez pas, rappela Deacon. En cas de problème…

— Je crie, le coupa-t-elle en poussant résolument la portière.

— C'est ça.

Rassemblant tout son courage, Cece quitta les bois et s'avança vers la maison. Au sortir du virage, comme la maison apparaissait, elle remarqua immédiatement deux hommes. Tous deux arboraient des T-shirts des Survivalistes du Salut. Ils lui étaient inconnus. Tiens, tiens… Son frère avait donc jugé la présence de gardes nécessaire.

Mais on n'employait pas des gardes s'il n'y avait rien à garder, non ?

Marcus avait-il découvert que Levi lui rendait visite en prison et décidé de le séquestrer ?

Deacon était resté embusqué derrière les arbres mais il n'était pas loin. Lui aussi avait dû les voir.

Postés sur le perron, ils la regardèrent approcher sans broncher, le fusil en bandoulière.

Lorsqu'elle ne fut plus qu'à une dizaine de mètres d'eux, elle les salua de la main.

— Bonjour. Est-ce que Levi est ici ?

Les deux hommes la toisèrent comme s'ils hésitaient à lui adresser la parole.

— Marcus m'a dit qu'il était resté à la maison. Je me suis dit que j'allais passer le voir.

Le plus grand des deux hommes consulta sa montre. Son

premier réflexe avait été, elle en était sûre, d'appeler Marcus. Mais il ne pouvait pas le faire, l'office étant déjà commencé.

— Je vais lui poser la question, répliqua l'autre type. Voir s'il veut de la compagnie.

Un courant d'excitation la parcourut. Elle allait entrer. L'homme avait implicitement reconnu que Levi était bien là.

— Merci.

L'homme à la montre la garda à l'œil pendant que son collègue disparaissait dans la maison. Elle s'obligea à respirer pour dissiper le poids qui l'oppressait. Le service durait deux bonnes heures, confessions, rites expiatoires et autres absurdités comprises, donc elle avait un peu de temps devant elle.

Pourvu qu'elle puisse entrer !

Elle parviendrait peut-être à faire entendre raison à Levi.

Comme si cette pensée l'avait fait se matérialiser, il apparut sur le pas de la porte, le garde sur ses talons. Il la fixa, immobile, pendant un moment, puis se rua en avant, descendit les marches et vint se planter devant elle.

— Qu'est-ce que tu fais là ? demanda-t-il.

Elle cilla. Sa voix était dure, cassante.

— Je suis venue te voir.

Approchant le visage du sien, il murmura rapidement :

— Viens à la cabane dans vingt minutes.

Puis, à haute voix, il ajouta :

— Tu n'as pas le droit de venir ici. Tu n'es plus des nôtres.

Il recula d'un pas.

— Va-t'en et ne reviens plus.

Cece marqua un temps d'hésitation, déstabilisée par la situation.

— J'ai dit : va-t'en ! cria-t-il.

Elle fit un pas en arrière.

Levi se retourna et lança aux gardes :

— Si elle essaye de revenir, raccompagnez-la jusqu'à la route.

Cece regarda Levi disparaître à l'intérieur de la maison puis tourna les talons et se mit à courir, ébranlée par ses paroles, même s'il lui avait demandé de le rejoindre à la cabane.

Deacon était déjà à la camionnette quand elle le rejoignit.

— Filons d'ici, dit-il, l'expression assombrie par la colère.

Bien sûr. Il ne savait rien du rendez-vous que lui avait fixé Levi.

Elle lui expliqua brièvement la situation tandis qu'ils remontaient dans la camionnette.

— Où est-ce ? demanda-t-il, l'air à moitié convaincu.

— C'est une vieille cahute délabrée où nous allions jouer, enfants. Je crois qu'elle fait partie de la propriété voisine, mais ça ne nous a jamais empêchés de l'utiliser.

Après deux erreurs, elle finit par lui indiquer le bon chemin pour s'y rendre. L'étroite route de terre envahie par la végétation s'arrêtait net au coude que formait la rivière qui traversait une portion des deux propriétés. Alimentée par une source souterraine, celle-ci n'était jamais à sec – même pendant les mois les plus chauds de l'année.

Le clapotis de l'eau apaisa ses nerfs en pelote. Elle avait adoré explorer ces bois étant enfant. C'était l'un des rares souvenirs plaisants qu'elle ait gardés de la période qui avait suivi la mort de sa mère. Deacon verrouilla la camionnette puis longea la berge à sa suite.

— Il va falloir traverser, annonça-t-elle, espérant que le tronc d'arbre qui leur servait autrefois de pont était toujours là.

— Vous ne craignez pas qu'il ait eu une arrière-pensée en vous donnant rendez-vous dans cet endroit isolé ?

— Non. S'il avait voulu s'en prendre à moi, il aurait demandé aux gardes de me conduire à l'intérieur de la maison et m'y aurait retenue jusqu'au retour de Marcus.

— Très juste. Un point pour vous.

Ils parcoururent les cinq cents mètres qui les séparaient du point de passage sans échanger un mot. Les sons portaient dans la forêt, et ni l'un ni l'autre ne tenait à être repéré.

— Je passe devant, suggéra Deacon à voix basse. Si cet arbre supporte mon poids, il supportera le vôtre.

Le voir jouer les gentlemans lui mit du baume au cœur. Quelque part, en son for intérieur, elle redoutait qu'il ne se lasse de veiller sur elle. Elle commençait vraiment à aimer sa compagnie, et ce pas seulement en raison de sa galanterie.

Ce qui n'est pas très malin, Cece.

Il ajusta son chapeau et mit un pied sur la vieille souche.

Il était environ à mi-chemin lorsqu'elle remua. Cece retint son souffle mais il parvint sans encombre sur la rive opposée.

— Ça ira ? Vous y arriverez ? demanda-t-il.

— Vous plaisantez ? Je suis passée là des dizaines de fois.

Elle s'avança d'un pas assuré sur le tronc d'arbre jusqu'à l'autre rive.

— Qu'est-ce que je vous avais dit ?

Il sourit.

— C'est comme le vélo, c'est ça ? Ça ne s'oublie pas ?

— Exactement.

Ce qui rappela à Cece qu'elle devait vraiment s'occuper du renouvellement de son permis de conduire. *Demain, sans faute,* décida-t-elle. Elle se mettrait aussi à chercher du travail et irait voir son agent de probation.

Une fois la rivière franchie, la cabane n'était plus loin. Elle semblait déserte et près de s'effondrer. Curieux… Lorsqu'ils étaient enfants, elle lui avait paru tellement plus grande et mystérieuse… Comme un bastion de pirates ou un repaire de gangsters.

Avant qu'ils aient eu le temps d'approcher, Levi sortit de l'ombre. Il fusilla Deacon du regard puis elle.

— À quoi joues-tu, Cece ?

— Je pourrais te retourner la question.

Toute la colère qu'elle avait gardée en elle depuis qu'elle avait franchi les grilles de la prison pour ne trouver personne se libéra d'un coup.

— Tu étais censé venir me chercher, non ? Est-ce que tu imagines ce que c'est que d'attendre et attendre encore avant de comprendre finalement que personne ne viendra ?

— Je suis désolé. Marcus m'a empêché d'y aller.

— Oh ! Alors, Marcus est ton seigneur et maître, maintenant ? rétorqua-t-elle avant de secouer la tête. Que s'est-il passé, Levi ?

— D'abord, qui est-ce ? demanda son petit frère, les sourcils froncés.

— Un ami, répondit-elle, refusant d'en dire davantage.

— Tu crois que je vais te parler en présence de cet *ami* ?

Elle sut gré à Deacon de garder le silence.

— J'ai une totale confiance en lui. Toi aussi, tu peux lui faire confiance. Il m'aide. Il a empêché Ricky et ses amis de me faire Dieu sait quoi hier soir.

Elle jeta un regard à Deacon avant de poursuivre :

— Et, le soir précédent, il a empêché deux types de mettre le feu chez moi. Oh ! et j'allais oublier : il a aussi volé à mon secours quand les zombies de Marcus m'ont attaquée dans le parking du supermarché !

Ce fut à ce moment-là seulement, en énumérant l'accumulation d'incidents survenus en moins de quarante-huit heures, que le barrage se rompit. Un torrent d'émotions la submergea, et elle fondit en larmes incoercibles. Malgré tous ses efforts, même si c'était atrocement embarrassant, même si elle détestait donner d'elle cette image de faiblesse, impossible de s'arrêter.

— Cece… Je suis désolé, murmura Levi en la serrant contre lui. Vraiment désolé.

Elle frissonna, le corps secoué par les sanglots. Elle en avait tellement assez de tout cela. Partir… Pour toujours, sans un regard en arrière !

Mais cela signifierait qu'elle n'aurait jamais l'esprit libre. Et que sa grand-mère se serait démenée pour rien.

Levi recula, la tenant toujours par les épaules.

— Après le dernier parloir, j'ai décidé d'essayer de trouver la vérité pour t'éviter d'avoir à le faire. Je sais comme tu tiens à prouver ton innocence.

Il exhala un profond soupir.

— C'est juste que… ça me prend plus longtemps que je ne l'avais imaginé.

Cece s'essuya les yeux.

— Qu'est-ce que tu racontes ? C'est beaucoup trop dangereux. N'essaye de duper Marcus. Il est capable de tout, y compris de se débarrasser de toi, tu le sais.

— Je brûle, Cece. Je les ai entendus discuter, Sierra et lui, l'autre soir. Elle disait que s'il ne faisait pas quelque chose, tu allais tout découvrir.

— Découvrir quoi ?

— Je ne sais pas encore. Pendant les deux premières

semaines que j'étais là, ils faisaient très attention à ne rien dire en ma présence et à ne pas me laisser seul. Mais le filet se relâche petit à petit. C'était la première fois, aujourd'hui, que je restais seul à la maison.

— Il y a les gardes…

Il secoua la tête.

— Oui, mais ils n'entrent pas. Je me suis mis à fouiller la maison, pièce par pièce…

— C'est trop dangereux ! Laisse tomber et viens vivre à la maison.

Elle ne voulait pas perdre son jeune frère. Rien n'était plus important que sa sécurité.

— Laisse-moi faire. Je tends l'oreille, j'ouvre l'œil… Il finira bien par en sortir quelque chose, et quand ce sera le cas, je viendrai te voir. D'ici là, tiens-toi éloignée de Marcus et Sierra. Ils sont fous, Cece.

Ses yeux, agrandis par l'anxiété, se plantèrent dans les siens.

— Je veux dire, vraiment fous. Je crois que Sierra est peut-être sous l'influence d'une drogue. Elle passe son temps à répéter qu'elle était la petite princesse de papa et que tout le monde ferait bien de s'en souvenir et de la traiter comme telle.

De toute évidence, elle n'arriverait pas à le convaincre de renoncer à son projet.

— Sois prudent. Ne prends pas de risques.

Cece le serra fort contre elle.

— Je ne veux pas te perdre, murmura-t-elle à son oreille.

— Il faut que je file.

Il se dégagea et lui décocha un sourire avant de lancer un coup d'œil à Deacon.

— Il faudra que tu m'expliques, pour ce type…

Ils se donnèrent une dernière fois l'accolade puis se séparèrent.

Deacon et elle rejoignirent la camionnette en silence. L'émotion, trop vive, lui nouait la gorge.

Mais, quand la camionnette roula, elle se remit à pleurer. Seigneur, qu'elle détestait se donner ainsi en spectacle !

Cette fois, ce fut Deacon qui la consola. Il se rangea sur le bas-côté et l'attira dans ses bras. Il la tint contre lui jusqu'à ce que ses larmes se soient taries. Jusqu'à ce qu'elle n'en ait plus une seule à verser.

Puis il la ramena chez elle.

— Vous n'auriez pas dû vous donner tant de peine.

Deacon lui décocha un large sourire.

— On ne peut pas dire que je sois un fin cordon-bleu, mais je me suis toujours flatté de bien réussir les sandwichs grillés au fromage.

Elle grignota une nouvelle bouchée.

— C'est délicieux.

Deacon prit son verre de thé glacé et en avala une gorgée.

— Je suis content que vous ayez pu voir Levi aujourd'hui. Je sais à quel point vous étiez inquiète à son sujet.

Il avait envisagé plusieurs façons d'aborder de nouveau la question mais avait préféré la remettre à plus tard. Elle avait été si bouleversée par la rencontre avec son jeune frère qu'il en avait été désolé pour elle.

Ce qui n'aurait pas dû être le cas. Mais il n'avait pas un cœur de pierre, que diable !

Apparemment, la fille qu'il avait crue capable de tuer l'un de ses semblables sans ciller n'était pas si dénuée d'empathie. Son émotion et ses larmes n'avaient pas été feintes.

— Moi aussi, mais je ne suis pas moins soucieuse maintenant. Il veut être mon héros mais j'ai tellement peur pour sa vie…

— Vous croyez Marcus et ses disciples capables de meurtre ?

Elle hocha vaguement la tête, abîmée dans la contemplation de son sandwich.

— Cece ? Qu'y a-t-il ?

Quelque chose la tracassait. Quelque chose qu'elle ne se décidait pas à lui dire. L'anticipation fit battre son cœur plus vite.

— Vous devriez savoir, désormais, que vous pouvez me parler. Je suis de votre côté dans cette affaire, vous pouvez avoir confiance en moi. Je ne vous laisserai pas tomber.

Trois contrevérités coup sur coup.

Et le plus surprenant, c'était qu'il n'avait pas l'impression d'avoir menti.

— Il y avait un homme…, commença-t-elle, pressant les mains l'une contre l'autre, les avant-bras calés sur les genoux. Je veux dire, à l'époque où ce cauchemar a commencé. Il s'appelait K.C.

Une onde choc le parcourut. K.C. était le pseudonyme utilisé par Jack. K pour Kelley et C pour Charlie, ses enfants.

— Il est venu plusieurs fois chez ma grand-mère pour poser des questions. Je pense que c'était un agent sous couverture ou…

Elle haussa les épaules.

— Je ne sais pas exactement. Quoi qu'il en soit, ma grand-mère ne voulait pas lui parler. Elle m'avait recommandé d'en faire autant, disant qu'il ne nous amènerait que des ennuis. Elle essayait de faire profil bas parce que mon père traversait l'une de ses crises.

— L'une de ses crises ? releva-t-il, dissimulant tant bien que mal son impatience.

— De temps à autre, il décrétait subitement que j'étais sa fille et que je devais rentrer ventre à terre à la maison. Il se déchaînait contre ma grand-mère. Je la soupçonne de lui avoir donné de l'argent pour qu'il ne m'approche pas mais elle ne l'a jamais admis.

— Donc, vous n'avez jamais parlé à ce K.C. ? reprit-il, s'appliquant à respirer normalement et à masquer sa tension derrière une apparence normale.

— Il est venu me voir dans le restaurant où je travaillais. C'est l'unique fois où il m'a abordée. Les mises en garde de ma grand-mère avaient dû l'impressionner, car ça ne s'est plus jamais reproduit.

— Et que s'est-il passé ?

— Il m'a demandé si je savais que mon père était en lien avec un groupe connu sous le nom de Résurrection. J'en avais entendu parler. C'était une société secrète de survivalistes – vous savez, ceux qui se préparent en prévision de la fin des temps. Je lui ai dit la vérité, à savoir que si mon père avait jamais eu affaire à eux, je n'étais pas au courant. Les membres de ce groupe tiennent à rester à anonymes. J'ai entendu un jour mon père expliquer que c'était pour éviter que tous les ignorants non préparés ne viennent mendier leur aide lorsque l'Armageddon surviendra.

— Et ce K.C., reprit Deacon en s'attachant à garder l'air raisonnablement détaché. Vous a-t-il paru… OK ? A-t-il semblé contrarié par votre réponse ?

— Non. Il était gentil. Dans le genre paternel, vous voyez ? Enfin, l'idée que je me fais d'une attitude paternelle, étant donné ma désastreuse expérience personnelle. Je n'ai pas compris pourquoi ma grand-mère avait tellement peur de lui. Bref, toujours est-il que je ne l'ai plus jamais revu ensuite. Mes réponses ne lui avaient pas été d'une grande utilité, et il a dû trouver une autre source d'informations, je suppose. Il semblait vraiment désireux d'en apprendre davantage sur le rapport existant mon père et ce groupe.

— Vous êtes sûre que votre père n'en faisait pas partie ?

— Je ne *crois* pas, mais comme je passais mon temps à l'éviter… Même avant d'être chassée de la maison, je le fuyais comme la peste. On ne pouvait pas se supporter.

— Levi le saurait peut-être. Il est resté à la maison, lui, après votre départ… Croyez-vous qu'il ait pu être approché par ce K.C. ?

Elle planta son regard dans le sien, sonda son expression.

— Je n'en sais rien. Il n'a jamais fait allusion ni à ce groupe de survivalistes ni à ce K.C. Pourquoi ? Vous le connaissez ?

C'était le moment de vérité. S'il mentait et qu'elle le découvrait par la suite, elle ne le lui pardonnerait pas. Mais s'il disait la vérité, elle pouvait se cabrer séance tenante et se fermer comme une huître.

Il était trop près du but pour courir ce risque.

— J'essaye de passer en revue toutes les possibilités.

Comme elle gardait l'air suspicieux, il posa une question dont il était quasiment sûr qu'elle détournerait son attention.

— Pensez-vous que ce K.C. puisse avoir été mêlé à la mort de votre père ?

Elle fronça les sourcils.

— Je ne sais pas, je n'y ai jamais réfléchi. J'imagine que c'est possible.

Elle se tourna de nouveau vers Deacon.

— Mais il avait vraiment l'air de quelqu'un de bien, donc je ne sais pas.

« Gentil » ; « Paternel ».

« Quelqu'un de bien »…

L'évidence s'imposa tout à coup à lui. Cette femme dont il avait minutieusement décortiqué la vie pour trouver la faille, cette femme qui l'avait obsédé pendant des mois, ne savait rien de Jack ni de sa disparition.

Ce n'était pas elle.

Il l'avait méprisée pendant si longtemps. Haïe, même. Il avait rêvé de la confondre. Ces gens qui lui avaient jeté des pierres le jour de son retour étaient probablement là à cause de lui, parce qu'il avait délibérément fait fuiter la date et l'heure de sa sortie de prison. Il avait voulu la voir mordre la poussière, être humiliée.

Et, depuis le début, il s'était trompé.

— Je suis désolé.

Les mots étaient sortis tout seuls.

Elle cligna des paupières.

— Désolé ? Pourquoi ?

Avant qu'il ait eu le loisir de répondre, elle prit sa main dans la sienne.

— Vous avez été si obligeant, si bienveillant avec moi, Deacon. Je me demande ce que j'aurais fait sans vous. Merci.

Il réussit à sourire malgré son estomac qui se contractait douloureusement tandis qu'il pensait que l'idée que la vérité était loin d'être telle que Cece se la représentait.

— Inutile de me remercier.

— Je sais que vous n'avez pas voulu m'embrasser quand je vous l'ai demandé. Mais vous voulez bien que je vous embrasse, moi ? Je veux dire, sur la joue ? Pour vous témoigner ma gratitude.

— Bien sûr.

Elle se pencha en avant et déposa un baiser sur l'arête de sa mâchoire. Ses lèvres étaient si douces… Le battement d'ailes d'un papillon sur sa peau.

Elle se recula rapidement, puis se leva comme si elle s'apprêtait à battre en retraite.

— Je vais nettoyer la cuisine.

— Je viens vous aider, offrit-il en se levant et en prenant son assiette.

— C'est vous qui avez cuisiné, argua-t-elle.

— Je vous suis quand même. Je vous regarderai faire.

— Comme vous voudrez.

Elle rassembla son assiette et son verre et les porta jusqu'à l'évier.

Il la regarda remplir la cuvette d'eau chaude. Il n'y avait pas de lave-vaisselle. Lorsqu'elle eut nettoyé le comptoir et la cuisinière, il décida d'en apprendre un peu plus sur son frère aîné.

— D'après ce que j'ai cru comprendre, Marcus n'est pas marié et n'a pas d'enfants ?

Elle marqua une pause, les mains plongées dans l'eau mousseuse.

— Il avait une petite amie au lycée mais ils ont rompu et, ma connaissance, il n'a pas eu d'autre relation sérieuse.

— Parce qu'il est trop focalisé sur le développement de son groupe, vous pensez ? Ou que ses croyances ont fait obstacle à sa vie privée, peut-être ? Il aurait pu s'éprendre de quelqu'un qui soit en désaccord avec les dogmes de la congrégation…

— Ce n'est pas impossible, je suppose, mais, psychorigide comme l'est Marcus, je ne l'imagine pas dans cette situation. Il préférerait mourir. Non, je suppose que c'est juste un solitaire. Il a cessé de fréquenter des amis et de participer aux activités extrascolaires très jeune – vers douze ou treize ans. Il se vouait déjà à marcher sur les pas de notre père… C'était le seul garçon de cet âge à passer tout son temps libre avec les personnes âgées de la communauté. Chaque fois que l'un d'eux disparaissait, il s'enfermait dans sa chambre pendant des jours. Peut-être qu'il a épuisé toutes ses ressources de compassion et que parvenu à l'âge adulte il ne lui en restait plus une miette… Ce qui est sûr, c'est qu'il n'en a jamais montré vis-à-vis de moi.

Deacon prit un torchon et essuya l'assiette qu'elle venait de rincer.

— Et Sierra ? A-t-elle toujours été aussi pieuse que lui ?

Cece secoua fermement la tête.

— Non. Quand nous étions petites, elle m'adorait. Avec Levi, nous jouions toujours ensemble, tous les trois. On était heureux… Du moins aussi heureux que peuvent l'être des enfants dans notre situation. Mais ensuite, quand mon père m'a jetée dehors, elle a changé. Elle s'est retournée contre moi, comme si elle s'était mise subitement à me détester. Et elle ne mettait plus le nez dehors. Ce n'est que lorsqu'elle a eu un petit ami que j'ai commencé à la croiser de nouveau en ville de temps en temps. Elle n'avait plus rien à me dire, semblait-il, mais au moins elle se comportait à peu près normalement. Quand j'en parlais à Levi, il disait simplement qu'elle était devenue folle. Il pense qu'elle prenait déjà de la drogue à ce moment-là.

La famille de Cece s'était littéralement décomposée après la mort de la mère. Deacon commençait à penser que c'était davantage lié à Marcus et Sierra qu'au père lui-même.

Il la regarda rincer l'évier et se sécher les mains, songeur.

Quand diable cette enquête s'était-elle axée autour de Cece et sa famille et non plus de son partenaire ?

9

Lundi 5 août

Cece regarda l'écran d'affichage passer du numéro 21 au 22 puis baissa les yeux et fixa le petit ticket bleu portant le numéro 25 dans sa main.

Apparemment, la première semaine du mois était la plus chargée au guichet des renouvellements de permis de conduire. Elle soupira. Elle n'était toujours pas à l'aise au volant mais cela viendrait, avec le temps. Il le faudrait bien. Quand on vivait dans une petite ville du Sud, conduire était indispensable.

Deacon lui avait proposé de lui servir de chauffeur mais elle ne voulait pas dépendre de lui pour le moindre déplacement. Qui plus est, elle avait envie d'être indépendante. Elle promena son regard sur la salle d'attente bondée. Jusqu'ici, personne ne l'avait reconnue. Pour tromper l'ennui, les gens discutaient avec leur voisin ou avaient les yeux rivés à leur portable. En gros, elle était donc seule.

Comme elle n'avait pas de téléphone mobile et ne connaissait aucun des messieurs d'un certain âge qui étaient assis autour d'elle, elle se contentait de prendre son mal en patience, le regard dans le vague. Si elle se tenait immobile, peut-être que personne ne la remarquerait ni ne tenterait d'engager la conversation… Car la nature humaine était ainsi faite : on posait des questions sur l'école, les enfants, le travail, on commentait les résultats sportifs. Or, elle se voyait mal déclarer qu'elle avait passé ses années d'université en prison, qu'elle n'avait pas de petit ami, et, a fortiori, encore moins un mari et des enfants.

Pour rompre la glace, on faisait mieux. Son pauvre voisin de siège aurait amèrement regretté d'avoir ouvert la bouche.

Par association d'idées, elle revit son voisin dans sa cuisine ce matin, debout devant la fenêtre, au-dessus de l'évier, rêvassant, une tasse de café à la main. Elle l'avait contemplé pendant un bon moment avant de signaler sa présence. La façon dont son jean moulait son corps. La façon dont l'étoffe de son T-shirt s'étirait sur ses larges épaules. Ses cheveux bruns tout ébouriffés qui bouclaient sur sa nuque.

Une part d'elle se demandait encore pourquoi ce bel inconnu avait tellement à cœur de l'aider. N'avait-il donc rien de mieux à faire ? S'ennuyait-il, tout simplement ? Elle avait envie qu'il soit exactement ce qu'il semblait être – un voisin plus qu'accommodant qui aimait jouer les bons samaritains.

Mais, tout au fond, une petite voix lui soufflait qu'elle commettait peut-être une erreur. Elle ne savait rien de lui. De ses véritables motivations.

Et pourtant, elle avait envie de mieux le connaître… De le connaître *intimement*. Une bouffée de chaleur lui monta aux joues. Discrètement, elle jeta un regard autour d'elle comme si elle craignait d'avoir parlé à haute voix.

Mais c'était vrai. Elle mourait d'envie qu'il l'embrasse, qu'il la touche, qu'il lui fasse découvrir les mille et une façons dont un homme pouvait donner du plaisir à une femme. Sa seule et unique expérience avec ce zéro de Ricky Olson avait été maladroite et décevante alors qu'un simple petit baiser sur la joue de Deacon enflammait tous ses sens.

Alors, bien sûr, le fait qu'il semble authentiquement désireux de l'aider dans sa quête de la vérité rendait l'idée de…

— C'est à vous.

Cece sursauta. L'homme à sa droite désigna le numéro indiqué sur son papier puis l'écran d'affichage. Elle s'obligea à lui retourner un sourire poli.

— Oh ! merci !

Elle se hâta de rejoindre le guichet indiqué, au comptoir, et présenta les papiers requis. L'agent l'informa que la date d'expiration de son permis étant dépassée depuis longtemps elle devait repasser un bref test de conduite. Elle pouvait soit le faire tout de suite soit prendre rendez-vous.

Zut ! Elle ne s'était pas attendue à ça. Elle opta pour se débarrasser de la corvée dans la foulée. Une fois les documents administratifs remplis, l'agent appela un inspecteur qui l'accompagna jusqu'à sa camionnette et lui fit signe de démarrer. Cece obtempéra et se mit à rouler. Elle s'appliqua à suivre scrupuleusement chacune de ses indications tout en gardant un œil attentif sur les panneaux de signalisation, exécuta de son mieux un créneau pour se garer devant le tribunal. L'examinateur ne faisait aucun commentaire, se bornant à lui donner ses instructions. Lorsqu'ils revinrent au bureau, le test terminé, Cece aurait été bien en peine de dire si elle avait ou non réussi l'examen. L'homme l'escorta jusqu'au comptoir et tendit un document à l'agent qui l'avait reçue. La jeune femme leva les yeux et sourit.

— Félicitations, mademoiselle Winters. Vous avez réussi. Venez avec moi, dit-elle en se levant. Je vais vous prendre en photo pour votre nouveau permis.

Elle la fit entrer dans un box où elle lui demanda de se placer sur la croix rouge, sur le sol, et prit la photo. Il fallut ensuite à Cece attendre encore quelques minutes puis elle repartit enfin avec son attestation provisoire. La version définitive de son permis lui parviendrait par courrier sous une douzaine de jours.

Cece s'arrêta ensuite à l'agence d'assurance pour mettre à jour son dossier et présenter son attestation. Vint en dernier lieu la visite à son agent de probation. Cette démarche-là, celle qu'elle avait le plus appréhendée, fut étonnamment facile. M. Berringer, la soixantaine, se révéla très gentil. Loin de lui faire sentir qu'elle était une meurtrière récemment libérée, il la traita comme une personne normale, ce dont elle lui fut reconnaissante. Curieux, tout de même… Cette humanité-là, elle l'avait trouvée aux endroits les plus improbables. Le shérif, le chef de la police… Tous avaient été extrêmement bienveillants. Comme son voisin.

Après quoi, plutôt que de rentrer directement chez elle, elle décida de faire halte au cimetière pour se rendre sur la tombe de sa grand-mère. Elle stoppa chez le fleuriste pour acheter un bouquet de ses roses préférées.

Au cimetière, elle marcha dans les allées bordées de pierres tombales jusqu'à celle qu'elle cherchait. Si elle n'avait pu assister à l'enterrement de sa grand-mère, elle avait été présente à celui de son grand-père. Emily Broward avait été inhumée au côté de l'homme qu'elle avait aimé sa vie entière.

Cece s'agenouilla et déposa les fleurs sur sa tombe.

— Salut, gran.

Emily Broward avait préféré « gran » à « grand-mère ». Cece sourit en pensant à la coquetterie dont sa grand-mère ne s'était jamais départie. Les cheveux, le maquillage, la tenue, tout avait toujours été impeccable. Même lorsqu'elle jardinait, elle semblait sur le point de partir au country club. Son mari et sa fille unique, la mère de Cece, avaient été les personnes les plus importantes au monde pour elle, ses petits-enfants se classant presque ex aequo. Surtout après la mort de sa fille.

Si loin que Cece s'en souvienne, tout le monde avait toujours pensé qu'elle était la préférée d'Emily à cause de sa ressemblance avec sa mère, mais ce n'était pas l'unique raison. Cece avait été celle qui avait passé le plus de temps en sa compagnie. Elle sautait sur la moindre occasion pour aller chez sa grand-mère. L'aidait quand elle en avait besoin. Puis Cece était venue vivre à demeure avec elle après son expulsion de la maison paternelle. Alors, bien sûr qu'elles avaient été proches. Ce n'était pas tant sa grand-mère qui avait choisi Cece que Cece qui l'avait choisie, elle.

Du coin de l'œil, elle nota un mouvement à quelques mètres de l'endroit où elle se tenait. La femme blonde qui remontait l'allée avec son berger allemand lui parut vaguement familière. Cece la suivit du regard jusqu'à ce qu'elle soit suffisamment proche pour bien voir ses traits.

Rowan DuPont. La fille de l'entrepreneur de pompes funèbres.

Cece ne la connaissait pas personnellement. Mais elle l'avait vue au journal télévisé. D'abord, parce qu'elle avait publié un livre qui avait rencontré un succès national. Cela semblait étrange qu'une personne issue de sa petite ville natale soit si célèbre. Et ensuite, elle avait bien sûr entendu parler de l'histoire de son père abattu par un tueur en série qui n'était autre qu'un ami proche. Cece se rappelait clairement M. DuPont. C'était lui qui s'était occupé de l'enterrement de son grand-père et de celui de sa mère. Mais son souvenir de ces obsèques-là était plus flou, car elle n'avait que six ans.

Rowan aussi avait perdu sa mère jeune. Celle-ci s'était pendue dans l'enceinte même du funérarium quelques mois seulement après la noyade de la sœur jumelle de Rowan.

Leurs regards se croisèrent, et la nouvelle arrivante lui adressa un sourire. Cece le lui rendit. Toutes deux avaient connu leur lot de drames familiaux. Si Rowan DuPont avait pu se relever et aller de l'avant après ce qu'elle avait vécu, peut-être que tout espoir n'était pas perdu pour Cece.

Rowan et son chien quittèrent le cimetière et disparurent. Elle aussi, songea Cece, était revenue à Winchester après une terrible tragédie. Et elle avait trouvé le moyen de survivre aux rumeurs et aux ragots.

Cece n'était pas certaine d'avoir envie de s'y essayer, elle. Ce qu'elle voulait, c'était la vérité. Ensuite, elle irait n'importe où plutôt que rester ici.

— Tu as toujours su la manipuler.

Cece tourna vivement la tête. Sierra se tenait à quelques mètres d'elle, une expression accusatrice peinte sur le visage.

Se redressant, Cece soutint son regard venimeux.

— Manipuler les gens, c'est ta spécialité, Sierra, pas la mienne.

Sa sœur la foudroya du regard, ses cheveux aile de corbeau et ses yeux tout aussi sombres contrastant de façon saisissante avec la carnation pâle et les cheveux de feu de Cece.

— Tu devrais laisser tomber, Cece. Tu ne changeras pas le passé. Ce que tu as fait, tu l'as fait, et personne ne te croira si tu prétends le contraire. Tu nous l'as enlevé, à nous tous, ses enfants, ses fidèles.

Cece avança d'un pas vers Sierra, déterminée à ne pas laisser sa jeune sœur user de ses tactiques d'intimidation.

— Je ne l'ai pas tué, Sierra. Mais peut-être que toi, si. Tu étais celle qu'il tenait encore sous sa coupe. Sa *princesse*. Celle qui lui obéissait au doigt et à l'œil. Peut-être bien que tu en as eu assez de te plier à ses règles.

Les yeux noirs de Sierra se chargèrent de haine.

— Je l'aimais. Tu ne peux pas comprendre. Il était tout pour moi.

Ça alors, c'était à des années-lumière de la vérité !

— Menteuse. Tu le détestais tout autant que moi.

Sierra rit.

— Quoi que j'aie ressenti, j'ai été plus maligne que toi. Je ne suis jamais allée crier sur tous les toits que je détestais mon père. Même si tu n'avais pas eu les mains couvertes de son sang, tout le monde aurait quand même cru que c'était toi.

— Peut-être que c'était Marcus. C'est lui qui avait le plus à y gagner. Il a hérité de la maison, de l'église. Tout tourne autour de lui maintenant.

— Tu peux être sûre que tes propos lui seront rapportés, assena Sierra en avançant d'un pas vers elle. Tu sais à quel point il t'en veut d'avoir tué notre père. Il l'adorait. Il le vénérait. Il aurait voulu que tu ne sortes jamais de prison. Il ne t'a pas pardonné. On sait toutes les deux comment Marcus se comportait vis-à-vis des malades et des mourants de la communauté de papa. Qui sait s'il ne s'occupera pas de toi le moment venu, Cece ? Je surveillerais mes arrières si j'étais toi.

Cece ne fut pas le moins du monde surprise d'apprendre quels étaient les sentiments de son frère à son égard. Il avait toujours été obsédé par leur père.

— Tu lui transmettras mes amitiés, riposta-t-elle. Et ne t'inquiète pas. Je l'ai à l'œil. Je vous ai *tous les deux* à l'œil.

— Peut-être que c'est Levi dont tu devrais te méfier. Il aurait fait n'importe quoi pour toi. Peut-être qu'il a tué papa et que tu t'es laissé accuser à sa place…

Sierra sourit.

— Je me demande si Marcus a jamais pensé à ça. C'est plutôt étrange, quand on y pense, que la brebis égarée Levi ait souhaité rejoindre le troupeau juste au moment où tu sortais de prison. Peut-être qu'il a peur que la vérité ne finisse par être découverte.

D'un dernier pas, Cece se planta, très droite, sous le nez de sa sœur.

— Laisse Levi en dehors de tout ça. Il n'a rien à voir avec ce qui est arrivé à ce vieux salaud. Je suis contente qu'il soit mort. Je regrette que ce ne soit pas *moi* qui lui aie lardé la poitrine de coups de couteau.

La fureur crispa les traits de Sierra.

— La prison ne t'aura servi à rien. Tu es toujours la même garce sans cœur que quand nous étions petites.

— J'ai un cœur, comme tout le monde, Sierra, seulement je ne suis pas stupide. Mason Winters était un charlatan et un père indigne de ce nom. Je maintiens : il n'est plus de ce monde, et c'est tant mieux.

— Tu le rejoindras peut-être plus vite que tu ne le crois. Beaucoup de gens t'en veulent à mort.

— C'est possible, concéda Cece. Mais, avant, je découvrirai la vérité.

Elle leva la main devant elle, le pouce et l'index à un centimètre l'un de l'autre.

— J'en suis à ça.

Sierra se détourna puis marqua un temps d'hésitation.

— Pour ta gouverne, il n'y aura personne pour t'apporter des fleurs quand tu seras six pieds sous terre, à côté d'elle, proféra-t-elle en jetant un regard à la tombe avant de tourner les talons.

Cece referma les bras autour d'elle et la regarda s'éloigner. Rien ne la ferait revenir sur sa position. Tant pis. Cece s'était fait tant de souci pour sa sœur et son frère, se demandant ce qu'ils deviendraient.

Mais c'était fini. Ils pouvaient aller en enfer, tous autant qu'ils étaient. Elle ne dévierait pas de son objectif : la vérité.

Elle fit ses adieux à sa grand-mère et revint à la camionnette. Elle venait de franchir les grilles du cimetière et longeait le trottoir lorsqu'elle s'arrêta net.

Ses pneus étaient à plat. Elle pressa le pas et fit le tour du véhicule. Tous les quatre. Ils avaient été crevés à coups de couteau. Si elle n'avait été aussi folle de rage, elle en aurait pleuré.

Heureusement, bien que les quatre pneus soient déclarés irréparables par le garagiste, elle put en faire poser rapidement quatre neufs en puisant dans l'argent trouvé entre les pages des livres. Elle en profita pour faire faire une vidange.

En sortant du garage, elle avisa une agence d'intérim et entra pour s'y inscrire. M. Berringer lui avait expliqué qu'elle devait impérativement trouver un emploi. Même si elle ne restait pas longtemps ici, elle devait s'efforcer de mener une vie normale.

Elle éclata de rire toute seule au volant. Comme s'il y avait quoi que ce soit de normal dans sa vie ! Elle ne l'avait jamais été et ne le serait peut-être bien jamais.

L'heure du déjeuner était largement dépassée lorsqu'elle arriva à la maison, l'estomac dans les talons et émotionnellement vidée.

Elle stoppa devant la boîte aux lettres pour relever le courrier et remonta l'allée. Une fois la voiture garée, elle passa le courrier en revue. Une lettre du fisc attira son attention. Elle la décacheta et parcourut rapidement les lignes. Arriérés d'impôts… Procédure de recouvrement… Troisième et dernier rappel.

Elle fut tentée de poser la tête sur le volant et de pleurer. Ça avait été une horrible journée. Mais, au prix d'un effort de volonté, elle se reprit et tourna la clé de contact pour démarrer. Autant retourner tout de suite en ville pour s'occuper du problème.

Il y eut un clic. Le moteur ne démarra pas. Un froncement de sourcils plissa son front. Elle recommença. Rien. Clic, clic, clic.

Elle renversa la tête contre le siège, vaincue. Le sort s'acharnait contre elle.

Que faire… Sinon appeler Deacon et voir s'il était prêt à se porter – une fois de plus – à son secours ?

Incroyable, tout de même, que le bel inconnu venu vivre près de chez elle se soit révélé être le meilleur voisin dont elle eût pu rêver.

Un vrai héros.

Cece était assise sur la dernière marche du porche lorsque Deacon se gara au bout de l'allée. Elle avait l'air d'une âme en peine venant de perdre sa meilleure amie, à ceci près qu'elle n'avait *pas* d'amis. Qu'elle était totalement seule au monde. Un paria, mis au ban de sa famille, de sa communauté.

Un paria qu'il avait cru coupable d'un autre crime que celui pour lequel on l'avait jetée en prison. Il redoutait maintenant d'avoir commis une erreur mais pas encore au point de l'absoudre définitivement. Des questions subsistaient. Au stade où il en était, il était à peu près sûr qu'elle n'était responsable ni du meurtre de son père ni de la disparition de son coéquipier. En revanche, il était d'avis qu'elle détenait des informations susceptibles de lui permettre de résoudre l'énigme une bonne fois pour toutes.

— Jolis pneus, commenta-t-il en faisant le tour de son véhicule.

Elle se leva péniblement et descendit les marches d'un pas aussi lourd que si elle se dirigeait vers l'échafaud.

— Oui. Dommage qu'ils ne puissent pas rouler.

— C'est peut-être la batterie. On va regarder ça, dit-il en soulevant le capot et en se penchant au-dessus du moteur, imité par Cece.

— Je vais nettoyer les bornes, expliqua-t-il en retournant à sa camionnette chercher sa boîte à outils. On verra si ça fonctionne.

Lorsque ce fut fait, il lui demanda d'essayer de démarrer. Elle tourna la clé. Le moteur toussa, cette fois, mais finit par caler.

— Bon. Je crois que votre batterie est morte. On va en acheter une neuve. Cela devrait régler le problème.

— Mais peut-être qu'il y a autre chose.

Il déconnecta les bornes, retira la batterie de son logement.

— Ça pourrait être l'alternateur mais, sincèrement, à en juger par l'aspect de cette batterie, je pense vraiment que c'est elle la source du problème. Je demanderai au magasin de la tester pour en avoir le cœur net.

Après avoir chargé la batterie dans son véhicule, il ouvrit la portière passager et attendit qu'elle monte.

— Cela vous ennuierait-il de passer par l'hôtel des impôts ? C'est là que je voulais me rendre. Apparemment, les taxes de la maison n'ont pas été payées…

— Aucun problème. Quand vous leur aurez expliqué la situation, cela devrait rentrer dans l'ordre.

— Si seulement ! La journée a été atroce de bout en bout, avec une visite au cimetière qui n'aurait pas pu être plus inopportune.

Elle semblait si pleine d'espoir que cela tira un sourire à Deacon.

— Allez, venez.

Ils avaient parcouru environ deux kilomètres lorsqu'elle demanda :

— Et vous ? Votre journée ?

— Rien d'extraordinaire. Elle a été beaucoup moins riche en événements que la vôtre, apparemment, répondit-il en lui décochant un sourire. Dites-moi, qu'est-il donc arrivé au cimetière ?

Elle lui parla de la venue de sa sœur.

— Et vous pensez que c'est elle qui a crevé vos pneus ?

— Soit c'est elle, soit c'est quelqu'un de son entourage.

— Vous croyez vraiment qu'elle, ou Marcus, a pu assassiner votre père ?

— Ce qui est sûr, c'est que ce n'est pas Levi, assura-t-elle, répondant de façon détournée à sa question. Et, compte tenu des témoignages de Sierra et Marcus au procès et de ce que je vois depuis que je suis revenue, disons que je ne serais pas surprise que ce soit l'un d'eux.

— Mais ce pourrait être un autre membre de la congrégation, fit-il observer.

Il avait réfléchi à la question pendant la journée. Certains disciples commençaient à prendre leurs distances de Mason Winters à l'époque du crime. Sa popularité avait été sur le déclin, mais un certain nombre de membres se raccrochait désespérément à celui qui était le fondateur de la congrégation.

La préférence de ces personnes-là, lorsqu'il s'était agi de trouver un successeur au chef du groupe, était sans hésitation allée à son fils. Un fils qui avait renversé la vapeur… Le nombre d'adeptes était en augmentation, et la communauté semblait être très soudée et d'une loyauté à toute épreuve.

— Probablement. J'avais déjà pris mes distances avec le

groupe depuis un moment quand c'est arrivé, donc je n'étais pas au courant de ce qui s'y passait. La police a vaguement évoqué cette possibilité mais sans y croire. Et pour cause : ils étaient d'ores et déjà persuadés de tenir leur coupable.

Sans doute avait-elle raison.

— Je me disais que vous devriez parler à Levi de cet homme que vous avez mentionné, K.C. Il se pourrait qu'il y ait un rapport entre le meurtre de votre père et ce groupe dont il vous a parlé – La Résurrection.

— Oui, ça vaut la peine d'essayer. Certains de ces survivalistes ultras sont très attachés à la notion de territoire.

Le silence qui suivit lui indiqua qu'elle avait autre chose en tête.

— Avez-vous jamais été marié, Deacon ? demanda-t-elle avant de faire la grimace. Si ce n'est pas indiscret…

— Non, jamais.

Elle parut surprise mais, avant qu'elle ait pu réagir, il enchaîna :

— Je dois être un peu comme votre frère aîné de ce point de vue là. Je n'ai pas pris le temps de m'investir dans une relation.

— Pas d'enfants ?

Il secoua la tête.

— Mes parents vivent à Nashville. J'ai une sœur. Pas de frères. Environ une demi-douzaine de tantes et d'oncles, et une ribambelle de cousins.

Elle sourit, et il aima l'étincelle que son sourire faisait naître dans ses yeux verts.

— Et je suppose que vous organisez de grandes réunions familiales pendant les vacances.

Il ralentit pour négocier un virage.

— Parfois.

— Je n'ai jamais connu ça. Ma mère était fille unique, et mon père n'avait aucun contact avec les membres de sa famille. L'un de ses frères est venu assister à ses obsèques. Je crois qu'ils vivent tous à Memphis.

— Votre père n'aimait pas les fêtes de famille ?

— Pas selon l'idée que les gens normaux s'en font. Sa vision d'un rassemblement familial, c'était lui en train de délivrer un prêche enflammé sur le feu de l'enfer et la damnation éternelle devant nous, assis, l'écoutant religieusement. Si nous avions le malheur de battre des cils ou de détourner le regard une demi-seconde, le châtiment tombait.

— Délicieux personnage.

Certaines personnes ne devraient jamais avoir d'enfants.

Nouveau silence.

Décidant de ne pas retourner davantage le couteau dans la plaie, il garda le silence.

— Savez-vous ce que vous allez faire ensuite ? Retourner à Nashville ?

Il gara la voiture sur une place de stationnement devant le tribunal qui abritait également les services fiscaux.

— Je ne sais pas encore. Je réfléchis aux possibilités qui se présentent à moi.

— J'espère que ça ne vous prendra pas trop longtemps.

Elle tendit la main pour ouvrir la portière.

— Et si je venais avec vous ?

Elle le considéra l'espace de quelques instants.

— D'accord.

Il sortit et la rejoignit devant le capot. Il se laissait un peu trop guider par son instinct protecteur, clairement. Mais tant pis ; il était prêt à courir le risque. Compte tenu de l'invraisemblable avalanche d'ennuis qui s'abattait sur elle, il estimait de son devoir de ne pas la quitter des yeux. Il savait qui avait crevé ses pneus puisqu'il avait assisté à la scène. Restait à savoir pourquoi son frère avait fait ça.

Levi était censé être le seul à se soucier d'elle.

Se tenant un peu en retrait, Deacon vit Cece produire le document au bureau d'accueil. Il remarqua l'air dédaigneux avec lequel la réceptionniste la regarda, comme si elle était une moins-que-rien – indigne d'être ici, libre parmi d'honnêtes citoyens. Si Cece s'en rendit compte, elle n'en montra rien. L'employée accepta avec une évidente réticence l'argent que Cece déposait sur le comptoir. Peut-être pensait-elle qu'elle venait juste d'imprimer les billets ou qu'elle l'avait gagné au coin d'une rue en vendant de la drogue – ou ses charmes.

Quand Cece en eut terminé et qu'ils quittèrent le bâtiment, il bouillait de rage pour elle.

— Tant que nous sommes là, avez-vous une autre course à faire ? demanda-t-il en se faisant violence pour s'exprimer d'un ton calme.

— Non, je crois que c'est tout… À part la batterie.

— Il y a un nouveau restaurant en ville. J'en ai entendu dire du bien. Quand nous aurons acheté une batterie neuve, on pourrait aller y prendre un déjeuner tardif pour fêter ça.

— Fêter quoi ?

Elle avait l'air incertaine et, en même temps, tellement pleine d'espoir… Il eut envie de la prendre dans ses bras et de lui promettre que tout finirait par s'arranger.

Que diable lui arrivait-il ? Non seulement il n'avait plus de recul mais le plus grave, c'était qu'il s'en moquait.

— Des surprises ! improvisa-t-il. La vie en est pleine.

10

Le restaurant n'était pas à proprement parler nouveau. C'était celui où Cece avait travaillé, adolescente, avant d'aller croupir en prison. Évidemment, Deacon ne pouvait pas le savoir. L'établissement avait fermé voilà des années pour être rouvert récemment par un nouveau propriétaire.

Lorsqu'ils eurent passé commande, Cece déclara :

— J'ai travaillé ici autrefois. Ça a été mon premier emploi.

Il ouvrit grands les yeux puis regarda autour de lui.

— Ça alors ! Et moi qui croyais vous emmener dans un nouvel endroit.

Les murs à bardage de bois étaient blancs désormais et non plus marron foncé comme lorsqu'elle était jeune. Les box rouges, avec leurs tables blanches mouchetées d'or, n'avaient pas changé. Le carrelage blanc et noir du sol avait été rénové et, devant le long comptoir qui faisait office de bar, étaient alignés les mêmes tabourets aux assises de cuir rouge que par le passé.

— C'est l'intention qui compte, dit-elle en levant son soda dans sa direction avant d'en boire une gorgée. Elle essaya de se détendre mais en vain. Elle ne pouvait s'empêcher de craindre que quelqu'un la reconnaisse et vienne faire un esclandre. Si elle n'avait pas redouté d'affronter la clientèle toute la journée, elle aurait demandé s'ils n'avaient pas besoin d'une serveuse. Reprendre un emploi qu'elle avait déjà exercé aurait été plus facile et lui aurait même peut-être permis d'organiser son emploi du temps en fonction des horaires de cours à Motlow College.

— Vous avez travaillé ici quand vous étiez au lycée ?

Il avait des yeux brun foncé. Des yeux de velours, bienveillants. Pas noirs et cruels comme l'avaient été ceux de son père. Elle cligna des yeux et refoula cette pensée.

— Oui. Mon père venait de me mettre dehors, et je ne voulais pas être entièrement à la charge de ma grand-mère, donc je travaillais le soir et le week-end. Cela me permettait d'acheter mes vêtements, de payer la cantine. Elle disait toujours en riant que ce n'était pas nécessaire, mais que c'était une bonne idée parce que le fait d'être en permanence occupée m'éviterait de m'attirer des ennuis.

Malheureusement, ce n'avait pas été le cas.

— Votre grand-mère avait l'air formidable.

— Oui. C'était une rousse au tempérament de feu, comme moi et ma mère. Avec des yeux verts, elle aussi.

Cece sourit, l'esprit tout entier tourné vers le passé.

— Mais elle était plus petite. Elle assurait mesurer un mètre cinquante-cinq mais ce n'était pas vrai. Peut-être un mètre cinquante-deux, au maximum. Mais elle n'avait peur de rien ni de personne.

À l'exception de son père. Sa grand-mère avait vécu dans la crainte que son tyran de géniteur ne tente de récupérer Cece avant ses dix-huit ans. Il y avait eu deux années difficiles. Cece regrettait d'avoir été l'objet de tant de souci pour sa grand-mère. Mais Emily Broward avait juré qu'elle ne le laisserait jamais faire. Que Cece resterait quoi qu'il arrive avec elle. Que ceux qui ne comprenaient pas quel être retors et pervers était son père aillent au diable. Oui, sa grand-mère avait réellement été exceptionnelle.

Si douloureux qu'ait été ce constat, Emily avait pensé que Marcus était de la même engeance que son père. Quant à Sierra, elle était trop jeune et trop influençable pour comprendre, d'après sa grand-mère. Levi, lui, oscillait entre dormir chez leur grand-mère et rentrer à la maison en courbant l'échine. Cece avait compris ses hésitations. Comme tous les petits garçons, il avait recherché l'approbation de son père et de son grand frère. Il n'avait pas vu qui ils étaient vraiment. Elle ne pouvait qu'espérer qu'il en allait différemment aujourd'hui.

— J'ai l'impression que vous ressemblez beaucoup à votre grand-mère, observa Deacon, la tirant de ses pensées.

— Merci, dit Cece en souriant. Je le prends comme un compliment.

— Vous disiez que cet homme, K.C., était venu chez elle. Vous croyez qu'elle le connaissait ? Peut-être lui a-t-il parlé pendant que vous étiez au lycée ou au travail. Sa présence ici précisément au moment où votre père a été tué constitue une coïncidence troublante. Il a peut-être un lien avec ce qui s'est passé.

Elle s'était posé la question depuis qu'elle s'était subitement souvenue qu'il était là à l'époque.

— Il va falloir que j'examine le reste des dossiers que m'a fait parvenir mon avocat.

— Je peux vous aider, si vous voulez.

Combien de fois avait-il réitéré cette offre ? Il semblait sincère mais il ne lui avait toujours pas dit ce qu'il faisait pour le gouvernement fédéral. Était-il possible que ce soit la même chose que cet homme, K.C. ?

— Vous le connaissez, n'est-ce pas ? Ce K. C. ? demanda-t-elle à brûle-pourpoint. Est-ce pour ça que vous me questionnez à son sujet ?

Il soutint longuement son regard avant de répondre. Cece attendit, le cœur battant, avec l'impression que le sol se dérobait sous ses pieds. Elle avait besoin que cet homme – cet inconnu – soit exactement tel qu'il se présentait : un type sympa qui, par chance, était son voisin. Elle redoutait de découvrir qu'il était tout autre chose, peut-être un enquêteur qui l'utilisait pour servir ses propres desseins. Il avait admis avoir enquêté à titre privé. Le malaise commença à s'insinuer lentement en elle.

— Peut-être. Nous avons des raisons de penser que c'était quelqu'un d'autre… Quelqu'un que nous recherchons depuis très longtemps.

Et voilà. La dure, l'implacable réalité.

— C'est pour ça que vous avez été si gentil avec moi ?

Son cœur se mit à battre de plus en plus vite au fur et à mesure que les secondes s'écoulaient avant qu'il sourie et secoue la tête.

— Cece, je ne savais même pas que vous l'aviez rencontré avant que vous m'en parliez.

Il saisit sa main par-dessus la table. Une onde de chaleur se propagea en elle.

— Je suis désolé de ne pas vous avoir dit que je le recherchais quand vous avez mentionné son pseudonyme.

— Son pseudonyme ?

Un frisson glacé lui parcourut l'échine tout à coup.

— Oui. K.C. était le nom qu'il utilisait pour ses missions sous couverture.

— Et vous croyez qu'il travaillait sur une affaire en lien avec les ultras de La Résurrection ?

Il confirma d'un signe de tête.

— C'est ce qu'on pense, oui. Et sa disparition coïncide avec l'assassinat de votre père.

— Waouh !

Elle essaya de se remémorer le visage de l'homme, ses paroles.

— Vous croyez qu'il est mort, lui aussi ?

— C'est ce qu'on cherche à déterminer.

La serveuse arriva avec leurs burgers et leurs frites. Deacon retira sa main, et Cece en éprouva aussitôt du regret. À l'idée qu'elle était impliquée jusqu'au cou dans cet imbroglio, elle se jeta avec gloutonnerie sur son plat dans l'espoir que la nourriture l'aiderait à apaiser la tension qui l'envahissait. Ajoutant un trait de ketchup, elle s'attaqua en premier à ses frites, délicieuses et croustillantes.

Surprenant le regard de Deacon, elle dit, embarrassée :

— Désolée. Je mourais de faim et je crois que j'essaye de me réconforter en me remplissant l'estomac.

Il lui décocha un sourire.

— Il n'y a pas de mal à ça, répondit-il en portant, lui aussi, sa fourchette à sa bouche. On passe tous par là à un moment ou à un autre.

Elle eut peur, tout à coup. Trois jours. Elle ne connaissait cet homme que depuis trois malheureux jours et avait déjà l'impression de se sentir proche de lui, de dépendre de lui, d'avoir besoin de sa présence à son côté.

Fallait-il être bête… et inconsciente !

Elle fixa son burger et eut soudain la nausée. Et s'il n'était pas ce qu'il prétendait être ? S'il lui mentait ? Tout le monde lui avait menti, à l'exception de sa grand-mère. Elle aurait dû être échaudée.

Et pourtant, elle ne pouvait s'empêcher d'avoir confiance en lui.

Pas très futé, Cece.

Mais, apparemment, elle n'avait jamais fait preuve de beaucoup de discernement, sinon elle n'aurait pas passé la majeure partie de sa vie d'adulte derrière des barreaux.

Elle regarda Deacon couper consciencieusement un morceau de viande et le porter à sa bouche. Il avait des lèvres joliment ourlées pour un homme. Une mâchoire carrée. Un nez parfait, pas trop long, droit. Il était beau, sexy… attentionné, gentil.

Vraiment gentil.

Sa grand-mère lui avait toujours dit que quand quelque chose était trop beau pour être vrai, c'est que c'était généralement le cas.

Cet homme constituait-il une nouvelle erreur de sa part ? Il semblait assurément trop beau pour être vrai.

Deacon coupa le contact et redescendit de la camionnette bleue de Cece.

— C'est réparé.

La nouvelle batterie était en place. D'après les indications du tableau de bord, l'alternateur se chargeait.

— Vous ne devriez plus avoir de problèmes.

— J'espère. D'après le garagiste, les freins sont en bon état.

Elle l'observait, les bras croisés, depuis l'entrée de la grange-garage.

Il claqua la portière et s'avança vers elle sans la quitter des yeux.

— On dirait que quelque chose vous tracasse.

— Je me disais qu'on devrait éplucher tous ces dossiers… Enfin, si votre offre tient toujours.

Il referma un battant de la double porte de la grange, puis le second.

— Bien sûr. Si vous êtes sûre de vouloir de mon aide. J'ai

l'impression que vous doutez de moi… Ou que vous avez des réserves vis-à-vis de moi.

Inutile de laisser l'incertitude s'installer chez elle. Il avait commis un ou deux faux pas et devait corriger le tir tant que la situation n'était pas perdue. Quoi qu'il pense par ailleurs de cette femme, elle demeurait sa seule connexion avec Jack. C'était peut-être bien l'une des dernières personnes à l'avoir vu avant qu'il se volatilise. Si elle, ou quelqu'un de son entourage, détenait des informations qui pouvaient l'aider à faire la lumière sur ce qui était arrivé à Jack, il devait creuser cette piste. Coûte que coûte.

Seulement, cette perspective lui posait problème. Il n'avait pas envie d'ajouter son nom à la liste de ceux qui avaient nui à cette femme.

— J'ai confiance en vous, Deacon…

Elle lui sourit, et il s'en voulut plus encore.

— Votre aide sera la bienvenue.

— D'accord. Alors, autant s'y atteler tout de suite.

Elle le précéda dans la maison. Le fait qu'il regarda le balancement de ses hanches avec plus qu'un léger intérêt lui fournit une raison supplémentaire de s'en vouloir. Mais il était humain, après tout. C'était une belle femme. Petite, toute en courbes douces. Et cette crinière de feu qui lui donnait envie de plonger les doigts dans ses boucles soyeuses… Et il n'était pas seul à être fasciné, il le voyait bien. Elle le regardait avec, au fond des yeux, un désir similaire. Il s'en était déjà douté mais la façon dont elle l'avait fixé au restaurant l'avait confirmé : elle éprouvait de l'attirance pour lui, indubitablement.

Mais elle se sentait seule. Ça aurait été profiter de sa vulnérabilité que de laisser cette attirance mutuelle se développer, ce à quoi il se refusait. En dix ans de carrière, jamais il n'avait utilisé le sexe comme moyen de pression pour parvenir à ses fins.

C'était la première fois qu'il était tenté de le faire, que ce soit ou non bénéfique à son enquête.

Dans le séjour, elle s'installa à genoux devant la table basse.

— Il a tout conservé en double. Procès-verbal d'arrestation. Comptes rendus d'interrogatoires des témoins… Non qu'il y ait eu à proprement parler des témoins du meurtre, mais les gens connaissaient mon père et me connaissaient.

— On parle de témoignages de moralité. C'est la procédure qui s'applique lorsque personne n'a véritablement assisté à la scène de crime. La police établit un scénario en fonction de ce qu'ils trouvent concernant l'entourage proche de la victime. Dans votre cas, vous étiez sur place – couverte de sang – donc ils ont commencé par vous.

— Et comme ils ont trouvé ce qu'ils voulaient, ils n'ont pas cherché plus loin, suggéra-t-elle.

Il hocha la tête.

— Oui, d'après ce que vous m'avez dit et ce que Frasier m'a montré, c'est ce qui semblerait.

Elle regarda les piles de documents qui encombraient la table du salon.

— Comment pouvons-nous espérer trouver là-dedans quelque chose de neuf si tous ces rapports ne font que répéter ce que nous savons déjà ?

— Il est toujours possible que quelqu'un ait dit quelque chose, lors d'un interrogatoire, qui résonne différemment à vos oreilles qu'à celles des policiers chargés de l'enquête, aux miennes ou à celles de Frasier.

— Oh ! D'accord. Je vois.

— On va dresser la liste des personnes qui pourraient, selon vous, être coupables du meurtre de Mason Winters.

Cece remua les papiers et trouva le bloc-notes qu'elle avait utilisé. Attrapant un crayon, elle inscrivit « Suspects » en haut d'une page vierge. D'une écriture qui évoquait celle d'une lycéenne, avec des lettres rondes et bien formées. Bien sûr… Elle n'avait pas eu l'occasion d'élaborer un style plus affirmé.

Il repoussa cette pensée et se concentra sur la tâche qui les occupait présentement.

— Qui est le plus susceptible d'être placé en tête de liste ? Qui avait le plus à gagner à la mort de votre père ?

Elle n'hésita qu'un instant avant de noter « Marcus Winters ».

— Il a pris la tête du groupe, la plupart des disciples de mon père se sont ralliés à lui, et il a hérité de la maison. Aujourd'hui, il a le pouvoir. L'admiration et le respect.

— OK. C'est un début. Qui y a-t-il d'autre ?

Il avait sa petite idée mais préférait d'abord entendre ses conclusions avant de la lui soumettre.

Son front se plissa comme chaque fois qu'elle réfléchissait.

— Sierra. Elle n'aimait pas toutes les règles qu'il nous imposait, mais ils avaient cette étrange relation père-fille... Elle était sa princesse et, parfois, elle semblait l'adorer et être prête à tout pour attirer son attention alors qu'à d'autres moments c'était tout le contraire. On ne savait jamais à quelle Sierra on allait avoir affaire.

Elle inscrivit le nom de sa sœur en deuxième position.

C'était également l'avis de Deacon.

— Est-ce que, parmi les membres de la congrégation, d'autres personnes auraient pu espérer prendre le contrôle du groupe ?

— Je ne crois pas.

Elle inclina la tête comme si une idée venait de lui traverser l'esprit.

— Encore que... Il y avait bien cet homme qui venait tous les dimanches et s'asseyait au dernier rang. Il ne parlait jamais à personne. Mon père mettait un point d'honneur à connaître tous ses adeptes... Comme un politicien qui fait mine d'être ami avec tout le monde. Le fait qu'il n'ait jamais échangé ne serait-ce qu'un bonjour avec lui était inhabituel. J'ai parlé de lui à la police mais Marcus a déclaré que j'avais inventé son existence.

— Et vous ne savez pas comment il s'appelait ?

— Non, je n'ai jamais su son nom. Mais il est venu au restaurant, un soir. C'était la première fois que je le voyais en ville. Il était assis à l'une des tables dont je m'occupais.

Elle se tut, rassemblant ses souvenirs.

— Il a commandé du thé, dit-elle finalement. Et il est resté là environ une demi-heure à me regarder.

— Vous l'avez signalé à la police ?

— Oui, mais ils n'y ont pas attaché d'importance. Je devais donner l'impression d'avoir créé de toutes pièces cet homme pour me tirer d'affaire. J'étais incapable de leur fournir un nom, et Marcus et les autres personnes à qui ils ont posé la question – à supposer qu'il y en ait eu d'autres – ne voyaient pas à qui je faisais allusion. Il ne leur en a pas fallu davantage pour sauter à la conclusion que j'essayais de détourner les soupçons de ma personne.

— À quoi ressemblait-il ?

— Plus de la soixantaine… Une barbe grise fournie, des cheveux gris. De taille moyenne, mince.

— Et ses vêtements ?

— Combinaison de travail et chemise à carreaux. De grosses chaussures de marche, pas des bottes de cow-boy comme les vôtres. C'était l'une des choses qui le distinguait des membres de la communauté présents aux offices. Ils portent tous le même genre d'uniforme : vêtements sobres, informes, toujours de couleur terne et unie. La chemise à carreaux, à elle seule, le singularisait. Il ne faisait pas partie du groupe.

— Pas de chapeau ?

Elle plissa les yeux.

— Si, mais pas un chapeau de cow-boy ni un chapeau de paille. Un feutre… D'un modèle ancien, comme on en voit dans les vieux films en noir et blanc.

— La couleur de ses yeux ?

— Ça, je ne sais pas. Je ne l'ai jamais vu de très près. Il me rendait… nerveuse.

— Et la fois où il est venu au restaurant, il ne vous a rien dit ?

— Non. Il a juste passé commande.

— Était-ce à l'époque où votre père a été tué ?

— Peut-être une semaine avant. Ça ne m'a pas paru significatif sur le moment et, ensuite… C'était trop tard.

Deacon eut une idée.

— Y a-t-il des photos du procès parmi ces documents ?

Il ne se souvenait pas que Frasier lui en ait montré mais sa santé était déclinante… Il avait parfois semblé à Deacon que le vieil homme de loi n'avait plus toute sa tête. Il ne lui avait sans doute pas tout montré.

— Je n'en ai pas trouvé pour l'instant mais il suffit de regarder. Vous pensez qu'il aurait pu venir assister au procès ?

Ils se mirent au travail, se partageant le contenu des boîtes d'archives.

— Oui. Certains assassins le font parfois. Les gens qui ont intérêt à savoir comment les choses vont tourner aussi. S'il y a des photos, on étudiera chaque visage un par un.

Mais les dossiers ne contenaient aucune photo hormis celles de la scène de crime.

— On devrait essayer les journaux, suggéra Deacon.

— La directrice du journal local, Audrey Anderson, est venue me voir en prison le mois dernier. Elle voulait m'interviewer mais j'ai refusé, déclara Cece en haussant les épaules.

— Vous devriez peut-être l'appeler. Voir ce qu'elle sait. Lui dire que vous avez réfléchi à sa proposition.

Un sourire étira les commissures des lèvres de Cece.

— C'est ce que j'étais en train de me dire.

Elle sortit le vieil annuaire de sa grand-mère pour y trouver le numéro du journal, puis le composa. Deacon l'écouta jouer sa partition, déclarer qu'elle envisageait de lui accorder l'entretien sollicité, puis s'enquérir de l'existence de photos de la salle d'audience, pendant le procès.

— Oui, ce serait vraiment très aimable à vous, dit-elle en adressant un sourire radieux à Deacon. Quand puis-je passer ?

Elle écouta.

— Entendu. Parfait.

Elle raccrocha et se tourna vers lui, l'œil brillant.

— Il lui faut une heure pour sortir le dossier. Le journaliste qui a couvert l'affaire possède un dossier complet d'entretiens et de photos. Elle accepte que je les consulte.

— Génial. On ferait mieux de ranger tout ça avant d'y aller. Mieux vaut ne rien laisser traîner.

Elle considéra les pages éparpillées puis le fixa, interdite, comme si elle venait juste de se rendre compte qu'on pouvait s'introduire chez elle, voler les dossiers ou, pis encore, brûler la maison. Après l'étrange panne survenue sur l'installation électrique, elle aurait dû y penser plus tôt.

— Si vous voulez, on peut les mettre en lieu sûr chez moi.

— Oui, c'est une bonne idée.

Ils replacèrent les pages dans les dossiers et les dossiers, dans les boîtes. Le temps de déposer le tout chez lui, il était l'heure de se rendre au journal. Le bâtiment de la *Winchester*

Gazette était l'un des plus anciens de la ville. Il était juste de l'autre côté de la place du tribunal. Le réceptionniste leur indiqua la salle de conférences, au premier étage.

L'étage s'ouvrait en mezzanine au-dessus du centre du rez-de-chaussée. Tout de verre et de métal, les bureaux étaient presque totalement transparents.

Audrey Anderson les accueillit sur le palier. Deacon ne la connaissait pas personnellement mais son nom et son visage ne lui étaient pas étrangers ; il les avait souvent vus au journal télévisé et dans la publication qu'elle dirigeait. Audrey Anderson était une personnalité très active du comté de Franklin. Elle connaissait tout le monde, et lorsqu'elle voulait quelque chose, elle n'y allait pas par quatre chemins et disait franchement le fond de sa pensée.

— Mademoiselle Winters, déclara-t-elle en tendant la main à Cece.

— Voici mon voisin et ami, Deacon Ross.

— Monsieur Ross.

Anderson serra à son tour fermement sa main.

— Ravie de vous voir tous les deux. Venez, suivez-moi.

— J'apprécie que vous ayez pris la peine d'extraire ces photos de vos archives, observa Cece. C'est vraiment gentil à vous.

Anderson les invita à entrer dans la vaste salle de conférences et leur indiqua une grande table, au centre.

— Merci, Cece… Puis-je vous appeler Cece ?

— Bien sûr, répondit-elle avant de s'arrêter net, surprise de voir la quantité de documents amoncelés sur la table. Waouh !

— Je voudrais bien pouvoir prétendre que c'est par bonté d'âme, mais j'ai une très bonne raison, purement égoïste, de vous aider. Votre histoire m'intéresse.

Cece hocha la tête.

— Je comprends. Mais, autant vous l'avouer, j'ai besoin de trouver les réponses à certaines questions que je me pose avant de raconter mon histoire.

— Vous êtes à la recherche de la vérité.

Le regard de Cece alla de la directrice du journal à Deacon avant de revenir se poser sur Anderson.

— Oui.

— Si moi et le personnel du journal pouvons vous y aider, nous sommes à votre disposition.

Elle indiqua la table.

— Prenez votre temps. Si vous avez des questions, mon bureau est juste au bout du couloir.

Anderson ferma la porte et les laissa seuls.

— Vous croyez qu'elle est vraiment prête à m'aider ?

Deacon regardait dans la direction du bureau dans lequel elle avait disparu.

— Je crois surtout qu'elle sait reconnaître un bon sujet quand elle en tient un et qu'elle ne veut pas qu'il lui passe sous le nez. C'est une directrice de publication très avisée ; elle vous aidera en contrepartie d'une exclusivité.

Les yeux verts de Cece se chargèrent d'émotion.

— En revenant ici, jamais je n'aurais cru que quelqu'un accepterait de me soutenir.

La culpabilité l'accabla encore un peu plus.

— Allez, mettons-nous au travail.

Les photos étaient très nombreuses. Des papiers brillants format vingt par vingt-cinq de la salle d'audience et des personnes venues assister au procès.

— Observez attentivement chaque visage. Si vous le repérez sur un cliché, montrez-le-moi.

Il avait déjà remarqué un homme qui correspondait à la description qu'elle avait faite. Mais, après tout, les hommes barbus étaient légion et, dans la région, les combinaisons de travail n'étaient pas rares non plus.

— C'est lui, affirma-t-elle en pointant l'homme qui avait attiré l'attention de Deacon.

— OK. Vous êtes sûre de vous ?

— Oui. Certaine.

— Peut-être Mlle Anderson saura-t-elle de qui il s'agit.

— Je vais le lui demander.

La photo à la main, elle se dirigea vers la porte.

Deacon préleva un autre cliché. Tandis qu'il parcourait les visages dans l'assemblée, son regard s'arrêta sur l'un d'eux. Son cœur fit un bond dans sa poitrine.

Jack.

Son partenaire était assis deux rangs derrière le bureau du procureur. Devant lui, à sa droite, il identifia Sierra Winters. La photo avait été prise au moment où Jack regardait la jeune femme.

Deacon en prit encore quelques-unes, qu'il passa rapidement en revue, le cœur battant à tout va, maintenant.

Deux autres clichés montraient Jack parmi la foule, devant le tribunal, toujours près de Sierra…

Soit Jack avait surveillé la sœur de Cece, soit tous deux se connaissaient.

11

L'homme répondait au nom de Rayford Prentiss mais il ne vivait plus dans la maison qui se trouvait au bout de Pleasant Ridge Road, près de Huntland. Audrey Anderson avait remonté la piste jusqu'à lui grâce à l'actuel occupant des lieux. D'après ce dernier, Prentiss n'habitait plus là depuis sept ou huit ans.

Commode.

Et frustrant.

Cece en aurait crié de rage. Chaque fois qu'elle pensait avoir identifié quelqu'un ou noté quelque chose qui pouvait apporter de l'eau à son moulin, la piste se révélait être une impasse.

Elle jeta un regard à la dérobée à l'homme qui était au volant. Deacon était étrangement silencieux depuis qu'ils avaient quitté le journal. Il aurait été logique de lui demander si quelque chose n'allait pas, mais elle avait presque peur de poser la question. La malchance semblant la poursuivre, chaque fois que quelque chose paraissait bizarre, cela finissait par se retourner contre elle. Mieux valait ne pas tenter le diable.

Lorsqu'il traversa la route pour se diriger vers la maison située en face de celle où avait vécu Prentiss, elle demanda cependant :

— Où allons-nous ?

— Voir les anciens voisins de notre homme. Peut-être que l'un d'eux le connaissait et sait où il se trouve aujourd'hui.

— À supposer qu'il soit toujours en vie, nota-t-elle d'un ton morose.

Avec sa chance, l'homme avait probablement disparu de la circulation sans laisser de traces.

L'allée qui menait à la maison était longue de plus d'un

kilomètre et, au bout, se dressait un corps de ferme qui aurait eu bien besoin d'une couche de peinture, niché au pied de la montagne, entouré d'arbres. Au-delà des bois, des prés s'étendaient à perte de vue. Ils les avaient longés en venant ici. La cour, autour de la maison, était plantée d'arbres, elle aussi, ce qui ajoutait une touche d'intimité qui faisait défaut aux autres fermes du secteur.

— Les gens qui vivent en rase campagne ont parfois tendance à sortir le fusil quand on sonne à leur porte, observa-t-elle, préférant avertir Deacon parce qu'il était encore relativement nouveau dans la région.

Ayant passé le plus clair de son temps à Nashville, il n'était peut-être pas encore familiarisé avec les coutumes de la région, et elle ne voulait pas qu'il se fasse tirer dessus par un propriétaire un peu trop nerveux.

— Est-ce que j'ai l'air d'un méchant ?

Incapable de déterminer s'il plaisantait ou non, Cece le considéra – la mâchoire ombrée de barbe, le chapeau de cow-boy enfoncé bas sur le front, le jean élimé et les bottes de cow-boy.

— Mieux vaut que je vienne avec vous, déclara-t-elle en posant la main sur la poignée. J'ai l'air plus inoffensif.

Un large sourire incurva les lèvres de Deacon.

— D'accord.

Comme ils mettaient pied à terre, il demanda :

— Vous souvenez-vous des gens qui vivaient par ici ?

— Il faudrait que je connaisse leurs noms. Les maisons que nous avons vues ne m'évoquent rien pour l'instant.

Elle n'avait jamais eu de raison de venir dans ce coin perdu. Huntland avait son propre lycée donc elle n'avait jamais fréquenté les mêmes bancs d'école que les habitants de ce secteur.

— On va bien voir ce que ça donne.

Ainsi qu'elle l'avait prévu, l'habitante de la maison s'encadra dans l'embrasure de la porte, le fusil à la main.

— Vous êtes perdus ? Vous ne ressemblez pas à ces fanatiques qui font du porte-à-porte pour nous abreuver de leur prêchi-prêcha.

— Bonjour, madame, répondit Deacon avec sa voix et son sourire les plus charmeurs.

Cece tressaillit. Elle n'avait encore jamais noté à quel point sa voix était basse. Enfin, si… Peut-être l'avait-elle remarqué, mais il y avait quelque chose dans cette façon qu'il avait eue de prononcer « madame ». Et son sourire, aussi. Ce sourire généreux qui venait si spontanément illuminer son expression.

— Je m'appelle Deacon Ross et voici mon amie, Cece. Nous essayons de localiser le cousin de ma mère, Rayford Prentiss. Nous avons perdu contact avec lui voilà des années, et je voulais lui faire savoir qu'elle était très malade et n'en avait probablement plus pour très longtemps…

Encore une chose que Cece remarquait pour la première fois. Sa facilité à inventer une histoire au pied levé. Un nouveau frisson la parcourut, d'une nature différente, celui-là.

— Je ne sais plus trop. Je crois qu'il a déménagé… ou qu'il est mort. Entrez… Je vais demander au père. Lui s'en souviendra. Il sait tout sur tout le monde, ici.

— Je vous en suis très reconnaissant, madame.

— Geneva Harvey, se présenta-t-elle en abaissant le canon de son fusil, qu'elle coinça sous son bras, et en lui tendant la main.

Deacon lui serra la main puis Cece en fit autant, soulagée que la femme ne l'ait pas reconnue.

— Par ici.

Mlle Harvey s'enfonça dans les profondeurs de la maison. Deacon referma la porte derrière eux et emboîta le pas à Cece. Ils traversèrent un séjour, puis la cuisine. Une odeur de tabac et de friture flottait dans l'air. *Des beignets de gombos,* songea Cece. Depuis quand n'en avait-elle pas mangé ? Sa grand-mère avait adoré en préparer. Au-delà de la cuisine, ils empruntèrent un couloir avec plusieurs portes. *Les chambres,* supposa Cece. L'une d'elles, ouverte, laissait voir une salle de bains, avec une baignoire rétro sur pieds à griffes et un lavabo à l'ancienne, perché sur sa colonne, tous deux ternis par les ans.

La femme frappa à une porte.

— Papa, tu es visible ? On a des visiteurs.

— Et pourquoi je ne le serais pas ? Fais-les entrer.

La voix était enrouée, rocailleuse. Lorsque leur hôtesse

poussa la porte, un épais nuage de fumée de cigarette les accueillit, tel un serpent de brume s'élevant d'un lac.

— Papa, je te présente Deacon Ross et son amie Cece, annonça-t-elle avant d'expliquer la raison de leur venue.

Elle parlait en forçant un peu la voix comme si son père était dur d'oreille.

L'homme était assis dans un fauteuil roulant. La chambre était équipée d'un lit médicalisé, comme dans les hôpitaux. Il avait le teint cireux. Même ses ongles étaient jaunes, nota Cece lorsqu'il porta sa cigarette à ses lèvres.

Un ventilateur encastré dans la fenêtre et un autre, de plafond, faisaient de leur mieux pour brasser l'air imprégné de tabac.

Sur la table, à côté de son fauteuil, étaient posés une bouteille de Jack Daniels et un verre. En y regardant de plus près, Cece vit qu'il avait les yeux rouges, injectés de sang.

— Le cancer.

Cece sursauta en se rendant compte qu'il s'adressait à elle. De toute évidence, son examen ne lui avait pas échappé.

— J'en ai encore pour deux mois… peut-être. Les anti-douleurs ont des effets secondaires donc j'ai décidé de me soigner à ma façon.

— Je suis désolée.

Il laissa échapper un petit rire.

— Ne le soyez pas, ma p'tite. Je l'ai bien cherché. J'ai fumé deux paquets par jour pendant toute ma vie et j'ai bu comme un trou – ah ! ça, je me suis bien amusé ! La mort, ce n'est pas marrant mais tant pis j'ai pris du bon temps tant que je l'ai pu.

— Papa… C'est à propos de M. Prentiss qu'ils sont là, le gronda sa fille.

— Rayford… Oui. C'était comme qui dirait une sorte d'ermite, déclara-t-il. Les dernières années qu'il a vécues de l'autre côté de la route, il les a passées à se construire un de ces abris souterrains… Dieu seul sait où, exactement. Il était obnubilé par ces histoires de survivalisme. Des histoires de fous, si vous voulez mon avis. Très excessives.

Sa fille fit la moue.

— Comme si, toi, tu ne l'étais pas, excessif, grommela-t-elle.

Il darda sur elle un regard noir.

— J'ai rien à voir avec ces cinglés, se récria-t-il. Rayford était de ces illuminés qui attendent la fin des temps. Ceux qui croient dur comme fer qu'ils renaîtront quand la planète aura été rasée et l'humanité anéantie par une explosion nucléaire ou une autre catastrophe de ce genre.

Cece échangea un regard avec Deacon. La Résurrection.

— Savez-vous où on pourrait le trouver ? Lui ou ses amis ?

Harvey eut un signe de dénégation.

— Sont pas très fréquentables, ces gens-là, vous savez. Ils vivent entre eux et n'aiment pas qu'on se mêle de leurs affaires. Des vrais sauvages. Si j'étais vous, monsieur Ross, je dirais à ma mère que je n'ai pas retrouvé sa trace.

— Tout de même, intervint Cece. Ils ne vivent pas tous en dehors de la société. Certains restent intégrés à la communauté ; ils s'abstiennent simplement de raconter ce qu'ils trafiquent au fond des bois.

Harvey hocha la tête.

— Oui, mais il y a ceux qui en font un mode de vie. Ils se volatilisent un beau jour, et on ne les voit plus jamais. « Les autres », qu'ils les appellent dans ce monde-là. Personne n'en parle.

— Merci, monsieur Harvey, dit Deacon. Si jamais vous voyez M. Prentiss, dites-lui que je le cherche. C'est moi qui ai racheté la vieille ferme Wilburn.

Nouveau hochement de tête puis Harvey porta son regard droit sur Cece.

— Z'êtes la fille de Mason Winters. Celle qui l'a tué.

Cece se figea. Se demandant quoi répondre. Finalement, elle inclina la tête. À quoi bon argumenter avec ce vieil homme ?

— Je suis sa fille, oui.

— Ne le prenez pas mal, ma p'tite, mais vous avez débarrassé le monde d'une belle ordure. La méchanceté incarnée.

— Papa…, soupira sa fille d'un ton réprobateur.

— Non, non… Ce n'est rien, dit Cece en réussissant à produire un sourire sans enthousiasme. Il a raison. Mon père était exactement tel qu'il l'a décrit.

Harvey gloussa sous cape mais son rire se mua rapidement

en quinte de toux. Lorsqu'il eut repris son souffle, il regarda Deacon.

— Je ferai passer vot' message mais ne venez pas vous plaindre : je vous aurai prévenu.

Deacon réitéra ses remerciements, et Mlle Harvey les raccompagna jusqu'à l'entrée.

Une fois de nouveau dans la camionnette, sur Pleasant Ridge Road, en direction de la Route 64, Cece se tourna vers Deacon.

— Ma sœur avait un petit ami à l'époque. En fait, au dire de Levi, elle en a eu quelques-uns, précisa-t-elle en riant. Mais quand le meurtre s'est produit, c'était celui-là. Son premier amour, en quelque sorte… Je pense qu'on devrait aller le voir. Il était souvent à la maison avec Sierra. Il pourrait avoir vu ou entendu quelque chose au cours des semaines qui ont précédé…

— Vous voulez parler du type qui a fourni un alibi à votre sœur ?

— C'est ça.

— Quelle est son adresse ?

— Je sais où vivent ses parents – du moins, où ils vivaient à l'époque.

— C'est un bon début.

Slade Fairbanks s'était marié et avait divorcé deux fois en huit ans. Il avait trois enfants mais aucun ne vivait avec lui. Il habitait dans un mobil-home, à l'extérieur de la ville. Sa jeune sœur ne se fit pas prier pour leur raconter par le menu la façon dont Sierra avait brisé son frère. Après leur rupture, il n'avait plus jamais été le même et avait glissé sur la mauvaise pente.

Comme ils approchaient de l'adresse que sa sœur leur avait indiquée, Deacon désigna une silhouette du menton.

— C'est lui ?

Cece se pencha en avant pour mieux distinguer l'homme en question.

— Il me semble bien.

Tandis qu'ils remontaient la petite allée, elle confirma :

— Oui, c'est bien lui.

Torse nu, le jean posé bas sur les hanches, Fairbanks surveillait quelque chose sur un petit barbecue tout en buvant une bière.

Il tourna la tête vers eux lorsqu'ils mirent pied à terre. Il reconnut instantanément Cece.

— Ça alors ! Cece Winters. Si je m'attendais…

Il posa la spatule avec laquelle il retournait sa viande puis sa bouteille de bière, apparemment vide, et s'avança à leur rencontre. Il la serra contre lui, plus longtemps qu'il n'était nécessaire.

— J'ai entendu dire que tu étais sortie, reprit-il en la tenant à bout de bras pour la regarder de haut en bas. Dis donc, tu as bonne mine pour une fille qui a passé huit ans à l'ombre.

— Merci, Slade.

Il jeta un coup d'œil à Deacon.

— C'est mon ami, Deacon Ross. On aimerait te parler quelques minutes, si tu as le temps.

Il fronça ses sourcils épais.

— À quel propos ?

— Sierra.

— Oh ! nom d'un chien !

Il jeta un regard autour de lui, s'essuya les mains sur les jambes de son jean.

— Bon, d'accord.

Il empoigna de nouveau sa spatule et fit glisser deux burgers du gril dans une assiette puis il leur indiqua la caravane d'un geste du menton.

— Venez.

Une fois à l'intérieur, il les fit asseoir et leur expliqua la façon dont les pensions alimentaires lui interdisaient de mener la vie qu'il avait espérée.

— Comme dit mon père : comme on fait son lit, on se couche, conclut-il.

Cece l'interrogea à propos de ses enfants, et il lui montra leurs photos sur son téléphone. Deacon demeura en retrait et les laissa rattraper le temps perdu. Fairbanks serait plus susceptible de parler s'il se sentait à l'aise et avait l'impression de mener le jeu.

— Tu es vraiment superbe, Cece, reprit Fairbanks en

secouant la tête. Je suis heureux que tu sois enfin libre… Après tout ce qui est arrivé. Ça a dû être dur.

— Oui. Très. D'autant plus que j'ai purgé huit ans de prison alors que je n'ai jamais tué personne.

Il détourna les yeux. Fixa le sol.

— Sierra et Marcus ont menti à mon sujet, continua-t-elle comme il ne relevait pas les yeux. Tu étais proche d'elle à ce moment-là. Pourquoi s'est-elle comportée comme elle l'a fait ?

Son regard croisa celui de Cece et, l'espace de plusieurs secondes, Deacon acquit la certitude qu'il allait botter en touche.

— Tu sais comment elle était. C'était une égoïste forcenée. Elle ne se souciait de personne d'autre qu'elle-même.

— Que s'est-il passé entre vous ? Vous sembliez tellement bien vous entendre…

Joli coup… Bien joué. Pour un peu, Deacon aurait tapé dans la main de Cece pour la féliciter.

— Elle m'a laissé tomber comme une vieille chaussette, comme elle l'a fait ensuite avec ceux qui ont suivi. Il était impossible de la satisfaire… Elle n'était jamais contente.

— Est-ce qu'elle te trompait ? Apparemment, elle mentait souvent à cette époque.

Deacon en déduisit qu'elle tenait également cette information de Levi.

Slade hocha la tête.

— Oh oui ! Elle avait quelqu'un d'autre, un type plus âgé. Je l'ai surprise avec lui juste avant… Enfin, tu sais. Le meurtre.

Deacon dressa l'oreille.

— Quel type plus âgé ? s'enquit Cece. Je n'en ai aucun souvenir.

Le fait qu'elle ait complètement ignoré la référence qu'il venait de faire au meurtre l'étonna.

— Oh ! c'était tout ce qu'il y a de secret ! répondit Slade, une note d'amère dérision dans la voix. Il n'était pas d'ici. Pratiquement personne n'était au courant… À part moi, qui m'en suis rendu compte par accident. Je suis tombé sur eux, enlacés dans une voiture.

Deacon s'était arrêté à : « Il n'était pas d'ici. »

— Qui était-ce ? demanda Cece d'un ton pressant.

Fairbanks haussa les épaules.

— Je ne sais pas comment il s'appelle. Il avait les cheveux noirs, grisonnants aux tempes. Je ne l'ai pas vu d'assez près pour voir ses yeux.

Retenant son souffle, Deacon ouvrit l'application photo de son téléphone et tendit l'appareil à Cece. Elle regarda l'image sur l'écran puis la montra à Slade.

— Est-ce que c'était lui ?

Il examina la photo pendant quelques instants puis sa tête se mit à dodeliner de haut en bas.

— Oui, c'était lui. Ce vieux salaud.

Deacon tiqua.

— Et tu es sûr qu'ils sortaient ensemble ? insista Cece. Ils n'auraient pas pu être seulement amis ?

Il laissa échapper un petit rire.

— Non. Elle s'en est vantée par la suite, disant qu'il allait l'emmener loin d'ici, lui offrir la vie qu'elle méritait.

— Et alors ? Ils ont rompu ? Qu'est-il devenu ?

La voix de Deacon, incisive, résonna trop fort dans la pièce. Cece coula un regard dans sa direction.

Fairbanks le considéra pendant un moment.

— Je ne sais pas trop. Tout ce que je sais, c'est qu'elle est passée à quelqu'un d'autre. Lui, je ne l'ai plus revu.

Il se tourna de nouveau vers Cece.

— Tu te souviens de Tommy Woosier ? C'est sur lui qu'elle a mis le grappin ensuite.

Le cerveau de Deacon était en ébullition. D'une façon ou d'une autre, Sierra avait été en relation avec Jack. Son regard s'arrêta sur Cece. S'était-il trompé de sœur depuis le début ? Il perdit le fil de la conversation, ses pensées tout entières absorbées par ce qu'il venait d'apprendre et le nouveau champ de possibilités que cela ouvrait.

— J'ai une dernière question, Slade.

Deacon évacua ses idées dérangeantes et se concentra sur l'échange entre Cece et l'ex-petit ami de Sierra.

— Pourquoi as-tu menti pour Sierra ce jour-là ?

Il pâlit.

— Comment ça, menti ? Que veux-tu dire ?

— Tu as déclaré que tu avais aidé Sierra quand sa voiture était tombée en panne à l'heure où notre père était assassiné, mais ce n'est pas vrai puisque tu viens juste de reconnaître qu'elle te trompait. Tu l'avais surprise *avant* le meurtre, et vous aviez rompu.

Nom d'un chien ! Elle avait raison, songea Deacon. Focalisé sur la nouvelle concernant Sierra et Jack, il n'avait pas fait cette déduction.

Slade se leva subitement.

— Oh ! Seigneur, je n'avais pas vu l'heure ! s'exclama-t-il en montrant la pendule sur le mur. Il faut que je parte. Je dois aller chercher mon aîné.

Cece l'imita, mais avec moins de hâte ; Deacon également.

— Je ne partirai pas avant que tu m'aies dit la vérité, Slade. J'ai passé huit ans en prison. Je mérite de savoir pourquoi.

Il leva les mains devant lui.

— Je sais, je sais mais…

— Non, tu ne sais rien. Tu n'as aucune idée de ce qu'est la prison. Alors, maintenant, crache le morceau. Tu me dois la vérité.

— OK, fit-il, hochant la tête une bonne quinzaine de fois en cinq secondes. Mais si tu répètes que c'est moi qui te l'ai dit, je nierai. C'est ton frère… Marcus. Il m'a dit que si je ne racontais pas cette histoire à la police, il me tuerait.

Cece fixa Fairbanks, l'expression défaite.

— Voilà… Maintenant, partez. J'ai à faire.

Le retour jusque chez Cece se déroula dans un silence total. Ce ne fut que lorsque Deacon se gara qu'il reprit la parole, troublant le calme mortel qui s'était installé entre eux.

— Vous croyez qu'il dit vrai ? demanda-t-il.

Après tout, elle connaissait son frère, savait ce dont il était capable, même si elle n'avait pas voulu le voir.

— Oui.

— Dans ce cas, il semblerait que Sierra ait été bien plus impliquée dans ce qui est arrivé que vous ne l'imaginiez.

Il pivota sur son siège pour la regarder.

— Pensez-vous qu'elle ait pu tuer votre père ?

Ou mon partenaire ? ajouta-t-il à part soi.

— Je ne pense pas. Elle allait avoir seize ans quelques mois plus tard – ce n'était qu'une gamine. Et jamais je ne l'ai vue avoir une réaction violente auparavant.

Elle tourna la tête pour croiser son regard.

— En revanche, Marcus pourrait l'avoir fait.

— Ils vous ont tendu un piège.

Tout était clair maintenant.

— C'est ce que je me suis évertuée à répéter : que quelqu'un – je ne savais pas qui – voulait me faire porter le chapeau.

Deacon redémarra.

— Où allez-vous ? demanda Cece, la voix tremblante maintenant.

— On retourne voir Fairbanks. Je veux lui extorquer le reste de la vérité et, ensuite, on appellera le shérif.

Elle le regarda avec l'air effaré d'une bête sauvage prise dans les phares d'une voiture.

— Vous… me croyez ?

Avant qu'il ait pu s'en empêcher, il attrapa son visage en coupe entre ses mains et l'embrassa avec fougue. Il n'avait pas eu l'intention d'y mettre tant d'ardeur, de passion. Ses lèvres étaient douces, sa peau lisse et délicate sous ses paumes. Chaque cellule de son être était comme en feu. Les doigts de Cece vinrent se poser sur ses mains, frémissants, et il éprouva l'envie dévorante de l'attirer au-dessous de lui et de poursuivre, de ne pas s'arrêter, ce qu'elle ne manquerait pas de lui reprocher quand tout cela serait terminé.

Lorsqu'il eut repris le contrôle de lui-même, il détacha la bouche de la sienne mais ne put se résoudre à la lâcher… À rompre le contact. Il appuya le front contre le sien, ferma les yeux, s'efforçant de recouvrer la raison.

Mais il n'y avait pas de raison qui tienne.

Du moins pas dans ce domaine.

12

Mardi 6 août

Deacon avait de nouveau passé la nuit sur son sofa.

Cece avait voulu qu'il dorme dans sa chambre. Enfin, dormir n'était pas exactement ce qu'elle avait eu en tête. Non, ce qu'elle avait souhaité, c'était qu'il la couvre de baisers enflammés, qu'il lui fasse l'amour. Qu'il soit un étranger n'importait pas. Elle en savait assez. Elle le désirait. Elle voulait tout connaître de lui.

Mais il l'avait convaincue de ne rien précipiter. « Nous avons tout le temps », avait-il argué. Le temps, pour elle, d'être sûre qu'elle ne commettait pas une erreur, avait-il ajouté, précisant qu'il était plus âgé qu'elle, qu'il avait un passé dont elle ne savait rien. Il était même allé jusqu'à dire qu'elle n'aurait pas dû avoir une aussi totale confiance en lui.

Et puis, ce matin, il avait déclaré qu'il avait une course à faire et qu'il valait mieux qu'elle reste à la maison, portes verrouillées, le fusil et le téléphone à portée de main.

Il allait sans doute essayer de mettre la main sur Slade, songea Cece. La veille, ils avaient trouvé porte close lorsqu'ils étaient retournés chez lui. Le mystère qui entourait son histoire semblait être devenu un enjeu crucial pour Deacon. Il semblait aussi désireux qu'elle de découvrir la vérité. Un courant de chaleur l'envahit. Il s'était attaché à elle, c'était évident. Elle ne comprenait pas comment c'était possible en si peu de temps – quatre jours plus tôt, il était l'inconnu qui avait acheté la maison d'à côté.

Mais tout avait changé désormais.

Du moins, en ce qui la concernait.

Elle rinça sa tasse à café et décida de se replonger dans sa quête de la vérité. Il devait bien y avoir quelque chose dans ces dossiers qui soulèverait un coin du voile. Deacon les avait rapportés la veille, et ils s'étaient remis à les compulser… jusqu'à ce qu'il devienne évident qu'ils ne pouvaient pas rester dans la même pièce l'un et l'autre une minute de plus. Elle était alors allée se coucher, et il s'était allongé sur le canapé.

S'agenouillant devant la table basse, elle prit les copies des photos qu'Audrey Anderson lui avait fournies, s'interrogeant sur l'énigmatique K.C. À en croire Slade, il avait fait toutes sortes de promesses à Sierra. La vue de son visage, sur ces photos, avait clairement troublé Deacon. Le connaissait-il personnellement ? Était-ce là la raison de sa mystérieuse course de ce matin ?

Quelque chose lui échappait, mais quoi ? Peut-être avait-il raison. Peut-être n'aurait-elle pas dû avoir autant confiance en lui.

Un coup frappé à la porte la fit sursauter. La peur s'insinua en elle. Elle se releva vivement et attrapa le fusil dans le coin de la pièce. Il était chargé, Deacon y avait veillé. Elle s'avança en silence jusqu'à la fenêtre pour voir qui était son visiteur. Elle retint son souffle en écartant légèrement le rideau.

Sierra.

Cece balaya la cour du regard pour s'assurer que personne ne l'accompagnait. Une voiture stationnait dans l'allée – différente de celle qu'avait conduite Levi. Ce devait être celle de sa sœur. Il n'y avait personne dans l'habitacle.

Elle hésita encore, cependant. Sa petite sœur était-elle capable d'avoir commis un meurtre ? Elle n'aurait pu jurer du contraire. Mais l'idée que Levi était peut-être blessé et que Sierra était venue la prévenir l'incita à se diriger vers l'entrée. Le fusil bien en vue, elle tira le battant.

— Qu'est-ce que tu veux ?

Le regard de Sierra alla de sa sœur au fusil avant de revenir se poser sur elle.

— Il faut qu'on parle.

— Est-ce que Levi va bien ? s'enquit Cece, réprimant l'envie de secouer sa sœur cadette et de lui demander pourquoi elles ne pouvaient pas repartir de zéro, oublier tout ce qui était arrivé.

Mais le passé ne s'effaçait pas comme une ardoise magique. Sierra avait contribué à lui voler sa vie. Et Dieu seul savait ce qu'elle avait bien pu faire d'autre.

— Je n'en sais rien. Je pensais que, toi, tu l'aurais peut-être vu.

Cece songea à sa rencontre à la cabane avec Levi.

— Non, je ne l'ai pas vu.

Sierra ferma les yeux.

— Oh ! Seigneur !

Ses yeux sombres se rouvrirent d'un seul coup, la haine flambant dans leur profondeur insondable.

— Pourquoi a-t-il fallu que tu reviennes ? Tu aurais pu aller ailleurs, n'importe où ! Il n'y a rien ici pour toi. Rien !

— C'est chez moi autant que chez toi.

Même si elle ne se sentait pas bien à Winchester, elle n'allait pas permettre à sa sœur de lui dicter sa conduite.

— Personne ne veut de toi ici, tu ne le vois donc pas ? Tu rends tout le monde nerveux. Il se passe des choses mauvaises quand tu es là, Cece.

L'accusation porta. Cece avait cru pendant toutes ces années que ni sa sœur ni personne ne pourrait plus jamais la blesser par ses paroles, mais elle s'était trompée.

— Va-t'en, Sierra, laissa tomber Cece en esquissant un geste pour rabattre la porte.

Sierra avança le pied, l'empêchant de se refermer.

— Cece, je t'avertis Il faut que tu t'en ailles avant que quelque chose de grave, de très grave, arrive. Un malheur.

Cece promena son regard sur le visage de sa sœur, examina ses yeux.

— Tu es droguée… Qu'est-ce que tu as pris, Sierra ?

— Peu importe, répliqua Sierra d'un ton bref. Ce que je fais ne regarde que moi. J'essaye de t'aider.

Cece ne put s'empêcher de rire.

— Tu veux dire, comme tu m'as aidée au tribunal ? Marcus et toi, vous avez pratiquement enfoncé les derniers clous de mon cercueil. Pourquoi veux-tu que je te croie aujourd'hui ?

— Crois ce que tu veux. Mais si tu as deux sous de jugeote, décampe avant qu'il soit trop tard.

— Il est déjà trop tard, Sierra. Tu ne le vois pas ?

Cette fois, sa sœur recula lorsque Cece poussa la porte.

Elle tourna la clé dans la serrure, reposa le fusil à sa place et se laissa aller en arrière, contre le battant. Elle ferma les yeux, pressant furieusement les paupières l'une contre l'autre pour se retenir de pleurer. Elle s'était promis de ne plus jamais verser une seule larme à cause de sa famille et voilà qu'elle était près d'éclater en sanglots.

Sierra n'avait que faire d'elle. Marcus, encore moins. Dieu seul savait ce que pensait réellement Levi, désormais. Le seul point sur lequel Sierra avait raison, c'était qu'elle aurait dû s'en aller. Elle n'avait rien à faire ici. N'aurait jamais dû revenir.

Elle exhala un soupir. Connaître la vérité changerait-il quelque chose ? Non. Ces huit années étaient à jamais perdues. Cela prouverait-il qu'elle n'était pas le monstre que tout le monde avait vu en elle ? Peut-être, peut-être pas.

Alors, pourquoi ne pas partir ? Mettre la maison de sa grand-mère en vente et ficher le camp ?

Parce qu'elle ne *pouvait* pas.

Elle ne pouvait pas faire comme si la vérité n'importait pas.

La vérité, c'était tout ce qu'elle avait.

On frappa de nouveau à la porte ; elle s'en écarta dans un soubresaut.

La main sur le cœur, elle regarda le battant. Maudite soit Sierra. Pourquoi n'était-elle pas partie ?

Cece déverrouilla la porte et l'ouvrit à la volée.

— Qu'est-ce que tu… ?

Mais ce n'était pas Sierra. C'était le shérif.

La peur lui enserra la gorge.

— Que se passe-t-il ?

Seigneur, faites que Levi ne soit pas blessé… ou pis.

— Bonjour, mademoiselle Winters. Pouvez-vous m'accorder un instant ?

— Bien sûr. Entrez, shérif Tanner.

Elle songea au fusil calé dans le coin de l'entrée et espéra qu'il ne le verrait pas.

— Désolée… J'ai cru que c'était quelqu'un d'autre.

Il lui sourit.

— Je comprends. Vous avez des raisons d'être un peu à cran.

Cece referma la porte derrière lui.

— Je peux faire du café, si vous voulez. Je n'ai pas grand-chose d'autre à vous offrir. Un verre d'eau ?

— Non, merci, dit-il en ôtant son chapeau et en le tenant dans ses mains. Pouvons-nous nous asseoir quelques minutes ?

Elle l'invita d'un geste à prendre place dans un fauteuil.

— Je vous en prie. Pardonnez le désordre. J'étais en train d'examiner les minutes de mon procès.

Il promena le regard sur les pages qui encombraient la table de salon. Il connaissait par cœur les macabres photos de la scène de crime, elle en était certaine.

— Votre voisin, Deacon Ross, vous a aidé ?

Cece prit place sur le sofa, consciente que le shérif ne s'assiérait pas tant qu'elle ne se serait pas installée.

Elle sourit.

— Oui. Il est extrêmement serviable. Il m'a tirée d'un mauvais pas à plus d'une reprise. C'est vraiment un bon voisin.

Le shérif soutint longuement son regard avant de parler.

— Je crains que nous n'ayons des informations potentiellement ennuyeuses concernant M. Ross.

L'inquiétude la submergea. Elle s'était fait tellement de souci pour Levi. Mais peut-être était-ce Deacon qui avait été blessé.

— Il est arrivé quelque chose ?

— Vous savez, quand un étranger débarque en ville, le chef Brannigan et moi-même faisons en sorte de savoir à qui nous avons affaire. Histoire de nous assurer que les citoyens que nous avons juré de protéger peuvent dormir tranquilles.

L'inquiétude reflua, remplacée par quelque chose d'autre, une espèce d'appréhension diffuse.

— Y a-t-il quelque chose que je devrais savoir à son sujet ?

Tanner confirma d'un signe de tête.

— Oui. M. Ross est un agent du FBI.

Cece hocha brièvement la tête.

— Il m'a dit qu'il travaillait pour le gouvernement fédéral, en effet.

Un début de soulagement fit son chemin en elle. Il ne lui avait pas menti. Donc tout allait bien… Non ?

— Je crains que ce ne soit pas tout, poursuivit le shérif. J'ai parlé à ses supérieurs de nouveau ce matin. M. Ross est en congé sans solde depuis un bon moment maintenant. Apparemment, il a pris cette période sabbatique simplement pour venir vivre ici. À côté de chez vous.

Elle fronça les sourcils.

— Je ne comprends pas.

— Il a acheté la maison Wilburn parce qu'il voulait être à proximité lorsque vous rentreriez, à votre libération.

Un vague malaise s'empara d'elle.

— Vous voulez dire : pour me surveiller ?

Le shérif acquiesça.

— À l'époque où votre père… est mort, un homme a disparu. Le FBI l'a recherché dans tout le pays pendant très longtemps. Vous ne vous en souvenez sûrement pas parce que vous étiez…

Elle hocha la tête comme il s'interrompait. En détention préventive dans l'attente de son procès.

— Je n'ai pas reconnu M. Ross à son arrivée en ville parce qu'il avait travaillé sous couverture, à l'époque. Mais, ce matin, j'ai appris que le disparu, Jack Kemp, était son mentor et ami. Je crois que M. Ross est venu ici à cause de votre retour à Winchester. Il pense peut-être que vous étiez en lien avec son ami.

La main tremblante, Cece prit l'une des photos que lui avait procurées Audrey Anderson et la lui tendit.

— Jack Kemp est-il l'homme dont le visage est entouré d'un cercle ?

Tanner étudia la photo puis acquiesça.

— C'est lui, confirma-t-il en lui rendant la photo. Vous le connaissiez, mademoiselle Winters ?

— Moi, non. Mais ma sœur probablement.

Il se leva.

— Je suis navré de ne pas avoir été en mesure de vous communiquer plus tôt cette information. Compte tenu des circonstances, je me méfierais de M. Ross à votre place. Je vais m'entretenir avec lui ; je pourrai lui demander de ne plus vous importuner, si vous voulez.

La douleur de la trahison la taraudait intérieurement, tel un barbelé hérissé de piquants. Mais les faits étaient les faits.

— Il… Il ne m'a jamais importunée, shérif, dit-elle en se levant. En fait, il m'a probablement sauvé la vie l'autre nuit. Je ne sais pas pourquoi il a acheté la ferme voisine de la mienne. Je ne sais pas pourquoi il a lié amitié avec moi, peut-être pour les raisons que vous avez indiquées, mais il n'a jamais rien fait pour me nuire. C'est même tout le contraire.

Tanner hocha la tête.

— Je vais quand même avoir besoin de le voir pour éclaircir certains points. Si vous le voyez, faites-le-lui savoir.

Elle hocha la tête.

— Je n'y manquerai pas. Au revoir, shérif.

Sur le pas de la porte, il hésita puis se retourna.

— Mademoiselle Winters, je n'ai pas participé à l'enquête initiale, mais sachez que je suis tout prêt à rouvrir le dossier si vous le souhaitez. Si vous avez le sentiment d'avoir été victime d'une erreur judiciaire, j'aimerais vraiment pouvoir contribuer à vous apporter réparation. Et le chef Brannigan aussi, j'en suis certain.

Cece eut du mal à empêcher les larmes de déborder de ses paupières.

— Merci infiniment, shérif. Vos paroles me touchent beaucoup.

Lorsqu'il fut parti, Cece verrouilla la porte et appuya le front contre le bois frais. Pendant toutes ces années, elle avait rêvé d'entendre la police reconnaître l'erreur qu'ils avaient commise et se proposer de l'aider à trouver la vérité mais cela ne s'était jamais produit. Et puis un parfait étranger avait paru décidé à s'y employer.

À ceci près qu'elle ne pouvait plus être absolument certaine de ses intentions : voulait-il réellement l'aider ou essayait-il de trouver la connexion qui la reliait à la disparition de son ami ?

Dans un cas comme dans l'autre, il lui avait menti. Ce qu'elle avait dit au shérif était vrai. Deacon l'avait sans doute sauvée, et elle lui en savait immensément gré. Mais il l'avait utilisée. Et on s'était suffisamment servi d'elle, on lui avait suffisamment menti pour une vie entière.

Mieux valait couper les ponts avec lui.

Deacon n'était qu'à quelques kilomètres de la maison de Cece lorsqu'il vit les flashs bleus clignoter dans son rétroviseur.

Colt Tanner. Le shérif du comté de Franklin.

Deacon ralentit, se rangea sur le bas-côté de la route et baissa sa vitre. Il regarda Tanner descendre de sa voiture, enfoncer son chapeau sur son crâne et s'avancer vers lui.

— Shérif, le salua-t-il avec un bref signe de tête. Que se passe-t-il ? Je roulais trop vite ?

Deacon savait pertinemment que ce n'était pas la raison pour laquelle le shérif l'avait arrêté. Il s'agissait d'autre chose, bien sûr. Tanner avait dû passer quelques coups de fil et obtenir un renseignement de l'un de ses collègues.

— Il faut qu'on parle, monsieur Ross.

— Deacon, rectifia-t-il. Appelez-moi Deacon.

Le shérif monta dans sa camionnette.

— Eh bien, Deacon, je me suis entretenu avec votre supérieur à Nashville, et il semble d'avis que vous pourriez être ici en mission – une mission qui n'aurait rien à voir avec le souhait d'acquérir un bien immobilier à moindre coût ni avec le désir d'aider une amie nouvellement rencontrée.

— On pourrait considérer que ma mission comporte deux volets, effectivement, admit calmement Deacon. En arrivant ici, j'avais un objectif précis en tête, c'est vrai, mais je me suis rendu compte que j'aimais bien le coin et j'ai décidé d'y acheter une propriété.

Il perdait son temps. Tanner savait pourquoi il était là. Mais il n'était pas pour autant obligé de se mettre à table et de tout lui raconter dans les moindres détails.

— Qu'un collègue de la police recherche la vérité ne me pose pas problème, dit Tanner avec un haussement d'épaules. Si je pensais qu'une affaire n'a pas fait l'objet d'une enquête suffisamment approfondie, ou que tout n'a pas été mis en œuvre pour établir la vérité, je ne resterais pas les bras croisés.

Surtout si cette affaire avait une signification toute personnelle pour moi.

— Jack Kemp était un ami cher, déclara Deacon, décidant de jouer différemment sa partie. C'est lui qui m'a formé. C'était l'un des meilleurs agents du Bureau. Tout ce que je veux, c'est savoir ce qui lui est arrivé.

— Il a disparu approximativement quand Mason Winters a été tué, n'est-ce pas ?

Deacon hocha la tête.

— Il enquêtait ici sur le groupe baptisé La Résurrection. Il diffère des groupes habituels de survivalistes. Ce sont des extrémistes fanatiques. Jack appartenait à une force interagences qui collaborait avec l'ATF, l'agence de lutte contre l'alcool, le tabac et les armes à feu. Je ne peux entrer dans les détails parce que je ne sais pas tout moi-même, mais ce groupe d'extrémistes était soupçonné d'être en relation avec d'autres, dans tout le pays.

— Ce qui signifie que des armes à feu se promènent en quantité un peu partout, traduisit Tanner.

— Entre autres, convint Deacon. Ces gens vivent en autarcie, en petites communautés très soudées, en veillant à se faire discrets et à se fondre dans le décor. Ils sont très précautionneux et difficiles à coincer. Leur but est d'assurer le succès de leur « mission ».

— Qui est de… ? demanda Tanner.

— D'être prêts à ressusciter l'humanité lorsque la fin des temps surviendra et que nous serons tous anéantis.

Tanner fit la grimace.

— Intéressant. Je parie que votre ami cherchait à infiltrer le groupe.

Deacon acquiesça.

— Il y a plus de vingt ans, Jack a vécu ici pendant des mois dans l'espoir de trouver un moyen de se faufiler dans le groupe qui venait juste de s'implanter dans votre comté. On pense qu'il était d'avis que la congrégation de Mason Winters était de mèche avec ce groupe. Comme l'enquête, faute de preuves, n'aboutissait pas, Jack a été affecté à une autre mission. Il y a neuf ans, il est revenu ici pour voir comment les choses avaient évolué. Quelques semaines plus tard, il disparaissait. Je veux savoir ce qui lui est arrivé.

— Vous auriez pu venir m'expliquer la situation, argua Tanner. Je tiens à préserver la sécurité des citoyens de mon comté. Si ce groupe, La Résurrection, constitue une menace, je devrais être le premier informé.

— C'est tout le problème, répliqua Deacon. Vous pourriez être l'un d'eux.

Le visage de Tanner traduisit son mécontentement.

— Ce n'est pas le cas.

Deacon leva les mains devant lui.

— Je ne suis pas en train de vous accuser, shérif. Je souligne simplement toute la difficulté que présente ce genre d'enquête.

— D'après votre supérieur, rétorqua Tanner, il n'y a *pas* d'enquête. Celle que menait votre ami est classée depuis des années. M. Kemp a été officiellement déclaré mort l'an dernier.

— Il n'y a pas d'enquête officielle, c'est un fait, admit Deacon qui n'avait pas l'intention de jouer au plus fin avec le shérif. Mais, moi, je n'en ai pas encore terminé.

Ils se mesurèrent du regard pendant de longues secondes puis Tanner hocha la tête.

— D'accord. Vous avez mon soutien… À condition que vous me teniez informé et que vous ne vous autorisiez pas la moindre entorse à la loi.

Deacon hocha la tête pour signifier son approbation.

— Ça me va.

— À votre avis, qu'est-il arrivé à votre ami ?

— Je pense qu'il s'est fait prendre et qu'il est enterré quelque part par ici. Mais il a une femme et une famille. Pour eux, je veux découvrir la vérité, afin qu'ils puissent faire leur deuil.

Tanner médita sa réponse pendant quelques instants.

— J'ai l'impression que le Bureau ne tient guère à ce que vous fassiez des vagues concernant cette affaire en particulier.

— La force conjointe à laquelle appartenait Jack n'existe plus. Le Bureau s'est retiré et a laissé l'affaire entre les mains de l'ATF. Pour des raisons politiques. Quelqu'un, quelque part, a pris cette décision, et les choses en sont restées là.

— Mais vous ne pouvez pas renoncer et passer à autre chose.

— Il m'a fallu des années pour découvrir la mission qui lui avait été confiée et ce qu'il avait trouvé. Je ne connais pas encore tous les détails mais je sais qu'il est venu ici. Et que, du jour au lendemain, il a disparu.

— Et, grâce à ces photos, vous avez repéré sa présence au procès.

Deacon confirma d'un hochement de tête ce que, de toute évidence, le shérif savait déjà.

— Comme je vous l'ai dit, je me ferai un plaisir de collaborer avec vous, Ross. Et d'essayer de découvrir ce qui est arrivé à votre ami. Mais il faut que vous laissiez Cece en dehors de ça. Après tout ce qu'elle a enduré, elle n'a pas besoin que vous vous serviez d'elle. Elle vous voit comme un héros. Si vous n'êtes pas celui qu'elle croit, alors au moins laissez-la tranquille.

— Je vais lui parler, promit Deacon, se disant qu'il aurait dû le faire depuis longtemps. M'expliquer.

— Pour votre gouverne, reprit Tanner. Sachez que je l'ai déjà mise au courant, pour vous. Elle sait pourquoi vous êtes ici.

Il posa la main sur la poignée.

— Tâchez de gérer ça proprement. Vous avez le devoir de protéger et de servir, tout comme moi. Quand vous y serez décidé, nous pourrons mettre au point une stratégie, concernant cette enquête qui vous tient tant à cœur. Je ne parle pas à la légère, ne l'oubliez pas.

Il sortit de la camionnette et rejoignit sa voiture. Deacon attendit qu'il soit parti pour démarrer à son tour.

Parvenu à l'embranchement qui conduisait à la maison de Cece, il obliqua dans l'allée. Il se gara près de la maison et descendit. Comme tout avait changé depuis qu'il s'était mis en tête de savoir ce qui était arrivé à Jack ! Son intention avait été de venir ici trouver ce qu'il cherchait et de veiller à ce que la coupable, Cece, paye pour le crime dont il la croyait alors responsable. Sa tâche accomplie, il serait reparti.

Mais rien ne s'était déroulé selon ses plans.

Il avait découvert que Cecelia Winters n'était pas une meurtrière.

Elle ouvrit la porte avant même qu'il ait eu le temps de frapper.

— Alors ? lança-t-elle sans préambule. Vous avez encore d'autres mensonges à me raconter ?

Il ôta son chapeau.

— Non. J'en ai dit suffisamment comme ça.

Elle leva la main, paume ouverte, devant elle, pour l'empêcher de continuer.

— Stop. Je ne veux plus rien entendre. J'apprécie l'aide que vous m'avez apportée. Sincèrement. Mais vous vous êtes servi de moi. Ça, je ne peux pas l'accepter.

Elle secoua la tête.

— Vous pensiez vraiment que j'avais tué mon père et votre ami ? Pour qui donc me prenez-vous ?

— J'ai eu tort, je l'admets. Je me suis trompé sur votre compte.

Il ferma les yeux et soupira.

— Et vous venez vous confesser, la mine contrite, maintenant que vous avez été pris en flagrant délit de mensonge par le shérif ! C'est un peu facile.

— Cece… Je suis dans la même situation que vous. Je veux la vérité, c'est tout. Je ne pensais pas que les choses prendraient une tournure… personnelle. Mais c'est pourtant ce qui s'est passé, et, si je suis désolé de vous avoir induite en erreur, je ne regrette rien de tout le reste.

Elle détourna les yeux.

— Je voudrais bien pouvoir vous croire.

— Je ne peux pas vous y forcer mais je peux vous supplier de me laisser vous aider. On touche au but, je le sais et je crois que vous aussi, vous le savez. Laissez-moi vous aider. Vous pouvez me faire confiance – vous avez ma parole.

— Votre parole ne vaut pas très cher, monsieur Ross. J'ai commencé ma quête seule et je suis à peu près certaine que je la terminerai seule également. Je ne compte plus sur personne. Apparemment, ce qui m'est arrivé il y a plus de huit ans ne m'a pas servi de leçon. Il a fallu votre duplicité pour que je comprenne. Alors, ne demandez pas de vous plaindre parce que vous éprouvez des remords. Au revoir, Deacon.

Et elle referma la porte.

Il se mit à cogner dessus.

— Cece, je vous en prie… Cece !

Pas de réponse.

Il posa les mains à plat sur la paroi de bois qui les séparait et y appuya le front.

— Vous ne pouvez pas continuer toute seule. Cece…

— J'ai *toujours* été seule.

La clé tourna dans la serrure avec un cliquètement définitif.

Il avait tout gâché. Et il se demandait bien s'il serait possible de se rattraper.

13

Cece se passa le visage sous l'eau puis regarda son reflet dans le miroir. Comment avait-elle pu se laisser ainsi abuser ? N'apprendrait-elle donc jamais de ses erreurs ?

Huit années à moisir dans une fichue prison auraient dû lui servir à autre chose qu'à connaître la terreur permanente, la menace, les coups.

Levi, par exemple… Elle avait sincèrement cru qu'il était de son côté. Elle secoua la tête, dépitée. Même si, à certains moments, il lui était arrivé de penser différemment – comme lorsque Deacon l'avait tirée des griffes de Ricky, tous ceux en qui elle avait eu confiance sans exception l'avaient roulée dans la farine.

— Tu dois vraiment avoir quelque chose qui ne tourne pas rond, grommela-t-elle en se détournant du miroir et en retournant dans le séjour. Elle jeta un coup d'œil par la fenêtre pour s'assurer qu'il était parti.

La cour était vide. L'allée, déserte.

Elle était totalement seule de nouveau.

Elle s'était autorisée à espérer alors qu'elle ne l'aurait pas dû. C'était ce baiser. Ce satané baiser… Jamais elle n'aurait dû rêver d'une éventuelle possibilité… mais c'était pourtant ce qui s'était passé. Elle avait osé croire en quelque chose. En quelqu'un.

Bonté divine. Quelle idiote !

Dans le séjour, elle considéra la pile de documents et de photos. Elle aurait dû tout brûler dans l'arrière-cour, mettre la maison en vente et plier bagage pour ne plus jamais, jamais revenir.

Sierra la haïssait. Marcus la haïssait.

Qui sait ce que Levi pensait, faisait. Quoi qu'il ait en tête, ce n'était pas elle sa préoccupation.

À quoi bon perdre son temps ? Elle avait presque trente ans. La somme d'argent dévolue à ses études l'attendait. C'était sa chance d'accéder à une vie digne de ce nom.

Seulement, le passé la hanterait à jamais. Cela, elle l'avait compris. Feindre de croire le contraire n'y changerait rien.

Une condamnation pour meurtre ne se balayait pas d'un revers de manche.

Si elle voulait voir un jour la fin du tunnel, elle n'avait pas le choix : il fallait aller jusqu'au bout. Soit elle s'y attellerait seule, soit elle prendrait le shérif au mot. Elle ne connaissait pas bien Colt Tanner mais il paraissait sincère.

Seulement, Deacon Ross aussi le lui avait semblé.

Elle ne pouvait plus se fier à son instinct.

Le téléphone sonna, le tintement strident se répercutant dans toute la maison. Elle sursauta. Si c'était Deacon, elle raccrocherait.

Elle décrocha.

— Allô ? Cece ?

— Levi ? Où es-tu ? Ça va ?

— Je… Il faut que tu viennes à la maison. Marcus veut nous parler à tous.

Il parlait d'une voix étrange. De toute évidence, quelque chose ne tournait pas rond.

— Tu es sûr que tout va bien, Levi ?

Il s'éclaircit la voix.

— Tu… peux venir ?

— Bien sûr. Je vais venir mais je veux d'abord savoir si tu vas bien.

Comme il ne disait plus rien, elle répéta d'une voix plus anxieuse :

— Levi ? Est-ce que tu m'as entendue ? J'arrive.

Soucieuse, elle s'apprêtait à raccrocher lorsque le cri de Levi l'arrêta. Elle écarta vivement le récepteur de son oreille.

— Ne viens pas, Cece ! C'est un piège !

La communication fut brusquement coupée.

La peur et la rage explosèrent en elle. Maudit Marcus. Cette fois, la coupe était pleine.

Au pas de charge, elle traversa le séjour, empoigna son fusil et se dirigea vers la grange. Cette fois, c'en était terminé, du jeu du chat et de la souris.

Elle ouvrit les portes de la grange et monta dans la camionnette. Elle cala le fusil contre le siège passager et se mit en route sans prendre la peine de refermer les portes, ainsi que sa grand-mère le lui avait toujours recommandé. Elle était trop préoccupée pour s'en inquiéter. Levi était en difficulté, et elle avait bien l'intention de découvrir de quoi il retournait.

Le trajet ne lui prit que quinze minutes mais ce furent quinze minutes de trop. Il n'y avait pas de voiture garée devant la maison. Pas de vigiles en vue non plus.

Peut-être aurait-elle dû se rendre à l'église.

Elle sortit, le fusil à la main, et remonta l'allée. Il devait bien y avoir quelqu'un. Si le téléphone de sa grand-mère n'avait pas été aussi ancien, elle aurait vu l'origine de l'appel… Sauf qu'il avait sans doute été passé d'un portable. Tout le monde en avait maintenant.

Tout le monde… excepté elle.

Elle cogna sur la porte, qui s'ouvrit sous ses coups redoublés. Elle avait dû être laissée entrouverte. Tendant l'oreille pour capter le moindre son, elle franchit le seuil. Un silence de mort régnait dans la maison. La chair de poule hérissa ses bras.

— Levi ?

Le nom de son frère résonna dans le silence.

Prenant une grande inspiration, Cece continua sa progression dans le hall, jusqu'au salon. La pièce était en désordre. Les livres, arrachés aux rayonnages, gisaient sur le sol, le canapé et les fauteuils avaient été déplacés.

Que diable s'était-il passé ici ?

Son cœur se mit à lui marteler la poitrine.

— Sierra ?

Pas de réponse. Rien d'autre que sa voix se réverbérant dans le silence assourdissant. Elle se dirigea vers la salle à manger. Des débris de porcelaine jonchaient le plancher devant le vaisselier. Les chaises étaient renversées, les tiroirs du buffet, ouverts, vidés de l'argenterie.

— Marcus ?

Elle trouva le même chaos dans la cuisine et s'apprêtait à descendre les trois marches qui menaient à l'extension que son père avait ajoutée quand ils étaient petits pour servir de pièce familiale.

Marcus se tenait à l'autre extrémité de la pièce, une main posée sur le manteau de la cheminée. Sierra était assise sur le canapé. Ni l'un ni l'autre ne se tournèrent vers elle.

— Où est Levi ?

Sierra ne répondit pas. Elle se borna à rester assise là, à regarder dans le vide, comme si elle était dans le coma.

— Marcus, où est Levi ? répéta Cece.

— Il est parti.

Toujours sans la regarder.

— Comment ça, parti ? Que veux-tu dire ? Il vient de m'appeler pour me demander de venir ici.

— Il a commis une erreur, Cece. Comme toi.

Marcus se tourna enfin vers elle. Il fit un pas dans sa direction, et Sierra se mit à pleurer.

— De quoi parles-tu ? Je sais ce que j'ai fait, moi. J'ai tenu tête à ce salaud. Qu'a fait Levi ?

— Il s'est retourné contre nous. Contre notre famille. Exactement comme toi.

Il avançait toujours. Cece resserra son emprise sur la crosse du fusil.

— J'ai une autre version. Je dirais plutôt que c'est la famille qui s'est dressée contre moi, cracha-t-elle. Alors, c'est à Levi que tu t'en prends maintenant ?

— La famille, c'est tout ce qui compte. Si nous ne nous serrons pas les coudes, nous ne sommes rien.

Cece leva le fusil devant elle, visant son torse.

— Où est-il ?

— Tu aurais mieux fait de rester loin d'ici, Cece. Tout allait bien. Nous avions avancé. Mais il a fallu que tu reviennes exhumer le passé, semer la zizanie.

— Stop, arrête-toi, le prévint-elle. Où est Levi ?

— Parti, répéta Marcus, ses yeux noirs la transperçant comme deux charbons ardents. C'était la seule façon de le sauver.

— Qu'est-ce que ça signifie ?

La rage bouillonna en elle. Il était exactement comme leur père. Féroce et égoïste. Fou.

— Mais toi – toi ! – tu ne peux pas simplement t'en aller. Tu reviens à la charge, encore et encore. Tu reviens *toujours* ! Ce n'est plus tolérable, Cece. Il faut que ça cesse une bonne fois pour toutes.

— Tu es comme notre père, l'accusa-t-elle d'un ton dur. Mauvais, cruel, bouffi d'orgueil. Tu te prends pour Dieu tout-puissant. Comme lui. Mais ce n'est pas toi qui as droit de vie et de mort sur tes proches. Est-ce que tu l'as tué ? Pour être l'unique détenteur du pouvoir ? C'est ce qui s'est passé, Marcus ? Est-ce que tu as poignardé notre père pour te venger de toutes les fois où il t'avait rabaissé, humilié ?

— Au revoir, Cece.

Elle secoua la tête et épaula son fusil.

— Je n'irai nulle part tant que tu ne m'auras pas dit ce que tu as fait à Levi.

Le coup s'abattit sur sa tête de l'arrière sans qu'elle l'ait vu venir. Elle s'effondra sur le sol, telle une poupée de chiffon. Le fusil avait atterri à quelques mètres, devant elle. Elle le voyait. Elle songea confusément qu'elle devait le récupérer mais ses muscles refusaient de répondre.

Des pieds apparurent dans son champ de vision. De petits pieds. Un visage, tout à coup, se matérialisa devant elle.

Sierra.

— Tu aurais dû m'écouter, Cece. Je t'avais prévenue. Il est trop tard maintenant.

Deacon esquiva un autre coup.

Un large sourire fendit le visage de Ricky Olson.

— Content de me voir, l'ami ? Le moment qu'on a passé ensemble l'autre soir a été écourté prématurément. Alors, je me suis dit qu'on allait terminer aujourd'hui. Ensuite, je retournerai là-bas et je reprendrai les choses là où elles en sont restées avec cette chère Cece.

Les deux acolytes d'Olson lui maintenaient les bras en arrière. Ils avaient dû poser leurs armes pour ce faire. Olson, en revanche, avait toujours le pistolet au poing.

Deacon tendit le cou et jeta un regard par-dessus son épaule pour localiser l'emplacement exact de chacun d'eux. Il passa la langue sur sa lèvre tuméfiée.

— C'est tout ce que tu as en magasin, Olson ? lança-t-il, cherchant à le provoquer. Je comprends mieux pourquoi Cece n'était pas satisfaite avec toi.

Les gloussements étouffés des types dans son dos servirent les desseins de Deacon mieux encore qu'il ne l'avait espéré. La fureur déforma les traits d'Olson. Il lui enfonça son neuf millimètres dans les reins et balança son bras libre en arrière pour lui assener une nouvelle gauche.

Ce fut l'occasion que saisit Deacon. Bandant tous les muscles de son bras droit, il projeta l'un des types vers Olson. Puis il empoigna celui qui était sur sa gauche de sa main désormais libre et lui tordit le cou jusqu'au point où il était près de se rompre. Comme l'homme se tortillait pour lui échapper, Deacon attrapa son arme et la braqua sous le nez d'Olson juste au moment où celui-ci s'élançait pour lui tomber dessus.

— Allez, vas-y, gronda Deacon. Fais un geste. Donne-moi *une* occasion, une seule, de vider ce chargeur sur toi.

Olson se figea. Ses deux complices aussi.

— À terre ! ordonna Deacon. À plat ventre !

Lorsqu'ils furent étendus tous les trois, tête contre le sol, Deacon ôta leurs ceintures et leur attacha les mains derrière le dos puis il procéda de même avec leurs chevilles, les ligotant étroitement à l'aide de leurs lacets de chaussures cependant que les trois voyous l'abreuvaient d'injures et de menaces.

— Moi aussi, je suis content de vous revoir, messieurs. Je vais prévenir le shérif pour qu'il vienne vous embarquer, déclara-t-il plaisamment.

Puis il tourna les talons et se rua vers la porte. Comme il surveillait la maison de Cece depuis son poste d'observation, derrière le rideau d'arbres, il l'avait vue sortir de chez elle précipitamment, le fusil à la main, et sauter dans sa vieille camionnette. Il était rentré à toutes jambes chez lui pour la suivre, et c'était là qu'Olson et ses sbires l'avaient cueilli.

Il se glissa derrière le volant et démarra. Pour le cas où les trois lascars réussiraient à se libérer plus rapidement qu'il ne l'avait prévu, il tira dans les pneus de leur véhicule.

Il roula à tombeau ouvert jusque chez Cece, bondit de son siège et fonça vers la porte d'entrée. Il tambourina sur le battant puis, comme seul le silence lui répondait, tourna la poignée. La porte s'ouvrit. Il balaya du regard le séjour. Le récepteur du téléphone pendait au bout de son fil. Il entra dans la cuisine. La porte de derrière était grande ouverte. Où qu'elle soit allée, elle était partie de chez elle bouleversée, et c'était en rapport avec un appel téléphonique.

De Levi ou Sierra. Peut-être Marcus.

Il retourna au pas de course à sa camionnette et prit la direction de l'église puisque c'était le premier endroit à se trouver sur son trajet. Le bâtiment et le parking étant vides, il continua jusque chez Marcus.

La camionnette de Cece n'était pas dans l'allée.

Bon sang !

Au moment où il s'apprêtait à rebrousser chemin, il aperçut fugitivement un visage à la fenêtre juste avant que le rideau retombe.

Il n'en fallut pas davantage pour mettre tous ses sens en alerte. Peut-être n'était-ce rien. Mais qui d'autre, en ville, se demanderait où était Cece ? Elle n'avait pas d'amis.

Il coupa le contact, glissa son arme dans sa ceinture et descendit de son véhicule. Tendant l'oreille, à l'affût du moindre bruit, les yeux balayant les lieux de droite à gauche, il s'avança vers la porte d'entrée.

— Puis-je vous aider ?

Marcus Winters.

— Je l'espère.

Endossant le rôle du voisin amical, il expliqua :

— Je suis à la recherche de Cece. Elle m'a dit qu'elle passerait voir Levi. Est-elle ici ?

Marcus secoua la tête.

— Je ne lui ai pas parlé depuis des années. Et je ne prévois pas de lui parler de sitôt.

Deacon laissa échapper une exclamation faussement surprise.

— Ah bon ? C'est curieux. Elle m'a dit qu'elle vous avait eu au téléphone récemment.

Une lueur fusa dans les yeux de Marcus avant qu'il ait eu le temps de la dissimuler. Oh que si ! il l'avait vue !

— Comme vous le voyez, déclara Marcus en montrant l'allée et la cour, derrière Deacon. Sa camionnette n'est pas là, donc, de toute évidence, elle non plus.

— Dans ce cas, peut-être devrais-je parler à Levi. Est-il ici ?

— Non.

— Sierra, alors. Je sais qu'elle est là, car je l'ai vue à la fenêtre.

La déclaration n'était pas tout à fait exacte mais, à moins que la jeune sœur ne soit effectivement absente, ce fumier ne pouvait pas le savoir.

— Très bien.

Marcus pivota sur lui-même et se dirigea vers le bas de l'escalier. Il appela sa sœur. Au bout d'un moment, celle-ci finit par apparaître en haut des marches.

— Cet homme veut te parler, annonça Marcus en s'éloignant, le laissant seul avec Sierra.

L'espace d'un moment, Deacon ne souffla mot. Cette femme avait été en rapport avec Jack. Il était très possible qu'elle sache où il était.

Se concentrer. C'était pour Cece qu'il était là.

— Bonjour. En fait, je cherchais Cece, et comme elle m'a dit qu'elle venait ici… L'avez-vous vue ?

Sierra secoua la tête.

— Pas du tout. Et je ne l'ai pas eue au téléphone non plus.

Elle mentait. Cette femme était aussi transparente qu'un verre d'eau. Deacon résista à l'envie de la prendre aux épaules et de la secouer comme un prunier.

— Ah ! Dans ce cas… Désolé de vous avoir dérangée. J'ai dû mal comprendre.

Comme Deacon tournait les talons, près de repartir, son

regard tomba sur le fusil calé dans l'angle, près de la porte. Avec le cœur sculpté sur la crosse.

L'arme de Cece.

Plutôt que de mettre le frère et la sœur au pied du mur, il fit mine de n'avoir rien vu. Quoi qu'il se soit passé, il allait avoir besoin de renforts.

Il remonta dans sa camionnette, fit demi-tour et s'éloigna. Lorsqu'il fut sur la route, il trouva à proximité un endroit où se garer à l'abri des regards, dans les taillis. Lorsqu'il eut terminé sa manœuvre, il sortit son téléphone et appela le bureau du shérif. Avant que Deacon ait eu fini d'expliquer la situation, Tanner avait déjà envoyé une unité à la maison de Cece pour le cas où elle referait surface. Il assura Deacon qu'il le rejoignait immédiatement.

—- Vous devriez probablement envoyer aussi une voiture de patrouille chez moi, ajouta Deacon après réflexion. J'ai laissé Ricky Olson et ses deux amis ligotés par terre. Je vous expliquerai tout de vive voix.

Deacon coupa la communication et reporta son attention sur le débouché de l'allée. Les huit ou dix minutes qui suivirent son appel téléphonique furent parmi les plus longues de sa vie. Enfin, Tanner arriva et se gara devant sa camionnette. Deacon descendit de son véhicule.

— Personne n'est entré ni sorti. À moins qu'il n'y ait un autre accès que cette allée.

— Je suis à peu près certain que non, répondit Tanner.

Il étudia pendant quelques instants le visage de Deacon.

— Vous êtes sûr, pour le fusil ?

— Absolument. Il appartenait à sa grand-mère. Écoutez, Tanner, ne perdons pas de temps. Ce salopard sait où elle est. Soit il la retient en otage, soit…

— Bien. Je vais aller le voir. Vous, vous ne bougez pas d'ici.

Deacon fut tenté de protester mais il savait bien que ce serait peine perdue. Il connaissait la procédure. Ce qui ne signifiait pas pour autant que rester les bras croisés l'enchantait.

Rongeant son frein, il regarda Tanner remonter dans sa voiture, démarrer et tourner dans l'allée.

Il faisait les cent pas le long de sa camionnette depuis une dizaine de minutes lorsque le shérif reparut. Il revint garer son véhicule au même endroit, descendit et secoua la tête.

Deacon jura à haute voix. Marcus et Sierra mentaient, il le savait.

— Il n'y avait plus de fusil près de la porte d'entrée.

— Il était là, je vous l'affirme.

Tanner réfléchit pendant quelques secondes.

— Je sais que cette famille a été déchirée par le meurtre du père, que des clans se sont formés, qu'ils se sont tous ligués contre Cece, à part, peut-être, Levi, parce qu'ils la croyaient coupable. Mais pensez-vous vraiment que Marcus ou Sierra pourraient lui faire du mal ? S'en prendre à elle physiquement ?

— Tout à fait. Marcus Winters est un fanatique, vous devez le savoir. Levi a subitement disparu. Et maintenant, c'est Cece. Écoutez, shérif, vous m'avez chapitré à propos du fait que tout le monde l'avait laissée tomber. Eh bien, quoi que vous pensiez de moi, ne la laissez pas tomber, vous aussi, sous prétexte que vous n'avez pas confiance en moi.

— D'accord. Mais il faut faire les choses dans les formes. Je vais demander un mandat de perquisition pour chercher ce fusil. Cela nous fournira un motif légal de fouiller la propriété.

— Combien de temps cela va-t-il prendre ? s'enquit Deacon, qui n'avait nullement l'intention d'attendre sans rien faire.

— Je connais un juge. Pas longtemps… Peut-être deux heures.

— Pas question que je reste à me tourner les pouces pendant tout ce temps.

— Pas de problème, riposta sans s'émouvoir le shérif. Je peux vous arrêter.

Deacon leva les mains devant lui.

— Et si je me cachais dans les bois pour surveiller la propriété de loin ? Je ne m'approcherai pas et je ne ferai pas un bruit.

— Ne vous avisez pas de sortir de votre cachette, Ross. Et ne faites strictement rien tant que vous n'avez pas mon feu vert.

— Vous avez ma parole… Sauf si je vois Cece, bien sûr.

— OK. Allez-y.

Tanner remonta dans sa voiture et s'éloigna. Deacon s'enfonça dans les bois. Il avança prudemment, ouvrant l'œil, guettant le moindre bruit, jusqu'à ce qu'il trouve un endroit d'où il pouvait voir à la fois l'entrée principale et la porte arrière de la maison. Il vérifia que son mobile était sur vibreur puis commença sa longue attente.

Quel que soit le prix à payer, lui non plus ne laisserait pas tomber Cece.

14

Quand Cece ouvrit les yeux, il faisait sombre. Elle roula sur le côté. Son crâne protesta, la douleur qui l'élançait menaçant de s'étendre au reste de sa boîte crânienne. Malgré tout, elle réussit à se mettre en position assise. Il faisait si sombre.

Était-elle restée inconsciente pendant si longtemps ? C'était le début d'après-midi lorsqu'elle avait demandé à voir Levi.

Ce n'était pas Marcus qui l'avait frappée. C'était Sierra.

Cece porta une main à l'arrière de sa tête. Pourquoi sa sœur cadette protégeait-elle Marcus ?

Ils avaient fait bloc contre elle au procès, et cela continuait, tout bonnement. Pensaient-ils réellement qu'elle avait tué leur père ?

Était-ce la raison pour laquelle ils lui vouaient une haine si féroce ?

Même à supposer qu'elle l'ait tué – ce qui n'était pas le cas –, pourquoi se retourner contre elle avec une telle aversion ? Leur père avait été cruel, implacable. Il avait été particulièrement dur avec Marcus. Son frère aurait donc dû le détester plus que n'importe qui.

Peut-être était-ce le cas.

Assise dans le noir, la tête douloureuse, Cece songea à tout ce qu'elle avait pu constater depuis son retour, quatre jours plus tôt. Marcus était désormais aux commandes. L'église lui appartenait, les disciples de son père étaient devenus ses disciples. La propriété familiale lui était également revenue. Et Sierra était la plus fidèle de ses adeptes. S'agissant du mobile, celui de Marcus n'avait pas sauté aux yeux huit ans auparavant. Il s'était comporté en fils aimant, en fils qui courait désespérément après l'approbation de son père en dépit de toutes les brimades que celui-ci lui faisait subir.

Pour un peu, Cece en aurait presque ri. Aucun d'eux trois n'avait jamais eu l'heur de satisfaire les exigences de leur géniteur.

Mais, à la lumière de la situation présente, le mobile de Marcus devenait évident : il était tout-puissant désormais. Il avait tout.

C'était lui.

Cece se déplaça à l'aveuglette jusqu'à ce qu'elle rencontre un mur. Elle s'en servit pour se mettre debout. Lentement, elle le longea. Au bout de quelques pas, peut-être six ou sept, elle heurta un angle. Elle continua sa progression en procédant de la même manière jusqu'à ce qu'elle ait fait le tour des quatre murs et localisé la porte.

Elle était fermée à clé, bien entendu, et ne bougea pas d'un millimètre même lorsqu'elle pesa de tout son poids contre le battant. La pièce était aveugle, et les murs semblaient être en pierre.

La douleur sourde battant toujours dans sa tête, elle ferma les yeux, évacua toute pensée et inspira à fond.

Une odeur de renfermé.

De *terre.*

Elle s'accroupit lentement et promena les mains sur le sol. De la pierre, humide.

Un sous-sol.

Il y avait bien un sous-sol dans leur maison d'enfance. Ce devait être là qu'ils l'avaient enfermée. Elle ne se souvenait pas d'une petite pièce telle que celle-ci mais Marcus avait pu la construire depuis. Elle s'obligea en pensée à remonter le temps. Levi et elle avaient joué dans ce sous-sol parfois…

De la brique.

Le sol et les murs avaient été en brique, pas en pierre.

Elle se redressa et se dirigea de nouveau vers la porte. Elle laissa glisser les doigts sur tout son pourtour, suivant l'interstice entre le battant et le chambranle. Une nouvelle fois, elle essaya de tourner la poignée. Rien à faire.

Réfléchis, Cece.

Tendant les bras devant elle pour le cas où elle rencontrerait un obstacle, elle se déplaça vers le centre de la pièce.

La lumière, tout à coup, inonda la pièce. Elle ferma les yeux, éblouie, puis cligna des paupières et regarda autour d'elle dans la clarté blafarde des tubes fluorescents.

Un grincement métallique lui annonça l'arrivée de quelqu'un.

Cece fit volte-face.

Sierra.

Instinctivement, Cece recula.

Sa sœur leva une main, et Cece entendit un cliquetis de clés s'entrechoquant sur un trousseau.

— Je suis désolée d'avoir dû t'assommer, Cece. J'avais peur de ce qu'il pouvait faire, alors j'ai préféré prendre les devants et agir la première.

Cece épousseta les jambes de son jean. Le sol était bel et bien en pierre, nota-t-elle. Ainsi que les murs et le plafond.

— Pourquoi ? demanda-t-elle, décidant de commencer par là. Qu'est-ce que j'ai bien pu faire pour que vous me détestiez à ce point, tous les deux ?

Sierra secoua la tête.

— Je ne te déteste pas. C'était Marcus. C'est lui qui voulait que tu t'en ailles pour toujours. Il a cru que son vœu avait été exaucé quand tu as été condamnée pour meurtre. Mais tu es revenue, et il ne veut pas de toi ici.

Cece secoua la tête.

— Je ne comprends pas. Pourquoi tenait-il tant à ce que je ne sois plus ici ?

Cece ne se souvenait pas avoir été méchante une seule fois envers son frère. Il était de six ans son aîné. Fallait-il chercher là l'origine de sa rancœur ? Lui en voulait-il parce qu'elle lui avait fait perdre son statut d'enfant unique ? Il n'en avait jamais rien dit. Et puis Levi et Sierra aussi l'avaient empêché d'être le seul et unique enfant de la famille.

Sierra s'appuya contre le mur comme si elle était immensément lasse.

— Je ne sais pas. Mais il veut que tu disparaisses d'ici et, cette fois, je pense qu'il prépare quelque chose de vraiment terrible.

Cece ignora son cœur qui s'emballait, l'envie de fuir qui s'emparait d'elle.

— Où est Levi ?

Mon Dieu ! et s'il s'en était déjà pris à Levi ?

Sierra secoua la tête.

— Je ne sais pas. Il est parti. Il a dit qu'il avait quelque chose à faire mais il n'a pas voulu me dire quoi. Je crois que c'était en rapport avec toi ou cet homme qui a emménagé chez les Wilburn.

— Deacon ? Pourquoi poserait-il problème à Levi ?

Cece songea à Jack Kemp, l'équipier de Deacon. Elle pensa aussi aux photos de Kemp, montrant Sierra assise tout près de lui.

Comment cette folie avait-elle pu se déclencher sans qu'elle se rende compte de quoi que ce soit ? Il y avait eu l'école. Le travail. Elle n'avait pas eu une minute à elle. Elle finissait sa dernière année de lycée et travaillait dur dès qu'elle avait un moment de libre au restaurant. Et puis, elle vivait alors chez sa grand-mère et n'avait pas été au fait de tout ce qui se passait à la maison. Tout bien considéré, elle avait laissé Levi et Sierra livrés à eux-mêmes. Mais ce n'était pas sa faute. Son père l'avait chassée. Elle n'avait pas eu le choix.

— Connaissais-tu un homme du nom de K.C. ? Brun, les yeux sombres.

Comme toi, songea-t-elle. Sierra avait les mêmes yeux marron, les mêmes cheveux bruns, beaucoup plus foncés que ceux de leur père et de ses frères.

Sierra parut prise de court.

— Il… Il est venu ici quelquefois. Il disait qu'il avait connu maman mais qu'ils s'étaient perdus de vue.

La perspective de ce que cela pouvait signifier – le fait que Sierra soit la seule de la famille à avoir des yeux et des cheveux de cette couleur – s'imposa brutalement à son esprit. Levi et Marcus avaient des cheveux châtains, avec des reflets cuivrés. Une sorte de fusion de leur mère et de leur père. Mais Sierra, elle, ne leur ressemblait pas du tout.

Était-il possible que K.C. ait été son père biologique ?

Attends, attends, tu vas trop vite en besogne, ma fille. De toute évidence, le coup qu'elle avait reçu à la tête avait dû causer plus de dégâts que Cece ne l'imaginait. Sa mère n'aurait jamais osé tromper leur père. Il était trop cruel, trop barbare pour qu'elle ait couru un tel risque.

Sierra continua :

— Mais… non. Je ne le connaissais pas vraiment.

Elle mentait. Cece le voyait dans ses yeux. Ces yeux qui n'étaient pas ceux d'une enfant de Mason Winters.

— Dis-moi la vérité, Sierra. C'est la seule façon de nous sortir de ce pétrin.

Sierra la fixa pendant un long moment, le regard trouble comme celui d'une personne en état d'ébriété.

— Quel genre de drogue prends-tu ? demanda Cece à brûle-pourpoint.

— Je ne fais rien de mal ! cria Sierra. Je prends les médicaments que me prescrit le médecin. Pour mon anxiété et ma dépression.

Cece hocha la tête.

— Je vois. Je ne savais pas.

— Évidemment que tu ne savais pas, tu n'étais pas là. Il y a bien plus de huit ans que tu n'es pas là. Tu ne sais pas ce qu'il m'a fait.

— Qui ça ? K.C. ?

— Non ! se récria Sierra avec une véhémence telle que Cece comprit qu'elle ne voulait pas parler de cet homme mystère.

— Raconte-moi, dit-elle doucement en se rapprochant d'elle. Je suis ta sœur, je veux savoir.

— Il… Il a commencé à me faire des choses quand j'avais douze ans.

Interdite, Cece regarda Sierra. Douze ans… Donc, l'année après que leur père l'avait renvoyée de la maison.

— Tu veux dire, sexuellement ?

Sa sœur détourna les yeux.

— Oui.

— Oh ! Seigneur !

Elle allait ouvrir la bouche pour demander pourquoi Sierra n'avait rien dit à personne mais se ravisa. Bien sûr qu'elle n'avait rien dit. Elle avait eu peur et honte.

— Ce jour-là… Le jour où il est mort… Je lui ai dit que

j'étais au courant. Que je savais qu'il n'était pas mon père. Que j'allais prévenir la police. Je me moquais de ce que les gens pourraient dire ou penser quand la vérité éclaterait. Je voulais qu'il paye. Mon vrai père m'avait promis de m'emmener loin d'ici. Il avait compris tout de suite en me voyant que j'étais sa fille. Et ce salaud m'a enlevé ça.

Cece s'appuya d'une main contre le mur, elle aussi, ses genoux menaçant de se dérober.

— Comment a-t-il réagi ?

— Il a ri. Il a dit que notre mère était une traînée et que si le démon qui m'avait enfantée avait vraiment voulu de moi, il n'aurait pas attendu tout ce temps pour venir me chercher.

— K.C., souligna Cece d'une voix atone.

— Il s'appelait Jack. Jack Kemp. Il allait m'emmener. Il était venu à Winchester pour son travail, en mission, mais il disait que ce n'était pas mon problème. Il était décidé à m'arracher aux griffes de ce monstre qui abusait de moi.

— Qu'as-tu fait quand Mason t'a répondu ça ?

— Je lui ai dit que j'allais aller retrouver Jack et m'en aller. J'ai couru dans la cuisine prendre les clés de sa camionnette mais il m'a rattrapée avant que j'aie pu atteindre la porte de derrière. On s'est battus. Le couteau était dans l'égouttoir avec les autres couverts que j'avais lavés ce matin-là.

Elle fixa le sol.

— Je l'ai poignardé.

Cece avala sa salive, avec difficulté.

— Tu n'avais pas le choix.

— Il a fait un pas en arrière en titubant et j'ai continué à le frapper avec le couteau. Encore et encore.

— Tu n'as pas appelé à l'aide ?

Sierra secoua faiblement la tête.

— J'allais le faire mais Marcus est arrivé. Il a dit que j'irais en prison. Que personne ne croirait qu'il m'avait violée. Que tout le monde nous avait toujours crus proches, papa et moi. Que les gens me prendraient pour un monstre.

Cece se força à inspirer une grande goulée d'air.

— Et c'est alors que tu as décidé de me faire porter le chapeau.

Le regard de Sierra se releva pour se planter droit dans le sien.

— C'est Marcus qui m'y a obligée. Il a dit que si je ne faisais pas exactement ce qu'il me demandait, il veillerait à ce que toute la ville apprenne la vérité me concernant et dirait que j'avais prémédité le meurtre et que…

Elle ferma les yeux et secoua la tête.

— Que tu n'aurais que ce que tu méritais pour avoir déserté. Que tu n'avais toujours pensé qu'à toi. Que, compte tenu du nombre de fois où papa et toi vous étiez disputés en public, personne ne chercherait plus loin. Il a dit que tu t'en tirerais en plaidant coupable. Quand j'ai compris que les choses n'allaient pas se passer comme ça, il était trop tard pour que je revienne sur mes déclarations.

D'un geste rageur, Cece essuya une larme qui roulait le long de sa joue.

— Cela aussi, je suppose que c'est Marcus qui te l'a soufflé.

— Il a dit qu'ils comprendraient que j'avais tout planifié. Que je serais condamnée à la peine de mort.

— Tu avais quinze ans, Sierra. Tu n'aurais pas été condamnée à mort. Tu ne serais même sans doute pas allée en prison.

Les larmes inondèrent les joues de Sierra.

— Mais je n'en savais rien… Je l'ai cru ! J'ai obéi et fait ce qu'il disait. Quand il est entré et qu'il a vu ce qui s'était passé, il m'a fait jurer de n'en parler à personne. Jamais. Que tout irait bien. Que je n'avais qu'à me tenir tranquille et suivre ses instructions.

— En as-tu parlé à Jack ?

Elle eut un signe de dénégation.

— Marcus m'avait ordonné de n'en parler à personne, donc c'est ce que j'ai fait… jusqu'à maintenant.

— Qu'est-il arrivé à Jack ?

Sierra haussa les épaules.

— Je l'ai vu au procès une ou deux fois. Il me posait beaucoup de questions sur ce qui s'était passé. Sur toi, un peu sur tout… Et puis, il s'est volatilisé.

Cece sentit son sang se glacer dans ses veines.

— Et as-tu parlé de Jack et des questions qu'il te posait à quelqu'un ?

— À Marcus. J'avais peur qu'il ne m'en veuille s'il apprenait que je lui avais caché quelque chose.

Oh ! mon Dieu ! L'heure n'était plus aux explications désormais. Il fallait sortir de là.

— Sierra…

— Je sais ce que tu penses, la coupa sa sœur. Que Marcus a tué Jack.

Cece le craignait fort, en effet.

— C'est ce que tu penses, toi aussi ?

— Je ne sais pas. Marcus a pris soin de moi pendant toutes ces années. Il a veillé sur moi.

— C'est lui qui t'a conduite chez le médecin qui t'a prescrit ton traitement ?

Sierra acquiesça.

— Il a été gentil avec moi, assura-t-elle avant de regarder Cece. Mais ce qu'il t'a fait, à toi… C'est impardonnable.

— Il faut aller chercher du secours, déclara Cece d'un ton pressant en attrapant sa sœur par le bras. Le shérif Tanner pourra nous aider.

« Deacon aussi », eut-elle envie d'ajouter, mais elle ne savait plus trop où elle en était avec lui.

— Vas-y, toi, répondit Sierra. Je vais rester ici et m'occuper de Marcus. Il a besoin de moi. Il n'a personne d'autre.

— Sierra.

Cece la prit par les épaules et la secoua légèrement.

— Il faut qu'on parte toutes les deux. On ne sait pas de quoi Marcus est capable. Il a l'esprit dérangé.

— Mais… Il est trop près, argua Sierra. On ne pourra pas s'enfuir à deux. Si je le distrais, tu y arriveras.

Oh ! bon sang !

— On trouvera un moyen, reprit Cece avec force. Je ne partirai pas sans toi. Et puis, il faut qu'on retrouve Levi.

Elle espérait que Marcus ne lui avait pas fait de mal.

— Mais il n'y a pas d'issue, insista Sierra.

— Attends, déclara Cece en levant ses mains ouvertes devant elle. Explique-moi où nous nous trouvons.

Elle promena son regard sur les murs, autour d'elle.

— Cet endroit ne m'évoque rien.

— Marcus et certains des disciples ont construit un tunnel entre l'église et la maison. Il y a plusieurs salles le long du tunnel… Des choses y sont stockées.

Des choses ? Elle n'avait pas le temps d'approfondir le sujet et de découvrir quelles autres « choses » pouvaient se trouver entreposées ici. Mais elle avait vu juste : c'était bien une sorte de sous-sol.

— Où était Marcus quand tu es descendue ?

— Il est à l'église avec les anciens. Ils discutent de ce qu'il convient de faire…

Sierra chercha son regard.

— De toi, acheva-t-elle à voix basse.

— Bien. Alors, on retourne à la maison. En route.

Cece poussa une Sierra récalcitrante au-dehors de la pièce.

— S'ils nous retrouvent, ils nous donneront *aux autres.* Personne ne revient de chez *les autres.*

— *Les autres* ? Qu'est-ce que c'est ?

— Un endroit où on t'enseigne des leçons que tu n'es pas près d'oublier.

Cece fit volte-face en entendant la voix cinglante de Marcus. Dieu merci, il était seul.

— On veut juste sortir d'ici, Marcus, déclara Cece en s'attachant à parler d'un ton posé.

— Tu veux qu'elle aille leur raconter ce que tu as fait ? demanda durement son frère à l'adresse de Sierra.

— Elle n'a fait que se défendre, répliqua Cece. Se protéger n'est pas interdit par la loi.

— Même si elle a tué un homme ? rétorqua-t-il en lui lançant un regard assassin.

— Il abusait d'elle, martela Cece. Et tu le savais. Tu as fait croire à Sierra qu'elle avait commis un acte odieux alors que tu connaissais la vérité.

Il rit.

— Tu n'as pas volé ce qui t'est arrivé, proféra-t-il avec dédain. Ta place était en prison… Tu aurais dû y finir tes jours, vieille et toute flétrie. Tu ne mérites pas autre chose.

D'une main, Cece poussa sa sœur derrière elle. Elle n'était

pas sûre que Marcus soit armé mais pas question de courir le risque.

— Qu'est-ce que je t'ai fait, Marcus ? Tu m'as prise en grippe sans la moindre raison.

Il rit de plus belle, d'un rire chargé de pure aversion.

— Tu ne te rappelles vraiment pas, hein ?

— Je ne sais pas à quoi tu fais référence, dit-elle en reculant d'un pas, entraînant Sierra dans le mouvement. Qu'est-ce j'ai fait, d'après toi ?

— Tu as trouvé le trou dans le mur de ta chambre.

Tombant des nues, elle le fixa, abasourdie.

— Le trou ? Quel trou ?

— Celui que j'avais percé dans ton mur pour t'observer. Le même que j'avais pratiqué dans le mur de la chambre de Sierra.

L'image de son frère en train de se toucher, l'œil collé à un petit trou dans le mur, s'imposa à son esprit, lui coupant la respiration aussi brutalement qu'un coup de poing à l'estomac.

— Tu parles de la fois où je t'ai surpris en train de regarder Sierra prendre son bain ? Mon Dieu, mais… je devais avoir sept ans ! Huit, tout au plus. Je ne m'en souvenais même plus… jusqu'à ce que tu y fasses allusion à l'instant.

— Tu avais sept ans. J'en avais treize.

— On était enfants, objecta Cece. C'est le genre de chose que font les adolescents. Échanger des revues pornos, regarder les filles… Ce sont les hormones.

— Tu sais ce que notre père m'a fait ?

Aucun châtiment en particulier ne lui vint en mémoire ; il y en avait eu tant.

— Il t'a battu ?

Elle se souvenait vaguement que Marcus avait été « malade ». Avait-il été hospitalisé ?

— Je suis désolée, Marcus. Je n'étais qu'une enfant. Je ne voulais pas te créer d'ennuis…

— Lui et trois membres de la congrégation ont décrété qu'il fallait extirper la luxure et la dépravation qui étaient en moi. Ils m'ont enfermé dans une pièce remplie de vapeur d'eau chaude, roué de coups tout en priant pour moi. Pendant des jours et des jours, ils se sont acharnés à me débarrasser du mal qui, d'après eux, me possédait. Et ensuite, ils m'ont… mis à l'épreuve.

Terrifiée, Cece écoutait, n'osant même pas imaginer ce que cela pouvait bien signifier.

— Ils m'ont montré des photos de femmes nues. Quand mon corps a fini par réagir, leur verdict est tombé : j'avais échoué à l'examen.

— Oh ! mon Dieu ! Je ne savais pas.

Nouvel éclat de rire cruel.

— C'est alors qu'ils ont jugé que des mesures draconiennes s'imposaient.

Ce qu'ils avaient fait jusqu'alors n'était pas suffisamment draconien ?

— Marcus, tu sais bien que c'était un être malveillant. Un salaud à l'esprit dérangé qui nous a fait du mal à tous.

Marcus secoua la tête.

— Ils m'ont castré. Il a dit que, puisque j'avais reluqué mes propres sœurs, je ne méritais d'être un homme à part entière. Ils devaient m'ôter la plus mauvaise part de moi-même. Et ils m'ont castré. Retiré les testicules. Tout ça parce que tu avais rapporté ce que tu avais vu alors que j'étais encore trop jeune pour lutter contre lui.

Oh ! Seigneur ! Pas étonnant qu'il la déteste.

— Le mal, c'était lui, Marcus. Regarde ce qu'il a fait à Sierra. Et à moi, il m'a jetée dehors alors que je n'étais encore qu'une enfant. C'était un être démoniaque. Malfaisant.

— Toi ? Ne parle pas de toi comme d'une victime ! De nous tous, tu es celle qui a eu de la chance, riposta Marcus. Tu as hérité des cheveux de notre traînée de mère. Il ne le tolérait pas, ta vue lui était insupportable. Je me souviens du soir où il l'a tuée – il avait compris que Sierra n'était pas sa fille. Il l'a torturée jusqu'à ce qu'elle avoue puis l'a poussée dans l'escalier comme un sac d'ordures. Quand j'ai essayé d'appeler à l'aide, il m'a enfermé dans le sous-sol. Tu vois, Cece, tu t'en es très bien tirée, toi. Comment oses-tu te plaindre et comparer les quelques malheureuses années que tu as passées en prison avec ce que nous, nous avons enduré ?

— Tu as raison, concéda Cece, songeant que leur seule

chance de survivre à ce grand déballage de linge sale était d'abonder dans son sens, de lui soutirer le plus d'informations possible. Je ne devrais pas me plaindre. Et cet homme ? Celui par qui notre mère a attiré le malheur sur nous ? Si elle n'avait pas péché avec lui, peut-être notre père ne serait-il pas devenu ce monstre…

— Il a payé pour ses péchés, répliqua Marcus. Il était aussi mauvais que notre père. Il ne méritait pas de vivre non plus. Ils ont tous les deux gagné un aller simple pour l'enfer – là où est leur place.

Cece prit la main de Sierra dans la sienne puis tendit l'autre vers son frère.

— Nous sommes tout ce qu'il nous reste… Nous et Levi. On devrait faire un pacte, nous engager à prendre soin les uns des autres. Dieu nous est témoin que nos parents ne l'ont pas fait.

Marcus la considéra fixement pendant un long moment.

— Tu n'aurais pas dû revenir, Cece, proféra-t-il finalement d'une voix très calme. Tu n'es pas comme nous.

Il regarda Sierra.

— Mais, toi, tu sais ce qui va – ce qui doit – advenir.

Cece tourna la tête vers sa sœur.

— Il a raison, confirma celle-ci, comme en transe. J'ai essayé de t'aider mais il est trop tard maintenant. Tu n'aurais pas dû revenir, Cece.

Deacon avait assez attendu. Si Tanner n'arrivait pas avec le mandat et les renforts d'ici peu, il agirait seul.

Il n'y avait pas eu le moindre mouvement à la maison. Il pouvait se passer n'importe quoi derrière ces murs. Il s'était écoulé environ trois heures depuis qu'il avait vu Cece partir en catastrophe de chez elle. Il ne patienterait pas davantage. Son mobile vibra dans sa poche. Vivement, Deacon le sortit.

— Où êtes-vous ? demanda sans préambule Tanner.

— À l'orée du bois, près de la maison. Vous avez le mandat ?

— Je serai là sous peu, répliqua d'un ton bref le shérif avant de couper la communication.

Bon sang. Pourquoi ne se bornait-il pas à répondre à sa question ?

Faisant contre mauvaise fortune bon cœur, Deacon s'arma néanmoins de patience pour attendre de pied ferme l'arrivée du shérif. Deux de ses adjoints l'accompagnaient.

— Vous avez le mandat ?

— Le juge était en audience. On devrait recevoir sa signature d'une minute à l'autre.

— Donc, ça veut dire « non », traduisit Deacon d'un ton bref. Pas question que j'attends davantage.

Tanner commença à parlementer mais fut aussitôt interrompu par la sonnerie de son téléphone. Deacon s'immobilisa, suspendu à ses lèvres.

— OK, parfait, dit le shérif avant de rempocher son mobile. C'est bon, je l'ai. Le mandat est signé.

Il fit un signe à ses adjoints et, pendant que ceux-ci relayaient l'information au reste de l'équipe, déjà en place aux quatre coins de la maison et à l'église, Deacon et lui se dirigèrent droit vers la maison.

Il n'y avait pas eu d'allées et venues pendant que Deacon montait la garde. Ce fut Tanner qui frappa à la porte. Au bout de trois tentatives, il entra, l'arme au poing.

Ils avancèrent rapidement de pièce en pièce, au rez-de-chaussée puis à l'étage. Personne, nulle part. Ils passèrent ensuite au sous-sol. Une grande pièce au sol et aux murs de brique. Vide, hormis quelques légumes en conserve et boîtes qui, à en juger par leur apparence « vintage », devaient traîner là depuis des lustres.

— Personne n'est entré ni sorti de la maison pendant que je la surveillais, précisa Deacon, frustré.

— Marcus et quelques-uns de ses adeptes sont à l'église. Mes adjoints devraient avoir fini de fouiller le bâtiment maintenant, répondit Tanner en prenant son téléphone.

— Attendez… Vous dites que Marcus est là-bas ?

Tanner hocha la tête.

Deacon tourna sur lui-même.

— Alors, il doit y avoir un passage secret entre la maison

et l'église parce qu'il était ici. Et comme il n'est sorti ni par la porte d'entrée ni par celle de derrière…

Ils se mirent à sonder les murs centimètre par centimètre dans l'espoir de déclencher l'ouverture d'une porte dérobée. Puis ils répétèrent l'opération à l'étage. Rien.

— Retournons en bas, suggéra Tanner pendant que ses adjoints continuaient à rechercher le fusil qu'il avait mentionné dans son mandat.

Ils passèrent chacune des pièces au crible, terminant par l'unique chambre du rez-de-chaussée, manifestement celle de Marcus. Des vêtements masculins étaient suspendus dans le placard. Ils soulevèrent le tapis, fouillèrent les meubles… En vain.

Rouvrant le placard, Deacon, en examina le sol.

— J'ai trouvé ! lança-t-il soudain à l'adresse de Tanner.

Sous un carré de plancher désolidarisé du reste, se cachait une trappe. Une échelle métallique s'enfonçait dans les ténèbres.

— Je descends le premier, annonça Tanner d'un ton sans appel.

Si tenté que fut Deacon de protester, il tint sa langue. Le shérif avait raison : cela relevait de sa juridiction. Il laissa donc passer quelques secondes puis le suivit, aussi silencieusement que possible. Lorsqu'ils arrivèrent au bas de l'échelle, Tanner utilisa la fonction lampe de poche de son téléphone et découvrit un interrupteur. Il l'actionna, révélant un long tunnel bordé de portes.

— Qu'est-ce que c'est que ça ? marmonna Tanner.

Ils testèrent méthodiquement toutes les portes, une à une, et ne trouvèrent rien. Approximativement au milieu du tunnel, ils tombèrent sur deux portes fermées à clé. Tanner frappa. N'obtenant pas de réponse, il chargea deux de ses adjoints d'en forcer les serrures tandis que Deacon et lui poursuivaient leur progression. À l'autre extrémité, une autre échelle les attendait. Tanner entreprit de la gravir le premier. Il souleva avec précaution la trappe et sortit du tunnel, suivi de près par Deacon.

La salle dans laquelle ils se trouvaient ressemblait à un

vestibule. Des patères étaient alignées le long de trois des murs. L'unique fenêtre donnait sur les bois. Ils étaient à l'église.

Des voix.

Tanner se dirigea vers la porte, faisant signe à Deacon de ne pas faire de bruit.

L'oreille collée au battant, il écouta pendant quelques instants, puis se prépara à pousser la porte. Deacon leva son arme, prêt à faire feu.

De l'autre côté de la porte, se trouvait la salle de prières.

Marcus Winters, sa sœur Sierra et deux autres hommes, plus âgés, levèrent les yeux des livres qu'ils avaient à la main.

— Qu'est-ce que ça signifie ? tonna Marcus en se levant.

— Où est Cece ? demanda Tanner.

Deacon traversa la salle, s'engagea dans un petit corridor masqué par le pupitre et fouilla les toilettes pour hommes et pour femmes.

Rien.

La sueur perla à son front, son cœur se mit à battre à tout rompre. Elle devait être là, quelque part, nom d'un chien.

Derrière lui, Marcus haussait le ton face à Tanner.

— Je vous dis que nous ne nous sommes pas parlé depuis des années, insista-t-il.

Les deux hommes âgés restés assis, silencieux, observaient la scène. Sierra regardait en alternance ses pieds et le livre qu'elle tenait entre les mains.

Tanner continua à mettre la pression au chef de la congrégation. Deacon focalisa son attention sur Sierra.

— Où est-elle, Sierra ?

Elle leva les yeux vers lui

— Ne te laisse pas intimider, petite sœur ! cria Marcus.

Tanner lui intima l'ordre de se taire.

— Où est Cece ? insista Deacon en s'approchant d'elle.

— Elle… Elle est partie… rejoindre *les autres*.

La peur noua les entrailles de Deacon.

— Montrez-moi où elle se trouve.

Marcus se remit à vociférer, et Tanner le poussa sans ménagement sur un siège et agita le canon de son arme sous son nez.

— Plus un mot ! Je ne veux plus vous entendre.

— Sierra, je vous en prie, reprit Deacon, contenant à grand-peine son impatience. Montrez-moi où elle est avant qu'il soit trop tard.

Finalement, elle inclina la tête et posa son livre.

Marcus se remit à tempêter mais Sierra ne se retourna pas. Deacon ne la lâcha pas d'une semelle. Elle sortit par l'arrière de l'église. Lorsqu'ils atteignirent la lisière des bois, deux adjoints se joignirent à eux.

Comme ils s'enfonçaient dans la forêt, Sierra accéléra l'allure. Deacon la devinait morte d'angoisse. De peur. Au bout d'environ huit cents mètres, elle s'arrêta. Deacon leva une main pour prévenir les policiers.

Elle tendit le doigt.

— Là-bas.

Cece était attachée à un arbre, bâillonnée.

Deacon esquissa un pas pour doubler Sierra mais elle le retint par la manche.

— Attention ! *Les autres* ne sont sûrement pas loin.

Deacon tourna la tête vers l'un des adjoints.

— Vous, restez là et ne la quittez pas des yeux.

— Oui, monsieur.

Deacon et l'autre adjoint s'avancèrent, l'adjoint de Tanner couvrant Deacon tandis que celui-ci se précipitait vers Cece. Il retira le ruban adhésif et le morceau de tissu qui lui obstruaient sa bouche. Elle laissa échapper un gémissement.

— Je suis là. Tout va bien, lui assura-t-il.

Puis il la délivra de ses liens. Cece se laissa aller contre lui, tremblante sur ses jambes.

— Vite… Il faut partir d'ici, murmura-t-elle.

La soulevant dans ses bras, il reprit la direction d'où ils étaient venus. L'adjoint qui était resté avec Sierra escorta cette dernière tandis que l'autre fermait la marche derrière le petit groupe.

Lorsqu'ils arrivèrent à l'église, d'autres véhicules de patrouille étaient garés dans le parking. Marcus avait été appréhendé ainsi que les deux anciens de la congrégation qui s'étaient trouvés avec lui.

Comme Deacon posait doucement Cece par terre, celle-ci se tourna vers sa sœur.

— Merci, Sierra.

La jeune femme hocha la tête.

Cece posa une main sur son avant-bras.

— Il est temps que tu nous dises la vérité maintenant.

15

Jeudi 8 août

La journée de mercredi s'était achevée dans un tourbillon de questions judiciaires et de frustration difficilement contenue pour Deacon. Marcus Winters avait donné Jack Kemp à ces prétendus *autres* pour s'assurer qu'il n'extorque jamais la vérité à Sierra.

D'après cette dernière, personne ne savait qui étaient ces fameux *autres*. Deacon, lui, tendait à penser qu'ils n'étaient qu'une invention de Marcus destinée à convaincre Sierra de filer droit. La probabilité étant grande que d'autres corps que celui de Jack soient ensevelis quelque part dans la propriété Winters, le Bureau avait autorisé l'emploi d'un géoradar afin de sonder le terrain.

L'un des deux membres de la congrégation présent dans l'église au moment de l'arrestation de Marcus avait décidé de parler dans l'espoir d'obtenir la clémence du juge. Il était encore trop tôt pour savoir si son assistance se révélerait déterminante.

Cece, elle, avait demandé à rester auprès de sa sœur pendant que celle-ci faisait sa déposition. Tanner lui ayant donné son accord, Deacon profita de l'occasion pour assister à l'interrogatoire de Benton Syler, l'ancien de la congrégation qui avait décidé de coopérer.

— Mason était très discret sur la façon dont il procédait. Marcus, lui, se montrait un peu plus ouvert, mais seulement avec quelques-uns d'entre nous.

— Monsieur Syler, devons-nous nous attendre à trouver des

restes humains enterrés dans le jardin de l'église ? demanda Tanner avec gravité.

Syler hocha la tête.

— Oui, beaucoup. Certains meurtres datent d'il y a longtemps. Pour ce qui est de Kemp, je ne sais rien de lui. Il s'agissait d'une affaire personnelle entre Marcus et Sierra. Le conseil ne s'en est pas mêlé.

Deacon se retint de bondir de son siège pour empoigner Syler par le col. Ils avaient découvert que le conseil était un groupe de quatre membres de la congrégation qui prenaient des décisions sous l'égide de Marcus, le grand maître.

— Le conseil prenait-il des décisions de vie ou de mort de façon régulière ?

Tanner eut du mal à dissimuler son dégoût en posant cette question, et Syler le remarqua.

— Je n'ai assisté qu'à trois conseils. Non pas que j'aie voulu en être mais parce que j'obéissais aux ordres, shérif. Je ne voulais pas que ma famille soit inscrite sur la liste.

— Vous êtes en train de suggérer que Marcus s'en serait pris à votre famille si vous n'aviez pas obtempéré ?

— Je ne suggère rien du tout, shérif. Je vous dis comment les choses se passaient. Ne vous méprenez pas. J'ai travaillé dur pour obtenir cette place privilégiée. Je pensais que ma famille et moi-même serions plus en sécurité si j'avais une position importante dans la hiérarchie. Rien de neuf sous le soleil, n'est-ce pas ?

Deacon ne laissait jamais de s'étonner que certains hommes soient littéralement prêts à tout pour se hisser au-dessus de leurs semblables.

— La plupart des décisions que nous prenions portaient sur le choix de celui ou celle qui serait remis *aux autres* s'il avait mal agi. Je pense que les trois qui ont été lapidés avaient un lien avec quelque chose de grave qui était arrivé à Marcus quand il était enfant. Mais je n'en suis pas sûr et je n'ai pas eu la bêtise de chercher à en savoir plus.

Sierra avait dit que Cece allait être donnée *aux autres*.

— Qui sont *les autres* ? demanda-t-il.

Syler le regarda comme s'il n'était pas sûr de devoir lui répondre. D'un signe de tête, Tanner l'incita à poursuivre.

— C'est l'aile la plus extrême de La Résurrection, une branche ultraradicale. Ils se sont dissociés du reste du groupe voilà des années. On parle là de faits gravissimes… Des sacrifices humains, ce genre de choses. À l'époque où Mason a fondé l'église, deux des membres ont disparu. Leurs restes ont fini par être retrouvés – il ne restait plus que leurs ossements. Mason a envoyé des hommes dans les bois à la recherche de ce qu'il pensait être des bêtes sauvages, des ours ou des pumas. Mais c'est ce groupe extrémiste qu'il a trouvé. Il s'est dit que la seule façon de les empêcher de puiser leurs proies parmi ses disciples était de leur procurer ce qu'ils voulaient.

— Vous pouvez nous conduire à ces *autres* ?

— Personne ne sait où ils se cachent. Mais si vous allez traîner dans les bois, eux vous localiseront, ça, c'est sûr.

On frappa à la porte, et une adjointe du shérif fit irruption dans la pièce. Elle murmura quelque chose à l'oreille de Tanner et se hâta de ressortir.

Tanner se leva.

— Monsieur Syler, nous allons devoir reporter la suite de cet interrogatoire. J'ai une urgence.

Deacon suivit Tanner à l'extérieur de la salle d'interrogatoire.

— La fouille approfondie à laquelle nous autorisait le deuxième mandat de perquisition a porté ses fruits, annonça-t-il. Je pense que ça devrait intéresser vos amis du FBI et de l'ATF.

— Des armes ?

— Oui, un vrai arsenal caché dans ce tunnel. J'imagine que Marcus se servait de l'église comme d'un terrain neutre entre les trafiquants et les membres de La Résurrection.

— Shérif ! le héla un autre adjoint approchant au pas de course. Je pense que vous devriez entendre ce que Sierra Winters vient de nous dire à propos de son frère Levi.

Deacon et Tanner lui emboîtèrent le pas.

Une fois dans la salle d'observation, Tanner demanda au technicien de repasser l'enregistrement de la déposition.

— Voilà, c'est là, signala l'adjoint en scrutant l'écran.

Le technicien appuya sur LECTURE.

— Levi travaillait avec Jack. Il l'aidait à infiltrer le groupe La Résurrection. Jusqu'à ce que Jack comprenne que j'étais sa fille et qu'il se désintéresse momentanément d'eux…

L'instinct de Deacon s'aiguisa subitement.

— Je crois que Levi a été en contact avec ces cinglés pendant tout ce temps. Il ne dit jamais où il va quand il disparaît pendant quelques jours. Je crois que c'est là qu'il se rend et je pense que c'est là qu'il se trouve actuellement. Je ne sais pas s'ils se sont rendu compte qu'il essayait de les faire tomber ou s'ils l'apprécient et veulent qu'il intègre leur groupe. Ce qui est sûr, c'est qu'il joue avec le feu. Ces gens-là ne plaisantent pas.

L'inquiétude qui se peignait sur les traits de Cece serra le cœur de Deacon. Il sortit de la salle d'observation et passa un appel. Il n'y avait pas trente-six façons de mettre un terme à cette folie.

Il ferait son possible pour que Levi soit ramené en vie.

Pour Cece. Et pour la famille de Jack.

Levi devait en savoir plus que quiconque sur les derniers jours de son partenaire.

Quand le procureur en eut terminé avec Sierra, Cece était épuisée. La tête lui tournait à l'idée de ce que son frère aîné avait fait. De ce que son père avait fait.

Il avait tué leur mère. Castré son propre fils.

Comment pourraient-ils jamais vivre avec cela ?

Dans l'immédiat, Sierra allait être placée sous protection policière, donc Cece l'embrassa tendrement avant de la quitter.

Elle avait su, bien sûr, que son père était un homme mauvais mais n'avait pas imaginé une seconde qu'il puisse être dépravé à ce point. Le procureur lui avait assurée qu'elle allait être totalement innocentée. Elle serait désormais libre de prendre un nouveau départ. C'étaient les mots qu'elle rêvait d'entendre depuis huit ans.

Dans le couloir, devant le bureau du shérif, elle trouva Deacon qui attendait, l'épaule calée contre le mur, comme s'il avait guetté sa sortie.

Elle sourit. Heureuse de le voir. Elle avait tant à lui dire. Tant à lui demander.

Mais, surtout, elle voulait le remercier.

— Salut.

Il sonda son regard comme s'il ne savait pas trop comment s'y prendre.

— Salut, répondit-elle en souriant. Je suis contente de vous voir.

Ses lèvres s'étirèrent, et il lui sourit en retour..

— Je ne peux même pas vous dire à quel point je suis heureux de vous entendre dire ça.

— On va avoir beaucoup à se dire, confessa-t-elle.

Il hocha la tête.

— Exact.

— Je suis très inquiète pour Levi.

— Et vous avez toutes les raisons de l'être, convint-il. La bonne nouvelle, c'est que j'ai passé un coup de fil. Le meilleur expert du FBI est d'accord pour venir aider à le localiser.

L'espoir gonfla le cœur de Cece.

— C'est fantastique. Quand arrivera-t-il ?

— *Elle*, rectifia Deacon. Elle sera là dans la matinée. Elle s'appelle Sadie Buchanan. C'est la grande spécialiste en matière de récupération et d'exfiltration. Si quelqu'un peut le retrouver et le ramener sain et sauf, c'est Sadie.

— Le procureur dit que Sierra ne sera pas inquiétée, que c'était un cas de légitime défense. Elle va devoir entreprendre une psychothérapie.

Cece se mit à rire malgré elle.

— Je crois qu'on en aura d'ailleurs tous besoin. Tous les Winters sont un peu désaxés.

Elle sonda le regard de Deacon.

— Je sais que Marcus doit répondre de ses actes et qu'il passera probablement le restant de ses jours en prison, mais c'était une victime, lui aussi, et je suis désolée que personne ne s'en soit aperçu à temps pour le sauver.

Deacon effleura tendrement sa joue.

— Au moins il ne pourra plus faire de mal, ni aux autres ni à lui-même. Il sera sur une voie différente désormais.

— Je suis morte de fatigue. Vous voulez bien me ramener à la maison ?

— Bien sûr.

Cece passa le bras sous le sien et s'appuya contre son épaule. Comme ils se dirigeaient vers sa camionnette dans le parking, elle l'arrêta d'une pression de la main et leva les yeux pour sonder son regard brun.

— Je ne peux pas quitter Winchester tant que nous n'aurons pas retrouvé Levi et tant que je ne serai pas sûre que tout ira bien pour Sierra. Mais j'ai envie de mieux vous connaître, Deacon Ross.

— Je n'ai pas l'intention de bouger de là, Cece Winters. Et je trouve votre idée d'autant plus excellente que j'envisageais exactement la même chose.

Elle se haussa sur la pointe des pieds, enroula les bras autour de son cou et l'embrassa avec ferveur sur les lèvres. Elle attendait depuis si longtemps de pouvoir commencer à vivre ! Il n'était pas question de perdre une minute de plus.

BEVERLY LONG

Sous ma protection

Traduction française de
CAROLE PAUWELS

BLACK ROSE

HARLEQUIN

Titre original :
RUNNING FOR HER LIFE

Ce roman a déjà été publié en 2013.

1

Jake Vernelli augmenta la vitesse des essuie-glaces et serra plus fermement le volant de son pick-up GMC de 1969. Par une plaisante nuit d'été, il aurait encore fait jour pendant une bonne heure, mais cette nuit-ci n'avait décidément rien de plaisant. Elle était sombre et lugubre, et s'accordait parfaitement à son humeur.

Quand il lui avait décrit Wyattville, son vieil ami Chase s'était montré passablement évasif. « C'est un peu isolé. »

Isolé ? C'était peu dire. Tout signe de civilisation avait disparu depuis qu'il avait quitté l'autoroute pour s'engager sur l'étroite et cahoteuse route à deux voies. Plus d'une fois, il avait caressé l'idée de faire demi-tour et de quitter ce coin perdu du Minnesota pour retourner à Minneapolis. Mais le coup de fil désespéré que Chase lui avait passé la semaine précédente résonnait encore à ses oreilles.

« Je t'en prie, Jake. Ce n'est que pour six semaines. Je ne te le demanderais pas si j'avais une autre solution. »

C'était on ne peut plus vrai. Depuis toutes ces années qu'ils se connaissaient, Chase ne lui avait jamais rien demandé. En revanche, il avait toujours répondu présent quand il le fallait.

La dernière fois remontait à deux mois, quand Jake avait voulu rendre son insigne. Il avait dit à Chase qu'il allait bien, que sa blessure cicatrisait normalement, et qu'il avait surmonté la mort de Marcy.

C'était la première fois qu'il mentait à son ami.

Mais que pouvait-il dire d'autre ? Qu'il pensait à sa coéquipière tous les jours, en se reprochant de ne pas avoir mieux évalué le risque qu'elle courait ?

Pouvait-il admettre qu'il se trouvait incroyablement chanceux de n'avoir reçu qu'une balle dans la jambe, tandis que Marcy Howard, prise dans un tir croisé, avait perdu la vie ?

Devait-il révéler qu'au milieu de la nuit, quand la culpabilité rongeait son âme, il se demandait si tout cela avait servi à quelque chose ? Le trafiquant qu'ils poursuivaient était mort, mais un autre avait pris sa place. Il y aurait toujours de la drogue dans les rues, dans les écoles, partout.

Pouvait-il avouer qu'il avait l'impression d'être inutile ?

Il valait mieux mentir.

Et prétendre qu'il continuait à aller de l'avant.

Il tendit le bras et alluma le plafonnier pour vérifier les indications qu'il avait reçues dans l'après-midi. Après avoir eu confirmation qu'il roulait dans la bonne direction, il éteignit et reporta son attention sur la route.

À cent cinquante mètres, un cerf se dressait devant lui.

Il pressa le Klaxon du plat de la main, enfonça la pédale de frein, et sentit son cœur s'emballer quand ses roues arrière se mirent à patiner sur la chaussée humide.

Le plateau du pick-up alla heurter le rail de sécurité, et le lourd véhicule fit un tête-à-queue. La ceinture de sécurité de Jake se bloqua, lui cisaillant le torse, et quelque chose, probablement sa lampe torche, vint le frapper au menton.

Le pick-up vira une seconde fois et s'arrêta si abruptement que Jake se cogna violemment la tempe gauche contre l'embrasure métallique de la vitre.

Laissant échapper un juron, il chercha le plafonnier, l'alluma, et vérifia les dégâts. La cabine avait l'air en bon état, et il se félicita que le pick-up, baptisé « Veronica » par ses soins, ait la solidité d'un tank.

Il rabattit le pare-soleil et s'observa dans le miroir de courtoisie. La zone au-dessus de son œil gauche était déjà en train d'enfler et du sang coulait d'une fine estafilade.

Il regarda à travers le pare-brise. Les phares éclairaient toujours, mais la seule chose qu'il parvenait à distinguer à travers l'écran de pluie était des herbes hautes. *Partout*. Il avait atterri dans une sorte de petit ravin. Le moteur tournait toujours, mais le véhicule était bel et bien bloqué.

Il sortit son téléphone portable de la poche de sa chemise et vérifia à l'écran l'état de la barre de réseau.

Rien. Pas de signal.

Évidemment, il ne fallait pas s'attendre à ce que la téléphonie mobile fonctionne dans ce trou perdu !

Jake serra le frein à main, retira la clé du contact et défit sa ceinture de sécurité. Muni de la lampe torche, il constata qu'il était embourbé jusqu'à mi-hauteur de la porte. Il se déplaça sur la banquette pour regarder du côté passager.

Même chose.

Il ouvrit la boîte à gants, récupéra son arme et la glissa dans la ceinture de son jean. Puis il attrapa sous le siège son poncho de pluie kaki, le déroula, et le fit passer au-dessus de sa tête. Se servant comme d'un marteau du long manche en acier de la torche, il fit ensuite voler le pare-brise en éclats et rampa à l'extérieur.

Une fois sur le capot, il réalisa que celui-ci émergeait de cinquante centimètres à peine au-dessus du sol. Sortir le pick-up de là ne serait pas une mince affaire, même pour un dépanneur qui avait du métier.

Le vent lui coupait le souffle, et la pluie le fouettait avec rudesse, tandis que les éclairs zébraient le ciel d'une aveuglante lumière blanche. C'était une nuit horrible pour se trouver dehors, et il ne se voyait pas attendre là que quelqu'un passe.

Il rabattit sa capuche et se mit en marche.

Tara Thompson gara sa camionnette vieille de douze ans dans le garage plongé dans l'obscurité, et s'autorisa un soupir de soulagement. Malgré les routes glissantes et truffées d'ornières, elle était arrivée à bon port. Il tombait des trombes d'eau quand elle avait quitté le restaurant, et elle venait d'essuyer une belle rafale de pluie glacée lorsqu'elle avait bondi hors de la camionnette pour ouvrir la porte du garage.

Frissonnant dans ses vêtements mouillés, elle rabattit la lourde porte de bois, et se mit à l'abri du court auvent qu'offrait la pente du toit. De là, elle apercevait à peine la maison située à une dizaine de mètres.

Elle prit une grande inspiration et sprinta. Elle monta les marches deux à deux, ouvrit à la volée l'écran de moustiquaire, déverrouilla la porte et se précipita à l'intérieur.

Le cœur battant à se rompre, presque étourdie, elle reprit son souffle en écoutant la pluie tambouriner sur les nouvelles tuiles que son propriétaire avait laborieusement posées quelques semaines plus tôt.

Lorsqu'elle actionna l'interrupteur près de la porte, et vit que la seule chose qui gouttait sur le sol de la cuisine c'était ses vêtements, elle sourit. Henry disait peut-être vrai quand il lui avait promis que la corvée de cuvettes et de seaux était terminée.

Elle ôtait ses chaussures trempées quand un coup de tonnerre frappa assez près pour faire trembler la vieille fermette. La lumière s'éteignit sans même un vacillement préalable. Elle resta dans le noir à attendre, à espérer.

Les minutes défilèrent et son vertige disparut, cédant la place à une sombre détermination.

Repérant à tâtons le placard à côté de la gazinière, elle y prit une bougie et une boîte d'allumettes. Il lui fallut quelques secondes pour localiser le verre qu'elle avait mis à sécher sur la paillasse de l'évier. Elle le retourna, y ficha la bougie, et parvint à enflammer l'allumette à la deuxième tentative.

Elle leva le verre à hauteur des yeux et regarda dans le placard. Elle y trouva quatre autres bougies et les sortit toutes, en espérant que cela suffirait. Depuis quatorze mois qu'elle s'était installée dans l'est du Minnesota, elle avait déjà essuyé au moins trois coupures d'électricité. Six mois plus tôt, en février, durant une tempête de neige, le courant n'avait été rétabli qu'au bout de quarante-huit heures.

Il ne restait plus qu'à rayer la douche chaude de sa liste des choses à faire. Pas d'électricité signifiait l'arrêt de la pompe du puits, et donc pas d'eau courante. Le mieux qu'elle pouvait faire, c'était d'ôter les vêtements qu'elle portait depuis les douze dernières heures.

Elle prit le verre et, tandis qu'elle montait l'étroit escalier menant à l'étage, la mince bougie se mit à tanguer d'un bord à l'autre, projetant des ombres fantomatiques sur le mur à la tapisserie défraîchie.

Dans sa chambre, elle se déshabilla — même ses sous-vêtements étaient humides — et fourra négligemment le tout dans le panier à linge. La fatigue commençait à peser sur ses épaules. Cela faisait trois jours que Donny avait démissionné, et il fallait absolument qu'elle engage un nouveau plongeur. La surcharge de travail devenait difficilement supportable.

Dans le miroir, elle aperçut sur le coin de son vieux bureau l'ombre des factures impayées et des bons de commande à demi remplis. Cela faisait des jours qu'elle se promettait de s'en occuper et, durant le trajet de retour, elle avait résolu de s'y mettre ce soir sans faute. Pas d'électricité, pas de culpabilité, décida-t-elle. Elle esquissa un sourire, souffla la bougie, et se glissa entre les draps.

Le vent soufflait plus violemment encore, les éclairs et les coups de tonnerre se déchaînaient presque simultanément, indiquant que l'orage était à son paroxysme. La pluie tambourinait contre les carreaux comme si quelqu'un y jetait des seaux de billes.

C'était une cacophonie de bruits — sauvages, brutaux, et étonnamment rythmés. Elle ferma les yeux, en s'efforçant de ne penser à rien, et attendit que la fatigue la porte.

Elle somnolait quand des coups frappés à la porte de service la firent se redresser brutalement dans son lit.

Personne ne se présentait jamais à la porte de service.

À part Henry, bien sûr.

Rassurée, elle se remit à respirer normalement. Son propriétaire était passé au restaurant peu après le rush de midi et avait promis de passer dans la soirée pour refixer le carrelage décollé dans la salle de bains. Mais c'était avant l'orage, et il n'aurait pas dû être dehors par un temps pareil.

Tara se leva et enfila le peignoir en éponge bleu pâle suspendu au dos de la porte de sa chambre. Avant de sortir, elle attrapa le verre et la bougie éteinte sur la commode.

L'escalier était aussi noir qu'un puits. Elle se cramponna à la rampe de sa main libre, et descendit prudemment. Si ce vieux fou n'arrêtait pas de tambouriner sur l'encadrement de la moustiquaire, il n'aurait plus qu'à la réparer aussi. En plus, il allait être trempé, il attraperait probablement une pneumonie, et elle en entendrait parler pendant des mois.

Au rez-de-chaussée, elle prit le temps d'allumer la bougie et de la poser sur la table.

— Un instant, cria-t-elle.

Les coups persistaient, et elle prit conscience qu'Henry n'avait pas dû l'entendre à cause de l'orage. Elle alla à la porte et écarta le rideau qui masquait la partie vitrée. Vêtu de son vieux poncho de pluie, Henry était penché en avant. Elle s'acharna sur la serrure et réussit enfin à ouvrir le battant gonflé par l'humidité. Une bourrasque de vent et de pluie pénétra dans la cuisine.

— Vous êtes fou, cria-t-elle en prenant le bras d'Henry.

Elle le tira à l'intérieur. Au moins, cette vieille tête de mule avait eu le bon sens de rabattre sa capuche.

— Alice va vous tuer.

— Qui est Alice ?

Tara fit un bond en arrière et se cogna contre le buffet. L'instant d'après, l'homme se tournait, offrant son profil à la lueur de la bougie, et elle comprit son erreur.

Elle avait laissé entrer un inconnu dans sa maison.

Il était grand avec de larges épaules et, d'après ce qu'elle avait pu apercevoir de son visage, il n'était pas de bonne humeur. Puis il repoussa sa capuche et elle vit du sang couler d'une plaie à son front.

Elle poussa un cri et se mit à courir vers le couloir. Il parvint à la rattraper avant qu'elle ne franchisse la porte d'entrée. Elle venait de l'entrebâiller quand il tendit le bras par-dessus son épaule et la claqua du plat de la main.

Elle pivota brusquement, le coude dirigé vers son visage.

— Du calme, dit-il.

Elle ne se laisserait pas faire. Pas cette fois. Elle distribua coups de pied et coups de poing, mais c'était comme frapper dans un mur.

— Arrêtez, dit-il.

D'une main, il lui maintint les bras au-dessus de la tête. De l'autre, il lui saisit le menton.

— Vous allez vous blesser.

Elle ne voulait pas supplier, mais la peur fit chevroter sa voix.

— Lâchez-moi, murmura-t-elle.

Comme il n'en faisait rien, elle leva le genou. Il parvint à faire un écart. Puis il passa un bras autour de sa taille, la fit pivoter dos à lui, et la souleva. Tandis qu'elle battait vigoureusement l'air de ses jambes, il la porta jusqu'au canapé, et l'y laissa tomber sans ménagement.

Elle s'attendait à ce qu'il plonge sur elle, mais il recula, en manquant de se prendre les pieds dans la table basse.

Recroquevillée contre l'accoudoir, elle resserra son vieux peignoir. Elle se sentait nue et vulnérable, et elle avait le cœur au bord des lèvres.

Pourquoi n'avait-elle pas été plus prudente ?

Elle avait fait tellement attention depuis quatorze mois, et il avait suffi d'un instant pour réduire tous ses efforts à néant.

L'homme sortit une torche de sa poche, l'alluma, et balaya l'espace composé d'une cuisine ouverte sur un salon. Son regard s'attarda sur l'évier, et elle sut qu'il avait noté l'unique assiette et la tasse de café.

Peu importe. Elle n'avait pas l'intention de lui faciliter les choses. À la minute où il s'approcherait, elle s'emparerait de la lampe posée sur le guéridon à côté du canapé et le frapperait avec. Elle utiliserait ses ongles, ses dents, n'importe quoi…

Mais lorsqu'il bougea, ce ne fut pas vers elle.

— Je suis désolé, dit-il, en se laissant tomber dans le vieux fauteuil de cuir craquelé qui faisait face au canapé. Je ne voulais pas vous faire peur. J'ai regardé par la fenêtre du garage, et j'ai vu une camionnette. J'ai pensé qu'il y avait quelqu'un dans la maison.

— Sortez de chez moi.

— J'ai eu un accident, dit-il en désignant son front. Mon pick-up est tombé dans une ravine à environ un kilomètre d'ici. Mon portable ne fonctionne pas. Tout ce que je veux, c'est appeler un garagiste pour me tirer de ce fichu pétrin.

Était-il possible qu'il dise la vérité ?

Elle soutenait son bras replié contre ses côtes, percevant sous le tissu-éponge affiné par les nombreuses lessives l'épaisse boursouflure des cicatrices. L'humidité réveillait toujours ses vieilles douleurs. Et le fait d'avoir été brutalement poussée contre la porte n'arrangeait rien.

Son instinct lui avait soufflé de prendre la fuite. Elle avait osé se défendre quand elle s'était sentie acculée. Elle était fière d'elle.

Il n'empêche que l'inconnu n'aurait pu faire qu'une bouchée d'elle s'il l'avait voulu. Cependant, il avait battu en retraite et lui avait donné une chance de se calmer. Était-ce une ruse ?

Ou bien, se pouvait-il qu'il n'ait rien à voir du tout avec Michael ?

— Où a eu lieu l'accident ? demanda-t-elle.

— À environ un kilomètre au sud. Je me rendais à Wyattville. S'il vous plaît, dites-moi que j'allais dans la bonne direction.

Elle ne lui dirait rien. Pas avant qu'elle sache ce qu'il faisait là.

— Comment vous appelez-vous ?

— Jake Vernelli.

Il plongea la main dans la poche arrière de son jean et en sortit un portefeuille, avant de récupérer dans la poche ventrale du poncho ce qui ressemblait à une feuille de papier pliée à la hâte.

Après lui avoir tendu son portefeuille ouvert, il essaya de lisser la feuille.

Elle se pencha pour observer la photo. C'était bien lui, la plaie à la tête en moins. Cheveux noirs, peau mate, charme italien. Un mètre quatre-vingt-huit, quatre-vingt-cinq kilos. Il aurait trente-trois ans dans deux semaines, ce qui en faisait son aîné d'un an presque jour pour jour. Le nom imprimé était bien Jake Vernelli.

Elle reporta son attention sur le papier. C'était un fax envoyé par le service juridique de Chase Montgomery, le maire nouvellement élu de Wyattville. En parcourant le fax, elle se souvint de la rumeur qu'elle avait entendue au restaurant le matin même. Le maire avait appelé en renfort un ami d'enfance, pour lui demander de remplacer le chef de la police qui venait de subir un pontage cardiaque.

— Vous connaissez le chef Wilks ? demanda-t-il.

Elle hocha la tête.

— Je vais le remplacer pendant six semaines.

— Alors, vous êtes flic ? demanda-t-elle d'un ton presque agressif.

— C'est exact.

Visiblement interloqué par son attitude, il grimaça.

— Compte tenu des circonstances, ça devrait jouer en ma faveur, non ?

Pour les honnêtes citoyens qui n'avaient rien à cacher, sans doute, songea Tara. Mais il y avait bien longtemps qu'elle vivait hors la loi.

2

— Vous êtes entré chez moi par effraction, dit-elle d'un ton accusateur.

— Absolument pas ! Vous m'avez ouvert la porte.

S'il s'en souvenait, c'est que sa blessure à la tête ne devait pas être trop sérieuse.

— Si vous le dites, admit-elle du bout des lèvres.

— Comment vous appelez-vous ?

Elle n'avait pas envie de le lui dire. Il y avait quelque chose chez cet homme qui la mettait mal à l'aise. Cela devait tenir à l'intensité de son regard, à son attitude sur le qui-vive.

Était-il capable de voir des choses auxquelles les autres ne prêtaient pas attention ? Remarquerait-il un fil détaché et tirerait-il dessus jusqu'à ce que toute sa vie se détricote ?

— Tara Thompson, dit-elle, comme si elle avait prononcé ce nom toute sa vie.

Elle se leva, marcha vers le coin cuisine, ouvrit un placard, et en sortit un sachet en plastique. Puis elle ouvrit la porte du compartiment de congélation, remplit le sac de glaçon, et le lança à son visiteur.

— Vous avez une belle bosse.

— Merci, dit-il, en pressant le sac sur son front. Au fait, vous ne m'avez pas dit qui était Alice.

— Alice Fenton. Son mari et elle sont mes propriétaires. Ils vivent au croisement suivant.

Elle lissa du plat de la main le col de son vieux peignoir.

— Vous croyez que vous avez besoin de voir un médecin ?

— Pour m'entendre dire que je vais avoir un sacré mal de tête pendant deux jours ? Non, merci !

*
* *

Tranchant avec son expression sérieuse, il lui décocha soudain un sourire dévastateur qui la laissa étrangement désemparée.

Elle recula et se cogna contre l'îlot central. Il se mit à l'étudier. Et s'il n'y avait pas assez de lumière à cette distance pour qu'elle puisse distinguer ses yeux, elle devinait à l'inclinaison de sa tête, à la subtile poussée de son menton qu'il la jaugeait, qu'il se posait des questions… Bref, qu'il évaluait ses chances de lui plaire.

C'était l'attitude d'un homme intrigué par une femme, et peut-être même intéressé.

Envahie par une étrange langueur, elle resserra les pans de son peignoir et tira sur la ceinture. Les pointes de ses seins durcies subissaient le frottement délicieux de l'étoffe usée, et elle imaginait déjà les mains caressantes de l'inconnu sur la rondeur pleine de sa poitrine.

Soulagée que l'obscurité lui dissimule la vive émotion qu'elle ressentait à cet instant, elle sortit une trousse de premier secours du placard sous l'évier, et revint la déposer sur la table basse, à côté de la bougie qui se consumait lentement.

— Vous devriez désinfecter cette plaie. Il y a de l'eau oxygénée et des compresses.

Tandis qu'elle retournait à son poste d'observation dans la cuisine, il ouvrit un sachet de compresses, et inclina dessus la bouteille de verre marron. Puis il s'essuya rapidement le front et se leva pour aller jeter la gaze souillée dans la poubelle au bout de l'îlot.

Tara eut un haut-le-cœur. Elle détestait le sang. Jamais elle ne pourrait oublier les flots de sang qui coulaient de son bras, se répandant sur le sol.

— Merci, dit-il.

— Je vous en prie.

Pense à autre chose, s'exhorta-t-elle.

Généralement, ce conseil fonctionnait. Mais quand Jake se frotta la joue d'un geste absent, elle en ressentit les effets au creux de son ventre, comme si la main de l'homme avait couru sur son propre corps.

Cette réaction n'avait pourtant pas lieu d'être. C'était un inconnu. Un flic.

Et malgré tout, elle ne pouvait s'empêcher de se demander ce qu'elle éprouverait à être de nouveau enlacée avec force par un homme, à sentir le frottement de ses doigts calleux sur la soie chaude et vivante de son intimité…

— À propos de ma voiture ? demanda-t-il.

Brutalement ramenée à la réalité, Tara déglutit avec peine.

— Bien sûr. Toby Wilson possède le garage local. Il vend de l'essence et fait quelques réparations de base. Il lui arrive de travailler tard certains soirs, et vous aurez peut-être de la chance.

Au moment où elle s'approchait du téléphone pour composer le numéro, il sonna.

— Allô ? répondit-elle d'un ton hésitant, car il était rare qu'elle reçoive des appels.

— Tara, c'est Frank Johnson. Il y a eu un problème en ville.

Ses doigts se crispèrent autour du combiné.

— Quel genre de problème ?

— Eh bien, on dirait que quelqu'un a endommagé votre porte et cassé la vitrine. Je n'ai pas l'impression qu'ils sont rentrés, mais je ne suis pas sûr.

Tara eut l'impression qu'elle ne pouvait plus respirer, plus penser. Cela faisait un moment maintenant qu'elle était installée à Wyattville, et il ne s'était rien passé. Pourquoi maintenant ?

— Tara ? insista Frank.

— J'arrive.

Elle raccrocha et pivota sur ses talons, manquant heurter le nouveau chef de la police.

— Que se passe-t-il ?

— Je possède un café-restaurant en ville. Il y a eu des dégâts.

— À cause de l'orage ?

— Non. Enfin, pas d'après ce que dit Frank Johnson. C'est le propriétaire de la droguerie voisine.

Elle essayait de parler lentement, calmement, mais c'était impossible. Quatorze mois plus tôt, dans un accès de rage, Michael avait déchiré ses vêtements et saccagé son mobilier.

Avait-il trouvé une nouvelle façon de la tourmenter en vandalisant son affaire ?

Elle n'avait pas envie de fuir de nouveau.

— Tara ?

Elle le dévisagea avec hébétude.

— Vous semblez à des millions de kilomètres d'ici.

Treize mille kilomètres, exactement. Mais était-ce suffisamment loin ?

— Je dois y aller.

Elle balaya du regard la cuisine à peine éclairée, en se demandant où elle avait déposé son sac. Cela n'avait pas d'importance. Elle prit ses clés sur l'îlot et se dirigea vers la porte.

— Vous ne voulez pas vous habiller avant ? suggéra-t-il.

Bien sûr. Elle devait arrêter de paniquer. Si Michael l'avait retrouvée, elle allait avoir besoin de tout son sang-froid.

Et pour commencer, elle devait se débarrasser de Jake Vernelli.

— Je peux vous déposer chez le garagiste en passant, proposa-t-elle.

Il haussa les épaules.

— Quelque chose me dit que je vais devoir prendre mes fonctions plus tôt que prévu.

— Mais, et votre pick-up ?

— Faites-moi confiance, il ne risque pas de s'envoler.

Quelle guigne ! Elle n'allait pas réussir à s'en dépêtrer. Mais elle n'avait pas le temps de s'en préoccuper maintenant.

Elle alluma une autre bougie, garda ses clés serrées au creux de sa main pendant qu'elle cherchait un autre verre, et s'en servit pour trouver son chemin jusqu'à l'étage, où elle enfila des sous-vêtements, un jean et un chemisier blanc à manches longues.

Lorsqu'elle revint dans le salon, Jake l'attendait près de la porte de service.

Elle glissa les pieds dans les mocassins encore humides qu'elle avait portés un peu plus tôt. Lorsqu'elle fit un mouvement vers la porte, il posa la main sur son bras. Une onde de chaleur remonta jusqu'à sa poitrine, et son cœur se mit à battre plus vite. Elle frissonna et baissa les yeux de peur qu'il ne devine l'étrange faiblesse qui l'envahissait, l'envie folle qu'elle avait soudain de se blottir contre lui.

— Ça va aller ? demanda-t-il. Vous vous sentez capable de conduire ?

— Oui.

Il n'insista pas et souffla les deux bougies. Puis ils s'élancèrent sous les trombes d'eau. Il ouvrit la porte du garage avant qu'elle ait eu le temps de s'en approcher.

— Sortez la camionnette, dit-il. Je refermerai derrière vous.

Garée en travers de la route, une voiture de police barrait le passage. Les réverbères étaient allumés et plusieurs fenêtres étaient éclairées, indiquant que le centre de Wyattville avait été épargné par la panne d'électricité.

Tara donna un brusque coup de volant à droite, s'arrêta sur un emplacement de stationnement, et bondit hors de la voiture.

Un homme d'une soixantaine d'années qui se tenait sur le seuil de la droguerie la vit et lui fit un signe de main. Elle fit quatre pas avant que Jake ne la rattrape.

— Restez derrière moi.

Jake remarqua le bref moment d'indécision et envisagea de la prendre à bras-le-corps. Compte tenu des courbes qu'il avait entraperçues sous son fin peignoir, et qui étaient à présent moulées dans un jean et un chemisier ajustés, ce ne serait pas un trop grand sacrifice.

— Bien, dit-elle entre ses dents serrées.

Il avança rapidement, Tara sur les talons. Heureusement, la plupart des magasins avaient des auvents, et ils purent rester à l'abri de la pluie tandis qu'ils progressaient vers l'homme qui les attendait devant sa boutique.

— Monsieur Johnson ? demanda Jake.

— Oui. Qui êtes-vous ?

— Jake Vernelli.

Le vieil homme sourit.

— Le remplaçant. Je fais partie du conseil municipal, et laissez-moi vous dire que nous sommes sacrément contents de vous avoir. Mais je ne voudrais pas que vous vous fassiez de fausses idées. Wyattville est un endroit très calme.

Tara s'avança.

— Que s'est-il passé, Frank ?

— L'agent Hooper est passé vers 21 heures, et tout était normal. Mais quand il a terminé sa ronde vers 22 heures, il a remarqué que quelque chose clochait. J'étais resté tard au magasin, et je l'ai vu qui inspectait la porte. Je vous ai appelée tout de suite.

Jake ajusta légèrement son angle de vision. La partie basse de la porte à deux battants du Nel's Café était en bois, et la partie supérieure en verre dépoli. À environ cinq centimètres au-dessus de la jonction entre les deux, il y avait un trou rond, à peu près comme celui qu'aurait pu faire une balle de base-ball. Tout autour, le verre s'était craquelé.

Jake se rapprocha et se pencha pour essayer de voir par le trou. Il faisait sombre à l'intérieur. De chaque côté de la porte se trouvaient deux grandes vitrines, mais les stores étaient tirés, bloquant l'éclairage fourni par les réverbères.

— Drôle de temps pour traîner dehors et jouer les vandales, remarqua Frank. Probablement des gamins qui n'avaient rien de mieux à faire.

— Sans doute, dit Tara.

Et Jake n'y aurait probablement pas songé davantage s'il n'avait pas jeté un bref coup d'œil par-dessus son épaule. Ce fut son regard qui lui serra le cœur. Son expression faisait penser à celle d'un animal traqué.

Un jeune agent en uniforme beige s'approcha. Ses cheveux bruns en brosse avaient la coupe réglementaire, mais son visage empourpré et couvert de sueur n'inspirait pas vraiment confiance.

Un bleu. C'était ainsi que Charles lui avait décrit Andy Hooper. Et le pauvre garçon avait effectivement l'air dépassé par les événements.

Frank Johnson s'avança.

— Andy, voici ton nouveau supérieur, Jake Vernelli.

Andy tendit la main.

— Ravi de vous rencontrer, chef. M. le maire nous a dit le plus grand bien de vous.

Jake lui serra la main.

— Ravi également. Racontez-moi un peu ce qui s'est passé ici ce soir.

Le jeune agent ouvrit son carnet de notes.

— La porte de devant est endommagée. La porte de service n'a pas été touchée. Apparemment, personne n'est entré. J'attendais l'arrivée de Mme Thompson avec la clé pour vérifier à l'intérieur. Voilà, c'est tout. Ah oui, et il n'y a pas de témoins.

Le gosse avait besoin de consulter ses notes pour si peu ? Jake retint un soupir. Ces six semaines promettaient d'être les plus longues de sa vie.

Ses clés à la main, Tara se dirigea vers la porte.

Jake savait qu'un quelconque danger était peu probable. Un intrus aurait dû passer son bras par le trou pour atteindre le verrou à l'intérieur, provoquant un bris de glace plus important. Cependant, il avait vu beaucoup de choses étranges durant sa carrière.

— Attendez que l'agent Hooper et moi ayons vérifié, dit-il, en tendant la main pour qu'elle y dépose ses clés.

Il sortit son arme de la ceinture de son jean, et décela immédiatement la question dans les yeux de Frank : « Est-ce vraiment nécessaire ? » Bon sang, il n'en avait pas la moindre idée. Mais le temps n'était pas si loin où il avait été trop lent à sortir son arme, et il n'avait pas l'intention de commettre de nouveau cette erreur.

Il déverrouilla la porte et repoussa le battant d'un coup de pied, laissant entrer la lumière de la rue. Il put ainsi observer l'intérieur du restaurant. Il y avait des tables au milieu, des banquettes en alcôves de part et d'autre le long du mur, et une allée centrale menant à un long comptoir flanqué de huit tabourets.

— Je vais jeter un œil dans la cuisine, dit-il. Restez là, ordonna-t-il à Andy.

Il se dirigea vers la porte battante à l'arrière de la salle.

Mais, au lieu de la franchir, il passa derrière le comptoir et se pencha pour regarder par le passe-plat.

Les veilleuses de sécurité éclairaient d'un lugubre halo jaunâtre l'évier, le gril et le fourneau d'un côté, l'armoire réfrigérée et le plan de travail de l'autre. À côté de l'évier, derrière une demi-cloison, se trouvait le lave-vaisselle et plus loin une porte de service qui semblait intacte. Il alla s'en assurer et signala à Andy qu'il pouvait faire entrer Tara.

Le temps qu'il revienne dans la salle, elle se tenait devant la caisse enregistreuse. Le tiroir était ouvert et les cases étaient vides.

— Vous gardez de l'argent ici ? demanda-t-il.

Tara eut un signe de dénégation.

— Après la fermeture, je dépose la recette du jour à la banque. Je garde juste ce qu'il faut pour démarrer la caisse le matin, mais je le cache dans la cuisine.

— Dans le congélateur, je parie.

Elle eut un sourire qui fit pétiller ses yeux — ses très jolis yeux vert mousse qui s'accordaient admirablement à ses cheveux blond vénitien coupés aux épaules.

— Trop évident. Je le mets dans la cuve du mixeur.

— Allez vérifier s'il est toujours là.

Il actionna un interrupteur et regarda autour de lui. La décoration n'était pas très recherchée, mais c'était propre et chaleureux. Il prit machinalement un menu, le parcourut rapidement, et s'étonna de voir combien les prix étaient raisonnables.

Finalement, les petites villes n'avaient pas que de mauvais côtés.

Sur ce constat, il se mit au travail, et il ne lui fallut pas longtemps pour trouver la balle de base-ball coincée sous l'une des banquettes recouvertes de skaï rouge.

— Andy, vous avez un sachet pour les pièces à conviction dans votre voiture ?

— Oui, chef.

— Jake, ça suffira. Allez le chercher.

— Bien, chef.

Le gamin revint si rapidement avec un sac, des gants et un appareil photo que Jake fut quasi certain qu'il avait couru.

Il essaya de se souvenir si lui aussi avait été anxieux de bien faire. En tout cas, il avait passionnément aimé son métier et jamais il n'aurait cru qu'un jour viendrait où il envisagerait de faire autre chose.

Il prit quelques clichés, avant d'enfiler les gants et de ramasser la balle avec précaution. Il venait de la déposer dans le sachet quand Tara s'approcha.

— Nous allons faire un relevé d'empreintes, expliqua-t-il, mais s'il s'agit de mineurs, ils n'auront pas de casier.

— C'est quelque chose que feraient des gamins, n'est-ce pas ?

Il haussa les épaules.

— Allez savoir. Vous avez eu un différend avec quelqu'un récemment ? Un employé que vous auriez renvoyé, par exemple ?

Elle secoua la tête.

— J'ai bien un plongeur qui est parti, mais je ne l'ai pas renvoyé. C'est lui qui a démissionné.

— Pour quelle raison ?

— Je n'en sais rien. J'aurais aimé qu'il me prévienne à l'avance, mais il s'est contenté de laisser un message sur mon répondeur disant qu'il ne reviendrait pas. J'espère qu'il a trouvé un meilleur emploi. Il avait pris celui-ci faute de mieux, après avoir été licencié quand son entreprise s'est délocalisée en Chine.

Plongeur. Ce n'était certes pas un choix de carrière qui était venu à l'esprit de Jake quand il restait éveillé jusqu'à 2 heures du matin, à se demander ce qu'il allait bien pouvoir faire s'il ne pouvait plus être flic.

— Son nom ?

— Donny Miso.

Facile à se rappeler. Jake se dirigea vers la porte d'entrée et prit quelques photos supplémentaires, puis il tendit l'appareil à Andy.

— Je m'occupe du reste. Vous pouvez aller dégager la rue.

Jake regarda s'éloigner le jeune agent d'un œil dubitatif. Lorsqu'il fut presque arrivé à la voiture de patrouille, il se tourna vers Tara.

— Quelque chose me dit qu'il n'a pas souvent l'occasion d'utiliser la sirène et le gyrophare.

Elle esquissa un sourire.

— Il est plein de bonne volonté. On ne peut pas lui retirer ça.

Elle se pencha pour ramasser un morceau de verre et sursauta presque aussitôt, en poussant un petit cri. Elle s'était entaillé le bout du doigt.

Tétanisée, elle fixait le sang qui coulait de la blessure quand Jake s'approcha et lui prit le poignet pour y voir de plus près.

— Allez laver ça, dit-il. Je vais nettoyer les débris de verre.

— Ce n'est pas nécessaire, protesta-t-elle mollement.

Elle s'éloigna d'une démarche hésitante vers la cuisine. Il la suivit.

— Que faites-vous ? demanda-t-elle, en regardant par-dessus son épaule.

Il décida que la vérité était préférable.

— Je m'assure que vous ne tombiez pas dans les pommes.

Elle redressa fermement les épaules.

— Je ne suis pas du genre à m'évanouir.

— D'accord.

Il revint vers l'avant de la salle et ramassa les plus gros morceaux de verre, tout en tendant l'oreille vers la cuisine, en quête d'un bruit insolite.

Il avait presque terminé quand une ombre apparut sur le seuil. Relevant la tête, il aperçut Frank.

— J'ai apporté une planche de contreplaqué pour clouer au-dessus de la vitre, expliqua le voisin.

— Parfait.

Jake le rejoignit à l'extérieur et il ne fallut que quelques minutes aux deux hommes pour fixer le panneau.

Quand ce fut fini, Frank lui serra la main.

— Avec tout ça, je ne vous ai même pas souhaité la bienvenue. Et il faut aussi que je vous dise que ma fille, Lori Mae, occupe le poste de régulateur de jour et assure le secrétariat du poste de police. Si vous avez besoin d'un renseignement, elle vous le fournira.

Le vieil homme lui adressa un sourire chaleureux.

— Et si je peux vous aider, ce sera avec plaisir. D'ailleurs, si vous avez le temps demain, j'aimerais vous inviter à boire un café ici, vers 10 heures, par exemple.

— Avec plaisir, répondit Jake.

Lorsqu'il retourna à l'intérieur, Tara l'attendait près de la porte.

— Vous n'avez pas chômé, remarqua-t-elle.

— Frank m'a aidé. Il a l'air d'un brave type.

Tara hocha la tête.

— Quand j'ai ouvert, il y a quatorze mois, il a été mon premier client. Et depuis, il prend son petit déjeuner ici tous les jours.

— Vous avez grandi à Wyattville ?

— J'ai déménagé de Floride.

Il avait passé cinq des pires semaines de sa vie à Miami, en infiltration dans un gang de trafiquants.

— Où ça, en Floride ?

Il se faisait peut-être des idées, mais il lui sembla qu'elle marquait une légère hésitation.

— J'ai beaucoup bougé, répondit-elle évasivement.

Puis elle s'empressa de changer de sujet.

— Vous savez, je suis vraiment fatiguée. J'aimerais terminer rapidement ici et rentrer chez moi.

À vrai dire, Jake se moquait un peu de connaître l'histoire de sa vie. Elle avait beau être tout à fait charmante, il n'était que de passage.

Dans six semaines, il aurait payé sa dette à Chase. Et alors, adieu Wyattville, bonjour Minneapolis.

— Il faut quand même que je discute avec Toby Wilson, à propos de Veronica. Ma voiture, ajouta-t-il rapidement.

Sans paraître surprise qu'il ait donné un nom à son pick-up, elle prit un stylo près de la caisse enregistreuse, tira une serviette en papier du distributeur posé sur le comptoir, y griffonna un numéro, et lui signala qu'il y avait un téléphone dans la cuisine.

Pour la seconde fois, Jake consulta les instructions pour se rendre chez Chase Montgomery.

— D'après mes calculs, remarqua-t-il, la maison de Chase devrait se trouver à cinq cents mètres d'ici. J'appellerai sur place.

— Je croyais que le maire était en visite chez ses parents.

— C'est exact. Il doit revenir dans deux semaines. Je vais habiter chez lui pour la durée de mon remplacement.

Il commença à se diriger vers la porte, et ajouta :

— Au fait, prenez garde aux cerfs en rentrant chez vous.

Une fois encore, il surprit le regard angoissé que Tara portait vers la rue, et quelque chose lui dit que l'objet de ses craintes n'avait pas quatre pattes.

3

Il faisait encore sombre quand Tara se réveilla. Les chiffres verts de son réveil clignotaient, preuve que l'électricité était revenue à un moment ou à un autre de la nuit.

Elle tendit la main vers l'interrupteur de la lampe posée sur la table de chevet et consulta sa montre. 4 h 55.

D'un mouvement souple, elle s'étira et roula hors du lit. Après un bref passage par la salle de bains, elle enfila un short et un T-shirt, laça ses chaussures de sport, et descendit l'escalier en sautillant.

Elle essayait de courir au moins trois fois par semaine, généralement avant le travail. Quand elle était en forme, elle pouvait aller jusqu'à l'entrée de Wyattville, faire demi-tour, prendre une douche, et en prime s'offrir le luxe d'arriver au restaurant avec dix minutes d'avance.

Elle attrapa une bouteille d'eau en passant devant le réfrigérateur et ouvrit la porte de service.

Le soleil ne s'était pas encore levé, mais la nuit s'estompait, enveloppant la campagne paisiblement endormie d'un voile bleu-gris.

Elle trotta pendant les premiers cinq cents mètres, puis elle accéléra le rythme.

À chaque foulée, elle se sentait plus forte, plus confiante.

Elle ne courait pas quand elle vivait à Washington. D'ailleurs, elle faisait rarement du sport, préférant passer le peu de temps libre qu'elle avait avec Michael. Mais, peu après s'être installée à Wyattville, elle avait soudain éprouvé le besoin de se mettre au jogging et de soulever des poids.

Ce n'était pas par crainte de ne plus pouvoir fermer son jean.

Non, elle voulait simplement développer sa force musculaire. Dans l'hypothèse où Michael parviendrait à la retrouver, elle devait être préparée mentalement et physiquement.

Sur le plan psychologique, ce n'était pas facile mais elle faisait des progrès. Elle avait cessé de faire des cauchemars depuis plusieurs mois, et ce n'était déjà pas si mal.

Normalement, courir lui vidait la tête. Il n'y avait pas de place pour des broutilles comme un robinet qui fuit ou un thermostat de four capricieux. Elle était concentrée sur la cadence de ses pas, le rythme de sa respiration, et la satisfaction extrême de repousser ses limites.

Une liberté totale de pensées, il n'y avait pas mieux.

Mais aujourd'hui, rien n'allait comme elle le voulait. Elle était fatiguée, sur les nerfs, et s'en voulait de s'infliger une telle dose de stress pour une vitre brisée. Ce n'était quand même pas un cambriolage à main armée. Elle n'avait pas risqué sa vie…

Elle était en train de devenir une vraie poule mouillée.

Il fut pourtant un temps où le crime faisait partie de son quotidien. Elle en avait parlé, l'avait commenté… Elle en avait même plaisanté parfois. La plupart des reporters du journal le faisaient, même si peu d'entre eux l'admettraient. Bien évidemment, la criminalité n'avait rien d'un sujet hilarant, mais en rire était souvent la seule façon de décompresser.

Voilà de quoi sa vie était faite avant Wyattville. Aujourd'hui, elle parlait de la météo, se plaignait de l'augmentation du prix des fruits et légumes, et se forçait à rire aux blagues stupides que lui racontaient ses clients.

Elle n'en revenait toujours pas de la façon dont la transaction s'était faite. Nel's Café, situé sur Main Street, avait été mis en vente une semaine avant qu'elle ne fasse étape à Wyattville durant sa cavale vers nulle part. Elle avait jeté un coup d'œil au charmant petit café-restaurant et l'avait payé comptant deux jours plus tard. Elle y avait englouti presque toutes ses économies, mais elle avait eu l'impression que c'était la seule décision possible.

Et durant les quatorze mois qui venaient de s'écouler, il n'y avait pas eu un jour où elle ne s'était pas félicitée de son audace. Elle avait une raison de se lever, de faire un effort pour être présentable, de travailler dur.

Une raison d'oublier. Même si certains souvenirs étaient plus difficiles que d'autres à déloger.

Elle fit quelques moulinets de bras pour assouplir ses muscles. Comme d'habitude, elle portait des manches longues. Même si elle avait chaud en courant, ou si la température de la cuisine du restaurant devenait suffocante, elle ne laissait jamais personne voir les dégâts.

Cela donnerait lieu à trop de questions, trop de spéculations. Elle n'avait pas non plus besoin de ce rappel constant. Quoi qu'elle n'eût pas besoin de regarder les deux cicatrices qui s'étiraient du poignet au coude pour se rappeler la douleur intolérable, la terreur absolue. Le chirurgien orthopédique lui avait dit que les traces roses et boursouflées continueraient à s'estomper jusqu'à devenir un jour complètement blanches et lisses.

Elle ne savait pas si c'était vrai. Son bras avait meilleure allure, même si les cicatrices étaient toujours hideuses.

Et, d'une certaine façon, elle préférait qu'une trace de son agression demeure. Cette blessure lui avait fait comprendre que Michael finirait un jour par la tuer.

C'était le déclic dont elle avait eu besoin pour quitter son fiancé. Pour quitter sa vie.

Sinon, elle serait devenue un de ces faits divers qu'ils relataient dans l'édition du matin. Un de ceux dont ils riaient ou qu'ils commentaient avec un hochement de tête de commisération.

Elle s'était inventé une nouvelle vie, ici à Wyattville. C'était différent, mais elle n'était pas malheureuse.

Et surtout, elle était en sécurité.

L'air estival était déjà chargé d'humidité, et la sueur coulait sur son front et le long de son dos. Il y avait à peine un souffle d'air sur ses jambes nues. Elle but une gorgée d'eau et força le rythme.

Elle était à moins d'un kilomètre de Wyattville lorsqu'elle vit apparaître au loin une voiture. Sans changer d'allure, elle continua à avancer et, s'attendant à croiser un voisin, agita amicalement la main. La voiture fit alors un écart et se dirigea droit vers elle.

Jake avait désespérément besoin d'un café. Dans ses meilleurs jours, il était généralement incapable de soutenir une conversation avant d'avoir bu au minimum deux tasses de son poison favori. Et il n'était pas au mieux de sa forme aujourd'hui.

Il avait mal dormi. Et s'il était tenté de blâmer le dépaysement — un lit inconnu dans une maison inconnue — et la perspective de passer six semaines à se morfondre dans ce trou perdu, quelque chose lui disait qu'il fallait chercher l'explication ailleurs. Par exemple, du côté d'une jolie rousse aux yeux verts.

Chase lui avait laissé un mot pour lui souhaiter la bienvenue, les clés du 4x4 de fonction réservé au chef de la police, et deux uniformes beiges semblables à celui d'Andy Hooper.

Quinze minutes après avoir posé le pied par terre, s'être douché, et avoir enfilé la tenue réglementaire, il se trouvait dans sa voiture et se dirigeait vers le Nel's Café. La veille, il avait vu la pancarte sur la porte indiquant que l'établissement ouvrait à 6 heures et fermait à 15 heures.

Il se gara, sortit de voiture, et vit que les stores étaient relevés. La salle était encore vide mais il pouvait apercevoir de la lumière dans la cuisine et quelqu'un qui se déplaçait. Une femme. Mais définitivement plus petite et plus corpulente que Tara.

Oh ! il n'était pas déçu de ne pas la voir. Non, absolument pas.

Il envisagea de retourner attendre dans sa voiture, mais la fraîcheur et le calme du matin étaient tentants, et il décida plutôt de prendre appui contre le mur.

Quelques minutes à peine s'étaient écoulées quand un vieil homme apparut au coin de la ruelle desservant l'arrière-cour du restaurant.

— Bien le bonjour, dit-il. Nicholi Bochero. J'habite au-dessus du restaurant.

— Jake Vernelli.

— J'avais deviné. Andy est mon petit-fils, et il m'a parlé

de vous hier soir. Il ne devrait pas tarder à arriver. On prend toujours notre petit déjeuner ensemble.

Les portes du Nel's Café s'ouvrirent. Une femme enveloppée dans un tablier blanc porté sur un pantalon et un chemisier bleu nuit leur fit signe d'entrer. Ses cheveux gris étaient coupés très court, presque à la militaire, et son visage était sillonné de rides profondes.

— Euh… bonjour, Janet. Comment… hmm… ça va, ce matin ? demanda Nicholi, soudain rougissant et emprunté.

— Bah, on fait aller, marmonna l'intéressée, avant de leur tourner le dos.

Tandis que Nicholi se hissait péniblement sur l'un des tabourets qui s'alignaient le long du bar, Janet lui servit son café. Il la remercia d'un signe de tête et suivit chacun de ses mouvements. De son côté, Janet se donnait beaucoup de mal pour ne pas le regarder.

Songeant avec amusement qu'il y avait anguille sous roche, Jake prit place à côté de Nicholi, acquiesça tandis que Janet levait la verseuse de café dans sa direction, et faillit pousser un soupir de soulagement après avoir bu sa première gorgée.

— Alors comme ça, c'est vous le nouveau chef de la police ? demanda Janet.

— Par intérim, corrigea immédiatement Jake.

Heureusement, la situation n'était pas définitive. S'il devait finir sa carrière ici, il périrait d'ennui avant d'avoir atteint l'âge de la retraite.

La porte s'ouvrit et l'agent Hooper entra. Son visage était fraîchement rasé et, avec son air poupin et sa peau rougissante, il avait l'air d'avoir seize ans.

— Bonjour, chef.

Jake jugea inutile de le reprendre. Apparemment, il n'obtiendrait jamais qu'Andy l'appelle par son prénom. Il n'empêche, une telle déférence de la part d'un gamin, ça lui donnait un fichu coup de vieux.

— Bonjour, Andy.

Le jeune agent passa derrière Jake, tapota gentiment le dos de son grand-père, et prit place sur le tabouret voisin de celui du vieil homme.

— Où est Tara ? demanda-t-il.

— Je ne sais pas, répondit Janet. Quand je suis arrivée, j'ai vu qu'elle n'était pas là et j'ai appelé chez elle. Ça ne répondait pas, alors j'ai pensé qu'elle devait être en route. Mais dans ce cas, elle devrait déjà être là depuis quinze minutes.

Jake essaya d'ignorer le sentiment de malaise qui prenait naissance au creux de son estomac, mais il ne put balayer le souvenir de la peur qu'il avait lue dans les yeux de Tara Thompson, bien qu'elle fît tout pour la cacher.

— Elle n'est jamais en retard, remarqua Andy.

— Tu as raison, mon garçon, approuva Nicholi. Même quand nous avons eu soixante centimètres de neige en janvier.

Jake se leva précipitamment et jeta un billet sur le comptoir.

— Vous me rendriez un grand service en me donnant un gobelet à emporter.

— Vous allez chercher Tara ? demanda Janet.

Il hocha la tête.

Elle repoussa le billet d'un dollar vers lui, et remplit un gobelet grand modèle de café frais.

— C'est la maison qui offre.

Huit cents mètres après la sortie de la ville, Jake aperçut un vélo couché sur le côté. Il ralentit pour mieux voir, et remarqua un homme à genoux sur le bas-côté.

Il y avait une femme étendue sur le sol. Jake vit des cheveux blond vénitien et s'arrêta dans un crissement de pneus.

Il entendit du bruit derrière lui mais ne prit pas la peine de regarder. Andy Hopper avait décidé de le suivre, et il n'avait pas perdu de temps à lui donner un contre-ordre.

L'homme tapotait la main de Tara. Elle avait les yeux fermés et tenait un mouchoir ensanglanté sous son nez.

Jake tomba à genoux dans l'herbe.

— Tara. C'est Jake Vernelli. Vous m'entendez ?

Elle ouvrit les paupières et fit un effort pour s'asseoir.

— Je vais bien, dit-elle, la voix étouffée par le mouchoir.

À d'autres ! songea Jake. Elle avait des griffures sur les jambes et une entaille sur le genou droit. Il y avait aussi des taches de sang sur son T-shirt, dont il espérait qu'elles provenaient de son nez.

— Ne bougez pas, lui ordonna-t-il.

Tous les flics possédaient des rudiments de secourisme. Il lui prit le poignet. Son pouls était un peu rapide, mais il n'y avait rien d'alarmant. Il se pencha et vérifia ses pupilles. Rien à signaler de ce côté-là non plus.

— Quelles sont vos blessures ?

— Ce ne sont que des égratignures. Il n'y a pas de quoi s'affoler.

Elle regarda par-dessus son épaule.

— Salut, Andy.

— Je pensais que vous auriez besoin de renfort, chef, expliqua-t-il. Ça va, Tara ? Vous êtes dans le même état que mon chien quand il s'est battu avec un raton laveur.

Jake sentait monter le mal de tête, mais il résista à l'envie de se masser le front.

— Que s'est-il passé ?

— Je courais. Une voiture qui venait en face a perdu le contrôle, et j'ai dû sauter dans le fossé.

Elle disait cela comme si ça n'avait vraiment aucune importance. Jake sentit le café provoquer des remous dans son estomac vide. Il s'adressa à l'inconnu au vélo.

— Qui êtes-vous ?

Tara s'assit. Elle écarta le mouchoir de son nez et le déposa derrière elle. Sans le regarder.

— Jake, je vous présente Gordon Jasper. C'est un bon client. Il a eu la gentillesse de me prêter son mouchoir. Gordon, voici Jake Vernelli, le remplaçant du chef Wilks.

Jake salua Gordon d'un signe de tête.

— Vous avez assisté à la scène ?

— Je venais d'attaquer la colline à vélo, et j'ai aperçu Tara qui courait au loin devant moi. Une voiture venait vers nous. Il n'y avait rien d'anormal, jusqu'à ce qu'elle bifurque brutalement vers Tara. De là où j'étais, j'ai cru qu'elle avait été touchée. Vous imaginez mon soulagement quand je l'ai découverte en un seul morceau.

— L'un de vous a pu voir sa plaque ?

— Non, dit Tara.

— Moi non plus, ajouta Gordon. Mais je sais qu'elle était blanche. Une berline à quatre portières. Peut-être une Buick.

— Le conducteur était un homme ou une femme ?

Gordon eut une mimique désolée.

— Je ne pourrais pas le dire.

Tara secoua la tête.

— Ce n'est pas grand-chose, mais je vais quand même lancer une recherche, déclara Andy. Nous aurons peut-être de la chance.

Voyant que Tara essayait de se lever, Jake lui tendit la main pour l'aider. Après une brève hésitation, elle la prit. Sa peau était douce et tiède, et il sentit son propre pouls s'accélérer légèrement. Mais son cœur marqua un brusque arrêt quand il vit du sang à l'arrière de sa tête.

— Tara, dit-il en la prenant par la taille pour la soutenir, ne faites pas d'efforts. Vous avez une blessure à la tête.

Elle trébucha.

— C'est vrai ?

Elle leva le bras et tâta son crâne. Lorsqu'elle regarda ses doigts et vit le sang, elle devint si pâle que Jake eut peur de la voir s'évanouir. Il la sentait fragile et vulnérable, et il aurait bien voulu passer cinq minutes avec le fichu lâche qui ne s'était même pas arrêté pour l'aider.

Il passa derrière elle et écarta doucement ses cheveux. Elle avait une petite coupure près de l'oreille. Il y avait beaucoup de sang, mais il savait que les blessures à la tête saignaient toujours beaucoup, sans que cela soit le signe d'un traumatisme sévère.

— On dirait que vous vous êtes entaillé le cuir chevelu sur une pierre. Ça va aller.

Voulant la rassurer, il ajouta :

— Le médecin vous confirmera certainement que vous n'avez pas besoin de points de suture.

Elle se tourna pour le dévisager, les yeux écarquillés.

— Il n'est pas question que je voie un médecin !

— Vous pourriez avoir une commotion cérébrale. Vous devez vous faire examiner.

— Non.

— Je peux au moins vous reconduire chez vous pour que vous désinfectiez la blessure ?

Une fois sur place, il y regarderait de plus près et, au besoin, il la jetterait dans la voiture et la conduirait à l'hôpital le plus proche.

Elle déglutit avec peine.

— Je veux bien.

Se tournant vers Gordon, elle ajouta :

— Nous pouvons vous déposer ?

— Non, merci. Vous savez que je déteste tout ce qui possède un moteur. En tout cas, je suis content de voir que vous n'avez rien.

Tandis qu'il remontait en selle, Jake soutint Tara jusqu'à la voiture, auprès de laquelle les attendait Andy.

— J'ai passé l'information à Lori Mae. Les forces de police des quatre comtés environnants sont en alerte pour retrouver la voiture.

Il adressa un chaleureux sourire à Tara.

— Heureusement que le chef Vernelli a décidé de partir à votre recherche.

Tara l'observa d'un air peu amène.

— Pourquoi avez-vous fait ça ?

Il pouvait difficilement lui répondre qu'il n'avait pas cessé de penser à elle depuis qu'elle lui avait ouvert sa porte en pleine nuit.

Il haussa les épaules.

— Je suis flic. Ça fait partie de mon travail.

Il lui fallut quelques secondes, mais elle se résolut finalement à lui sourire.

— Je suis désolée. Je crois que nous sommes partis du mauvais pied, et je n'ai pas encore totalement retrouvé mes esprits.

Dans ce cas, ils étaient deux. Il avait lui-même la tête un peu tournée et manquait de souffle.

Il ouvrit la portière passager, et aida Tara à se hisser à bord du 4x4.

— Andy, je raccompagne Tara chez elle. Allez prendre votre petit déjeuner avec votre grand-père.

*
* *

Le court trajet jusqu'à la ferme se fit en silence. Jake n'avait pas encore coupé le moteur que Tara se ruait hors de la voiture. Il la rejoignit sur les marches de la terrasse de bois et attendit qu'elle écarte la moustiquaire et déverrouille la porte.

— Merci, dit-elle en tournant brièvement la tête vers lui.

On lui signifiait son congé, et il n'aimait pas ça.

— Je devrais peut-être entrer. On ne sait jamais, vous pourriez tomber sous la douche.

— Ça n'arrivera pas.

Étant donné qu'il était déjà entré une fois de force chez elle, il recula et s'assit sur les marches.

— Si vous n'êtes pas ressortie dans vingt minutes, je viens vous chercher.

Elle se mordilla la lèvre, hésitante, et finit par hausser les épaules.

— Si vous n'avez rien de mieux à faire…

Elle se tourna, poussa la porte et, après un temps d'hésitation, lança par-dessus son épaule :

— Puisque vous êtes là, vous voulez bien surveiller que personne n'entre pendant que je suis sous la douche ?

C'était une demande anodine, faite sur un ton détaché…

Peut-être un peu trop détaché, d'ailleurs.

— Vous attendez quelqu'un ?

— Non, mais une fois arrivé en ville, Gordon risque de propager la nouvelle, et il ne serait pas étonnant que des gens viennent prendre de mes nouvelles.

Ce n'était pas dénué de logique, mais Jake sentait que quelque chose n'allait pas.

— D'accord. Personne ne franchira le barrage, plaisanta-t-il.

Elle ne sourit pas, mais il eut le temps de lire du soulagement dans ses yeux avant qu'elle ne lui tourne le dos.

4

Dix-sept minutes plus tard, Tara tournait le verrou et s'avançait sur le porche, vêtue d'une jupe en jean bleu délavé et d'un T-shirt blanc à manches longues.

Elle avait l'air jeune, fraîche et innocente, et Jake se reprocha de penser qu'elle lui cachait probablement quelque chose.

— Asseyez-vous, dit-il en désignant les marches.

Il écarta ses cheveux pour observer la coupure. Une odeur de framboise montait de sa peau ou de ses cheveux, et il eut peur soudain d'inspirer trop profondément, peur que cette odeur s'inscrive de manière indélébile dans sa mémoire.

L'entaille mesurait moins de deux centimètres, elle avait cessé de saigner et elle semblait propre.

— Je pense que ça va.

— Tant mieux, dit Tara en se levant. Je dois aller travailler. Janet doit être débordée.

— Nous n'avons pas eu beaucoup de temps pour faire connaissance, mais j'ai eu l'impression que Janet est très compétente. Ne peut-elle s'occuper du restaurant un moment pendant que vous vous reposez ?

— Je n'ai pas besoin de me reposer. Mais ce que vous dites est vrai. Un jour normal, Janet pourrait tout gérer avec une main attachée dans le dos. Seulement, il nous manque un plongeur et, surtout, nous sommes à la veille du pique-nique municipal. La chambre de commerce fournit la viande et m'a chargée de préparer le repas. Nous avons plus de cent livres de rosbif qui doit être cuit aujourd'hui afin de pouvoir le couper demain pour confectionner des sandwichs au bœuf.

Le pique-nique de la ville. Bizarrement, Chase avait oublié

de lui en parler. Cent livres de viande, cela faisait une belle quantité de sandwichs. Il fallait donc s'attendre à ce qu'il y ait beaucoup de monde et, partant de là, un certain niveau de grabuge.

— Et alors, que se passe-t-il au cours de cet événement ? demanda-t-il.

— Tout le monde se rassemble pour la parade. Puis le déjeuner a lieu dans le parc, avec des jeux pour les enfants, des parties de volley pour les adultes… En fin d'après-midi, les gens se dispersent. Beaucoup ont des vaches laitières et ne peuvent pas manquer la traite.

Des vaches. La traite. Le pique-nique de la ville. Il avait l'impression d'avoir atterri au beau milieu d'un tableau de Norman Rockwell. Il aurait vraiment payé sa dette à Chase au prix fort. Bon sang, ce qu'il avait envie de retrouver son appartement, et ses voisins qu'il connaissait à peine de vue et qui ne se mêlaient pas de sa vie.

Sans un mot de plus, Tara se dirigea vers le garage, et sortit sa camionnette. Quand il lui fit signe qu'il fermerait la porte, elle se précipita hors de son véhicule et le fit elle-même. Puis elle agita la main pour lui faire comprendre qu'il pouvait s'en aller.

Le message ne pouvait pas être plus clair. Elle n'avait pas envie qu'il contrôle ses faits et gestes, même si c'était pour la protéger.

Lorsque Tara ferma la porte du restaurant en milieu d'après-midi, elle tremblait d'épuisement. La vitre brisée avait déjà copieusement éveillé l'attention, et le temps que le récit par Gordon de sa dernière mésaventure fasse le tour de la ville, le restaurant avait fait le plein. D'ailleurs, en comptant la caisse, elle avait pu constater une hausse de vingt pour cent du chiffre d'affaires.

Entretemps, elle avait répondu en souriant aux mêmes questions dix fois répétées, et avait acquiescé aux mêmes commentaires.

Oui, quelqu'un va venir réparer la vitre.

Oui, c'est vrai que je suis tombée dans un fossé en voulant éviter une voiture.

Oui, moi aussi, je me demande parfois dans quel monde on vit, et où tout ça va nous mener…

Elle avait refait des dizaines de fois les mêmes gestes pour servir des cafés et des parts de tarte framboise-rhubarbe.

Un de ses habitués lui avait proposé un chien pour la protéger des intrus.

Chase Montgomery l'avait appelée pour lui exprimer sa consternation et lui apporter son soutien, en se félicitant de la présence de Jake à ses côtés. À l'en croire, il n'y avait pas meilleur flic que lui. Rien ne pouvait lui échapper. À vrai dire, cela n'arrangeait pas Tara, et elle aurait bien aimé qu'il se passe quelque chose en ville pour détourner l'attention de Jake. Un bon petit braquage de banque, par exemple…

Bref, la journée avait été bien remplie. Elle avait la plante des pieds en feu, et une douleur sourde dans le bas du dos. Son T-shirt collait à sa peau à cause de la chaleur intenable dans la cuisine, et la sueur s'accumulait entre ses seins. Quand elle avait lavé le sol, il lui avait semblé que la serpillière pesait une tonne.

Pour couronner le tout, Janet s'était mis en tête de lui faire la conversation tandis qu'elles récuraient les casseroles côte à côte devant l'évier. C'était tellement étonnant de la part d'une employée d'ordinaire taciturne que Tara avait failli laisser tomber une lourde poêle sur son pied.

— Que pensez-vous du nouveau chef de la police ? avait demandé Janet.

— Il a l'air bien, avait marmonné Tara, en grattant vigoureusement la fonte encrassée.

— Il était inquiet de ne pas vous voir ce matin. Il était prêt à remuer ciel et terre pour vous retrouver.

Et cette remarque avait trotté dans la tête de Tara.

En moins de douze heures après l'arrivée de Jack Vernelli, son commerce avait été vandalisé et elle avait failli être tuée. Michael l'avait-il retrouvée ? Était-il lié d'une façon ou d'une autre au nouveau chef de la police ?

Personne à Wyattville ne savait pour Michael. Quand elle

était arrivée en ville, le traumatisme était trop récent. Puis, à mesure que son corps cicatrisait et que son esprit s'éclaircissait, elle avait décidé que la seule façon de se protéger était de s'assurer que personne, surtout pas la police qui l'avait déjà trahie auparavant, ne connaisse la vérité.

Et jusqu'à présent, cela avait été facile. Joanna Travis avait disparu pour laisser place à Tara Thompson.

Mais Jake Vernelli la rendait nerveuse.

En milieu de matinée, il était passé et avait pris un café avec Frank Johnson. Sa présence au comptoir l'avait perturbée. Elle se savait observée, notamment quand un client l'interrogeait sur l'accident. Essayait-il de voir si sa version des faits changeait ?

Il n'y avait pas de raison. Elle lui avait dit la vérité. La voiture avait dévié de sa trajectoire, elle avait réagi et heurté violemment le sol. L'impact lui avait coupé le souffle.

Le temps qu'elle essaie de se redresser, la voiture avait déjà disparu de l'autre côté de la colline. Elle avait à peine entrevu le conducteur avant de plonger à terre. Il ou elle portait un chapeau rabattu sur les yeux.

C'était peut-être une personne âgée qui avait fait une fausse manœuvre. Ou une infirmière de l'hôpital du comté, épuisée par une garde prolongée et qui s'était brièvement assoupie, avant de se ressaisir au dernier moment.

Il était impossible de savoir s'il s'agissait de Michael.

Michael Watson Masterly, troisième du nom. Des Masterly de New York.

Vieille fortune. Des relations haut placées. Pervers et manipulateur. Mais elle ne savait rien de tout cela quand elle avait rencontré Michael à la réunion de financement pour la campagne du gouverneur. Elle faisait son travail de journaliste. Il s'était montré amical et drôle. Et quand il lui avait fait une cour assidue pendant des semaines, elle avait été assez naïve pour croire qu'elle vivait un conte de fées.

Six mois après leur rencontre, ils vivaient ensemble et elle préparait leur mariage.

Quelques semaines plus tard, elle fuyait pour rester en vie.

Si Jake Vernelli était aux ordres de Michael, il était là pour la tuer.

Si ce n'était pas le cas, il représentait quand même un danger. Il suffisait qu'il regarde d'un peu trop près pour s'apercevoir que sa vie n'était qu'un château de cartes prêt à s'effondrer au moindre courant d'air.

À 9 heures le lendemain matin, Tara se tamponnait le visage à l'aide d'une serviette en papier. En venant travailler, elle avait apprécié le ciel radieux et la douce caresse du soleil. À présent, la température extérieure atteignait les trente-deux degrés, et il faisait au moins trente-huit dans la cuisine.

L'été le plus chaud depuis cinquante-cinq ans. Les présentateurs météo s'en gargarisaient, répétant tous les mêmes commentaires convenus, jusqu'à sombrer parfois dans le catastrophisme.

Dans le Minnesota, où les étés duraient à peine deux mois, et où on considérait qu'il faisait chaud à partir de vingt-trois degrés, quinze jours ininterrompus dépassant les trente degrés faisaient figure d'exception. C'était bien simple, on ne parlait plus que de cela en ville.

Sauf ces derniers jours, où le pique-nique municipal s'immisçait dans les conversations. Depuis cent dix ans, il se déroulait tous les 15 juin, et rassemblait plus de cinq cents personnes au parc Washington, un vaste terrain d'un hectare aux confins de Wyattville. Comme d'habitude, on évoquerait de vieilles anecdotes, on échangerait des recettes, on présenterait les nouveaux bébés, et on consommerait d'énormes quantités de nourriture.

Depuis ce matin, Janet et Tara avaient tranché la viande cuite la veille. Le Lions Club fournirait trois larges chauffe-plats qui maintiendraient la viande à température, afin d'en garnir de petits pains ronds, avec un mélange d'oignons et de poivrons sautés.

Quelques volontaires s'occuperaient des barbecues et on ne tarderait pas à entendre grésiller hot dogs et hamburgers. Chaque famille participante apporterait un plat à partager — salades, desserts… —, il y aurait de la limonade, du thé glacé et de grands tonneaux de bière fraîche. Personne ne repartirait l'estomac vide.

La parade serait constituée de remorques à foin décorées de fleurs en crépon et de rubans, et tirées par des tracteurs. Certains des équipages accueilleraient les membres du conseil municipal ou de la chambre de commerce, ou de quiconque était considéré comme « quelqu'un ». Chacun aurait un sac de bonbons à son côté, qu'il ou elle jetterait par poignées sur la foule, pour la plus grande joie des enfants, qui courraient derrière les chars fleuris pour récolter cette manne.

Les scouts, garçons et filles, défileraient en portant fièrement des drapeaux. Wyattville n'avait pas de lycée, et les élèves étaient conduits en bus à Bluemond, à quarante kilomètres de là. En échange, la fanfare de Bluemond, composée de soixante-quinze personnes, venait participer à la parade de Wyattville. Le départ ayant lieu à deux cents mètres du Nel's, Tara avait dû supporter une cacophonie de trompettes, flûtes et tambours tandis que les musiciens, quelque peu fébriles, répétaient avant de commencer le défilé.

À 10 h 45, quinze minutes avant le début de la parade, Tara verrouilla la porte de devant. En temps normal, le restaurant fermait à 14 heures le vendredi, mais aucun des habitants ne s'attendait à ce que l'établissement reste ouvert aujourd'hui. Le pique-nique municipal était une institution, et personne à Wyattville n'aurait manqué ça.

Deux chaises pliantes calées sous le bras, Tara se dirigea vers le parc et choisit une place à l'ombre d'un grand chêne. Tout en dépliant les chaises, elle salua quelques clients d'un signe de main. Ce fut une fois assise qu'elle le vit.

Un mètre quatre-vingt-huit de muscles.

Avant le cauchemar que lui avait fait vivre Michael, elle aurait probablement apprécié les longues jambes, la taille étroite, le torse puissant. Peut-être même aurait-elle plaisanté avec ses collègues sur la tonicité de ses fesses, risquant une remarque osée sur d'autres attributs.

Mais, outre qu'elle avait perdu son insouciance et son goût

de la raillerie, elle devait reconnaître que la personnalité de Jake n'incitait pas à l'irrévérence. Surtout avec son uniforme parfaitement repassé et ses chaussures réglementairement lustrées. À vrai dire, il s'en dégageait une impression d'autorité qui lui nouait l'estomac de crainte.

L'attitude de Jake était pourtant bienveillante et décontractée lorsqu'il aborda un groupe d'adolescents ayant décidé que la barricade en travers de la route ne s'appliquait pas à eux.

Mais Tara ne s'y trompait pas. Il n'avait pas l'air d'un type qui avait perdu le feu sacré en s'encroûtant derrière un bureau, sans jamais mettre les pieds sur le terrain. Certainement pas. Et hier soir, elle l'avait vu tenir son arme comme si elle était une extension de son bras.

Était-ce aussi simple que cela en avait l'air ?

Était-il réellement venu à Wyattville pour aider un vieil ami ?

Mais qui pouvait quitter son emploi au gré de ses envies et aller travailler ailleurs pendant six semaines ? Non, l'histoire devait être plus complexe.

Et elle n'aimait rien autant qu'une bonne histoire. Rassembler des bribes d'informations, reconstituer une série d'événements… Elle était douée pour ça autrefois.

Qu'il s'agisse de couvrir une campagne politique, un procès pour meurtre, ou les dérives des grandes banques, elle avait adoré être journaliste, voir le résultat de son travail s'afficher dans les kiosques…

Elle en aimait d'ailleurs chaque étape, jusqu'aux délais éditoriaux impossibles, au stress sans cesse renouvelé du bouclage… Il lui arrivait même parfois de regretter le café notoirement infect de la salle de rédaction.

Mais tout cela était bien loin. Aujourd'hui, elle devait faire profil bas, et se tenir autant que possible à l'écart du chef Vernelli.

Tournant sa chaise de façon à le garder dans sa vision périphérique, sans toutefois que leurs regards puissent se croiser, elle acheta à deux jeunes filles de la limonade artisanale un peu trop sucrée à son goût, et accueillit avec soulagement le début de la parade.

Elle applaudissait au passage des pompiers volontaires quand une silhouette lui fit de l'ombre.

Elle se tourna si rapidement qu'un des côtés de la chaise pliante quitta le sol, et elle serait tombée si une main puissante ne l'avait soutenue.

— Faites attention, dit-il.

— Chef Vernelli, marmonna-t-elle, tout en priant pour qu'il s'éloigne.

Mais il se campa solidement sur ses jambes, les pouces glissés dans la ceinture lestée de tout l'équipement réglementaire — arme, matraque, menottes… — et observa la parade avec un sourire.

Elle l'ignora, et il n'en parut pas le moins du monde affecté.

Au passage du premier char, une pluie de caramels sous cellophane s'abattit sur la foule. Jake tendit le bras et attrapa facilement un bonbon qu'il jeta sur les genoux de Tara.

— C'est à vous, protesta-t-elle.

Il haussa les épaules.

— Je n'aime pas les sucreries. Mais je serais capable de me battre comme un chiffonnier pour un sachet de chips.

Une preuve de plus qu'il n'était pas normal. Elle déballa le caramel et le savoura tandis que les tracteurs, auréolés d'un âcre nuage de carburant, roulaient au pas dans un vacarme de moteurs toussotant et crachotant.

Quand ce fut fini, elle se leva et plia sa chaise.

— Qu'y a-t-il après ? demanda Jake.

— Le repas. Et ensuite, place aux jeux.

— Quel dommage que je sois de service, dit-il d'un ton faussement contrit. J'aurais tellement aimé participer à toutes ces fantastiques animations que j'aperçois.

Il lui adressa un sourire, et elle sentit un petit pincement au creux de l'estomac.

C'était indéniablement un homme séduisant.

Il pouvait même être charmant quand il s'en donnait la peine.

Elle saisit le premier prétexte venu pour déguerpir.

— Il faut que je me dépêche. Janet doit m'attendre.

Jake s'était mis à l'écart pour discuter avec ceux qui voulaient mieux connaître le nouveau chef de la police, mais il n'en gardait pas moins un œil sur la partie de volley-ball à laquelle participait Tara.

Son enthousiasme compensait son manque de technique. Ses déplacements et ses gestes étaient un enchantement pour les yeux, et il surprit dans la foule quelques jeunes hommes qui en tiraient presque la langue.

Était-il possible que ses récents ennuis aient quelque chose à voir avec un amoureux évincé ?

Il lui avait demandé avec qui elle avait eu un différend récemment. Mais la question aurait peut-être dû être celle-ci : « Qui avez-vous laissé tomber ? »

Lorsque la partie se termina, il observa attentivement qui s'approchait d'elle. Ce fut le cas de plusieurs des jeunes hommes, mais elle se comporta avec naturel et décontraction, échangeant quelques mots avec chacun d'eux… jusqu'à ce que s'approche un homme d'une maigreur presque maladive. Il portait un jean délavé et un débardeur blanc révélant des bras couverts de tatouages, et fumait une cigarette.

Tara parut surprise de le voir, puis elle lui fit signe de la suivre, jusqu'à ce qu'ils soient hors de portée de voix. Il parlait, et elle se contentait pour l'essentiel d'écouter. Puis il jeta sa cigarette et, avec plus de force qu'il n'était nécessaire, enfonça le mégot dans la terre avec le talon de sa botte. Tara plissa le front, secoua la tête et fit demi-tour.

En voyant l'homme la saisir par le bras, Jake se précipita.

— Un problème ? demanda-t-il, en se plaçant à côté de Tara.

— Non. Aucun problème.

Il ne s'en laissa pas compter.

— Vous sembliez avoir une conversation plutôt animée, dit-il en fixant l'inconnu.

Tara s'interposa.

— Ce n'était rien du tout. Je vous présente Donny Miso.

Repoussant une mèche de cheveux derrière son oreille, elle ajouta :

— Donny, voici le chef Vernelli.

L'homme ne répondit pas, gardant la tête baissée. De près, Jake put constater qu'il avait les cheveux sales. Il ne s'était pas rasé depuis plusieurs jours, et les cercles noirs sous ses yeux attestaient de nombreuses nuits sans sommeil.

Il avait l'air un peu désespéré et, normalement, Jake éprouvait de la compassion pour les gens au bout du rouleau. Mais il n'avait aucune sympathie pour les hommes qui utilisaient leur force pour dominer les femmes, les contraindre.

— Donny, je crois que vous feriez mieux de vous en aller, dit-il avec une calme autorité.

— Je ne veux pas d'ennuis.

— Dans ce cas, nous voulons la même chose. Tara, je crois que Janet vous cherchait. Je vous conduis à elle.

Sans ajouter un mot, Donny s'éloigna. Lorsqu'il fut presque hors de vue, Jake se tourna vers Tara.

— Il veut récupérer son poste ?

— Non. Mais ce qui est curieux, c'est qu'il n'a pas trouvé d'autre emploi. Je ne sais pas à quoi il joue. J'ai l'impression qu'il est complètement déboussolé, et qu'il est en train de sombrer.

— Vous pensez qu'il pourrait avoir quelque chose à voir avec les récents événements ?

— Je crois qu'il en veut à la vie, pas à moi.

Quand bien même. Jake se promit d'avoir une conversation sérieuse avec Donny avant que la journée ne se termine.

— Excusez-moi, dit Tara, je vais voir si Janet a besoin d'aide.

Elle disparut dans la foule, et Jake attendit plusieurs minutes avant de la suivre. Il trouva facilement les deux femmes, et ne fut pas surpris de découvrir que Nicholi avait réussi à installer sa chaise près de celle de Janet.

Tara était étendue sur l'herbe. En appui sur les coudes, les jambes tendues devant elle, la tête rejetée en arrière, elle offrait son visage au soleil.

— Comment était cette partie de volley ? demanda Nicholi.

— Fatigante. Mais je crois que j'ai éliminé votre salade de pommes de terre mayonnaise, Janet. Heureusement qu'Alice n'était pas là avec sa tourte aux cerises. La combinaison des deux m'aurait achevée.

Nicholi mit une main en visière au-dessus de ses yeux.

— Je n'ai pas souvenir qu'Alice et Henry aient déjà raté un pique-nique.

Tara hocha la tête.

— Je sais. Ils sont partis tôt hier pour aller voir leur fils. Vous savez que Bill doit se marier bientôt.

— Je me demande si Alice sera enfin satisfaite, marmonna Janet. Cela fait des années qu'elle harcèle ce pauvre garçon pour qu'il se marie. Dieu sait qu'elle n'a pas ménagé ses efforts pour vous caser tous les deux.

Voilà qui était intéressant, songea Jake, en se rapprochant aussitôt.

— Tiens, comment allez-vous, chef ? demanda Nicholi.

Tara ouvrit les yeux et se redressa si précipitamment que Jake eut peur qu'elle se soit démis une vertèbre. L'arrivée soudaine d'Andy la dispensa de répondre.

— Venez, dit le jeune homme. C'est l'heure de la course en sac. J'ai besoin d'une coéquipière.

Elle gémit piteusement.

— Le volley m'a épuisée.

— Cela fait des mois que vous mettez des sacs de pommes de terre de côté. Vous êtes en quelque sorte le sponsor de la course.

L'idée qu'elle colle ses jambes nues contre celles d'un autre homme parut soudain révoltante à Jake.

Il fit un pas de plus en avant.

— J'espérais que Tara ferait la course avec moi.

5

— Je ne peux pas, répliqua immédiatement Tara. Je suis vraiment désolée.

Elle se leva et recula d'un pas.

— Je ne voudrais pas décevoir Andy.

Ce dernier, bien que visiblement dépité, leva les mains en signe de capitulation. Il devait se dire qu'il valait mieux ne pas contrarier son nouveau supérieur.

— Pas de problème, chef. Je trouverai quelqu'un d'autre. Mais j'espère qu'il n'y aura pas de représailles quand nous vous aurons battus tous les deux.

Tara se mordilla la lèvre, prit une grande inspiration, et croisa brièvement le regard de Jake.

— Allons-y.

Sur ces mots, elle se dirigea vers la ligne de départ et tendit la main pour qu'on lui donne un sac. Jake se plaça derrière elle sans mot dire.

La fanfare de Bluemond jouait en fond sonore. Apparemment, les musiciens étaient déterminés à fournir une animation musicale durant tout l'après-midi. C'était la troisième fois qu'ils jouaient la même chanson. Seule concession à la chaleur, ils avaient ôté leur veste d'uniforme.

Tara lui tendit le sac et il glissa une jambe à l'intérieur.

— Si je meurs d'une crise cardiaque, promettez-moi de ne révéler à personne que c'était pendant une course en sac, dit-il d'un ton narquois.

Elle haussa les épaules.

— Vous pourriez mourir couvert de jaune d'œuf. Le concours de lancer d'œufs vient tout de suite après.

Il leva les yeux au ciel, mais la moquerie déserta son visage quand Tara glissa sa jambe nue dans le sac.

Même à travers l'étoffe de son pantalon, il avait l'impression de sentir la douceur de sa peau. Et son trouble ne fit que s'amplifier quand la hanche de Tara frôla la sienne.

— Prêt ? demanda-t-elle d'un ton cassant.

— Plus que jamais.

Il s'était mis tout seul dans cette situation, à lui de s'en sortir.

Le sifflet retentit et ils se mirent à sautiller, faillirent tomber, se redressèrent, sautillèrent de nouveau, et finirent par trouver leur rythme.

À trois mètres de la ligne d'arrivée, Jake se dit qu'ils avaient une chance de gagner mais, du coin de l'œil il vit un autre couple les rattraper.

Il était si concentré sur eux qu'il ne vit pas le duo de l'autre côté qui, au lieu de sautiller, faisait de grands bonds comme s'il s'agissait d'une compétition de saut en longueur. Ils perdirent l'équilibre et vinrent les percuter, provoquant leur chute.

Avant qu'il ait eu le temps de comprendre ce qui lui arrivait, Jake se retrouva couché sur le dos. Tara était étendue de tout son long sur lui, le visage enfoui dans son cou, les seins pressés contre son torse. D'instinct, il avait refermé les bras autour d'elle et la tenait fermement. Elle était solide et pourtant délicate. Avec des rondeurs où il fallait.

Elle bougea, rejetant la tête en arrière si vite qu'une longue mèche blond vénitien vint lui effleurer la joue. Il inhala profondément, et lorsqu'une bouffée de framboise vint emplir ses narines, il se dit qu'il avait commis une erreur fatale. Désormais, cette odeur ne cesserait de le hanter.

Elle le dévisagea, les pupilles dilatées, les lèvres entrouvertes, et soudain il n'entendit plus rien autour de lui.

L'orchestre, le brouhaha de la foule, s'étaient fondus en une lointaine rumeur qui palpitait au rythme de la course du sang dans ses veines, et de la respiration altérée de Tara, comme en écho à son propre trouble. Il songea qu'il lui suffirait de relever la tête et de l'incliner légèrement pour…

— Tara, vous allez bien ?

Andy était apparu à leurs côtés. Lorsqu'il tendit une main

secourable à Tara, elle s'en empara aussitôt et s'extirpa du sac de pommes de terre.

Quand Andy voulut l'aider à son tour, Jake refusa d'un geste impatient. Il mit plus de temps à se relever, en se sentant vaguement désorienté.

— Vous auriez pu gagner, dit Andy.

— En tout cas, nous n'avons pas ménagé nos efforts, répondit Jake.

Il tourna les yeux vers Tara, mais elle était occupée à dépoussiérer son short du plat de la main.

— Vous voulez essayer le lancer d'œufs ? proposa Andy.

Jake leva les mains devant lui.

— Non. Je crois que je vais passer mon tour.

Il leur tourna le dos et s'engagea dans la foule. Une rapide inspection des lieux le convainquit que l'acte le plus dangereux était le fait de Riley et Keller, les jumeaux de sept ans de Lori Mae, dont il avait brièvement fait la connaissance hier au poste, alors qu'ils venaient retrouver leur maman pour déjeuner. Perchés dans un arbre, les deux frères s'amusaient à jeter des graines de pastèque sur les passants.

Il fit semblant de ne pas les avoir vus, mais les chenapans devaient l'avoir remarqué car il entendit un hoquet de surprise et des froissements de feuilles. Il croisa les doigts pour qu'il n'y ait ni chute ni jambe cassée. Il ne se voyait pas expliquer ça à leur mère. Lori Mae avait passé une heure hier à l'aider à se familiariser avec son poste, et s'était montrée particulièrement utile dans l'organisation de la sécurité du pique-nique. Elle avait trente-cinq ans, et avait épousé son amoureux du lycée douze ans plus tôt. Militaire, celui-ci venait de repartir pour une nouvelle mission au Moyen-Orient. Elle travaillait de 8 heures à 17 heures, du lundi au vendredi, et gérait remarquablement la partie administrative du service. Le soir et les week-ends, le standard était basculé sur le centre d'appels du comté.

Il se douta qu'elle ne devait pas être loin et la retrouva en effet assise près de Janet et Nicholi. Il s'avança et prit appui contre un tronc d'arbre. Tout le monde se concentrait sur le concours de lancer d'œufs qui n'allait pas tarder à commencer.

Tara et Andy se faisaient face à cinq mètres l'un de l'autre.

Après chaque tir gagnant, chacun des participants devait reculer d'un pas. Lorsqu'il ne resta plus que trois duos en lisse, une bonne dizaine de mètres séparaient Andy et Tara.

C'était maintenant à Tara de lancer. Son tir était peut-être un peu haut, mais Andy était un géant et il n'eut aucun mal à le réceptionner. Il éclata de rire comme un enfant, et Tara applaudit. Un pas en arrière pour chacun.

Andy fit tout un cinéma pour tirer, s'amusant à faire de faux lancers.

Soudain, la complainte déchirante d'un saxophone s'éleva.

L'œuf quitta la main d'Andy et traversa l'air, tandis que Tara… Eh bien, Tara avait relâché son attention et scrutait la foule des yeux.

L'œuf la frappa à l'épaule et se brisa.

Andy traversa en courant la pelouse pour la rejoindre.

— Tara, vous ne regardiez pas, protesta-t-il.

— Je… Je suis désolée, Andy.

Jake était assez près pour se rendre compte qu'elle était livide, et que la main qui recueillait les débris de coquille sur sa manche tremblait. Il regarda autour de lui et ne vit rien d'insolite, rien qui puisse justifier ce genre de réaction.

Il remarqua que le saxophone s'était tu.

— C'est pour ça que je ne participe jamais à cette animation, commenta Lori Mae.

Nicholi et Janet échangèrent un sourire.

Jake regarda la fin de la compétition d'un œil distrait, tout en se demandant ce qui avait pu affecter Tara de la sorte. Après avoir félicité les gagnants, Andy et Tara rejoignirent le petit groupe.

— Chef, je vais y aller, déclara Andy. Ma garde commence dans quelques minutes. Je me changerai au poste.

Jake hocha la tête d'un air absent. Tara était toujours beaucoup trop pâle à son goût.

— Vous devriez en faire autant, mon chou, remarqua Janet. Votre T-shirt est un désastre.

Tara baissa la tête, comme si elle s'en apercevait seulement maintenant.

— Ce n'est que la manche, dit-elle à mi-voix.

Ce qui incita Jake à y regarder de plus près.

Tout à l'heure, il était si occupé à observer ses longues jambes mises en valeur par un short très court, qu'il n'avait pas prêté attention au fait qu'elle portait des manches longues. D'accord, c'était un vêtement léger, mais il faisait quand même trente-deux degrés. Cela lui fit penser que, même pour courir, elle portait un T-shirt à manches longues.

Qu'est-ce que cela pouvait bien cacher ?

Il songea immédiatement à la drogue. Des traces de piqûres ? Peu probable. Elle avait l'air en trop bonne santé. Un excès de pudeur ? Dans ce cas, elle n'aurait pas autant dévoilé ses jambes.

Lori Mae se leva.

— Je ferais bien d'aller chercher mes petits hooligans et de les ramener à la maison.

— Deuxième arbre sur la gauche.

— Merci, chef. Alors, qu'avez-vous pensé de votre premier pique-nique à Wyattville ?

Le premier et le dernier, songea Jake. Il serait parti d'ici la fin de l'été, et il ne risquait pas de revenir. Mais ça n'avait pas été aussi terrible qu'il l'avait craint. Il pensait que ce serait de mauvais goût et ennuyeux mais, si cela avait parfois été le cas, il avait été touché de voir toute une communauté se rassembler pour le simple plaisir de partager un repas et une conversation.

En ville, il y avait aussi des festivals qui attiraient une foule nombreuse, mais uniquement parce que les gens partageaient un intérêt pour l'événement lui-même, pas pour leurs prochains.

— C'était un plaisir, dit-il avec sincérité.

— Bon, eh bien, bonne fin de journée à tous, dit Lori Mae.

— Je ferais bien d'y aller aussi, déclara Tara.

Voyant que Nicholi se levait avec difficulté et tentait maladroitement de plier sa chaise, elle ajouta, tout en lançant un regard à Janet :

— Vous voulez que je vous aide ?

— Je m'en occupe, répondit Nicholi.

Tara n'insista pas, et Jake réalisa qu'elle ne voulait pas vexer le vieil homme.

— Très bien. Bonne soirée.

Puis elle s'éloigna. Elle n'avait pas fait dix mètres que Nicholi remarqua :

— J'adore cette petite. C'est une vraie bouffée d'air frais.

— Espérons que cette mauvaise passe soit terminée, dit Janet. D'abord la vitre brisée, puis cette voiture qui manque de la percuter... Elle a bien le droit à un peu de chance pour changer.

Jake ne croyait pas à la chance, bonne ou mauvaise. Il ne croyait pas non plus aux coïncidences. Il croyait fermement que les actions causaient des réactions.

Les coups reçus et les coups portés conservaient à l'univers son équilibre. Quelqu'un avait un compte à régler avec Tara, et il avait bien l'intention de découvrir de qui il s'agissait.

Tara avait cessé de trembler quand elle arriva chez elle. Elle avait entendu le saxophone, reconnu la chanson préférée de Michael, et pris peur.

C'était une chanson populaire que presque tout le monde connaissait. Cela ne voulait rien dire. Pas plus que le fait que le saxophone était l'instrument favori de Michael.

N'est-ce pas ?

Elle devait se ressaisir, ne pas s'imaginer qu'il y avait des monstres sous son lit ou dans les placards. Et encore moins au pique-nique municipal, pour l'amour du ciel.

Elle tourna dans son allée, et se dit que ce n'était pas un signe de névrose de ralentir pour observer son environnement, de prendre quelques secondes de plus pour s'assurer que tout était normal. C'était une marque d'intelligence. De sens pratique.

Elle se gara, sans perdre de temps à rentrer dans le garage. Après s'être changée, il faudrait qu'elle aille à l'épicerie. Elle grimaça en sortant de la camionnette, consciente que ses muscles la feraient souffrir encore quelques jours.

Elle était à mi-chemin de la maison quand elle remarqua quelque chose d'anormal.

Elle ne se risqua pas à faire un pas de plus et se rua vers la camionnette. Les doigts gourds, elle manipula confusément ses clés, et perdit quelques secondes avant de démarrer le moteur.

Elle enclencha la marche arrière, tourna vigoureusement le volant et, le regard rivé au rétroviseur, quitta l'allée dans un crissement de pneus.

Elle était à mi-chemin de la ville quand elle retrouva une respiration normale.

L'estomac toujours noué de peur, elle s'arrêta devant l'immeuble en brique qui abritait à la fois le poste de police, la mairie, et la caserne des pompiers.

Elle s'engouffra dans le poste de police et constata qu'il n'y avait personne à l'accueil. Tout au bout, la porte des toilettes était ouverte et la lumière était éteinte.

— Andy ? appela-t-elle, tout en se demandant avec agacement où il était passé.

Tenant un dossier à la main, Jake Vernelli sortit d'une pièce située sur l'arrière.

— Que faites-vous ici ? lança Tara.

Il la toisa d'un air narquois.

— Je croyais que nous avions déjà évoqué le sujet. Je travaille ici.

Tara déglutit nerveusement.

— Oui, pardon. Ce n'est pas ce que je voulais dire. Je m'attendais à voir Andy.

Il leva un sourcil.

— Et il vous attendait aussi ? Cela intéresserait peut-être les bons citoyens de Wyattville de savoir à quoi servent leurs impôts.

Elle comprit le message implicite.

— Ne soyez pas ridicule. Il n'y a absolument rien entre nous.

Elle prit une profonde inspiration et tenta de contrôler sa colère.

— Oubliez ma visite. Je suis désolée de vous avoir dérangé.

Il arriva à la porte avant elle.

— Andy a dû manger trop de hot dogs. Il ne se sentait pas très bien quand il a pris la voiture. Il m'a appelé et je lui ai dit que je ferais la garde à sa place.

Elle essaya de le contourner, mais il fut de nouveau plus rapide et continua à lui barrer la porte.

— Qu'avez-vous ? demanda-t-il. Vous semblez sur le point de vous effondrer.

Tara n'avait pas envie de lui répondre. Elle ne savait pas si elle pouvait se fier à Jake. Mais Chase Montgomery lui faisait confiance, et ce n'était pas un idiot.

De toute façon, vers qui d'autre pouvait-elle se tourner ? S'il s'agissait de Michael, elle avait besoin de quelqu'un qui puisse l'affronter. Et qui soit plus rapide et plus fort que lui.

— J'ai besoin d'aide, dit-elle. Quelqu'un est entré chez moi aujourd'hui.

Elle avait les jambes flageolantes, comme si elle avait monté en courant plusieurs étages. Elle se dirigea vers l'une des vieilles chaises en skaï terne et craquelé de l'accueil, et s'y laissa tomber.

— Expliquez-moi, déclara Jake en se rapprochant.

— En rentrant du pique-nique, je me suis aperçue que quelqu'un était entré dans la maison. Ou peut-être y est-il encore. Je ne sais pas.

— Vous avez vu quelqu'un ?

— Non.

— Et vous n'êtes pas entrée ?

— Non.

— Votre porte était fracturée ?

— Non.

— Mais alors, comment savez-vous que quelqu'un est entré ?

— L'écran de la moustiquaire ne se referme pas complètement. Quand vous l'ouvrez, le battant se rabat lentement, mais ne s'enclenche pas dans l'encadrement. Il y a du jeu dans les charnières. Il faut pousser dessus pour bien le fermer.

Il ne dit rien, mais elle vit à sa moue sceptique qu'il n'était pas convaincu.

— Je ferme toujours la moustiquaire, insista-t-elle. Je vérifie et je revérifie avant de partir. Et quand je suis rentrée, elle n'était pas fermée.

Jake se massa la joue sans rien dire.

— D'accord, dit-il après un temps de réflexion. Je vais aller y jeter un œil.

*
* *

Jake s'arrêta sur le bas-côté de la route, à quelques mètres du chemin d'accès à la ferme, suivi de Tara. Il sortit du 4x4 de patrouille et s'avança jusqu'à la camionnette.

— J'ai besoin de vos clés.

Elle les lui tendit.

— La première est pour la porte de devant, la seconde pour le verrou. La troisième ouvre à la fois la serrure et le verrou de la porte de service.

— Très bien. Je vais vérifier. Restez ici.

Elle hocha la tête. Quel choix avait-elle ? Ses jambes tremblaient tellement qu'elles ne la soutiendraient probablement pas.

La végétation qui entourait la maison était assez dense pour dissimuler les voitures garées le long de la route, et elle perdit de vue la silhouette de Jake dès qu'il eut dépassé l'entrée.

Elle se mit à inspirer et expirer profondément, en comptant les secondes. Au bout de deux minutes, elle abandonna toute ambition d'attendre patiemment et ouvrit la portière.

Elle se déplaça précautionneusement le long du chemin, en serrant de près la haie, redoutant à chaque instant qu'on lui tire dessus.

Elle était à deux mètres de la porte d'entrée quand celle-ci s'ouvrit à la volée. Elle distingua une silhouette d'homme qui lui parut familière.

— C'est moi, dit-elle à mi-voix.

La réaction de Jake tenait plus du sifflement agacé que du soupir de soulagement.

— Je vous avais dit de rester dans la camionnette.

— Je sais. Tout va bien ?

— Il n'y a personne à l'intérieur. Vous pouvez venir.

Elle passa devant lui, mais s'arrêta au bout de trois pas dans le couloir. Les lourds rideaux de velours du salon étaient tirés, donnant l'impression que la lumière du jour s'était volatilisée à jamais. Elle les avait tirés avant de partir pour protéger la pièce de la chaleur, mais elle avait à présent le sentiment d'entrer dans un tombeau.

Jake actionna l'interrupteur et elle se laissa tomber sur le canapé.

— Ça va ? demanda Jake en s'accroupissant devant elle. Vous êtes toute pâle.

— Oui, oui… ça va.

— J'ai vérifié toutes les pièces. Tout a l'air normal. Les portes étaient verrouillées.

Donc, personne n'était entré chez elle. C'était l'explication la plus simple.

Elle était folle.

Mais non, elle était certaine que son intuition ne la trompait pas. Sa maison semblait différente. Les franges du tapis étaient relevées sur quelques centimètres, comme si quelqu'un avait buté dedans. Le tiroir central de l'ancien bureau à cylindre n'était pas repoussé à fond… Or, elle était d'une précision qui confinait à la maniaquerie, et elle veillait toujours à ce que chaque chose soit à sa place.

— Vous persistez à croire que quelqu'un est entré dans la maison ? insista Jake.

Elle était à bout de nerfs et avait envie de pleurer. Mais elle devait se maîtriser. Sa capacité à agir rapidement, sans que personne s'attende à ce qu'elle en soit capable, l'avait déjà sauvée une fois.

Si quelqu'un savait qu'elle était terrorisée, elle perdrait le bénéfice de l'effet de surprise, et cela pouvait s'avérer mortel.

6

Elle s'obligea à sourire.

— Je suis désolée de vous avoir dérangé pour rien.

Jake haussa les épaules.

— Pas de problème. Quelqu'un d'autre que vous a les clés ?

— Non.

— Un ancien petit ami, peut-être ?

— Je ne donne pas mes clés aux hommes avec qui je sors.

— Même pas Bill Fenton ?

Elle écarquilla les yeux.

— Je vous demande pardon ?

Il eut une petite moue contrite.

— Je n'ai pas pu m'empêcher d'entendre la conversation au pique-nique.

Il voyait et entendait trop de choses. C'était précisément cela qui le rendait dangereux.

— L'année dernière, Bill vivait chez Alice et Henry, et il passait beaucoup de temps à boire des cafés au Nel's. Il était sans emploi et il s'ennuyait.

— Vous voulez dire que vous n'êtes jamais sortis ensemble ?

— Nous sommes allés une fois au cinéma. Je pense qu'il a peut-être exagéré notre relation. Quand il a quitté la ville du jour au lendemain, Alice m'a laissée entendre que c'était à cause de moi. Je ne sais pas ce que Bill lui a raconté, s'il a menti délibérément ou s'il s'est mal expliqué. Quoi qu'il en soit, j'ai pensé que ça passerait. Et, en effet, Alice ne m'en a plus jamais reparlé.

— Je suppose que vos propriétaires ont les clés.

— Bien sûr.

— Ils sont peut-être passés.

C'était possible, mais ils ne devaient rentrer de voyage que le lendemain.

— Peut-être, admit-elle.

— Ou alors, quelqu'un d'autre s'est arrêté, a frappé à la porte, a essayé d'ouvrir, et a fini par partir en se rendant compte que vous n'étiez pas là.

— Vous avez probablement raison.

Il ne devait pas manquer d'explications raisonnables. Ils pourraient jouer à ce jeu-là toute la soirée.

Jake la dévisagea intensément, puis alla s'asseoir dans le fauteuil qui lui faisait face.

Il avait l'air très sérieux. L'ironie de la situation n'échappa pas à Tara. On aurait dit qu'ils rejouaient la scène de la nuit où il s'était présenté chez elle. Cette fois-là aussi, il était très sérieux.

— Il n'y a pas quelque chose que vous voudriez me dire, Tara ?

Zut ! Était-il capable de lire dans ses pensées ?

— Non. Enfin, si : je vous remercie. J'apprécie votre aide. Vous devez avoir des quantités de choses à faire. Surtout en étant nouveau à ce poste. Je suis sûre que vous devez retourner en ville.

Il secoua la tête.

— Non. Je viens d'avoir un texto d'Andy. Il se sent mieux et il va finir la garde. Je suis libre pour la soirée.

C'était de pire en pire.

— Je suppose que vous êtes fatigué. Il a fait tellement chaud, aujourd'hui.

Il jeta un coup d'œil vers la cuisine.

— Je ne refuserais pas une tasse de café.

Comporte-toi normalement, s'encouragea-t-elle. Mais savait-elle encore comment faire ?

— Bien sûr.

Elle fit couler de l'eau et remplit le réservoir de la cafetière, en s'assurant de ne préparer que la quantité nécessaire pour deux tasses. Puis elle s'occupa nerveusement à ranger la vaisselle propre qui avait séché dans l'égouttoir. Elle ouvrit ensuite le tiroir à couverts, et fit la même chose avec les ustensiles, en répartissant soigneusement chacun d'entre eux dans son casier. Pour finir, elle passa l'éponge sur les plans de travail déjà propres. Quand le café eut fini de passer, elle en versa dans deux tasses.

Agir comme une personne normale.

Cela allait devenir son nouveau mantra. En agissant normalement, les gens finiraient par penser qu'elle était normale, et peut-être parviendrait-elle à s'en convaincre elle-même.

— Alors, qu'avez-vous pensé du pique-nique ? demanda-t-elle.

— C'est la première fois que je voyais un tracteur d'aussi près. C'est vraiment impressionnant. Et vous avez vu le confort à l'intérieur ? Je parierais qu'il y a même un bar et un canapé dans la cabine.

Elle sourit de sa plaisanterie, tout en se souvenant combien elle avait été surprise elle-même par les machines agricoles.

— Peut-être pas un canapé, mais un fauteuil confortable, un petit réfrigérateur, la télévision et la climatisation.

— On dirait mon appartement à Minneapolis, sans la climatisation.

— Vous avez toujours vécu en ville ?

Elle fut surprise de constater qu'il ne s'agissait pas d'une simple conversation de salon. Elle avait vraiment envie de mieux le connaître.

— Oui. La seule fois que j'en suis parti, c'est quand je me suis engagé dans les marines.

— Quel âge aviez-vous ?

— Dix-neuf ans. J'avais été inspiré par l'opération « Tempête du désert ». Je ne suis pas allé en Irak, mais je me suis retrouvé en Somalie, où j'ai failli laisser ma peau.

Elle avait interviewé un grand nombre de vétérans au fil des années, et elle était toujours sidérée par ce qu'ils avaient vécu.

— J'imagine que cela a dû être très dur.

— Bien sûr. Mais il y avait aussi des bonnes choses. Ça a changé ma vie.

— De quelle façon ? Pourquoi ?

Il éclata de rire.

— Vous ne seriez pas du *National Enquirer* par hasard ?

Zut ! Elle devait être plus prudente.

— Je suis simplement curieuse. Si vous ne voulez pas en parler…

Il haussa les épaules.

— Non, ça ne me dérange pas. Je me suis marié en sortant du lycée. Wendy et moi avions tous les deux dix-huit ans. Elle était enceinte de deux mois.

Il avait une femme. Un enfant. Peut-être plus d'un, maintenant. Son intuition de journaliste ne l'avait jamais trompée à ce point.

— Je n'avais pas deviné que vous étiez marié.

Elle se rendit compte qu'elle s'était exprimée d'un ton pincé, presque accusateur.

— Wendy a fait une fausse couche à quatre mois.

— Je suis désolée, Jake. La perte d'un enfant est sans doute l'épreuve la plus difficile qui soit pour un couple.

— En tout cas, je voulais que ça marche entre nous. J'avais cette idée romantique et sans doute un peu folle qu'un mariage est pour la vie. Mais c'était difficile. Nous avions un emploi, mais nous gagnions si peu que nous arrivions à peine à nous en sortir.

— Que s'est-il passé ?

— Moins d'un an après, elle était de nouveau enceinte.

Il se leva et se dirigea vers la cuisine. Il lui tournait le dos.

— Vous ne vouliez pas de l'enfant ?

Il s'écoula plusieurs secondes avant qu'il ne se retourne.

— Je suis désolé. Je n'aime pas beaucoup en parler.

— Excusez-moi, je suis indiscrète.

— Non, c'est moi qui… Oh ! et puis après tout, maintenant que j'ai commencé …

Il soupira en se passant une main dans les cheveux.

— Wendy et moi n'avions pas fait l'amour depuis trois mois, donc je savais que le bébé n'était pas de moi. J'ai fini par apprendre que le père était le propriétaire d'une chaîne de laveries automatiques. Il avait quarante ans, une maison, un bateau… Il n'avait pas de mal à boucler les fins de mois.

Il le disait calmement, sans émotion, mais Tara devina que la douleur ne s'était jamais totalement effacée.

— Qu'avez-vous fait ?

— J'ai demandé le divorce, et je suis parti. En réalité, je ne lui en voulais pas vraiment. Je n'avais pas de perspective d'avenir, pas de diplômes. Qu'aurais-je pu lui offrir ?

— Et c'est à ce moment-là que vous vous êtes engagé dans les marines ?

— Oui. J'y ai appris la discipline, le respect de l'autorité. Et aussi que la différence entre la vie et la mort, la différence entre rentrer chez soi en un seul morceau ou dans une caisse en bois, ne tient le plus souvent qu'à un fil. Ils ont fait de moi un homme.

Il ne s'accordait pas suffisamment de crédit, songea Tara. Il avait accepté les responsabilités d'un homme à l'âge de dix-huit ans, bien avant de devenir un marine.

— Vous êtes rentré, dit-elle, soulignant l'évidence.

— Oui. Mais je n'avais toujours pas de diplôme, ni de travail, et ma vie familiale ne ressemblait à rien. Mes parents étaient séparés, et mon frère avait plongé dans la drogue.

— Que s'est-il passé pendant que vous étiez parti ?

— Sam n'a qu'un an de moins que moi. Il a toujours été le bon élève de la famille. Il a obtenu une bourse pour Northwestern, une université privée plutôt huppée de Chicago. Ils ont un très bon programme de journalisme.

Tara s'efforça de ne pas réagir. Elle connaissait la réputation de cette université. Certains de ses anciens collègues y avaient obtenu leur diplôme.

— Sam a obtenu un stage au *Chicago Tribune*, poursuivit Jake, et il rêvait d'y travailler après son diplôme.

Il s'interrompit et soupira.

— Pendant que je prenais un omnibus, Sam grimpait à bord d'un express et filait tout droit vers le succès.

— Mais quelque chose l'a fait dérailler.

— Oui. Sa fiancée a été assassinée. C'est lui qui l'a trouvée, le crâne défoncé.

La voix de Jake s'était durcie, et il avait la mâchoire crispée.

— Le pire, c'est qu'il a été considéré un moment comme le suspect principal.

— Mon Dieu !

Cela semblait inadéquat, mais Tara ne savait pas quoi dire d'autre. Même après toutes ces années, la douleur était manifeste dans la voix de Jake, et elle savait qu'il avait souffert pour son frère.

— Je suis désolée. Cela a dû être une époque terrible.

— C'est le genre de choses qui change une personne et ceux qui l'entourent.

Elle comprenait parfaitement. La violence l'avait changée.

— C'est pour cela que le couple de vos parents s'est brisé ?

— Sam est devenu ingérable. Mes parents ne savaient plus quoi faire. Ma mère lui trouvait toutes les excuses, et mon père pensait qu'il devait prendre sur lui. Ils se disputaient sans cesse à ce propos…

Il haussa les épaules en grimaçant.

— Je crois qu'ils avaient peur tous les deux de ne pas être capables d'empêcher Sam de sombrer. Cela a fini par devenir tellement invivable qu'ils se sont séparés.

— Vous vous attendiez sûrement à être accueilli dans d'autres conditions pour votre retour au bercail.

— C'est certain. Mais j'ai réussi à obtenir de mon frère qu'il se fasse désintoxiquer, qu'il reprenne ses études et qu'il trouve un travail.

— À vous entendre, on croirait que cela était facile, mais je suis sûre du contraire.

Il haussa les épaules.

— Quand vous frôlez la mort à plusieurs reprises, vous apprenez à relativiser.

— Et vos parents ?

Un grand sourire éclaira son visage.

— Ils se sont remis ensemble. Sans eux, je me serais probablement dit que tous les mariages étaient voués à l'échec. Mais ils m'ont montré ce que l'amour peut accomplir.

— Pourtant, vous ne vous êtes jamais remarié ?

Cette question à peine posée, elle la regretta. C'était bien trop personnel et, de plus, ça ne la regardait en aucune façon.

— Oubliez ça, dit-elle en agitant la main.

— Non, ça va. Vous savez, ça ne m'a pas traumatisé.

Peut-être qu'un jour, si je trouve la femme idéale, et que je suis sûr qu'elle ne me mentira pas, alors, qui sait…

Il se tourna pour rincer sa tasse, et la posa sur l'égouttoir, avant de lui faire face de nouveau.

— Et vous ? Vous avez déjà été mariée ?

— Non.

— Vous n'avez même pas failli l'être ?

C'était l'occasion idéale. Elle pouvait lui dire la vérité. Mais c'était un flic. Comment pouvait-elle espérer qu'il ferme les yeux sur son histoire ?

Elle fit un effort considérable pour sourire.

— Même pas.

— Espérons que vous aurez plus de chance que moi. Je vais y aller, maintenant. Ça ira ?

— Absolument.

Elle le regarda franchir la porte, puis se leva pour la verrouiller.

Si je trouve la femme idéale, et que je suis sûr qu'elle ne me mentira pas…

Elle avait fait plus que simplement lui mentir. Toute sa vie était un mensonge. Tara Thompson existait vraiment. Mais ce n'était pas elle.

Le lendemain matin, Tara fit route vers la ville à une vitesse plus respectueuse des limitations que la veille. Il n'était pas encore 6 heures, mais il faisait déjà jour quand elle entra sur le parking situé à l'arrière du restaurant.

Comme elle le faisait chaque matin, elle prit une minute pour jeter un coup d'œil aux alentours afin de s'assurer que personne ne l'attendait. Ses clés à la main, elle se dirigea vers la porte, la déverrouilla et la tira derrière elle.

Elle alluma d'abord le gril, et démarra la machine à café. Puis elle rapporta de la réserve des plateaux d'œufs en carton alvéolé, et entra dans la chambre froide pour y prendre le bacon et les saucisses que Janet ferait frire en arrivant.

Quinze minutes plus tard, elle avait terminé de préparer la pâte à biscuits.

— Bonjour.

Tara sursauta et faillit renverser un saladier sur le comptoir. Elle n'avait pas entendu s'ouvrir la porte de service.

— Ah, bonjour, Janet. Je vous laisse terminer. Je vais aller allumer l'enseigne.

Elle ouvrit la porte et sourit à Nicholi qui entra, son journal plié sous le bras. Il agita la main à l'intention de Janet, qui lui répondit par un bref signe de tête. Tara lui servit un café auquel il ajouta une dosette de crème et un demi-sachet de sucre, comme il le faisait tous les matins.

La porte s'ouvrit et Toby Wilson entra.

— Comme d'habitude ? demanda Tara, tandis que l'homme prenait place sur le tabouret voisin de celui de Nicholi.

Il mangeait deux œufs au plat avec des pommes de terre sautées et du bacon, et terminait par une grosse part de tarte. Son taux de cholestérol devait grimper en flèche rien qu'en regardant son assiette.

— Attendez une minute avant de lancer la commande, dit-il, tandis que Tara lui servait un café. Le chef Vernelli doit me rejoindre.

Tara reposa si violemment la verseuse de café sur le comptoir, que du liquide brûlant rejaillit sur sa main.

Nicholi fronça les sourcils.

— Vous devriez faire plus attention.

Et encore, il était loin de tout savoir.

— Dites-moi quand vous serez prêt, dit-elle à Toby Wilson.

Elle reposa la verseuse et se tourna pour trouver refuge dans la cuisine.

Elle n'eut pas fait deux pas qu'elle entendit la porte s'ouvrir. D'un coup d'œil par-dessus son épaule, elle vit entrer Andy Hooper et Jake Vernelli. Andy s'assit à côté de son grand-père, tandis que Jake prenait place à côté de Toby. Ses cheveux étaient encore humides de la douche et sa peau rougie la veille par le soleil affichait déjà un hâle profond. Ses larges épaules tendaient sa chemise, et sa ceinture de service soulignait avantageusement ses hanches.

En termes de restauration, il était éminemment comestible. Et probablement aussi créateur d'addiction qu'un fondant au chocolat, qui était connu pour être le péché mignon de Tara.

— Du café ? demanda-t-elle, presque surprise de parvenir à s'exprimer sans que son trouble se manifeste.

— Oui, merci, répondit Jake d'un air absent, avant de se tourner vers Toby. Dans quel état est mon pick-up ?

— Excepté un pare-chocs tordu et un pare-brise en miettes, elle est impeccable. Dans un jour, vous la récupérerez comme neuve.

Andy se pencha dans le dos de son grand-père.

— Toby, pourquoi employez-vous toujours le féminin pour désigner un véhicule ?

— Parce qu'elles sont capricieuses et chères, et parfois difficiles à maîtriser, mais tous les hommes en rêvent.

C'était une vieille plaisanterie, mais Nicholi et Toby s'esclaffèrent bruyamment, imités plus discrètement par Andy.

Impavide, Jake continua à siroter son café en observant Tara par-dessus le rebord de sa tasse.

Avec un sourire bon enfant, celle-ci procéda à une deuxième tournée de café.

— Quand vous aurez fini de vous amuser, dit-elle, je serai ravie de prendre vos commandes.

— Je suis prêt, dit Jake.

Elle sortit un carnet de la poche de son short kaki.

— Pancakes et bacon. Au fait, ajouta-t-il en baissant la voix, j'ai discuté avec Donny Miso après être parti de chez vous, hier soir.

— Pourquoi ?

— Il a quitté le pique-nique juste avant le lancer d'œufs. Je voulais savoir ce qu'il a fait après.

Donny n'avait aucune raison de lui vouloir du mal. Elle avait fait tout ce qu'elle pouvait, y compris le payer en espèces car il était interdit bancaire. Ce type traversait une mauvaise passe et elle savait ce que c'était.

— Et ? demanda-t-elle.

— Je l'ai trouvé au bar La Bonne Pinte. Évidemment, il n'y buvait pas de l'eau. Il s'était déjà fait servir plusieurs verres de vodka quand je suis arrivé. Le barman a confirmé qu'il était arrivé quelques minutes après que je l'ai vu quitter le parc. Il ne pouvait donc pas être chez vous.

— J'espère que vous ne lui avez pas fait peur. Il est assez fragile en ce moment.

— C'est un alcoolique. À mon avis, c'est une chance pour vous qu'il ait démissionné.

Elle n'était pas d'accord. Donny buvait peut-être trop en ce moment, et il s'était comporté de façon étrange, mais tout le monde avait droit à une seconde chance. En outre, elle avait besoin d'un plongeur, et Donny avait laissé un message sur son répondeur pour lui demander s'il pouvait passer dans l'après-midi.

Trois heures plus tard, Tara ajoutait de la crème à sa soupe de brocolis quand Alice Fenton fit irruption dans la cuisine. Vêtue d'un jean, d'un polo et de mocassins, elle mesurait dix centimètres de plus que Tara, et pesait probablement quinze kilos de plus, ce qui lui donnait une allure imposante, même à l'âge de soixante ans. Son visage était peu ridé, et ses yeux bleus pétillaient d'intelligence et de gaieté. Plus d'une fois, Tara avait regretté que cela n'ait pas fonctionné avec Bill. Alice aurait fait une belle-mère formidable.

Alice l'embrassa avec effusion, et ignora Janet, qui terminait de préparer la quantité de pancakes pour le petit déjeuner, avant de passer à la préparation du déjeuner.

Tara ne s'attendait pas à autre chose. Elle savait que les deux femmes ne s'appréciaient pas. Elles avaient eu un différend quinze ou vingt ans plus tôt, et aucune des deux ne semblait décidée à enterrer le passé. Janet avait un fils du même âge que Bill Fenton, et Tara avait l'intuition que le problème était lié aux deux garçons.

Peu après son arrivée, elle avait été témoin de l'animosité entre les deux femmes et avait essayé de les interroger discrètement. Aucune des deux n'avait voulu se confier, et elle déplorait que les deux personnes qu'elle appréciait le plus à Wyattville ne puissent se supporter.

Elle aurait bien sûr pu interroger ses clients, mais elle ne voulait pas qu'Alice ou Janet pensent qu'elle prêtait l'oreille aux ragots qui circulaient sur elles.

— Je suis contente de voir que vous êtes bien rentrés, dit-elle.

Quinze minutes plus tôt, elle avait aperçu Alice et Henry dans la salle, et s'était doutée que sa propriétaire se précipiterait dans la cuisine à la première occasion. Henry, sachant que sa femme lui ferait un compte rendu sur le trajet jusqu'à chez eux, était resté à discuter avec un groupe de fermiers.

— Que s'est-il passé exactement ? demanda Alice, en allant droit au but.

— Je pense qu'un gamin amateur de base-ball a voulu améliorer son lancer.

— C'est ce que la police a dit ?

— Oui. C'est la seule explication cohérente.

Évidemment, ils ignoraient que Michael Masterly ne possédait pas une once de cohérence. Irrationnel, capricieux, manipulateur, voilà des adjectifs qui lui convenaient davantage. Et il était très habile à le masquer.

Tara se pencha et remua la sauce qui bouillonnait dans la large sauteuse à côté de la marmite de soupe. Le plat du jour se composait de spaghettis bolognaise. Les parents de Janet avaient apporté avec eux la recette de leur Italie natale, et Tara, qui en raffolait, n'était pas le moins du monde offensée de n'être autorisée qu'à tourner la préparation.

— Le voyou qui a fait ça devrait payer le remplacement de la vitre, déclara Alice.

— Encore faudrait-il le retrouver.

— On m'a dit que le nouveau chef de la police vous avait aidée à nettoyer les dégâts. De quoi a-t-il l'air ?

Décidé. Peut-être un peu autoritaire…

Sexy en diable.

— C'est un flic de la grande ville qui aide un vieil ami. J'ai cru comprendre que notre rythme de vie est un peu trop lent pour lui.

— Je crois que je vais l'inviter à dîner. Puisque Chase est absent, le pauvre homme doit errer comme une âme en peine dans cette maison vide. Et je pense que ce serait l'occasion idéale de lui présenter Madeline.

Tara comprenait mieux, maintenant. La jumelle de Bill était revenue au domicile familial l'année précédente, après son divorce. Pendant quelques mois, les deux enfants adultes avaient vécu sous le même toit que leurs parents.

Se fiant à certaines remarques de Bill, Tara avait toujours pensé qu'il venait chercher refuge au Nel's pour éviter Madeline. De nombreuses rumeurs couraient au sujet de celle-ci. La dernière en date faisait état d'une liaison avec un homme marié. Madeline aimait les hommes, et il était certain qu'elle ne ferait qu'une bouchée de Jake.

— Vous voulez jouer les marieuses ? demanda-t-elle à Alice, en faisant un effort pour paraître détachée.

Pour une raison qu'elle ne s'expliquait pas, l'idée que Madeline plante ses griffes dans Jake la hérissait.

Alice haussa les épaules.

— Et alors ? Pourquoi pas ? Mais j'aimerais que vous veniez aussi.

La cuillère glissa des mains de Tara et plongea dans l'épaisse sauce tomate. Janet se tourna vers elle, les sourcils froncés.

Tara s'empara prestement d'une pince de service et s'en servit pour repêcher la cuillère. Ce faisant, elle se creusait l'esprit pour trouver une raison de refuser.

Elle n'avait aucune envie de regarder Madeline flirter toute la soirée avec Jake. Malheureusement, Alice ne supportait pas qu'on lui refuse quelque chose. C'était peut-être aussi en partie pour cela que son fils se réfugiait au Nel's.

— Je suis très occupée avec le restaurant, Alice. Et j'ai une pile de documents à vérifier.

— Ridicule. Vous avez besoin de vous nourrir. Et je ne veux pas que mes intentions soient trop évidentes, vous comprenez ? Je vous en prie, venez.

Tara s'encouragea à agir normalement. Inutile d'en faire tout un drame. Et puis, Alice lui avait bien souvent rendu service.

— D'accord. Dites-moi seulement quand.

— Ce soir. Je suis déjà passée au poste de police, et il est disponible. J'ai pris la liberté de lui dire que vous seriez des nôtres. Rendez-vous à 19 heures.

Tara fit un effort surhumain pour continuer à sourire.

— Très bien. À ce soir, donc.

Sa propriétaire était presque sortie de la cuisine quand Tara la héla.

— Dites-moi, Alice, seriez-vous passée chez moi, hier en fin de journée ?

— Pourquoi ?

Alice paraissait un peu désarçonnée, et Tara se demanda si elle avait changé de sujet de façon trop abrupte.

— Quand je suis rentrée chez moi après le pique-nique, l'écran de la moustiquaire n'était pas bien fermé. Vous savez qu'il ne s'enclenche pas correctement. J'ai pensé que vous aviez eu besoin d'entrer prendre quelque chose. Je sais qu'Henry a encore des outils dans la cave.

Alice afficha un sourire bienveillant.

— Ma chère petite, vous savez bien que nous étions absents.

— C'est ce que je pensais. Ça n'a aucune importance de toute façon.

— Je vais demander à Henry qu'il répare cette moustiquaire.

— C'est gentil, mais ce n'est vraiment pas la peine.

Elle ne voulait pas que la moustiquaire soit réparée. Le moindre détail pouvant la mettre en garde contre la présence d'un intrus était vital.

7

Jake achevait sa patrouille à travers la ville. Il n'en avait pas eu pour longtemps, étant donné que la rue principale faisait à peine un kilomètre et demi.

Il y avait le Nel's, la droguerie de Frank Johnson, une quincaillerie, un dépôt-vente de vêtements, un autre restaurant, le cabinet d'avocats de Chase, une banque, une épicerie de bonne taille, La Bonne Pinte et un autre bar plus petit. Pour trouver un médecin, un dentiste ou un comptable, il fallait aller à Bluemond.

Dans les rues adjacentes, on pouvait trouver toutes sortes de boutiques, alternant avec des maisons et immeubles d'habitation. Il fallait ajouter à cela une crèche, deux églises, un tailleur, un garage automobile et sa station-service, et une voyante.

Cette activité l'avait fait sourire. Peut-être ferait-il bien de consulter afin de savoir ce qu'il allait faire quand il quitterait Wyattville.

Son supérieur attendait son retour. Il avait admis que Jake avait besoin d'un peu plus de temps pour faire le point, mais lui avait bien fait comprendre qu'il espérait le revoir très rapidement en selle. « Vous n'avez rien à vous reprocher », avait-il dit.

Peut-être était-ce vrai. Il avait travaillé avec Marcy pendant presque huit ans. Il lui faisait confiance, admirait son éthique professionnelle et appréciait son ironie mordante.

Il avait écouté ses histoires de neveux et nièces, et avait sorti son chien quand elle s'était cassé la cheville. Il l'avait aidée à rapporter chez elle un immense sapin de Noël, et avait réparé sa toiture. Il lui avait donné des conseils pour ses rendez-vous amoureux, et elle avait fait de même. Il buvait une bière avec elle presque tous les vendredis soir.

Il n'y avait jamais rien eu de sexuel entre eux. Il la considérait comme un bon copain. Si elle lui avait envoyé des signaux de séduction, il n'en avait pas eu conscience.

En tout cas, sa mort laissait un terrible vide. Et peut-être avait-il accepté cette affectation temporaire parce qu'il avait besoin d'un endroit où se cacher le temps de guérir.

Et si ce n'était pas parfait, ce n'était pas non plus épouvantable. À dire vrai, il se sentait un peu coupable d'avoir méprisé cette mission et d'en avoir plaisanté avec sa famille, persuadé qu'il passerait son temps à distribuer des amendes pour stationnement gênant et à récupérer des chats dans des arbres.

Depuis son arrivée, il avait arrêté deux voleurs à l'étalage, répondu à un appel pour violence conjugale, assisté à une réunion inter-comtés sur le renforcement de la lutte contre la drogue. Demain, il avait rendez-vous à la banque pour discuter de sécurité car les petites agences étaient de plus en plus prises pour cible.

Finalement, c'était plutôt intéressant. En ville, il ne travaillait plus que sur la délinquance ordinaire et, pour un malfrat arrêté, cinq autres prospéraient. C'était une spirale sans fin.

À l'inverse, dans des communautés plus restreintes, un flic pouvait mettre à profit toute l'étendue de ses compétences.

Aussi, quand il avait vu Alice Fenton entrer au poste ce matin, avec l'air d'une femme en mission, s'était-il préparé à enregistrer une plainte. Il avait même, par automatisme, sorti un formulaire.

Quand elle l'avait invité à dîner, il avait été si surpris qu'il avait accepté sans même essayer de réfléchir à une excuse.

Évidemment, cela avait peut-être quelque chose à voir avec le fait qu'elle avait mentionné la présence de Tara.

La veille, quand Tara avait fait irruption au poste en appelant Andy d'une voix presque désespérée, il avait redouté le pire. Et, pendant un instant, il avait envisagé de renvoyer le jeune homme.

Puis il avait compris l'absurdité de sa réaction.

D'abord, il n'était chef que par intérim, il n'avait pas l'autorité pour prendre ce genre de décision. Et ensuite, comment l'aurait-il justifiée ? *J'étais jaloux de sa relation avec une femme qui fait comme si je n'existais pas ?* Oui, cela faisait très professionnel !

Quand Tara lui avait expliqué pourquoi elle avait besoin de l'aide de la police, il avait été sceptique. Mais elle semblait tellement convaincue par cette histoire de porte… Pourtant, une fois sur les lieux, elle avait rapidement capitulé et admis qu'elle s'était fait des idées.

C'était pour le moins curieux.

Il ne la connaissait pas depuis longtemps, mais il était persuadé que ce n'était pas une girouette. Elle était solide. Elle possédait sa propre affaire, et excellait dans son domaine.

Il avait testé l'autre restaurant de la ville et n'avait pas été enthousiasmé. La nourriture était banale, le service inattentif… Il n'y avait pas de chaleur, ni cette sensation d'être invité à un repas de famille, comme au Nel's. Et c'était Tara Thompson qui faisait toute la différence.

Il n'avait pas été aussi intrigué par une femme depuis… depuis jamais.

C'était encore une des expériences qu'il ne s'attendait pas à vivre à Wyattville. Et on ne pouvait pas dire que cela tombait au meilleur moment.

Qu'avait-il à offrir ? Dans quelques semaines, il serait parti. Et si la perspective d'une aventure n'était pas pour lui déplaire, il n'était pas certain que Tara voie les choses de la même façon.

Jake gara son véhicule de patrouille sur l'emplacement réservé devant l'immeuble municipal et sortit. Franck Johnson et sa femme Ginny, qui gardait les garçons de Lori Mae quand elle travaillait, se tenaient à côté de leur voiture. Riley et Keller étaient avec eux.

Riley tenait un carton de pâtisserie et Keller serrait dans son poing une brassée de ballons retenus par leur ficelle. Il s'en fallut de peu que le gâteau tombe à terre et que les ballons s'envolent.

C'était le trente-quatrième anniversaire de Lori Mae, et sa famille venait lui faire une surprise. Ils avaient demandé son aide à Jake. Normalement, Lori Mae ne travaillait pas le week-end, et il avait dû trouver une excuse pour la faire venir le samedi.

Ils virent la voiture d'Andy longer la rue et l'attendirent. Puis le groupe entra, mené par les jumeaux.

Une heure plus tard, il ne restait plus que Jake et Lorie Mae au poste. Le gâteau avait été mangé, les ballons percés. Lori Mae avait pleuré, embrassé ses enfants, ses parents, et même Andy.

— Vous m'avez bien menée en bateau, remarqua-t-elle.

— Je pensais que vous vous douteriez de quelque chose, en devant venir travailler le samedi.

— Non, ça se produit parfois aussi avec le chef Wilks. En revanche, une qui a été surprise, c'est Alice Fenton. Elle ne s'attendait vraiment pas à me voir. Que voulait-elle ?

— M'inviter à dîner.

— Je m'en doutais. Nous n'avons pas tant de célibataires que ça.

— Je crois qu'elle est mariée. Et elle est un peu âgée pour moi, vous ne croyez pas ?

— Mais pas sa fille. Elle a divorcé il y a un an, et elle est revenue vivre chez ses parents. Faites attention à elle. Mon mari et moi sommes allés à l'école avec Madeline. Même si elle avait un an de moins que nous, elle m'a toujours fait un peu peur. Ça tenait à quelque chose dans son regard.

— Que voulez-vous dire ?

— Ce ne sont que des rumeurs, bien sûr, mais il paraît qu'elle a dévasté la maison de voisins qui ne lui avaient pas payé ce qu'elle pensait mériter pour avoir gardé leurs enfants. Elle a tout détruit à l'intérieur et inscrit des insultes à la bombe sur la façade. Elle a même ouvert les enclos du bétail. Les vaches se sont dispersées à travers tout le comté. La police n'a rien pu prouver car ses parents ont juré qu'elle avait passé toute la soirée à la maison, à jouer à des jeux de société avec eux. Croyez-moi, même à quinze ans, Madeline Fenton n'était pas du genre à jouer à des jeux de société avec ses parents un vendredi soir.

— Eh bien, en tout cas, elle dîne avec ses parents ce soir. Et Tara Thompson doit se joindre à nous.

Lori Mae s'esclaffa.

— Intéressant. Je pourrais dire quelque chose de terriblement déplacé à propos des trios, si vous n'étiez pas mon supérieur. Mais je suppose qu'Alice ne veut pas que ses manigances paraissent trop évidentes. Depuis un an, Madeline avait jeté son dévolu sur Jim Waller, le directeur de la banque. En fait, elle a commencé à y travailler peu après qu'ils ont commencé à sortir ensemble. Il se disait qu'elle passait plus de temps dans le bureau de Jim, porte fermée, qu'à travailler à son guichet. Récemment, on m'a rapporté qu'ils avaient rompu. Ça doit être vrai.

À 18 h 45, Jake s'arrêtait sur le parking jouxtant le Nel's Café. Un peu plus tôt dans l'après-midi, il avait appelé Tara pour lui proposer de faire la route ensemble.

— Comment allez-vous ? demanda-t-il poliment tandis qu'elle s'installait sur le siège passager.

— Bien, mentit-elle.

Elle était à la fois fatiguée et frustrée. Donny ne s'était pas montré, et elle avait perdu un temps fou à réparer une fuite du lave-vaisselle. La chaleur, le surcroît de travail lui portaient sur les nerfs. Et le fait que le téléphone ait sonné quatre fois tandis qu'elle avait les mains plongées dans l'eau de vaisselle saumâtre, sans qu'il y ait d'interlocuteur au bout du fil, n'avait pas aidé.

C'était la cerise sur le gâteau, mais une cerise aigre sur un gâteau vraiment très mauvais.

Elle était d'une humeur de dogue et elle allait devoir faire un réel effort pour donner le change.

— Espérons que la soirée ne s'éternise pas, dit-elle. J'aimerais me coucher tôt.

— Heureusement que nous ne travaillons pas demain. Le café est bien fermé le dimanche, n'est-ce pas ?

— Oui. Et vous avez votre dimanche ?

— En effet. C'est la police du comté qui prend le relais. Cela permet à de petits départements comme le nôtre de contrôler les dépenses de personnel.

La conversation se tarit et Tara ne reprit la parole que pour donner à Jake les indications nécessaires pour trouver la maison.

Quand ils arrivèrent au bout du long chemin de terre battue qui desservait la bâtisse, Henry les attendait de pied ferme devant la porte.

— Il était temps que vous arriviez, marmonna-t-il. Alice était prête à organiser une battue pour vous ramener ici. Elle a fait tout un drame parce que son rôti risquait d'être trop cuit. Quand elle cuisine pour moi, elle ne se donne pas autant de peine.

— Allons, allons, cessez de ronchonner, dit Tara. Et laissez-moi plutôt vous présenter Jake Vernelli. Jake, voici mon propriétaire, Henry, qui d'habitude n'est pas aussi grincheux.

Henry afficha un grand sourire dévoilant des dents jaunies et mal implantées.

Jake tendit la main.

— Je suis ravi de vous rencontrer, monsieur. Merci pour l'invitation.

Suivant le fil de ses pensées, Henry était déjà passé à autre chose.

— Je n'ai pas oublié votre carrelage descellé, dit-il à Tara. Je ne vais pas tarder à m'en occuper.

— Je ne m'inquiète pas.

Elle se tourna vers Jake.

— Les Fenton sont les meilleurs propriétaires du Minnesota.

Alice apparut, en s'essuyant les mains dans son tablier.

— Mais que faites-vous à discuter dehors ? Ma sauce a tellement épaissi qu'elle est en train de se figer.

— Et vous trouviez que j'étais grincheux, plaisanta Henry, en passant un bras autour des épaules de Tara.

Alice l'ignora et les poussa vers la salle à manger.

— Nous sommes ravis que vous ayez pu remplacer ce bon Wilks, Jake. J'espère que vous trouvez vos marques.

Madeline, vêtue d'un pantalon blanc très ajusté et d'un débardeur vert assorti à ses yeux, se tenait près de la table.

Alice fit un large geste du bras, comme si elle était une hôtesse présentant une voiture de luxe dans un salon automobile.

— Jake, voici ma fille, Madeline. Elle travaille à la banque. Madeline, Jake Vernelli, notre nouveau chef de la police.

— Par intérim, seulement, précisa Jake en tendant la main.

— Vous êtes de Minneapolis, je crois, dit Madeline. Vous devez mourir d'ennui, ici. Il va falloir que nous trouvions de quoi vous divertir.

Sa voix était basse et rauque, presque intime, et son regard charmeur.

Elle réserva un tout autre accueil à Tara.

— Salut, dit-elle avec froideur, presque méprisante.

— Bonsoir, Madeline. Comment allez-vous ?

Madeline lança un regard coulé à Jake.

— Mieux, maintenant.

Tara observa discrètement Alice et Henry pour voir s'ils étaient embarrassés par l'attitude de leur fille, mais ni l'un ni l'autre ne semblait avoir remarqué son manège. Cela devait durer depuis si longtemps qu'ils étaient probablement immunisés, songea-t-elle. Ou peut-être espéraient-ils que quelqu'un ou quelque chose réussisse à lui faire quitter leur maison.

— Je vous en prie, asseyez-vous, dit Alice.

Elle fit signe à Tara de prendre la chaise en face de Jake. Madeline s'assit à côté de lui.

Jake accepta le plat qu'Alice lui tendait, se servit, et le passa à Madeline. En prenant le plat, cette dernière en profita pour lui caresser langoureusement les mains. Jake ne réagit pas.

Pestant en son for intérieur, Tara balaya la table du regard, dans l'espoir de se concentrer sur autre chose que sur l'attitude pitoyable de Madeline.

Ses yeux se posèrent sur Henry. Sa peau tannée comme un vieux cuir était écarlate et son nez pelait.

— On dirait que vous avez passé du temps au soleil, Henry.

— Bah, pour sûr que je ne suis pas allé dans un de ces fichus centre de bronzage.

Il jeta un coup d'œil à sa femme.

— Alice voulait un cabanon de jardin pour tout son outillage, mais l'artisan que j'avais engagé est tombé d'une échelle et s'est blessé au dos. Du coup, j'ai dû m'y attaquer moi-même.

Jake releva la tête de son assiette et s'adressa d'abord à Alice.

— Ce repas est un délice.

Puis il se tourna vers Henry.

— J'ai travaillé dans la construction pour payer mes études. Je peux peut-être vous aider.

Tara faillit s'étouffer avec sa nourriture. Jake avait l'air de chercher un prétexte pour passer du temps avec les Fenton. Était-il attiré par Madeline ?

— Eh bien, mais pourquoi pas, mon cher Jake, roucoula Alice.

À l'évidence, son plan fonctionnait beaucoup mieux qu'elle n'avait osé l'espérer.

— C'est tellement gentil à vous, insista-t-elle. Nous promettons de ne pas prendre trop de votre temps.

Jake lui sourit.

— Je serais heureux de rendre service.

Paraissant tout à coup se souvenir qu'elle avait une autre invitée, Alice se tourna vers Tara.

— Parlez-nous donc de ce pique-nique.

Tara fut ravie de cette diversion. Au moins, elle pouvait se concentrer sur Alice et Henry et ignorer Jake et Madeline, dont les seins semblaient sur le point de jaillir hors de son débardeur outrageusement échancré.

Elle parla de la parade, des diverses animations, et même de la course en sac, en évitant toutefois de mentionner qu'elle avait fini couchée sur Jake. Elle n'avait pas envie de donner à Madeline l'impression qu'elles étaient en concurrence.

Le repas était presque terminé quand Tara prit des nouvelles de Bill. Il lui semblait que cela aurait été grossier de ne pas le faire.

— Oh ! il va bien, dit Alice avec enthousiasme. Très, très bien. Il va se marier, vous savez.

Comment aurait-elle pu ne pas le savoir ? Alice le lui avait dit au moins cinq fois.

— Vous avez déjà rencontré sa fiancée ?

— Oh oui. C'est une fille ravissante. Et tellement intelligente. De plus, elle a un excellent travail.

— Et Bill ? A-t-il retrouvé un emploi ?

Alice se troubla, et lança un regard à Henry, qui piqua du nez vers son assiette.

— Eh bien, il est dans la vente. Comme avant.

Madeline intervint.

— Je te trouve bien vague, maman. Pourquoi ne nous dis-tu pas exactement ce que fait ce cher Bill ?

Alice repoussa sa chaise, et commença à desservir à grands gestes brusques. L'ambiance tournait au vinaigre. Madeline jeta sa serviette sur la table.

— Je viens de me souvenir que j'ai un rendez-vous, dit-elle.

Se tournant vers Jake, elle ajouta, non sans l'avoir lentement évalué du regard :

— Peut-être une prochaine fois ? suggéra-t-elle.

Puis elle quitta la pièce sans un mot pour les autres convives.

Alice empilait les assiettes, le visage fermé. Henry grimaçait, l'air mal à l'aise. Tara aurait voulu dire quelque chose pour les réconforter, mais elle ne trouvait pas les mots.

C'était une chose que Madeline soit grossière avec ses parents, mais qu'elle le fasse en public était particulièrement choquant. Cela ressemblait au comportement d'une gamine de treize ans, pas à celui d'une femme adulte.

Le malaise se dissipa quand Alice servit une tarte aux pêches accompagnée de glace à la vanille. Ils parlèrent de tout et de rien et, vingt minutes plus tard, Jake donna le signal du départ.

Ils se dirent au revoir sur le seuil. Tara constata que le soleil s'était couché. Ses derniers rayons d'or illuminaient le ciel et le zébraient de longues traînées pourpres. Mais il faisait encore chaud.

Jake déverrouilla sa voiture de patrouille et lui tint la portière. Elle ne s'attendait pas à cela, et son « merci » se transforma en un étrange coassement.

— C'est bien, il y a un peu de vent, dit-elle, consciente qu'Alice restait sur le perron et pouvait entendre leur conversation.

Jake ne répondit pas et fit le tour de la voiture. Tara baissa sa vitre.

— N'oubliez pas que vous devez me déposer au Nel's. Ma voiture est là-bas, dit-elle, plus fort que la normale.

Il l'observa en levant un sourcil.

— D'accord, dit-il en tournant la clé dans le contact.

Il enclencha la marche arrière et fit un rapide demi-tour. Tara jeta un bref coup d'œil par-dessus son épaule, et vit qu'Alice les observait toujours.

— On peut savoir pourquoi vous hurliez ? demanda-t-il.

— Je ne hurlais pas vraiment, répliqua-t-elle d'un ton boudeur.

— Si vous le dites.

Elle prit deux profondes inspirations.

— En fait, je ne veux pas qu'Alice se fasse de fausses idées.

— À propos de quoi ?

Elle résista à l'envie de soupirer. Il essayait délibérément de la pousser à bout, et elle était trop fatiguée pour se disputer avec lui.

— À l'évidence, elle espère que vous vous intéressiez à Madeline. Alice n'est pas seulement ma propriétaire, c'est aussi une amie. Je ne veux pas qu'elle croie qu'il y a quelque chose entre nous.

Elle attendit qu'il réponde, mais il ne semblait pas disposé à le faire. Nerveuse, Tara décida de mettre les pieds dans le plat.

— Écoutez, cette conversation est ridicule. Parlons d'autre chose.

Comme il gardait le silence, elle enchaîna :

— C'était gentil à vous de proposer d'aider Henry à construire son cabanon. Je ne savais pas que vous saviez travailler de vos mains.

— Je me débrouille. Mon père avait la passion du bois et, très jeune, je l'ai aidé à réaliser différents projets.

Elle comprenait mieux maintenant pourquoi il avait les mains calleuses.

Quant à elle, c'était l'amour des mots qu'elle avait partagé avec son père. C'était un éditeur de presse, et elle était fière de suivre en quelque sorte ses pas. Elle s'était imaginé qu'elle aurait beaucoup de temps pour apprendre de lui. Puis la vie avait pris un tour des plus inattendus quand ses parents, alors qu'ils rentraient d'un gala de charité, avaient trouvé la mort dans un accident de voiture, victimes d'un conducteur ivre.

Le choc avait tétanisé Tara, et elle ne savait toujours pas comment elle avait trouvé la force d'organiser les funérailles. Deux mois après, elle rencontrait Michael. Rétrospectivement, elle se demandait si son jugement n'avait pas été altéré.

— Eh bien, j'espère que vous aurez bien avancé durant les six semaines de votre séjour.

— Bah, si je dois rester une semaine ou deux de plus, je crois que Chase ne s'en plaindra pas.

Tara se demanda quel genre d'arrangement il avait avec son supérieur pour se mettre en disponibilité aussi longtemps.

— Vous devez avoir accumulé beaucoup de congés pour pouvoir vous absenter tout ce temps, remarqua-t-elle.

Elle se demanda s'il allait répondre. Ou esquisser le moindre mouvement. Ils étaient arrêtés au premier carrefour après la maison des Fenton. Il n'avait pas la moindre raison de ne pas avancer. Il n'y avait aucune autre voiture sur la route.

— Jake, insista-t-elle.

— Je suis en convalescence. J'ai reçu une balle dans la jambe, il y a trois mois.

— Je ne m'en serais jamais douté. Je veux dire que ça ne se voit pas du tout. Vous ne boitez pas.

Il esquissa un sourire.

— J'ai suivi à la lettre les conseils du kinésithérapeute.

— Ça a dû être horrible.

Elle tendit la main et lui toucha le bras.

— Que s'est-il passé ?

Jake observa sa main, puis releva lentement la tête jusqu'à ce que leurs regards se croisent.

— Je n'aime pas beaucoup en parler.

Tara nota qu'il avait dit la même chose à propos de son divorce.

— Je comprends. En tout cas, je suis désolée que ça vous soit arrivé.

Au moment où Jake allait redémarrer, la radio de bord grésilla et un message d'alerte fut diffusé, arrachant à Tara un cri d'effroi.

8

Ils arrivèrent sur les lieux presque au même moment que les pompiers. Jake fut soulagé de constater que c'était le garage qui était en feu, pas la maison.

— Restez là, ordonna-t-il à Tara, avant de bondir hors de la voiture.

La brise dont elle s'était réjouie un moment plus tôt ne les aidait pas. Le garage était complètement englouti par les flammes, et le tour de la maison ne tarderait pas.

À moins que les pompiers ne puissent agir rapidement.

Il regarda les hommes descendre du camion et connecter les lances. Une fois que les puissants jets furent en action, il se tourna pour chercher Tara des yeux.

Il eut un mouvement de panique en s'apercevant qu'elle n'était plus dans la voiture de patrouille. Puis il la vit, entourée d'Alice et d'un groupe d'autres voisins accourus pour voir l'incendie. La vieille dame avait un bras autour de son épaule, mais Tara ne cherchait pas de réconfort. Le regard dur, elle passait la foule en revue, comme si elle cherchait quelqu'un.

Mais qui, bon sang ? Une fois de plus, Jake songea qu'elle avait des choses à cacher.

Il fallut cinquante minutes pour éteindre le feu. Dès que les ruines ne furent plus qu'un amas fumant, le chef de section se dirigea vers Jake et se présenta.

— Bonsoir, monsieur, je suis Chad Wilson, le fils de Toby.

Jake lui serra la main.

— Que pensez-vous de cet incendie ?

— Je pense que nous avons eu de la chance que la camionnette ne se soit pas trouvée à l'intérieur, avec le réservoir plein.

Cela aurait été compliqué à maîtriser avec ce vent. Le bâtiment est totalement fichu.

— Y a-t-il un enquêteur spécialiste des incendies criminels ?

Chad hocha la tête.

— Vous l'avez devant vous.

— Et quelles sont vos premières conclusions ?

— Il est évident qu'il s'agit d'un acte délibéré.

— Comment le savez-vous ? demanda une voix de femme.

Jake se retourna brusquement. Il n'avait pas entendu Tara approcher. Son visage était livide, mais elle ne semblait pas réellement surprise.

Chad parut embarrassé.

— Je ne devrais pas en dire davantage, Tara. Il faut d'abord que vous fassiez une déposition.

— Comment cela, une déposition ?

À présent, Chad fixait le sol.

— Le chef Vernelli voudra sûrement s'assurer de votre emploi du temps…

— Je n'ai pas mis le feu à mon propre garage, protesta Tara. C'est la chose la plus ridicule que j'aie jamais entendue. Vous devriez avoir honte…

Comme elle menaçait Chad du doigt, Jake décida d'intervenir.

— Je n'ai pas besoin d'interroger Tara, dit-il. Je sais où elle se trouvait, puisqu'elle était avec moi.

Une lueur de curiosité s'alluma aussitôt dans le regard de Chad.

— Nous dînions chez les Fenton, s'empressa de préciser Jake.

Son intonation était explicite : arrêtez vos spéculations. Cet aspect de la conversation est clos.

— Et maintenant, dites-nous pourquoi vous pensez qu'il s'agit d'un incendie criminel.

— Il y a plusieurs points de départ évidents.

— J'aimerais y jeter un œil, dit Jake.

— Il faut attendre que les cendres refroidissent. Je reviendrai demain matin, quand il fera jour. Si je trouve quoi que ce soit qui pourrait aider à identifier le coupable, vous serez le premier averti. Pour le moment, je vais sécuriser la zone.

Il se tourna vers Tara.

— Deux de mes hommes vont rester dans le coin. Parfois, la cendre est assez chaude pour se renflammer, et avec ce vent vous pourriez être en danger dans la maison.

— Elle ne sera pas dans la maison, déclara Jake, d'un ton péremptoire.

— Si vous croyez…, commença Tara, en se tournant avec brusquerie de son côté.

Elle s'interrompit pour s'adresser à Chad.

— Vous voulez bien nous excuser ?

Il eut l'air désemparé.

— Bien sûr.

Lorsque le pompier se fut assez éloigné pour ne plus les entendre, Jake prit les devants.

— Tara, je ne suis peut-être qu'un remplaçant qui ne sait pas grand-chose, mais je sens bien qu'il se passe quelque chose d'anormal. Depuis quelques jours, il ne vous arrive que des ennuis. À présent, nous avons affaire à quelqu'un qui est assez inconscient pour déclencher un feu par une journée venteuse d'été. Vous êtes en danger. Vous devez me dire ce qu'il se passe, ou je ne pourrai pas vous aider.

L'indécision dans ses yeux était flagrante, et il crut pendant un instant qu'elle allait céder.

— Je comprends que ce n'est pas dans mon intérêt de rester ici, mais je dois prendre des affaires chez moi. Ensuite, je demanderai à Alice et Henry de m'héberger au moins pour cette nuit.

— Restez avec moi.

— Mais…

— Si Chad a raison et que l'incendie est bien d'origine criminelle, quelqu'un cherche au mieux à vous irriter, au pire à vous faire du mal. Alice et Henry pourraient courir un risque si on sait que vous demeurez chez eux.

Elle se mordilla la lèvre.

— Je ne vais mettre personne en danger. *Personne.*

On aurait dit qu'elle essayait de le mettre en garde. Mais contre quoi ?

— Je suis policier, Tara. Je peux prendre soin de moi. Et de vous aussi.

Elle ne répondit pas et se dirigea vers la maison. Jake en profita pour rejoindre Andy qui discutait avec deux pompiers.

— Hé, chef, on a eu de la chance ce soir, pas vrai ?

Jake hocha la tête.

— Il est vrai que cela aurait pu être dramatique. Qui a prévenu ?

— Un type. Il n'a pas donné son nom. Le numéro était masqué.

En dépit de la chaleur, un frisson courut le long de la colonne vertébrale de Jake. Quelqu'un avait délibérément mis le feu et prévenu les pompiers. Cette personne voulait-elle que Tara soit présente, afin d'assister à sa réaction, à son désespoir ?

Il balaya la foule du regard, en regrettant pour la première fois de ne pas être de la région. Pratiquement tous les visages lui étaient inconnus.

— Andy, regardez autour de vous. Y a-t-il quelqu'un que vous ne connaissez pas ?

Il attendit que le jeune homme ait passé la foule en revue.

— Non. Il y a deux, trois personnes que je n'avais pas vues depuis quelques mois, mais tout le monde est d'ici.

Ce ne fut pas une consolation pour Jake, car cela signifiait qu'il fallait chercher le coupable dans l'entourage de Tara. Peut-être parmi ceux en qui elle avait confiance.

— Je vais appeler le commissariat principal du comté et voir s'ils peuvent nous envoyer quelqu'un pour surveiller la maison cette nuit.

— Je peux rester, proposa Andy.

— Non, je veux que vous me retrouviez Donny Miso. S'il n'a pas un très bon alibi pour ce soir, vous l'embarquez.

Tara resta silencieuse durant le trajet jusqu'en ville. Ce devait être la fatigue, en conclut Jake. Il était presque minuit, et il savait qu'elle était debout depuis à peu près 5 heures du matin.

Lorsqu'il gara son véhicule de service devant la belle maison en brique de Chase et coupa le moteur, elle resta assise sans bouger.

— Vous avez l'intention de dormir dans la voiture ?

— La vie est drôle, vous savez ?

— Drôle dans le sens hilarant, ou dans le sens étrange ?

— Pour ce soir, principalement étrange. Si on m'avait dit ce matin que je dormirais dans la maison du maire de Wyattville, je n'aurais pas voulu y croire. Et pourtant, m'y voici.

Elle semblait démoralisée, et il détestait la voir ainsi. Dès leur première rencontre, elle lui avait paru débordante d'énergie et de motivation. Le Nel's était plus qu'un simple restaurant pour elle. C'était un endroit où se rassemblaient les gens, où se racontaient les histoires, où se cimentaient les amitiés. C'était la contribution de Tara à une communauté qu'elle adorait.

— Ça va aller, Tara. Demain, vous serez reposée et prête à affronter la situation. Et nous attraperons le coupable.

Elle prit une profonde inspiration.

— Un garage, ce n'est rien, je le sais bien. Je ne gardais même pas de choses de valeur à l'intérieur.

Sa voix s'était brisée sur la fin, et c'était comme s'il entendait les larmes qu'elle essayait de retenir. Il n'en fallut pas plus pour le bouleverser.

— Oh ! Tara, murmura-t-il en l'attirant dans ses bras.

Elle appuya son visage contre son épaule et se mit à pleurer, comme si son cœur se brisait, avec de grands sanglots vibrants et des larmes qui mouillaient sa chemise.

Il la tint contre lui en lui massant le dos, se sentant tout à la fois un peu maladroit et inutile, et en proie à une terrible colère contre celui qui avait fait ça.

Tara était mortifiée de s'être laissée aller ainsi. Jake avait été adorable avec elle sur le moment, et il avait continué à l'être après. Il lui montra la chambre libre et la salle de bains. Il lui apporta un verre d'eau et lui proposa des magazines à lire. Devant son refus, il alluma la télévision et lui demanda quel était son programme favori. Puis il lui proposa une coupe de glace.

Finalement, plus agacée que flattée par sa courtoisie, elle avait pris une douche. Ses vêtements empestaient la fumée, et elle ne voulait pas laisser l'odeur dans la maison de Chase.

Il y avait des produits de beauté de marque dans la chambre d'amis, et elle s'était demandé si l'austère maire de Wyattville avait eu l'occasion de recevoir chez lui des femmes qui appréciaient les petits luxes de la vie.

Une fois couchée, elle resta un moment à fixer le plafond avant de se décider à éteindre. Puis elle ralluma, se leva et alla fermer la porte à clé.

Était-ce pour maintenir Jake à l'extérieur, ou se garder en sécurité à l'intérieur ? Il s'était conduit en parfait gentleman, mais depuis Michael il lui était impossible de faire confiance à un homme.

De retour dans le lit, elle s'autorisa une remise en question qu'elle évitait depuis qu'elle avait vu les flammes jaillir du garage.

Devait-elle prendre la fuite maintenant, sans être sûre que c'était l'œuvre de Michael ? Elle n'allait quand même pas quitter tout ce pour quoi elle avait travaillé…

Son esprit s'affolait.

Elle s'obligea à respirer calmement et à visualiser des images apaisantes : champ de fleurs à perte de vue, chiots et chatons attendrissants, flocons de neige, tourte tiède aux cerises…

Elle essaya de faire le vide, en espérant désespérément que son esprit cesserait de vibrionner. Si seulement elle avait pu le faire basculer en mode veille, comme un ordinateur !

Mais quand le sommeil vint enfin, l'ombre maléfique de Michael y planait, et ses rêves furent peuplés de fureur et de sauvagerie.

9

Le soleil, semblable à une grosse orange lumineuse, commençait à poindre à l'horizon. Jake abaissa les vitres de sa voiture de patrouille pour profiter de la relative fraîcheur, et fit route vers la maison de Tara.

Avant de partir, il lui avait laissé un mot pour lui expliquer qu'il serait parti plusieurs heures. Il allait d'abord inspecter ce qu'il restait du garage, puis il irait au bureau terminer de remplir des papiers.

Il ne vit pas une voiture sur la route, jusqu'à ce qu'il se gare dans l'allée de Tara et constate que Chad Wilson était déjà au travail.

Chad releva la tête au moment où il sortait de voiture.

— J'ai presque terminé, annonça-t-il.

— Vous avez trouvé quelque chose ?

— La confirmation de ce que je pensais hier. Trois départs différents. Pas de trace d'accélérant, ce qui nous indique que le type était soit très confiant, soit chanceux — peut-être les deux.

— Que voulez-vous dire ?

— Il a dû démarrer un point, se déplacer jusqu'au second, puis au troisième. Le temps que le troisième point s'embrase, il devait déjà y avoir une belle quantité de fumée. Et il devait encore ressortir, ce qu'il a fait car nous n'avons pas trouvé de cadavre à l'intérieur.

Une lueur ironique s'alluma dans l'œil de Chad.

— Tant mieux, d'ailleurs, car ça m'aurait fait de la paperasse en plus.

Cette plaisanterie arracha un sourire à Jake. Ce n'était pas faux, mais au moins il aurait pu dormir à poings fermés.

— Autre chose ?

— Non. Mais si je peux partager mon intuition, ce n'est sans doute pas son premier incendie. Ce n'est pas un pro, mais il a une certaine technique.

Chad ôta ses gants ainsi que les protections sur ses chaussures.

— Je rédige un rapport, je vous en envoie une copie, et une autre pour la compagnie d'assurances de Tara.

Il ouvrit sa portière et déposa sa mallette à l'intérieur.

— Au fait, mon père m'a dit que votre pick-up était prêt. Vous pouvez passer le prendre quand vous voulez.

— Très bien. Je vais rester quelques heures au bureau, et je m'en occuperai après.

Jake monta dans sa voiture, mit le contact et composa le numéro d'Andy. Celui-ci répondit à la troisième sonnerie, la voix ensommeillée.

— Jake Vernelli, s'annonça-t-il. Vous avez parlé à Donny Miso ?

— Euh… ouais… Laissez-moi regarder mes notes.

Jake avait pris la direction du poste de police. Il croisa une voiture dont le conducteur lui adressa un signe de la main. C'est fou ce que les gens étaient amicaux dans la région.

Sauf celui qui s'en prenait à Tara. Et Jake ne pouvait se défaire du sentiment qu'elle en savait plus qu'elle ne voulait le dire.

— O.K., chef. Je l'ai trouvé à La Bonne Pinte. Le barman a confirmé qu'il était là depuis 20 heures.

— Qu'a-t-il fait avant ?

— Il a dit qu'il était resté assis sur un banc, dans le parc Washington.

— Quelqu'un peut le confirmer ?

— D'après lui, il y avait des ados avec des skate-boards. Il pense qu'ils se souviendront de lui. J'ai essayé de les trouver au parc, mais il n'y avait plus personne. J'y ferai un saut dans la journée. Ah, et au fait, Janet a appelé. Elle n'avait pas votre numéro. Elle a dit que c'était important.

— Et c'est à moi qu'elle voulait parler ? Pas à Tara ?

— C'est bien vous qu'elle a demandé, chef.

Jake prit le numéro de la serveuse de Tara, remercia Andy,

et mit fin à la communication. Il composa aussitôt le numéro de Janet, qui répondit à la première sonnerie.

— Bonjour, Janet, c'est Jake Vernelli. Vous vouliez me parler ?

— Comment va Tara ?

— Bien, je crois.

— Tant mieux. Écoutez, j'ai quelque chose à vous dire. Ce n'est peut-être pas important mais quand j'ai entendu parler d'un incendie, j'ai su que je devais dire quelque chose…

Elle marqua une légère hésitation.

— Ce n'est pas le premier incendie criminel qui se produit à Wyattville.

Jake trouva curieux que Chad Wilson ne l'ait pas mentionné.

— Quand se sont produits les autres ?

— Il y a presque dix-sept ans. Mon fils avait seize ans, le même âge que Bill Fenton. Ils étaient inséparables.

Il comprenait mieux maintenant pourquoi Chad n'en avait pas parlé. Il était peu probable qu'il existe un lien à tant d'années d'intervalle, mais comme Janet n'était pas connue pour répandre des commérages, ou parler pour ne rien dire, il ne voulut pas la rembarrer.

— Parlez-moi de ces feux.

— Plusieurs étables ont été incendiées. Du bétail est mort. Cela a provoqué la colère de beaucoup de gens.

— Que s'est-il passé ?

— Mon fils a été arrêté. Il n'est pas allé en prison, ni rien… Nous avons pris un avocat, et finalement les charges ont été abandonnées car il n'y avait aucune preuve. Mais certaines personnes n'ont jamais voulu croire qu'il était innocent, et ça a été difficile pour lui. Je sais qu'il n'avait rien fait. Il n'était pas ce genre d'adolescent.

— Qui a déclenché les incendies, Janet ?

— Je n'en suis pas certaine, mais j'ai toujours pensé que Bill Fenton avait quelque chose à voir là-dedans. Du jour au lendemain, ils ont cessé d'être amis et ne se sont plus jamais reparlé. J'ai interrogé mon fils, mais il n'a jamais rien voulu me dire.

— Et vous pensez qu'il peut y avoir un rapport avec l'incendie chez Tara ?

— Je ne sais pas. Tout ce que je sais, c'est que je n'ai pas envie que ça recommence. C'est tout ce que j'ai à dire. Au revoir.

Jake tambourina du bout des doigts sur le volant, en ne sachant pas quoi penser de cette conversation.

C'était un peu tiré par les cheveux d'envisager que Bill Fenton soit revenu pour incendier le garage de Tara, alors qu'il était en train de changer de vie. Mais il gardait à l'esprit cet étrange échange entre Madeline et sa mère… Et maintenant qu'il y pensait, le comportement d'Henry avait été un peu bizarre aussi.

Il décida que ça ne coûtait rien de se renseigner sur le fiston, simplement pour vérifier que les parents ne se méprenaient pas totalement sur lui.

Il se gara devant le poste de police, mais au lieu de sortir de voiture, il se mit à réfléchir à toutes les choses qu'il pourrait faire par ce beau dimanche matin ensoleillé.

Personne ne l'attendait, c'était sa journée de repos. Et, aussi puéril que ça puisse paraître, il était impatient de conduire de nouveau sa propre voiture, sa chère Veronica.

Il ignorait si Toby Wilson serait au travail, mais il décida de tenter sa chance. Il tourna à droite à la première intersection, puis tout de suite à gauche, et se gara devant l'atelier. L'une des deux portes était relevée, et il vit Toby penché sous le capot d'un véhicule utilitaire noir.

En l'affaire de quelques minutes, Jake fit le tour de Veronica, admira la qualité des réparations, paya la facture et empocha ses clés.

— Je reviens très vite, dit-il au garagiste, le temps de déposer la voiture de patrouille au poste et de revenir à pied chercher mon pick-up.

Ce fut fait en moins d'un quart d'heure. En quittant le garage, il agita la main à l'intention de Toby, ravi comme un enfant retrouvant son jouet favori.

Tandis qu'il longeait la rue, il songea à acheter des viennoiseries et du café. Andy lui avait confié que l'épicerie avait un rayon boulangerie-pâtisserie des plus corrects.

Et Tara semblait avoir un penchant pour le sucré… Tout à coup, il eut la vision idyllique d'un petit déjeuner pris ensemble sur la terrasse de Chase. Pour compléter ce charmant tableau d'harmonie domestique, il se voyait bien lisant le journal et commentant avec Tara les menus événements locaux.

En empruntant la rue principale, il jeta un coup d'œil au Nel's Café. Les vitrines et la porte étaient intactes. Sur une intuition, il décida de vérifier la porte de service.

Lorsqu'il entra dans le parking, ses pensées s'emballèrent. Pas à cause de ce qu'il voyait, mais plutôt de ce qu'il ne voyait pas.

Le véhicule de Tara n'était pas là. Quelqu'un avait-il volé la vieille camionnette ?

Jake sortit de voiture et emprunta l'escalier extérieur qui menait à l'appartement de Nicholi, en songeant que le vieil homme avait peut-être vu quelque chose. À la dernière minute, il se dit qu'il allait faire une peur bleue à Nicholi s'il ne se calmait pas. Le pauvre penserait qu'il était arrivé quelque chose à Andy et aurait peut-être un malaise.

Quand Nicholi ouvrit la porte, Jake était nonchalamment accoudé à la rambarde.

— Bonjour, Nicholi. Comment allez-vous ?

— Plutôt bien. Mais il commence à faire chaud dans mon appartement. Le climatiseur est trop vieux, et il n'arrive pas à suivre.

— Dites-moi, vous allez peut-être pouvoir me renseigner… Je croyais que Tara avait laissé sa camionnette ici, et j'ai été surpris de ne pas la voir.

— Oh ! mais elle est passée la prendre, il y a dix minutes. Je n'ai pas eu le temps de lui parler. Elle m'a fait un signe ; mais elle semblait pressée. Cette petite ne tient pas en place. Il faut toujours qu'elle s'occupe à quelque chose.

Oui, mais à quoi ? Et pourquoi ?

— Très bien. Merci, Nicholi. Prenez soin de vous.

Jake remonta dans sa voiture, et prit la direction de la maison de Tara. Ce faisant, il aperçut au loin sa camionnette.

Elle quittait la ville.

Il accéléra et se rapprocha, pas au point qu'elle puisse le repérer, mais suffisamment pour ne pas perdre sa trace.

Elle tourna vers le sud, et il la suivit sur la route à quatre voies. Finalement, elle s'engagea sur l'autoroute, en direction des Twin Cities.

Les doigts crispés autour du volant, Jake aurait donné cher pour savoir où elle allait ainsi. Qu'avait-elle à faire de plus important que de retourner chez elle ? N'était-elle pas impatiente de connaître les conclusions de Chad Wilson sur l'incendie ?

Jake oscillait entre la déception et l'inquiétude. Il avait presque réussi à se convaincre qu'il avait mal interprété les réactions de Tara, et qu'elle n'avait en réalité rien à cacher. Maintenant, avec cette escapade imprévue en ville, elle l'obligeait à admettre qu'elle dissimulait bel et bien des secrets qu'il ne pouvait plus ignorer.

Soixante minutes plus tard, Tara engageait sa camionnette dans un parking du centre de Minneapolis. Jake eut le plus grand mal à se retenir de bondir hors de sa voiture, de se ruer vers elle, et de lui arracher la vérité en la secouant par les épaules. Au lieu de quoi il se gara un peu en contrebas et la regarda traverser la rue et se diriger vers la bibliothèque municipale.

Elle gardait la tête baissée, en évitant de croiser le regard de quiconque. Elle marchait si vite qu'il faillit la perdre quand elle se précipita soudain dans l'un des ascenseurs. Il attendit le temps de voir qu'elle s'arrêtait au troisième étage, avant de prendre une autre cabine.

En arrivant à l'étage, il la vit déjà installée devant un terminal d'ordinateur, dos à l'entrée. Il attrapa un journal, trouva une table à l'écart, et orienta sa chaise de manière à pouvoir la surveiller, tout en faisant mine de lire.

Il ne pouvait pas voir ce qu'elle regardait, mais pas un instant elle ne détacha les yeux de l'écran. Le seul mouvement provenait de son poignet tandis qu'elle déplaçait la souris.

Des gens allaient et venaient mais personne ne l'approcha ou n'essaya d'établir un contact. La bibliothécaire, à la banque d'accueil, ne lui avait prêté aucune attention.

*
* *

Le temps s'écoulait avec une lenteur exaspérante. Consultant sa montre, Jake vit que quarante minutes s'étaient écoulées. Pour autant, il ne savait toujours pas ce que manigançait Tara.

Soudain, elle repoussa sa chaise et s'arrêta aussi rapidement qu'elle avait commencé. Il releva le journal devant son visage, en continuant d'observer juste au-dessus des feuillets.

Elle attendit l'ascenseur, en gardant les yeux fixés au sol. Une minute plus tard, les portes s'ouvraient et elle disparaissait de sa vue.

Jake jeta le journal sur la table et se précipita vers les escaliers. Il atteignit le hall juste à temps pour voir Tara s'engouffrer dans la porte à tourniquet de l'entrée. Il courut derrière elle, contrôlant à peine son énervement tandis qu'il la regardait avaler le trottoir à longues enjambées cadencées.

Une heure plus tard, Jake vit la camionnette entrer dans le parking derrière le restaurant. Tara était rentrée directement, à l'exception d'un bref arrêt au service à emporter d'un fast-food dans la banlieue de Minneapolis.

Il attendit dix minutes avant de s'engager à son tour sur le parking et de se garer à côté d'elle. Il frappa à la porte de service. Elle lui ouvrit et lui fit signe d'entrer.

— Bonjour, dit-elle d'un ton dégagé. Vous avez terminé de remplir vos dossiers ?

— Oui. Comment ça se passe ici ?

Elle désigna d'un large geste la table où s'amoncelaient carottes, céleris et pommes de terre.

— J'aime bien prendre de l'avance le dimanche pour le lundi. Je vais couper ces légumes, les mettre dans des seaux et les recouvrir d'eau. Ça fait vraiment gagner du temps pour la préparation des soupes.

— Je pensais que vous feriez la grasse matinée.

— C'est ce que j'ai fait un moment, et puis je suis venue ici.

Elle mentait avec un aplomb incroyable. Cela le mettait hors de lui, et pourtant il devait à tout prix garder un ton neutre.

— Je croyais que vous seriez intéressée par ce que Chad Wilson avait à dire.

— Je l'ai appelé peu après que vous vous êtes parlé. Il m'a dit que vous veniez de partir pour le poste de police.

Ce qui l'avait incitée à penser qu'il serait occupé pendant quelques heures. Peut-être même était-elle passée devant l'immeuble pour vérifier que sa voiture de patrouille y était.

— Il vous a dit ce qu'il avait trouvé ?

— Oui. Apparemment, il n'en sait guère plus qu'hier.

— Qu'espériez-vous qu'il découvre ?

Elle haussa les épaules.

— Je ne sais pas. Peut-être un moyen d'identifier la personne qui a fait ça.

— Et vous n'en avez aucune idée ?

Elle fixa sa main, et il se rendit compte qu'il tambourinait nerveusement sur la table. Elle l'agaçait au plus haut point, et il était incapable de le dissimuler. Lui qui avait fait craquer des malfrats autrement plus coriaces, il en était réduit à se comporter comme un bleu tout juste sorti de l'académie ne sachant plus comment mener son interrogatoire.

— Non, je ne vois pas, répondit-elle d'un ton parfaitement innocent.

C'était décidément une comédienne de talent pour être capable de donner le change de cette façon. Il était incontestable qu'elle cachait quelque chose et, quoi qu'il arrive, il finirait par trouver de quoi il s'agissait. Il n'était pas question qu'il laisse une seconde de plus ses sentiments entraver son jugement.

— Eh bien, je crois que je vais y aller, dit-il.

Il avait besoin de taper sur quelque chose. Peut-être Henry serait-il disposé à travailler sur le cabanon. Ainsi, il pourrait se défouler en martelant du bois de charpente qui ne lui avait rien fait.

Elle fit un petit geste de la main, et se mit à peler une pomme de terre comme si sa seule ambition dans la vie se résumait à cela.

10

Cinq jours plus tard, il faisait tellement chaud que même les buveurs de café les plus endurcis s'étaient convertis au thé glacé.

Tara posa un verre devant l'un de ses clients réguliers, et rit nerveusement quand le gobelet, rendu glissant par l'humidité, manque de lui échapper des mains.

— Désolée, dit-elle. Vous avez failli être baptisé.

— Pas de problème. Ça m'aurait rafraîchi.

En retournant vers le comptoir, Tara sourit à James Waller. Il prenait tous ses repas de midi au Nel's Café, et revenait souvent l'après-midi pour s'acheter une part de tarte. Il était calme, ne dérangeait personne, avait toujours la monnaie… Mais il est vrai qu'il était banquier et que ce dernier détail devait faire partie de la panoplie.

Elle avait dépassé sa table quand Jim fit quelque chose qui l'étonna.

— Tara, dit-il, je me demandais si vous voudriez m'accompagner demain soir. Je connais un endroit très sympa à Bluemond, où ils font des entrecôtes du tonnerre.

Tara retint un sourire. Qui employait encore ce genre d'expressions ?

Mais le problème n'était pas là. En arrivant à Wyattville, elle avait compris que les femmes jeunes et célibataires étaient plutôt rares dans cette petite ville rurale, et elle avait dû refuser des quantités de demandes. Un premier rendez-vous en entraînait un second. Un second rendez-vous se transformait en relation suivie. Puis venait le mariage.

Joanna Travis aurait pu se marier. Tara Thompson ne le pouvait pas.

Jim ne l'avait jamais invitée. En fait, cela faisait peu de temps qu'il fréquentait le Nel's. Quand Madeline Fenton et lui sortaient ensemble, ils n'y venaient jamais. Les gens bien informés disaient que leur relation était tumultueuse, oscillant entre ruptures et réconciliations. Ce qui, pour Tara, ressemblait beaucoup à un comportement d'adolescents. Comme dans une série télévisée à petit budget, l'histoire était toujours la même d'un épisode à l'autre. Madeline disait à Jim que c'était terminé, Jim rampait devant elle et lui achetait un bijou, et c'était reparti pour un tour. Jusqu'à la fois suivante.

Quelques mois plus tôt, cela s'était terminé pour de bon. Jim avait été le seul à être surpris. C'est à ce moment-là qu'il avait commencé à venir au Nel's. Peut-être pour éviter Madeline.

Mais il n'avait pas pu éviter les parents de Madeline. À sa troisième visite, Alice et Henry étaient déjà au comptoir. Les autres clients n'en avaient évidemment par perdu une miette, attendant de voir si les assiettes allaient voler. Tara avait vu Henry poser la main sur le bras de sa femme, peut-être pour lui rappeler qu'ils étaient en public.

Pas un mot n'avait été échangé ce jour-là. Une semaine après, Alice avait fait remarquer à Tara que Jim Waller n'était pas assez bien pour Madeline. Tara n'avait fait aucun commentaire. Si Alice voulait regarder sa fille à travers des lunettes roses, ce n'était pas à elle de lui dire qu'elle ferait bien de s'équiper d'une bonne paire de verres progressifs.

Quoi qu'il en soit, Tara s'était félicitée que la rencontre n'ait pas fait d'étincelles. Elle tenait à l'amitié d'Alice et Henry, mais elle ne voulait pas perdre la clientèle de Jim. Grâce à lui, son chiffre d'affaires hebdomadaire avait augmenté de quarante dollars.

La situation était redevenue potentiellement explosive quand Madeline s'était tout à coup prise de passion pour le café du Nel's.

Cela avait commencé le lundi suivant le repas chez Alice et Henry. Depuis, Madeline venait tous les jours, et se débrouillait toujours pour arriver quand Jake était là. Tara était persuadée que Madeline guettait à sa fenêtre l'arrivée de la voiture de patrouille de Jake. Le schéma s'était établi dès le premier jour. Madeline avait ignoré Jim en passant à côté de lui, et Jim n'avait manifesté aucune réaction. Elle s'était dirigée tout droit vers Jake, que cela n'avait pas vraiment l'air de déranger.

En ce moment même, ils étaient assis à une table pour deux. Jake avait dû dire quelque chose de follement drôle, car Madeline riait à gorge déployée. Franchement, elle en faisait un peu trop. Comment les hommes pouvaient-ils se laisser avoir par ces simagrées ?

Il s'était écoulé presque une semaine depuis l'incendie. Après leur brève conversation au restaurant ce dimanche matin-là, alors qu'elle était encore sous le choc de son expédition à Minneapolis, elle n'avait pas eu l'occasion de reparler à Jake. Elle ne se rappelait plus très bien ce qu'elle lui avait dit, mais elle avait remarqué qu'il avait l'air un peu bizarre.

Après ça, il s'était fait plutôt rare. Il avait parfois déjeuné au restaurant, mais n'avait guère fait plus qu'un signe de tête dans sa direction.

Voyant qu'il s'était levé et n'allait pas tarder à passer à proximité, elle se retourna vers Jim.

— Vous savez quoi, Jim, j'adorerais dîner avec vous. Pour quelle heure dois-je me préparer ?

Jake ouvrit la portière de son véhicule de patrouille, soulagé d'être enfin débarrassé de Madeline.

Lori Mae avait raison : Madeline envoyait d'étranges vibrations. Elle était aussi subtile qu'un néon clignotant, et tout aussi irritante. Mais il était troublé par ce que lui avait raconté Janet, et il espérait que Madeline pourrait lui en apprendre davantage sur son frère. Malheureusement, elle changeait de sujet dès qu'il essayait d'aborder la question.

Il avait fait des recherches sur Bill Fenton. Il vivait à Chicago et travaillait dans un fast-food. Alice avait un peu embelli les choses en disant qu'il était dans la vente, mais c'était de bonne guerre de la part d'une mère. Le fiston ne présentait pas d'absences inexpliquées à son travail, et se trouvait à son poste le lendemain de l'incendie chez Tara. S'il avait mis le feu au garage, il aurait fallu qu'il roule à vive allure cette nuit-là pour être au travail à 5 heures du matin. C'était matériellement possible, mais peu probable.

Jake appuya sur l'accélérateur et laissa Wyattville derrière lui. Sa matinée avait déjà été bien occupée. Il sortait à peine de la douche quand Lori Mae avait appelé. Quelqu'un avait vandalisé le distributeur de monnaie de la laverie automatique. Par chance, la voyante vivait dans la crainte de l'insécurité et avait fait installer sur la façade de sa maison une caméra pointée vers la rue. Les images, ainsi que les indices trouvés sur place, avaient permis d'arrêter deux étudiants qui étaient déjà en route pour la prison du comté.

Après avoir réglé ce cas, il s'était arrêté au Nel's Café pour s'assurer que Tara s'y trouvait et qu'elle avait de quoi s'occuper. Il n'avait pas envie que, bénéficiant d'un peu de temps libre, l'idée lui vienne de faire un saut chez elle. Ce serait pour le moins bizarre qu'elle le surprenne en train de fouiller sa maison.

L'idée avait germé dans sa tête la veille, quand il était passé chez Alice et Henry. Un peu plus tôt dans la journée, ce dernier avait laissé un message à Lori Mae, pour demander à Jake s'il pouvait venir l'aider à la construction du cabanon samedi après-midi. Jake s'était donc arrêté pour lui dire que c'était d'accord. En sa présence, Henry avait mentionné qu'il devait aller chez Tara pour changer des ampoules. Jake avait proposé de le faire à sa place, et Henry lui avait donné les clés.

Il avait la permission du propriétaire d'entrer dans la maison. Ce n'était pas illégal. Mais il avait débattu pendant une partie de la nuit pour savoir si c'était vraiment approprié. Il s'agissait de l'espace personnel de Tara. Elle avait droit au respect de son intimité. Mais elle était évasive et avait menti sur son voyage à Minneapolis. Au mieux, ce qu'elle cachait n'avait pas d'importance, peut-être s'agissait-il de quelque chose d'embarrassant. Au pire, son secret pouvait la mettre en danger.

Toute la semaine, il avait observé Tara au restaurant, en espérant qu'elle se confierait spontanément à lui. Mais elle ne lui avait prêté aucune attention. Il n'avait donc pas d'autre choix que de se livrer à des agissements qu'en d'autres circonstances il n'aurait même pas envisagés.

Chez Tara, il se gara derrière la maison, près du squelette

carbonisé du garage. Il ne tenait pas à ce que sa voiture de patrouille soit visible de la route, sinon Tara serait au courant de sa visite avant même qu'il soit retourné en ville.

Peu importait que le réseau de téléphonie mobile soit réduit à sa plus simple expression dans la région. La rumeur se propageait par les airs et, si l'information était vraiment croustillante, elle voyageait à la vitesse de la lumière.

Il franchit la porte de service et emprunta l'escalier, commençant sa fouille par la penderie de la chambre, qui lui parut très bien organisée, pantalons et chemisiers d'un côté, jupes et robes de l'autre.

Sur l'étagère, Tara avait disposé en piles bien nettes des boîtes de chaussures et d'autres boîtes de tailles variées. Il les vérifia toutes, et découvrit un nécessaire de couture, un assortiment de cartes de vœux, et trois cartons de livres de poche.

Il ouvrit ensuite tous les tiroirs et sentit sa bouche s'assécher en découvrant de la lingerie sexy. En faisant courir ses doigts sur la soie et la dentelle, il songea combien il était incongru de porter de tels sous-vêtements avec les T-shirts à manches longues que Tara affectionnait.

Il regarda sous le lit, ainsi qu'entre le matelas et le sommier, et ne trouva qu'un petit peu de poussière. Il fit ensuite une rapide inspection de la petite salle de bains.

Rien ne lui parut anormal… jusqu'à ce qu'il lève les yeux.

Une des dalles du faux plafond semblait avoir été déplacée. Se hissant sur le couvercle des toilettes, il tendit le bras, écarta la dalle, et trouva un téléphone portable. Il l'alluma et constata que la batterie était pleine.

Pourquoi diable cachait-elle un portable dans le plafond de sa salle de bains ?

Lorsqu'il voulut le remettre en place, il s'aperçut qu'il y avait aussi un sac. Il tâtonna pour s'en saisir et, se rendant compte qu'il était lourd, le descendit avec prudence. À l'intérieur, il y avait un jean, un sweat-shirt et des chaussures de sport. Le poids venait d'une volumineuse lampe torche en acier. Il l'alluma et nota que le faisceau était très vif, indiquant que les piles étaient neuves.

Mais ce fut le dernier objet qui lui procura le plus de

surprise : une enveloppe blanche contenant deux mille dollars en coupures de dix et de vingt.

Que faisait-elle avec tout cet argent ?

On aurait dit qu'elle avait tout prévu pour un départ précipité. Était-il possible qu'elle soit impliquée dans quelque chose d'illégal qui l'obligerait à fuir d'un instant à l'autre ?

Il remit tout en place, referma soigneusement la dalle du faux plafond et se dirigea vers le salon. À côté du vieux poste de télévision et du lecteur de DVD se trouvait une pile de DVD. Jake les passa en revue et constata qu'elle appréciait les films de Katherine Hepburn et ceux de Cary Grant. Il y avait aussi une pile de vieux journaux et magazines.

Le mauvais pressentiment de Jake s'accentua. Ce qui le dérangeait n'était pas tant ce qu'il trouvait que ce qu'il ne trouvait pas. Il n'y avait pas un seul album photos. Pas de lettres d'amis ou d'anciens amoureux… Tout le monde conservait ce genre de choses. Mais on aurait dit que Tara n'avait pas de passé.

Qui diable était Tara Thompson ?

Dépité de ne rien avoir appris sur l'occupante des lieux, il partit sans changer les ampoules. Cela lui ferait toujours une excuse pour revenir plus tard.

Pour son rendez-vous, Tara avait choisi de porter une robe noire avec des manches en mousseline. Cela suffisait pour dissimuler ses cicatrices, sans paraître trop couvrant. C'était idéal pour cette soirée, où le thermomètre flirtait toujours avec les vingt-cinq degrés. Pour la même raison, elle avait opté pour un maquillage minimaliste : poudre, brillant à lèvres et mascara.

En glissant ses pieds dans des sandales noires, elle prit conscience qu'elle n'avait pas mis de talons depuis un an. Un coup d'œil au miroir la rassura en partie. Elle n'était pas mal du tout. Et elle devait reconnaître que c'était agréable de porter autre chose qu'un jean et un T-shirt.

Il n'empêche qu'elle était nerveuse. Elle avait eu moins de vingt-quatre heures pour penser à l'invitation de Jim Waller. Quand il s'était assis au comptoir ce matin, elle avait failli annuler. Mais elle savait qu'elle avait besoin de sortir, de vivre de nouveau normalement. Sinon, cela voudrait dire que Michael avait fini par gagner.

Et ça ne lui ferait pas de mal de penser à autre chose qu'à Jake Vernelli. Il la rendait folle à force de souffler le chaud et le froid.

Elle se demanda combien de temps il lui faudrait pour l'oublier après son départ de Wyattville. N'était-il pas curieux qu'elle ait réussi à rompre avec son ancienne vie sans éprouver de nostalgie excessive, et qu'elle soit aussi inquiète de ne plus jamais revoir Jake ? Il faut dire qu'il avait une présence envoûtante. Et ça ne tenait pas uniquement à sa beauté, mais aussi au réconfort que promettait sa force tranquille.

À 18 h 30, Tara sortit par la porte de service et la verrouilla. La bride de sa sandale glissa de son talon tandis qu'elle marchait. Arrivée à la camionnette, elle se pencha pour la resserrer.

Elle se concentrait sur sa tâche quand elle entendit un véhicule s'engager dans son allée. Sa première pensée fut que Jim avait mal compris le lieu de rendez-vous et venait la chercher.

En tournant la tête, elle vit qu'elle allait avoir un problème bien plus important à régler. C'était Jake, au volant de son pick-up. Il avait la vitre baissée, et les cheveux emmêlés par le vent. Il croquait la dernière bouchée d'une pomme, et jeta nonchalamment le trognon dans les buissons, avant de demander :

— Que se passe-t-il ?

Il l'enveloppa d'un long regard insistant, et l'intense chaleur qu'elle éprouva soudain n'eut rien à voir avec la température.

— Vous allez quelque part ? insista-t-il.

Elle hocha la tête.

— Oui. Je… J'ai un rendez-vous. Que voulez-vous ?

Il lui montra une boîte d'ampoules.

— Henry m'a demandé de vérifier les lampes du couloir.

— Oh… Eh bien, vous allez devoir revenir. Il faut que j'y aille. Bonne soirée.

Elle ouvrit sa portière, s'attendant à ce que Jake fasse

marche arrière pour libérer le passage, mais il coupa le moteur et descendit de voiture.

Il portait un jean délavé couvert de poussière. Son T-shirt blanc était zébré de saleté, et il avait autour du cou un bandana rouge qui avait dû lui servir pour éponger la sueur de son visage.

Il s'approcha tellement d'elle qu'elle put sentir la chaleur qui émanait de son corps, et l'odeur troublante de sa peau baignée d'une odeur musquée de transpiration.

— Qui est l'heureux homme ?

— Jim Waller, le directeur de la banque.

Jake sembla réfléchir à cette information.

— Un grand type, mince, presque quarante ans… Il prend invariablement un sandwich à la dinde et un bol de soupe à chaque repas.

Tara constata qu'elle ne s'était pas trompée sur Jake. Il avait un don d'observation développé, et en savait beaucoup plus sur les habitants de Wyattville qu'il n'en laissait paraître.

— C'est bien lui.

— Il ne sortait pas avec Madeline Fenton ?

— Ça remonte à un moment, répondit Tara, d'un air dégagé.

— Vous ne pouvez pas y aller. Vous allez l'appeler et inventer n'importe quel prétexte… Vous n'avez qu'à dire que vous avez la grippe et que vous êtes contagieuse.

— Jake, vous êtes resté trop longtemps au soleil, aujourd'hui ?

— J'ai passé quelques heures à aider Henry cet après-midi, mais ça n'a rien à voir. Ce rendez-vous n'est pas une bonne idée, Tara. Quelqu'un cherche à vous nuire. Ce n'est pas le moment de sortir avec un inconnu.

— Ce n'est pas un inconnu. Il prend ses repas dans mon restaurant tous les jours.

— Où allez-vous ?

— À Bluemond.

— À quelle heure serez-vous de retour ?

— Je ne sais pas. À quelle heure est le couvre-feu, papa ?

Jake avait l'air sur le point d'exploser. Son nez affichait déjà un coup de soleil, et le reste de son visage rougit à l'unisson.

— Je dois y aller, ou je vais être en retard.

— C'est vous qui conduisez ? demanda-t-il d'un ton incrédule. Il n'a même pas la galanterie de venir vous chercher ?

— Je dois le retrouver devant le Nel's. Nous partirons de là-bas.

Avoir un rendez-vous avec un homme était une chose, mais elle n'était pas prête à le recevoir chez elle. Cependant, elle ne devait aucune explication à Jake.

— Excusez-moi, dit-elle.

Il agit si vite qu'elle n'eut pas le temps de deviner son intention. Un instant il affichait une posture nonchalante, et à la seconde suivante il la plaquait contre l'aile de la camionnette, pressant ses hanches dures contre les siennes. Sans lui laisser l'occasion de protester, il lui saisit le menton entre le pouce et l'index, inclina son visage, et captura fiévreusement ses lèvres.

Ce fut un baiser brûlant et sauvage, et lorsqu'il prit fin, elle eut envie de supplier Jake de le faire durer encore et encore.

Jake fit un pas en arrière.

— Pensez à ça pendant votre rendez-vous.

Pendant quatre kilomètres, Jim et elle avaient parlé du temps, du mauvais état d'entretien de la départementale, et encore un peu du temps.

— Comment vont les affaires ? demanda Tara, après s'être creusé la tête pour trouver un sujet de conversation.

— Ça se maintient.

Elle se mordilla la lèvre, mais cessa brutalement quand elle s'aperçut qu'elle avait le goût de Jake dans sa bouche. La pomme qu'il avait mangée et l'acidité de sa sueur se mêlaient en une troublante saveur sucrée-salée.

Formidable ! Comme si elle avait besoin d'un souvenir. Elle avait encore la tête tournée de son baiser. Quand il était remonté dans sa voiture pour libérer le passage, elle tremblait de tous ses membres.

En arrivant devant le Nel's, elle avait vu que Jim l'attendait. Si cela n'avait pas été le cas, elle aurait probablement fait demi-tour et aurait suivi le conseil de Jake.

Elle ne se sentait vraiment pas bien. Elle était complètement chamboulée et se rendait compte qu'elle n'était pas de très bonne compagnie pour Jim. Pourtant, il ne méritait vraiment pas cela.

— Vous êtes allé en vacances, dernièrement ? demanda-t-elle, en espérant que le sujet les occuperait un moment.

— Non. Je n'aime pas beaucoup voyager.

— Ah…

Elle contempla le paysage qui défilait par la vitre, en songeant qu'elle était bien punie d'avoir jalousé Madeline.

Quelques minutes plus tard, la situation empirait.

Le bruit caractéristique d'un pneu dégonflé arracha brusquement Tara à ses pensées. Jim pesta entre ses dents et se gara sur le bas-côté. Ils sortirent tous deux de la voiture, et observèrent le pneu arrière.

— Je n'ai encore jamais changé de roue, dit-elle, mais à deux je crois que nous pouvons y arriver.

— Je n'ai pas de roue de secours.

Se retenant de lever les yeux au ciel, elle ouvrit son sac et y prit son portable. Il ne lui fallut pas longtemps pour s'apercevoir qu'il n'y avait pas de signal. Ce n'était pas de chance. Elle avait presque toujours du réseau au restaurant et à la ferme.

— Essayez avec le vôtre, suggéra-t-elle. Il capte peut-être mieux.

Jim décrocha l'appareil à sa ceinture, observa l'écran et tiqua.

— Je n'ai plus de batterie.

— Évidemment ! marmonna Tara.

Elle fit le tour de la voiture de façon à mettre un peu de distance entre Jim et elle. Faute de quoi, elle aurait été capable de l'étrangler.

— Il y a une maison un peu plus loin, dit-il. Je vais aller demander de l'aide.

— Je viens avec vous.

Jim fixa ses sandales à hauts talons.

— Ces chaussures ne sont pas faites pour la marche. Il y a presque un kilomètre. Vous devriez rester ici.

Elle n'avait pas très envie de rester seule, mais passer une minute de plus avec Jim Waller était au-dessus de ses forces.

Et il avait raison pour les sandales. Elle pouvait toujours les enlever, mais elle doutait qu'il soit possible de marcher pieds nus sur la chaussée brûlante.

Elle pouvait aussi essayer de marcher sur le bas-côté. Ce serait plus frais que l'asphalte, mais il y avait des gravillons, des orties, et des tas d'insectes auxquels elle préférait ne pas penser.

Indécise, elle considéra les risques qu'il y avait à rester. Il restait encore deux heures de luminosité avant la tombée de la nuit. Elle pouvait verrouiller les portières…

— D'accord, mais faites vite, s'il vous plaît.

Jim venait de disparaître derrière la première colline quand un vieux pick-up à la peinture bleue délavée et couverte de rouille s'arrêta près de Tara.

Un homme d'une bonne quarantaine d'années, avec une casquette de base-ball des Minnesota Twins et un T-shirt gris, se pencha vers la vitre ouverte du côté passager, et cria pour couvrir le bruit de son moteur.

— Vous avez besoin d'aide ?

La vitre de Tara était fermée, mais elle entendit la question. Elle n'avait jamais vu cet homme, et décida de jouer la carte de la prudence.

— J'attends quelqu'un. Il ne va pas tarder à revenir.

L'homme ne parut pas comprendre.

— Non, merci, cria-t-elle en secouant vigoureusement la tête.

Il s'avança et gara son pick-up juste devant la voiture. Lorsqu'elle le vit ouvrir sa portière, Tara se recroquevilla sur son siège, en croisant les doigts pour ne pas se retrouver entre les griffes d'un psychopathe.

11

Jake roula pendant quinze minutes à travers Wyattville avant d'admettre que Tara lui avait fait un sacré effet.

Elle était incroyablement sexy dans sa robe noire, toute en courbes voluptueuses et en peau douce. Et elle sentait merveilleusement bon, comme un jardin au printemps.

Et si la camionnette ne leur avait pas servi d'appui quand il l'avait embrassée, il serait peut-être tombé. Avec elle, il avait les jambes en coton. Il avait essayé de l'éviter toute la semaine, en s'obligeant à se rappeler que c'était une menteuse. Mais, en la voyant au Nel's, en entendant son rire, ou en l'observant qui plaisantait avec un client, il avait ressenti comme une boule à l'estomac.

Il avait envie d'elle. Terriblement.

Et il était jaloux de Jim Waller.

Plus il y pensait, plus ça le mettait hors de lui. Cette femme était une catastrophe ambulante. Les ennuis la suivaient comme une procession de fourmis sur une traînée de sucre. Elle n'avait pas une once de bon sens.

Sortir avec un inconnu pour la simple raison qu'il déjeunait tous les jours au restaurant ? C'était bien la raison la plus stupide qu'il eût jamais entendue. Ce Waller pouvait très bien avoir enterré des cadavres de femmes dans sa cave. On ne pouvait pas se faire une idée des gens rien qu'en les regardant.

Huit années passées dans les forces de police lui avaient appris qu'il ne fallait jamais se fier aux apparences. Le jeune comptable au visage d'ange frappait sa femme à coups de batte de base-ball la nuit. La gentille grand-mère qui faisait des gâteaux pour son petit-fils vendait de la drogue…

Il ne connaissait pas l'histoire de Waller, mais les remarques insidieuses de Madeline sur le fait que Waller était encore amoureux d'elle ne cadraient pas avec cette soudaine invitation à dîner.

Le problème avec Jake, c'est qu'il détestait que les gens fassent des choses inattendues.

Il n'y avait qu'une route pour Bluemond. Il ne savait pas dans quel restaurant ils avaient prévu d'aller, mais il ne devait pas y en avoir tant que cela. Tara ne saurait jamais qu'il l'avait suivie. Il commençait à la connaître un peu, maintenant, et il savait qu'elle serait folle de rage.

Mais il n'était pas inquiet. Il était très doué pour ne pas se faire voir.

Un sourire aux lèvres, l'homme s'approcha de la voiture d'une démarche nonchalante. Le T-shirt était déformé par une petite bedaine, et le jean délavé était rapiécé à un genou.

Tara se calma un peu. Il avait l'air inoffensif, conforme à l'idée qu'elle se faisait d'un homme d'âge moyen portant secours à une femme dont la voiture était en panne.

— Je peux vous aider, mademoiselle ? J'habite un peu plus loin.

L'ironie de la situation la frappa. Il vivait probablement dans la maison vers laquelle Jim se dirigeait.

Elle baissa la vitre de quelques centimètres, laissant entrer un air frais tout à fait bienvenu. En quelques minutes, la température dans la voiture était devenue suffocante. Elle n'avait pas voulu laisser tourner le moteur pour que la climatisation continue de fonctionner, de peur que celui-ci finisse par être en surchauffe. Elle n'avait pas besoin d'un autre problème.

— Merci de vous être arrêté, dit-elle. Je crois que mon ami se dirige vers votre maison pour voir s'il peut téléphoner.

L'homme secoua la tête d'un air navré.

— Il ne trouvera personne à la maison. Ma femme et ma fille sont allées au cinéma.

Il habitait à côté. Il avait une femme et une fille. Tara commença à se détendre.

— Vous voulez que je vous aide à changer la roue ?

— Nous n'avons pas de roue de secours.

Il eut une moue désapprobatrice.

— Ce n'est pas très malin.

C'était exactement ce qu'elle pensait. Elle abaissa un peu plus la vitre.

— D'où êtes-vous ? demanda-t-il.

— Wyattville.

— Et vous allez où ?

— Bluemond.

— Eh bien, je crois que je n'ai plus qu'à rattraper votre ami pour qu'il puisse téléphoner de chez moi, et je le ramènerai pour qu'il attende la dépanneuse avec vous.

— C'est gentil. Merci.

L'homme fit deux pas vers son pick-up, avant de se retourner.

— Il fait diablement chaud, et je n'aime pas l'idée de laisser une jeune femme seule au bord de la route. Je n'aimerais pas que ça arrive à ma femme ou à ma fille. Vous ne voulez pas venir avec moi ?

Tara n'eut pas une hésitation. Elle n'aurait pas forcément autant de chance avec le prochain homme qui s'arrêterait. Il y avait tellement de monstres en liberté…

— C'est vraiment très aimable à vous, dit-elle en ouvrant sa portière. J'apprécie votre aide.

— Pas de problème. Venez.

Il démarra son pick-up, et s'engagea lentement sur la route.

— J'espérais que l'orage d'hier soir ferait baisser la température, mais j'ai bien l'impression que la canicule est partie pour durer, remarqua-t-il.

C'était la première pluie depuis que Jake Vernelli avait fait irruption chez elle. On aurait dit que cela faisait une éternité, mais cela remontait seulement à dix jours.

— Je sais. Ça n'a même pas suffi pour arroser mes plantes, dit-elle.

— Vous devez sûrement avoir soif aussi, Tara. Quand nous serons chez moi, je vous offrirai un verre d'eau bien fraîche.

— Formidable, dit-elle en tournant son visage vers la vitre pour qu'il ne puisse pas voir son expression.

Tara. Il l'avait appelée Tara.

Elle ne lui avait pas dit son prénom.

Il fallut à Jake dix minutes pour arriver à la hauteur de la voiture de Waller. Il ralentit, photographiant mentalement la scène. La voiture, inclinée sur son pneu à plat, semblait vide.

Les mains crispées sur le volant, il fit demi-tour et se gara sur le bas-côté, juste en face.

Son arme était dans la boîte à gants, et il la prit avant de traverser pour s'approcher de la voiture.

Vide. Pas de signe de lutte. Il n'en fut pas plus rassuré. Où était passée Tara ?

Il chercha des indices sur la route, et remercia l'averse de la veille. Même un bleu aurait pu suivre les empreintes. Assise côté passager, Tara était sortie de la voiture et en avait fait le tour pour regarder le pneu. Les marques étaient plus profondes, comme si elle y était restée un moment, les talons enfoncés dans la boue. Les empreintes de Waller étaient près des siennes.

Étaient-ils partis à pied vers Bluemond, en espérant être pris en stop par un automobiliste ? Quelqu'un s'était-il arrêté pour les aider ?

Il fit cinquante pas derrière la voiture. Rien d'inhabituel. Il revint sur ses pas, fit la même chose devant, et découvrit les traces d'un autre véhicule. À en juger par la largeur des pneus, il devait s'agir d'un tout-terrain.

Il se pencha pour essayer de voir des empreintes de pas. Oui, il n'y avait aucun doute, Tara avait marché vers le véhicule.

Était-elle montée à l'intérieur ? Waller et elle avaient-ils accepté d'être conduits quelque part ?

Il essaya de maîtriser la panique qui menaçait de le submerger. Il devait s'agir de quelqu'un qu'ils connaissaient, quelqu'un qui avait reconnu la voiture de Waller et s'était arrêté pour les aider.

Avec un peu de chance, ils étaient déjà à Bluemond, en train de siroter un verre de vin blanc et de faire mieux connaissance…

N'était-ce pas étrange ? Il était passé de la colère contre Waller pour avoir invité Tara à dîner, à l'espoir qu'ils soient bien arrivés au restaurant.

Il traversa de nouveau la route, se mit au volant, et exécuta son deuxième demi-tour de la soirée. Par mesure de précaution, il allait rouler jusqu'à Bluemond. Il ne trouverait pas le repos avant d'être certain que Tara était bel et bien en sécurité.

Tara ne pensait pas que l'homme s'était rendu compte de son lapsus. Il était trop occupé à consulter sa montre et à regarder dans son rétroviseur.

Ce n'était pas une coïncidence s'il s'était arrêté.

Lorsqu'il s'engagea dans l'allée d'une vieille ferme, elle regarda attentivement autour d'elle, persuadée de voir Michael sortir de derrière un buisson. Mais il ne se passa rien.

Bien sûr que non. Michael n'était pas idiot. Il attendrait qu'elle soit à l'intérieur, à l'abri des regards indiscrets d'un éventuel passant.

Et alors, il la tuerait.

Il terminerait ce qu'il avait essayé de faire quatorze mois plus tôt. Puis il retournerait à Washington, satisfait d'avoir gagné, et laissant à son complice le soin de se débarrasser du corps.

D'un mouvement de poignet, l'homme coupa le contact.

— Je ne vois pas votre ami, dit-il. Il a peut-être continué à marcher. Et si vous rentriez boire un verre d'eau ? Nous pourrons appeler une dépanneuse.

Elle n'avait absolument pas l'intention d'entrer dans cette maison.

Elle lui adressa un sourire reconnaissant.

— Avec plaisir.

Elle ouvrit la portière, avec l'idée de se débarrasser de ses sandales et de courir vers la route. Quand elle le vit apparaître au coin du pick-up, rapide comme l'éclair, elle changea de plan.

— Oh non, gémit-elle.

Il s'approcha, son regard faisant l'aller-retour entre elle et la maison.

— Que se passe-t-il ?

— Je me suis tordu la cheville. Ces stupides chaussures ! Je n'aurais jamais dû les mettre.

Elle recula sur la banquette, un pied relevé sur le marchepied du pick-up.

— Je crois que je ne peux pas marcher.

Il parut perturbé, comme si cela ne faisait pas partie des éventualités auxquelles il s'était préparé.

— Vous êtes sûre ? Je peux peut-être vous aider.

— Ça me fait vraiment très mal. Vous ne pouvez pas aller appeler vous-même ?

Il se dandina d'un pied sur l'autre.

— Vous devez venir à l'intérieur.

Elle leva la jambe, prête à le frapper là où ça lui ferait le plus mal s'il s'approchait encore.

Quand Jake arriva au sommet de la colline, il la vit. Elle, un pick-up, et un homme qu'il ne connaissait pas.

La porte passager était ouverte et elle était assise sur la banquette, les jambes dans le vide.

L'homme releva la tête en entendant le bruit d'un moteur. Il eut un mouvement pour la cacher, et cela suffit à Jake pour comprendre qu'il se passait quelque chose d'anormal.

Il s'engagea dans l'allée en faisant voler des gravillons, et s'arrêta derrière le véhicule. Il avait une main sur le volant, l'autre était cachée et tenait solidement son arme.

— Tara, appela-t-il, sans quitter l'homme des yeux. Tout va bien ?

— Je n'aurais rien contre un peu d'aide.

Si les mots semblaient innocents, il la connaissait assez pour percevoir de la peur dans sa voix.

L'homme s'était encore rapproché de Tara. Son regard faisait le va-et-vient entre Tara, Jake et la maison. Jake ne voyait pas d'arme, mais cela ne voulait pas dire qu'il n'en avait pas. Il pouvait très bien avoir un couteau ou autre chose.

— Que se passe-t-il ? demanda Jake.

— Nous avons crevé, et ce monsieur m'a gentiment proposé un verre d'eau.

Jake n'en crut pas un mot.

Une fois de plus, il appréciait l'intelligence de Tara. Elle voulait qu'ils s'en sortent tous les deux sans ennuis. Si l'homme pensait qu'ils ne représentaient un danger ni l'un ni l'autre, cela pouvait peut-être marcher.

— C'est très aimable, mais maintenant que je suis là, je vais vous raccompagner chez vous.

— Oui, s'il vous plaît.

Elle sourit à l'homme.

— Merci pour votre aide.

Jake la regarda descendre du pick-up et venir vers lui en boitant.

Son sang ne fit qu'un tour et il leva son arme. Le regard de Tara le stoppa. Elle secoua la tête de façon presque imperceptible et continua de marcher.

L'homme se tenait toujours à côté de son pick-up, surveillant chacun de ses pas. Lorsqu'elle ouvrit la portière et se hissa dans l'habitacle, Jake vit qu'elle avait le front couvert de transpiration.

— Démarrez, dit-elle. Je vous en prie, sortez-moi d'ici.

Il ne perdit pas de temps. Il s'occuperait de l'homme plus tard. Sa priorité était de mettre Tara à l'abri.

Il descendit l'allée en marche arrière jusqu'à la route, et prit la direction de Wyattville.

— Je dois savoir une chose, dit-il, en redoutant de prononcer les mots. Est-ce qu'il vous a fait du mal ? De quelque façon que ce soit ?

— Non.

Il ne put retenir un soupir de soulagement.

— Qu'est-il arrivé à votre jambe ?

— Rien.

— Je vous ai vue boiter.

— Ce n'est rien. C'était une ruse.

Et soudain, elle éclata en sanglots.

Il tendit le bras et l'attira contre lui. Elle accompagna son geste en se laissant glisser sur la banquette, et enfouit son visage dans son épaule. Il aurait voulu s'arrêter et la bercer contre lui, mais la prudence lui commandait de rouler jusque chez elle, là où elle serait vraiment en sécurité.

*
* *

Lorsque Jake s'arrêta dans l'allée de Tara, elle avait cessé de pleurer, laissant sa tête peser lourdement contre son épaule, comme si elle s'était vidée de toute son énergie.

— Nous sommes arrivés, dit-il. Vous vous sentez mieux ?

Du bout des doigts, il lui releva le menton et observa son visage. Ses taches de rousseur paraissaient plus sombres sur la pâleur de sa peau. Elle avait les yeux et le nez rouge, et les joues mouillées de larmes. Quelques mèches de cheveux humides collaient à ses joues.

De sa main libre, il repoussa les cheveux derrière ses oreilles, et retraça le chemin de ses larmes avec le pouce.

Elle soupira et ses lèvres roses s'entrouvrirent.

Il s'inclina.

Elle redressa le menton.

Il l'embrassa. Et quand elle noua les bras autour de son cou, l'attirant contre elle, plaquant ses seins contre son torse, il se dit qu'il ne mettrait jamais fin à ce baiser.

Elle était brûlante et avait un goût de sel, et il la désirait avec une force qu'il ne pouvait ni décrire ni contrôler.

Et pourtant, il devait se ressaisir, dans son intérêt à elle.

— Tara, dit-il en la repoussant. Je n'ai pas envie d'arrêter, mais il le faut. Je dois savoir ce qui s'est passé.

Elle s'immobilisa, les yeux grands ouverts. Puis elle passa la langue sur ses lèvres incroyablement pulpeuses, et il faillit craquer.

Elle se trémoussa sur la banquette pour reprendre sa place, et sa robe remonta haut sur ses cuisses, dont la peau soyeuse couleur d'abricot appelait toutes les caresses. Il déglutit douloureusement.

— Nous avons eu un problème avec la voiture, dit-elle d'une voix enrouée. Une crevaison. Malheureusement, Jim n'avait pas de roue de secours. Nous voulions appeler une dépanneuse, mais il n'y avait pas de réseau. Il a proposé d'aller à pied jusqu'à une maison pour demander de l'aide. Peu après son départ, le type que vous avez vu s'est arrêté et m'a proposé de m'emmener. Il a dit qu'il vivait un peu plus loin avec sa femme et sa fille.

— Que s'est-il passé quand vous êtes arrivée chez lui ?

— En ne voyant pas Jim, j'ai eu un drôle de pressentiment. J'ai senti qu'il ne fallait pas que j'entre dans la maison avec lui. Alors, j'ai prétendu m'être tordu la cheville. C'est là que vous êtes arrivé.

Cela semblait plausible, mais Jake sentait que quelque chose clochait. Il avait vu la panique dans ses yeux, entendu la peur dans sa voix. Elle était terrorisée par ce type.

— Il a dit ou fait quelque chose ?

— Non.

— Il ne vous a pas menacée ?

— Non. Écoutez, j'ai probablement réagi avec excès, et je suis désolée si je vous ai fait peur.

Oui, il avait eu peur. Et à présent, il sentait monter la colère en lui.

— Que se passe-t-il, Tara ?

— Exactement ce que j'ai dit. Je suis montée dans la voiture d'un inconnu et, quand j'ai senti que ça risquait de mal tourner, j'ai pris peur. Si ça se trouve, c'est un brave père de famille qui n'a rien compris à ma réaction et qui pense que je suis folle.

Bien sûr. Elle n'y croyait pas plus que lui.

— Et Waller ? Quel est son rôle dans tout ça ?

Elle haussa les épaules.

— Je n'en sais rien, dit-elle en tournant la tête vers la vitre.

— Tara, dit-il à voix basse, je crois qu'il est temps que vous soyez franche avec moi. Il se passe des choses étranges autour de vous. Il est évident qu'on cherche à vous faire du mal. Vous comprenez, j'en suis sûr, que je ne peux pas vous aider si vous ne me dites rien.

Elle se mordilla le coin interne de la lèvre.

— Je ne vois pas de quoi vous voulez parler.

Tara avait envie de tout dire à Jake, mais c'était tellement compliqué. Existait-il un lien entre Waller et Michael ?

Elle savait que sa famille avait des activités bancaires dans l'Est. Michael avait-il promis à Waller un poste prestigieux quelque part ? Elle était peut-être son ticket de sortie de cette ville.

Il y avait une certaine logique dans cette hypothèse : l'invitation inattendue de Waller, le pneu crevé et pas de roue de secours, la voiture immobilisée dans un endroit où les portables ne fonctionnaient pas…

Sur le coup, elle était tellement irritée contre Jim, et tellement soulagée aussi que la soirée puisse se terminer plus tôt que prévu, qu'elle ne s'était pas étonnée de sa désinvolture. Mais c'était un homme qui alignait toujours ses couverts sur son assiette quand il avait terminé son repas. Il pliait deux fois sa serviette et la posait bien proprement sur le dessus. Puis il vidait son verre d'eau et le posait juste au-dessus du rebord de l'assiette, parfaitement centré.

Elle ne l'avait jamais vu sans parapluie un jour de pluie. Ses chaussures étaient toujours parfaitement cirées, son costume sans un pli, sa cravate bien ajustée… Il était l'illustration même du maniaque.

Ce n'était pas le genre à se lancer sur les routes sans roue de secours, et encore moins à oublier de recharger son portable. Ce type n'avait même pas le courage de commander du jambon ou du thon pour changer. Il s'en tenait au blanc de dinde. C'était un choix sans danger.

Quoi qu'il en soit, elle savait qu'elle ne pouvait compter que sur elle-même. C'était ce qui l'avait déjà sauvée une fois, quatorze mois plus tôt, et ça la sauverait encore.

— Je suis fatiguée, dit-elle. Je veux rentrer.

Jake ouvrit sa portière et faillit donner un coup de pied dans sa roue tant il était frustré. Il ne s'était pas senti dans cet état depuis le jour où il était rentré chez ses parents, et avait découvert son frère qui noyait son auto-apitoiement dans la vodka. Il l'avait ramené à la raison de manière plutôt brutale.

Ce n'était évidemment pas la solution avec Tara. Il n'empêche qu'il avait beaucoup de questions et peu de réponses.

— Je vais appeler Andy et lui demander de rechercher Waller.

— Pourquoi ?

— Parce que, aux dernières nouvelles, il marchait le long de la route, et qu'il semble avoir disparu. Je suis le chef de la police, Tara. C'est ma responsabilité de le retrouver.

Elle consulta sa montre.

— Cela fait à peine une heure que Jim et moi sommes partis du Nel's. Ce n'est pas comme s'il avait disparu depuis des jours.

Jake haussa les épaules. Il était possible qu'il fasse un peu de zèle, mais il s'en moquait. Il voulait parler à Waller le plus vite possible.

— Je vais aussi passer chez Chase pour prendre mes affaires.

— Quoi ?

— Mes affaires. Je m'installe chez vous.

Elle écarquilla les yeux.

— Je ne savais pas que j'avais passé une annonce pour un colocataire.

Le sarcasme ne l'atteignit pas.

— Je pars tout de suite pour être de retour avant qu'il ne fasse tout à fait nuit.

— Je ne veux pas de vous ici.

— Ça tombe mal, j'ai l'intention de vous suivre comme votre ombre. Que ça vous plaise ou non, je suis votre meilleure protection. J'ai une arme, et je sais m'en servir.

— Je n'ai pas besoin d'arme. Je sais me défendre toute seule.

Intéressant. Elle n'avait pas dit qu'elle s'était inventé un mauvais scénario, qu'elle avait fait d'une taupinière une montagne. Non, elle avait dit qu'elle savait se défendre toute seule.

— Je vous crois, dit-il. Vous êtes intelligente et assez têtue pour vous débrouiller sans l'aide de personne. Mais j'ai promis à Chase que je m'occuperais de sa ville et de ses amis. Je ne vais pas laisser survenir quelque chose que j'aurais pu empêcher.

— Donc, vous faites cela pour Chase ?

— Bien sûr, dit-il, prouvant qu'il avait un certain talent pour le mensonge.

Mais s'il disait la vérité à Tara, qu'il ne s'en remettrait pas s'il lui arrivait quelque chose, elle le prendrait pour un fou. Et la cohabitation serait encore plus difficile.

— Donnez-moi vos clés. Je vais vérifier la maison.

Elle obéit sans dire un mot.

Il entra et fit une rapide inspection. Quand il revint dans le salon, elle se tenait contre le mur du fond, tel un chat terrorisé par un gros chien. Il se rendit compte alors que, s'il ne l'avait pas brutalisée physiquement, il la malmenait quand même un peu.

Tant pis. C'était le prix à payer pour sa sécurité.

12

L'absence de Jake dura moins d'une heure, et Tara occupa ce temps à essayer de décider ce qu'elle devait faire.

Quand il lui avait dit qu'il s'installait chez elle, sa première réaction avait été le soulagement. Elle s'était sentie obligée de protester mais, en voyant qu'il campait sur ses positions, elle avait très vite renoncé à argumenter.

C'était une preuve de faiblesse et de dépendance de sa part, mais la situation était devenue plus critique ce soir.

Depuis que sa vitrine avait été vandalisée, et qu'elle y avait vu l'œuvre de Michael, elle avait redoublé de vigilance, et elle se sentait surtout vulnérable la nuit. À l'affût d'un bruit inhabituel, elle ne dormait jamais vraiment. Il en résultait une immense fatigue, proche de l'épuisement. Sa routine s'en trouvait perturbée. Elle avait même peur de prendre une douche, peur d'être nue et sans défense dans sa propre maison.

Et après cette nouvelle mésaventure, elle était plus effrayée que jamais. Joanna Travis, alias Tara Thompson, n'avait jamais été stupide, et cela aurait été une belle preuve de stupidité que de refuser une protection policière.

Jake faisait cela parce qu'il ne voulait pas décevoir un ami. C'était blessant pour elle, mais elle pouvait le comprendre. De toute façon, il n'y avait aucun avenir possible pour Jake et elle.

Le retour de Jake l'arracha à ses pensées. Il tenait une valise d'une main, et quatre sachets en plastique d'épicerie de l'autre. En chemin vers la chambre d'amis, il déposa ses achats sur le comptoir de la cuisine.

Lorsqu'il revint, il vérifia portes et fenêtres et commença à déballer les provisions.

— Je crois que nous n'avons dîné ni l'un ni l'autre, dit-il, au moment où Tara se demandait ce qu'il faisait. J'espère que vous aimez la pizza. J'ai acheté tout ce qu'il faut pour en faire une moi-même.

— Oui, dit-elle, presque à regret. J'adore.

— Parfait. Nous sommes au moins d'accord sur une chose.

Il ne souriait pas, mais il n'avait pas l'air aussi en colère qu'avant.

— Quand je suis à Minneapolis, reprit-il, je mange de la pizza au moins une fois par semaine. Je commence à être en manque d'hydrates de carbone, ici.

Elle appréciait ses efforts pour apporter un peu de normalité à cette soirée, et décida d'y mettre du sien.

— Je vous en prie, dites-moi que vous n'avez pas prévu de mettre des anchois.

— Non, je suis de l'ancienne école. Pas question d'ajouter des trucs bizarres comme des épinards ou de l'ananas. Je m'en tiens à la formule poivrons, champignons, oignons et olives noires.

— Et les tomates ?

Il se massa le menton.

— Je ne sais pas. C'est un peu audacieux pour moi.

— S'il vous plaît.

— D'accord. Mais ne le répétez à personne.

Lorsqu'il déroula la pâte, elle s'inquiéta.

— Vous en préparez pour combien de personnes, exactement ?

— Ne vous en faites pas. J'aime la manger froide le lendemain. Comment vous sentez-vous ?

— Arrêtez de vous tracasser pour moi.

— D'accord. Alors commencez à couper les légumes.

Lorsque tout fut prêt, Jake glissa la pizza dans le four et régla la minuterie. Puis il sortit une bouteille de vin rouge d'un des sacs. Il la déboucha et remplit deux verres qu'il avait trouvés en ouvrant tous les placards.

— Je ne m'attendais pas à du vin, admit Tara, les papilles déjà aiguisées par l'arôme entêtant.

— Ma pizza le mérite. Et ensuite, nous chanterons des chansons italiennes.

— Vous parlez italien ?

— Plus ou moins. Mais il en faudrait plus pour m'empêcher de chanter la sérénade. Venez, allons nous asseoir en attendant que ce soit cuit.

Il avait une façon tellement innocente de dire cela. Elle s'assit à un bout du canapé. Il opta pour une distance respectueuse à l'autre bout.

Elle but une gorgée de vin, puis une autre.

— C'est délicieux.

Les muscles de son cou et de ses épaules étaient un peu moins tendus, et elle décida que ce n'était pas si mal après tout, cette idée de se détendre en buvant du vin, de discuter de tout et de rien…

Le temps passa sans qu'ils en aient conscience, jusqu'à ce que la sonnerie de la minuterie les interrompe.

Il se leva et lui tendit la main.

— Et si on faisait un concours du plus grand mangeur de pizza ? proposa-t-il, enjoué comme un adolescent.

— Je ne me risquerais pas à vous défier. Je sais que c'est perdu d'avance.

Ils avaient fini de dîner et remettaient de l'ordre dans la cuisine quand on frappa à la porte de service. Jake posa un doigt sur ses lèvres, se dirigea vers la fenêtre, et déplaça de quelques centimètres le voilage pour voir au-dehors.

— Waller, murmura-t-il.

Elle hocha la tête et Jake ouvrit à leur visiteur.

— Bonsoir, je cherche Tara, dit Waller.

— Elle est ici, répondit Jake.

Il n'avait fait qu'entrebâiller la porte, et bloquait le passage.

— Je m'inquiétais pour vous, dit Waller, en se penchant pour apercevoir Tara.

— Un homme très gentil m'a porté secours. Puis Jake est arrivé et m'a raccompagnée à la maison.

Les mots coulaient naturellement de ses lèvres, et Jake se demanda combien d'autres mensonges elle avait ainsi proférés. Mais Waller parut accepter cette version.

— C'est bien ce que je pensais, dit-il. Il n'y avait personne à la première maison, et j'ai marché jusqu'à la suivante. Quelqu'un s'est arrêté, et j'ai pu utiliser son portable pour appeler un garage. Quand je suis retourné à la voiture, vous n'y étiez plus. Je devais attendre la dépanneuse, et dès que le pneu a été réparé, je suis allé au Nel's pour voir si vous y étiez. Il y avait votre camionnette, mais les lumières étaient éteintes, donc je suis venu directement ici.

L'histoire tenait la route. Mais Tara avait dit que l'homme s'était arrêté peu après que Waller eut dépassé la première colline. Ils auraient dû le rattraper, ou à défaut le voir au loin sur la route. Et si quelqu'un lui avait prêté son portable, cette personne pourrait confirmer cette version.

— Qui vous a prêté son portable ?

Waller marqua une hésitation.

— Une vieille dame. Je ne la connaissais pas, et elle ne m'a pas dit son nom.

Évidemment !

— Tout est bien qui finit bien, déclara Tara.

— Je suis désolé de ce qui s'est passé, dit Waller. Nous pourrions peut-être…

— Tara, vous pouvez me dire où est votre produit pour la vaisselle ? l'interrompit Jake. Il faut laver ces assiettes.

Waller eut l'air perplexe.

— On se verra au Nel's, dit Tara.

— Oui. Bien sûr. Eh bien, à plus tard, alors.

Il fit un pas en arrière et Jake referma la porte. Puis il se dirigea vers la fenêtre pour regarder l'homme monter dans sa voiture et s'éloigner.

— Je ne l'aime pas.

Tara hocha la tête.

— Quoi ? Vous ne protestez pas ?

Elle haussa les épaules.

— Ce type n'a pas de roue de secours et oublie de recharger son portable. Qu'y a-t-il à aimer chez lui ?

— Je suppose qu'il viendra lundi manger son sandwich à la dinde.

— Certainement.

Tara prit le liquide vaisselle sous l'évier.

— Pourquoi ne le ferait-il pas ?

Jake se contenta de secouer la tête et commença à faire couler de l'eau dans l'évier. Il lava rapidement les assiettes, puis vint s'asseoir dans le salon et fixa l'écran noir du téléviseur.

Tara était assise sur le canapé et regardait ses mains. L'ambiance avait changé depuis l'apparition de Waller. Les rires, la conversation légère, tous les efforts qu'ils avaient faits pour chasser cette mésaventure de leur esprit étaient réduits à néant.

Finalement, incapable d'en supporter davantage, Tara se leva.

— Bonne nuit, dit-elle.

Il attendit qu'elle soit au bout du couloir pour la héler.

— Tara, ne verrouillez pas votre porte. Si je dois entrer rapidement, je ne veux pas avoir à la casser.

Elle ne prit pas la peine de répondre.

Une fois dans sa chambre, elle se laissa tomber sur son lit et observa la porte, la seule barrière entre Jake et elle.

Elle avait réussi à donner le change à Waller, mais elle savait que ce serait difficile de faire comme si de rien n'était lundi. Elle devrait continuer à faire comme si ce pneu crevé n'était qu'un contretemps malchanceux.

Sa vie, et peut-être aussi celle de Jake, en dépendait.

Resté seul, Jake appela Andy et lui dit qu'il pouvait arrêter les recherches pour Waller. Puis il resta assis dans le salon vide de Tara, à attendre que son téléphone sonne. Il avait appelé le shérif du comté pour lui décrire l'homme, l'emplacement de la maison, et l'immatriculation du vieux pick-up, et il attendait de ses nouvelles. Même si Tara avait fait mine de prendre l'incident à la légère, il savait au fond de lui que quelque chose n'allait pas.

Quand son téléphone sonna enfin, il fut si maladroit dans sa hâte à répondre qu'il faillit laisser tomber l'appareil.

— Vernelli.

— J'ai des informations, annonça le shérif. La maison était vide. Les voisins disent qu'elle est inoccupée depuis trois mois.

Mais quelqu'un est entré récemment. On a relevé des empreintes de pas dans la poussière, des traces d'eau dans l'évier…

— Et le véhicule ?

— Enregistré au nom d'une dame âgée de St Paul. Elle n'avait même pas remarqué que le pick-up n'était plus dans son garage.

Jake jura entre ses dents.

— J'aurais dû l'interpeller.

— Pour avoir offert un verre d'eau à la jeune femme ? D'après ce que vous avez dit, il n'a rien fait d'illégal. Elle est montée de son plein gré dans la voiture.

— Je ne pense pas que ses intentions étaient innocentes. On ne sait pas ce qui se serait passé si elle était entrée dans la maison.

— Comme vous dites, on ne sait pas. Et on n'arrête pas les gens pour leurs intentions. En revanche, il ira faire un petit tour derrière les barreaux pour le vol du véhicule, si nous le trouvons. Cela nous donnera au moins une chance de lui poser des questions.

— Merci pour votre appel.

Huit heures plus tard, Tara coupait l'alarme de son réveil et se levait d'un bond. Elle s'arrêta net sur le seuil du salon en voyant que Jake était déjà debout, une tasse vide devant lui.

— Vous êtes levé depuis combien de temps ? demanda-t-elle.

— Un moment. Je n'arrivais pas à dormir.

L'explication était superflue. Il avait déjà pu constater dans le miroir de la salle de bains qu'il avait une tête à faire peur avec ses cernes creusés sous les yeux et ses cheveux en bataille.

— Vous devez vous reposer, dit-elle. C'est dimanche. Retournez au lit. J'ai une tonne de papiers à vérifier aujourd'hui, et il ne va rien m'arriver pendant que vous êtes dans la pièce voisine.

— Je vais bien. Ne vous inquiétez pas pour moi. J'espère que vous aurez terminé dans deux heures, car nous devrons partir pour Minneapolis.

— Pourquoi ?

— C'est là que vivent mes parents. Nous allons déjeuner chez eux.

Elle écarquilla les yeux.

— Il n'est pas question que j'aille chez vos parents. Je ne les connais pas.

— C'est l'anniversaire de mon père. J'ai appelé ma mère il y a vingt minutes pour lui dire que je venais avec vous. Mon frère sera là aussi.

— Que lui avez-vous dit ? Qui croit-elle que je suis ?

— Une amie, c'est tout.

— Je trouve que ça devient trop compliqué, déclara Tara.

Elle se dirigea vers la cuisine, se servit une tasse de café, et tendit la cafetière dans sa direction pour lui en proposer. Il déclina. Il en avait déjà bu trois tasses.

— On se débrouille comme on peut, compte tenu des circonstances, répondit-il, tout en songeant que ce serait beaucoup plus simple si elle disait la vérité. Je sors un moment. Andy doit passer m'emprunter Veronica. Il emménage dans un nouvel appartement aujourd'hui. Ça ne vous ennuie pas qu'on prenne votre camionnette ?

— Il faudra aller la récupérer devant le Nel's, mais pourquoi pas.

Elle semblait découragée.

— Vous allez quelques fois à Minneapolis ? demanda-t-il.

— Presque jamais.

Mais bien sûr ! Elle s'y était rendue exactement une semaine plus tôt, pour de mystérieuses recherches à la bibliothèque.

Il sortit et laissa l'écran de la moustiquaire claquer derrière lui.

13

Tara fut prête à l'heure. Elle portait un T-shirt à manches longues, et un short beige qui s'arrêtait deux centimètres au-dessus du genou.

Elle avait vraiment de belles jambes, songea Jake avec admiration, fines et féminines et pourtant musclées. Elle avait relevé ses cheveux, dégageant son cou délicat, et portait de petits anneaux aux oreilles.

Elle était à croquer. Et elle avait l'air tellement innocent ! L'était-elle ?

— Qu'est-ce qu'il fait chaud, dit-il avec un soupir. Heureusement, mes parents ont une piscine. Vous voulez peut-être prendre un maillot ?

Elle se mordilla la lèvre, hésitante.

— D'accord, je vais chercher un sac.

Dix minutes plus tard, ils prenaient place dans la vieille Malibu d'Andy et faisaient l'échange avec la camionnette devant le Nel's. Tara tendit les clés à Jake, et il se mit au volant.

— Il va falloir faire le plein, dit-elle.

Il s'arrêta chez Toby Wilson, et Tara entra dans la station pour acheter des boissons. Il avait presque terminé quand il vit Alice et Henry s'arrêter à la pompe voisine. Henry commença à se servir, et Alice entra à son tour dans la boutique.

Il passait le seuil en comptant ses billets quand Alice s'arrêta à côté de Tara. Cette dernière se tenait devant la porte ouverte d'une armoire réfrigérée et attrapait des bouteilles d'eau sur la clayette supérieure.

— Eh bien, ma chère, il paraît que Jim Waller et vous avez eu des ennuis hier soir, remarqua Alice d'un ton doucereux.

Tara sursauta.

— Qui vous a dit ça ? demanda-t-elle avec agressivité.

Alice parut surprise par sa réaction.

— Henry l'a entendu dire en ville.

— Nous avons eu une crevaison. Rien de grave.

— Mais il aurait pu vous arriver quelque chose d'horrible, toute seule sur cette route…

Le visage de Tara avait blêmi. Jake s'avança rapidement pour intervenir.

— Bonjour Alice, vous allez bien ?

Sans attendre la réponse, il ajouta :

— Tara, vous êtes prête ? Il faut y aller.

Ils étaient dans la camionnette et avaient déjà parcouru un kilomètre quand Tara prit la parole.

— Elle ne pensait pas à mal.

Probablement pas, songea Jake, sans ajouter de commentaire. Et, de toute façon, Alice avait raison. Tara avait eu beaucoup de chance. En aurait-elle autant la prochaine fois ?

— Ça vous ennuie si j'écoute le match à la radio ? Les Twins jouent à domicile.

Elle haussa les épaules.

— Pas de problème. Je regarderai le paysage.

Comme s'il avait beaucoup changé en une semaine.

Une heure plus tard, Jake garait la camionnette dans l'allée bordée de fleurs de ses parents. Il tira le frein à main et se tourna vers Tara, qui observait la paisible rue résidentielle.

— C'est joli, dit-elle. Il y a de très beaux arbres.

— Oui.

Il avait réussi à se calmer durant le trajet. S'il y mettait vraiment du sien, il réussirait peut-être à tenir toute la journée.

— Nous avons emménagé ici quand je suis entré à l'école primaire. Chase Montgomery habitait de l'autre côté de la rue.

— Ce devait être amusant d'avoir une piscine.

— Ils ne l'ont fait installer que depuis quelques années. J'ai demandé à ma mère pourquoi ils avaient attendu que nous soyons adultes, mon frère et moi, et elle m'a répondu qu'ils ne voulaient pas devenir le centre aéré de tout le quartier.

— Ce n'est pas bête.

— Mouais. Je crois surtout qu'elle avait peur qu'on se noie.

— Ce ne serait pas votre frère ?

Tara désigna un homme qui venait d'apparaître à l'angle de la maison, une main couverte par un gant ignifugé, l'autre tenant une assiette.

Jake hocha la tête et ouvrit sa portière.

— C'est Sam.

Lorsque Tara sortit de voiture, Sam se tenait à cinq pas de là. Il portait un ample T-shirt blanc à l'effigie de Bruce Springsteen, un short en jean bleu et des sandales de plage en plastique.

Jake se démancha le cou pour voir le contenu de l'assiette.

— Je croyais qu'il y avait des steaks.

— Évidemment. Ça, c'est pour l'apéritif.

Il tendit le plat de crevettes grillées à Jake, qui en prit deux, et en tendit une à Tara.

— Qu'est-il arrivé à Veronica ? demanda Sam, en regardant la camionnette avec suspicion.

— C'est à Tara.

— Ah bon, j'ai eu peur pendant une minute. Bienvenue. Vous devez être Tara.

Il tendit sa main gantée et Tara la serra avec un sourire amusé.

— Il faut que je pose la question. Pourquoi le pick-up de Jake s'appelle-t-il Veronica ?

Jake se massa le menton, indécis.

— Dis-lui, le pressa Sam.

— Ce n'est rien d'extraordinaire. Il y a quelques années, ma mère commençait à s'agacer que je n'aie pas de petite amie régulière. Elle avait peur de ne jamais avoir de petits-enfants, et elle harcelait Sam pour avoir des informations sur ma vie privée.

— C'est le moins qu'on puisse dire, commenta Sam.

— Bref, un jour, il en a eu assez…

— Même les gars des forces spéciales auraient craqué, dit Sam pour sa défense.

— Donc, chaque fois que ma mère disait quelque chose, il lui disait de ne pas s'en faire, j'étais allé avec Veronica au cinéma, ou au restaurant…

Tara ne put s'empêcher d'éclater de rire.

— Votre pauvre mère… Et elle croit toujours que Veronica est réelle ?

— Oui, mais elle pense que je suis mieux sans elle. Comme elle insistait pour faire la connaissance de Veronica, Sam a eu la brillante idée de lui dire qu'elle m'avait trompé.

— Eh bien quoi, Jake m'avait laissé la conduire à la station de lavage. Elle n'a même pas essayé de me repousser.

— Oh ! Seigneur, votre pauvre mère, répéta Tara.

— C'est une sainte, dit Jake.

Vingt minutes plus tard, Tara se disait que la vie n'était pas si mal quand on était assis dans un jardin magnifiquement fleuri, à profiter du soleil en sirotant un margarita bien frais, tandis que deux superbes hommes en sueur se disputaient un ballon de basket.

Ils avaient ôté leur T-shirt, révélant sous leur peau qui luisait au soleil le jeu puissant des muscles de leurs épaules et de leurs bras. Elle regarda Jake bondir et s'étirer vers le panier de basket, son corps puissant semblant voler dans l'air brûlant. La gorge soudain sèche, elle trempa les lèvres dans son verre.

Tom Vernelli, qui avait abandonné ses invités pour aller admirer ses plantes, revint vers Tara et sa femme après avoir fait le tour du jardin.

— Sheryl, passe-moi ton appareil photo. Mes roses sont en fleur et je veux immortaliser ça.

Sheryl poussa vers Tara une assiette de toasts aux rillettes de crabe, et sortit de la poche de son chemisier un appareil numérique extra-plat.

— Prends aussi des photos du gâteau.

Tom recula de quelques pas et prit quelques clichés. Puis il tourna l'appareil et, à la surprise de Tara, la prit en photo avec sa femme.

— Jake nous a dit que vous aviez un restaurant, dit Sheryl,

tout en regardant son mari se contorsionner pour photographier ses roses. Vous devez être très occupée.

Elle se cala contre son dossier, sans prêter attention à la bruyante partie de basket entre les deux frères. Ce n'était pas un peu de bruit qui allait faire peur à une femme ayant élevé deux garçons.

— Très occupée, c'est vrai, dit Tara. Mais j'aime ça. J'ai des clients formidables.

— J'ai travaillé dans une pâtisserie quand les enfants étaient au lycée. Ça me plaisait beaucoup. Je crois qu'il y a quelque chose dans la nourriture qui fait ressortir le meilleur de chaque personne.

— Si c'est vrai, maman, dit Jake en arrivant derrière elle et en lui passant les bras autour du cou, pourquoi ne cuisines-tu pas ?

Sheryl fronça le nez.

— Tu sens la transpiration. Va faire un saut dans la piscine.

— Rien ne vaut l'amour d'une mère pour vous réchauffer le cœur, dit Jake en adressant un clin d'œil à son frère qui l'avait rejoint.

— Je vous aime tous les deux, mais je vous aime encore plus quand vous ne sentez pas. Allez nager. Nous déjeunerons dans une heure.

— Vous vous joignez à nous, Tara ? proposa Jake.

— Avec plaisir.

Elle attrapa son sac, regarda dedans, et afficha une moue confuse.

— Oh non, je ne sais pas comment je me suis débrouillée. Je n'ai pas de maillot.

— Les maillots de bain sont en option, remarqua Sam d'un ton innocent. Enfin, ça dépend des invités.

— Silence, dit Jake, avant de se tourner vers Tara. Comment avez-vous pu oublier votre maillot de bain ? Vous êtes remontée le chercher.

— Je sais. J'aurais dû allumer la lumière. J'ai cru prendre mon maillot, mais je n'ai que le bas.

— Je ne vois toujours pas où est le problème, dit Sam.

Sheryl adressa un regard d'avertissement à ses deux fils.

— Nous ne sommes pas guindés. Et il fait trop chaud pour continuer cette conversation. Vous pouvez nager avec votre T-shirt et votre bas de maillot. Je vous prêterai un de mes T-shirts pour le déjeuner.

Tara n'en aurait pas besoin. Elle avait un soutien-gorge de rechange et un T-shirt à manches longues dans son sac. Idéalement, elle aurait préféré éviter complètement la piscine, mais elle avait quand même prévu un plan de secours.

— Excellente idée, dit-elle.

Elle suivit les instructions de Sheryl pour trouver la salle de bains et se changea rapidement.

De retour sur la terrasse, elle passa devant Jake, qui s'était installé sur une chaise longue pour siroter une bière. Elle marcha jusqu'à l'extrémité la plus éloignée de la piscine et descendit pas à pas les marches, jusqu'à s'immerger dans l'eau jusqu'à la poitrine.

— C'est fantastique, dit-elle. Vous ne venez pas ?

Jake la dévisageait, bouche bée.

— Quoi ? Qu'est-ce qu'il y a ?

Il secoua la tête et but sa dernière gorgée de bière.

— Rien. Rien du tout.

Il s'avança vers le bord le plus profond, exécuta un plongeon parfait, et nagea sous l'eau avant de réapparaître tout près de Tara.

— Je croyais que vos parents avaient fait construire la piscine depuis peu. Vous avez l'air de vous débrouiller plutôt bien, pourtant.

— Mon meilleur ami a une piscine. Et une sœur jumelle. J'y allais souvent et j'essayais de l'impressionner.

— Et ça marchait ?

— Plutôt pas mal. Vous voulez que je vous montre ?

Sans lui laisser le temps de répondre, il plongea, écarta ses cuisses, glissa la tête dans l'ouverture pour l'asseoir sur ses épaules et se redressa, la faisant ressortir de l'eau en même temps que lui.

— Mais qu'est-ce que vous faites ? protesta-t-elle.

Elle regarda tout autour, en espérant que ses parents n'allaient pas sortir de la maison à cet instant. Quand elle commença à vaciller, il referma les mains autour de ses genoux, et l'aida à retrouver son équilibre.

Seigneur, elle tenait son cou entre ses cuisses, et il n'y avait rien entre la peau de Jake et son intimité qu'un minuscule bout d'étoffe mouillée.

— Jake, dit-elle d'une voix étranglée. Je voudrais descendre.

— Oui. Vous avez probablement raison.

Il commença à s'accroupir, lui laissant croire qu'il allait la déposer doucement dans l'eau. Et soudain il la projeta en avant, et elle atterrit brutalement, la tête la première.

Elle remonta à la surface en crachotant et en s'essuyant les yeux.

— Hé, mais ça ne va pas ? dit-elle, furieuse.

— Vous n'aimez pas être dupée, on dirait ? Je vous rassure, personne n'aime ça.

— Qu'est-ce que ça veut dire ?

Il secoua la tête.

— Je vais faire quelques longueurs.

— Jake, je ne compr…

— Ho hé, comment est l'eau ?

Sam marchait le long du rebord de la piscine, une serviette autour des épaules.

— Excellente, dit Jake.

Et il s'éloigna de Tara, fendant sans effort l'étendue bleutée, d'un crawl fluide et rapide.

Tara dormit sur le trajet du retour, ou ce fut en tout cas l'impression qu'elle donna à Jake. À peine assise dans la voiture, elle avait fermé les yeux et s'était pelotonnée du côté de la vitre et n'avait plus dit un mot. Au bout de quinze minutes, il avait été à peu près certain qu'elle s'était obligée à s'endormir.

Excellente technique d'évitement. Mais ça ne marcherait pas. Il avait l'intention de la réveiller, de la faire rentrer dans la maison, et de la cuisiner jusqu'à ce qu'elle lui dise la vérité.

Ensuite, il passerait cinq heures au lit avec elle.

Il était obsédé par cette pensée. Il avait tellement envie d'elle qu'il était incapable de réfléchir normalement.

Chez ses parents, quand il l'avait vue déambuler le long de la piscine, il avait eu une soudaine vision de ses longues jambes enroulées autour de lui. Même avec ce stupide T-shirt, elle était plus sexy que la plupart des femmes qu'il avait pu voir.

Et même si elle cachait quelque chose qui pouvait mettre son entourage en danger, y compris lui-même, il continuait à la désirer. C'est ce qui l'avait agacé et conduit à se comporter stupidement. Il n'aurait pas dû lui faire boire la tasse. C'était immature. En un clin d'œil, il était redevenu un adolescent de seize ans.

Il passa le reste du trajet à se faire des reproches, et à s'exhorter à agir selon son âge réel.

— Tara, réveillez-vous, annonça-t-il bientôt. Nous sommes arrivés.

Elle ouvrit les yeux et roula la tête d'un côté et de l'autre, en essayant de revenir à la conscience.

— Je ne me sens pas bien, dit-elle dans un gémissement.

— Comment cela ?

— Je crois que je vais être malade.

En constatant qu'elle était livide, Jake s'affola.

— Vous voulez que je vous conduise à l'hôpital ?

Elle esquissa un faible sourire.

— C'est la deuxième fois que vous essayez de me convaincre que je dois voir un médecin. Ce n'est rien. J'ai dû rester trop longtemps au soleil. Je suis vraiment fatiguée, et j'ai très mal à la tête.

— Vous pouvez marcher ?

— Oui, je crois…

Elle se traîna à l'intérieur et, le seuil à peine passé, se rua vers la salle de bains.

Elle en ressortit quelques minutes plus tard, le teint verdâtre et la peau moite.

— Je crois que je ferais mieux d'aller me coucher.

Il l'aida à gagner sa chambre.

— Vous voulez vous déshabiller ?

— Non, juste m'étendre. Ça tourne.

— D'accord. Laissez-moi retirer le couvre-lit.

Il l'aida à s'asseoir et elle s'effondra sur l'oreiller, se roulant aussitôt en boule.

Jake sortit de la chambre et alla s'étendre sur le canapé, en se servant du plaid sommairement plié comme oreiller.

Ce n'était pas ainsi qu'il avait prévu de passer la nuit, mais, ces derniers temps, rien ne se déroulait comme il le souhaitait.

Tara fut arrachée à un sommeil agité par l'alarme de son réveil. Dans un état second, elle l'écouta sonner un moment sans bouger.

Elle venait à peine de rassembler l'énergie suffisante pour tendre le bras et l'éteindre quand la sonnerie s'arrêta. Elle ouvrit les yeux. Jake était à côté de son lit.

— Comment vous sentez-vous ? demanda-t-il.

— Bien, mentit-elle.

— Quand avez-vous mis l'alarme ?

— Hier matin. Je l'enclenche toujours le matin après m'être réveillée, même si la plupart du temps je suis levée avant que le réveil ne sonne.

Elle balança les jambes par-dessus le bord du lit et se leva. Puis elle se mit à tanguer d'avant en arrière et se laissa lourdement retomber sur le matelas.

— Vous allez devoir rester couchée, déclara Jake.

— Mais c'est lundi, je dois aller travailler.

— Non. Vous êtes malade. Vous allez tomber si vous essayez de bouger. Ce serait bien votre chance de vous évanouir près de la gazinière et de mettre le feu au restaurant. Vous restez ici.

— Mais Janet a besoin de moi. Je n'ai jamais été absente une seule journée depuis que j'ai acheté le Nel's.

— Peu importe. Vous n'irez pas.

— Mais…

— Ça m'inquiète de vous laisser seule ici. Vous vous sentez assez bien pour faire un peu de route ? Je voudrais que vous restiez chez Chase, comme ça vous seriez tout près du commissariat.

Tara essaya de faire le tri dans ses pensées, où régnait la plus grande confusion.

Hier, dans la piscine, ils avaient généré tellement de chaleur que l'eau avait failli bouillir. Et, dans le même temps, elle avait perçu la colère que Jake éprouvait à son égard, au point de lui faire brutalement boire la tasse.

Durant le repas, il s'était montré poli, dans un souci évident de donner le change à ses parents et à Sam. La conversation avait été plaisante, émaillée de rires et, pendant deux heures, elle avait eu l'illusion de la normalité.

Au moment du départ, les parents de Jake l'avaient embrassée chaleureusement en souhaitant la revoir. Mais Sam, qui s'était montré très bavard durant le repas, avait eu une attitude plus réservée.

Dans la voiture, Jake avait gardé le silence et, comme elle commençait à ne pas se sentir très bien, elle avait été soulagée de ne pas avoir à parler.

Quand il avait vu qu'elle était réellement malade, Jake avait montré un dévouement à toute épreuve. À présent, il semblait inquiet.

Cela faisait longtemps que personne ne s'était inquiété pour elle et, d'une certaine façon, elle trouvait cela réconfortant. D'autant qu'elle était certaine de ne rien avoir de sérieux. Quelques heures de sommeil supplémentaires, et il n'y paraîtrait plus.

— Non, Jake, finit-elle par répondre. C'est gentil, mais je préfère rester ici. Je ne me sentirais pas à l'aise dans une maison que je ne connais pas.

— Je peux faire quelque chose avant de partir ?

— Non, merci. Dites seulement à Janet que je serai là avant le rush de midi.

En arrivant au Nel's, Jake se gara sur l'emplacement de Tara. Il venait de couper le moteur quand son portable sonna. En voyant s'afficher le numéro de son frère, il eut une appréhension. Était-il arrivé quelque chose à ses parents ?

— Sam ? dit-il d'un ton prudent.

— Ta petite amie est plutôt mignonne. Je l'aime bien.

Jake relâcha son souffle.

— Tu m'appelles à 5 h 30 du matin pour me dire ça ? Et, au fait, ce n'est pas ma petite amie.

— Ah bon ? Elle est libre ?

Jake sentit les petits cheveux dans sa nuque se dresser.

— Je n'ai pas dit ça.

Sam éclata de rire.

— C'est bien ce que je pensais. Je t'ai vu quand elle est passée devant toi pour rejoindre la piscine. Tu as failli tomber de ta chaise longue et te fracasser la tête sur le ciment.

Jake soupira.

— Elle a un corps incroyable.

— On dirait que ça te rend triste.

— C'est difficile à expliquer, Sam. Elle me plaît, mais nous ne sommes pas ensemble.

— C'est peut-être une bonne chose.

— Comment ça ? Je croyais que tu l'aimais bien.

— Comment faire autrement ? Elle est intelligente, drôle, jolie… Mais elle a fait un truc bizarre.

— C'est-à-dire ?

— Tu as vu papa mitrailler tout et n'importe quoi avec son appareil photo ?

— Va droit au but.

— Dans le lot, il a pris quelques clichés de maman et Tara. Il a posé l'appareil sur la table de jardin quand nous sommes rentrés pour déjeuner. Au cours du repas, Tara s'est absentée.

— Elle est sans doute allée aux toilettes. Ce n'est pas interdit, quand même.

— Ce n'est pas ce qu'elle a fait. Je me suis levé juste après elle pour aller chercher une bière. Je l'ai vue sortir, prendre l'appareil photo et examiner son contenu. Je ne savais pas ce qu'elle faisait, mais j'ai vérifié dès qu'elle est retournée à l'intérieur. Les photos d'elle avaient disparu. Elle les a effacées.

Jake resta silencieux quelques instants.

— Et alors ? Elle n'aime pas qu'on la prenne en photo. Ce n'est pas un crime.

— Jake, j'ai vu son visage quand papa l'a photographiée. Panique à bord. Sous contrôle, mais il n'y avait pas à s'y tromper.

Jake ne dit rien. Il n'y avait rien à dire.

— Tu as vérifié ses antécédents ? demanda Sam.

— Mouais. Pas de casier.

— Je sais. J'ai vérifié aussi. Mais j'ai un copain au fisc. Devine quoi ?

— Elle fraude ?

— Non. Elle paye ses impôts dans les règles. Mais, ce qui est bizarre, c'est qu'il n'y a eu aucune déclaration de revenus avant l'année dernière, comme si elle n'avait jamais travaillé.

Il pouvait y avoir des dizaines d'explications, à commencer par une erreur administrative… Il se rappelait qu'elle lui avait dit avoir vécu auparavant en Floride. Son dossier n'avait peut-être pas suivi.

Ou alors, elle vivait dans une baraque en planches sur la plage et vendait de fausses turquoises à des touristes crédules. C'était peut-être une espionne russe ayant infiltré le programme spatial. Ou pourquoi pas, tant qu'on y était, une extraterrestre envoyée en éclaireur pour coloniser la terre !

— Je n'arrive pas à croire que tu as fait des recherches sur elle, dit-il.

Mais il avait conscience de l'inanité de sa protestation. Après tout, il avait fait la même chose. À la différence qu'il n'avait pas été aussi loin.

— Tu es mon frère, répondit Sam. Je tiens à toi. C'est la première femme que tu présentais aux parents, et je voulais savoir où tu mettais les pieds.

— Il est vrai que j'ignore beaucoup de choses la concernant, reconnut Jake. Mais je ne crois pas qu'elle soit une menace pour moi ou ma famille.

— Tu le crois, ou tu l'espères ?

Sam avait le don de frapper juste.

— Sans doute un peu des deux, admit Jake.

— Sois prudent.

Jake mettait fin à la communication quand Janet entra sur le parking. Il ouvrit sa portière et attendit qu'elle sorte de voiture.

— Où est Tara ? demanda-t-elle.

— Malade. Elle est restée trop longtemps au soleil, hier. Elle viendra plus tard. Elle se sent coupable de vous laisser dans le pétrin, et j'ai pensé que je pourrais vous aider à faire l'ouverture.

Janet haussa les épaules.

— Je me serais débrouillée. Mais puisque vous êtes là, vous n'avez qu'à préparer le café pendant que je fais chauffer le gril.

Elle déverrouilla la porte et lui fit signe d'entrer.

— Pensez à servir deux tasses à Nicholi et Toby, et dites-leur qu'il faudra un peu plus de temps pour leurs œufs ce matin.

Jake mettait les grains à moudre dans le broyeur quand le téléphone sonna. Son pouls s'accéléra en songeant qu'il pouvait s'agir de Tara.

— Allô ! dit-il.

— Bonjour. Je voudrais parler à Joanna Travis.

14

Jake ne reconnut pas la voix de l'homme.

— Je crois que vous avez fait une erreur de numéro.

— J'étais pourtant sûr que c'était bien son numéro. Excusez-moi de vous avoir dérangé.

— Je vous en prie.

Jake raccrocha et remarqua Nicholi qui attendait devant la porte.

— Vous êtes prête à commencer, Janet ? demanda-t-il.

— Oui. Faites entrer les clients.

Il alluma les néons et alla déverrouiller la porte.

— Bonjour, Nicholi, dit-il d'un ton enjoué.

— Bonjour, fiston. Où est Tara ?

— Elle a étranglé Janet. Je l'ai arrêtée et mise au congélateur.

Nicholi le dévisagea avec perplexité, avant d'afficher un grand sourire.

— J'aime les policiers qui ont le sens de l'humour. Mais que s'est-il passé vraiment ?

Jake versa le café dans une tasse et la poussa sur le comptoir vers le vieil homme.

— Elle est malade.

— Elle n'est jamais malade.

— Il ne faut jamais dire jamais. Elle viendra plus tard. Il lui faut simplement un peu de sommeil.

Toby Wilson était entré entre-temps et avait saisi la fin de la conversation.

— C'est peut-être la grippe. Elle aurait dû se faire vacciner.

— Elle ne ferait jamais cela, protesta Nicholi. Elle a horreur de tout ce qui touche à la médecine.

— Comment le savez-vous ? demanda Jake.

— Quand Henry Fenton a eu des douleurs dans la poitrine, il y a six mois, Tara l'a conduit à Minneapolis. Pendant qu'elle attendait aux urgences, un jeune homme est arrivé, le bras déchiqueté par un accident de moto. Tara est tombée dans les pommes. Plus tard, quand ils ont voulu l'hospitaliser pour faire des examens, Henry a dit qu'elle était partie en courant.

Jake se souvint qu'elle avait réagi avec virulence chaque fois qu'il lui avait suggéré de consulter un médecin. Soudain, il éprouva le besoin de l'appeler et de la rassurer.

Il se dirigea vers la cuisine, décrocha le combiné de son support mural et le remit aussitôt en place. Il ne pouvait pas l'appeler. Elle dormait.

— Vous paraissez troublé, dit Janet en relevant la tête de sa pâte à pancakes.

— Je… Je me fais du souci pour Tara.

— Vous ne devriez pas. Elle est très capable de prendre soin d'elle. Il ne faut pas la sous-estimer.

— Que voulez-vous dire ?

— J'ai travaillé pour l'ancienne propriétaire, Nel, pendant quatre ans. Quand elle a fermé, je n'avais pas l'intention de continuer. Tara a racheté le restaurant un mois plus tard. Elle est venue me voir et m'a dit qu'elle me paierait un dollar de l'heure en plus si je revenais.

— Et alors ?

Janet secoua la tête.

— Depuis trente-huit ans que je travaille, j'ai réussi à épargner la moitié de ce que je gagnais. J'ai un portefeuille d'actions qui vous ferait saliver.

Jake éclata de rire en observant Janet jeter les œufs sur la plaque à présent bien chaude.

— Donc, vous ne vouliez pas rester assise chez vous à compter votre argent ?

— Non. Et de plus, je savais qu'elle avait besoin de moi. Elle m'a laissé entendre qu'elle avait l'expérience de la restauration, mais je me suis très vite rendu compte qu'elle n'y connaissait rien du tout. Quand nous avons ouvert, je me suis dit qu'elle aurait de la chance si les affaires tenaient un mois.

— Pourquoi ?

— Elle était beaucoup trop nerveuse. Elle sursautait chaque fois que la porte s'ouvrait ou que le téléphone sonnait. Et elle semblait en permanence fatiguée, comme si elle ne dormait pas bien. Je savais qu'elle ne se nourrissait pas convenablement. Elle ne faisait que picorer la nourriture.

— Je l'ai vue manger, Janet. Elle ne picore pas.

— Plus maintenant. Ça a changé trois ou quatre mois après son arrivée. Elle a commencé à se détendre…

— Vous pensez toujours qu'elle ne va pas s'en sortir ?

— Non. C'est pour cela que je dis qu'il ne faut pas la sous-estimer. Le chiffre d'affaires a doublé ces six derniers mois. J'aimerais croire que c'est grâce à ma cuisine, mais je crois que c'est la présence de Tara en salle. Les clients l'apprécient beaucoup.

Janet s'essuya les mains sur son tablier.

— Je crois que je vais aller apporter ça à Toby.

— Bonne idée. Nicholi va finir par tomber de son tabouret à force de se pencher pour essayer de vous apercevoir.

Le visage ridé de la cuisinière s'empourpra violemment.

— Je ne vois pas de quoi vous parlez.

Jake étouffa un ricanement.

— Le contraire m'aurait étonné.

Lorsqu'elle arriva au restaurant, un peu avant 11 heures, Tara fut soulagée de constater que Janet gérait parfaitement la situation. Les soupes étaient prêtes, et le pain de viande était au four.

Elle n'était pas certaine qu'elle aurait fait mieux. S'occuper à la fois de la cuisine et de la salle n'était pas facile, mais, d'après les dires de Janet, les clients s'étaient montrés compréhensifs, les habitués n'hésitant pas à passer la tête par le passe-plat pour annoncer leur commande afin d'éviter les allées et venues. Cependant, la vaisselle sale avait été négligée et s'amoncelait sur les chariots.

Consciente qu'elles n'allaient pas tarder à être à cours

d'assiettes et de tasses, Tara s'empressa de lancer un cycle de vaisselle, avant de s'attaquer à la préparation du plat du jour.

Elle faisait bouillir de l'eau pour les pâtes quand la porte de service s'ouvrit, livrant le passage à Donny.

— Je suis venu voir si je pouvais reprendre mon travail, annonça-t-il de but en blanc.

Tara attrapa une serviette en papier et s'épongea le front. Elle n'était pas encore au mieux de sa forme, et la chaleur lui faisait tourner la tête.

— Pourquoi m'avez-vous posé un lapin l'autre soir ? Je vous attendais et vous n'êtes pas venu.

— Je suis désolé. J'étais un peu déboussolé. J'ai reçu les papiers du divorce le jour où j'ai démissionné. Je n'ai rien voulu vous dire. J'étais trop fier.

Donny avait perdu beaucoup : son emploi, son travail, sa fierté… Elle comprenait très bien tout cela.

— Prenez un tablier, dit-elle. Et vous avez intérêt à mettre les bouchées doubles pour rattraper votre retard.

Le soulagement se lut sur le visage de Donny.

— Merci, dit-il d'une voix émue.

Ce ne fut pas de l'émotion que ressentit Jake quand il vint déjeuner et vit Donny qui faisait le tour de la salle pour empiler la vaisselle sur un chariot.

Il se rua immédiatement dans la cuisine, et aboya quasiment au visage de Tara :

— Qu'est-ce qu'il fait là ?

— Je l'ai réengagé. Excusez-moi, je dois trancher ces tomates, ou il va manquer un ingrédient dans le sandwich bacon, laitue, tomate de mon client.

— Vous trouvez ça malin ?

— De servir un sandwich bacon, laitue ? En fait, non. C'est la tomate qui fait toute la différence.

Il la regarda comme s'il avait envie de l'étrangler.

— Et je suppose que vous ferez aussi comme si de rien n'était quand Waller viendra déjeuner ?

— Ce n'est pas la faute de Jim.

Il était important que Jake la croie. S'il traitait Waller différemment, cela pourrait suffire à faire réagir Michael. En supposant, bien sûr, qu'il y ait un lien entre les deux hommes.

À 12 h 10, Waller entra dans la salle du Nel's comme il le faisait chaque jour depuis des mois. Il n'avait pas l'air différent, mais Tara perçut cependant un infime changement. Combien de fois Michael lui avait-il dit que la clé du succès était de repérer le maillon faible ? Waller était-il ce maillon ? Michael lui avait-il promis quelque chose qu'il ne pouvait pas refuser ? Le faisait-il chanter ? Les possibilités étaient innombrables.

— Bonjour, Tara, dit-il, sans la regarder dans les yeux.

— Jim, comment allez-vous ? demanda-t-elle d'un ton qu'elle espérait suffisamment chaleureux pour le convaincre qu'elle n'avait aucun soupçon.

— Bien, Tara. Et vous ?

— À merveille. Je me suis reposée ce week-end. Il n'y a rien de tel qu'une grasse matinée pour vous requinquer. Je ne me suis jamais sentie aussi en forme.

Lorsque Waller lui sourit, Tara se crispa, non parce qu'il lui faisait peur, mais parce que Jake semblait sur le point d'exploser. Elle pouvait le voir du coin de l'œil observer Waller tel un aigle guettant sa proie.

Elle était à peine entrée dans la cuisine que Jake la rejoignit de nouveau. Il la tira par le bras et l'entraîna dans la chambre froide.

Tara croisa ses bras autour de sa taille pour se protéger contre le froid.

— Jake, je ne sais pas si vous avez remarqué, mais j'ai une salle pleine de clients affamés. Et, pour information, vous ne travaillez pas ici. Vous n'avez pas le droit d'entrer dans la chambre froide. C'est une violation du règlement sanitaire.

— Que vous a-t-il dit ?

Tara leva les yeux au ciel pour lui signifier qu'il l'ennuyait.

— Il a dit « bonjour, Tara ».

— Mais encore ?

— Oh ! pour l'amour du ciel… Il a demandé comment

j'allais, j'ai dit « bien ». J'ai demandé comment il allait, il a dit « bien » aussi. Et il a commandé un sandwich à la dinde et un bol de soupe à la tomate.

— C'est tout ?

— Ah non, j'ai failli oublier. Il y a eu un très gros changement dans ses habitudes, aujourd'hui. Il voulait aussi des chips.

— Vous vous trouvez drôle ?

Tara n'avait jamais eu aussi peu envie de rire. Elle ne savait plus à qui elle devait faire confiance.

— Jake, la façon dont je gère les choses me regarde. Vous n'avez pas à vous en mêler.

Il la dévisagea une bonne minute avant de répondre. Et quand il le fit, elle dut tendre l'oreille pour comprendre.

— Rappelez-vous une chose, Tara. Les gens désespérés font des choses désespérées.

Il serait étonné de savoir à quel point elle comprenait ce qu'était le désespoir. Elle aurait pu écrire un livre sur le sujet.

— Jake, j'ai froid. Et Janet doit penser que nous sommes devenus fous pour nous cacher dans la chambre froide. Donnez-moi une minute d'avance.

Tara fila vers la salle, en évitant tout contact visuel avec Janet. Jake la rattrapa avant qu'elle n'atteigne la porte battante.

— Vous avez un problème, dit-il.

Et il est devant moi, eut-elle envie de rétorquer.

— Il y a un type assis au bout du comptoir. Il avait commandé un sandwich au pain de viande et un verre de lait, et il est parti sans payer. Je l'ai vu faire la même chose, hier.

Jake sortit son portefeuille de sa poche et lui tendit un billet de vingt dollars.

— Ça devrait couvrir ses dépenses.

— Jake, vous n'allez pas payer les repas de Johnny O'Reilly.

— Je ne veux pas que vous souffriez d'un manque à gagner. Je vais lui parler. Je lui dirai que ce n'est pas la peine de revenir sauf s'il a l'intention de payer.

— Vous n'allez pas l'arrêter ?

Il eut l'air embarrassé.

— Ça dépend de vous. Vous pourriez porter plainte. Mais

enfin, c'est un vieil homme. Il n'a probablement pas beaucoup d'argent.

Ce fut à ce moment précis que Tara comprit qu'elle était tombée amoureuse de Jake. C'était un coriace, qui savait utiliser une arme et se faire obéir, mais il avait bon cœur.

— Johnny ne me vole pas.

— Je l'ai vu, Tara.

— Il a travaillé toute sa vie comme saisonnier dans les fermes des environs, jusqu'à ce que son arthrite l'oblige à arrêter. Mais il n'a pas de retraite, même pas la pension de base de la Sécurité sociale, car il n'a jamais cotisé. Il était toujours payé en espèces. Le bon côté des choses, selon lui, c'est qu'il ne payait pas d'impôts. Mais le mauvais côté, c'est qu'il ne contribuait pas non plus au système. Donc, aujourd'hui, il vit sur ses maigres économies.

— Comment savez-vous cela ?

— C'est Janet qui me l'a raconté. Il m'a fallu trois mois pour connaître toute l'histoire. Ce n'est pas le genre à colporter les ragots.

— Pour ça, il faudrait parler, plaisanta Jake.

Tara lui sourit, ravie de voir qu'il s'était détendu.

— Quand j'ai découvert sa situation, j'ai compris pourquoi il y avait certains jours où il ne commandait qu'un verre de lait. Il n'a qu'une très petite somme à dépenser par mois, et quand il n'a plus rien il se passe tout simplement de nourriture.

— C'est épouvantable, dit Jake, médusé. Il doit bien y avoir des associations, même à Wyattville, qui pourraient l'aider.

— Il y en a, mais c'est un homme fier.

— Et pourtant, il accepte que vous l'aidiez.

— Oh ! je ne l'aide pas. Nous avons un arrangement professionnel.

— Tara, ce pauvre homme tient à peine debout. Quel genre de travail pourrait-il faire ?

— Vous voyez ces fleurs sur les tables ? C'est son œuvre. Et il fait aussi la décoration de mes vitrines.

— Comment saviez-vous qu'un vieil ouvrier agricole de soixante-dix ans pouvait faire cela ?

— Il suffit de l'observer. Il a toujours un carnet et un crayon pour dessiner. Cet homme est un artiste.

Assis au volant de sa voiture de patrouille, moteur en marche, Jake attendait que la climatisation ait fait baisser un peu la température dans l'habitacle quand sa radio de bord grésilla.

— Accident de la circulation au coin de la Troisième et de Flatbuch, annonça Lori Mae, d'une voix calme mais déterminée.

— Des blessés ? demanda Jake en enclenchant le gyrophare et la sirène.

— Pas à ma connaissance.

Lorsqu'il arriva sur les lieux, il vit qu'un seul véhicule était impliqué. Un ancien modèle de Jeep avait percuté un poteau téléphonique. La conductrice était toujours à l'intérieur, la tête posée sur le volant.

Il se gara et se précipita vers la voiture. Il n'en était plus qu'à six pas quand il se rendit compte qu'il s'agissait de Madeline Fenton.

Sa première constatation fut que l'impact n'avait pas été assez violent pour déclencher les airbags, ou qu'ils ne fonctionnaient pas.

— Madeline, dit-il. C'est Jake Vernelli. Vous n'avez rien ?

Elle tourna la tête, battit des cils et sourit.

— J'ai connu des jours meilleurs.

Il ne remarqua aucune blessure apparente, ni lacérations faciales ni contusions, et nota qu'elle portait sa ceinture de sécurité.

— Que s'est-il passé ?

Elle sourit de nouveau.

— Un chat a traversé devant moi. Je ne pouvais quand même pas l'écraser, n'est-ce pas ?

— Vous avez besoin d'une assistance médicale ?

Elle posa une main soigneusement manucurée sur son torse.

— Oh ! ce ne sera pas nécessaire. Dites, vous n'allez pas me mettre une amende, n'est-ce pas ?

Un flic pouvait toujours trouver quelque chose s'il le voulait, manque d'attention en conduisant par exemple. Mais à quoi bon ?

— Non. Mais je ferai un rapport. Vous en aurez besoin pour votre assurance.

— Ça ne vous ennuierait pas de me raccompagner chez moi ?

Cela dépassait un peu ses attributions et, pour être franc, Madeline le mettait mal à l'aise. Mais il était devenu ami avec les Fenton durant ces dernières semaines, et ceux-ci seraient déçus s'il n'aidait pas leur fille.

La Jeep n'empiétait pas sur la route, et elle pouvait rester là pour le moment. Cela ferait parler, mais la ville avait probablement besoin d'un nouveau ragot.

— D'accord. Fermez votre voiture. Je suis sûr que votre père viendra plus tard avec vous pour la récupérer.

Elle sourit et se cramponna à son bras tandis qu'il la guidait vers le 4x4 de patrouille.

Il ouvrit la portière et elle se hissa à bord. Sa jupe remonta très haut sur ses cuisses, ne laissant plus grand-chose à l'imagination. Et pourtant, Jake n'eut aucune réaction, pas le plus petit emballement de son rythme cardiaque.

Que lui arrivait-il ? Madeline était célibataire, attirante, et visiblement sans aucune inhibition.

Mais elle n'était pas Tara.

Il glissa un regard vers Madeline et fut soulagé de voir qu'elle avait rejeté la tête en arrière et fermé les yeux.

Le trajet prit sept minutes. Lorsqu'ils arrivèrent, elle attendit qu'il lui ouvre la portière.

— Ça va ? demanda-t-il.

— J'ai peut-être quelques vertiges, dit-elle en s'agrippant à lui.

Elle se collait tellement contre lui qu'il pouvait sentir son sein presser contre son biceps. Il s'écarta, elle réduisit immédiatement la distance, et il commença à avoir une drôle d'impression.

Elle ouvrit la porte sur un intérieur sombre et tranquille, et ôta ses chaussures.

— Je peux vous offrir quelque chose à boire ?

Il secoua la tête.

— Je dois y aller. Où sont vos parents ?

C'était une question un peu ridicule à poser à une femme

adulte, mais il était réellement anxieux de voir apparaître Alice et Henry pour le soulager de ce fardeau.

— Je ne sais pas trop.

Elle prit place sur le canapé et tapota le coussin à côté d'elle.

— Asseyez-vous.

Le mauvais pressentiment devenait de pire en pire. En discutant un peu avec elle, il avait très vite compris qu'elle était malveillante et narcissique, mais il commençait à se demander si elle n'avait pas un grain. Avait-elle vraiment embouti sa voiture pour l'attirer chez elle ?

— Je m'en vais, dit-il.

— Mais ma tête…

Elle fit la moue comme une gamine boudeuse.

— Votre tête n'a rien, Madeline. Et, autant que vous le sachiez, je ne suis pas intéressé.

Il aurait pu le dire plus gentiment, mais cela lui aurait demandé un trop gros effort.

La rage déforma subitement le visage de Madeline.

— Alors ma mère avait raison. Vous couchez avec Tara. La si gentille et si parfaite Tara qu'ils aiment comme leur fille.

Elle se leva et marcha à grandes enjambées vers la porte, ayant miraculeusement retrouvé son équilibre.

— Que les choses soient claires. C'est moi qui vous mets dehors.

Il était déjà en bas du perron quand elle ajouta :

— Vous savez, elle n'est pas vraiment…

Elle s'interrompit, comme si elle avait peur de trop en dire.

Vraiment quoi ? Jake se rendit compte qu'il était prêt à supplier cette folle pour qu'elle termine sa phrase.

— Parfaite, dit Madeline, en crachant presque le mot. Pas vraiment parfaite, répéta-t-elle, avant de claquer la porte.

Après le service de midi, Tara se rendit à la banque, comme elle le faisait tous les jours. D'habitude, elle y allait un peu plus tard dans l'après-midi pour déposer sa recette. Aujourd'hui, elle bifurqua dans le hall vers la zone où se trouvaient le distributeur automatique et un téléphone public.

Il n'y avait personne car la plupart des habitants de Wyattville préféraient aller au guichet. En attendant leur tour, ils pouvaient discuter avec un ami ou un voisin, et surprendre des conversations qu'ils s'empresseraient de répéter dans toute la ville.

Elle devait appeler le bureau de Michael. Pas pour lui parler, mais pour savoir s'il y était. Il aurait probablement une nouvelle secrétaire car il en changeait régulièrement.

Comme toutes celles qui l'avaient précédée, elle serait jeune, blonde, et désireuse de plaire. Elle déborderait d'enthousiasme à l'idée de travailler avec un avocat aussi réputé. Elle serait élégante, s'exprimerait bien, et serait douée pour filtrer les appels.

Mais Tara savait comment s'y prendre. Elle donnerait un faux nom, et dirait à la jeune femme qu'elle aimerait que Michael parraine un gala de charité, peu importe lequel. La secrétaire lui passerait Michael — tout appel contenant la promesse de revenus ou d'une bonne publicité méritait d'être considéré avec soin. Dès qu'elle entendrait sa voix, elle raccrocherait. S'il n'était pas là, elle saurait qu'elle avait vu juste et que l'étau se resserrait.

Elle composa le numéro qu'elle connaissait toujours par cœur et enroula le fil du téléphone autour de ses doigts en comptant les sonneries. On lui répondit au bout de la cinquième.

— Masterly et associés, annonça une voix jeune.

— Pourrais-je parler à Michael Masterly ? demanda-t-elle d'une voix snob.

— Puis-je vous demander votre nom ?

— Certainement. Je suis Mary Johnson. Nous aimerions inviter M. Masterly à présider notre campagne annuelle de financement pour la lutte contre l'illettrisme.

— Je vois. Et quand votre campagne doit-elle commencer ?

La voix de la secrétaire s'était considérablement réchauffée. Elle avait probablement lu avec attention le vade-mecum de l'employé.

— Le mois prochain. J'aimerais le rencontrer cette semaine, si possible.

— Je suis navrée, mais M. Masterly est en déplacement. Cependant, il appelle pour prendre ses messages…

En déplacement. Michael, qui n'allait jamais nulle part, n'était pas au bureau.

— Eh bien, écoutez, je vais plutôt lui envoyer quelques éléments par mail. Merci.

Tara raccrocha et regarda craintivement par-dessus son épaule, s'attendant presque à voir Michael derrière elle. Mais le hall était toujours aussi désert.

Michael l'avait retrouvée. Elle en était certaine.

C'était lui qui avait brisé sa vitrine, qui avait failli la renverser en voiture, qui était entré chez elle le jour du pique-nique et avait mis le feu à son garage. Et quand il en avait eu assez de jouer avec ses nerfs, il avait trouvé un moyen de l'attirer hors de sa zone de sécurité. Mais il avait eu besoin d'aide. Elle ignorait qui était l'homme au pick-up. Peut-être quelqu'un que Michael connaissait. Peut-être quelqu'un qu'il avait engagé. Et Jim Waller était vraisemblablement impliqué aussi.

Michael était probablement en train de l'observer, en train d'attendre qu'elle prenne de nouveau la fuite. Mais cette fois, elle ne partirait pas.

Elle avait déjà renoncé une fois à sa vie, et elle ne recommencerait pas. Aujourd'hui, elle était prête à se battre.

Une heure plus tard, quand Jim Waller s'assit au comptoir et commanda sa part de tarte, comme tous les après-midi, Tara déclencha les hostilités.

— Jim, je me demandais si vous aimeriez que nous essayions de nouveau de dîner ensemble ?

Il parut gêné, rougit un peu, et se tortilla sur son tabouret.

— Je… Eh bien, oui, pourquoi pas…

— J'ai pensé à quelque chose de simple. Ça vous dirait un barbecue chez moi, demain soir ? Je sais que ça ne vous laisse pas beaucoup de temps pour vous organiser, et j'espère que vous n'avez rien de prévu…

— Non, je suis libre, dit-il rapidement. Et j'accepte avec plaisir. Vous voulez que j'apporte quelque chose ?

Bien élevé jusqu'au bout, ce petit minable.

— Eh bien, pourquoi pas une bouteille de vin rouge ?

Elle la fracasserait peut-être sur sa tête.

15

Tara vérifia la cuisson de la viande. Le repas serait prêt dans quelques minutes. Elle avait proposé de cuisiner pendant que Jake prenait sa douche.

Ce n'était pas parce qu'elle se sentait obligée de nourrir son colocataire. Non. Elle avait seulement besoin d'être seule pour réfléchir.

En observant les flammes sous la poêle, elle se dit qu'elle jouait avec le feu. Waller était son lien avec Michael, et elle avait l'intention d'obtenir des réponses. Parler à Jake du dîner était compliqué. Elle savait qu'il se mettrait en colère, qu'il la traiterait probablement de folle. Elle ne pouvait pas lui dire la vérité. Pas encore. Peut-être après qu'elle aurait tiré les vers du nez de Waller ? À ce moment-là, elle permettrait à Jake de l'aider.

Lorsque Jake revint dans la cuisine, elle s'apprêtait à couper le pain. Il lui prit le couteau des mains et coupa quelques tranches. Puis il servit le vin.

Pieds nus, en jean et T-shirt, il semblait à l'aise, comme si cela faisait des années qu'il vivait avec elle. De son côté, elle était une vraie boule de nerfs.

Elle disposa la nourriture sur des plateaux de service et posa ceux-ci sur la table. Ils s'assirent, elle lui passa les pommes de terre et tout à coup, sans l'avoir vraiment décidé, elle lança une information qui fit l'effet d'une bombe.

— Il faudra vous trouver quelque chose à faire demain soir. J'ai invité Jim Waller à dîner à la maison.

Jake reposa très soigneusement le plat de pommes de terre sur la table.

— Qu'avez-vous dit ?

— Vous avez très bien entendu. Jim va venir dîner ici.

— Vous êtes folle ? demanda-t-il, d'une voix toujours très calme.

— Non. Mais merci de vous renseigner.

Elle planta la fourchette dans sa viande et en coupa un morceau.

Jake tapa du plat de la main sur la table.

— Non !

— Je vous demande pardon ? demanda Tara, très posément.

— Il n'est pas question que vous restiez seule avec lui. Ni dans votre maison, ni dans une voiture, ni sur la Lune. Nulle part.

Tara comprit alors que ça allait être plus difficile qu'elle ne l'avait pensé.

— Jake, vous n'avez pas votre mot à dire.

— Vraiment ?

Il se leva si brutalement que sa chaise tomba en arrière. Posant les mains sur la table, il se pencha vers elle.

— Je crois que vous faites erreur, Tara.

Il avait l'air d'avoir envie de l'étrangler à mains nues. Il avait le visage rouge, la respiration sifflante et lui rappelait… oh, Seigneur, il lui faisait penser à Michael. Pour la première fois, elle eut peur de lui.

Elle se leva et recula, ne s'arrêtant que quand elle fut dos au mur. Affolée, elle regarda vers la porte. Réussirait-elle à l'atteindre avant qu'il ne se jette sur elle ?

— Sortez d'ici, dit-elle. Sortez, et ne m'approchez plus jamais.

— Qu'est-ce qui vous arrive ? grommela-t-il. Vous vous comportez bizarrement.

Michael aussi essayait de lui faire croire que c'était sa faute.

Elle regarda frénétiquement autour d'elle, à la recherche d'une arme.

Elle plongea vers le couteau à steak sur la table. Jake lui saisit le poignet, l'obligea à lâcher le couteau et, malgré tous ses efforts pour le frapper et le griffer, parvint à la maîtriser en l'enserrant dans ses bras.

Ça recommençait. Il était plus grand, plus fort. Elle ne réussirait jamais à lui échapper.

— Espèce de salaud ! cria-t-elle.

Il resserra son étreinte et elle eut l'impression qu'elle ne pouvait plus respirer.

— Quoi ? Qu'est-ce que vous avez dit ?

— Je suis désolée, dit-elle dans un sanglot. Je ne voulais pas te mettre en colère. Ne me fais pas de mal, s'il te plaît.

Il la libéra et recula, les deux mains levées.

— Hé, mais que diable se passe-t-il ?

Tara ne pouvait retenir ses larmes. Après quatorze mois passés à prétendre qu'elle n'avait plus peur, que tout cela était derrière elle, elle comprenait que rien n'avait changé.

Oh ! Seigneur, elle avait mal au ventre, à la poitrine, et elle manquait d'air. Elle essaya de retrouver son souffle, de s'accrocher.

— Bon sang, Tara, vous me faites peur.

La pièce commençait à s'assombrir. Elle vacilla.

Jake lui prit la main.

— Tara, calmez-vous. Vous êtes en hyperventilation. Respirez lentement par le nez, relâchez l'air par la bouche. Allez, ma belle, inspirez… expirez. Vous pouvez le faire.

Elle se concentra sur sa voix. Quand son corps cessa de trembler, Jake lui souleva le menton d'un doigt.

— Ça va mieux ?

Elle hocha la tête.

— Voilà ce que nous allons faire. Nous allons marcher jusqu'à ce canapé et nous asseoir. Vous pouvez faire ça ?

Elle répondit de nouveau par un hochement de tête.

— Je ne veux pas vous perturber, mais j'ai besoin que vous m'expliquiez ce qui vient de se passer. Vous m'avez fait vieillir de cinq ans.

— Quelqu'un essaie de me tuer.

— Quoi ?

— Michael essaie de me tuer. De nouveau.

— Michael comment ?

— Masterly.

— Et qui est Michael Masterly ?

— C'était mon fiancé.

— Ah… Vous avez dit que vous n'aviez jamais envisagé de vous marier.

— J'ai menti, dit-elle, en décidant qu'il était temps de tout lui dire.

— Que s'est-il passé ?

— Il y a quatorze mois, il a essayé de me tuer. Mais ça a commencé avant.

— Qu'est-ce qui a commencé ?

— Nous nous sommes fiancés en août, et nous devions nous marier au printemps suivant. En septembre, j'étais journaliste au *Washington Post* et je suivais la campagne pour les élections de novembre. Un dîner de gala a duré plus longtemps que prévu, et quand je suis rentrée à la maison, Michael m'a accusée d'avoir une liaison. Il… Il m'a frappée et m'a mise dans un sale état : côtes cassées, œil au beurre noir, dent ébréchée et d'autres contusions.

Tara entendit le juron étouffé de Jake mais ne releva pas les yeux. Maintenant qu'elle avait commencé, elle ne voulait pas s'arrêter avant d'avoir tout dit.

— J'aurais dû le quitter, mais je ne l'ai pas fait. Je croyais qu'il m'aimait, et il avait toujours été si gentil avant… Il m'a suppliée de lui pardonner, et je l'ai fait. Pendant les mois qui ont suivi, tout a été merveilleux. Il était plus attentionné que jamais et ne laissait transparaître aucun signe de violence. Jusqu'à mon enterrement de vie de jeune fille. Mes amies avaient engagé un strip-teaseur…

Elle risqua un coup d'œil vers Jake, et lui adressa un petit sourire contrit.

— Je sais que c'était stupide, mais elles trouvaient ça drôle. Pendant sa prestation, il m'a embrassée. Ce n'était qu'un petit baiser tout à fait anodin. Une amie a pris une photo et me l'a envoyée par mail le lendemain. Elle pensait que ça me ferait rire…

Tara s'interrompit et fixa ses mains, sans savoir si elle allait pouvoir continuer.

— Que s'est-il passé ?

— Michael a ouvert le message et vu la photo. Quand je

suis rentrée du travail, il s'est jeté sur moi alors que j'enlevais mon manteau, et il…

Elle hésita, puis souleva sa manche.

— Il a fait ça.

Elle discerna le hoquet de surprise de Jake, puis elle vit qu'il fixait ses cicatrices, le visage livide.

Elle attendit qu'il ait un mouvement de recul, une mimique de dégoût, mais ça ne se passa pas ainsi. Refermant une main en coupe sous son coude, il utilisa l'index de sa main libre pour suivre doucement le tracé des cicatrices.

C'était la première fois que quelqu'un touchait son bras. Elle avait envie de se libérer, d'aller se cacher. Mais elle ne pouvait pas. Il la tenait gentiment, mais avec fermeté.

Elle finit par se détendre sous ses caresses, se rendant compte combien le contact avec un homme lui avait manqué mais, quand il se pencha pour poser les lèvres sur son bras, elle eut un sursaut.

— Ne faites pas ça, Jake. C'est horrible.

Il releva la tête, la secoua, puis se pencha de nouveau pour couvrir son bras de baisers.

— Nous avons tous des cicatrices, murmura-t-il. Certaines sont visibles, d'autres sont cachées très profondément. Ce n'est pas grave. Ça fait partie de ce que nous sommes vraiment.

— Ça ne vous dégoûte pas ?

— Bien sûr que non.

À présent, il lui caressait le dos, et elle avait un peu de mal à réfléchir.

— J'avais de beaux bras. Je sais que c'est futile et prétentieux, et que je devrais être soulagée de ne pas avoir perdu l'usage de mon bras…

— Vous avez toujours de jolis bras.

Il posa les mains sur ses épaules, et les fit glisser le long de ses bras.

— Des muscles fermes, une peau douce… Vous êtes parfaite.

Elle éclata en sanglots, et il l'attira contre lui, en la berçant doucement.

— Je suis désolée pour ce que vous avez enduré, dit-il en lui tapotant les cheveux. Tellement désolé.

Elle garda le visage enfoui dans sa chemise jusqu'à ce que ses larmes se tarissent.

Il la garda encore une minute contre lui, avant de s'écarter juste ce qu'il fallait pour pouvoir glisser l'index sous son menton.

— Vous avez aussi un beau visage.

— Les taches de rousseur n'ont rien de beau, dit-elle, embarrassée d'être observée de si près.

Elle ne devait pas avoir fière allure avec ses yeux et son nez rouges.

— Les vôtres sont magnifiques.

Leurs regards restèrent un long moment rivés l'un à l'autre, avant que Jake ne reprenne la parole.

— Vous… Vous pensiez vraiment que j'allais vous faire du mal ? Comme lui ?

Elle perçut le désespoir dans sa voix et sut qu'elle avait fait une terrible erreur.

— Je suis désolée. J'ai bêtement pris peur.

Il secoua la tête, comme s'il ne voulait pas y croire.

— Je ne vous ferai jamais de mal. Je serais prêt à mourir pour empêcher qu'on vous fasse du mal.

Oh non ! Voilà qu'elle avait de nouveau des difficultés à respirer.

Elle fit un effort pour contrôler son souffle. Il n'était pas question, absolument pas question, qu'elle s'évanouisse devant lui.

— Jake, je…

— Que lui est-il arrivé ? À Masterly ?

— Rien. Je n'ai rien voulu dire à l'hôpital, ni à la police. Ils savaient tous ce qui s'était passé, je le voyais dans leurs yeux. Mais si je ne disais rien, ils ne pouvaient rien faire.

— Pourquoi avoir refusé qu'ils vous aident ?

— Je crois que j'avais honte. Et puis, il m'avait dit qu'il me tuerait si je le dénonçais.

— Il aurait pu être arrêté.

— Avec sa fortune et ses relations, il aurait obtenu une libération sous caution en attendant son procès, et alors il lui aurait été facile de se venger.

— Qu'avez-vous fait ?

— En sortant de l'hôpital, je suis allée chez une amie

que Michael ne connaissait pas. Seule la police connaissait l'adresse. Et pourtant, il m'a retrouvée. Je pense qu'il a dû soudoyer un flic. Il m'a suppliée de revenir à la maison, m'a fait toutes sortes de promesses. J'ai compris alors qu'il ne me laisserait jamais tranquille.

Après une courte pause, elle chercha le regard de Jake.

— C'est là que j'ai commencé à élaborer un plan. J'étais blessée, pas du tout en condition pour voyager. Je lui ai dit que je voulais rester chez mon amie quelques semaines, le temps de guérir, et qu'ensuite je reviendrais. Il m'appelait tous les jours, et tous les jours je devais lui répéter les mêmes mensonges, que je l'aimais toujours, que je lui avais pardonné.

— Il vous croyait ?

— Je pense que oui. Probablement parce qu'il ne pouvait pas imaginer que je sois capable de vivre sans lui. Dès que le kinésithérapeute m'a donné le feu vert, je me suis enfuie. J'avais hérité un peu d'argent, et mon amie, qui travaille aux ressources humaines du journal, m'a aidée à solder mon plan d'épargne-retraite d'entreprise. J'ai quitté la ville en pleine nuit, et je n'y suis jamais retournée.

— Et votre famille ?

— Mes parents sont décédés tous les deux. Je ne vous ai pas menti sur ça. Ils sont morts dans un accident de voiture quelques mois avant que je ne rencontre Michael. J'étais fille unique.

— Et vous êtes venue à Wyattville ?

— Oui. J'ai payé le restaurant comptant. Et je l'ai acheté sous un nom d'emprunt.

— C'est-à-dire ?

— Tara Thompson existe vraiment. Elle a mon âge et vit dans un foyer pour déficients mentaux. Je faisais un article sur elle et les personnes comme elle quand j'ai décidé de disparaître. J'avais toutes les informations la concernant, y compris son numéro de Sécurité sociale.

— Comment vous appelez-vous ?

Elle hésita.

— Tara, je vous promets que je ne connais pas Michael Masterly. Mais, si je le rencontre, je lui casse les deux bras.

— Je ne vous en demande pas tant.

— Quel est votre vrai nom ?

— Joanna Travis.

— Joanna Travis ? Oh ! zut !

— Vous n'aimez pas ?

— Non, ce n'est pas ça. Il faut que je vous dise quelque chose.

— C'est grave ?

— Je ne sais pas. Le jour où vous étiez malade, j'ai ouvert le restaurant avec Janet, et j'ai répondu au téléphone. Un homme a demandé Joanna Travis. Je lui ai dit qu'il faisait erreur, il s'est excusé et a raccroché.

— C'est lui. Mon Dieu, et dire que j'avais cru que c'était fini quand j'ai vu la photo de fiançailles.

— Quelle photo ? De quoi parlez-vous ?

— Michael s'est fiancé, il y a environ trois mois. Avec une femme que j'avais rencontrée deux ou trois fois quand j'étais avec lui. J'ai cru qu'il avait tourné la page. Mais, tout récemment, j'ai découvert que les fiançailles étaient rompues.

— Comment l'avez-vous appris ?

— Tous les quinze jours, je vais à Minneapolis, où je peux avoir accès à internet. Je lis les articles de mes amies, et je me tiens au courant de ce que fait Michael. Il est souvent dans la rubrique mondaine.

Jake eut une révélation.

— La bibliothèque, bien sûr ! Vous vous connectez à la bibliothèque municipale ?

— Oui. Il existe bien des façons de surveiller une activité informatique. Je ne voulais pas que Michael remonte jusqu'à Wyattville.

— Vous avez été très prudente.

— Je n'avais aucune envie de devoir fuir de nouveau.

— Pourquoi avez-vous quitté le journalisme ? Pourquoi le Nel's ?

— Je savais que Michael me chercherait d'abord dans les rédactions.

— Mais il ne penserait pas à vous chercher dans un restaurant ?

— Sûrement pas. Quand j'étais avec lui, je savais à peine faire cuire un œuf.

— Et l'homme qui vous a prise en stop ?

— Il m'a appelée Tara, alors que je ne lui avais pas donné mon prénom. Il savait que je serais dans cette voiture au bord de la route. Et je crois que Michael m'attendait dans la maison.

— Waller était au courant, d'après vous ?

— Probablement.

— Durant le déjeuner chez mes parents, vous avez effacé des photos dans l'appareil de mon père. Pourquoi ?

Elle rougit.

— Je ne savais pas que quelqu'un l'avait remarqué. Les photos sont dangereuses. Elles peuvent se retrouver en ligne et voyager à travers le monde en quelques secondes. Vous m'avez dit que votre frère avait étudié le journalisme à Chicago. J'ai des amis à Chicago. Imaginez qu'il connaisse des gens qui me connaissent, et qu'il leur montre ma photo.

— Vous êtes très intelligente. Vous contrôlez absolument tout.

— Oui, mais j'ai toujours su que ça ne suffirait pas, que Michael finirait par me retrouver.

— Tara, il faut que je vous avoue quelque chose. Je vous ai suivie à Minneapolis et je vous ai vue devant l'ordinateur.

— Donc, quand vous êtes venu au restaurant et que je vous ai dit que j'avais passé la matinée à préparer des légumes, vous saviez que je mentais ?

— Oui.

— Je suis désolée.

— Vous n'avez pas à l'être. J'ai fait autre chose dont je ne suis pas très fier. J'ai fouillé votre maison, et j'ai trouvé votre sac dans le faux plafond. J'ai tout de suite compris ce que c'était, et je me suis demandé qui vous étiez, ce que vous cachiez…

Elle l'étudia un moment et finit par hausser les épaules.

— Je ne peux pas vous en vouloir. Vous saviez que je mentais et vous ne pouviez pas me faire confiance. J'aurais agi de la même façon.

— Tara, vous êtes vraiment quelqu'un de bien.

— Je ne sais pas… Mais ce que je sais, c'est que j'ai envie que vous me preniez dans vos bras.

Il l'attira contre lui et elle nicha sa tête au creux de son épaule. Elle était douce et tiède dans ses bras, et il avait désespérément envie de la toucher.

— Jake, murmura-t-elle. Vous voulez bien faire quelque chose pour moi ?

— Quoi ?

— J'ai envie que vous me fassiez l'amour.

Il eut l'impression de manquer d'air.

— Mais Tara, je serai parti dans deux semaines.

— Je sais. Ça ne fait rien. J'ai quand même envie de vous.

Elle pressa ses lèvres brûlantes dans son cou.

— Mais…

Elle glissa les mains sous son T-shirt et caressa son torse.

— Tara…

Sa main descendit lentement, déboutonna son jean, se glissa dans l'ouverture. Il lui saisit le poignet pour l'immobiliser. Il avait désespérément envie d'elle et n'était pas certain de pouvoir se maîtriser.

— Tu es sûre ?

Elle hocha la tête.

Il l'entraîna vers l'escalier, l'embrassant à chaque marche. Et lorsqu'ils atteignirent enfin la chambre, ils tombèrent sur le lit dans un enchevêtrement de bras et de jambes.

À califourchon au-dessus d'elle, il lui releva les bras au-dessus de la tête, tenant ses poignets dans une main, tandis que de l'autre il caressait son visage.

— Éblouissante. Absolument éblouissante, dit-il.

Il se pencha et l'embrassa longuement.

— Tu es si belle, murmura-t-il.

— Oh ! Jake, tu n'as pas à dire ça. Je suis en T-shirt. Je ne suis même pas maquillée…

— Tara, écoute-moi. Tu es de loin la femme la plus belle et la plus sexy qu'il m'ait été donné de rencontrer. Ce n'est pas ce que tu portes qui compte, c'est ce que tu es.

Les yeux de Tara se remplirent de larmes. Elle libéra ses mains, les plaqua dans le dos de Jake et l'attira à elle.

— Je veux le faire. Je n'ai pas envie d'y réfléchir ou d'en parler encore. Je veux simplement le faire. Je veux que tu…

Sa demande fut étouffée par un long baiser préfigurant la communion totale que leurs corps et leurs âmes allaient bientôt connaître.

16

Jake se réveilla avec le sourire aux lèvres. Il ne le voyait pas, mais il savait qu'il était là.

Il tendit le bras pour attirer Tara contre lui, et découvrit qu'elle était déjà levée.

Fermant un instant les paupières, il savoura le souvenir de leur nuit. Et quand il rouvrit les yeux, Tara était là, en peignoir, une tasse de café dans chaque main.

— Bonjour, dit-elle.

— Bonjour.

Il tapota le matelas.

— Tu me rejoins ?

— J'adorerais, mais je dois aller travailler. Et toi aussi, je pense.

Tara lui tendit sa tasse. Il la posa immédiatement sur la table de chevet, et passa un bras autour de sa taille pour l'attirer à lui.

Il l'embrassa longuement, et finit par se raisonner. S'il continuait ainsi, jamais ils ne seraient à l'heure au travail.

— Tu veux prendre ta douche le premier ? demanda-t-elle.

— Mouais.

— Dommage.

Tara se rua vers la salle de bains. Jake la rattrapa en trois enjambées et la souleva dans les airs. Puis il la porta jusqu'à la douche et tourna le robinet.

L'eau était froide, mais ce n'était pas grave. À eux deux, ils produisaient toute la chaleur nécessaire.

* * *

— Tu as vraiment une mauvaise influence sur moi, dit Tara. J'arrive toujours avant Janet.

Elle vérifia l'heure à sa montre.

— Le restaurant ouvre dans moins de cinq minutes, dit-elle d'un ton de reproche.

Jake avait suivi Tara en ville. Sur le parking du Nel's, elle avait bondi hors de sa camionnette pour lui parler à la vitre de sa voiture. Il pencha la tête au-dehors et murmura :

— Tu n'as qu'à lui dire que nous avons fait l'amour sauvagement sous la douche.

— Tu es horrible.

— Donne-moi une heure, et je te prouve à quel point je peux être vicieux !

— Tiens-toi tranquille. Et attends au moins cinq minutes avant de rentrer. Je ne veux pas que les gens se fassent des idées.

— Puisque nous en sommes aux instructions, n'oublie pas d'annuler le dîner avec Waller.

— Je m'en occupe.

— Tant mieux. Sinon, c'est moi qui le ferai.

Tara leva les yeux au ciel et s'éloigna vers la porte de service.

— Bonjour, Janet. Désolée, je suis en retard.

Janet hocha la tête et continua à faire frire le bacon.

Tara rangea son sac et sa veste, et fut soulagée de voir que Janet avait déjà fait le café. Elle alluma les néons et alla ouvrir la porte.

— Bonjour, Nicholi. J'espère que je ne vous ai pas fait attendre trop longtemps. Je suis un peu en retard, ce matin.

— Bah, ce n'est pas grave. Il fait beau.

Oui, il faisait beau. Très, très beau.

Le soleil était déjà chaud, et il n'y avait pas un nuage dans le ciel. L'herbe semblait plus verte. Le monde resplendissait de couleur.

Elle avait partagé son plus sombre secret avec Jake et se sentait soulagée d'un poids.

Elle était libre.

Il ne l'avait pas regardée avec réprobation ou dégoût. Il avait compris. Et il l'avait aimée avec tendresse et passion.

Et au milieu de la nuit, alors qu'il venait de s'endormir, elle était restée blottie dans ses bras et s'était sentie en sécurité.

Pour la toute première fois depuis trop longtemps, elle avait eu l'impression que rien de mal ne pouvait lui arriver.

Nicholi et Toby avaient déjà pris possession de leur tabouret attitré quand Jake arriva.

Tara lui sourit et sentit la chaleur lui monter au visage. Il hocha la tête et étudia le menu comme s'il le découvrait pour la première fois.

Miséricorde, comment allaient-ils faire pour prétendre que tout était comme la veille, alors que tout était différent ?

Mais, si elle ne faisait pas attention, cela pourrait être fatal à Jake. Alors qu'il ne semblait pas convaincu que Michael se rapprochait, elle était au contraire persuadée qu'il avait retrouvé sa trace.

Jake avait promis de passer quelques coups de fil ce matin pour se renseigner sur les déplacements de Michael. Tara s'en était inquiétée, mais Jake lui avait affirmé que ses collègues sauraient être discrets, et que Michael ne saurait jamais que les investigations avaient été commandées depuis Wyattville, Minnesota.

Elle avait confiance en Jake. Et c'était agréable de pouvoir dire cela.

Le petit déjeuner se déroula sans incident. La présence de Donny lui procurait un vrai soulagement, et elle ne se sentait plus autant sous pression qu'avant.

Cependant, lorsque Jake débarqua peu avant midi et réclama le plat du jour, sa nervosité atteignit des sommets.

— Je t'ai dit que j'allais m'en occuper, murmura-t-elle, en lui apportant sa commande. Je veux seulement faire les choses en douceur.

Elle était persuadée que Waller était de mèche avec Michael et ne voulait pas éveiller les soupçons.

Lorsque Jim Waller s'assit au comptoir, elle prit sa commande et se pencha pour qu'il soit le seul à l'entendre.

— Jim, je suis désolée de vous prévenir à la dernière minute, mais j'ai un problème. Je vais devoir annuler notre dîner de ce soir.

— Oh ! eh bien, c'est dommage. Peut-être une autre fois ?

— Certainement.

Tara lui adressa un grand sourire et se dirigea vers la cuisine. Elle ne fut pas surprise quand Jake lui emboîta le pas et lui fit signe de le suivre dans la chambre froide.

— Hé ! protesta Donny. Vous n'avez pas le droit d'entrer là-dedans.

Jake le toisa. Si ses yeux avaient été des revolvers, Donny serait mort.

— Tout va bien, dit Tara. Le chef Vernelli a besoin de me parler en privé, et c'est le seul endroit privé que nous ayons.

Ils entrèrent dans la chambre froide, et Tara se pinça la base du nez entre le pouce et l'index.

— Janet a eu la bonté de nous ignorer, mais avec Donny c'est une autre histoire. Il a très bien compris ce qui se passe entre nous. Il va en parler à tout le monde. Nous allons devenir le principal sujet de commérages de la ville.

— C'est dur.

Jake l'embrassa, et elle oublia Donny.

— Qu'a dit Waller ?

— Qu'il n'y avait pas de problème.

— Et ?

— Qu'on pouvait remettre à une autre fois.

— Tara…

Relevant la note de mise en garde dans sa voix, elle prit son visage entre ses mains, et se hissa sur la pointe des pieds pour l'embrasser.

Il résista cinq secondes et l'attira contre lui, les mains plaquées sur ses fesses.

Lorsqu'elle le put, elle reprit son souffle et murmura :

— Tu veux un conseil ?

— Mouais.

— Prends des forces pour ce soir. Tu vas en avoir besoin.

*
* *

— Je peux vous parler une minute ? demanda Janet.

Elle s'apprêtait à partir et avait son sac à l'épaule.

Tara éprouva une vague inquiétude.

— Oui, allez-y.

— J'aimerais partir plus tôt demain. Vers midi.

— Quelque chose ne va pas ?

En quatorze mois, Janet n'avait jamais demandé à partir plus tôt.

— Non. J'ai une affaire à régler.

— Bien sûr. Pas de problème. Vous pouvez même partir avant midi si vous voulez.

— Merci.

Tara alla éteindre les lumières dans la salle. Lorsqu'elle revint, Janet était toujours au même endroit.

— Si vous n'avez rien de prévu demain soir, Nicholi et moi avons prévu de nous marier à 18 heures au parc Washington. Nous aimerions que vous vous joigniez à nous.

— Vous vous mariez, répéta Tara, abasourdie. Demain ? Mais… quand avez-vous décidé cela ?

— Il y a deux jours.

Tara éclata de rire et prit son employée dans ses bras.

— Je suis ravie pour vous.

Lorsqu'elle s'écarta, elle vit des larmes dans les yeux de Janet.

— C'est une bonne chose, non ?

Janet sourit et essuya ses yeux d'un revers de main.

— Je suis veuve depuis douze ans. J'aimais Bobby. Quand il est mort, je me suis promis de ne jamais me remarier. Et puis, j'ai rencontré Nicholi. Au début, je l'ai repoussé. J'avais été heureuse. Que pouvais-je espérer de plus ?

— Qu'est-ce qui vous a fait changer d'avis ?

— Je ne sais pas. Peut-être que Nicholi m'a eue à l'usure. Ou alors, j'ai compris qu'il faut saisir toutes les chances que la vie nous offre.

— Je suis vraiment contente pour vous. Combien d'invités y aura-t-il ?

— Juste nos amis proches. Peut-être une trentaine.

— Et la lune de miel ?

— Pas avant Noël. Sa fille vit dans le Delaware et veut que nous passions les fêtes ensemble.

— Eh bien, vous ne faites pas que vous marier. Vous allez aussi devenir une belle-mère et une grand-mère.

— J'espère que je serai à la hauteur.

Tara l'embrassa de nouveau.

— Évidemment. Vous voulez bien que j'organise une réception pour vous ? Nous ferons cela ici, après la cérémonie.

— Ça représente trop de travail. Je ne peux pas accepter.

— Allons donc. Pour commencer, je vous aime tous les deux. Deuxièmement, je ne m'en serais jamais sortie sans vous. Je vous dois tellement ! Je vous en prie, laissez-moi faire ça pour vous.

Des larmes coulèrent sur les joues ridées de Janet.

— Je suis une vieille folle. Je ne peux plus m'arrêter de pleurer.

— Mais non. Vous êtes simplement amoureuse.

En approchant de la porte de service, Jake entendit des murmures. Lorsqu'il vit les deux femmes dans les bras l'une de l'autre, en train de pleurer à chaudes larmes, il s'affola et posa la main sur la crosse de son arme.

— Que se passe-t-il ? Il est arrivé quelque chose ?

Tara secoua la tête.

— Rien de grave.

— Mais alors, pourquoi pleurez-vous ?

— Janet se marie.

Le cœur de Jake reprit son rythme normal.

— Ah, bon. Quand a lieu la cérémonie ?

— Demain.

Jake secoua la tête.

— Ce Nicholi. Il n'est pas très patient.

— Et je le suis encore moins, dit Janet. Nous avons déjà perdu assez de temps.

— Nous ferons la réception ici, dit Tara. Je vais appeler Johnny O'Reilly. Il nous aidera pour la décoration.

*
* *

Le lendemain, ce fut la folie.

Refusant absolument de laisser Janet travailler le jour de son mariage, Tara avait appelé Donny et lui avait demandé s'il pouvait s'occuper de la salle pendant qu'elle œuvrait en cuisine. Il s'était présenté avec un pantalon noir, une chemise blanche, le visage soigneusement rasé, et avait parfaitement rempli sa mission.

Entre la préparation des deux services pour les clients, Tara avait confectionné un buffet pour la réception.

Vers 14 heures, Jake avait passé la tête dans la cuisine, annoncé qu'Andy le remplaçait quelques heures, et avait commis l'erreur de demander à Tara si elle avait besoin d'aide. Elle l'avait envoyé à Bluemond acheter un gâteau, de la glace, et un saladier pour le punch.

Lorsqu'il revint, elle venait de verrouiller la porte principale. Elle prit le carton contenant le gâteau et y jeta un coup d'œil.

— Ils ont bien travaillé.

— Mouais. Ils ont dit qu'ils avaient gratté la mention « bon anniversaire » et ajouté des cloches et des colombes pour symboliser le mariage.

— Je ne pense pas que Janet et Nicholi s'en seraient offusqués. Je suis d'ailleurs surprise de ne pas les avoir vus de la journée. J'espère que Janet a réussi à trouver une robe.

— Qu'est-ce qu'il y aura de bon à manger ?

— Vingt livres de salade de pommes de terre.

— Beurk.

Il l'embrassa.

— Miam, miam.

Elle le repoussa en riant.

— Tu as pensé à acheter des piles pour l'appareil photo ?

— Oui, madame. J'ai vu Alice et Henry à la droguerie. Alice m'a dit de transmettre tous ses vœux à Janet.

— À ta place, j'attendrais la fin de la cérémonie. On ne sait pas comment Janet pourrait réagir.

Elle ouvrit le tiroir-caisse et commença à compter la recette.

— Tu as du nouveau ?

— Oui, j'ai reçu un appel sur le trajet de retour. Masterly s'est volatilisé depuis un mois. Personne ne sait où il est. Il n'y a pas eu d'activité sur sa carte bancaire, donc il doit faire toutes ses transactions en espèces.

Elle déglutit avec peine.

— D'accord.

Jake s'avança et la prit dans ses bras.

— Mon cœur, il ne te fera rien, tu as ma parole. Tu ne seras jamais seule, même une minute, tant que nous ne l'aurons pas trouvé.

Nicholi portait un nouveau costume noir, et Janet était vêtue d'une élégante robe portefeuille de soie ivoire. Ils prononcèrent leurs vœux d'une voix claire et forte, près de la fontaine. La mariée tenait un bouquet de roses rouges, et le marié arborait un œillet de la même couleur à la boutonnière.

Tara pleura durant les quinze minutes que dura la cérémonie. Jake se rendit utile en lui faisant passer des mouchoirs.

De retour au Nel's, ils purent admirer le travail de Johnny O'Reilly. Chaque table était couverte d'une nappe en papier bleue et garnie d'un bouquet de marguerites rehaussées de myosotis. Les lumières avaient été baissées, et des bougies bleues, blanches et argent disposées un peu partout. De la musique jouait en sourdine.

— C'est magnifique, dit Jake. Cet homme est un artiste.

— Heureusement qu'il s'est occupé de la décoration. Ça m'a permis de me concentrer sur la nourriture.

— Qui m'a l'air excellente. Personne n'aurait pu faire tout cela en aussi peu de temps. Ça ne m'étonne pas que les gens t'adorent.

Tara se sentit délicieusement réconfortée. Elle aimait cette communauté. Quatorze mois plus tôt, elle était arrivée à Wyattville sans rien. À présent, elle avait tout.

— Dansons, murmura Jake à son oreille. J'ai envie de te tenir dans mes bras. Ça fait trop longtemps que je ne t'ai pas fait l'amour.

Tara lui donna une petite tape sur le bras.

— Tu n'as honte de rien.

Mais elle non plus. Débordés comme ils l'étaient, ils avaient quand même trouvé le temps, en faisant un saut chez eux pour se changer, de passer un moment ensemble, avant de filer au parc Washington.

— J'adore les mariages, déclara Tara, tandis qu'il la faisait valser. Pas toi ?

Jake ne répondit pas. La plupart des types qu'il avait connus à l'académie de police étaient mariés et il avait été souvent invité à des mariages où il allait en traînant les pieds, trouvant tout cela un peu ridicule. Mais, depuis qu'il avait fait la connaissance de Tara, l'idée l'avait effleuré…

Soudain, il y eut des appels à l'extérieur, du côté de la cuisine.

— Reste là, dit-il.

Il courut vers l'arrière du restaurant et entendit crier « au feu ! ».

Des flammes sortaient de la benne à ordures et partaient à l'assaut de l'escalier desservant l'appartement de Nicholi. Janet criait et pleurait, en faisant de grands gestes.

— Nicholi est dans son appartement. Il était monté chercher mon cadeau.

Jake comprit qu'il n'avait pas une minute à perdre. C'était tout l'immeuble qui pouvait flamber. Il entendit au loin les sirènes de pompiers, et pria pour qu'ils arrivent à temps.

— J'y vais. Allez rejoindre Tara, et restez avec elle.

Comme Janet ne bougeait pas, il lui parla sévèrement pour la faire réagir.

— Faites ce que je dis. Allez-y.

Il courut à travers les flammes qui léchaient l'escalier et fonça vers la porte de Nicholi.

— Janet ? demanda le vieil homme.

— Elle n'a rien. Écoutez, on ne va pas pouvoir passer par l'escalier, c'est trop dangereux pour vous.

Il se précipita vers la fenêtre qui donnait sur la rue. Elle était pleine de gens, au nombre desquels se trouvaient les invités du mariage. Il ne vit ni Tara ni Janet.

La foule s'écarta pour laisser le passage aux pompiers. Un

camion se gara sous la fenêtre, et une échelle fut déployée. Jake aida Nicholi à descendre, puis il le suivit.

Une fois en bas, il commença à appeler Tara et à la chercher. Dans l'entrée d'une ruelle, il finit par apercevoir Janet. Elle était par terre et tentait maladroitement de se relever.

Affolé, il se précipita vers elle.

— Que s'est-il passé ? Où est Tara ?

— Il l'a emmenée. Il m'a frappée, m'a poussée par terre, et il est parti avec elle.

— Qui, Janet ? Qui ?

— Elle l'a appelé Michael.

17

Où ce salaud avait-il pu emmener Tara ?

Chez elle ? Jake en doutait, mais il ne voulait rien laisser au hasard.

Il se mit en quête d'Andy, lui expliqua en hâte de quoi il retournait, et l'envoya chez Tara.

Puis il évalua rapidement la situation. Le feu était maîtrisé. Il faudrait entreprendre quelques travaux de réfection, mais le Nel's était toujours debout. Il fit une brève prière pour avoir la chance d'apprendre la bonne nouvelle à Tara.

Il s'apprêtait à prendre le volant pour agir — de quelle façon, il ne le savait pas — quand Donny Miso déboula au pas de course. L'homme était en sueur, mais Jake ne détecta aucune odeur d'alcool.

— J'ai vu qui a déclenché l'incendie, dit-il, à bout de souffle. C'est cette femme qui travaille à la banque, Madeline Fenton. Elle a versé de l'essence et jeté une allumette dessus. Une vraie cinglée !

Tout en essayant de comprendre quel lien pouvait exister entre Masterly et Madeline Fenton, Jake remercia Donny pour l'information et démarra pour se rendre immédiatement chez les Fenton.

Il y avait de la lumière dans le salon. Il tambourina à la porte. Alice lui ouvrit.

— Il faut que je voie Madeline. Tout de suite.

— C'est un peu tard…

— Laisse-le entrer, dit Henry en apparaissant derrière sa femme, avec l'air d'avoir pris dix ans en une journée. Nous venons d'apprendre pour l'incendie, ajouta-t-il en s'adressant à Jake.

Puis il se tourna vers sa femme.

— Nous ne pouvons plus la protéger. Elle va finir par tuer quelqu'un, un de ces jours. Et comment pourrions-nous vivre avec cette culpabilité ?

Alice éclata en sanglots.

— Ce n'est pas une mauvaise fille.

Jake commençait à comprendre. Ce n'était pas Bill qui avait déclenché ces incendies quelques années plus tôt, mais sa sœur jumelle. À la suite de cela, Bill avait été rejeté par son meilleur ami, et n'avait jamais pardonné à Madeline.

— Où est-elle ?

— Elle n'est pas ici, dit Henry. Il y a des appartements au-dessus de La Bonne Pinte. Essayez là-bas. Je l'ai entendue y donner rendez-vous au téléphone à quelqu'un.

Tara avait mal partout. Michael l'avait frappée au visage et traînée dans la rue jusqu'à La Bonne Pinte, puis il l'avait poussée sans ménagement dans un escalier sombre et raide qui menait à un appartement délabré. Là, il l'avait jetée par terre en lui donnant des coups de pied.

Mais il ne l'avait pas encore tuée. Elle était recroquevillée sur elle-même, lui laissant croire qu'elle était plus mal en point qu'elle ne l'était en réalité.

Il était au téléphone, parlant fort et faisant de grands gestes.

— Ne viens pas tout de suite, chérie. Tu auras ton argent. Tu t'es bien débrouillée. Tu pourras partager les cinquante mille dollars avec Waller si tu veux. J'aurais quand même préféré que tout le bâtiment soit démoli.

Tara redressa légèrement la tête.

Michael lui tournait le dos. Jamais elle ne s'était rebellée auparavant. Ce salaud aurait la surprise de sa vie quand elle sortirait la bouteille de bière vide de sa manche. Elle l'avait repérée sur le trottoir devant le bar et avait fait mine de chuter pour la ramasser, réussissant à la cacher avant qu'il ne la relève en la tirant par les cheveux.

— Espèce de petite garce, éructa Michael.

Elle entendit ses pas à travers la pièce et devina qu'il se penchait au-dessus d'elle.

— Tu pensais que tu pouvais me quitter ? Me ridiculiser ?

Il lui donna un coup de pied dans le creux du dos.

Cette fois, elle ne parvint pas à retenir un gémissement de douleur, et il éclata d'un rire sardonique, enchanté de lui avoir fait mal.

— Qu'est-ce que j'étais supposé dire à nos amis ? demanda-t-il. À ma famille ? Tu n'avais pas pensé à ça, n'est-ce pas ? Mais on ne se moque pas de Michael Masterly. Tu t'es crue maligne en partant au milieu de la nuit. Est-ce que tu imagines le travail que tu m'as donné ?

Il la frappa de nouveau.

— Je suis un homme occupé, Joanna. Mais je suis malin aussi. Je connais les bonnes personnes. Tu veux savoir comment j'ai fait ? Je me suis payé les services d'un pirate informatique. Et ça ne m'a même pas coûté cher. Quelques milliers de dollars, et j'ai pu avoir accès à ton disque dur et aux articles sur lesquels tu travaillais. Il n'y avait plus qu'à suivre les pistes.

Elle l'entendit s'éloigner, et perçut un bruit de liquide versé dans un verre. Aussitôt, elle reconnut l'odeur du cognac hors de prix qu'il affectionnait.

— Ça m'a pris un peu de temps, mais j'ai retrouvé la vraie Tara Thompson. Et, de fil en aiguille, je suis arrivée jusqu'à toi. Tu n'aurais jamais dû payer d'impôts, Tara.

Il gloussa.

— Comme je dis toujours, ça ne paie pas d'être honnête.

Soudain, il la saisit par le col et l'obligea à relever la tête. Il empestait l'alcool.

— Ça fait un moment que je te surveille. Bien avant que ce flic avec qui tu couches arrive en ville.

Elle le regarda dans les yeux. Il avait les pupilles dilatées, et elle devina qu'il n'en était pas à son premier verre.

Il la repoussa tout à coup en arrière et sa tête heurta lourdement le plancher.

— Je suis le chat et tu es la souris, dit-il en retournant à l'autre bout de la pièce. Tu as trottiné dans tous les sens sans comprendre que tu allais être mangée. Des semaines et des semaines à être coincé dans ce bled minable ! Je serais devenu fou s'il n'y avait pas eu Madeline.

Il ricana, sûr de son effet de surprise.

— Eh oui, cette chère Madeline. Elle te déteste, tu le sais, ça ? Et elle adore l'argent. C'était la combinaison idéale. Et c'est tout à fait par hasard que je suis tombé sur elle. J'ai toujours été un homme chanceux.

Il ponctua cette déclaration d'un rire hystérique.

— Je fouillais la maison de ses parents pour trouver tes clés, et je suis tombé sur son journal. Elle n'apprécie pas que ses parents te préfèrent à elle, Joanna. Elle n'apprécie pas du tout.

Elle entendit sonner le portable de Michael, mais il continua à pérorer en faisant les cent pas.

— C'est sûrement elle. Elle est un peu collante. Et trop spontanée. L'autre jour, quand tu courais au bord de la route, elle aurait pu te tuer. Ça m'a mis en colère. C'est moi le chat. Je n'avais pas fini de jouer avec ma souris. Et le feu dans le garage ? Encore une idée à elle. C'est là que j'ai compris que je ne pouvais pas attendre plus longtemps. Elle m'était utile, mais elle devenait incontrôlable. Surtout quand elle s'est mis en tête de séduire Vernelli.

Il traversa la pièce et s'agenouilla à côté d'elle. Il sentait la sueur comme s'il ne s'était pas douché depuis plusieurs jours. Il appuya le pied sur son épaule, la maintenant rivée au sol. Elle prit soin de garder le bras le long de son corps pour cacher sa bouteille.

Soudain, il se releva et se mit à marcher en cercle autour d'elle.

— Waller est venu tout compliquer. Cet idiot a suivi Madeline ici et nous a entendus discuter. Il voulait prévenir la police. Mais Madeline a bien réagi. Elle lui a dit qu'elle l'aimait toujours et qu'elle avait besoin de son aide, ajoutant que les cinquante mille dollars leur permettraient de prendre un nouveau départ. Ce type ferait n'importe quoi pour elle.

Il lui donna un coup de pied dans les côtes.

— C'est comme ça que je veux que tu m'aimes, Joanna. Tu comprends ?

Comme elle ne répondait pas, il la frappa de nouveau.

— Oui, murmura-t-elle.

Il sourit.

— Les chats et les souris peuvent vivre ensemble, à condition que les souris comprennent que c'est le chat qui mène la danse.

Son téléphone sonna de nouveau. Il le sortit de sa poche, regarda l'écran, et le jeta à travers la pièce.

— C'était l'idée de Waller de te faire quitter Wyattville. C'est son oncle qui t'a récupérée. Mais ce type est aussi idiot que Waller. Il n'a même pas réussi à trouver un moyen de te faire entrer. Et puis, ton petit ami est arrivé. J'aurais dû le tuer. Mais on verra ça plus tard.

Un bruit de portière claquée monta de la rue. Le visage de Michael se déforma de rage.

— J'espère que ce n'est pas Madeline. Je lui ai dit d'attendre.

Tara eut conscience que c'était maintenant ou jamais. Elle ne pourrait jamais venir à bout des deux.

Elle roula sur le côté, tout en sortant la bouteille de sa manche, brisa celle-ci sur le coin du volumineux radiateur en fonte, et bondit sur ses pieds.

— Ne t'approche pas de moi, dit-elle.

Il feignit la surprise.

— Eh bien, eh bien, mais c'est qu'on voudrait se rebeller.

En effet, le moment de la révolte était arrivé. Elle s'était surprise elle-même durant ces derniers mois. Elle avait lutté. Elle avait retrouvé sa vie.

Et à présent, elle avait une raison de plus de lutter. Elle avait Jake.

— Michael, c'est fini. Je vais franchir cette porte. N'essaie pas de m'en empêcher.

Elle glissa sur le côté, sans jamais le quitter des yeux.

La porte n'était plus qu'à un pas quand il chargea. Elle leva le bras, son bras meurtri et couvert de cicatrices, et frappa aussi fort qu'elle le pouvait.

Les rebords coupants de la bouteille s'enfoncèrent à la base de son cou.

Il grogna et commença à tituber, les yeux révulsés, tandis que le sang maculait le devant de sa chemise blanche.

— Espèce de garce, dit-il en postillonnant. Je vais t'étriper.

Il plongea vers elle au moment exact où la porte s'ouvrait, livrant le passage à Jake.

Il tira et la balle atteignit Michael entre les omoplates. Dès qu'il eut touché terre, Jake se précipita pour prendre son pouls et leva les yeux vers Tara.

— Il est mort.

Il se releva et lui ouvrit les bras. Tara s'y précipita et se blottit contre lui.

— Je croyais t'avoir perdue, murmura-t-il dans ses cheveux.

Elle rejeta la tête en arrière et plongea son regard dans le sien.

— Comment va Janet ?

— Bien. La dernière fois que je l'ai vue, Nicholi lui tenait la main.

— Oh ! tant mieux. Et le Nel's ?

— Ton bébé n'a rien. Quelques dommages dus à l'eau et à la fumée, mais tu pourras rouvrir dans quelques jours.

S'il ne l'avait pas solidement tenue, elle se serait effondrée. Tout ce pour quoi elle avait travaillé si dur ne s'était donc pas volatilisé sous les mains d'un psychopathe.

— Viens, sortons d'ici, suggéra Jake en l'entraînant sur le palier.

— Madeline Fenton et Jim Waller faisaient partie du complot, dit-elle.

— Je sais, chérie. J'ai demandé l'aide du comté pour les interpeller. Ils sont en train de les ramener.

C'était presque plus qu'elle n'en pouvait supporter. Elle avait toujours su que Madeline ne l'aimait pas, mais la sympathie qu'elle éprouvait pour Alice et Henry lui avait fait minimiser les chausse-trappes et les insultes.

Elle frissonna dans les bras de Jake, et il resserra son étreinte.

— Ne t'inquiète pas, dit-il. Ils paieront pour ce qu'ils ont fait.

— Je ne peux pas m'empêcher de me demander si j'aurais pu faire quelque chose pour empêcher tout ça.

— Tu n'aurais rien pu faire, dit-il en la berçant doucement. Ne te fais pas de reproches. Certaines personnes font des choses atroces, mais la grande majorité des gens mènent une vie honnête et travailleuse, en se souciant de leur famille et de leurs voisins.

— Te voilà bien philosophe, dit-elle en souriant.

— Je ne sais pas. Mais en tout cas, ces quelques semaines à Wyattville m'ont fait ouvrir les yeux. Il y a des endroits où la solidarité n'est pas un vain mot, et où les gens méritent qu'on s'intéresse à eux.

— Eh bien, espérons que quelqu'un voudra y acheter un restaurant.

Il la repoussa à bout de bras.

— Quoi ? Tu vends ? Tu t'en vas ?

Elle hocha la tête.

— Je t'aime, Jake. Et si tu es à Minneapolis, c'est là que je veux être. Je trouverai un autre emploi là-bas.

— Mais tu adores le Nel's.

— Je t'aime encore plus.

Il rit et l'embrassa avec tendresse.

— Il faut que je te dise quelque chose. Un peu plus tôt dans la journée, j'ai reçu un appel de Chase Montgomery. Il voulait savoir si le poste m'intéresserait de façon permanente. Évidemment, ce bandit savait que le chef Wilks voulait prendre sa retraite, et sa proposition d'intérim n'était pas innocente. Mais il me connaissait assez pour savoir qu'il ne fallait pas me brusquer et que je finirais par aimer cet endroit.

Tara sentit son pouls s'accélérer.

— Il avait raison ?

— Bien sûr. Mais je l'ai fait mariner quelques minutes avant de lui donner ma réponse.

Il mit un genou à terre.

— Je t'aime, et je t'aimerai toujours. Épouse-moi, Tara — Joanna, corrigea-t-il avec un sourire. Fais de moi l'homme le plus heureux du monde.

Elle lui prit les mains, le fit se relever et l'embrassa éperdument.

— Je ne veux pas perdre une minute pour appeler Johnny O'Reilly et lui dire que je vais avoir besoin d'aide pour un autre mariage. Le mien.

Retrouvez en avril 2020,
dans votre collection

BLACK ROSE

Le sceau de la vérité, de Jennifer D. Bokal - N°585

Partagé entre doute et compassion, Wyatt fixe Everly, venue de Chicago pour identifier le corps de son frère. D'une voix tremblante, elle lui fait part de son intime conviction : la mort de son frère n'est pas naturelle et, en tant qu'ex-agent du FBI, Wyatt doit l'aider à trouver son meurtrier. Ébranlé par sa détresse, Wyatt se laisse convaincre et accepte de sortir de sa retraite pour découvrir la vérité…

Un impitoyable piège, de B.J. Daniels

Jamais Hank n'aurait dû revenir à Big Sky, la ville qu'il a quittée après la mort brutale de Naomi, sa fiancée… Et jamais il n'aurait dû confier à Frankie, la séduisante détective, l'enquête sur les circonstances de ce drame. Car, tandis que le voile se lève petit à petit, Hank comprend qu'il connaissait peu Naomi. Et que les révélations sur son pseudo-suicide vont les entraîner, Frankie et lui, dans une spirale dangereuse…

Le venin du soupçon, de Robin Perini - N°586

Erin et Brandon ont été enlevés ? Lorsqu'on lui transmet cette information, l'agent spécial Hunter Graham est sous le choc. Tout cela est arrivé par sa faute… Car s'il n'avait pas séduit Erin, deux ans plus tôt, elle n'aurait jamais été repérée par les criminels qui le traquaient alors. Et pas un instant sa vie – et celle de Brandon, le petit garçon qu'ils ont conçu cette nuit-là – n'aurait été menacée…

Coupable héritage, de Linda Turner

Mackenzie est furieuse. Patrick O'Reilly, un agent spécialisé dans le trafic d'œuvres d'art, vient non seulement de lui révéler qu'il la surveille depuis qu'elle a repris la librairie historique de son père, mais aussi qu'il la soupçonne d'avoir vendu des documents volés par ce dernier. Résolue à laver l'honneur de sa famille, Mackenzie accepte de collaborer avec O'Reilly...

Composé et édité par HarperCollins France.

Achevé d'imprimer en février 2020.

CPI
BLACK PRINT

Barcelone

Dépôt légal : mars 2020.

FSC
www.fsc.org
MIXTE
Papier issu de sources responsables
FSC® C108412

Pour limiter l'empreinte environnementale de ses livres, HarperCollins France s'engage à n'utiliser que du papier fabriqué à partir de bois provenant de forêts gérées durablement et de manière responsable.

Imprimé en Espagne.